GESPLETEN

ANDER WERK VAN KARIN SLAUGHTER

Nachtschade
Zoenoffer
Een lichte koude huivering
Onzichtbaar
Trouweloos
Triptiek
Onaantastbaar
Onbegrepen
Versplinterd
Genesis
Verbroken
Ongezien
Gevallen
Doorn in mijn vlees
Genadeloos
Stille zonde
Veroordeeld
Mooie meisjes
Verborgen
Laatste adem
Goede dochter

ALLEEN ALS E-BOOK VERSCHENEN

Kwijt
Gepakt
Koud hart
Diep

KARIN SLAUGHTER

GESPLETEN

Vertaling Ineke Lenting

HarperCollins

MIX
Papier van verantwoorde herkomst
FSC® C083411

Voor dit boek is papier gebruikt dat onafhankelijk is gecertificeerd door FSC™
ten behoeve van verantwoord bosbeheer.
Kijk voor meer informatie op www.harpercollins.co.uk/green

HarperCollins is een imprint van Uitgeverij HarperCollins Holland, Amsterdam

Oorspronkelijke titel: *Pieces of Her*
Copryright Nederlandse vertaling: © 2018 Ineke Lenting
Omslagontwerp: Marry van Baar
Omslagbeeld: Ebru Sidar / Arcangel Images
Foto auteur: Alison Rosa
Zetwerk: Mat-Zet B.V., Soest
Druk: CPI Books GmbH, Germany

Vertaling Emily Dickinson blz. 5 en 451: Emily Dickinson *Verzamelde gedichten*, vertaling en commentaar Peter Verstegen, Uitgeverij van Oorschot 2018

ISBN 978 94 027 0156 2
ISBN 978 94 027 5586 2 (e-book)
NUR 305
Eerste druk juni 2018
Tweede druk augustus 2018

Originele uitgave verschenen bij HarperCollins Publishers LLC, New York, U.S.A.
Deze uitgave is uitgegeven in samenwerking met HarperCollins Publishers LLC
HarperCollins Holland is een divisie van Harlequin Enterprises Limited

www.harpercollins.nl

Voor mijn makkers

'k Ben Niemand! Wie ben jij?
Ben jij – ook – Niemand? Wel –
Dan zijn we een stel! Maar hou
Het stil! Of het wordt doorverteld!

Iemand – te zijn – hoe akelig!
Een junilang – gekwaak –
Als openbare Kikvors – met
De hele Poel als claque!

Emily Dickinson

Proloog

In al die jaren dat ze van hem had gehouden, had ze hem ergens ook gehaat, op die kinderlijke manier waarop je iets haat waar je geen grip op hebt. Hij was koppig en dom, maar ook knap, wat hem een dekmantel bood voor de fouten die hij voortdurend maakte, telkens dezelfde fouten in eindeloze herhaling, want waarom zou hij aan nieuwe beginnen als de oude zo fantastisch in zijn voordeel werkten?

Ook was hij charmant. Dat was het probleem. Hij won haar voor zich met zijn charme. Hij bracht haar tot razernij en zette vervolgens zijn charme weer in, zodat ze niet wist of hij nu de slang was of dat zij die was en hij de bezweerder.

Hij liet zich meevoeren op zijn charme en op zijn woede; hij kwetste mensen, ontdekte nieuwe dingen die hij boeiender vond en liet de oude als wrakhout in zijn kielzog achter.

Maar toen opeens was zijn charme uitgewerkt, als een ontspoorde tram. Als een trein zonder machinist. De fouten konden niet meer vergeven worden, en uiteindelijk was dezelfde fout een tweede keer niet over het hoofd gezien en had de derde keer afgrijselijke gevolgen gehad: het had een leven gekost, er was een doodvonnis uitgesproken, en daarna had het – bijna – een tweede leven gekost: dat van haar.

Hoe kon ze van iemand blijven houden die haar kapot had willen maken?

Toen ze nog bij hem was geweest – en ze was onmiskenbaar bij hem geweest tijdens zijn lange zondeval – hadden ze zich woedend tegen het systeem gekeerd. Tegen de groepshuizen. De noodafdelingen. Het gekkenhuis. De psychiatrische inrichting. De ellende. Het personeel dat de patiënten verwaarloosde. De verzorgers die de dwangbuizen strak aansnoerden. De verpleegkundigen die de andere kant op keken. De artsen die de pillen uitdeelden. De urine op de vloer. De ontlasting op de muren. De patiënten, de medegevangenen, het gehoon, het verlangen, het slaan, het bijten.

Wat hij het spannendst had gevonden, was niet het onrecht, maar die vonk van woede. De uitdaging van een nieuwe zaak om voor te vechten. De kans om te kunnen vernietigen. Het gevaarlijke spel. Het dreigende geweld. Het vooruitzicht op roem. Hun namen op de voorpagina's. Hun gerechtvaardigde daden op de lippen van schoolkinderen die over verandering leerden.

Penny, nickel, dime, quarter, dollar bill.

Wat ze altijd had verzwegen, die ene zonde die ze nooit kon opbiechten, was dat zij de eerste vonk had doen ontstaan.

Ze had altijd fel en vol overtuiging geloofd dat je de wereld alleen kon veranderen door haar te vernietigen.

20 AUGUSTUS 2018

EEN

'Andrea,' zei haar moeder. 'Andy,' liet ze erop volgen, waarmee ze een verzoek inwilligde dat haar dochter haar al duizend keer had gedaan.

'Mam –'

'Laat me uitpraten, schat.' Laura zweeg even. 'Alsjeblieft.'

Andy knikte in afwachting van een preek die er al heel lang aan zat te komen. Vandaag was ze officieel eenendertig. Haar leven zat op een dood spoor. Het werd tijd om beslissingen te nemen, vóór het leven de beslissingen voor haar ging nemen.

'Het is mijn schuld,' zei Laura.

Andy voelde haar gesprongen lippen van verbazing uiteenwijken. 'Wat is jouw schuld?'

'Dat je hier bent. Dat je hier vastzit.'

Andy spreidde haar armen en gebaarde naar het restaurant. 'Hier, in de Rise-n-Dine?'

Haar moeders blik gleed van de bovenkant van Andy's hoofd naar haar handen, die nerveus naar de tafel terugdwarrelden. Donkerblond haar, opgebonden in een slordige paardenstaart. Donkere kringen onder haar vermoeide ogen. Nagels die tot op het leven waren afgekloven. Haar benige polsen, die uitstaken als de voorplecht van een schip. Over haar doorgaans bleke huid lag nu een grauw waas.

En dan was haar werkplunje nog niet eens in de lijst met onvolkomenheden opgenomen. Het marineblauwe uniform hing als een papieren zak om haar heen. Het stugge, zilverkleurige insigne op haar borstzak toonde het palmlogo van Belle Isle met daaromheen het woord POLITIEMELDKAMER. Zo leek ze net een agent, maar niet echt. Net een volwassene, maar niet heus. Vijf nachten per week zat ze samen met vier andere vrouwen in een donkere, bedompte kamer, waar ze 911-oproepen beantwoordde, kentekens en rijbewijzen natrok en zaaknummers toewees. Rond zes uur 's ochtends sloop ze terug naar haar moeders huis, waarna ze het grootste deel van haar dag versliep.

‘Ik had je nooit terug moeten laten komen,’ zei Laura.

Met opeengeperste lippen staarde Andy naar de laatste restjes eigeel op haar bord.

‘Lieverd.’ Laura reikte over de tafel naar haar hand en wachtte tot ze opkeek. ‘Ik heb je uit je leven weggeplukt. Ik was bang en egoïstisch.’ Er verschenen tranen in haar ogen. ‘Had ik je maar niet zo hard nodig gehad. Had ik maar niet zoveel van je gevraagd.’

Andy schudde haar hoofd. Ze richtte haar blik weer op haar bord.

‘Schat.’

Andy bleef haar hoofd schudden, want anders moest ze iets zeggen, en als ze iets zei, zou ze de waarheid moeten vertellen.

Haar moeder had haar nergens om gevraagd.

Drie jaar geleden was Andy in gedachten verzonken op weg geweest naar haar luizige flat in een vier verdiepingen tellend gebouw zonder lift in de Lower East Side. Ze was net het vooruitzicht aan de zoveelste nacht in het tweekamerkrot aan het verdringen – dat ze met drie andere meiden deelde, die ze geen van allen echt mocht en die alle drie jonger, mooier en talentvoller waren dan zij – toen Laura had gebeld.

‘Borstkanker,’ had ze gezegd. Ze had niet gefluisterd of eromheen gedraaid, maar was, kalm als altijd, meteen ter zake gekomen. ‘Stadium drie. De chirurg gaat de tumor verwijderen en terwijl ik onder zeil ben, voert hij een biopsie uit op de lymfeklieren om te zien…’

Laura had nog meer gezegd. Met een afstandelijke, wetenschappelijke gedetailleerdheid die niet aan Andy was besteed – haar taalverwerkend vermogen was op slag in het niets opgelost – had ze uitgelegd wat er ging gebeuren. Meer dan ‘kanker’ was het woord ‘borst’ blijven hangen, en ze had meteen moeten denken aan haar moeders volle boezem. Weggestopt in een zedig badpak aan het strand. Glurend over de halslijn van de regency-jurk die ze op Andy’s zestiende verjaardagsfeest had gedragen, dat als thema Jane Austens Netherfield had gehad. Vastgesnoerd onder de voorgevormde cups en snijdende beugels van haar Lady Comfort-bh wanneer ze op de bank in haar spreekkamer zat en met haar patiënten bezig was.

Een echte schoonheid was Laura Oliver niet, maar ze mocht er –

zoals mannen dat zeiden – zeker wezen. Of misschien zeiden vrouwen dat, maar dan in de vorige eeuw. Laura was geen type voor dikke lagen make-up en parels, maar ze ging nooit de deur uit voor ze een kam door haar korte grijze kapsel had gehaald. Haar linnen pantalons waren altijd kreukloos gesteven, en haar slips waren schoon en lubberden niet.

Andy, daarentegen, vond het elke dag weer een hele toer om haar flat te verlaten. Telkens moest ze terug omdat ze iets was vergeten, haar telefoon of haar ID-kaart voor op het werk bijvoorbeeld, en één keer zelfs voor haar sneakers toen ze erachter kwam dat ze op haar huissloffen naar buiten was gelopen.

Als mensen in New York haar vroegen wat voor iemand haar moeder was, dacht ze automatisch aan iets wat Laura over haar eigen moeder had gezegd. *Ze wist altijd waar de deksels van haar tupperwarebakjes waren.*

Andy vond het nog te veel moeite om een gripzakje te sluiten.

Aan de telefoon, op dertienhonderd kilometer afstand, had ze alleen aan haar moeders ingehouden adem gehoord dat ze dit moeilijk vond. 'Andrea?'

Met de geluiden van New York gonzend in haar oren had Andy zich weer op haar moeders stem geconcentreerd.

Kanker.

Ze probeerde iets te brommen, maar kreeg er geen geluid uit. Dit was shock. Dit was angst. Dit was losgeslagen paniek, omdat de wereld opeens gestopt was met draaien en alles – de mislukkingen, de teleurstellingen, haar afschuwelijke leven in New York van de afgelopen zes jaar – zich terugtrok als het golfdal van een tsunami. Dingen die altijd verborgen hadden moeten blijven, verschenen opeens aan de oppervlakte.

Haar moeder had kanker.

Misschien was ze stervende.

Misschien ging ze dood.

'Ik krijg chemo,' had Laura gezegd, 'wat volgens de verhalen geen pretje is.' Ze was het gewend Andy's langdurige stiltes op te vullen, had lang geleden geleerd die te negeren als ze niet wilde dat het op ruzie uitliep in plaats van op hervatting van een beschaafd gesprek. 'Vervolgens moet ik elke dag een pil slikken, en dat is het dan. De overlevingskans na vijf jaar is ruim zeventig procent, dus veel reden voor zorg is er niet, behalve dan dat ik erdoorheen moet.' Een adempauze, of misschien hoopte ze dat Andy iets wilde zeggen. 'Het is uitstekend te behandelen, schat. Maak je maar geen zorgen. Blijf maar waar je bent. Je kunt toch niets doen.'

Er was keihard geclaxonneerd. Andy had opgekeken. Ze stond als een standbeeld midden op een zebrapad. Met moeite zette ze zich in beweging. De telefoon brandde tegen haar oor. Het was na middernacht. Zweet rolde over haar rug en lekte als gesmolten boter uit haar oksels. Ze hoorde het ingeblikte gelach van een sitcom, flessengerinkel en een naamloze, allesdoordringende hulpkreet van het soort dat ze al tijdens haar eerste maand in de stad had leren negeren.

De stilte aan haar kant van de lijn duurde te lang. 'Andrea?' had haar moeder ten slotte aangedrongen.

Andy had haar mond geopend zonder te weten wat ze moest zeggen.

'Schat?' had haar moeder gezegd, nog steeds geduldig, nog steeds belangeloos vriendelijk, zoals tegen iedereen die ze tegenkwam. 'Ik hoor straatgeluiden, anders zou ik denken dat de verbinding was verbroken.' Weer zweeg ze even. 'Andrea, ik moet echt weten of wat ik je net verteld heb tot je is doorgedrongen. Het is belangrijk.'

Haar mond had nog steeds opengehangen. De rioollucht die niet uit haar wijk was weg te denken, had zich achter in haar neus genesteld, als een sliert overgare spaghetti die tegen een keukenkastje was gekwakt. Weer werd er geclaxonneerd. Weer schreeuwde een vrouw om hulp. Weer rolde er een zweetdruppel over haar rug. Hij bleef steken in de tailleband van haar slip. Op de plek waar ze die altijd naar beneden trok, was het elastiek ingescheurd.

Andy wist nog steeds niet hoe ze erin geslaagd was zichzelf uit haar verdoving los te maken, maar ze wist wel wat ze uiteindelijk tegen haar moeder had gezegd: 'Ik kom naar huis.'

Aan haar zes jaar in de stad had ze bitter weinig overgehouden. Haar drie parttimebaantjes had ze met een sms'je opgezegd. Haar metrokaart was naar een dakloze vrouw gegaan, die haar eerst had bedankt en toen had gekrijst dat ze een vuile hoer was. Alleen het hoogstnoodzakelijke ging haar koffer in: lievelingsshirts, spijkerbroeken die lekker zaten, verschillende boeken die niet alleen de reis vanaf Belle Isle hadden overleefd, maar ook vijf opeenvolgende verhuizingen naar steeds armoedigere flats. Eenmaal thuis zou ze haar handschoenen, haar gewatteerde winterjas en haar oorwarmers niet meer nodig hebben. Het was haar te veel moeite geweest om haar lakens te wassen of ze zelfs maar van de oude chesterfieldbank te halen die als bed dienstdeed. Bij het aanbreken van de dag was ze naar LaGuardia vertrokken, nog geen zes uur na haar moeders telefoontje. In een oogwenk was haar leven in New York voorbij geweest. Het enige wat haar drie jongere, getalenteerdere flatgenotes aan haar zou doen herinneren, waren het voor de helft opgegeten broodje Filet-O-Fish dat ze in de koelkast had achtergelaten en haar deel van de huur voor de volgende maand.

Dat was nu drie jaar geleden, bijna de helft van het aantal jaren dat ze in de stad had gewoond. Als ze zich gedeprimeerd voelde, zocht ze tegen wil en dank op Facebook haar vroegere flatgenoten op om te zien hoe het hun verging. Zij vormden haar maatstaf. Haar stok achter de deur. Een van hen had zich opgewerkt tot het middenkader van een modeblog. De tweede had haar eigen ontwerpbedrijfje voor maatsneakers opgericht. De derde was gestorven na een cocaïnebacchanaal op het jacht van een rijke vent, maar nog steeds waren er nachten dat Andy, bijvoorbeeld wanneer ze tijdens haar werk een telefoontje van een twaalfjarige binnenkreeg die het grappig vond om 911 te bellen met het smoesje dat hij gemolesteerd werd, onwillekeurig dacht dat ze de minst getalenteerde van hen allemaal was.

Jezus, een jacht.

Een jácht.

'Schat?' Haar moeder tikte op de tafel om haar aandacht te trekken. Het lunchpubliek was grotendeels verdwenen. Voor in de zaak keek een man boos boven zijn krant uit. 'Waar ben je toch?'

Weer spreidde Andy haar armen en wees om zich heen, maar het gebaar voelde gemaakt. Ze wisten heel goed waar ze was: op nog geen acht kilometer van waar ze was vertrokken.

Andy was naar New York gegaan in de veronderstelling een manier te zullen vinden om te kunnen schitteren, maar het weinige licht dat ze uiteindelijk uitstraalde, leek meer op het flauwe schijnsel van een oude noodzaklamp die te lang in de keukenla had gelegen. Actrice of model of iets vergelijkbaar clichématigs had ze niet willen worden. Ze had nooit van een leven als ster gedroomd. Een leven in de nabijheid van sterren, dat was haar ambitie geweest: persoonlijk assistent, koffiehaler, rekwisiteur, decorschilder, socialmediamanager, lid van het ondersteunend personeel dat het leven van de ster mogelijk maakte. Ze wilde zich koesteren in de gloed. Erbij horen. Mensen kennen. Connecties hebben.

Haar docent aan het Savannah College of Art and Design had haar een geschikte connectie geleken. Ze had grote indruk op hem gemaakt met haar hartstochtelijke liefde voor de kunst – tenminste, dat had hij beweerd. Dat hij dat had gezegd toen ze in bed lagen, had ze pas na afloop een punt gevonden. Toen ze de affaire had beëindigd, had de man haar terloopse opmerking over de carrière waarop ze zich wilde concentreren als een bedreiging opgevat. Voor Andy het door had gehad, voor ze aan haar docent had kunnen uitleggen dat ze zijn flagrant ongepaste gedrag niet als hefboom gebruikte om haar carrière op gang te helpen, had hij zijn invloed al aangewend om een baan voor haar te regelen als assistent van de assistent-decorontwerper in een off-Broadwayproductie.

Off-Broadway!

Op hooguit een steenworp afstand van on-Broadway!

Nog een jaar en Andy zou afstuderen in theatertechniek, maar ze had haar koffer gepakt en was zonder achterom te kijken naar het vliegveld vertrokken.

Twee maanden later was de voorstelling na verpletterend slechte recensies gestopt.

De rest van de crew had al snel ander werk gevonden, had zich bij andere producties aangesloten, maar Andy had zich een typisch New Yorks leven aangemeten. Ze had gewerkt als serveerster, als hondenuitlater, als reclameschilder, als incasseerder voor een telefoonbedrijf, als bezorger, als faxcontroleur, als broodjesmaker, als vakbondsloze kopieerpapierinvoerder, om te eindigen als de sneue loser die een half opgegeten broodje Filet-O-Fish in de koelkast had laten liggen, de huur voor een maand op het keukenblad had achtergelaten en naar Kneutergat in Georgia was vertrokken, of waar ze ook vandaan kwam.

Het enige wat Andy mee terug naar huis had genomen, was een laatste snippertje waardigheid, en dat ging ze verkwisten aan haar moeder.

Ze keek op van haar eieren. 'Mam.' Ze kuchte even voor ze het opbiechtte. 'Wat lief dat je dat zegt, maar het is jouw schuld niet. Het klopt dat ik naar huis ben gekomen om jou te zien. Maar ik ben gebleven om andere redenen.'

Laura fronste haar voorhoofd. 'Wat voor redenen dan? Je vond het heerlijk in New York.'

Ze had New York gehaat.

'Je deed het zo goed daar.'

Ze was er bijna verzopen.

'Die jongen met wie je uitging, was gek op je.'

En op elke kut in zijn gebouw.

'Je had zoveel vrienden.'

En niet één van hen had na haar vertrek iets van zich laten horen.

'Tja,' verzuchtte Laura. Het lijstje bemoedigende opmerkingen was kort maar indringend geweest. Zoals gewoonlijk was Andy een open boek voor haar. 'Liefje, je hebt altijd iemand anders willen zijn. Een bijzonder iemand. Iemand met een gave, bedoel ik, een uniek talent. Voor mij en voor papa ben je natuurlijk heel bijzonder.'

'Dank je,' zei ze, maar het kostte haar moeite niet met haar ogen te rollen.

'Je hebt wel degelijk talent. Je bent slim. Meer dan slim. Je bent intelligént.'

Andy streek met haar handen over haar gezicht, alsof ze zichzelf uit dit gesprek kon wissen. Ze wist dat ze talent had en slim was. Het probleem was dat iedereen in New York getalenteerd en slim was geweest. Zelfs de jongen achter de kassa in de buurtsuper was grappiger, sneller en slimmer dan zij.

'Er is niks mis met gewoon zijn,' benadrukte Laura. 'Gewone mensen leiden heel zinvolle levens. Kijk maar naar mij. Je pleegt echt geen verraad als je van het leven geniet.'

Andy zei: 'Ik ben eenendertig; ik heb al drie jaar geen echte date gehad; ik heb een schuld van drieënzestigduizend dollar voor een studie die ik niet eens heb afgemaakt, en ik woon in een eenkamerappartement boven mijn moeders garage.' Moeizaam perste de lucht zich door haar neus toen ze probeerde te ademen. De opsomming had haar borst samengesnoerd. 'Het gaat er niet om wat ik verder nog kan doen. Wat ik verder nog kan verkloten, dát is de vraag.'

'Je gaat niets verkloten.'

'Mam...'

'Je bent gewoon een beetje depri. Een mens kan overal aan wennen, ook aan slechte dingen. Je kunt nu alleen maar overeind krabbelen. Van de vloer kun je niet vallen.'

'Heb je weleens van kelders gehoord?'

'Kelders hebben ook vloeren.'

'Dat heet de grond.'

'Maar "grond" is gewoon een ander woord voor "vloer".'

'Grond gaat dieper, en dat heet graf.'

'Waarom ben je toch altijd zo morbide?'

Plotseling opkomende ergernis sleep een messcherpe rand aan Andy's tong, maar ze slikte haar woorden in. Nu ze niet meer konden ruziën over te laat thuiskomen, over make-up of strakke spijkerbroeken, waren er andere zaken die aanleiding gaven tot conflicten met haar moeder. Dat kelders vloeren hadden. De goede kant om wc-papier van de rol te scheuren. Of vorken met de tanden naar boven of naar beneden in de vaatwasser gingen. Of het een winkelwagentje of een winkelkarretje was. Dat Laura de naam van de kat verkeerd uitsprak, want hij heette Mr. Purrkins in plaats van Mr. Perkins.

‘Toen ik laatst met een patiënt bezig was, gebeurde er iets heel vreemds,’ zei Laura.

Met een cliffhanger van onderwerp veranderen was typisch zo’n uitgesleten pad naar een wapenstilstand.

‘Echt heel vreemd,’ beklemtoonde ze.

Andy aarzelde en gaf toen een aanmoedigend knikje.

‘Hij vertoonde symptomen van Broca-afasie. Een rechtszijdige verlamming.’ Laura was spraaktherapeut en woonde in een kustplaatsje vol pensionado’s. Het gros van haar patiënten was getroffen door een ondermijnende beroerte. ‘In zijn vorige leven werkte hij in de IT, maar dat doet er verder niet toe.’

‘Wat was er zo vreemd aan?’ vroeg Andy, zoals van haar verwacht werd.

Laura glimlachte. ‘Hij vertelde over de bruiloft van zijn kleinzoon, en ik heb geen idee wat hij probeerde te zeggen, maar het klonk als “*blue suede shoes*”. En opeens kreeg ik een flits, kwam er een soort herinnering boven, aan toen Elvis stierf.’

‘Elvis Presley?’

Ze knikte. ‘Dat was in ’77, dus ik moet veertien zijn geweest en was meer fan van Rod Stewart dan van Elvis. Hoe dan ook, we hadden een stel aartsconservatieve dames met van dat hoog opgetoupeerde haar in onze kerk die zich de ogen uit de kop jankten omdat hij er niet meer was.’

Andy lachte weifelend, onzeker welke kant het verhaal op ging.

Laura lachte al even weifelend terug. Chemobrein, ook al was haar laatste behandeling al een hele tijd geleden geweest. Ze was de clou van haar verhaal vergeten. ‘Gewoon iets grappigs wat ik me herinnerde.’

‘Ze waren zeker behoorlijk hypocriet, die hoog opgetoupeerde dames?’ Andy probeerde Laura’s geheugen op te frissen. ‘Want Elvis was best wel sexy, hè?’

‘Laat ook maar.’ Laura gaf haar weer een klopje op haar hand. ‘Ik ben zo blij met jou. Zoals je me gesteund hebt toen ik ziek was. Zo hecht als we nog steeds zijn. Dat koester ik. Het is een geschenk.’ Haar moeders stem begon te trillen. ‘Maar ik ben nu beter. En je moet je eigen leven weer oppakken. Ik wil dat je gelukkig bent, of in elk geval dat je je met jezelf verzoent. Ik ben bang dat dat hier niet gaat lukken, schat. Ook al wil ik het je nog zo graag gemakkelijk maken, ik weet dat het alleen kans van slagen heeft als je het helemaal zelf doet.'

Andy sloeg haar blik op naar het plafond en staarde daarna naar het verlaten winkelcentrum. Ten slotte keek ze haar moeder weer aan.

Laura had tranen in haar ogen. Ze schudde haar hoofd, vol ontzag, leek het. 'Je bent fantastisch. Weet je dat?'

Andy lachte wat moeizaam.

'Je bent fantastisch omdat je zo helemaal jezelf bent.' Laura legde haar hand op haar hart. 'Je bent begaafd, je bent mooi, en je vindt vast je weg, liefje. De juiste weg, hoe dan ook, want het zal de weg zijn die je zelf hebt gekozen.'

Andy kreeg een brok in haar keel. Haar ogen werden vochtig. Om hen heen heerste stilte. Ze hoorde het bloed door haar aderen ruisen.

'Goed.' Laura lachte, weer zo'n sleetse tactiek om een emotioneel moment te verlichten. 'Gordon vindt dat ik je een deadline moet geven voor je vertrek.'

Gordon. Andy's vader. Trust- en vastgoedadvocaat. Zijn hele leven bestond uit deadlines.

'Maar ik geef je geen deadline,' zei Laura. 'En ook geen ultimatum.'

Gordon was ook dol op ultimatums.

'Als dit namelijk je leven is...' Ze wees naar het politieachtige, volwassenachtige uniform. '...omarm het dan. Accepteer het. En als je iets anders wilt doen...' Weer kneep ze in Andy's hand. '...dan ga je iets anders doen. Je bent nog jong. Je hebt geen hypotheek, niet eens een auto op afbetaling. Maar je bent gezond. Je bent slim. Je kunt alles doen wat je wilt.'

'Niet met mijn studieschuld.'

'Andrea,' zei Laura. 'Ik wil niet de onheilsprofeet uithangen, maar als je futloze rondjes blijft draaien, ben je voor je het weet veertig en doodziek van je leven in een tredmolen.'

'Veertig,' herhaalde Andy, een leeftijd die met elk voortschrijdend jaar minder oud en afgeleefd leek.

'Je vader zou zeggen –'

'Niet lullen maar poetsen.' Gordon zei altijd dat Andy in actie moest komen, iets van zichzelf moest maken, iets moest dóén. Heel lang had ze haar apathie aan hem geweten. Als allebei je ouders gedreven, succesvolle mensen waren, was lui zijn toch een soort rebellie? Dan was je toch dwars en koos je consequent voor de gemakkelijke weg als de moeilijke weg gewoon… te moeilijk was?

'Mrs. Oliver?' zei een vrouw van middelbare leeftijd. Dat ze inbreuk maakte op een vredig moeder-dochtermoment leek niet tot haar door te dringen. 'Ik ben Betsy Barnard. Vorig jaar hebt u mijn vader behandeld. Ik wilde u alleen even bedanken. U hebt wonderen verricht.'

Laura stond op en schudde de vrouw de hand. 'Wat lief dat u dat zegt, maar hij heeft het helemaal zelf gedaan.' Ze schakelde moeiteloos over op wat Andy haar Mrs-Oliver-de-behandelaarmodus noemde en stelde open vragen over de vader van de vrouw, die ze zich duidelijk niet goed meer kon herinneren, maar ze deed het niet slecht, zodat de vrouw zich gemakkelijk liet beetnemen.

Met een knikje naar Andy zei Laura: 'Dit is mijn dochter, Andrea.'

Betsy knikte vluchtig terug. Stralend onderging ze Laura's aandacht. Iedereen hield van haar moeder, ongeacht de rol die ze speelde: spraaktherapeut, vriendin, ondernemer, kankerpatiënt, moeder. Haar vriendelijkheid was van het niet-aflatende soort, maar werd dankzij haar scherpe, soms wat cynische gevatheid nooit te stroperig.

Soms, meestal als ze een paar drankjes ophad, vertoonde Andy dezelfde eigenschappen tegenover vreemden, maar als die haar eenmaal echt hadden leren kennen, bleven ze zelden hangen. Misschien was dat Laura's geheim. Ze had tientallen, misschien wel honderden vrienden en vriendinnen, maar geen van hen kende het hele plaatje.

'O!' zei Betsy luid. 'Dan zal ik u aan mijn dochter voorstellen. Frank heeft u vast alles over haar verteld.'

'Reken maar dat Frank dat gedaan heeft.'

Andy zag de opluchting in Laura's ogen; ze was de naam van de man inderdaad vergeten. Ze knipoogde naar haar dochter en viel even terug in haar moedermodus.

‘Shelly!’ Met een driftig gebaar wenkte Betsy haar dochter. ‘Kom, dan stel ik je voor aan de mevrouw die opa’s leven heeft helpen redden.’

Een beeldschone jonge blondine kwam met tegenzin aangeslenterd. Ze plukte wat ongemakkelijk aan de lange mouwen van haar rode UGA-shirt. De witte buldog op haar borst droeg een bijpassend rood shirt. Ze schaamde zich duidelijk dood, want ze was op een leeftijd dat je je moeder alleen nodig had voor geld of medeleven. Andy wist nog precies hoe dat gevoeld had, dat eeuwige aantrekken en afstoten. Nog steeds was ze meestal minder ver van dat stadium verwijderd dan haar lief was. Het was een universeel erkende waarheid dat je moeder de enige persoon op de hele wereld was die kon zeggen dat je haar leuk zat en je tegelijkertijd het gevoel kon geven dat ze eigenlijk zei: ‘Je haar zit altijd vreselijk, behalve nu heel even.’

‘Shelly, dit is Mrs. Oliver.’ Betsy Barnard stak haar arm bezitterig door die van haar dochter. ‘Shelly gaat komend najaar naar de University of Georgia. Toch, liefje?’

‘Ik heb ook aan de UGA gestudeerd,’ zei Laura. ‘Maar dat was in de tijd dat we aantekeningen maakten op kleitabletten.’

Shelly zakte nog wat dieper door de grond toen haar moeder iets te luid lachte om de afgezaagde grap. In een poging de spanning weg te nemen vroeg Laura het meisje beleefd naar haar hoofdvak, haar dromen, haar ambities. Het waren het soort bemoeizuchtige vragen die je in je jeugd als een persoonlijke belediging opvatte, maar waarvan je als volwassene besefte dat het de enige vragen waren die volwassenen aan je wisten te stellen.

Andy keek naar haar halfvolle koffiebeker. Ze voelde zich onmogelijk moe. Nachtdiensten. Ze kon er maar niet aan wennen, redde het alleen door van het ene dutje in het andere te sukkelen, wat betekende dat ze uiteindelijk toiletpapier en pindakaas uit haar moeders voorraadkast stal omdat ze nooit tijd vrijmaakte om naar de winkel te gaan. Waarschijnlijk was dat de reden waarom Laura op een verjaardagslunch in plaats van een verjaardagsontbijt had aangedrongen, want in het laatste geval had Andy zich kunnen terugtrekken in haar hol boven de garage om voor de tv in slaap te vallen.

Ze nam een laatste slok koffie, die inmiddels zo koud was dat hij als een stroom ijsklontjes door haar keel gleed. Met haar blik zocht ze de serveerster. Het meisje was druk met haar telefoon bezig. Haar schouders hingen af, en ze smakte luidruchtig op haar kauwgom.

Een snerende opmerking onderdrukkend stond Andy van tafel op. Hoe ouder ze werd, hoe moeilijker ze het vond om niet aan de neiging toe te geven net als haar moeder te worden. Hoewel Laura haar achteraf gezien vaak goed advies had gegeven: rechtop staan als je op je dertigste geen last van je rug wilt hebben; betere schoenen kopen, anders krijg je op je dertigste de rekening gepresenteerd; verstandige gewoontes aanleren, anders zul je er op je dertigste voor moeten boeten.

Andy was eenendertig. De rekening was inmiddels zo hoog opgelopen dat ze praktisch failliet was.

'Ben je van de politie?' Eindelijk keek de serveerster op van haar telefoon.

'Theatertechniek gestudeerd.'

Het meisje trok haar neus op. 'Ik zou niet weten wat dat is.'

'Ik ook niet.'

Andy schonk zichzelf nog eens bij. De serveerster keek haar telkens tersluiks aan. Misschien kwam het door het politieachtige uniform. Ze leek het type dat wat Molly of minstens een zakje wiet in haar tas had zitten. Zelf had Andy het ook niet zo op haar uniform. Gordon had de baan voor haar geregeld. Waarschijnlijk hoopte hij dat ze uiteindelijk bij de echte politie zou gaan. Aanvankelijk had Andy niets van dat idee moeten hebben, want in haar ogen waren agenten klootzakken. Vervolgens had ze een paar agenten leren kennen en had ze beseft dat het doorgaans fatsoenlijke mensen waren die rotklussen moesten opknappen. Na een jaar in de meldkamer had ze de pest gekregen aan de hele wereld, want twee derde van de telefoontjes was afkomstig van stommelingen die geen idee hadden hoe een noodgeval eruitzag.

Laura was nog steeds met Betsy en Shelly Barnard in gesprek, een scène die Andy maar al te vertrouwd voorkwam. Ze wisten niet hoe ze het gesprek op een elegante manier moesten beëindigen, en Laura was ook te beleefd om het af te kappen. In plaats van naar de tafel terug te keren liep Andy naar het raam van plaatglas. Het restaurant bevond zich op een eersteklas plek in het winkelcentrum van Belle Isle, in een hoekpand op de begane grond. Aan de andere kant van de promenade duidde de kolkende Atlantische Oceaan op een naderende storm. Op het vlakke, samengepakte zand werd gefietst of werden honden uitgelaten.

Belle Isle was niet 'belle' en eigenlijk was het ook geen eiland. Het was een door mensenhanden aangelegd schiereiland uit de jaren tachtig, toen het geniekorps de haven van Savannah had uitgebaggerd. Het leger had de nieuwe landtong bestemd als onbewoonde, natuurlijke barrière tegen orkanen, maar de staat had met dollartekens in de ogen naar het pas aangelegde stuk strand gekeken. Binnen vijf jaar na het baggerwerk ging ruim de helft van het gebied schuil onder beton: strandvilla's, herenhuizen, koopflats, winkelcentra. De rest bestond uit tennis- en golfbanen. Gepensioneerde noorderlingen vermaakten zich de godganse dag in de zon, dronken martini's bij zonsondergang en belden 911 als hun buren hun vuilcontainers te lang aan de straat lieten staan.

'Jezus,' fluisterde iemand, zacht en grimmig, maar ook met een ondertoon van verbazing.

Van het ene op het andere moment voelde de lucht anders. Dat was de enige juiste beschrijving. Andy's nekhaartjes gingen overeind staan. Een koude rilling trok langs haar ruggengraat. Haar neusvleugels trilden. Haar mond werd droog. Haar ogen traanden.

Er klonk een geluid als van een pot die openklikte.

Andy draaide zich om.

Het oortje van de koffiebeker gleed uit haar vingers. Haar ogen volgden de val naar de vloer. Wit aardewerk spatte uiteen op de witte tegels.

Eerst was het griezelig stil geweest, maar nu heerste er chaos. Gegil. Gehuil. Mensen renden ineengedoken weg, met hun handen over hun hoofd.

Kogels.

Pop-pop.

Shelly Barnard lag op de vloer. Op haar rug. Met haar armen gespreid en haar benen verdraaid. Haar ogen wijd opengesperd. Haar rode shirt leek nat en plakte aan haar borst. Uit haar neus sijpelde bloed. Andy zag het rode streepje over haar wang glijden en in haar oor verdwijnen.

Ze droeg kleine buldogoorbellen.

'Nee!' jammerde Betsy Barnard. 'N–'

Pop.

Andy zag de achterkant van Betsy's keel in een golf bloed naar buiten stulpen.

Pop.

De zijkant van haar schedel barstte als een plastic zak open.

Ze smakte zijwaarts op de vloer. Boven op haar dochter. Op haar dode dochter.

Dood.

'Mam,' fluisterde Andy, maar Laura kwam er al aan. Gebukt en met haar armen gespreid rende ze op Andy af. Haar mond stond open. Haar ogen waren groot van angst. Haar gezicht was bezaaid met rode spikkels, net sproeten.

Andy's achterhoofd raakte met een klap het raam toen ze tegen de vloer werd gewerkt. Ze voelde een vleug van haar moeders adem langs haar gezicht strijken terwijl alle lucht uit haar longen werd geslagen. Haar zicht werd wazig. Ze hoorde gekraak en keek op. Boven haar begon het glas te barsten.

'Alsjeblieft!' schreeuwde Laura. Ze had zich omgerold, zat op haar knieën, krabbelde overeind. 'Stop, alsjeblieft.'

Andy knipperde met haar ogen. Wreef erin met haar vuisten. Gruis sneed in haar oogleden. Was het zand? Glas? Bloed?

'Alsjeblieft!' riep Laura.

Weer knipperde Andy met haar ogen.

En nog eens.

Een man richtte een wapen op haar moeders borst. Geen politiepistool, maar zo'n ding met een cilinder, dat ze vroeger in het Wilde Westen hadden. Hij was er ook naar gekleed: zwarte spijkerbroek, zwart overhemd met parelmoeren knopen, zwartleren vest en zwarte cowboyhoed. Zijn riem hing laag op zijn heupen. Een holster voor de revolver, een lange leren schede voor een jachtmes.

Knap.

Een jong, glad gezicht. Hij was van Shelly's leeftijd, misschien iets ouder.

Maar Shelly was nu dood. Ze zou niet meer naar de UGA gaan. Ze zou zich nooit meer schamen voor haar moeder, want haar moeder was ook dood.

En nu richtte de man die hen allebei had vermoord, een wapen op de borst van háár moeder.

Andy ging rechtop zitten.

Laura had nog maar één borst, de linker, boven haar hart. De chirurg had de rechterborst verwijderd, en ze had nog geen reconstruerende operatie gehad omdat ze er niet aan moest denken naar de zoveelste arts te gaan voor de zoveelste ingreep, en nu ging die moordenaar die voor haar stond er een kogel doorheen jagen.

'Mm...' Het woord stokte in Andy's keel. Ze kon het alleen maar denken...

Mam.

'Rustig maar.' Laura klonk kalm en beheerst. Ze hield haar handen voor zich uit, alsof die de kogels konden tegenhouden. 'Ga nu maar weg,' zei ze tegen de man.

'Fuck you.' Zijn blik schoot naar Andy. 'Waar is je wapen, vuile smeris?'

Andy kromp ineen, haar lichaam verstrakte tot een bal.

'Ze heeft geen wapen,' zei Laura, nog steeds op die beheerste toon. 'Ze werkt in de meldkamer van de politie. Ze is geen agent.'

'Opstaan!' schreeuwde hij tegen Andy. 'Ik zie je penning! Opstaan, smeris! Doe je werk!'

'Het is geen penning. Het is een insigne. Rustig nou maar.' Laura maakte een kloppende beweging met haar handen, net als vroeger wanneer ze Andy 's avonds instopte. 'Andy, goed luisteren.'

'Naar míj luisteren, vuile hoeren!' Speeksel spatte uit zijn mond. Hij schudde met de revolver. 'Opstaan, smeris. Jij bent aan de beurt.'

'Nee.' Laura ging voor hem staan. 'Ik ben aan de beurt.'

De ogen van de man zwenkten weer naar Laura.

'Schiet dan.' Ze klonk buitengewoon zeker van zichzelf. 'Schiet mij maar dood.'

Verwarring doorbrak het woedende masker van zijn gezicht. Hier had hij geen rekening mee gehouden. Mensen hoorden doodsbang te zijn in plaats van zich aan te bieden.

'Schiet dan,' herhaalde ze.

Hij tuurde over Laura's schouder naar Andy en keek toen weer naar Laura.

'Toe dan,' zei ze. 'Je hebt nog maar één kogel. Dat weet jij ook. Er gaan maar zes kogels in het pistool.' Ze hield haar handen omhoog en liet hem vier vingers van haar linkerhand zien en één van haar rechterhand. 'Daarom heb je de trekker nog niet overgehaald. Er is nog maar één kogel over.'

'Je weet helemaal niet –'

'Je hebt er nog maar één.' Ze bewoog haar duim heen en weer, om daarmee de zesde kogel aan te geven. 'Als je mij doodschiet, gaat mijn dochter ervandoor. Toch, Andy?'

Wat?

'Andy,' zei haar moeder. 'Je moet wegrennen, schat.'

Wat?

'Hij kan niet snel genoeg herladen om jou te raken.'

'Fuck!' schreeuwde de man, als om zichzelf weer op te fokken. 'Kop dicht! Allebei!'

'Andy.' Laura zette een stap in de richting van de gewapende man. Ze strompelde. Uit een scheur in haar linnen broek stroomde bloed. Er stak iets wits uit wat op bot leek. 'Goed luisteren, lieverd.'

'Staan blijven, zei ik!'

'Neem de keukendeur,' zei Laura, nog steeds met vaste stem. 'Achter is een uitgang.'

Wat?

'Kappen, teef. Jullie allebei.'

'Vertrouw me maar,' zei Laura. 'Hij kan niet op tijd herladen.'

Mam.

'Opstaan.' Weer deed Laura een stap naar voren. 'Opstaan, zei ik.'

Mam, nee.

'Andrea Eloise.' Haar mamastem maakte plaats voor haar moederstem. 'Opstaan. Nu.'

Andy's lichaam kwam uit eigen beweging overeind. Linkervoet plat, rechterhiel omhoog, vingers tegen de grond, een hardloper voor het startblok.

'Stop!' Met een ruk richtte de man zijn wapen op Andy, maar Laura bewoog mee. Nu trok hij het met een ruk terug, maar ze volgde de beweging en dekte Andy met haar lichaam. Beschermde haar tegen de laatste kogel in de revolver.

'Schiet mij maar neer,' zei Laura. 'Toe dan.'

'Krijg de tyfus.'

Andy hoorde een klik.

De trekker die werd overgehaald? De hamer tegen de kogel?

Ze had haar ogen dichtgeknepen en sloeg haar handen om haar hoofd.

Maar er gebeurde niets.

Er werd geen kogel afgevuurd. Er klonk geen pijnkreet.

Geen bons van haar moeder die dood op de grond viel.

Vloer. Grond. Graf.

Ineengedoken keek Andy weer op.

De man had de schede van het jachtmes losgeklikt.

Langzaam trok hij het mes eruit.

Vijftien centimeter staal. Gekarteld aan de ene kant. Vlijmscherp aan de andere kant.

Hij stak de revolver in de holster en wierp het mes in zijn voorkeurshand. Hij hield het lemmet niet omhoog, zoals bij een steakmes, maar met de punt naar beneden, om iemand neer te steken.

'Wat ben je daarmee van plan?' vroeg Laura.

Hij antwoordde niet. Hij liet het haar zien.

Twee stappen naar voren.

Het mes vloog in een boog omhoog en sneed toen naar beneden, recht op haar moeders hart af.

Andy was verlamd, te bang om ineen te duiken, te geschokt om iets te doen, behalve toezien hoe haar moeder stierf.

Laura stak haar hand uit als om het mes tegen te houden. Het lemmet ging dwars door het midden van haar handpalm. In plaats van neer te storten of luid te schreeuwen, sloeg ze haar vingers om het heft.

Er volgde geen worsteling. Daarvoor was de moordenaar te verbaasd.

Het lange lemmet stak nog uit Laura's hand toen ze het mes uit zijn greep wrong.

Hij strompelde achterwaarts.

Keek naar het mes dat uit haar hand stak.

Eén seconde.

Twee seconden.

Drie.

Kennelijk herinnerde hij zich de revolver op zijn heup. Zijn rechterhand ging naar beneden. Zijn vingers plooiden zich om de kolf. De mond van de loop flitste zilverig op. Met een zwaai legde hij zijn linkerhand als een kom om het wapen, klaar om de laatste kogel door het hart van haar moeder te jagen.

Zwijgend hief Laura haar arm, en met een achterhandse zwaai stootte ze het lemmet in de zijkant van zijn hals.

Tjak, als een slager die een stuk rundvlees afsnijdt.

De echo van het geluid werd door alle hoeken van de ruimte weerkaatst.

De man hapte naar adem. Zijn mond viel open. Zijn ogen werden groot.

De rug van Laura's hand zat nog aan zijn hals vastgepind, klem tussen heft en lemmet.

Andy zag haar vingers bewegen.

Er klonk een klik. De revolver trilde toen hij hem wilde heffen.

Laura zei iets, meer gegrom dan woorden.

Het wapen kwam steeds hoger. Hij probeerde te richten.

Laura trok het lemmet dwars door zijn keel naar buiten.

Bloed, pezen, kraakbeen.

Geen straal, geen nevel zoals eerst. Alles stroomde uit zijn opengehaalde hals, alsof er een dam doorbrak.

Zijn zwarte overhemd werd nog zwarter. De parelmoeren knopen kleurden verschillende tinten roze.

De revolver viel het eerst.

Toen raakten zijn knieën de vloer. Vervolgens zijn borst. Daarna zijn hoofd.

Andy keek naar zijn ogen toen hij viel.

Nog voor hij de grond raakte, was hij dood.

TWEE

Op haar veertiende was Andy smoorverliefd geweest op een zekere Cletus Laraby, die Cleet werd genoemd, maar dat was ironisch bedoeld. Hij had sluik bruin haar, kon gitaarspelen en was bij scheikunde de slimste van de klas, dus leerde Andy gitaarspelen en vond ze scheikunde opeens heel interessant.

Om dezelfde reden deed ze zelfs mee aan de wetenschapsdag die op school werd gehouden, want Cleet had zich ervoor ingeschreven, dus deed zij het ook.

Ze had nog nooit een woord met hem gewisseld.

Niemand vroeg zich af of het wel verstandig was om een leerling die lid was van de toneelclub en met moeite een voldoende haalde voor aardwetenschappen de beschikking te geven over ammoniumnitraat en ontstekingsschakelaars, maar achteraf gezien was de docent, Mrs. Finney, waarschijnlijk zo blij geweest dat Andy nog andere interesses had naast mimekunst dat ze een oogje had dichtgeknepen.

Ook Andy's vader was opgetogen geweest toen hij het hoorde. Gordon nam haar mee naar de bibliotheek, waar ze boeken leenden over techniek en het ontwerpen van raketten. Hij vulde een formulier in voor een klantenkaart bij de plaatselijke hobbywinkel. Tijdens het avondeten las hij voor uit folders van de Amerikaanse Vereniging voor Raketwetenschap.

Wanneer Andy bij haar vader was, ging hij in de garage met zijn schuurblokjes aan de slag om de vinnen en neuskegel mooi vorm te geven, terwijl zij op zijn werkbank ontwerpschetsen zat te maken voor de buis.

Andy wist dat Cleet van de Goo Goo Dolls hield, want er zat een sticker van de band op zijn rugzak, en daarom bedacht ze dat de buis van de raket op een steampunktelescoop uit de videoclip van 'Iris' moest lijken. Vervolgens overwoog ze er vleugels aan te bevestigen omdat 'Iris' uit de film *City of Angels* was, toen besloot ze het profiel van Nicholas Cage op de zijkant te plakken, want hij was de engel in de film, maar uiteindelijk koos ze ervoor Meg Ryan erop te schilderen, want ze deed het allemaal voor Cleet, en hij vond Meg Ryan waarschijnlijk stukken boeiender dan Nicholas Cage.

Een week voor de wetenschapsdag moest Andy al haar aantekeningen en foto's bij Mrs. Finney inleveren om aan te tonen dat ze het werk helemaal zelf had gedaan. Net toen ze het dubieuze bewijs op het bureau van de docente aan het uitstallen was, liep Cleet Laraby het lokaal binnen. Andy kneep haar handen samen om het trillen tegen te gaan toen hij bleef staan om de foto's te bekijken.

'Meg Ryan,' zei hij. 'Gaaf man. Opblazen dat wijf, ja toch?'

Een vlaag ijzige lucht sneed haar lippen open.

'Mijn vriendin is gek op die kutfilm. Die met de engelen, bedoel ik.' Cleet liet haar de sticker op zijn rugzak zien. 'Ze hebben dat schijtnummer voor de soundtrack geschreven, man. Daarom heb ik deze erop geplakt, om mezelf eraan te herinneren dat ik mijn kunst nooit in de uitverkoop doe zoals die mietjes hebben gedaan.'

Andy verroerde zich niet. Ze kreeg er geen woord uit.

Vriendin. Kutfilm. Schijtnummer. Man. Mietjes.

Zonder haar aantekeningen, haar boeken of zelfs maar haar tas mee te nemen liep ze het lokaal van Mrs. Finney uit. Ze ging via de kantine naar buiten. De deur stond altijd open zodat de kantinedames achter de vuilcontainer hun sigaretten konden roken.

Gordon woonde op zo'n drie kilometer van school. Het was juni. In Georgia. Aan de kust. Tegen de tijd dat Andy bij zijn huis aankwam, was ze roodverbrand en baadde ze in haar eigen zweet en tranen. Ze pakte de raket met Meg Ryan en de twee testraketten met Nicholas Cage erop en pleurde ze in de vuilnisbak die buiten stond. Ze sprenkelde er aanstekerbenzine overheen. Vervolgens gooide ze een lucifer in de bak. Toen ze wakker werd, lag ze op haar rug op Gordons oprit en spoot een van de buren haar af met de tuinslang.

Het oplaaiende vuur had haar wenkbrauwen, wimpers, pony en neushaartjes verschroeid. Het geluid van de explosie was zo hevig geweest dat haar oren waren gaan bloeden. De buurman begon tegen haar te schreeuwen. Zijn vrouw, een verpleegkundige, kwam aanlopen en probeerde Andy iets te vertellen, maar het enige wat ze hoorde, was een scherpe toon, als die ene noot uit het stemfluitje van de schoolkoordirigent.

Ieieieieieieieie...

Vier dagen lang hoorde Andy niets anders dan Het Geluid.

Wanneer ze wakker was. Wanneer ze probeerde te slapen. Wanneer ze in bad zat. Wanneer ze naar de keuken liep. Wanneer ze voor de tv zat. Wanneer ze de teksten las die haar vader en moeder verwoed op een whiteboard krabbelden.

We weten niet wat er aan de hand is.

Waarschijnlijk is het tijdelijk.

Niet huilen.

Ieieieieieieieie...

Dat was bijna twintig jaar geleden. Andy dacht zelden aan de explosie, maar nu wel, en dat kwam alleen doordat Het Geluid terug was. Toen het was teruggekomen, of toen ze zich ervan bewust was geworden, had ze in het restaurant naast de stoel van haar moeder gestaan. Op de vloer lagen drie doden. Op de grónd. De moordenaar, van wie het zwarte overhemd nog zwarter was. Shelly Barnard, van wie het rode shirt nog roder was. Betsy Barnard, van wie het onderste deel van het gezicht er aan wat spier- en zenuwstrengen bij hing.

Andy maakte haar blik los van de lijken en keek op. Buiten het restaurant stonden mensen. Winkelpubliek met tassen van Abercrombie en Juicy, met bekers van Starbucks en Icee. Sommigen huilden. Anderen maakten foto's.

Ze voelde druk op haar arm. Laura deed een moeizame poging de stoel van de starende toeschouwers weg te draaien. Andy nam elke beweging als schokkerig waar, alsof ze naar een stop-motionfilm keek. Met bevende hand probeerde Laura een tafelkleed om haar bloedende been te binden. Het witte ding dat er uitstak, was geen bot maar een scherf aardewerk. Laura was rechts, maar door het mes dat uit haar linkerhand stak, lukte het haar niet haar been te verbinden. Ze praatte tegen haar dochter, vroeg haar waarschijnlijk om hulp, maar het enige wat Andy hoorde, was Het Geluid.

'Andy,' zei Laura.

Ieieieieieieieie...

'Andrea.'

Andy staarde naar haar moeders mond en vroeg zich af of ze haar naam hoorde of hem van haar moeders lippen las, een naam die zo vertrouwd was dat haar brein hem als gehoord in plaats van als gezien registreerde.

'Andy,' herhaalde Laura. 'Help me.'

Dat kwam door, een gedempt verzoek, alsof haar moeder door een lange buis sprak.

'Andy.' Laura greep Andy's beide handen vast. Ze zat dubbelgeklapt van de pijn.

Andy knielde bij haar neer en knoopte het tafelkleed vast.

Strak vastbinden.

Dat zou Andy hebben gezegd tegen een panische beller aan de meldlijn: *Wees niet bang om haar pijn te doen. Bind het kleed zo strak mogelijk vast om het bloeden te stoppen.*

Het was heel anders als je zelf het kleed vastsnoerde. Het was heel anders als de pijn die je zag zich op het gezicht van je eigen moeder aftekende.

'Andy.' Laura wachtte tot ze opkeek.

Haar ogen hadden moeite met richten. Ze wilde haar hoofd erbij houden. Ze moest haar hoofd erbij houden.

Haar moeder had haar bij haar kin vastgegrepen, haar heen en weer geschud om haar uit haar verdoving wakker te maken. 'Niet met de politie praten,' had ze gezegd. 'Geen verklaring ondertekenen. Zeg maar dat je je niets kunt herinneren.'

Wat?

'Beloof het,' had Laura aangedrongen. 'Niet met de politie praten.'

Vier uur later had Andy nog steeds niet met de politie gepraat, maar dat kwam doordat de politie niet met háár had gepraat. Niet in het restaurant, niet in de ambulance en ook nu nog niet.

Ze wachtte bij de gesloten deuren van de operatieafdeling terwijl Laura geopereerd werd. Ze zat onderuitgezakt op een harde plastic stoel. Ze had niet willen liggen, had het aanbod van de verpleegkundige om een bed voor haar te regelen afgeslagen, want er was niets mis met haar. Laura, die had hulp nodig. En Shelly. En Shelly's moeder, van wie Andy zich de voornaam niet kon herinneren.

Wat was Mrs. Barnard anders dan de moeder van haar kind?

Andy leunde achterover. Als ze een bepaalde kant op draaide, voelde ze haar gekneusde hoofd niet kloppen. Het raam van plaatglas dat op de boulevard uitkeek. Andy herinnerde zich nog dat haar moeder haar tegen de grond had gewerkt. De knal waarmee de achterkant van haar schedel tegen het raam was geklapt. De barsten in het glas. Laura die snel overeind was gekrabbeld. Hoe kalm ze had geleken en geklonken.

Hoe ze haar vingers had opgestoken – vier aan de linkerhand, één aan de rechter – om aan de schutter duidelijk te maken dat hij nog maar één kogel overhad van de zes waarmee hij was begonnen.

Andy wreef over haar gezicht. Ze keek niet op de klok, want als ze telkens wanneer ze de neiging voelde op de klok keek, zouden de uren zich alleen maar eindeloos uitstrekken. Met haar tong streek ze langs haar vullingen. Ze had het amalgaam laten vervangen door composiet, maar ze wist nog hoe Het Geluid de vullingen zowat had laten trillen in haar kiezen. Tot in haar kaak. Tot in haar schedel. Een geluid als van een bankschroef, dat voelde alsof haar hersens elk moment konden imploderen.

Ieieieieieieie...

Andy kneep haar ogen dicht. Meteen begonnen de beelden langs te trekken, als in een van Gordons vakantiediavertoningen.

Laura die haar hand opstak.

Het lange lemmet dat in haar handpalm drong.

Hoe ze het mes wegwrong.

Hoe ze het lemmet met een achterhandse beweging in de hals van de man stak.

Bloed.

Heel veel bloed.

Jonah Helsinger. Zo heette de moordenaar. Dat wist Andy, hoewel ze zich afvroeg hoe. Had ze de naam op de radio-ontvanger gehoord toen ze met haar moeder was meegereden in de ambulance? Was hij op het nieuws geweest dat uit de tv had geschetterd toen Andy naar de wachtkamer van de Spoedeisende Hulp werd gebracht? Had ze hem opgevangen uit de mond van de verpleegkundigen die haar naar de operatieafdeling hadden gebracht?

'Jonah Helsinger,' had iemand gefluisterd, zoals je fluisterde dat iemand kanker had. 'De moordenaar heet Jonah Helsinger.'

'*Ma'am*?' Vlak voor haar stond een agente van het politiekorps van Savannah.

'Ik weet niet...' Andy probeerde zich te herinneren wat ze van haar moeder had moeten zeggen. 'Ik kan me niks herinneren.'

'Ma'am,' herhaalde de agente, wat vreemd was, want ze was ouder dan Andy. 'Sorry dat ik u lastigval, maar er is hier een man. Hij beweert uw vader te zijn, maar...'

Andy keek de gang in.

Gordon stond bij de liften.

Voor ze wist wat ze deed, sprong ze overeind en rende op hem af. Gordon kwam haar halverwege tegemoet, sloeg zijn armen om haar heen en drukte haar zo stijf tegen zich aan dat ze zijn hart voelde bonzen. Ze begroef haar gezicht in zijn gesteven witte overhemd. Hij kwam van zijn werk en droeg zijn gebruikelijke driedelige pak. Zijn leesbril zat nog boven op zijn hoofd. Zijn Montblancpen stak uit zijn borstzakje. Het metaal voelde koud tegen het puntje van haar oor.

Sinds het begin van de schietpartij was Andy stukje bij beetje de greep op de werkelijkheid kwijtgeraakt, maar nu ze eindelijk haar vaders veilige armen voelde, was er geen redden meer aan. Ze begon zo hard te huilen dat ze haar eigen gewicht niet meer kon dragen. Half tillend, half slepend bracht Gordon haar naar een rij stoelen tegen de muur. Hij hield haar zo stevig vast dat ze slechts kleine hapjes lucht kon nemen.

'Ik ben er,' zei hij telkens weer. 'Ik ben er nu, liefje. Ik ben er nu.'

‘Papa.’ Het woord ging vergezeld van een snik.

‘Rustig maar.’ Gordon streek haar haar naar achteren. ‘Je bent nu veilig. Iedereen is veilig.’

Andy bleef huilen. Ze huilde zo lang dat ze zich begon te generen, alsof het te veel was. Laura leefde nog. Er waren verschrikkelijke dingen gebeurd, maar met Laura kwam het goed. Met Andy kwam het ook goed. Het móést goed komen.

‘Rustig maar,’ mompelde Gordon. ‘Gooi het er allemaal maar uit.’

Andy snoof haar tranen terug. Ze probeerde weer kalm te worden. Ze deed haar uiterste best. Telkens als ze dacht dat het weer ging, herinnerde ze zich een nieuw detail – het geluid van het eerste schot, als een pot die opensprong, de doffe stoot waarmee haar moeder het mes in vlees en bot had gedrongen – en dan kwamen de tranen weer.

‘Rustig maar,’ zei Gordon, die geduldig over haar hoofd streek. ‘Niemand is meer in gevaar, liefje.’

Andy veegde haar neus af. Ze haalde bibberend adem. Gordon ging rechtop zitten en pakte met zijn arm nog om haar heen zijn zakdoek.

Andy depte haar tranen en snoot haar neus. ‘Sorry.’

‘Je hoeft je nergens voor te verontschuldigen.’ Gordon schoof het haar uit haar ogen. ‘Ben je gewond geraakt?’

Ze schudde haar hoofd. Weer snoot ze haar neus, tot haar oren knalden.

Het Geluid was verdwenen.

Ze sloot haar ogen en liet de opluchting toe.

‘Gaat het weer?’ vroeg Gordon. Zijn hand was warm tegen haar rug. Ze voelde zich weer geankerd. ‘Alles oké?’

Andy opende haar ogen. Haar zenuwen waren nog rauw, maar ze moest haar vader vertellen wat er was gebeurd. ‘Mama… ze had een mes, en die vent, ze heeft hem verm–’

‘Ssst.’ Sussend legde hij zijn vingers op haar lippen. ‘Mama redt het wel. We redden het allemaal wel.’

‘Maar…’

Weer legde hij haar met zijn vinger op haar lippen het zwijgen op. ‘Ik heb met de dokter gesproken. Mama ligt op de verkoeverkamer.

Haar hand zal weer volledig herstellen. Met haar been gaat het ook goed. Het komt in orde.' Met opgetrokken wenkbrauw keek hij schuin naar rechts, waar de agente stond. Ze was aan het bellen, maar ondertussen luisterde ze ook naar hen.

'Weet je zeker dat je niks hebt?' vroeg Gordon. 'Hebben ze je onderzocht?'

Ze knikte.

'Je bent gewoon moe, liefje. Je hebt de hele nacht gewerkt. Je hebt iets afschuwelijks meegemaakt. Je leven was in gevaar. Je moeders leven was in gevaar. Het is heel begrijpelijk dat je nu in shock verkeert. Je hebt rust nodig, je hebt tijd nodig om je herinneringen te ordenen.' Zijn woorden waren weloverwogen. Andy besefte dat Gordon haar probeerde bij te sturen. 'Oké?'

Ze knikte omdat hij knikte. Waarom stuurde hij haar gedachten een bepaalde kant op? Had hij met Laura gepraat? Zat haar moeder in de problemen?

Ze had een man gedood. Natuurlijk zat ze in de problemen.

'Zou u me wat basisinformatie willen geven, ma'am?' vroeg de agente. 'Zoals uw volledige naam, uw adres, uw geboortedatum, dat soort dingen.'

'Die kan ik u wel geven.' Gordon wachtte tot ze haar pen en notitieboekje tevoorschijn had gehaald en stak van wal.

Andy dook weer weg onder zijn beschermende arm. Ze slikte zo hard dat haar keel klikte.

En toen dwong ze zichzelf de situatie onder ogen te zien als zomaar iemand in plaats van als een doodsbange getuige.

Het ging hier niet om de ene drugsdealer die een andere drugsdealer op straat neerknalde of om een gewelddadige echtgenoot die uiteindelijk de laatste grens had overschreden. Een witte jongen had twee witte vrouwen doodgeschoten en was vervolgens zelf gedood door een derde witte vrouw, en dat in een van de chicste winkelcentra van de staat.

Waarschijnlijk waren er uit Atlanta en Charleston al persbussen onderweg. Advocaten zouden zich erin mengen namens de families, de slachtoffers, het management van het winkelcentrum, de stad, het district, en misschien kwam zelfs de FBI. Politiekorpsen zouden zich verdringen: Belle Isle, Savannah, Chatham County, het Georgia Bureau of Investigation. Getuigenverklaringen. Forensisch onderzoek. Foto's. Autopsies. Verzameling van bewijsmateriaal.

Andy's werk in de meldkamer bestond voor een deel uit het toewijzen van zaaknummers aan misdaden die veel minder zwaar waren, en vaak volgde ze de voortgang van zo'n zaak maanden- en soms jarenlang, tot deze voor de rechter kwam. Als geen ander hoorde ze te weten dat haar moeders handelingen uiterst nauwkeurig bestudeerd zouden worden, op elk niveau van het strafsysteem.

Alsof het zo was afgesproken, klonk er op dat moment een luide bel. Het was de lift. De leren riem van de agente maakte een piepend geluid toen ze hem recht legde op haar heupen. De deuren schoven open. Een man en een vrouw liepen de gang op. Allebei in gekreukt pak. Allebei met een vermoeide blik. De man was kaal en dik, met velletjes op zijn verbrande neus. De vrouw was ongeveer even groot als Andy, minstens tien jaar ouder, en ze had een lichtbruine huid en donker haar.

Andy wilde opstaan, maar Gordon hield haar tegen.

'Ms. Oliver.' De vrouw haalde haar penning tevoorschijn en toonde die aan Andy. 'Ik ben brigadier Lisa Palazzolo van de recherche, en dit is rechercheur Brant Wilkes. We zijn van het politiekorps van Savannah. We helpen Belle Isle met het onderzoek.' Ze stopte haar penning weer in de zak van haar jasje. 'We willen u spreken over wat er vanochtend is gebeurd.'

Andy deed haar mond al open, maar weer wist ze niet wat ze van haar moeder moest zeggen of wat Gordon haar had ingefluisterd. Daarom viel ze terug op haar standaardreactie, sloot haar mond en staarde wezenloos naar degene die de vraag had gesteld.

'Het komt nu niet zo goed uit, agenten,' zei Gordon. 'Mijn dochter verkeert in shock. Ze is nog niet in staat om een verklaring af te leggen.'

Wilkes bromde misprijzend. 'Bent u haar vader?'

Andy vergat altijd dat haar vader zwart was en zij wit, tot iemand anders haar erop wees.

'Inderdaad, agent. Ik ben haar vader.' Gordon klonk geduldig. Hij was dit gewend. In de loop van de jaren had hij al heel wat ongeruste docenten, bezorgd winkelpersoneel en agressief racistische beveiligers gerust moeten stellen. 'Ik ben Gordon Oliver, Laura's ex-echtgenoot. Andrea's adoptievader.'

Wilkes trok zijn mond scheef terwijl hij het verhaal zwijgend verwerkte.

Palazzolo zei: 'We vinden het heel erg wat er gebeurd is, Mr. Oliver, maar we moeten Ms. Oliver toch echt een paar vragen stellen.'

'Zoals ik al zei, ze is op dit moment niet in staat om over het gebeurde te praten.' Nonchalant sloeg Gordon zijn benen over elkaar, alsof dit alles niet meer dan een formaliteit was. 'Andrea werkt in de meldkamer van de politie, zoals u ongetwijfeld aan haar uniform kunt zien. Ze heeft nachtdienst gehad. Ze is bekaf. Ze is getuige geweest van een verschrikkelijke tragedie. Ze kan nu onmogelijk een verklaring afleggen.'

'Het was inderdaad een verschrikkelijke tragedie,' beaamde Palazzolo. 'Er zijn drie doden.'

'En mijn dochter had de vierde kunnen zijn.' Gordon hield zijn arm beschermend om Andy's schouders. 'We willen met alle genoegen een afspraak maken om morgen naar het bureau te komen.'

'Het gaat hier wel om een lopend moordonderzoek.'

'De verdachte is dood,' benadrukte Gordon. 'Zoveel haast is er niet bij, agent. Een dag extra maakt niet uit.'

Weer bromde Wilkes iets. 'Hoe oud bent u eigenlijk?'

Andy besefte dat hij het tegen haar had.

'Ze is eenendertig,' zei Gordon. 'Vandaag is ze jarig.'

Opeens moest Andy aan Gordons voicemailbericht van die ochtend denken, hoe hij met zijn diepe bariton een enigszins valse versie van 'Happy Birthday' ten beste had gegeven.

'Ze is wel wat oud om haar pappie het woord voor haar te laten doen.'

Palazzolo rolde met haar ogen, maar niettemin zei ze: 'Ms. Oliver, we zouden het zeer op prijs stellen als u ons helpt de gebeurtenissen van begin tot eind vast te leggen. U bent de enige getuige die nog geen verklaring heeft afgelegd.'

Andy wist dat dat niet waar was, want Laura was nog niet helemaal bijgekomen uit de narcose.

'Agenten, als –' begon Gordon.

'Bent u haar vader of haar fucking advocaat?' vroeg Wilkes. 'Want we kunnen u laten verwijderen –'

Gordon stond op. Hij torende minstens dertig centimeter boven Wilkes uit. 'Toevallig bén ik advocaat, Mr. Wilkes, en ik kan u attenderen op mijn dochters in de grondwet verankerde recht om niet aan dit verhoor mee te werken, of ik kan een officiële klacht indienen bij uw meerderen.'

Andy zag de blik van de man heen en weer schieten en zijn mond trillen van verlangen om Gordon op zijn nummer te zetten.

'Brant, ga even een ommetje maken,' zei Palazzolo.

Wilkes verroerde zich niet.

'Kom op, Brant. We zien elkaar in de kantine. Ga maar iets eten.'

Met de woedende blik van een ongecastreerde pitbull keek Wilkes Gordon aan, en toen beende hij weg.

'Mr. Oliver,' zei Palazzolo, 'ik snap dat uw dochter vandaag veel heeft meegemaakt, maar ook al is Savannah bepaald geen ingedut stadje, met drievoudige moorden hebben we niet veel ervaring. We moeten uw dochter echt een verklaring afnemen. We moeten weten wat er is gebeurd.'

'Een dubbele moord,' corrigeerde Gordon haar.

'Oké, en daarbij ook nog gewonden.' Even aarzelde Palazzolo voor ze het woord weer nam. 'Zullen we erbij gaan zitten?' Ze schonk Andy een verzoenend lachje. 'Ik heb ook nachtdienst gehad. Ik ben al achttien uur in touw en het einde is nog niet in zicht.' Voor Gordon haar kon tegenhouden, sleepte ze er een stoel bij. 'Goed, ik zal jullie vertellen wat ik weet, en als Andrea wil, kan ze mij vertellen wat zij weet. Of niet. In beide gevallen krijgen jullie een beeld van onze kant van de zaak.' Ze wees naar de andere stoelen. 'Dat is een goede deal, Mr. Oliver. Ik hoop dat u erop ingaat.'

Andy keek op naar haar vader. Drievoudige moord? Gewonden? Waarom had ze het gevoel dat de rechercheur Laura niet tot de gewonden rekende?

'Mr. Oliver?' Palazzolo tikte tegen de rugleuning van haar stoel, maar ging niet zitten. 'Wat vindt u ervan?'

Gordon keek naar Andy.

Ze kende die blik, die had ze al duizend keer gezien: *denk aan wat ik gezegd heb.*

Andy knikte. Als ze ergens goed in was, was het in zwijgen.

'Mooi.' Met een kreun ging Palazzolo zitten.

Gordon hield Andy met een zacht duwtje op haar stoel, zodat hij recht tegenover Palazzolo stond.

'Oké.' De rechercheur haalde haar notitieboekje tevoorschijn, maar niet haar pen. Ze bladerde het snel door. 'De schutter heet Jonah Lee Helsinger. Achttien jaar oud. Laatste klas middelbare school. Had al een plek op de Florida State University. Het meisje heette Shelly Anne Barnard. Ze was in het restaurant met haar moeder, Elizabeth Leona Barnard, roepnaam Betsy. Jonah Lee Helsinger is – was – het ex-vriendje van Shelly. Volgens haar vader heeft Shelly het twee weken geleden uitgemaakt met Helsinger. Dat wilde ze doen voor ze volgende maand ging studeren. Helsinger vond het niet zo leuk.'

Gordon kuchte. 'Nogal een understatement.'

Ze knikte, het sarcasme negerend. 'Helaas heeft de politie in de loop der jaren veel van dat soort zaken in behandeling gehad. We weten dat dit soort meervoudige moorden meestal niet in een opwelling plaatsvindt. Het zijn goed voorbereide, goed uitgevoerde acties, een plan waar een moordenaar vaak al een tijd mee rondloopt, totdat iets hem het laatste zetje geeft – bijvoorbeeld een verbroken relatie of een grote verandering in de nabije toekomst, zoals naar de universiteit gaan. Het eerste slachtoffer is doorgaans een direct vrouwelijk familielid, en we waren dan ook opgelucht toen we ontdekten dat Helsingers moeder vanochtend de stad uit was. Voor haar werk in Charleston. Maar uit Helsingers kleding – die zwarte hoed, dat vest en de koppelriem die hij een halfjaar geleden op Amazon heeft gekocht – maken we op dat hij veel aandacht aan de uitvoering van zijn plan heeft besteed. De vonk sloeg in het kruitvat toen Shelly het uitmaakte, maar de gedachte, de planning, daar was hij al maanden mee bezig.'

Meervoudige moord.

De twee woorden stuiterden door Andy's hoofd.

'Waren al zijn slachtoffers vrouwen?' vroeg Gordon.

'Een man in het restaurant heeft scherfjes in zijn oog gekregen. Het is nog niet zeker of het behouden blijft. Het oog.' Ze keerde terug naar Jonah Helsinger. 'Verder is het bekend dat dit soort moordenaars vaak explosieven in hun huis plaatsen om zoveel mogelijk slachtoffers te maken. Daarom hebben we de staatsexplosievendienst ingeschakeld om Helsingers slaapkamer veilig te stellen voor we naar binnen gingen. Hij had een staafbom met een draad aan de deurkruk bevestigd. Nogal klunzig. Waarschijnlijk van internet opgepikt. Godzijdank ging de boel niet de lucht in.'

Andy opende haar mond om adem te halen. Ze had oog in oog gestaan met die gast. Het had niet veel gescheeld of hij had Laura gedood. En haar. Hij had mensen vermoord. Hij had mensen willen opblazen.

Waarschijnlijk had hij ook op Belle Isle High School gezeten, net als zij.

'Helsinger,' zei Gordon. 'Die naam heb ik vaker gehoord.'

'Ja, de familie is redelijk bekend in Bibb County. Maar goed...'

'Redelijk bekend,' herhaalde Gordon, maar de lading die hij aan de woorden meegaf, kon Andy niet goed duiden.

Palazzolo kennelijk wel. Heel even hield ze Gordons blik vast, waarna ze haar verhaal vervolgde. 'Goed... Jonah Helsinger heeft wat schriften op zijn bed laten liggen. De meeste stonden vol tekeningen. Nogal alarmerende plaatjes, echt vreemd. Hij had nog vier handwapens, een AR-15 en een geweer, dus hij heeft die revolver en het mes met een bepaalde bedoeling gekozen. We menen te weten waarom. Op zijn laptop stond een map met de naam "Doodsplan" met daarin twee documenten en een pdf.'

Andy voelde een huivering door haar lichaam gaan. Toen zij zich de vorige avond gereed had gemaakt voor haar werk, had Jonah Helsinger zichzelf hoogstwaarschijnlijk in zijn bed liggen opfokken voor zijn moordpartij.

'De pdf was een plattegrond van het restaurant,' vervolgde Palazzolo, 'net een bouwtekening van een architect. Een van de documenten was een tijdpad, zo'n tekst met bullets: zo laat opstaan, zo laat douchen, hier wapen schoonmaken, daar benzine tanken. Het andere document was een soort dagboek waarin hij beschrijft hoe en waarom dit moest gebeuren.' Ze wierp weer een blik in haar notitieboekje. 'Zijn eerste doelwitten waren Shelly en haar moeder. Kennelijk hadden ze elke maandag een lunchafspraak in de Rise-n-Dine. Shelly schreef erover op Facebook, ze snapchatte haar eten of wat dan ook. Van Mr. Barnard hebben we begrepen dat de gezamenlijke lunches iets zijn waartoe zijn vrouw en dochter tijdens de zomer voor Shelly's vertrek naar de universiteit hebben besloten.'

'Iets wáren waartoe ze hadden besloten,' mompelde Gordon, want alles in het leven van de twee vrouwen was voortaan voltooid verleden tijd.

'Waren. Ja,' zei Palazzolo. 'Helsinger wilde hen allebei doden. Dat zijn relatie uit was, weet hij aan de moeder. In zijn dagboek schreef hij dat het Betsy's schuld was, dat ze Shelly altijd onder druk zette, blablabla. Het gebazel van een gek. Maar dat doet er niet toe, want we weten allemaal dat het Jonah Helsingers schuld is, toch?'

'Precies,' zei Gordon gedecideerd.

Opnieuw keek Palazzolo hem veelbetekenend aan voor ze zich weer op haar aantekeningen richtte. 'Zijn plan zag er als volgt uit: nadat hij Betsy en Shelly had gedood, ging hij iedereen die zich nog in het restaurant bevond in gijzeling nemen. Hij had een tijd genoteerd – 1.16 – niet als tijdstip, maar als een soort timing.' Ze keek eerst Andy en toen Gordon aan. 'We denken namelijk dat hij heeft proefgedraaid. Vorige week, rond dezelfde tijd als de schietpartij van vandaag, heeft iemand een steen door het raam gegooid dat op de promenade uitkijkt. We wachten nog op de bewakingsbeelden. De melding kwam binnen bij de afdeling Inbraak. Het heeft ongeveer een minuut en zestien seconden geduurd voor de eerste dienstdoende agent in het winkelcentrum in het restaurant was.'

De agenten die in het winkelcentrum werkten, waren niet de gebruikelijke beveiligers, maar politiemensen die zich in hun vrije tijd lieten inhuren om chique winkels te bewaken. Andy had het wapen op hun heup wel opgemerkt, maar er verder niet bij stilgestaan.

'Zoals Helsinger zich het tijdpad voor de schietpartij voorstelde,' zei Palazzolo, 'ging hij ervan uit dat hij nog minstens één andere omstander zou moeten doden om de aandacht van de politie te trekken. Vervolgens zou hij zich door de politie laten doodschieten. Helsinger moet hebben gedacht dat zijn plan in een stroomversnelling was geraakt toen hij je uniform zag en daaruit afleidde dat je van de politie was.' Nu richtte Palazzolo zich rechtstreeks tot Andy. 'Van de overige getuigen hebben we begrepen dat hij zich door jou wilde laten neerschieten. Zelfmoord door politiekogel.'

Met dit verschil dat Andy geen politieagent was.

Opstaan, smeris! Doe je werk!

Dat had Helsinger tegen Andy geschreeuwd.

Schiet mij maar dood, had haar moeder toen gezegd.

'Hij is verdorven. Wás verdorven. Die Helsinger.' Palazzolo keek Andy nog steeds aan. 'Dat blijkt uit al zijn aantekeningen. Hij heeft dit tot in detail gepland. Hij wist dat hij mensen ging vermoorden. Hij hoopte nog meer mensen te zullen doden als iemand zijn slaapkamerdeur opende. In die staafbom had hij allemaal schroeven en spijkers gestopt. Als de bedrading aan de kant van de deurknop niet was omgeschakeld, zou het hele huis de lucht in zijn gegaan, met iedereen die toevallig binnen was. Dan zouden we twee blokken verderop nog spijkers hebben aangetroffen in god mag weten wie of wat.'

Andy wilde knikken, maar ze was helemaal verlamd. Schroeven en spijkers die door de lucht vlogen. Wat bracht iemand ertoe om zo'n ding in elkaar te zetten, om al die projectielen erin te stoppen in de hoop dat mensen erdoor gedood of verminkt zouden worden?

'Je mag van geluk spreken,' zei Palazzolo tegen Andy. 'Als je moeder er niet geweest was, zou hij je gedood hebben. Hij was verdorven.'

Andy voelde de vrouw naar haar kijken, maar ze hield haar blik op de vloer gericht.

Verdorven.

Palazzolo bleef dat woord maar herhalen, alsof het niet erg was dat Helsinger dood was. Alsof hij zijn verdiende loon had gekregen. Alsof het gerechtvaardigd was wat Laura had gedaan, want Jonah Lee Helsinger was immers 'verdorven'.

Andy werkte op een politiebureau. Veel mensen die werden vermoord, waren zelf crimineel en vielen daarmee in de categorie 'verdorven', maar ze had nog nooit een rechercheur eindeloos horen herhalen dat het slachtoffer 'verdorven' was.

'Mr. Oliver.' Palazzolo had zich tot Gordon gewend. 'Heeft uw vrouw militaire training gehad?'

Gordon antwoordde niet.

'Haar achtergrond is nogal neutraal,' vervolgde Palazzolo. Weer bladerde ze haar notitieboekje door. 'Geboren in Providence, Rhode Island. Gestudeerd aan de University of Rhode Island. Master en PhD aan de UGA. Ze woont nu achtentwintig jaar op Belle Isle. Het huis is afbetaald, gefeliciteerd. Ze zou het voor een smak geld kunnen verkopen, maar dan is het de vraag waar ze naartoe zou moeten. Eén keer getrouwd, één keer gescheiden. Geen grote uitstaande schulden. Ze betaalt haar rekeningen op tijd. Is nooit het land uit geweest. Drie jaar geleden heeft ze een parkeerboete gehad die ze online heeft betaald. Ze moet een van de eersten zijn geweest die hier een huis hebben gekocht.' Palazzolo richtte zich weer tot Andy. 'Jij bent hier toch opgegroeid?'

Andy staarde de vrouw aan. Ze had een moedervlek bij haar oor, vlak onder haar kaaklijn.

'Je bent op Belle Isle naar school gegaan en hebt daarna aan het Savannah College of Art and Design gestudeerd, klopt dat?'

Andy had de eerste twee jaar van haar leven in Athens doorgebracht, toen Laura aan haar proefschrift had gewerkt, maar het enige wat ze zich uit die tijd herinnerde, was dat ze bang was geweest voor de parkiet van de buren.

'Ms. Oliver.' Palazzolo's stem kreeg iets gespannens. Blijkbaar was ze gewend antwoord op haar vragen te krijgen. 'Heeft je moeder ooit een zelfverdedigingscursus gevolgd?'

Andy bestudeerde de moedervlek. Er staken een paar korte haartjes uit.

'Yoga? Pilates? Tai chi?' Palazzolo zweeg afwachtend. De stilte duurde voort. Toen klapte ze haar notitieboekje dicht en stopte het weer in haar zak. Uit haar andere zak pakte ze haar telefoon. Ze tikte op het scherm. 'Ik laat je dit zien omdat het al op het nieuws is geweest.' Vervolgens swipete ze over het scherm. 'Een van de gasten in het restaurant vond het belangrijker om het gebeurde op zijn smartphone vast te leggen dan om 911 te bellen of te rennen voor zijn leven.'

Ze draaide de telefoon om. Het beeld was stopgezet. Jonah Helsinger stond bij de ingang van het restaurant. Zijn onderlichaam werd door een vuilnisbak aan het oog onttrokken. Achter hem was het winkelcentrum verlaten. Naar de opnamehoek te oordelen had de serveerster die achter in de zaak had gestaan het filmpje niet gemaakt. Andy vroeg zich af of het de man met de krant was geweest. De telefoon werd schuin boven het peper-en-zoutstel uitgestoken, alsof de filmer probeerde te verbergen dat hij een opname maakte van de vreemde jongen die gekleed was als een schurk uit een John Wayne-film.

Objectief gezien was de hoed belachelijk: te groot voor Helsingers hoofd, stijf aan de bovenkant, en met de randen bijna komisch omhooggedraaid.

Andy had hem evengoed kunnen filmen.

'Het zijn nogal schokkende beelden,' zei Palazzolo. 'Op het nieuws worden ze vager gemaakt. Denkt u dat u het aankunt?' Die vraag was aan Gordon gericht, want Andy had ze uiteraard al gezien.

Nadenkend streek Gordon met vinger en duim zijn snor glad. Andy wist dat hij het aankon. Hij vroeg zich alleen af of hij het wel wilde zien.

'Ja,' antwoordde hij ten slotte.

Palazzolo schoof haar vinger om de rand van de telefoon en tikte op het scherm.

Eerst vroeg Andy zich af of de tik effect had gehad, want Jonah Helsinger verroerde zich niet. Secondelang bleef hij achter de vuilnisbak staan en staarde met zijn cowboyhoed hoog op zijn glanzende voorhoofd wezenloos het restaurant in.

Achter hem stapten twee oudere dames voorbij, van die typische winkelcentrumbezoeksters. Een van hen zag het wildwesttenue en stootte de ander aan, waarop ze allebei moesten lachen.

Op de achtergrond klonk muziek. Madonna met 'Dress You Up'.

Iemand hoestte. Het blikkerige geluid trilde na in Andy's oren, en ze vroeg zich af of ze al deze geluiden ook had opgevangen op het moment dat ze hadden geklonken, toen ze in het restaurant tegen de serveerster had gezegd dat ze theatertechniek had gestudeerd, toen ze uit het raam had gekeken naar de schuimende golven in de verte.

Op het scherm bewoog Helsinger zijn hoofd naar rechts, toen naar links, alsof hij het hele restaurant in zich opnam. Andy wist dat er niet veel te zien was. Het was er halfleeg. Er zat een handjevol vaste klanten met een laatste kop koffie of glas thee voor ze boodschappen gingen doen, gingen golfen of, in Andy's geval, gingen slapen.

Helsinger stapte achter de vuilnisbak vandaan.

'Jezus,' klonk een mannenstem.

Dat kon Andy zich nog wel herinneren, hoe zacht en grimmig het woord had geklonken, met die zweem van verbazing.

De revolver werd gericht. Uit de loop steeg een rookwolkje op. Een luid *pop*.

Shelly was in haar achterhoofd geraakt. Ze zeeg als een papieren aankleedpop op de vloer neer.

Betsy Barnard begon te gillen.

De tweede kogel miste Shelly, maar een luide kreet gaf aan dat iemand anders was geraakt.

De derde kogel volgde meteen op de tweede.

Op de tafel barstte een beker in duizend stukjes. Scherven vlogen door de lucht.

Laura wendde zich net van de schutter af toen een van de scherven zich in haar been boorde. Aan haar gezicht was niets te zien. Ze begon te rennen, maar niet weg van het gevaar. Ze was dichter bij de uitgang naar het winkelcentrum dan bij de achterkant van het restaurant. Ze had onder een tafel kunnen duiken. Ze had kunnen vluchten.

In plaats daarvan rende ze naar Andy.

Andy zag zichzelf nu, met haar rug naar het raam. De film-Andy liet haar koffiekop vallen. Het aardewerk spatte aan stukken. Op de voorgrond werd Betsy Barnard vermoord. Kogel nummer vier ging recht haar mond in, nummer vijf drong in haar hoofd. Ze viel boven op haar dochter.

Het volgende moment tackelde Laura Andy tegen de grond.

Heel even bewoog er niets, tot Laura overeind krabbelde.

Ze maakte neerwaartse klopbewegingen met haar handen zoals ze dat vroeger deed als ze Andy's deken instopte. De man in het zwart, Jonah Lee Helsinger, hield een wapen op Laura's borst gericht. In de verte zag Andy zichzelf. Ze had zich tot een bal opgerold. Het glas achter haar was aan het barsten. Scherven vielen naar beneden.

Zittend op de stoel naast Gordon reikte ze met haar hand naar haar haar. Uit de warrige strengen plukte ze een stukje glas.

Toen ze weer naar de telefoon van rechercheur Palazzolo keek, was de invalshoek van de film veranderd. Het beeld was onvast, genomen vanachter de schutter. Degene die het filmpje had gemaakt, had op de grond gelegen, net achter een omgevallen tafel. Daardoor zag Andy alles vanuit een totaal ander perspectief. In plaats van de schutter in het gezicht te kijken, bevond ze zich nu achter hem. In plaats van haar moeders rug zag ze Laura's gezicht. Haar handen, met de zes opgestoken vingers om het totale aantal kogels aan te geven. Haar duim, die heen en weer bewoog ten teken dat er nog maar één kogel in de kamer zat.

Schiet dan.

Dat had Laura gezegd tegen de jongen die al twee mensen had vermoord: *schiet dan*. Ze had het een aantal keren gezegd. In Andy's hoofd echoden de woorden na, telkens als Laura ze op het filmpje uitsprak.

Schiet dan, toe dan. Als je mij doodschiet, gaat mijn dochter ervandoor...

De aanwezigen in het restaurant hadden als reactie op de schietpartij allemaal voorspelbaar gedrag vertoond: ze hadden gegild, ze waren weggedoken of weggerend, of ze hadden alle drie gedaan.

Laura had het aantal kogels geteld.

'Wat?' mompelde Gordon. 'Wat doet hij nu?'

Klik.

Op het scherm klikte Helsinger de schede open die aan zijn riem hing.

'Dat is een mes,' zei Gordon. 'Ik dacht dat hij een revolver had gebruikt.'

Het wapen zat weer in de holster. Helsinger klemde het mes in zijn vuist, met het lemmet naar beneden om een zo groot mogelijk bloedbad aan te richten.

Andy wilde haar ogen sluiten, maar tegelijkertijd wilde ze het weer zien, wilde ze naar haar moeders gezicht kijken, want op dít specifieke moment in het filmpje, met Helsinger die het vervaarlijke jachtmes in zijn hand hield, was de uitdrukking op Laura's gezicht bijna vredig, alsof er binnen in haar een knop was omgezet.

Het mes beschreef een boog naar boven.

Gordon zoog de lucht tussen zijn tanden door.

Nu ging het mes met een boog naar beneden.

Laura hief haar linkerhand. Het lemmet sneed recht door het midden van haar handpalm. Ze sloeg haar vingers om het heft. Ze wrong het los uit Helsingers greep, en met het mes nog steeds door haar hand stak ze het lemmet met een achterwaartse beweging in de zijkant van zijn hals.

Tjak.

Laura's linkerhand zat nu aan de linkerkant van zijn hals vastgepind, als een briefje op een prikbord.

Even stond alles stil, een paar milliseconden maar.

Laura's mond bewoog. Eén of twee woorden, waarbij haar lippen nauwelijks uiteenweken.

Toen stak ze haar rechterarm onder de vastgestoken linkerarm door.

Met de muis van haar rechterhand zette ze zich schrap tegen Helsingers rechterschouder.

Met haar rechterhand duwde ze tegen zijn schouder.

Met haar linkerhand trok ze het mes naar voren, dwars door zijn keel.

Bloed.

Overal bloed.

Gordons mond viel open.

Andy's tong veranderde in een prop watten.

De rechterhand die duwde, de linkerhand die trok.

Op het filmpje leek het alsof Laura het mes opzettelijk uit Helsingers keel had getrokken.

Ze had hem niet simpelweg gedood.

Ze had hem vermóórd.

'Ze heeft gewoon...' Gordon had het ook gezien. 'Ze...' Hij bracht zijn hand naar zijn mond.

Op het filmpje raakten Helsingers knieën de vloer. Toen zijn borst en zijn gezicht.

Andy zag zichzelf in de verte. Het wit van haar ogen vormde twee bijna volmaakte cirkels.

Op de voorgrond keek Laura nog steeds even rustig. Ze had haar blik op het mes gericht, dat dwars door haar hand stak, draaide die om en keek nog eens goed – eerst naar de handpalm, toen naar de rug – alsof ze een splinter had ontdekt.

Op dat punt zette Palazzolo het filmpje op pauze.

Ze wachtte even en vroeg toen: 'Wilt u het nog een keer zien?'

Gordon slikte zo hard dat Andy zijn adamsappel op en neer zag wippen.

'Mr. Oliver?'

Hij schudde zijn hoofd en keek de gang in.

Palazzolo drukte het schermpje weg en liet de telefoon weer in haar zak verdwijnen. Zonder dat Andy het had gemerkt, had ze haar stoel schuin bij Gordon weggeschoven. Nu leunde ze naar voren, met haar handen op haar bovenbenen. Er was maar een paar centimeter ruimte tussen haar knieën en die van Andy. 'Het is nogal gruwelijk,' zei ze. 'Het valt vast niet mee om het opnieuw te zien.'

Gordon schudde zijn hoofd. Hij dacht dat de rechercheur het nog steeds tegen hem had.

'Neem er alle tijd voor, Ms. Oliver,' zei Palazzolo. 'Ik weet dat dit moeilijk is. Toch?' Nu praatte ze weer tegen Andy. Ze boog zich nog dichter naar haar toe, zo dicht dat Andy zich ongemakkelijk ging voelen.

Eén hand die duwde, één hand die trok.

Een hand die tegen zijn schouder duwde. Een hand die het mes door zijn keel trok.

Laura's kalme gezicht.

Ik zal jullie vertellen wat ik weet, en als Andrea wil, kan zij mij vertellen wat zij weet.

De rechercheur had hun niets verteld of laten zien wat niet ook al op het nieuws was geweest. En nu was ze ongemerkt veel te dicht tegen Andy aangekropen, nam ze een deel van haar persoonlijke ruimte in beslag. Andy wist dat dat een verhoortechniek was, want als er niet veel werk was, had ze weleens in lesboeken zitten grasduinen.

Hortons aantekeningen bij het politieverhoor: getuigenverklaringen, verhoor van onwillige getuigen en bekentenissen.

Je werd geacht de ander een onbehaaglijk gevoel te bezorgen zonder dat deze wist waarom hij zich zo onbehaaglijk voelde.

En de reden waarom Palazzolo Andy een onbehaaglijk gevoel probeerde te bezorgen, was dat ze geen verklaring afnam. Ze was haar aan het verhoren.

'Je mag van geluk spreken dat je moeder er was om je te redden,' zei ze. 'Sommigen zouden haar een heldin noemen.'

Sommigen.

'Wat zei je moeder tegen Jonah voor hij stierf?'

Andy zag hoe de ruimte tussen hen zich sloot. Van vijf centimeter naar twee.

'Ms. Oliver?'

Laura had te kalm geleken. Dat was het probleem. Ze was de hele tijd te kalm en methodisch geweest, vooral toen ze haar rechterhand had geheven en die tegen Jonahs rechterschouder had geplaatst.

Eén hand die duwde, één hand die trok.

Zonder de geringste doodsangst.

Weloverwogen.

'Andrea?' drong Palazzolo aan. 'Wat heeft je moeder gezegd?'

Dat kleine onbehaaglijke stukje ruimte tussen hen in vulde zich met haar onuitgesproken vraag: als Laura inderdaad zo kalm was geweest, als ze inderdaad zo methodisch was geweest, waarom had ze dan niet met diezelfde hand Helsingers revolver gepakt?

'Andrea?' Palazzolo liet haar ellebogen op haar knieën rusten. Haar adem rook naar koffie. 'Ik weet dat je het nu moeilijk hebt, maar we kunnen dit heel snel oplossen als je me gewoon vertelt wat je moeder tegen Helsinger zei voor hij stierf.' Ze zweeg even. 'De telefoon heeft het niet opgepikt. We zouden het filmpje naar het staatslab kunnen sturen, maar het is eenvoudiger als je ons gewoon vertelt...'

'De vader,' zei Gordon. 'We horen voor de vader te bidden.'

Palazzolo keek hem niet aan, maar Andy wel. Bidden was niks voor haar vader.

'Ik kan me niet voorstellen...' Hij laste een pauze in. 'Ik kan me niet voorstellen hoe het moet zijn om zo je gezin te verliezen.' Bij dat laatste woord knipte hij met zijn vingers, heel dicht bij zijn gezicht, alsof hij zichzelf wakker wilde schudden uit de trance waarin hij door het filmpje beland was. 'Wat ben ik blij dat je moeder er was om jou te beschermen, Andrea. En zichzelf.'

Andy knikte. Voor de verandering was ze haar vader een paar stappen voor.

'Hoor eens, mensen.' Uiteindelijk schoof Palazzolo weer naar achteren op haar stoel. 'Ik weet dat jullie denken dat ik niet aan jullie kant sta, maar het gaat hier niet om kanten. Jonah Helsinger was verdorven. Hij had een plan. Hij wilde mensen vermoorden, en dat heeft hij ook gedaan. U hebt gelijk, Mr. Oliver. Uw vrouw en dochter hadden zijn derde en vierde slachtoffer kunnen worden. Maar als rechercheur is het mijn taak om vragen te stellen over wat er vanmiddag echt is gebeurd in dat restaurant. Het enige waar ik op uit ben, is de waarheid.'

'Rechercheur Palazzolo.' Eindelijk klonk Gordon weer als zichzelf.

'We lopen beiden lang genoeg op deze aarde rond om te weten dat de waarheid voor velerlei uitleg vatbaar is.'

'Dat klopt, Mr. Oliver. Dat klopt zonder meer.' Ze keek Andy aan. 'Weet je, ik besef net dat je al die tijd nog geen woord hebt gezegd.' Als een liefhebbende zus legde ze haar hand op Andy's knie. 'Maak je geen zorgen, schat. Wees maar niet bang. Met mij kun je praten.'

Andy staarde naar de moedervlek onder de kaak van de vrouw, want haar aankijken ging niet. Ze was niet bang. Ze was verward.

Vormde Jonah Helsinger nog steeds een bedreiging op het moment dat Laura hem doodde? Want volgens de wet mocht je iemand doden die je bedreigde, maar als hij je niet bedreigde en je hem toch doodde, was het dus geen zelfverdediging meer.

Dan had je hem simpelweg vermoord.

Andy probeerde zich die ochtend weer voor de geest te halen, met behulp van het filmpje de lege plekken in te vullen. Had Laura het mes in Jonah Helsingers hals kunnen laten zitten, zijn wapen kunnen pakken en dan… wat dan?

De politie zou zijn gekomen. De meldkamer zou een ambulance hebben opgeroepen, geen lijkschouwer, want zelfs met een mes dat à la Herman Munster uit de zijkant van zijn hals stak, zou Jonah Helsinger nog niet dood zijn geweest. Hij had geen bloed opgehoest of uitgeniesd. Hij had zijn armen en benen nog kunnen bewegen, wat betekende dat zijn halsslagader en halsader hoogstwaarschijnlijk nog intact waren. Wat betekende dat hij het had kunnen overleven, als Laura hem niet had gedood.

Wat zou er daarna zijn gebeurd?

Het ambulancepersoneel had hem kunnen stabiliseren voor de rit naar het ziekenhuis, en de chirurgen hadden het mes veilig kunnen verwijderen, maar niets van dat alles was gebeurd, omdat Laura haar rechterhand schrap had gezet tegen Jonah Helsingers rechterschouder en zo een einde aan zijn leven had gemaakt.

'Andrea,' zei Palazzolo. 'Het gebrek aan communicatie aan jouw kant zit me behoorlijk dwars. Als je nergens voor hoeft te vrezen, waarom wil je dan niet praten?'

Andy dwong zichzelf de rechercheur aan te kijken. Ze moest haar mond opendoen. Nu moest ze zeggen dat Laura geen keuze had gehad. *Mijn moeder handelde uit zelfverdediging. U bent er niet bij geweest, maar ik wel, en ik durf tegenover elke jury op een stapel bijbels te zweren dat mijn moeder geen andere keuze had dan om Jonah Lee Helsinger te doden.*

'Laura?' zei Gordon.

Andy draaide zich om, maakte zich eindelijk los uit Palazzolo's maalstroom. Ze had verwacht haar moeder in het zoveelste ziekenhuisbed te zullen aantreffen, maar Laura zat rechtop in een rolstoel.

'Alles goed, hoor,' zei ze, hoewel haar gezicht verwrongen was van de pijn. Ze droeg een wit ziekenhuishemd. Haar arm zat met een klittenbandsling tegen haar middel. Haar vingers werden recht gehouden door een soort fietshandschoen waarvan de vingertoppen waren afgeknipt. 'Ik moet me nog even omkleden, dan kan ik naar huis.'

Gordon wilde al protesteren, maar Laura snoerde hem de mond. 'Alsjeblieft,' zei ze. 'Ik heb al tegen de arts gezegd dat ik mezelf afmeld. Zij maakt de papieren in orde. Zou je de auto willen halen?' Ze keek geërgerd, vooral toen Gorden zich niet verroerde. 'Gordon, wil je alsjeblieft je auto halen?'

'Mrs. Oliver,' zei Palazzolo. 'De chirurg heeft gezegd dat u vannacht moet blijven, misschien wel langer.'

Laura vroeg niet wie ze was of waarom ze met haar arts had gepraat. 'Gordon, ik wil naar huis.'

'Ma'am.' Palazzolo deed een nieuwe poging. 'Ik ben rechercheur Lisa Palazzolo van de –'

'Ik praat niet met u.' Ze keek Gordon weer aan. 'Ik wil naar huis.'

'Ma'am –'

'Bent u doof of zo?' vroeg Laura. 'Deze man is advocaat. Hij kan u wijzen op mijn wettelijke rechten, mocht u daar onbekend mee zijn.'

Palazzolo fronste haar voorhoofd. 'Ja, dat riedeltje kennen we, maar ik wil het uit uw eigen mond horen: weigert u verhoord te worden?'

'Voorlopig wel, ja,' zei Gordon, die altijd meteen voor Laura in de bres sprong als een onbekende haar dwarszat. 'Mijn secretaresse belt u om een afspraak te maken.'

'Ik kan haar als hoofdgetuige in hechtenis nemen.'

'Dat kunt u inderdaad,' beaamde Gordon. 'Maar dan blijft ze misschien hier op last van de arts en wordt u de toegang sowieso ontzegd.'

'Ik ben onder narcose geweest,' zei Laura. 'Ik ben niet in staat om –'

'U maakt het alleen maar erger. Dat beseft u toch wel?' Palazzolo had haar hulpvaardige we-zitten-in-hetzelfde-schuitjefaçade laten varen. Ze was zichtbaar nijdig. 'Mensen die zwijgen hebben iets te verbergen.'

'Mijn secretaresse neemt contact met u op zodra Mrs. Oliver met u kan praten,' zei Gordon.

Palazzolo's kaakscharnier stak uit als een bout toen ze haar kiezen op elkaar klemde. Ze knikte afgemeten en stapte zwaaiend met haar jasje op de lift af.

'Het is beter om in het ziekenhuis te blijven,' zei Gordon tegen Laura. 'Hier valt ze je niet lastig. Ik zorg voor een contactverbod als ik –'

'Naar huis,' zei Laura. 'Haal je auto of ik bel een taxi.'

Hulp zoekend keek Gordon de ziekenverzorger achter de rolstoel aan.

De man haalde zijn schouders op. 'Ze heeft gelijk, vriend. Zodra ze de papieren heeft getekend, kunnen wij haar niet tegen haar zin hier houden.'

Gordon knielde voor de stoel neer. 'Schat, ik denk niet –'

'Andrea.' Laura kneep zo hard in Andy's hand dat de botjes verschoven. 'Ik wil hier niet blijven. Ik wil niet weer in een ziekenhuis liggen. Geen nacht meer. Begrijp je?'

Andy knikte, want dit begreep ze tenminste. Laura was bijna een jaar lang het ziekenhuis in en uit geweest vanwege complicaties die verband hielden met de operatie: twee longontstekingen en een bacteriële infectie die zo hardnekkig was geweest dat haar nieren het bijna hadden begeven. 'Pap, ze wil naar huis,' zei ze.

Gordon mompelde iets onverstaanbaars. Hij stond op en stopte zijn hand in zijn zak. Zijn sleutels rinkelden. 'Weet je het zeker?' Hij schudde zijn hoofd, want Laura deed nooit uitspraken waarover ze onzeker was. 'Kleed je maar om. Teken je papieren. Ik sta straks voor.'

Andy keek haar vader na. Een vertrouwd schuldgevoel maakte zich van haar meester nu ze haar moeders eisen voorrang had gegeven boven haar vaders wensen.

'Dank je.' Laura verslapte haar greep op Andy's hand. Aan de verzorger vroeg ze: 'Wil je ergens een shirt of iets dergelijks voor me opduikelen zodat ik me kan omkleden?'

Met een knikje trok hij zich terug.

'Andrea,' zei Laura zachtjes. 'Heb je iets tegen die rechercheur gezegd?'

Andy schudde haar hoofd.

'Je sprak met haar toen ik de gang door werd gereden.'

'Ik was niet...' Andy verbaasde zich over haar moeders scherpe toon. 'Ze stelde vragen. Ik heb haar niks verteld.' Toen zei ze: 'Ik heb mijn mond niet opengedaan. Niet één keer.'

'Oké.' Laura probeerde te gaan verzitten, maar te oordelen naar haar verwrongen gezicht was de pijn nog te hevig. 'Nog even over ons gesprek van eerder, in het restaurant. Ik wil dat je vertrekt. Vanavond nog. Je moet weg.'

Wat?

'Ik weet dat ik gezegd heb dat ik je geen deadline zou geven, maar dat doe ik toch, en wel nu.' Weer probeerde Laura te verzitten. 'Je bent volwassen, Andy. Het wordt tijd dat je je als een volwassene gedraagt. Zoek maar een flat en vertrek. Vandaag.'

De moed zonk Andy in de schoenen.

'Je vader is het met me eens,' zei Laura, alsof dat meer gewicht in de schaal legde. 'Ik wil je niet meer in huis hebben. Niet meer in je appartement boven de garage. Je kunt dus vertrekken, oké? Je mag daar vannacht niet meer slapen.'

'Mam...'

Laura zoog de lucht tussen haar tanden naar binnen toen ze nogmaals probeerde een wat comfortabeler houding aan te nemen. 'Ga alsjeblieft niet met me in discussie, Andrea. Ik moet vanavond alleen zijn. En morgen, en... je moet gewoon weg. Ik heb nu eenendertig jaar voor je gezorgd. Ik heb het recht verdiend om alleen te zijn.'

'Maar...' Andy wist niet goed wat er op dat 'maar' moest volgen.

Maar er zijn mensen doodgegaan.

Maar je had zelf dood kunnen zijn.

Maar je hebt iemand gedood terwijl dat niet nodig was.

Zo was het toch?

'Mijn besluit staat vast,' zei Laura. 'Ga naar beneden en zorg dat je vader voor de goede uitgang parkeert.'

Gordon had hen al eerder van het ziekenhuis opgehaald. 'Mam –'

'Andrea! Kun je nou nooit eens gewoon doen wat ik zeg?'

Het liefst had Andy haar oren dichtgestopt. Nog nooit in haar leven had haar moeder haar zo kil behandeld. Er had zich een reusachtige, ijzige kloof tussen hen geopend.

'Ga dan,' zei Laura verbeten.

Andy draaide zich om en liep bij haar moeder vandaan. Tranen stroomden over haar wangen. Dit was al de tweede keer vandaag dat haar moeder zo scherp had geklonken, en beide keren had haar lichaam gereageerd voor haar verstand haar had kunnen afremmen.

Gordon was nergens te bekennen, maar rechercheur Palazzolo stond bij de lift te wachten. Toen ze iets wilde zeggen, liep Andy door en nam de trap. Ze struikelde bijna over de treden. Ze voelde zich verdoofd. Haar hoofd tolde. Uit haar ogen regende het tranen.

Vertrekken? Vanavond nog?

Nu dus? Voor altijd?

Ze beet op haar lip om haar gejank te stoppen. Ze moest in elk geval rustig blijven tot ze haar vader zag. Gordon bedacht wel een oplossing. Hij zorgde wel dat het goed kwam. Hij had wel een plan. Hij kon vast uitleggen wat er was gebeurd met haar lieve, zorgzame moeder.

Ze versnelde haar pas, stortte zich praktisch van de trap af. De druk op haar borst nam iets af. Er moest een reden zijn voor Laura's gedrag. Stress. Narcose. Verdriet. Angst. Pijn. Stuk voor stuk zaken die het slechtste in een mens naar boven konden halen. Samengevoegd konden ze je gek maken.

Dat was het.

Laura had gewoon tijd nodig.

Andy kon weer wat rustiger ademen. Toen ze bij de volgende overloop de hoek omging, glipte haar bezwete hand van de leuning. Haar ene voet schoof over de tree opzij en de andere gleed onder haar vandaan, zodat ze plat op haar gat terechtkwam.

Fuck.

Ze nam haar hoofd in haar handen. Over haar vingers gleed iets vochtigs naar beneden dat te dik was voor zweet.

Fuck!

Haar knokkel bloedde. Ze stopte hem in haar mond. Haar handen trilden. Haar hoofd maalde. Met haar hartslag was iets vreemds aan de hand.

Ergens boven haar ging een deur open en weer dicht, en vervolgens klonken er sloffende voetstappen op de trap.

Andy betastte haar enkel, waar opmerkelijk genoeg niets mis mee was. Haar knie voelde wat slap, maar ze had niets verstuikt of gebroken. Ze stond op en wilde doorlopen naar de begane grond toen er een golf misselijkheid kwam opzetten.

Boven haar kwamen de voetstappen steeds dichterbij.

Het was al erg genoeg om in het openbaar te moeten overgeven. Met een getuige erbij was de ramp niet te overzien. Ze moest een toilet zien te vinden. Op de volgende overloop aangekomen duwde ze een deur open en snelde een gang door tot ze de toiletten had gevonden.

Ze moest rennen om op tijd een toilet te bereiken. Ze deed haar mond al open om te braken, maar nu ze hier gehurkt voor de pot zat, kwam er alleen gal. Ze probeerde zoveel mogelijk uit te kotsen en trok toen door. Ze ging op het deksel zitten. Met de rug van haar hand veegde ze haar mond af. Zweet droop langs haar hals naar beneden. Ze hijgde alsof ze de marathon had gelopen.

'Andrea?'

Fuck.

Ze trok haar benen als een zonnescherm op en haakte haar hielen achter de rand van de pot, alsof ze zichzelf onzichtbaar kon maken door zich tot een bal op te rollen.

'Andrea?' Palazzolo's lompe dienstschoenen stampten over de tegels. Pal voor Andy's toiletdeur bleef ze staan.

Andy staarde naar de vloer. Ergens drupte een kraan. Ze telde zes druppels tot –

'Andrea, ik weet dat je daarbinnen zit.'

Andy rolde met haar ogen, zo idioot was de hele situatie.

'Ik begrijp dat je geen zin hebt om te praten,' zei Palazzolo. 'Zou je wel willen luisteren?'

Andy zweeg.

'Je moeder zou weleens dik in de problemen kunnen zitten.' Palazzolo wachtte weer. 'Of niet.'

Bij het woord 'niet' maakte Andy's hart een sprongetje.

'Wat ze gedaan heeft, dat snap ik. Ze beschermde haar dochter. Ik heb zelf een kind. Ik zou alles doen voor dat mannetje. Hij is mijn grootste schat.'

Andy beet op haar onderlip.

'Ik kan je hiermee helpen. Ik kan jullie allebei hieruit helpen.'

Nog steeds deed Andy er het zwijgen toe.

'Ik laat mijn kaartje op de wastafel liggen.'

Andy bleef zwijgen.

'Je mag me altijd bellen, dag en nacht, en dan kunnen jij en ik samen bedenken wat je moet zeggen om dit probleem de wereld uit te helpen.' Na een korte pauze zei ze: 'Ik bied aan om je moeder te helpen, Andrea. Dat is het enige wat ik wil: helpen.'

Weer rolde Andy met haar ogen. Lang geleden had ze geleerd dat er op langdurig zwijgen een prijs stond, namelijk dat anderen je onnozel of ronduit dom vonden.

'Maar waar het om draait, is dit,' vervolgde Palazzolo. 'Als je je moeder echt wilt helpen, moet je me eerst de waarheid vertellen. Over wat er gebeurd is.'

Andy moest bijna lachen.

‘Dan pakken we het vanaf dat punt op. Oké?’ Weer een geladen stilte. ‘Goed?’

Goed.

‘Het kaartje ligt op de wasbak, meis. Dag en nacht.’

Andy luisterde naar het gedruppel uit de kraan.

Eén druppel… twee druppels… drie… vier… vijf… zes…

‘Wil je iets doen, doortrekken bijvoorbeeld, zodat ik weet dat je me gehoord hebt?’

Andy stak haar middelvinger op naar de deur.

‘Ook goed,’ zei Palazzolo. ‘Dan ga ik er maar van uit dat je me gehoord hebt. Maar hoe eerder, hoe beter, oké? We willen niet dat je moeder naar het bureau wordt gesleept voor een officieel verhoor en dat soort narigheid. Vooral niet nu ze gewond is. Toch?’

In gedachten zag Andy zichzelf opstaan van het toilet, de deur opentrappen en tegen het mens zeggen dat ze moest opflikkeren.

Maar toen besefte ze dat de deur naar binnen in plaats van naar buiten opengingen en ze hem dus niet open kon trappen. Daarom bleef ze op de pot zitten, met haar handen om haar benen en haar hoofd tussen haar knieën, tot de rechercheur wegliep.

DRIE

Andy bleef zo lang op het toilet zitten dat haar knie knakte toen ze eindelijk overeind kwam. Haar hamstrings tingelden als de snaren van een ukelele. Ze opende de deur en liep naar de wastafel. Ze negeerde het met een glanzend gouden schild getooide visitekaartje van de rechercheur toen ze haar gezicht met koud water afspoelde. Haar knokkel begon weer te bloeden. Ze wikkelde een papieren handdoekje om haar vinger en opende aarzelend de deur.

Ze keek de gang door. Geen rechercheur Palazzolo. Ze wilde al weggaan, maar op het laatste moment griste ze het kaartje mee. Dat zou ze aan haar vader geven. Ze zou hem vertellen wat er was gebeurd. Als je een advocaat had, mocht de politie je niet ondervragen. Dat wist iedereen die weleens naar *Law & Order* keek.

Voor de lift stond een groepje te wachten. Hoewel Palazzolo er niet bij was, nam Andy toch de trap. Deze keer liep ze voorzichtig naar beneden. Haar knokkel bloedde niet meer. Ze gooide het handdoekje in een afvalbak bij het trappenhuis. In de hoofdwachtkamer van het ziekenhuis rook het naar kots en chemicaliën. Ze hoopte dat de kotslucht niet van háár afkomstig was en keek voor de zekerheid even naar haar shirt.

'O help,' mompelde iemand. 'O, lieve help.'

De tv.

Het was alsof Andy een klap in haar gezicht kreeg.

Er zaten minstens twintig mensen in de wachtkamer, en ze keken allemaal naar CNN, dat het restaurantfilmpje vertoonde.

'Krijg nou wat,' zei iemand anders.

Op tv was te zien dat Laura vijf vingers en daarna haar duim opstak om de zes kogels mee aan te geven.

Helsinger stond voor haar. Cowboyhoed. Leren vest. De revolver nog in de aanslag.

Onderaan het scherm trok een banner langs waarin gewaarschuwd werd voor schokkende beelden.

'Wat doet hij nou?' vroeg een vrouw.

Helsinger trok zijn mes uit de schede op zijn heup.

'Alleje–'

'O, shit!'

Het werd stil terwijl het publiek wachtte op wat komen ging.

Meteen daarna werd er hoorbaar naar adem gehapt. Er klonk een geschokte kreet, alsof ze in een bioscoop zaten in plaats van in de wachtkamer van een ziekenhuis.

Andy was al even verbijsterd als de rest. Hoe vaker ze het zag, hoe beter ze in staat was het met enige distantie te bekijken. Wie was die vrouw op tv? Wat was er in Laura gevaren terwijl Andy tegen het kapotte raam zat weggedoken?

'Lijkt wel een ninja-oma,' grapte iemand.

'Ramboma.'

Er werd wat ongemakkelijk gelachen.

Andy kon het niet aanhoren. Ze hield het niet uit in deze ruimte, in dit ziekenhuis, in deze emotionele achtbaan waarin de band werd verbroken waarmee ze altijd aan haar moeder vastgekluisterd was geweest.

Ze draaide zich om en knalde tegen een man op die te dicht achter haar stond.

'Sorry.' Hij tikte tegen zijn honkbalpet met de A van Alabama.

Hoffelijkheid was niet aan Andy besteed. Ze deed een stap naar links toen hij een stap naar rechts zette, en toen ze naar rechts stapte, stapte hij naar links.

Hij moest lachen.

Woedend keek ze hem aan.

'Neem me niet kwalijk.' Alabama nam zijn pet af en liet haar met een zwaai passeren.

Andy liep zo snel dat de schuifdeuren de kans niet kregen om helemaal open te gaan. Met haar hand sloeg ze tegen de rand.

'Zit het tegen vandaag?' Alabama was haar naar buiten gevolgd. Hij bleef keurig op afstand, maar zelfs dat voelde te dichtbij. 'Gaat het wel?'

Weer wierp Andy hem een giftige blik toe. Had hij de tv-beelden niet gezien? Snapte hij niet dat Andy die waardeloze meid was van wie de moeder een koelbloedige moordenaar klein had gekregen?

En toen zelf in een moordenares was veranderd?

'Is er iets, agent?' Alabama bleef maar naar haar glimlachen.

Andy keek naar haar politieachtige uniform. Naar de belachelijke zilveren badge die er als een soort scoutinginsigne op was gestikt, maar veel minder waarde had, want scouts moesten iets doen voor zo'n insigne. Zij hoefde alleen maar telefoontjes te beantwoorden, doodsbange mensen te vertellen hoe ze moesten reanimeren of dat ze de motor van hun auto moesten uitzetten na een botsing.

Jonah Lee Helsinger had haar voor een politieagent aangezien.

Hij had gedacht dat ze hem zou doden. Vermoorden. In koelen bloede.

Andy keek naar haar handen, die nog steeds trilden. Nog even en ze begon weer te huilen. Waarom moest ze steeds huilen?

'Alsjeblieft.' Alabama bood haar een zakdoek aan.

Ze keek naar het opgevouwen witte lapje. Ze had altijd gedacht dat Gordon de enige man was die nog een zakdoek bij zich droeg.

'Ik probeer gewoon een dame in nood te helpen,' zei hij grijnzend, met de zakdoek nog steeds in zijn uitgestrekte hand.

Andy nam hem niet aan. Voor het eerst bekeek ze de man eens goed. Hij was lang, maakte een fitte indruk en was zo te zien tegen de veertig. Spijkerbroek en sneakers. De bovenste knoopjes van zijn witte overhemd waren open, en zijn lange mouwen waren keurig opgerold. Hij was zich die ochtend vergeten te scheren, of anders hoorde dat bij zijn stijl.

De gedachte die bij haar opkwam, was zo schokkend dat ze zich niet kon inhouden. 'Ben je soms journalist?' vroeg ze.

Lachend schudde hij zijn hoofd. 'Ik verdien mijn geld op een eerlijke manier.'

'Politieagent?' giste ze. 'Rechercheur?' Toen hij niet meteen antwoordde, zei ze: 'Laat me alsjeblieft met rust.'

'Hola, je hoeft je stekels niet op te zetten.' Bezwerend stak hij zijn handen op. 'Ik wilde alleen maar een praatje maken.'

Andy had geen behoefte aan praatjes. Ze speurde de oprit af op zoek naar Gordons witte BMW.

Waar was haar vader?

Ze pakte haar telefoon. Het beginscherm stond vol alerts en gemiste oproepen. *Mindy Logan. Sarah Ives. Alice Blaedel. Danny Kwon.* De afgelopen paar uur wisten de paar band-, koor- en toneelfreaks met wie Andy op school bevriend was geweest zich opeens haar telefoonnummer weer te herinneren.

Ze negeerde de berichten, zocht PAP op en tikte 'opschieten'.

Alabama leek eindelijk te beseffen dat ze niet in de stemming was voor een praatje. Zijn zakdoek verdween weer in zijn spijkerbroek. Hij liep naar een bankje en ging zitten. Toen haalde hij zijn telefoon tevoorschijn en liet zijn duimen over het scherm gaan.

Andy wierp een blik over haar schouder en vroeg zich af waar Laura bleef. Vervolgens speurde ze het parkeerterrein vóór het ziekenhuis weer af op zoek naar Gordon. Waarschijnlijk was haar vader nog in de parkeergarage, wat betekende dat het nog minstens twintig minuten kon duren voor hij verscheen, want de vrouw achter het loket knoopte een gesprek aan met iedereen die haar een kaartje voor de uitgang gaf.

Dus besloot ze te gaan zitten, maar wel drie banken van Alabama verwijderd. Elke spier in haar lijf voelde als een te strak gespannen elastiek. Haar hoofd bonkte. Haar maag stond in brand. Ze checkte haar telefoon voor het geval Gordon had geantwoord, maar ze wist dat hij onder het rijden nooit op zijn telefoon keek, want dat was gevaarlijk.

De schuifdeuren gingen open. Opluchting maakte plaats voor angst toen Andy haar moeder zag. De ziekenverzorger reed de rolstoel tot aan de stoeprand. Laura droeg een knalroze shirt van het Belle Isle Medical Center, dat te groot was voor haar tengere gestalte. Ze had zichtbaar pijn, en haar gezicht had de kleur van een kladblok. Met haar goede hand klemde ze de armleuning van de rolstoel vast.

'Hebben ze je niks gegeven?' vroeg Andy.

Laura zweeg, dus antwoordde de verzorger in haar plaats: 'De medicijnen van na de operatie raken uitgewerkt. De dokter wilde haar een recept meegeven, maar dat heeft ze geweigerd.'

'Mam...' Andy wist niet wat ze moest zeggen. Laura keek haar niet eens aan. 'Mama.'

'Niks aan de hand,' zei Laura met opeengeklemde kaken. 'Heb je een sigaret voor me?' vroeg ze aan de ziekenverzorger.

'Je rookt helemaal niet,' zei Andy, net toen haar moeder een Marlboro uit het pakje viste dat de man uit zijn borstzak had opgediept.

Hij maakte een kommetje van zijn hand en gaf haar een vuurtje.

Andy deed een stap naar achteren, weg van de rookgeur.

Blijkbaar zag Laura het niet. Ze nam een diepe hijs waarna ze witte wolken uithoestte. Ze klemde de sigaret heel onhandig vast, tussen duim en wijsvinger, als een junkie.

'Met mij is niks aan de hand,' fluisterde Laura schor. 'Ik heb alleen wat ruimte nodig.'

Andy nam haar woorden letterlijk en trok zich nog verder terug om afstand te creëren. Ze keek naar de parkeergarage en spoorde in gedachten Gordon aan om haast te maken. Weer begon ze te huilen, maar heel zachtjes. Ze wist niet wat ze moest doen. Er klopte helemaal niets van.

'Er staan wat dozen bij je vader thuis,' zei Laura.

Andy's lippen trilden. Zwijgen was geen optie meer. Ze wilde antwoorden horen. 'Wat heb ik verkeerd gedaan?'

'Je hebt niets verkeerd gedaan.' Laura nam weer een hijs. 'Ik moet je alleen niet langer vertroetelen. Je moet op eigen benen leren staan.'

'Door bij papa in te trekken?' Ze wilde de zin ervan inzien. Wat Laura deed was altijd zinnig. 'Mam, alsjeblieft...'

Laura nam een laatste trek van haar sigaret en gaf hem toen aan de ziekenverzorger, die hem mocht uitmaken. Tegen Andy zei ze: 'Pak maar in wat je vannacht nodig hebt. Je zult niet eeuwig bij je vader kunnen blijven. Stel maar een budget op. Dan weet je wat je je kunt veroorloven. Je zou naar Atlanta kunnen verhuizen, of terug kunnen gaan naar New York.' Vanuit haar rolstoel keek ze naar Andy op. 'Je moet weg, Andrea. Ik wil nu alleen zijn. Ik heb het recht verdiend om alleen te zijn.'

'Ik heb niet...' De woorden raakten verstrikt in haar mond. 'Ik heb nooit...'

'Hou op,' zei Laura. Zo had ze nog nooit tegen haar gesproken. Het leek wel of ze een hekel aan haar eigen kind had. 'Nu ophouden.'

Waarom?

'Godzijdank,' mompelde Laura toen Gordons BMW voor de rolstoelhelling tot stilstand kwam.

'Help me eens overeind.' Laura stak haar hand al uit naar de ziekenverzorger, maar plotseling stond de man met de Alabamapet naast haar. 'Laat mij u maar helpen, ma'am.'

Als Andy niet zo goed had gekeken, zou ze de blik hebben gemist die in haar moeders ogen oplichtte. Paniek? Angst? Walging?

'Huppakee,' zei hij.

'Dank u.' Laura liet zich door hem overeind hijsen.

Gordon liep om de auto heen en opende het portier. 'Ik neem het verder wel van u over,' zei hij tegen Alabama.

'Geen probleem, kerel' Alabama bleef Laura vasthouden, loodste haar naar de passagiersstoel en tilde voorzichtig haar benen op zodat ze recht kwam te zitten. 'Rustig aan maar.'

'Dank u,' zei Gordon.

'Geen dank.' Alabama stak Gordon zijn hand toe. 'Heel akelig wat uw vrouw en dochter is overkomen.'

'Eh... ja.' Gordon was te beleefd om hem te corrigeren wat zijn burgerlijke staat betrof, laat staan dat hij weigerde zijn hand te schudden. 'Dank u.'

Toen Andy achter in de auto stapte, tikte Alabama zijn pet aan. Hij sloot het portier voor ze het in zijn gezicht dicht kon slaan.

Gordon schoof achter het stuur. Met zichtbare afkeer snoof hij de lucht op. 'Heb je gerookt?

'Rij nu maar, Gordon.'

Hij wachtte tot ze hem aankeek. Toen ze dat niet deed, startte hij de wagen. Hij reed weg van de hoofdingang, langs de ingang van de parkeergarage en stuurde de auto toen naar de kant en parkeerde hem. Hij keerde zich naar Laura toe. Zijn mond ging open, maar er kwam geen woord over zijn lippen.

'Nee,' zei ze. 'Niet hier. Niet nu.'

Langzaam schudde hij zijn hoofd.

'Andy hoeft dit niet te horen.'

Daar had Gordon kennelijk geen boodschap aan. 'De vader van die jongen was Bobby Helsinger. Wist je dat?'

Laura tuitte haar lippen. Andy zag dat ze het wist.

'Hij was sheriff van Bibb County tot een bankovervaller zijn kop van zijn romp schoot. Dat was een halfjaar geleden, rond de tijd dat Jonah Helsinger zich volgens de rechercheur begon te bewapenen.'

Het vest en de koppelriem.

Palazzolo had gezegd dat Jonah die een halfjaar geleden bij Amazon had gekocht.

'Ik heb op mijn telefoon zijn overlijdensbericht opgezocht,' vervolgde Gordon. 'Jonah heeft drie ooms bij de politie en twee neven in het leger. Zijn moeder werkte vroeger op het bureau van de officier van justitie in Beaufort, tot ze voor zichzelf begon. Op het terrein van de wetshandhaving heeft die familie zowat een koninklijke status.' Hij wachtte op Laura's reactie. 'Heb je me gehoord? Snap je wat ik zeg?'

Laura zoog een hap lucht naar binnen voor ze het woord nam. 'Die familie mag dan een koninklijke status hebben, dat neemt niet weg dat hij twee mensen heeft vermoord.'

'Hij heeft ze niet zomaar vermoord. Hij heeft het gepland. Hij wist precies wat hij deed. Hij had plattegronden en...' Gordon schudde zijn hoofd, alsof hij niet kon geloven dat ze zo dom was. 'Wat denk je: gelooft die familie dat die jongen een sadistische moordenaar is of zeggen ze straks dat hij psychische problemen had omdat zijn held van een vader door een bankovervaller is vermoord en dat dit een hulpkreet was?'

'Ze mogen zeggen wat ze willen.'

'Dat is het eerste zinnige dat ik uit je mond heb gehoord,' snauwde Gordon. 'De Helsingers gaan inderdaad zeggen wat ze willen, namelijk dat die arme, diepbedroefde zoon van een dode politieman gevangenisstraf verdiende voor wat hij had gedaan, maar dat hij het niet verdiende om op gruwelijke wijze te worden vermoord.'

'Dat is niet –'

'Jij komt er straks slechter van af dan hij, Laura. Je hebt die jongen een dienst bewezen. Het gaat straks over wat jíj hebt gedaan, niet over wat híj heeft gedaan.'

Laura zweeg weer.

Andy hield haar adem in.

'Weet je dat het gefilmd is?' vroeg Gordon.

Laura antwoordde niet, hoewel ze de tv-beelden moest hebben gezien toen de ziekenverzorger haar door de wachtkamer reed.

'Die rechercheur heeft...' Gordon moest iets wegslikken. 'Die blik in je ogen toen je hem doodde, Laura. De rust. Alsof het de gewoonste zaak van de wereld was. Hoe denk je dat dat eruitziet, vergeleken met een psychisch gestoorde tiener die geen vader meer heeft?'

Laura wendde haar hoofd af en keek uit het raam.

'Weet je wat die rechercheur de hele tijd vroeg? Telkens weer?'

'Die eikels altijd met hun vragen.'

'Hou eens op met dat gekloot, Laura. Wat heb je gezegd voor je hem doodde?' Gordon zweeg afwachtend, maar ze reageerde niet. 'Wat heb je tegen Helsinger gezegd?'

Laura bleef uit het raam staren.

'Wat je ook hebt gezegd, dat wordt wel het motief. En dat is misschien – heel misschien – het verschil tussen gerechtvaardigde doodslag en de doodstraf.'

Andy's hart stond stil.

'Laura?' Hij sloeg met zijn hand op het stuur. 'Godverdomme! Geef eens antwoord. Geef antwoord of –'

'Ik ben niet gek, Gordon,' zei Laura op snijdende toon. 'Waarom denk je dat ik niet ondervraagd wilde worden? Waarom denk je dat Andrea haar mond moest houden?'

'Laat je onze dochter liegen tegen een rechercheur? Moet ze straks meineed plegen in de rechtszaal?'

'Ze hoeft alleen maar te doen wat ze altijd doet, namelijk haar mond houden.' Ze klonk kalm, maar haar woede was zo tastbaar dat Andy de lucht voelde trillen.

Waarom zei haar moeder niet dat Gordon het mis had? Waarom zei ze niet dat ze geen keuze had gehad? Dat ze Andy had willen redden? Dat ze het uit zelfverdediging had gedaan? Dat ze gruwde van wat ze had gedaan? Dat ze in paniek was geraakt of gewoon gereageerd had of dat ze doodsbang was geweest en dat het haar speet, vreselijk speet, dat ze die arme jongen had gedood?

Andy stak haar hand in haar zak. Het visitekaartje van de rechercheur was nog vochtig van de wastafel.

Palazzolo heeft weer geprobeerd met me te praten. Ze wilde dat ik me tegen je uitsprak. Ze heeft me haar kaartje gegeven.

'Laura, dit is bloedserieus,' zei Gordon.

Ze lachte gemaakt. 'Interessante woordkeuze.'

'De politie komt altijd voor haar eigen mensen op. Weet je dat niet? Die steunen elkaar door dik en dun. Al die verhalen over broederschap zijn niet zomaar wat sprookjes die je op tv hoort.' Gordons stem sloeg over van woede. 'Ik kan je verzekeren dat het oorlog wordt, alleen al vanwege de achternaam van die jongen.'

Laura ademde in en blies langzaam weer uit. 'Geef me… Geef me even, Gordon. Oké? Ik heb tijd nodig om er in mijn eentje goed over na te denken.'

'Je hebt een strafadvocaat nodig die voor je nadenkt.'

'Zeg toch niet de hele tijd wat ik moet doen!' Ze schreeuwde het uit van woede en sloeg haar hand voor haar ogen. 'Heeft al dat gekoeioneer ooit iets uitgehaald? Nou?' Een antwoord verwachtte ze niet. Tierend vervolgde ze: 'Daarom ben ik bij je weggegaan! Ik moest bij je weg, ik wilde je niet meer in mijn leven, want je hebt geen idee wie ik ben. Dat heb je nooit gehad en dat zul je nooit hebben ook.'

Elk woord was als een klap in Gordons gezicht.

'Jezus.' Laura pakte de passagiersgreep boven het portier en probeerde haar gewonde been te ontlasten. 'En ga je nu eindelijk rijden, verdomme?'

Nu zou haar vader wel zeggen dat Laura naar huis kon lopen, verwachtte Andy, maar dat deed hij niet. Hij keek recht voor zich uit, schakelde en na een blik over zijn schouder gaf hij gas.

De auto reed met een slinger in de richting van de weg.

Andy wist niet waarom, maar ze draaide zich om en keek door de achterruit.

Alabama stond nog steeds onder het afdak. Hij tikte een laatste keer tegen zijn pet.

Die blik in haar moeders ogen… Was dat paniek? Angst? Walging?

Is er iets, agent?

Alabama stond nog steeds roerloos op zijn plek toen Gordon links afsloeg, de oprit af. Hij volgde de auto met zijn blik toen ze de straat in reden.

Terwijl hij daar stond, bleef Andy naar hem kijken, tot hij hooguit een stip in de verte was.

Heel akelig wat uw vrouw en dochter is overkomen.

Hoe had hij geweten dat Gordon haar vader was?

Andy stond onder de douche tot ze al het warme water had verbruikt. Manische gedachten zwermden als muskieten door haar hoofd. Ze hoefde maar met haar ogen te knipperen of ze herinnerde zich weer een willekeurige scène uit het restaurant, uit het filmpje, uit de politieondervraging of uit de auto.

Er klopte helemaal niets van. Haar moeder was een spraaktherapeut van vijfenvijftig. Ze speelde nota bene bridge. Ze doodde geen mensen, rookte niet, schold de politie niet uit voor eikels.

Andy meed haar spiegelbeeld toen ze haar haren droogde. Haar huid voelde als schuurpapier. In haar schedel zaten glasscherfjes. Haar gesprongen lippen waren bij de hoeken gaan bloeden. Ze was nog steeds op van de zenuwen. Tenminste, ze dacht dat het van de zenuwen kwam. Misschien kwam het door slaapgebrek dat ze zo gespannen was, door gebrek aan adrenaline, of door de wanhoop die ze ervoer telkens als ze aan het laatste dacht wat Laura tegen haar had gezegd voor ze in het huis was verdwenen…

Ik ga er echt niet anders over denken. Je moet vanavond nog vertrekken.

Haar hart voelde zo rauw dat een veertje het had kunnen openleggen.

Na wat gerommel in de hoop schone kleren diepte ze een gevoerd hardloopbroekje en een marineblauw werkshirt op. Ze kleedde zich snel aan en terwijl ze haar shirt dichtknoopte, liep ze naar het raam. De garage stond los van het huis. Het appartement erboven was haar hol. Grijze muren. Grijs tapijt. Rolgordijnen die het licht niet doorlieten. Het plafond liep schuin af, en alleen dankzij twee kleine dakkapellen kon ze haar kont nog keren.

Andy ging voor het smalle raam staan en keek naar haar moeders huis. Ze kon haar ouders niet horen ruziën, maar ze wist wat er zich afspeelde, zoals je het ook wist als je jezelf voedselvergiftiging had bezorgd. Ze werd overmand door het akelige, klamme gevoel dat er iets niet in de haak was.

De doodstraf.

Waar had haar moeder geleerd dat je een mes op die manier moest opvangen? Laura had nooit bij het leger gezeten. Voor zover Andy wist, had ze ook geen cursus zelfverdediging gedaan.

De afgelopen drie jaar had haar moeder bijna dagelijks gevochten tegen de dood, had ze al die afschuwelijke vernederingen moeten ondergaan die de behandeling van haar ziekte met zich meebracht. Veel tijd om zich te bekwamen in een-tegen-eengevechten had ze niet gehad. Het had Andy verbaasd dat haar moeder haar arm zo snel omhoog had gekregen. Doorgaans had Laura al moeite met een boodschappentas, zelfs met haar goede hand. De kanker was tot in haar borstwand doorgedrongen. De chirurg had een deel van haar borstspier verwijderd.

Adrenaline.

Misschien was dat het antwoord. Er deden allerlei verhalen de ronde over moeders die auto's optilden waaronder hun kleintjes beklemd zaten of die andere ongelooflijke fysieke daden verrichtten om hun kinderen te beschermen. Niet dat het veel voorkwam, maar het gebeurde wel.

Toch verklaarde dat niet de blik in Laura's ogen toen ze het mes door

Helsingers keel had gehaald. Leeg. Alsof er een klusje geklaard moest worden. Geen paniek. Geen angst. Zo had ze ook achter haar bureau kunnen zitten om de status van een patiënt te bestuderen.

Andy huiverde.

In de verte rommelde het onweer. De zon ging pas over een uur onder, maar er hingen donkere wolken, zwaar van regen. Ze hoorde golven die zich op het strand stortten. Meeuwen die hun plannen voor het avondeten bespraken. Ze keek weer naar haar moeders keurige bungalow. De meeste lampen brandden. Gordon liep te ijsberen voor het keukenraam. Haar moeder zat aan tafel, maar het enige wat Andy zag was haar hand, de hand die niet aan haar middel was vastgebonden, maar op een placemat rustte. Af en toe trommelde Laura met haar vingers, maar verder verroerde ze zich niet.

Ze zag hoe Gordon zijn handen in de lucht wierp en naar de keukendeur liep.

Ze trok zich terug in de schaduw. De deur sloeg dicht. Ze wierp weer een blik uit het raam.

Gordon kwam het verandatrapje af. Door de bewegingssensor floepten de schijnwerpers aan. Hij keek er even naar, met zijn hand beschermend boven zijn ogen. In plaats van naar haar appartement te lopen, stopte hij op de onderste tree en ging zitten. Hij liet zijn voorhoofd op zijn handpalmen rusten.

Andy's eerste gedachte was dat hij huilde, maar toen besefte ze dat hij waarschijnlijk zijn kalmte probeerde te herwinnen zodat ze niet nog bezorgder zou worden wanneer ze hem zag.

Ze had Gordon maar één keer eerder zien huilen. Dat was toen de scheiding net in gang was gezet. Niet dat hij zich had laten gaan, het had uitgesnikt of iets dergelijks. Het was veel erger geweest. Tranen waren over zijn wangen naar beneden gerold, de ene lange drup na de andere, als condens op de buitenkant van een glas. Hij had de hele tijd gesnuft en zijn ogen aan de rug van zijn hand afgeveegd. Op een ochtend was hij naar zijn werk vertrokken in de veronderstelling dat zijn huwelijk van veertien jaar solide was, maar nog voor de lunch had hij de scheidingsdocumenten ontvangen.

'Ik begrijp het niet,' had hij al snotterend tegen Andy gezegd. 'Ik begrijp het gewoonweg niet.'

Andy kon zich de man die haar echte vader was niet herinneren, en alleen al als ze de woorden 'echte vader' in haar hoofd toeliet, voelde dat als verraad aan Gordon. 'Spermadonor' klonk te openlijk feministisch. Niet dat Andy geen feministe was, maar ze wilde niet het soort vrouw zijn aan wie mannen een hekel hadden.

Haar 'geboortevader' – wat vreemd klonk, maar ergens wel klopte, want geadopteerde kinderen hadden het ook over hun geboortemoeder – was een optometrist geweest die Laura tijdens een vakantie in een resort had ontmoet. Wat vreemd was, want haar moeder had een hekel aan reizen. Andy meende dat ze elkaar op de Bahama's hadden ontmoet, maar ze had het verhaal zo lang geleden gehoord dat ze veel details was vergeten.

Wel wist ze het volgende: dat haar geboorteouders nooit getrouwd waren geweest; dat Andy tijdens hun eerste jaar samen was geboren; dat haar geboortevader, Jerry Randall, was omgekomen bij een autoongeluk op weg naar huis in Chicago toen Andy anderhalf was.

Laura's ouders waren allebei al gestorven toen Andy werd geboren, maar ze had wel grootouders van de kant van haar geboortevader: Laverne en Phil Randall. Ze had nog ergens een foto van zichzelf, van toen ze hooguit twee was en bij hen allebei op schoot zat, balancerend op twee knieën. Aan de gelambriseerde muur achter hen hing een schilderij van het strand. De bank zag er morsig uit. Het leken aardige mensen en misschien waren ze dat ook wel, maar ze hadden zowel Laura als Andy volledig uit hun leven gebannen toen Gordon op het toneel was verschenen.

Uitgerekend Gordon – lid van de zwarte Phi Beta Sigmabroederschap, en tijdens zijn rechtenstudie aan de Georgetown University vrijwilligerscoördinator voor Habitat for Humanity. Hij speelde golf, hield van klassieke muziek, was voorzitter van de plaatselijke vereniging van wijnproevers en had een van de saaiste juridische specialismen als beroep gekozen, want hij hielp rijke mensen bedenken wat er na hun dood met hun geld moest gebeuren.

Dat Andy's geboortegrootouders alleen vanwege zijn huidskleur niets moesten hebben van de braafste, meest rechtschapen zwarte man die er op aarde rondliep, was voor Andy reden om blij te zijn dat ze geen contact met hen had.

Weer ging de keukendeur open. Andy zag Gordon overeind komen, waardoor de schijnwerpers opnieuw aanfloepten. Laura reikte hem een bord met eten aan. Gordon zei iets wat Andy niet kon horen. In plaats van te antwoorden sloeg Laura de deur dicht.

Door het keukenraam zag ze haar moeder teruglopen naar de tafel. Ze klemde zich vast aan het keukenblad, het deurkozijn, de rugleuning van een stoel, aan alles wat ze te pakken kon krijgen om haar been te ontlasten.

Andy had haar moeder kunnen helpen. Ze had nu bij haar kunnen zijn om thee voor haar te zetten of haar te helpen de ziekenhuislucht weg te wassen, zoals ze dat zo vaak had gedaan.

Ik heb het recht verdiend om alleen te zijn.

Andy's blik bleef op de tv naast haar bed rusten. Het was een klein toestel dat vroeger op haar moeders keukenblad had gestaan. Uit gewoonte had Andy het bij thuiskomst aangezet. Het geluid stond uit. CNN vertoonde het restaurantfilmpje weer.

Andy sloot haar ogen, want ze kende de beelden.

Ze ademde in.

En weer uit.

De airco zoemde in haar oren. De plafondventilator woesjte boven haar hoofd. Koude lucht dwarrelde om haar hals en gezicht. Ze was bekaf. Haar hoofd zat vol traag rollende knikkers. Ze wilde slapen, maar wist dat dat hier niet kon. Ze zou die nacht bij Gordon moeten logeren, en van hem zou ze de volgende ochtend meteen een plan moeten maken. Gordon wilde altijd een plan.

Een autoportier ging open en weer dicht. Andy wist dat het haar vader was, want de villa's aan haar moeders straat, die stuk voor stuk zo groot waren dat ze de zon letterlijk blokkeerden, waren in het heetst van de zomer altijd verlaten.

Nu hoorde ze geschuifel op de oprit. Vervolgens Gordons zware voetstappen op de ijzeren trap naar het appartement.

Andy griste een vuilniszak uit de doos. Eigenlijk moest ze inpakken. Ze trok de bovenste la van haar kast open en propte haar ondergoed in de zak.

'Andrea?' Gordon klopte aan en deed de deur open.

Hij keek de kamer rond. Het was moeilijk te zeggen of Andy beroofd was of dat er een tornado had gewoed. De vloer lag bezaaid met vuile kleren. Op een doos met twee nog niet in elkaar gezette schoenrekken van Ikea had zich een verzameling schoenen opgehoopt. De badkamerdeur gaapte open. Haar menstruatiebroekjes van een week geleden hingen stijf aan de handdoekenstang.

'Alsjeblieft.' Gordon reikte haar het bord aan dat Laura hem had gegeven. Een broodje pindakaas met jam, ernaast wat patatjes en een augurk. 'Je moeder vond dat je iets moest eten.'

Wat heeft ze nog meer gezegd?

'Ik heb om een fles wijn gevraagd, maar kreeg dit.' Hij stak zijn hand in zijn zak en haalde er een flesje Knob Creek uit. 'Wist je dat je moeder whisky in huis had?'

Andy wist al sinds haar veertiende van haar moeders geheime voorraad.

'Hoe dan ook, misschien dempt dit de zenuwen een beetje, dacht ik. Helpt het de scherpe kantjes eraf te halen.' Hij verbrak het zegel aan de bovenkant. 'Hoe groot is de kans op een paar schone glazen in deze troep?'

Andy zette het bord op de vloer. Ze tastte onder de bank en haalde een aangebroken pak plastic bekers tevoorschijn.

Gordon keek zuinig. 'Nou ja, beter dan de fles heen en weer laten gaan alsof we een stel zwervers zijn.'

Wat heeft mama gezegd?

Hij schonk een laagje whisky in de diepe beker. 'Eet nou maar iets voor je drinkt. Je maag is leeg en je bent moe.'

De Andy van Belle Isle had sinds haar terugkeer geen druppel meer gedronken. Ze wist niet of ze daar eigenlijk wel mee wilde breken. Toch pakte ze de beker en installeerde zich in kleermakerszit op de vloer, zodat haar vader op de stoel kon zitten.

Hij rook er even aan. 'Je hebt toch geen hond?'

Andy zoog een slok whisky naar binnen. Het alcoholpercentage was zestig procent en de tranen sprongen in haar ogen.

'We moeten nog op je verjaardag toosten,' zei Gordon.

Ze klemde haar lippen op elkaar.

Hij hield zijn beker omhoog. 'Op mijn beeldschone dochter.'

Ook Andy hief haar beker. Ze nam weer een slok.

Gordon dronk niets. Hij haalde een witte envelop uit zijn jaszak. 'Ik heb deze voor je gehaald. Sorry dat ik geen tijd had om ze mooi te verpakken.'

Andy nam de envelop aan. Ze wist al wat erin zat. Gordon kocht altijd cadeaubonnen voor haar, want hij wist wat haar favoriete winkels waren, maar hij had geen idee wat ze er het liefst kocht. Ze schudde de inhoud op de vloer. Twee benzinebonnen van vijfentwintig dollar voor het naburige tankstation. Twee iTunes-cadeaukaarten van vijfentwintig dollar. Twee cadeaukaarten van Target ter waarde van vijfentwintig dollar. Een geschenkbon van vijftig dollar aan tekenmateriaal. Ze raapte een papiertje op. Hij had een coupon uitgeprint voor een gratis broodje bij Subway bij aankoop van een broodje voor dezelfde of een lagere prijs.

'Ik weet dat je dol bent op die broodjes,' zei hij. 'Dan kunnen we misschien samen gaan. Tenzij je liever met iemand anders gaat.'

'Hier ben ik heel blij mee, pap. Bedankt.'

Hij liet de whisky ronddraaien in zijn beker, maar dronk nog steeds niet. 'Je moet iets eten.'

Andy nam een hap van het broodje. Ze keek op naar Gordon. Hij zat weer over zijn snor te strijken, met hetzelfde gebaar waarmee hij over de schouders van Mr. Purrkins aaide.

'Ik heb geen idee wat er in je moeders hoofd omgaat,' zei hij.

Andy's kaken maalden hoorbaar. Alsof ze een stuk karton met lijm at.

'Ik moest tegen je zeggen dat ze je studieschuld gaat afbetalen.'

Andy stikte bijna in haar hap.

'Dat was mijn reactie ook.' Haar studieschuld lag nogal gevoelig bij

Gordon. Hij had aangeboden het bedrag te herfinancieren om Andy te helpen onder de maandelijkse rente van achthonderd dollar uit te komen, maar om redenen die alleen bij haar onderbewuste bekend waren, had ze zijn deadline voor het verzamelen van alle documenten laten verstrijken.

'Je moeder ziet je het liefst teruggaan naar New York. Om je dromen waar te maken. Ze wil je wel helpen met de verhuizing. Financieel, bedoel ik. Ze is opeens heel scheutig met haar geld.'

Andy wreef met haar tong de pindakaas van haar gehemelte.

'Je kunt vannacht bij mij slapen. Dan werken we morgen wel iets uit. Een plan. Ik... Ik wil niet dat je teruggaat naar New York, schat. Je maakte daar geen gelukkige indruk. Ik had het gevoel dat het iets van je afnam, iets van de Andy in je.'

Ze slikte en uit haar keel steeg een snik op.

'Vanaf het moment dat je weer thuis was, heb je zo goed voor mama gezorgd. Zo goed. Maar misschien was dat te veel gevraagd. Misschien had ik meer moeten helpen of... ik weet het niet. Het was wel heel zwaar voor je. Veel druk. Veel stress.' Schuldgevoel smoorde zijn stem, alsof het zijn schuld was dat Laura kanker had gekregen. 'Ik ben het met mama eens dat je je leven weer moet oppakken. Dat je een carrière moet opbouwen en, wellicht, op een dag aan een gezin moet beginnen.' Hij hief zijn hand om haar protest te smoren. 'Oké, ik weet dat ik nu doordraaf, maar wat het probleem ook is, ik geloof niet dat teruggaan naar New York de oplossing is.'

Gordon richtte zijn blik op de tv. Iets had zijn aandacht getrokken. 'Dat is... Je weet wel, van school. Hoe heet ze ook al–'

Jezus.

CNN had Alice Blaedel opgespoord, een middelbareschoolvriendin van Andy en 'een goede vriendin van het gezin'.

Andy pakte de afstandsbediening en zette het geluid aan.

'...altijd zo'n toffe moeder,' zei Alice tegen de verslaggever, hoewel ze al ruim tien jaar niet met Andy had gesproken. 'Je kon met haar over zowat al je problemen praten, maar ze zou nooit een oordeel vellen, snap je?' Bij elk tweede woord haalde Alice haar schouder op, alsof ze geëlektrocuteerd werd. 'Raar hoor, om haar op dat filmpje te zien, want dan denk je: wow, dat is Mrs. Oliver. Maar dan is het net als in *Kill Bill*, met die moeder die heel normaal doet waar haar kind bij is, maar die stiekem een moordmachine is.'

Andy's mond plakte nog van de pindakaas, maar toch lukte het haar met enige moeite te zeggen: 'Moordmachine?'

Gordon nam de afstandsbediening van Andy over en zette het geluid uit. Hij staarde naar Alice Blaedel, die hoewel ze geen moer wist nog steeds haar lippen bewoog.

Andy schonk zichzelf wat whisky bij. Alice was bij *Kill Bill* de zaal uit gelopen omdat ze het een stomme film vond, maar nu gebruikte ze hem als culturele maatstaf.

'Die krijgt spijt van haar woorden, reken maar,' zei Gordon.

Zoals ze spijt had gehad van de genitale wratten die ze bij Adam Humphrey had opgelopen.

Hij deed een nieuwe poging. 'Ik wist niet dat je weer contact had met Alice.'

'Dat heb ik ook niet. Het is gewoon een egocentrische bitch.' Andy sloeg de whisky in één keer achterover. Haar keel stond in brand en ze moest hoesten, maar toch schonk ze zichzelf weer in.

'Misschien moet je –'

'Ze tillen complete auto's op,' zei Andy, hoewel ze eigenlijk iets anders wilde zeggen. 'Moeders, bedoel ik. Van de adrenaline, zeg maar, als ze zien dat hun kind bekneld zit.' Ze hief haar handen alsof ze een gekantelde auto optilde.

Gordon streek over zijn snor.

'Ze was zo rustig,' zei Andy. 'Daar in het restaurant.'

Hij leunde achterover op zijn stoel.

'Mensen schreeuwden,' vervolgde Andy. 'Het was doodeng. Ik heb hem niet zien schieten… niet de eerste keer. De tweede keer heb ik het wel gezien.' Ze wreef over haar kaak. 'Ken je dat zinnetje uit de film, als iemand zegt: "Ik schiet je kop van je romp"? Dat gebeurt dus. Dat gebeurt dus echt.'

Gordon sloeg zijn armen over elkaar.

'Mama kwam op me afrennen.' In gedachten zag ze het allemaal weer voor zich. De kleine rode bloedspatjes als sproeten op Laura's gezicht. Haar uitgestrekte armen toen ze haar tegen de grond wilde werken. 'Ze keek heel bang, pap. Er gebeurde van alles, maar dat is de enige keer dat ik haar bang heb gezien.'

Hij zweeg afwachtend.

'Je hebt dat filmpje gezien. Je hebt gezien wat ik deed. Wat ik niet deed. Ik was in paniek. Nutteloos. Is ze daarom...' Met moeite bracht ze haar angst onder woorden. 'Is mama daarom kwaad op me? Omdat ik zo laf was?'

'Helemaal niet.' Heftig schudde hij zijn hoofd. 'In zo'n situatie zijn er geen lafaards.'

Andy betwijfelde of hij gelijk had, en belangrijker nog: ze betwijfelde of haar moeder het met hem eens was.

'Andrea...'

'Mama heeft hem gedood.' De woorden brandden als brokken steenkool in haar maag. 'Ze had de revolver van hem kunnen afpakken. Daar had ze de tijd voor, ze hoefde haar arm maar naar beneden te doen, maar in plaats daarvan deed ze haar hand omhoog en...'

Gordon onderbrak haar niet.

'Ik bedoel... had ze wel tijd? Mag je ervan uitgaan dat ze in staat was een rationele keuze te maken?' Andy verwachtte geen antwoord. 'Op dat filmpje maakte ze een rustige indruk. Sereen bijna. Of misschien vergissen we ons, want eigenlijk was haar gezicht uitdrukkingsloos. Leeg, snap je? Je hebt haar gezicht gezien. Alsof het de gewoonste zaak van de wereld was.'

Hij knikte, maar liet haar uitpraten.

'Toen het gebeurde, zag ik het niet van de voorkant. Want ik stond achter haar, snap je? Toen het gebeurde. Maar toen zag ik het filmpje van de voorkant en het... het leek anders.' Andy probeerde haar verwarde brein bij te sturen. Ze at een paar patatjes in de hoop dat het zetmeel de alcohol zou absorberen.

'Ik weet nog dat het mes uit Jonahs hals stak,' zei ze, 'en dat hij zijn revolver richtte... Ik weet nog dat ik ervan overtuigd was dat hij iemand had kunnen neerschieten. Mij bijvoorbeeld. Zo moeilijk is het niet om een trekker over te halen, toch?'

Gordon schudde zijn hoofd.

'Maar van de voorkant gezien... dan zie je mama's gezicht en vraag je je af of ze de juiste keuze heeft gemaakt. Of ze wist dat ze de revolver kon afpakken, maar dat ze dat niet van plan was. Ze ging die jongen doden. En dat was niet uit angst of uit zelfbehoud, maar het leek een... een bewuste keuze. Alsof ze een moordmachine was.' Andy kon bijna niet geloven dat ze Alice Blaedels hatelijke woord had gebruikt om haar moeder te beschrijven. 'Ik snap het niet, papa. Waarom wilde mama niet met de politie praten? Waarom heeft ze niet gezegd dat het uit zelfverdediging was?'

Waarom liet ze iedereen in de waan dat ze met opzet iemand had vermoord?

'Ik snap het niet,' herhaalde Andy. 'Ik snap het gewoon niet.'

Gordon streek weer over zijn snor. Het was een zenuwtrek aan het worden. Hij antwoordde niet meteen, want hij was het gewend zijn woorden zorgvuldig te wegen. Op dat moment voelde alles buitengewoon gevaarlijk. Ze wilden geen van beiden iets zeggen wat niet teruggenomen kon worden.

Je moeder is een moordenares. Ja, ze had een keuze. Ze koos ervoor die jongen te doden.

Ten slotte zei hij: 'Ik heb geen idee hoe je moeder heeft kunnen doen wat ze heeft gedaan. Wat haar gedachtegang was. Wat de keuzes waren die ze maakte. Waarom ze zich zo gedroeg tegenover de politie.' Hij spreidde zijn handen en haalde zijn schouders op. 'Je zou kunnen speculeren dat haar weigering om erover te praten, dat haar woede het gevolg is van posttraumatische stress, of misschien is er iets losgemaakt uit haar jeugd waarover we niets weten. Ze praat niet graag over het verleden.'

Hij zweeg weer om zijn gedachten te ordenen. 'Wat je moeder in de auto heeft gezegd... dat klopt. Ik ken haar niet. Ik begrijp niet wat haar drijft. Ja, ik begrijp natuurlijk wel dat ze je intuïtief wilde beschermen. Ik ben heel blij dat ze dat heeft gedaan. Ik ben haar meer dan dankbaar.

Maar de manier waarop…' Zijn blik dwaalde af naar de tv. Nog meer pratende hoofden. Iemand wees naar een plattegrond van het winkelcentrum van Belle Isle en beschreef de route die Jonah Helsinger had afgelegd om bij het restaurant te komen. 'Ik weet het gewoon niet, Andrea,' herhaalde Gordon. 'Ik weet het niet.'

Andy's beker was leeg. Onder haar vaders misprijzende blik schonk ze zichzelf nog eens in.

'Dat is wel heel veel alcohol op een lege maag,' zei hij.

Andy stopte de rest van het broodje in haar mond en vroeg kauwend met één kant: 'Kende jij die vent bij het ziekenhuis?'

'Welke vent?'

'Die met die Alabamapet, die mama de auto in heeft geholpen.'

Hij schudde zijn hoofd. 'Hoezo?'

'Het leek wel of mama hem kende. Of misschien was ze bang voor hem. Of…' Andy zweeg even om te slikken. 'Hij wist dat jij mijn vader bent, terwijl de meeste mensen daar toch niet van uitgaan.'

Gordon raakte de uiteinden van zijn snor aan. Hij deed zichtbaar moeite zich het voorval te herinneren. 'Je moeder kent heel veel mensen hier in de stad. Ze heeft heel veel vrienden. Hopelijk werkt dat in haar voordeel.'

'Bedoel je als ze problemen krijgt met de wet?'

Hij antwoordde niet. 'Ik heb een strafrechtadvocaat gebeld die ik al vaker heb ingeschakeld. Het is een felle, maar dat kan je moeder op dit moment wel gebruiken.'

Andy nam een slokje whisky. Gordon had gelijk: de scherpe kantjes verdwenen. Ze voelde haar oogleden dichtvallen.

'Toen ik je moeder leerde kennen, vond ik haar een raadsel,' zei hij. 'Een fascinerend, mooi, ingewikkeld raadsel. Maar later besefte ik dat hoe dicht ik haar ook naderde en welke combinatie ik ook probeerde, ze zich nooit volledig voor me zou openstellen.' Eindelijk nam hij een slok whisky. In plaats van de drank achterover te slaan, zoals Andy, liet hij hem door zijn keel naar beneden glijden.

'Ik heb al te veel gezegd,' vervolgde hij. 'Het spijt me, schat. Het is een zware dag geweest, en ik heb de situatie niet echt vooruitgeholpen.'

Hij wees naar een doos vol teken- en schilderspullen. 'Die wil je vanavond zeker meenemen?'

'Ik haal hem morgen wel op.'

Gordon keek haar onderzoekend aan. Als klein meisje ging ze helemaal door het lint wanneer haar tekenspullen niet in de buurt waren.

'Ik ben zo moe, ik kan alleen nog maar slapen,' zei Andy. Ze vertelde er niet bij dat ze sinds haar eerste jaar in New York geen houtskoolpotlood of schetsboek meer in handen had gehad. 'Papa, denk je dat ik met haar moet gaan praten? Niet om te vragen of ik mag blijven, maar om te vragen waarom niet.'

'Ik voel me niet geëquipeerd je van advies te dienen.'

Wat waarschijnlijk betekende dat ze het beter niet kon doen.

'Schat.' Gordon merkte hoe neerslachtig ze was. Hij boog zich voorover en legde zijn handen op haar schouders. 'Alles komt vanzelf goed. Aan het einde van de maand gaan we het over je toekomst hebben, oké? Dan hebben we nog elf dagen om een plan op te stellen.'

Andy beet op haar lip. Gordon zou een plan opstellen. Zij zou doen alsof ze alle tijd van de wereld had om erover na te denken, tot ze op de tiende dag in paniek raakte.

'Voor vanavond nemen we je tandenborstel mee, je kam en wat je verder absoluut nodig hebt, en dan pakken we de rest morgen wel in. En we halen je auto op. Die staat zeker nog bij het winkelcentrum?'

Andy knikte. Ze had helemaal niet meer aan haar auto gedacht. Laura's Honda stond er ook nog. Die hadden inmiddels vast een wielklem of waren weggesleept.

Gordon stond op. Hij deed haar doos met tekenspullen dicht en zette die aan de kant op de vloer. 'Ik denk dat je moeder gewoon een tijdje alleen moet zijn. Herinner je je die ritjes nog die ze vroeger vaak maakte?'

Die herinnerde Andy zich nog.

Als Andy en Gordon in het weekend met een project bezig waren geweest – of liever gezegd, als Gordon met het project bezig was geweest en Andy in de buurt een boek had zitten lezen – was Laura soms opeens komen binnenvallen, met de autosleutels in haar hand en de mededeling: 'Ik ben de rest van de dag weg.'

Vaak had ze bij terugkomst chocola voor Andy bij zich of een fles goede wijn voor Gordon. Op een keer had ze een sneeuwbol meegenomen die ze had gekocht in het Tubman Museum in Macon, op tweeënhalf uur rijden van hun huis. Als ze haar dan vroegen waar ze was geweest en waarom, zei ze altijd: 'O, je weet wel, ik moest gewoon even weg.'

Andy keek om zich heen naar de benauwde, rommelige kamer. Opeens voelde die meer als een krot dan als een hol.

'Laten we maar gaan,' zei ze om Gordon voor te zijn.

'Ja, laten we dat maar doen. Maar deze zet ik op je moeders veranda.' Hij stak de whisky in zijn zak. Even aarzelde hij, toen zei hij: 'Je weet dat je altijd met me kunt praten, liefje. Ik wou alleen dat je daar niet eerst aangeschoten voor hoefde te worden.'

'Aangeschoten.' Andy lachte om het dwaze woord, want anders zou ze gaan huilen, en ze had schoon genoeg van al dat gesnotter. 'Papa, ik denk... ik denk dat ik ook alleen wil zijn.'

'O-ké,' zei hij traag.

'Niet voor altijd, hoor. Ik denk alleen dat het misschien goed is als ik lopend naar jouw huis ga.' Dan zou ze weer onder de douche moeten, maar het leek haar om de een of andere reden fijn zich in de drukkende, klamme avond te begeven. 'Vind je dat goed?'

'Natuurlijk vind ik dat goed. Ik zal tegen Mr. Purrkins zeggen dat hij je bed vast warm moet maken.' Gordon drukte een kus op haar hoofd en pakte de plastic vuilniszak waarin ze haar ondergoed had gestopt. 'Niet te lang treuzelen. Volgens de app op mijn telefoon gaat het over een halfuur regenen.'

'Ik zal niet treuzelen,' beloofde ze.

Hij deed de deur open, maar vertrok nog niet. 'Volgend jaar gaat het vast beter, Andrea. De tijd zet alles in perspectief. Wat er vandaag is gebeurd, hebben we dan achter ons gelaten. Dan is mama weer de oude. En kun jij op eigen benen staan. Dan is je leven weer op de rails.'

Ze stak haar gekruiste vingers op.

‘Het wordt beter,’ herhaalde Gordon. ‘Dat beloof ik.’
Hij stapte naar buiten en trok de deur achter zich dicht.
Andy hoorde zijn zware voetstappen op de metalen trap.
Ze geloofde hem niet.

VIER

Andy rolde zich om in het bed. Ze veegde iets van haar gezicht. In haar slaap zei ze tegen zichzelf dat het Mr. Purrkins was, maar half wakker vond ze het voorwerp te plooibaar om Gordons mollige lapjeskat te kunnen zijn. En ze constateerde dat ze niet in haar vaders huis was, want ze kon zich niet herinneren ernaartoe te zijn gelopen.

Ze schoot te snel overeind en viel duizelig weer achterover.

Onwillekeurig kreunde ze. Ze drukte haar vingers tegen haar ogen. Ze wist niet of ze nog aangeschoten was van de whisky of een onvervalste kater had, maar de hoofdpijn die haar sinds de schietpartij had geteisterd, voelde als een beer die zijn tanden in haar schedel had gezet.

De schietpartij.

Het had nu een naam, een 'erna' dat haar leven liet afkalven van 'ervoor'.

Haar hand gleed naar beneden. Ze knipperde met haar ogen zodat die zich sneller aan het donker aanpasten. Dof licht van een geluidloze tv. Het gewoesj van een plafondventilator. Ze was nog in haar appartement, lag languit op de hoop schone kleren die ze op de slaapbank had gedumpt. Het laatste wat ze zich herinnerde, was dat ze naar een paar schone sokken had gezocht.

Regen kletterde tegen het dak. Aan de andere kant van de dakkapelraampjes zigzagde de bliksem.

Shit.

Ze had toch getreuzeld, hoewel ze haar vader had beloofd dat niet te zullen doen, en nu kon ze kiezen: haar vader smeken om haar op te halen of een halve moesson doorwaden.

Langzaam, heel voorzichtig ging Andy rechtop zitten. Haar blik werd naar de tv getrokken. CNN vertoonde een foto van Laura van twee jaar eerder. Een roze sjaal over haar kale hoofd. Een vermoeide glimlach op haar gezicht. De Breast Cancer Awareness Walk in Charleston.

Andy was uit de foto gesneden, maar haar hand was nog zichtbaar op Laura's schouder. Iemand – misschien een bekende, misschien een onbekende – had van dat intieme privémoment misbruik gemaakt om zijn naam onder een foto te krijgen.

Aan één kant van het scherm verschenen Laura's persoonsgegevens, als in een cv:

- Leeftijd 55, gescheiden.
- Eén volwassen dochter.
- Spraaktherapeut.
- Geen officiële gevechtstraining.

Het beeld versprong. Het restaurantfilmpje begon weer, opnieuw met die banner die waarschuwde dat sommige kijkers de beelden als schokkend konden ervaren.

Jij komt er straks slechter vanaf dan hij, Laura. Het gaat straks over wat jíj hebt gedaan, niet over wat híj heeft gedaan.

Andy kon het niet nog eens zien, en dat was ook niet nodig, want ze hoefde maar met haar ogen te knipperen of de beelden trokken weer op haar netvlies voorbij. Stommelend stond ze op. Haar telefoon lag in de badkamer. 1.18 uur. Ze had ruim zes uur geslapen. Gordon had geen berichtje gestuurd, wat een wonder mocht heten. Hij was waarschijnlijk even afgepeigerd geweest als zij. Of misschien dacht hij dat Laura en zij zich weer verzoend hadden.

Was dat maar zo.

Ze tikte op het teksticoontje en koos PAP. Haar ogen traanden. Het licht van het scherm was als een scheermes. Haar hersenen slingerden nog door haar schedel. Ze tikte snel een excuus voor het geval haar vader wakker werd, haar lege bed ontdekte en zich een ongeluk schrok: in slaap gevallen ben er bijna geen zorgen heb paraplu.

Dat van die paraplu was niet waar. En dat ze er bijna was al evenmin. Of dat hij zich geen zorgen hoefde te maken, want ze kon zomaar door de bliksem worden getroffen.

Het verloop van de vorige dag in aanmerking genomen was de kans trouwens buitengewoon groot dat ze geëlektrocuteerd zou worden.

Ze keek uit het dakkapelraam. Het enige licht in haar moeders huis kwam uit haar werkkamer. Het was erg onwaarschijnlijk dat Laura nog aan het werk was. In de perioden dat ze ziek was geweest, had ze in de ligstoel in de woonkamer geslapen. Misschien had ze het licht per ongeluk laten branden en kon ze zich er niet toe zetten de gang door te strompelen om het uit te doen.

Andy keerde zich van het raam af. Haar blik werd weer naar de televisie getrokken. Laura die met een achterhandse zwaai het mes in Jonah Helsingers hals stak.

Tjak.

Ze moest hier weg.

Naast de stoel stond een schemerlamp waarvan de gloeilamp weken geleden was doorgebrand. Als ze de plafondlampen aandeed, zou dat als een baken in de nacht zijn. Met de zaklamp van haar telefoon zocht ze naar een paar oude sneakers die aan de regen opgeofferd mochten worden, en naar een regenponcho die ze ooit in een buurtwinkel had gekocht omdat het volwassen leek om zo'n ding voor noodgevallen bij je te hebben.

En daarom had ze hem in het dashboardkastje van haar auto laten liggen, want stel dat het ging regenen en ze geen paraplu in haar auto had.

Bliksem verlichtte elke hoek van haar kamer.

Shit.

Andy trok een vuilniszak uit de doos. Natuurlijk had ze geen schaar. Met haar tanden scheurde ze er een gat ter grootte van haar hoofd in. Ze hield de telefoon omhoog om zichzelf bij te schijnen.

Het schermpje flikkerde en ging uit.

Het laatste wat Andy zag, waren de woorden BATTERIJ BIJNA LEEG.

De stekker van de oplader zat in een stopcontact. Het snoertje lag in haar auto. Haar auto stond vier kilometer verderop voor de winkel van Zegna Menswear.

Tenzij hij inmiddels was weggesleept.

'Kut!' Het woord kwam uit de grond van haar hart. Ze duwde haar hoofd door het gat in de vuilniszak en stapte naar buiten. Regen gleed over haar rug. Binnen enkele seconden waren haar kleren zo doorweekt dat de zelfgemaakte poncho als folie aan haar lijf kleefde.

Niettemin liep Andy door.

Op de een of andere manier had de regen de hitte van de dag nog versterkt. Hete naalden prikten in haar gezicht toen ze de straat op liep. In dit deel van de stad ontbraken straatlantaarns. Mensen kochten huizen op Belle Isle omdat ze naar een authentiek, ouderwets leven in een zuidelijk kuststadje verlangden. Tenminste, zo ouderwets als mogelijk was met strandvilla's die vanaf twee miljoen dollar van eigenaar wisselden.

Bijna dertig jaar geleden had Laura honderdachttienduizend dollar neergeteld voor haar bungalow aan het strand. De dichtstbijzijnde supermarkt was destijds de Piggly Wiggly iets buiten Savannah geweest. Bij het benzinestation kon je levend aas kopen en ingemaakte varkenspootjes, die in grote potten naast de kassa werden bewaard. Tegenwoordig was Laura's huis een van de zes overgebleven oorspronkelijke bungalows op Belle Isle. Alleen al de grond was twintig keer meer waard dan het huis.

Een bliksemflits glibberde naar beneden. Andy wierp haar armen omhoog, als om hem tegen te houden. Het regende nu nog harder. Het zicht was hooguit anderhalve meter. Midden op straat bleef ze staan. Een nieuwe bliksemflits flakkerde door de regendruppels. Ze wist niet of ze terug moest gaan om te wachten tot het onweer wegtrok of moest doorlopen naar haar vaders huis.

Als een idioot op straat blijven staan leek de slechtst mogelijke keuze.

Andy sprong over de stoeprand het trottoir op. Haar sneakers lieten het water lekker hoog opspatten. Weer sprong ze in een plas. Toen zette ze de vaart erin en nam steeds grotere passen. Algauw ging ze op een drafje over. Ze ging sneller rennen. En nog sneller.

Hardlopen was het enige waarvan Andy vond dat ze er goed in was. Het was moeilijk om eindeloos de ene voet voor de andere te plaatsen. Het zweet brak je uit. Je hart ging tekeer. Het bloed joeg door je oren. Er waren niet veel mensen die het konden. Of die het wilden, vooral niet in de zomer als er gewaarschuwd werd dat je vanwege de hitte niet naar buiten moest gaan omdat het letterlijk je dood kon worden.

Andy hoorde het ritmische geluid van haar sneakers boven het geruis van de regen uit. Ze nam een omweg naar de straat die naar Gordons huis voerde, want ze wilde nog niet stoppen. De promenade was zo'n dertig meter verderop. En meteen daarna kwam het strand. Het zout in de lucht prikte in haar ogen. Ze kon de golven nog niet horen, maar op de een of andere manier absorbeerde ze hun snelheid, de niet-aflatende drang naar voren, hoe hard de zwaartekracht je ook naar achteren trok.

Op de promenade sloeg ze links af en raakte verwikkeld in een zeer onelegant gevecht tussen de wind en de vuilniszak, tot ze zich uiteindelijk van het plastic wist te ontdoen en het in de dichtstbijzijnde recyclebak smeet. Haar schoenen bonkten over de houten planken. Warme regen boorde zich in haar poriën. Ze had geen sokken aan. Op haar hiel voelde ze een blaar opkomen. Haar short kroop omhoog. Haar shirt plakte aan haar lijf. Haar haar was net hars. Ze zoog een grote hap vochtige lucht naar binnen en hoestte die weer uit.

De golf bloed die uit Betsy Barnards mond spoot.

Shelly die al dood op de vloer lag.

Laura met het mes in haar hand.

Tjak!

Haar moeders gezicht.

Haar gezicht.

Andy schudde haar hoofd. Water vloog alle kanten op, als bij een hond die zeewater van zich afschudt. Haar nagels sneden in haar handpalmen. Ze ontspande haar handen, die zich tot strakke vuisten hadden gebald. Ze zwiepte haar haar uit haar ogen. In haar verbeelding zag ze haar gedachten als terugtrekkend tij. Ze zoog opnieuw lucht in haar longen. Ze begon nog harder te rennen, met pompende benen, met pezen en spieren die samenwerkten om haar overeind te houden in wat je een reeks bijna-valpartijen kon noemen.

In haar hoofd klikte er iets. Andy had nooit een hardlopersroes gehad, zelfs niet toen ze zich nog aan een soort schema hield. Wel bereikte ze geregeld het stadium dat haar lichaam niet zoveel pijn meer deed dat ze wilde stoppen, terwijl haar brein voldoende door de pijn in beslag werd genomen om haar gedachten aan de oppervlakte te houden in plaats van dat ze het donker in doken.

Linkervoet. Rechtervoet.

Inademen. Uitademen.

Links. Rechts. Links.

Ademen.

Langzaam trok de spanning weg uit haar schouders. Haar kaken ontspanden. De berentanden die haar hoofdpijn bezorgden, gingen van geknauw over op een wat draaglijker geknabbel. Haar gedachten dwaalden af. Ze luisterde naar de regen, zag de druppels voor haar gezicht vallen. Hoe zou het zijn om haar doos met tekenspullen weer te openen? Om haar potlood en schetsboek te pakken? Om bijvoorbeeld een plas te tekenen die ze met haar geruïneerde sneakers liet opspatten? Andy zag lijnen voor zich en licht en schaduw, de klap waarmee haar schoen in een plas terechtkwam, het getrek van haar veter halverwege een stap.

Laura was bijna gestorven toen ze tegen kanker werd behandeld. Het kwam niet alleen door de giftige mix van medicijnen, maar ook door de andere problemen die de behandeling met zich meebracht. De infecties. De ziekenhuisbacterie. Longontsteking. Dubbele longontsteking. Stafylokokkeninfectie. Een klaplong.

En nu konden ze Jonah Helsinger aan de lijst toevoegen. Rechercheur Palazzolo. Dat Gordon uit haar leven moest verdwijnen. Dat haar enige dochter haar ruimte moest geven.

Ze zouden Laura's huidige kilte overleven, zoals ze ook de kanker hadden overleefd.

Gordon had gelijk gehad toen hij had gezegd dat de tijd dingen in perspectief plaatste. Andy wist wat wachten was. Op de komst van de chirurg. Op de analyse van de filmpjes. Op de uitslag van de op kweek gezette biopsie, op de chemo en de antibiotica, en op de pijnstillers en de prik tegen misselijkheid en de schone lakens en de frisse kussens en uiteindelijk, de hemel zij dank, op de behoedzame glimlach op het gezicht van de arts toen ze Laura en Andy had verteld dat de scan schoon was.

Ditmaal hoefde Andy alleen maar te wachten tot haar moeder weer de oude was. Laura zou zich ontworstelen aan het donkere oord waarin ze zich bevond en ten slotte, over een maand of een halfjaar of tegen Andy's volgende verjaardag, door een telescoop in plaats van door een vergrootglas terugkijken op de gebeurtenissen van de vorige dag.

Eerder dan verwacht had Andy het einde van de promenade bereikt. Met een sprong was ze weer op de eenrichtingsweg die langs de strandvilla's liep. Het asfalt voelde stevig onder haar voeten. Het gebulder van de zee vervaagde achter de gigantische huizen. Op dit punt boog de kustlijn om de punt van het eiland heen. Haar moeders bungalow was nog driekwart kilometer verderop. Andy was niet van plan geweest naar huis terug te keren, maar had dat ongemerkt toch gedaan. Ze wilde zich al omdraaien toen haar opeens iets te binnen schoot.

Haar fiets.

Telkens als ze de garage binnenliep, zag ze de fiets aan het plafond hangen. Op twee wielen was ze sneller bij Gordons huis. En met het oog op het onweer was het geen gek idee om een stel rubberen banden tussen zichzelf en het asfalt te hebben.

Ze ging op een rustig drafje over en vervolgens op een stevige looppas. De regen nam wat in hevigheid af. Dikke waterdruppels kletsten tegen de bovenkant van haar hoofd, sloegen putjes in haar huid. Ze vertraagde haar pas toen ze de vage lichtgloed uit Laura's werkkamer zag. Het huis was nog minstens vijftig meter verderop, maar in dit seizoen waren alle villa's in de omgeving verlaten. Belle Isle was vooral een overwinteringsstadje, een toevluchtsoord voor noorderlingen tijdens de ijzige wintermaanden. De overige huiseigenaren lieten zich verjagen door de hitte van augustus.

Andy wierp vanaf de oprit een blik in Laura's kamer. Leeg, voor zover ze het kon zien tenminste. Ze ging via de zijingang de garage binnen. De glazen panelen rammelden toen ze de deur dichtdeed. De open ruimte versterkte het geruis van de regen. Andy reikte al naar de knop die de garagedeur opende zodat het licht aan zou gaan, maar op het laatste moment hield ze in, want het kabaal dat met het omhoogrollen van de deur gepaard ging, zou de doden nog tot leven wekken. Gelukkig drong de gloed uit Laura's werkkamer via het raam in de zijdeur naar binnen, zodat Andy net genoeg licht had om al turend iets te zien.

Ze liep naar achteren, een Pig-Penachtig spoor van plassen in haar kielzog achterlatend. Haar fiets hing ondersteboven aan een stel haken die Gordon in het plafond had geschroefd. Andy's schouders vergingen van de pijn toen ze de Schwinn aan zijn wielen van de haken probeerde te tillen. Na twee pogingen viel de fiets naar beneden, en ze tuimelde bijna achterover toen ze hem wilde omdraaien voor hij de grond raakte.

Juist daarom had ze dat stomme ding nooit aan het plafond willen hangen, maar dat zou ze nooit tegen haar vader zeggen.

Een van de pedalen had haar scheenbeen opengehaald, maar ze schonk geen aandacht aan het straaltje bloed. Ze controleerde het profiel in de veronderstelling dat het vergaan zou zijn, maar de banden waren zo nieuw dat er aan de zijkanten nog kleine puntjes uitstaken. Ze vermoedde dat dat het werk van haar vader was. In de loop van de zomer had Gordon herhaaldelijk voorgesteld om in het weekend weer te gaan fietsen. Echt iets voor hem om te zorgen dat alles gebruiksklaar was in het onwaarschijnlijke geval dat Andy ja zei.

Ze tilde haar been al op, maar hield halverwege stil. Vanboven klonk duidelijk hoorbaar een metalige galm. Als een retriever hield ze haar hoofd schuin. Het enige wat ze opving, was het geruis van de regen. Ze probeerde net een grap over Jacob Marley te bedenken toen de galm opnieuw klonk. Ze spitste haar oren, maar weer hoorde ze alleen het aanhoudende gesuis van water dat naar beneden kwam.

Geweldig. Ze was een lafaard, dat stond vast. Haar gezonde verstand had haar in de steek gelaten, en nu was ze kennelijk ook nog paranoïde.

Andy schudde haar hoofd. Ze moest weer in actie komen. Ze ging op de fiets zitten en sloeg haar vingers om de handgrepen.

Haar hart bonsde in haar keel.

Een man.

Buiten, aan de andere kant van de deur. Wit. Kleine oogjes. Een donkere hoody nauwsluitend om zijn gezicht.

Andy verstijfde.

Hij zette zijn handen als een kommetje tegen het raam.

Ze moest schreeuwen. Ze moest stil zijn. Ze moest op zoek gaan naar een wapen. Ze moest de fiets naar achteren rijden. Ze moest zich in de schaduwen terugtrekken.

De man leunde naar voren en tuurde de garage in. Hij keek naar links, naar rechts en toen recht voor zich uit.

Andy deinsde terug en trok haar schouders in, alsof ze zichzelf weg kon vouwen in het donker.

Hij keek haar recht aan.

Ze hield haar adem in. Wachtte. Beefde. Hij zag haar. Ze wist zeker dat hij haar zag.

Langzaam draaide hij zijn hoofd weg, gluurde naar links en toen weer naar rechts. Nog één keer keek hij Andy recht aan, toen verdween hij.

Ze opende haar mond en zoog een beetje lucht naar binnen. Hangend over het fietsstuur probeerde ze niet over te geven.

De man in het ziekenhuis, die met de Alabamapet. Was hij hen naar huis gevolgd? Had hij zich verdekt opgesteld tot hij dacht dat de kust veilig was?

Nee. Alabama was lang en slank geweest. De man bij de garagedeur, Hoody, was gedrongen en gespierd. Ongeveer even lang als Andy, maar wel drie keer zo breed.

Die galm was Hoody geweest die de metalen trap af liep.

Hij had gekeken of er iemand in het appartement was.

Hij had gekeken of er iemand in de garage was.

En nu ging hij waarschijnlijk bij haar moeder inbreken.

Andy begon verwoed op haar zakken te kloppen, ook al besefte ze dat haar telefoon boven was, waar ze hem met een lege batterij had achtergelaten. Een jaar geleden had Laura de vaste telefoon opgezegd. De villa's aan weerszijden hadden waarschijnlijk ook geen telefoon. Het was minstens tien minuten fietsen naar Gordons huis, en tegen die tijd kon haar moeder...

Haar hart kwam met een schok tot stilstand.

Haar blaas stond op barsten. Haar maag zat vol punaises. Voorzichtig stapte ze van de fiets en zette hem tegen de muur. De regen roffelde inmiddels als een trom. Het enige wat ze boven het gekletter uit hoorde, was het geklapper van haar tanden.

Ze dwong zichzelf naar de deur te lopen. Ze strekte haar arm uit en sloeg haar hand om de deurknop. Haar vingers waren koud. Stond Hoody aan de andere kant van de deur te wachten, armen omhoog en gewapend met een knuppel of pistool, of ging hij haar wurgen met zijn kolenschoppen van handen?

Andy proefde braaksel op haar tong. Het water op haar huid voelde bevroren. Ze probeerde zichzelf wijs te maken dat de man de kortste weg naar het strand nam, maar niemand ging ooit via deze route naar het strand. Vooral niet in de regen. Of als het onweerde.

Ze deed de deur open. Ineengedoken gluurde ze naar buiten en keek over de oprit. In Laura's werkkamer brandde nog steeds licht. Andy zag niemand, geen schaduwen, geen aanfloepende schijnwerpers, geen man in een hoody die met een mes naast de garage stond te wachten of door de ramen van het huis naar binnen keek.

Haar moeder kon uitstekend voor zichzelf opkomen. Ze wás al voor zichzelf opgekomen. Maar toen had ze twee handen tot haar beschikking gehad. Nu zat haar ene arm aan haar romp vastgesnoerd en kwam ze op haar gewonde been nauwelijks de keuken door zonder zich aan het aanrechtblad vast te klampen.

Zachtjes sloot Andy de garagedeur. Net als Hoody zette ze haar handen als een kommetje tegen het raam en keek het donker in. Weer zag ze niets; niet haar fiets, niet de schappen met noodrantsoenen en water.

Ze was maar matig opgelucht, want Hoody was niet via de oprit vertrokken. Hij was op het huis af gestapt.

Andy streek met haar vingers over haar voorhoofd. Onder al die regen brak het zweet haar uit. Misschien was de man de bungalow niet binnengegaan. Waarom zou een inbreker het kleinste huis van de straat kiezen, een van de kleinste van de hele stad? De naburige villa's stonden vol peperdure elektronica. Elke vrijdagavond kwam er op de meldkamer minstens één telefoontje binnen van iemand die zich verheugend op een ontspannen weekend uit Atlanta was gearriveerd, om vervolgens te ontdekken dat al zijn tv's verdwenen waren.

Hoody was boven in het appartement geweest. Hij had in de garage gekeken.

Hij had niets meegenomen. Hij zocht naar iets.

Naar íémand.

Andy liep langs de zijkant van het huis. De bewegingssensor deed het niet. De schijnwerpers hadden aan moeten gaan. Onder haar schoen voelde ze glasscherven knerpen. Kapotte gloeilampen? Een kapotte bewegingssensor? Op haar tenen tuurde ze door het keukenraam. Rechts stond de deur naar de werkkamer op een kier. Door de nauwe spleet viel een driehoek wit licht op de keukenvloer.

Ze speurde naar beweging, naar schaduwen, maar zag niets. Ze deed een stap naar achteren. Links van haar was de verandatrap. Ze zou de keuken binnen kunnen gaan. Ze zou de lampen aan kunnen doen. Dan verraste ze Hoody, die zich zou omdraaien en haar zou neerschieten of neersteken, net zoals Jonah Helsinger dat had geprobeerd.

Die twee dingen moesten met elkaar verbonden zijn. Dat was het enige wat klopte. Dit was Belle Isle, niet Atlantic City. Gasten in hoody's gingen niet in de stromende regen bungalows verkennen.

Andy liep naar de achterkant van het huis. Ze huiverde in de straffe zeebries. Voorzichtig deed ze de hordeur naar de veranda open. Het gepiep van het scharnier ging verloren in de regen. De sleutel lag op het schoteltje onder de viooltjes.

Dubbele tuindeuren boden toegang tot haar moeders slaapkamer. Weer hield Andy haar handen als een kommetje tegen het raam. Anders dan bij de garage kon ze de hele kamer tot in de hoeken overzien. In de badkamer brandde een nachtlampje. Laura's bed was opgemaakt. Op het nachtkastje lag een boek. Er was niemand in de kamer.

Andy drukte haar oor tegen het glas. Ze sloot haar ogen om des te beter geluiden van binnen in het huis te kunnen oppikken: krakende voetstappen op de vloer, haar moeder die om hulp riep, brekend glas, een worsteling.

Het enige wat ze hoorde, waren de schommelstoelen die heen en weer bewogen in de wind.

In het weekend had Andy nog samen met haar moeder vanaf de veranda de zon zien opkomen.

'Andrea Eloise,' had Laura glimlachend boven haar theekop gezegd. 'Wist je dat ik je bij je geboorte Heloise wilde noemen, maar dat de verpleegkundige me niet goed verstond en "Eloise" opschreef? Je vader vond het zo mooi dat ik het niet over mijn hart kon verkrijgen te zeggen dat de naam verkeerd gespeld was.'

Ja, dat wist Andy. Ze had het verhaal vaker gehoord. Elk jaar op of rond haar verjaardag vond haar moeder wel een aanleiding om over de ontbrekende H te vertellen.

Ze bleef nog even bij het raam staan luisteren voor ze zichzelf dwong tot actie over te gaan. Haar vingers voelden zo dik dat ze de sleutel nauwelijks in het slot kreeg. Haar ogen schoten vol tranen. Ze was doodsbang. Zo bang was ze nog nooit geweest. Zelfs niet in het restaurant, want tijdens de schietpartij had ze geen tijd gehad om te denken. Toen had ze gereageerd zonder zich eerst te bezinnen. Nu had ze alle tijd van de wereld om over haar acties na te denken, en de scenario's die door haar hoofd spookten, waren allemaal even afschuwwekkend.

Haar moeder kon weer gewond raken, ditmaal door toedoen van Hoody. Misschien wachtte hij háár binnen op. Misschien doodde hij Laura op ditzelfde moment. Hij zou háár kunnen verkrachten. Hij zou haar voor de ogen van haar moeder kunnen vermoorden. Hij zou hen allebei kunnen verkrachten, om beurten terwijl de ander toekeek, of hij kon hen vermoorden en dan verkrachten of...

Andy's knieën begaven het bijna toen ze de slaapkamer binnenliep. Ze trok de deur achter zich dicht en kromp ineen bij het klikken van de klink. Regenwater vormde plasjes op het tapijt. Ze glipte uit haar sneakers en schoof haar natte haar naar achteren.

Ze luisterde.

Van de andere kant van het huis klonk een soort gemurmel.

Een gesprek, leek het. Niet dreigend, er werd niet geschreeuwd of om hulp gesmeekt. Meer zoals ze vroeger na het naar bed gaan de stemmen van haar ouders had gehoord.

Diana Krall treedt volgend weekend op in de Fox.

O, Gordon, je weet toch hoe nerveus ik word van jazz?

Andy's oogleden knipperden, alsof ze elk moment flauw kon vallen. Alles beefde. Binnen in haar hoofd klonk haar hartslag als een gymzaal vol stuiterende basketballen. Ze duwde tegen de achterkant van haar been om zichzelf in beweging te zetten.

Het huis was in feite een vierkant, met een gang die als een hoefijzer om het binnenste gedeelte lag. Laura's werkkamer aan de voorkant was de voormalige eetkamer, grenzend aan de keuken. Andy liep in tegenovergestelde richting de gang op, langs haar oude slaapkamer die nu logeerkamer was, zonder naar de familiefoto's en schooltekeningen aan de muren te kijken.

'...doet maar,' zei Laura, op besliste, heldere toon.

Nu stond Andy in de woonkamer. Alleen de hal scheidde haar van Laura's werkkamer. De schuifdeuren stonden wijd open. De inrichting was even vertrouwd als die van haar appartement boven de garage. Bank, stoel, glazen salontafel met een schaal potpourri, bureau, bureaustoel, boekenkast, archiefkast, aan de muur een reproductie van 'De geboorte van Venus' naast twee ingelijste pagina's uit een studieboek met de titel *Physiology and Anatomy for Speech-Language Pathology*.

Een ingelijst kiekje van Andy op het bureau. Een vloeiblad van lichtgroen leer. Eén pen. Een laptop.

'Nou?' zei Laura.

Haar moeder zat op de bank. Andy zag een stukje van haar kin, het puntje van haar neus, haar naast elkaar geplaatste benen, haar ene hand die op haar bovenbeen rustte terwijl de andere aan haar middel was vastgesnoerd. Ze hield haar gezicht schuin naar boven gericht, naar iemand die op de leren stoel zat.

Hoody.

Zijn spijkerbroek was drijfnat. Op het tapijt aan zijn voeten vormde zich een plas.

‘Laten we eens over onze opties nadenken,’ zei hij. Hij had een diepe stem. Andy voelde zijn woorden natrillen in haar borst. ‘Ik zou met Paula Koontz kunnen gaan praten.’

Laura zweeg even en zei toen: ‘Ik heb gehoord dat ze in Seattle woont.’

‘In Austin.’ Het bleef een paar tellen stil. ‘Aardig geprobeerd.’

Nu hield de stilte langer aan.

Uiteindelijk zei Laura: ‘Denk maar niet dat je krijgt wat je wilt door mij iets aan te doen.’

‘Ik wil je niks aandoen. Ik zorg alleen dat je het doodsbenauwd krijgt.’

Weer begonnen Andy’s oogleden te knipperen. Het was de toon waarop hij het zei: vol overtuiging, bijna opgewekt.

‘O ja?’ Laura lachte geforceerd. ‘Denk je dat ik me bang laat maken?’

‘Hangt ervan af hoeveel je van je dochter houdt.’

Opeens stond Andy midden in haar oude slaapkamer. Haar tanden klapperden. Tranen stroomden uit haar ogen. Ze wist niet meer hoe ze daar terecht was gekomen. Ze haalde puffend adem. Haar hart klopte niet meer, of misschien sloeg het zo hard dat ze het niet meer voelde.

Haar moeders telefoon lag vast in de keuken. Die legde ze ’s nachts altijd aan de oplader.

Ga het huis uit. Ga snel hulp halen. Zoek het gevaar niet op.

Op trillende benen liep Andy de gang door, naar de achterkant van het huis. Onwillekeurig schoot haar hand uit en greep het deurkozijn bij Laura’s slaapkamer, maar ze dwong zichzelf door te lopen naar de keuken.

Laura’s telefoon lag aan het eind van het keukenblad, het gedeelte dat zich het dichtst bij haar werkkamer bevond en waarop een driehoekje licht viel uit de iets openstaande deur.

Ze zwegen nu. Waarom praatten ze niet meer?

Hangt ervan af hoeveel je van je dochter houdt.

Met een ruk draaide Andy zich om in de verwachting Hoody te zullen zien, maar het enige wat ze zag was de deuropening naar haar moeders slaapkamer.

Ze kon ervandoor gaan. Ze hield zichzelf voor dat haar moeder zou willen dat ze wegging, dat ze zichzelf in veiligheid bracht, dat ze ontsnapte. Dat had Laura in het restaurant al gewild. Dat zou ze nu ook willen.

Andy keerde zich weer naar de keuken toe. Ze was ín haar lichaam, maar er tegelijkertijd buiten getreden. Ze zag zichzelf naar de telefoon aan het uiteinde van het keukenblad lopen. De kou van de tegelvloer trok in haar blote voeten. Bij de zijdeur lag water, waarschijnlijk van Hoody. Andy's blik concentreerde zich op haar moeders telefoon. Ze klemde haar kaken opeen om niet te klappertanden. Als Hoody nog steeds op die stoel zat, waren ze door krap een meter en een dunne houten deur van elkaar gescheiden. Ze reikte naar de telefoon. Voorzichtig ontkoppelde ze het snoer van de oplader. Langzaam liep ze achterwaarts de schaduwen in.

'Vertel eens,' hoorde ze Hoody zeggen. 'Heb je weleens zo'n droom gehad waarin je levend wordt begraven?' Hij zweeg even. 'Waarin je langzaam stikt?'

Andy's mond werd droog. De longontsteking. De klaplong. Het vreselijke gepiep. Het panische vechten om lucht. Haar moeder was doodsbang geweest om te stikken. Ze was zo bezeten geweest van de angst om te stikken in het vocht uit haar longen, dat de artsen haar valium hadden moeten geven om haar in slaap te krijgen.

'Ik zal je vertellen wat ik ga doen,' zei Hoody. 'Ik hou twintig seconden lang deze zak over je hoofd. Je krijgt het gevoel dat je doodgaat, maar dat ga je niet… Nog niet.'

Andy's vinger trilde toen ze hem op de homeknop van haar moeders telefoon legde. De vingerafdrukken van hen beiden waren opgeslagen. Als de knop werd aangeraakt, moest het scherm worden ontgrendeld, maar er gebeurde niets.

'Het is een soort waterboarding, maar dan droog,' zei Hoody. 'Heel effectief.'

'Alsjeblieft…' Laura stikte zowat in het woord. 'Dat hoef je toch niet te doen?'

Andy veegde met haar vinger over de muur om hem droog te maken.

'Stop!' riep haar moeder, zo luid dat Andy de telefoon bijna liet vallen. 'Luister nou. Heel even maar. Gewoon luisteren.'

Weer drukte Andy op de homeknop.

'Ik luister,' zei Hoody.

Het scherm werd ontgrendeld.

'Je hoeft dit niet te doen. Laten we iets bedenken. Ik heb geld.'

'Ik ben niet op je geld uit.'

'Je krijgt het toch niet van me te horen. Wat je wilt horen. Ik zal nooit –'

'Dat zien we nog wel.'

Andy tikte op het berichtenicoontje. De meldkamer van Belle Isle had een halfjaar geleden het 911-berichtensysteem overgenomen. De meldingen flitsten op aan de bovenkant van hun monitoren.

'Twintig seconden,' zei de man. 'Zal ik voor je tellen?'

Andy's vingers vlogen over de toetsen.

Seaborne Ave 419 gewapende indringer gijzeling dreigt snel aub

'De hele straat is verlaten,' zei Hoody. 'Gil maar zo hard als je kunt.'

Andy drukte op het verzendpijltje.

'Stop...' Laura's stem schoot van paniek de hoogte in. 'Alsjeblieft.' Nu huilde ze. Haar snikken klonken gedempt, alsof ze iets tegen haar mond hield. 'Alsjeblieft,' smeekte ze. 'O, god, alsje...'

Stilte.

Andy probeerde iets op te vangen.

Niets.

Geen kreet, geen stokkende adem, niet eens meer gesmeek.

De stilte was oorverdovend.

'Eén,' telde Hoody. 'Twee.' Hij wachtte even. 'Drie.'

Gekletter. Het zware glas van de salontafel. Haar moeder schopte, dat was duidelijk. Er viel iets met een bons op het tapijt. Laura had maar één vrije hand. Ze kon amper een boodschappentas optillen.

'Vier,' zei Hoody. 'En nu niet de boel onderpissen.'

Andy sperde haar mond wijd open, alsof ze voor haar moeder kon ademen.

'Vijf.' Hoody genoot hoorbaar. 'Zes. Bijna halverwege.'

Andy hoorde een wanhopig, hoogtonig gepiep, hetzelfde geluid dat haar moeder in het ziekenhuis had gemaakt toen de longontsteking haar een klaplong had bezorgd.

Ze greep het eerste het beste zware voorwerp. De gietijzeren koekenpan liet zich onder luid geschraap van het fornuis tillen. Nu was elke kans om Hoody te verrassen verkeken, nu kon ze niet meer terug. Andy schopte de deur open. Hoody stond over Laura heen gebogen. Hij had zijn handen om haar hals geslagen. Hij wurgde haar niet, maar sloot met zijn vingers de doorzichtige plastic zak af die haar moeders hoofd omhulde.

Geschrokken draaide hij zich om.

Andy zwiepte de koekenpan als een honkbalknuppel in zijn richting.

In tekenfilms kwam de vlakke onderkant van de pan altijd als de klepel van een klok op de kop van de prairiehond neer, waarop hij verdoofd neerviel.

Andy, daarentegen, sloeg met de zijkant van de pan. Met een luid, misselijkmakend gekraak boorde de gietijzeren rand zich in de schedel van de man.

Er klonk geen galm, eerder het geluid van een grote, afbrekende tak.

De klap trilde zo hard na dat Andy de steel niet vast kon houden.

De pan knalde op de vloer.

Eerst reageerde Hoody niet. Hij viel niet. Hij ging niet tekeer. Hij sloeg niet om zich heen. Hij keek Andy alleen verward aan.

Ze keek terug.

Bloed vloeide langzaam het wit van zijn linkeroog in, trok als rook door de haarvaatjes en krulde zich rond het hoornvlies. Zijn lippen bewogen geluidloos. Met vaste hand reikte hij naar zijn hoofd. Zijn slaap was verbrijzeld, in een scherpe hoek, een volmaakte afdruk van de rand van de koekenpan. Hij keek naar zijn vingers.

Geen bloed.

Andy greep naar haar keel. Het was alsof ze glas had doorgeslikt.

Bleef hij overeind? Zou hij overeind blijven? Kon hij haar nog iets aandoen? Kon hij haar moeder wurgen? Hen allebei verkrachten? Hen allebei doden? Kon hij...

Uit zijn keel steeg een trillend geluid op. Zijn mond viel open. Zijn ogen rolden naar boven. Met gebogen knieën wilde hij de stoel pakken en gaan zitten, maar hij miste en smakte op de vloer.

Andy deinsde terug, alsof ze zich aan hem kon branden.

Hij was op zijn zij gevallen; zijn benen waren verdraaid, en met zijn handen klampte hij zijn maag vast.

Andy bleef naar hem kijken, afwachtend, bevend, panisch.

'Andrea,' zei Laura.

Andy's hart flakkerde als een kaars. Haar spieren waren versteend. Ze stond als aan de grond genageld, als een standbeeld.

'Andrea!' riep Laura.

Met een schok ontwaakte Andy uit haar trance. Ze knipperde met haar ogen. Ze keek naar haar moeder.

Laura probeerde zich op de bank overeind te hijsen. Het wit van haar ogen was rood gestippeld van de gesprongen bloedvaatjes. Haar lippen waren blauw. Ook haar wangen waren bezaaid met gesprongen vaatjes. De plastic zak zat nog om haar hals. Diepe wurgsporen vormden ringen op haar huid. Ze had de zak met haar vingers opengeklauwd, ongeveer zoals Andy de vuilniszakponcho had opengebeten.

'Snel,' zei Laura schor. 'Kijk eens of hij nog ademt.'

Andy's blikveld schoof ineen. Ze was duizelig. Toen ze lucht in haar longen wilde zuigen, hoorde ze gepiep. Ze begon te hyperventileren.

'Andrea,' zei Laura. 'Hij heeft mijn pistool in zijn broekband. Geef dat aan mij. Voor hij wakker wordt.'

Wat?

'Andrea, hou je hoofd erbij.' Laura liet zich van de bank op de vloer glijden. Haar been bloedde weer. Met behulp van haar goede arm schoof ze over het tapijt. 'We moeten dat pistool pakken. Voor hij bijkomt.'

Hoody's handen bewogen.

'Mam!' Andy week terug naar de muur. 'Mam!'

'Rustig maar,' zei Laura. 'Hij is...'

Met een plotselinge, heftige schok sloeg Hoody de leren stoel omver. Zijn handen beschreven cirkels, de cirkels veranderden in tremors die doortrilden tot in zijn schouders en tot in zijn hoofd. Zijn romp. Zijn benen. Binnen enkele tellen verkrampte zijn lijf onder een zware attaque.

Andy hoorde zichzelf jammeren. Hij ging dood. Hij was aan het doodgaan.

'Andrea,' zei Laura kalm, beheerst. 'Ga naar de keuken.'

'Mam!' riep Andy. De man welfde zijn rug tot een halve cirkel. Zijn voeten schopten door de lucht. Wat had ze gedaan? Wat had ze gedaan?

'Andrea,' herhaalde Laura. 'Ga naar de keuken.'

Nu stootte hij een soort gegrom uit. Andy sloeg haar handen voor haar oren, maar niets kon het geluid tegenhouden. Vol afschuw zag ze zijn vingers naar achteren buigen. Er kwam schuim uit zijn mond. Zijn ogen rolden woest in hun kassen.

'Ga naar de –'

'Hij gaat dood!' jammerde Andy.

Het gegrom werd intenser. Inmiddels waren zijn ogen zo ver weggedraaid dat het leek alsof er watten in de kassen waren gepropt. Urine verspreidde zich vanuit het kruis van zijn spijkerbroek. Zijn schoen vloog uit. Zijn handen klauwden door de lucht.

'Doe iets!' gilde Andy. 'Mam!'

Laura greep de koekenpan en hief die hoog boven haar hoofd.

'Nee!' Met een sprong was Andy aan de andere kant van de kamer. Ze wrong de pan uit haar moeders handen, maar voor ze zich uit de voeten kon maken, sloeg Laura haar arm om haar middel. Ze trok haar tegen zich aan, drukte haar mond tegen Andy's hoofd. 'Niet kijken, schatje. Niet kijken.'

'Wat heb ik gedaan?' kreunde Andy. 'Wat heb ik gedaan?'

'Je hebt me gered,' zei Laura. 'Je hebt me gered.'

'Ik h-h-h...' Andy kreeg de woorden niet over haar lippen. 'Mam, hij is... ik kan n-n...'

'Niet kijken.' Laura probeerde Andy's ogen te bedekken, maar ze duwde haar moeders hand weg.

Het werd volkomen stil.

Zelfs de regen tikte niet meer tegen het raam.

Hoody lag er roerloos bij. De spieren in zijn gezicht waren ontspannen. Eén oog staarde op naar het plafond. Het andere keek naar het raam. Zijn pupillen waren inktzwarte stuivers.

Andy's hart daalde weer neer uit haar keel.

De onderkant van de hoody was omhooggeschoven. Boven de witte tailleband van de onderbroek zag Andy de tattoo van een lachende dolfijn. Het dier sprong uit het water. Eronder stond in sierlijke letters: *Maria*.

'Is hij...' Andy kreeg de woorden niet over haar lippen. 'Mam, is hij...'

'Hij is dood,' zei Laura onomwonden.

'Ik h-h-h...' Het lukte haar niet. 'Ik heb hem v-v-v...'

'Andy?' Opeens klonk Laura anders. 'Hoor jij ook sirenes?' Ze keerde zich naar het raam toe. 'Heb je de politie gebeld?'

Andy staarde nog steeds naar de tattoo. Was Maria zijn vriendin? Zijn vrouw? Had ze zojuist iemands vader gedood?

'Andy?' Laura schoof over het tapijt naar achteren. Ze tastte onder de bank, op zoek naar iets. 'Snel, schat. Haal zijn portefeuille uit zijn broek.'

Andy keek haar moeder alleen maar aan.

'Pak zijn portefeuille. Nu.'

Andy verroerde zich niet.

'Kijk dan onder de bank. Kom eens hier. Nu.' Laura knipte met haar vingers. 'Andy, hier komen. Doe wat ik zeg.'

Zonder te weten wat er van haar verwacht werd, kroop Andy naar de bank.

'De hoek aan de achterkant,' zei Laura. 'In de vulling boven de veer. Steek je hand er maar in, dan vind je een make-uptas.'

Leunend op haar elleboog reikte Andy in het binnenste van de bank, waar ze op een make-uptas stuitte van zwarte kunststof met een koperen rits. Hij was zwaar en zat helemaal vol.

Hoe was die daar terechtgekomen?

'Luister goed.' Laura had de portefeuille van de man inmiddels zelf al gepakt. Ze haalde het geld eruit. 'Hier, neem dit. Alles. In het westen van Georgia ligt een stadje genaamd Carrollton. Op de grens van de staat. Luister je?'

Andy had de rits van de tas opengemaakt. Ze zag een klaptelefoon met oplaadkabel, een dikke stapel bankbiljetten van twintig dollar en een witte keycard zonder label, zo'n ding waarmee je een hotelkamer binnengaat.

'Andy.' Laura reikte naar de ingelijste foto op haar bureau. 'Ga naar de opslagloods van Get-Em-Go. Kun je dat onthouden? G-e-t-e-m-g-o.'

Wat?

'Hier, zijn portefeuille. Gooi die in zee.'

Andy keek naar de leren portefeuille die haar moeder op de vloer had gegooid. In het plastic insteekhoesje was het rijbewijs zichtbaar, maar haar ogen waren zo opgezwollen van het huilen dat ze de tekst niet kon lezen.

'De creditcards niet gebruiken, begrepen?' zei Laura. 'Alleen het geld. Doe je ogen dicht.' Ze sloeg de fotolijst stuk tegen de zijkant van haar bureau. Het glas versplinterde. Ze peuterde de foto eruit. Binnenin zat een sleuteltje, van het soort waarmee een hangslot opengaat. 'Dit heb je nodig, oké? Andy, luister je? Hier, aanpakken. Aanpakken.'

Andy pakte het sleuteltje en liet het in de open tas vallen.

'En vergeet dit niet.' Laura propte de portefeuille naast het geld in de make-uptas. 'Unit twintig-één. Goed onthouden: twintig-één. De Get-Em-Go in Carrollton.' Ze doorzocht de zakken van de man en haalde zijn sleutels eruit. 'Deze is van een Ford. Waarschijnlijk heeft hij die in de doodlopende steeg aan het eind van Beachview geparkeerd. Meenemen.'

Andy pakte de sleutels, maar het drong niet tot haar door wat ze in haar hand hield.

'Unit twintig-één. Er staat een auto in. Die neem je mee, en je laat zijn Ford daar achter. Ontkoppel de accukabels. Dat is heel belangrijk, Andy. Je moet de stroom van de gps afhalen. Kun je dat onthouden, liefje? Dus de accukabels ontkoppelen. Papa heeft je laten zien hoe de accu eruitziet. Weet je nog?'

Andy knikte traag. Ze herinnerde zich dat Gordon haar de onderdelen van een auto had laten zien.

'Het nummer van de unit is je geboortedag. Twintig-één. Herhaal eens.'

'Twintig-één,' zei Andy.

'De sirenes komen dichterbij. Je moet weg,' zei Laura. 'Ik wil dat je weggaat. Nu.'

Andy was als verlamd. Het was te veel. Veel te veel.

'Schat.' Laura nam Andy's kin in haar hand. 'Luister goed. Je moet ervandoor. Nu. Neem de achterdeur. Zoek de Ford van die vent op. Als je die niet kunt vinden, neem je papa's auto. Ik leg het later wel aan hem uit. Rij in noordwestelijke richting. Begrepen?' Ze greep Andy's schouder en hees zich moeizaam overeind. 'Alsjeblieft, Andy. Luister je?'

'In noordwestelijke richting,' fluisterde Andy.

'Probeer eerst Macon te bereiken, daar koop je een landkaart, een papieren kaart, en zoek je Carrollton op. De Get-Em-Go is vlak bij de Walmart.' Laura trok Andy aan haar arm overeind. 'Je moet je telefoon hier achterlaten. Je mag niets meenemen.' Ze schudde Andy heen en weer. 'Goed luisteren. Je mag papa niet bellen. Zorg dat hij niet voor jou hoeft te liegen.'

'Liegen...'

'Ik word straks gearresteerd voor dit hier.' Ze drukte haar vinger op Andy's lippen om haar protest te smoren. 'Geen zorgen, schat. Ik red me wel. Maar jij moet weg. Papa mag niet weten waar je bent. Begrijp je? Als je contact met hem opneemt, komen ze erachter. Dan trekken ze het na en vinden jou. Telefoontjes, e-mail, alles. Neem geen contact met hem op. Probeer mij niet te bellen. Je vrienden mag je ook niet bellen, niemand met wie je ooit contact hebt gehad, oké? Volg je me? Hoor je wat ik zeg?'

Andy knikte, want dat verwachtte haar moeder.

'Na Carrollton blijf je in noordwestelijke richting rijden.' Met haar arm stevig om Andy's middel voerde Laura haar mee door de keuken.

‘Ga heel ver weg, naar Idaho bijvoorbeeld. Zodra het veilig is, bel ik je op de telefoon in de tas.’

Veilig?

‘Je bent heel sterk, Andrea. Sterker dan je beseft.’ Laura haalde zwoegend adem. Het kostte haar zichtbaar moeite om niet te huilen. ‘Ik bel je op die telefoon. Je komt pas naar huis wanneer ik gebeld heb, oké? Je reageert alleen op mijn stem, op mijn echte stem, en alleen als ik dit zeg: “Je kunt veilig thuiskomen.” Begrijp je dat? Andy?’

De sirenes naderden. Andy hoorde ze nu ook. Minstens drie politiewagens. Er lag een dode man in het huis. Andy had hem gedood. Ze had een man vermoord, en de politie stond al bijna op de stoep.

‘Andrea?’

‘Oké,’ fluisterde Andy. ‘Oké.’

‘Get-Em-Go. Twintig-één. Begrepen?’

Andy knikte.

‘Neem de achterdeur. En rennen!’ Laura probeerde haar naar de deur te duwen.

‘Mam.’ Andy moest het weten voor ze wegging. ‘Ben je… Ben je een spion?’

‘Een wát?’ Laura keek verbijsterd.

‘Of een huurmoordenaar, of een agent voor de regering, of…’

‘O, Andy, nee.’ Bijna moest Laura lachen. ‘Ik ben je moeder. Ik ben altijd alleen maar je moeder geweest.’ Ze legde haar hand tegen Andy’s wang. ‘Ik ben zo trots op je, mijn engel. De afgelopen eenendertig jaar zijn een geschenk geweest. Je bent de reden dat ik leef. Zonder jou zou ik het nooit hebben gered. Begrijp je? Je bent mijn hart. Je bent elke druppel bloed in mijn lichaam.’

De sirenes waren vlakbij, hooguit twee straten van hen verwijderd.

‘Het spijt me zo.’ Laura kon haar tranen niet langer bedwingen. De vorige dag had ze een man gedood. Ze was gestoken, had snijwonden, was bijna gestikt. Ze had haar eigen familie op afstand gehouden en geen traan gelaten, tot op dit moment. ‘Engel van me. Vergeef me alsjeblieft. Alles wat ik ooit heb gedaan, was voor jou, mijn Andrea Heloise. Alles.’

Nu hadden de sirenes het huis bereikt. Banden gierden over het wegdek.

'Rennen,' smeekte Laura. 'Alsjeblieft, Andy, mijn schat, alsjeblieft... rennen!'

VIJF

Vochtig zand koekte aan de binnenkant van Andy's sneakers toen ze over het strand rende. Ze klemde de make-uptas tegen haar borst en hield de bovenkant dicht met haar vingers, want ze had de tijd niet durven nemen om de rits dicht te doen. Er was geen maan, er scheen geen licht uit de villa's, er was niets dan nevel in haar gezicht en loeiende sirenes achter haar rug.

Ze wierp een blik achterom. Zaklampen streken langs de buitenkant van haar moeders huis. Roepende stemmen drongen door tot op het strand.

'Links alles veilig!'

'Achter alles veilig!'

Soms hoorde Andy tijdens een 911-melding op de achtergrond agenten hetzelfde roepen.

'U kunt nu wel ophangen,' zei ze dan tegen de beller. 'Nu neemt de politie het over.'

Van Laura zou de politie niets te horen krijgen. Waarschijnlijk had ze met haar lippen stijf op elkaar aan de keukentafel gezeten toen ze haar aantroffen. Na vanavond vielen er geen dealtjes meer te sluiten met rechercheur Palazzolo, dat stond vast. Laura zou gearresteerd worden. Ze zou in een cel worden opgesloten. Ze zou voor een rechter en jury moeten verschijnen. Ze zou naar de gevangenis gaan.

Andy rende nog harder, alsof ze kon vluchten voor de gedachte aan haar moeder achter de tralies. Ze beet op haar lip tot ze een metalige bloedsmaak proefde. In haar schoen was het vochtige zand in beton veranderd. Ergens had de pijn iets van karmische vergelding.

Hoody was dood. Zij had hem gedood. Ze had een man vermoord. Andy was een moordenares.

Ze schudde zo hard haar hoofd dat er iets knakte in haar nek. Ze probeerde zich te oriënteren. Na ongeveer een kilometer liep Seaborne dood bij Beachview. Als ze de afslag miste, kwam ze op een wat dichter bewoond gedeelte van het eiland, waar misschien iemand uit het raam keek en de politie belde.

Andy probeerde haar voetstappen te tellen, mat eerst tweehonderd meter, toen driehonderd meter en boog uiteindelijk af, weg van de zee. Alle villa's hadden veiligheidshekken om onbekenden te weren die van het strand waren afgedwaald. Volgens een gemeentelijke verordening mochten er geen permanente schuttingen voor de duinen worden geplaatst, en daarom hadden velen bij wijze van afweer dunne houten latten aan prikkeldraad bevestigd. Slechts een paar poorten waren van een alarminstallatie voorzien, maar op alle stond de waarschuwing dat er een sirene zou klinken zodra ze werden geopend.

Andy bleef voor de eerste poort staan. Ze streek met haar hand langs de zijkanten tot ze op een kunststof doos stuitte waar een draad uit stak.

Beveiligd.

Ze rende naar het volgende hek en herhaalde de handeling.

Beveiligd.

Ze vloekte, want de snelste route naar de straat liep door de duinen. Voorzichtig duwde ze met haar voet tegen de latten. Het draad boog mee. Een onzichtbare verankering schoot los uit het zand, waarop de schutting zo ver naar beneden zakte dat ze eroverheen kon stappen. Ze tilde haar been op en zorgde dat haar short niet aan het prikkeldraad bleef haken. Zeehaver werd onder haar voeten geplet toen ze de steile helling nam. Ze schrok van de verwoesting die ze aanrichtte. Tegen de tijd dat ze een verhard pad had bereikt, strompelde ze.

Leunend met haar hand tegen een muur bleef ze staan om op adem te komen. Ze kreeg een hoestaanval, zo droog was haar keel. Met haar andere hand voor haar mond wachtte ze tot die voorbij was. Tranen stroomden uit haar ogen. Haar longen deden pijn. Toen het hoesten eindelijk ophield, liet ze haar hand zakken. Ze zette een stap die voelde alsof ze op glas liep. Het zand in haar sneakers had de hardheid van samengeklonterd kattengrit. Ze trok ze uit en probeerde ze leeg te schudden. De synthetische gaatjesstof was in een kaasrasp veranderd.

Niettemin probeerde ze haar voeten weer in de schoenen te wurmen, maar het was te pijnlijk. Ze bloedden al.

Blootsvoets liep ze het pad op. Ze dacht aan alle aanwijzingen die rechercheur Palazzolo zou vinden als ze de bungalow binnenging: Laura's gezicht, dat nog steeds tekenen van verstikking vertoonde, en dan vooral haar bloeddoorlopen ogen. De plastic zak om haar hals, met de vingerafdrukken van de dode erop. Het lijk in de werkkamer, naast de omvergeworpen salontafel. De ingeslagen zijkant van zijn hoofd. Zijn broek die drijfnat was van de urine. Schuim dat droogde op zijn lippen. Zijn ogen die twee verschillende kanten op keken. Op het tapijt vegen bloed uit Laura's been. Andy's vingerafdrukken op de steel van de koekenpan.

Op de oprit: glasscherven van de schijnwerpers. Het slot van de keukendeur dat waarschijnlijk geforceerd was. De plasjes op de betegelde keukenvloer, die aangaven waar Hoody had gelopen. Een spoor van water dat Andy's route verried van de slaapkamer naar de gang naar de logeerkamer naar de woonkamer en weer terug.

Op het strand: Andy's voetstappen, uitgesneden in het natte zand. Haar verwoestende route door de duinen. Haar bloed, haar DNA op het verharde pad waarop ze nu stond.

Met opeengeklemde kaken en haar gezicht naar de hemel gericht kreunde Andy het uit. Haar hals stond strak van inspanning. Toen boog ze voorover, met haar ellebogen op haar knieën, geknakt door de schok van haar verschrikkelijke daden. Niets van dit alles was goed. Niets klopte.

Wat moest ze nu doen?

Wat kón ze doen?

Ze moest met haar vader praten.

Andy begon weer te lopen, naar de weg. Ze ging naar Gordons huis. Ze zou hem vragen wat ze moest doen. Híj zou haar helpen de juiste keuze te maken.

Toen stopte ze.

Ze wist wat haar vader zou doen. Gordon zou de schuld op Laura schuiven. Hij zou Andy verbieden zichzelf aan te geven. Hij zou het risico te groot vinden dat ze voor de rest van haar leven in de gevangenis belandde.

Maar Palazzolo zou Andy's natte voetafdrukken in Laura's huis vinden, nog meer voetafdrukken buiten in het zand, haar DNA tussen de villa's, en ze zou Gordon betichten van liegen tegen de politie en van medeplichtigheid achteraf aan moord.

Dan ging haar vader misschien ook naar de gevangenis. Misschien verloor hij zijn beroepslicentie.

Zorg dat hij niet voor jou hoeft te liegen.

Andy dacht aan de tranen in haar moeders ogen, hoe ze met klem had gezegd dat alles wat ze gedaan had voor Andy was geweest. Primair moest ze erop vertrouwen dat het goed was wat haar moeder haar had opgedragen. Ze liep door. Laura dacht dat de man zijn Ford in het doodlopende steegje aan Beachview Drive had geparkeerd. Ze had ook gezegd dat Andy moest rennen, en daarom begon ze weer te rennen, met haar sneakers in de ene en de make-uptas in de andere hand.

Op het moment dat ze de hoek omsloeg, scheen een fel licht recht in haar gezicht. Ze schoot het pad op. Haar eerste gedachte was dat ze gevangenzat in het zoeklicht van een politieauto. Toen ze even opkeek, besefte ze dat ze de bewegingssensor van de schijnwerpers had geactiveerd.

Ze rende verder. Ze hield het midden van de straat aan om de bewegingssensoren van de huizen te mijden. Zonder achterom te kijken had ze vanuit haar ooghoeken de rode en blauwe zwaailichten in de verte gezien. Het leek alsof elke politiewagen van Belle Isle op de noodoproep had gereageerd. Ze had hooguit enkele minuten, en mogelijk seconden, voor een leidinggevende de teams opdracht gaf zich te verspreiden en het hele gebied uit te kammen.

Ze was aan het einde van de eenrichtingsweg aangekomen. Hier liep Beachview Drive dood tegen Seaborne Avenue. Aan de overkant maakte de straat een kleine bocht, die diende als toegang naar het strand voor hulpdiensten. Laura was ervan uitgegaan dat de auto van de dode man daar zou staan.

Er was geen Ford te bekennen.

Shit.

Vanaf Beachview naderde een stel koplampen. Andy raakte in paniek, rende eerst naar links, toen naar rechts, racete vervolgens met een boog terug en dook achter een palmboom, net toen een zwarte Suburban langsreed. Aan de gigantische, verende antenne op de bumper zag Andy dat het een politiewagen was.

Ze liet haar blik weer over Beachview Drive gaan. Halverwege was een onverharde oprit, waarvan de ingang werd overwoekerd door onkruid en struiken. Een van de zes overgebleven bungalows op Belle Isle behoorde toe aan de Hazeltons, een echtpaar uit Pennsylvania, dat zich al jaren niet meer had laten zien.

Daar zou Andy zich kunnen verstoppen om zich op haar volgende stap te beraden.

Ze keek Seaborne in, voor het geval er auto's tegen de rijrichting in reden. Ze speurde Beachview af op zoek naar koplampen. Toen rende ze op een drafje de weg op. Haar blote voeten kletsten over het asfalt tot ze bij de lange, zanderige oprit van de Hazeltons was aangekomen.

Er klopte iets niet.

De wirwar van overhangende struiken lag plat.

Iemand was zeer recent naar het huis gereden.

Andy liep dicht langs de struiken. In plaats van de oprit te nemen dook ze de tuin in. Haar voeten bloedden zo hevig dat het zand een extra zool had gevormd. Ineengedoken om minder goed zichtbaar te zijn liep ze door. In het huis van de Hazeltons brandde geen licht. Het viel Andy op dat ze redelijk goed kon zien in het donker. Het was later – of vroeger – dan ze had gedacht. De zon was nog niet op, maar ze herinnerde zich een soort van wetenschappelijke verklaring voor de stralen die tegen het zeeoppervlak stuiterden en het licht naar het strand zonden voor je de zon zelf zag.

Hoe het verschijnsel ook in elkaar stak, het zorgde er wel voor dat ze de Ford zag die op de oprit stond geparkeerd. De banden van de pick-up waren groter dan normaal. Zwarte bumpers. Getinte ramen. Een kenteken uit Florida.

Ernaast stond een tweede pick-up: kleiner, een witte Chevrolet, waarschijnlijk een jaar of tien oud, zonder verdere kenmerken. Het kenteken was van South Carolina, wat gezien de nabijheid van Charleston niet vreemd was, maar voor zover Andy wist, woonden de Hazeltons nog steeds in Pennsylvania.

Voorzichtig naderde ze de Chevy en boog zich naar voren om naar binnen te kijken. De raampjes stonden open. Ze zag dat de sleutel in het contact stak. Aan de sleutelhanger hing een reusachtige gelukskonijnenpoot. Aan het spiegeltje bungelden pluizige dobbelstenen. Andy had geen idee of de pick-up van de Hazeltons was, maar het leek haar typisch iets voor het oudere stel om de sleutel in het contact te laten zitten. En die dobbelstenen en konijnenpoot konden heel goed van hun kleinzoon zijn.

Andy woog haar opties.

De Chevy had geen gps. Niemand die hem als gestolen kon aangeven. Zou ze deze auto nemen en dan de pick-up van de dode man laten staan?

Andy liet het denkwerk aan Laura over. Haar moeder had gezegd dat ze de auto van de dode moest nemen, dus nam ze de auto van de dode.

Behoedzaam stapte ze op de Ford af. De getinte ramen zaten allemaal dicht. De portieren waren op slot. Ze viste Hoody's sleutelbos uit de make-uptas. Er hingen een blikopener en de sleutel van een Ford aan. Geen huissleutel, maar misschien lag die in de wagen.

In plaats van op de knop voor de afstandsbediening te drukken, opende Andy het portier met de sleutel. Binnen rook het naar een muskusachtige eau de cologne met een zweem van leer. Ze wierp de make-uptas op de passagiersstoel. Met haar handen om de zijkanten van de cabine geklemd hees ze zich achter het stuur.

Het portier sloot met een ferme klap.

Ze stak de sleutel in het contact en draaide hem langzaam om, alsof de pick-up zou exploderen of zichzelf bij een verkeerde handeling automatisch zou vernietigen. Uit de motor steeg een diep geronk op. Ze bracht haar hand naar de versnellingspook, maar hield toen stil, want er klopte iets niet.

Het dashboard zou moeten oplichten, maar er gebeurde niets. Ze legde haar vingers op het bedieningspaneel. Iets wat voelde als knutselpapier was over het scherm geplakt. Ze draaide zich om. Het plafondlampje deed het ook al niet.

In gedachten zag Andy Hoody voor zich, die in de pick-up zat en alle lampjes afplakte, waarna hij de auto bij de Hazeltons parkeerde.

En toen dacht ze aan het licht in haar moeders werkkamer. De enige lamp in het huis die haar moeder had laten branden. Andy had gedacht dat ze was vergeten hem uit te doen, maar misschien had Laura niet op de ligstoel geslapen. Misschien had ze op de bank in haar werkkamer zitten wachten tot er iemand als Hoody bij haar inbrak.

Hij heeft mijn pistool in zijn broekband.

Niet 'een pistool', maar 'mijn pistool'.

Andy's mond werd droog.

Wanneer had haar moeder een wapen gekocht?

Ergens achter haar jankte een sirene. Andy dook ineen, maar in plaats van de oprit in te slaan reed de politiewagen door. Ze bewoog de versnellingspook, liet de rem langzaam los en probeerde elke stand tot ze de achteruit had gevonden.

Ze reed achteruit de oprit af zonder door de getinte ramen ook maar iets te kunnen zien. Boomstammen en doornstruiken schraapten langs de auto. De wielen stootten tegen de harde stoeprand toen ze Beachview Drive op draaide.

Ze haalde dezelfde truc met de pook weer uit tot ze de eerste versnelling had gevonden. De koplampen brandden niet. In het donker van de vroege ochtend kon ze onmogelijk de knop vinden waarmee ze aangingen. Ze klemde beide handen om het stuur. Haar schouders zaten ter hoogte van haar oren. Het voelde alsof ze elk moment van een rots kon rijden.

Ze passeerde de afslag naar Gordons huis. Aan het einde van zijn straat flitste het licht van een politieauto op. Andy trapte het gas in voor ze gezien werd. En toen besefte ze dat ze niet gezien kon worden, want alle lampen waren uit, niet alleen de cabinelampjes en de koplampen. Met een blik in de achteruitkijkspiegel tikte ze de rem aan. De remlichten deden het ook niet.

Dit was foute boel.

Dat je al je lampen afplakte als je iets ging doen wat niet in de haak was, was tot daaraan toe, maar als je weer wegreed, als het overal krioelde van de politie, kon je als je zonder licht reed evengoed SCHULDIG op je voorhoofd schrijven.

Er was maar één brug die de verbinding vormde naar Belle Isle. De politie van Savannah zou over de ene rijbaan aan komen scheuren terwijl Andy, beschenen door de weerkaatsing van het zonlicht op het water, over de andere rijbaan uit het stadje probeerde te verdwijnen.

Ze reed het parkeerterrein van uitgerekend het winkelcentrum van Belle Isle op, sprong uit de auto en liep naar de achterkant. De achterlampen waren afgeplakt met dikke zwarte tape. Toen ze aan een randje peuterde ontdekte ze dat het geen tape was, maar een groot stuk magnetisch papier. Het zat op beide lampen.

De hoeken waren afgerond. De stukken papier waren precies op maat geknipt voor de remlichten en de achteruitrijlampen.

Andy's brein liet het afweten toen ze probeerde te bedenken wat hiervan het nut was. Ze wierp het magneetpapier in de laadbak en kroop weer achter het stuur. Ze pelde het knutselpapier van het bedieningspaneel. Evenals het magneetpapier was het precies op maat geknipt. Ook op de radio en de verlichte knoppen was zwart papier geplakt.

Nadat ze de knop voor de koplampen had ontdekt, reed ze weg van het parkeerterrein. Ze voelde haar halsader kloppen toen ze de brug naderde. Met ingehouden adem reed ze eroverheen. Er waren geen andere auto's op de weg. Ook bij de afslag zag ze geen andere auto's.

Toen ze optrok en naar de snelweg reed, ving ze een glimp op van drie politiewagens uit Savannah, die zonder sirene maar met zwaailicht op de brug af scheurden.

Eindelijk kon Andy uitademen.

In de berm stond een bord:

MACON 275

ATLANTA 400

Andy keek op de benzinemeter. De tank zat vol. Ze zou proberen de rit van ruim vier uur naar Atlanta in één keer af te leggen. Daarna zou ze bij het eerstvolgende benzinestation een routekaart kopen. Ze had geen idee hoe ver het dan nog was naar Carrollton, of hoe ze de opslagloods van de Get-Em-Go moest vinden, vlak bij de Walmart.

Het nummer van de unit is je geboortedag. Twintig-één. Herhaal eens.

'Twintig-één,' zei Andy hardop, maar opeens raakte ze in de war.

Ze was gisteren jarig geweest, twintig augustus.

Waarom had Laura gezegd dat ze in januari was geboren?

ZES

Andy reed de vermoedelijke hoofdstraat van het stadje Carrollton op en neer. De Walmart was niet moeilijk te vinden geweest, maar in tegenstelling tot de Walmart had het opslagterrein van de Get-Em-Go geen reusachtig lichtbord dat al vanaf de snelweg te zien was.

De ringweg naar Atlanta was saai geweest, en erger nog: overbodig. De verleiding was groot geweest om het navigatiesysteem van de pick-up in te schakelen, maar uiteindelijk had Andy besloten Laura's aanwijzingen op te volgen. Zodra ze de stadsgrenzen van Atlanta was gepasseerd, had ze een uitvouwbare routekaart gekocht. De rit van Belle Isle naar Carrollton had zo'n vierenhalf uur moeten duren. Omdat Andy tijdens de ochtendspits dwars door Atlanta was gereden, waren er al zes uur verstreken voor ze uiteindelijk bij de Walmart was aangekomen. Haar oogleden waren zo zwaar geweest dat ze noodgedwongen twee uur op het parkeerterrein had geslapen.

Hoe vonden mensen vroeger, vóór internet, een bedrijf?

Het telefoonboek lag het meest voor de hand, maar er was nergens een telefooncel te bekennen. Andy had aan een beveiliger van de Walmart de weg gevraagd, maar het leek haar te riskant om het links en rechts te blijven vragen. Het zou een verdachte indruk kunnen maken. Stel dat iemand de politie belde. Ze had geen rijbewijs of verzekeringspapieren bij zich. Haar verregende haren waren opgedroogd tot een krankzinnige, woeste krullenbos. Ze reed in een gestolen pick-up met een kenteken uit Florida en zag eruit als een tiener die tijdens de voorjaarsvakantie in het verkeerde bed wakker was geworden.

In haar panische haast om Carrollton te bereiken had ze zich geen moment afgevraagd waarom haar moeder haar uitgerekend hiernaartoe had gestuurd. Wat stond er in die opslagloods? Waarom had Laura een sleutel, een klaptelefoon en geld verstopt, en wat zou Andy aantreffen als ze eindelijk de Get-Em-Go had gevonden?

Al die vragen leken zinloos na ruim een uur zoeken. Carrollton was geen boerengat, maar ook geen bruisende metropool. Andy had bedacht dat ze maar het beste wat rond kon rijden op zoek naar haar bestemming, maar nu was ze bang dat ze die nooit zou vinden.

De bibliotheek.

De gedachte was als een klap op een aambeeld. Ze was het gebouw minstens vijf keer gepasseerd, maar nu pas viel het kwartje. In een bibliotheek had je computers en, wat nog belangrijker was, anoniem toegang tot het internet. Ze zou in elk geval de Get-Em-Go kunnen vinden.

Met een ruime U-bocht reed ze de voorsorteerstrook naar de bibliotheek op. De grote banden bonkten over de stoeprand. Er was parkeerruimte te over, en ze besloot helemaal naar het einde te rijden, waar slechts twee andere auto's stonden, allebei oude rammelbakken. Die waren ongetwijfeld van het bibliotheekpersoneel. Het gebouw was klein, ongeveer zo groot als Laura's bungalow. Op het bord naast de voordeur stond dat de bibliotheek om 9.00 uur openging.

Nog acht minuten.

Ze keek naar het vierkante gebouw, naar de rechte randen van de bakstenen en de korrelige putjes in de specie. Ze zag alles merkwaardig scherp. Haar mond was nog droog, maar haar handen trilden niet meer, en ze had niet langer het gevoel dat haar hart op barsten stond. De stress en uitputting van de afgelopen paar dagen hadden rond Macon hun hoogtepunt bereikt. Inmiddels was er bijna niets meer wat haar nog raakte.

Ze voelde geen wroeging.

Zelfs als ze zich de gruwelijke laatste seconden van Hoody's leven voor de geest haalde, kon ze geen grammetje medelijden opbrengen voor de man die haar moeder had gemarteld.

Wel voelde Andy zich schuldig omdat ze geen wroeging voelde.

Ze wist nog dat een studievriendin jaren geleden had beweerd dat iedereen tot moord in staat was. Destijds was Andy inwendig woedend geweest om een dergelijke generalisatie, want als iedereen inderdaad tot moord in staat was, zou verkrachting niet bestaan. Het was typisch zo'n domme 'stel dat'-vraag die je hoorde op studentenfeestjes. Stel dat je jezelf moest verdedigen, zou je dan in staat zijn iemand te doden? Zou je dat echt kunnen? Jongens zeiden altijd ja, want daar waren ze nu eenmaal jongens voor. Meiden waren geneigd een slag om de arm te houden, want volgens de cijfers liepen ze duizend keer meer risico om aangevallen te worden. Als Andy aan de beurt was geweest om antwoord te geven, had ze altijd bij wijze van grap gezegd wat ze uiteindelijk in het restaurant ook echt had gedaan: ze zou in elkaar gedoken op haar dood wachten.

In haar moeders keuken was Andy niet in elkaar gedoken. Misschien was het anders als iemand bedreigd werd van wie je hield. Misschien was het genetisch bepaald.

Zelfmoord was erfelijk. Gold dat ook voor het vermogen te doden?

Wat Andy heel graag wilde weten, was hoe haar gezicht had gestaan. Op dat moment, toen ze de deur van de werkkamer had opengeschopt en de pan door de lucht had gezwiept, was ze gedachteloos geweest, was haar geest helemaal leeg geweest, op een soort ruis na. Er was geen enkele verbinding meer geweest tussen haar hoofd en haar lichaam. Ze had niet aan haar eigen veiligheid gedacht. Ze had niet aan haar moeders leven of dood gedacht. Ze had slechts gehandeld.

Een moordmachine.

Hoody had een naam. Andy had op zijn rijbewijs gekeken voor ze de portefeuille in zee had gegooid.

Samuel Godfrey Beckett, woonachtig te Neptune Bay, Florida, geboren op 10 oktober 1981.

Dat 'Samuel Beckett' had haar overvallen, want die naam had een vorm gegeven aan Hoody's bestaan buiten Laura's werkkamer. Hij had een ouder gehad die van Ierse avant-gardistische poëzie hield. Op de een of andere manier bracht dat hem meer tot leven dan die Mariatattoo. In gedachten zag Andy Hoody's moeder op de veranda achter haar huis naar de zonsopgang zitten kijken en aan haar zoon vragen: 'Weet je naar wie ik je vernoemd heb?' Net zoals Laura altijd aan Andy vertelde hoe de H uit haar tweede naam was verdwenen.

Andy verdrong het beeld.

Ze hield zichzelf voor dat Samuel Godfrey Beckett, zoals rechercheur Palazzolo het had verwoord, verdorven was. Je kon ervan uitgaan dat Samuel of Sam of Sammy heel wat foute dingen op zijn kerfstok had gehad. Je verduisterde niet zomaar alle cabinelampjes in je pick-up of plakte je achterlichten af. Dat soort dingen deed je opzettelijk, met voorbedachten rade.

En waarschijnlijk werd je betaald voor je deskundigheid.

Het was 9.00 uur. Een bibliothecaresse deed de deur van het slot en wenkte Andy.

Andy zwaaide terug, wachtte tot de vrouw naar binnen was verdwenen en haalde de zwarte make-uptas onder de zitting vandaan. Ze trok de koperen rits open en controleerde of de batterij van de telefoon opgeladen was. Volgens het schermpje was ze niet gebeld. Ze klapte het apparaat dicht en stopte het terug in de tas, naast de keycard, de sleutel van het hangslot en de dikke stapel briefjes van twintig.

In Atlanta had ze het geld geteld. Het was duizend eenenzestig dollar, en daar moest ze het mee doen tijdens het onbekend aantal dagen vóór de telefoon ging en haar moeder zei dat ze weer veilig thuis kon komen.

De moed zonk haar in de schoenen bij de gedachte dat ze nu een soort budget moest opstellen. Een Gordonbudget. Geen Andybudget, want dat bestond uit bidden dat er geld uit de lucht kwam vallen. Ze kon op geen enkele manier aan meer geld komen. Zonder haar socialeverzekeringsnummer kreeg ze geen werk, en al kreeg ze dat wel, dan nog had ze geen idee hoelang ze dat werk zou moeten doen. En ze had al helemaal geen idee voor wat voor soort werk ze in Idaho in aanmerking kwam.

Na Carrollton blijf je in noordwestelijke richting rijden… Ga heel ver weg, naar Idaho bijvoorbeeld.

Hoe was haar moeder in godsnaam op dat idee gekomen? Andy was alleen nog maar in Georgia, New York, Florida en de beide Carolina's geweest. Ze wist niets over Idaho, behalve dat er waarschijnlijk veel sneeuw lag en dat er ongetwijfeld bergen aardappels waren.

Duizend eenenzestig dollar.

Benzine, maaltijden, hotelkamers.

Andy ritste de tas dicht. Ze stapte uit de pick-up. Ze trok het belachelijk kleine T-shirt naar beneden dat even flatteus was als een stuk huishoudfolie op een aardappelwafel. Haar short was stijf van de zilte lucht. Haar voeten deden zo'n pijn dat ze kreupel liep. Ze wist niet meer hoe ze aan de snee op haar scheenbeen was gekomen. Ze was hard aan een douche toe. Ook had ze pleisters nodig, betere schoenen, een lange broek, shirts, ondergoed... Met die duizend dollar en nog wat kon ze hooguit een paar dagen vooruit.

Op weg naar de bibliotheek probeerde ze het uit te rekenen. Van een vroegere kamergenote had ze gehoord dat het van New York City naar Los Angeles bijna vijfduizend kilometer rijden was. Idaho lag ergens in de linkerbovenhelft van de Verenigde Staten – Andy was bar slecht in topografie – maar het was in elk geval in het noordwesten.

Als ze moest raden, ging ze ervan uit dat de rit van Georgia naar Idaho ongeveer even lang duurde als die van New York naar Californië. Van Belle Isle naar Macon was het iets meer dan driehonderd kilometer, en daar deed je ongeveer tweeënhalf uur over, dus ze moest rekening houden met een rit van ongeveer twaalf dagen, met elf nachten in goedkope motels, drie maaltijden per dag, benzine om het eindpunt te halen, en wat ze aan benodigdheden moest inslaan voor de nabije...

Andy schudde haar hoofd. Deed je er echt twaalf dagen over om in Idaho te komen?

Rekenen was ook niet haar sterkste kant.

'Goedemorgen,' zei de bibliothecaresse. 'In de hoek staat koffie klaar.'

'Bedankt,' mompelde Andy, die zich schuldig voelde omdat ze hier geen gemeentebelasting betaalde en theoretisch gezien niet in aanmerking kwam voor al deze gratis diensten. Niettemin schonk ze zichzelf een beker koffie in en nam achter een computer plaats.

De gloed van het scherm had een merkwaardig kalmerende uitwerking. Andy had het de hele nacht zonder haar telefoon en iPad moeten stellen. Nu pas besefte ze hoeveel tijd ze verkwistte met luisteren naar Spotify, met het checken van Instagram en Snapchat, het lezen van blogs en het maken van de Hogwartshuizenquiz, tot ze te weinig tegoed had om te kunnen inloggen.

Ze staarde naar het computerscherm. Ze dronk van haar koffie. Ze overwoog haar vader te mailen. Of te bellen. Of hem een brief te sturen.

Als je contact met hem opneemt, komen ze erachter. Dan trekken ze het na en vinden jou.

Andy zette haar beker neer. Ze typte 'Get-Em-Go Carrollton GA' in de browser en klikte op de kaart.

Ze moest bijna lachen.

Het opslagbedrijf bevond zich op zo'n honderd meter achter de bibliotheek. Dat wist ze omdat het footballveld van de middelbare school de twee gebouwen van elkaar scheidde. Ze had ernaartoe kunnen lopen. Op de website van de Get-Em-Go zocht ze de openingstijden op. De banner aan de bovenkant vermeldde dat het bedrijf vierentwintig uur per dag bereikbaar was, maar ook dat het kantoor tussen 10.00 uur en 18.00 uur geopend was.

Andy keek op de klok. Ze had nog vijftig minuten.

Ze opende MapQuest op de computer en vroeg de routebeschrijving van Georgia naar Idaho op. Zevenendertighonderd kilometer. Dertig uur rijden, geen twaalf dagen, en dat verklaarde waarom Andy haar wiskunde-examen had moeten overdoen. Nog voor haar verstand haar kon weerhouden had ze AFDRUKKEN al geselecteerd. Ze klikte op ANNULEREN. De bibliotheek vroeg tien cent per pagina, maar het ging haar niet om geld. Ze zou de pagina's aan de balie moeten ophalen, wat betekende dat de bibliothecaresse dan wist dat ze op weg was naar Idaho.

Wat betekende dat als iemand anders – iemand als Hoody bijvoorbeeld, zo iemand die magneetpapier op zijn achterlampen plakte en knutselpapier op zijn dashboard – aan de bibliothecaresse vroeg waarnaartoe Andy op weg was, de vrouw het antwoord zou weten.

Dan trekken ze het na en vinden jou. Telefoontjes, e-mail, alles.

Stilletjes liet Andy Laura's waarschuwing bezinken. 'Ze', dat waren natuurlijk de mensen die Hoody, oftewel Samuel Godfrey Beckett, hadden ingehuurd. Maar waarvoor hadden 'ze' hem precies ingehuurd? Hoody had tegen Laura gezegd dat hij haar niet ging vermoorden. Niet meteen tenminste. Hij had gezegd dat hij haar de stuipen op het lijf ging jagen door haar bijna te laten stikken in die plastic zak. Wat Andy over martelingen wist, kwam grotendeels van Netflix. Als je geen folteraar van het sadistische soort was, zoals in *Saw*, was je een rotzak van het kaliber Jack Reacher en was je op informatie uit.

Over welke informatie beschikte een vijfenvijftigjarige, gescheiden spraaktherapeut waarvoor het de moeite loonde een zware jongen in te huren, die haar via wat gemartel aan de praat moest zien te krijgen?

Of nog beter: in welke periode van haar leven had Laura deze martelwaardige informatie vergaard?

Alles wat rechercheur Palazzolo over Laura's verleden had gezegd, van haar geboorte in Rhode Island tot haar studie aan de UGA en het huis dat ze op Belle Isle had gekocht, kwam overeen met wat Andy wist. Er was geen onverklaarbaar gat in Laura's geschiedenis. Ze was nooit het land uit geweest. Ze ging zelfs nooit op vakantie, want ze woonde al aan het strand.

Wat wist Laura dat 'ze' door middel van marteling aan de weet wilden komen?

En wat was zo belangrijk dat Laura zich nog liever liet martelen dan dat ze het prijsgaf?

Andy pufte de lucht tussen haar lippen door. Het was een raadsel waar je eindeloos omheen kon draaien.

Naast de computer lagen kladpapier en potloden. Ze pakte een aantal blaadjes en nam de routebeschrijving naar Idaho over: *75S naar 84E naar 80E, NE2E, I-29S, I70E…*

Ze staarde naar de warboel van cijfers en letters. Ze zou een tweede kaart moeten kopen. Op de grens tussen Georgia en Alabama was ongetwijfeld gelegenheid om te rusten. Eerst moest ze naar de opslagloods om de pick-up te verwisselen voor de auto die daar volgens Laura stond, en dan zou ze in noordwestelijke richting vertrekken.

Weer liet ze lucht ontsnappen.

Ze leunde wel erg zwaar op haar moeders woord. Aan de andere kant: als ze op haar eigen intuïtie was afgegaan, zou ze nu in het rouwcentrum snikkend tegen Gordons schouder hebben gehangen terwijl hij de begrafenis van haar moeder regelde.

Haar vingers keerden terug naar het toetsenbord. Ze keek even achterom. Het bibliotheekpersoneel was verdwenen, waarschijnlijk om teruggebrachte boeken te registreren of om zich te oefenen in het 'sst'-zeggen.

Op Google klikte Andy 'INSTELLINGEN' aan. Ze zette de browser op de privémodus om haar zoekgeschiedenis te maskeren. Eigenlijk had ze dat meteen moeten doen. Of misschien was dat overdreven. Of misschien moest ze zichzelf niet langer verwijten dat ze paranoïde was, maar gewoon accepteren dat ze inderdaad paranoïde was en daar een verdomd goede reden voor had.

De eerste site die ze bezocht was *The Belle Isle Review*.

De hele voorpagina van de krant was gewijd aan Laura Oliver, een plaatselijke spraaktherapeut en moordmachine. Niet dat ze haar rechtstreeks een moordmachine noemden, maar in de eerste alinea werd Alice Blaedel geciteerd, en dat kwam op hetzelfde neer.

Andy nam het artikel vluchtig door. Nergens vond ze een verwijzing naar een man in een hoody met een deuk in zijn hoofd waar een koekenpan in paste. Evenmin werd er melding gemaakt van een gestolen zwarte pick-up. Ze klikte de overige verhalen aan en las ze snel door.

Niets.

Perplex leunde ze achterover.

Achter haar ging de deur open. Een oude man kwam binnenschuifelen en stak op weg naar de koffie een politieke tirade af.

Andy wist niet voor wie de tirade bedoeld was, maar ze sloot zich af voor het gemopper en ging naar CNN.com. Het eerste wat ze zag, was een kop met 'moordmachine'. Gordon had heel vaak gelijk, maar Andy wist dat haar vader niet blij zou zijn nu hij het wat het zwaartepunt van het nieuws betrof bij het rechte eind bleek te hebben. In de tweede alinea werd de treurigheid van Jonah Lee Helsingers leven belicht:

Een halfjaar geleden kwam Helsingers vader – sheriff, oorlogsveteraan en plaatselijke held – op tragische wijze om het leven tijdens een confrontatie met een gewapende man. De politie vermoedt dat Helsinger junior rond die tijd moordzuchtige gedachten ging koesteren.

Andy keek ook bij FoxNews.com, *The Savannah Reporter* en bij *The Atlanta Journal Constitution*.

Alle verhalen richtten zich op Laura Oliver en op wat ze in de Rise-n-Dine had gedaan. Nergens werd melding gemaakt van Samuel Godfrey Beckett, zelfs niet van een niet-geïdentificeerd moordslachtoffer in een hoody.

Zou Laura het lijk hebben verplaatst? Dat leek onmogelijk. Misschien had haar moeder de politie toegang tot het huis geweigerd, maar het bericht aan 911 was vanaf Laura's telefoon verzonden en bood de politie voldoende aanleiding om het huis binnen te gaan. Zelfs als Laura de politie van Belle Isle buiten de deur had weten te houden, zou de bestuurder van de ongemarkeerde zwarte Suburban met nee geen genoegen hebben genomen.

Tikkend met haar vinger op de muis probeerde Andy het door te denken.

Iemand met heel veel connecties zorgde dat het verhaal niet in de publiciteit kwam. *Ze?*

Dezelfde mensen die Hoody hadden gestuurd? Dezelfde mensen van wie Laura vreesde dat ze Andy zouden opsporen?

Haar hart bonkte in haar keel. Het halve politiekorps had waarschijnlijk voor Laura's bungalow gestaan. Net als Palazzolo, en misschien zelfs het Georgia Bureau of Investigation. Dat betekende dat 'ze' invloed konden uitoefenen op de gouverneur, en wellicht op de FBI.

Andy wierp een blik over haar schouder.

De oude man leunde tegen de balie en probeerde iemand van het personeel in een politieke discussie te betrekken.

Ze keek op het klokje van de computer en zag de seconden in minuten overgaan.

Het nummer van de unit is je geboortedag. Twintig-één.

Andy zette haar koffie weg. Ze typte: '20 januari 1987'.

20 januari 1987 was een dinsdag. Mensen die op die dag zijn geboren, behoren tot het sterrenbeeld Waterman. Ronald Reagan was president. 'Walk Like an Egyptian' van The Bangles was op de radio. Critical Condition met Richard Pryor in de hoofdrol was een kaskraker. Red Storm Rising van Tom Clancy stond bovenaan de bestsellerlijst van The New York Times.

In gedachten telde Andy negen maanden terug en gaf als zoekopdracht 'april 1986 nieuws'. In plaats van een tijdlijn voor die maand kreeg ze een algemeen jaaroverzicht:

VS bombardeert Libië. Iran-Contra. Kernramp Tsjernobyl. Perestroika. Komeet Halley. Explosie Challenger. Zweedse premier vermoord. G-FAB moord Oslo. Pan-Am 73 gekaapt. Explosie in vliegtuig TWA boven Griekenland. Mercantile bomaanslag. Vuurgevecht FBI bij bank Miami. Debuutuitzending Oprah Winfrey Show. Wereldwijd 38.401 aidsgevallen.

Andy staarde naar de woorden, waarvan slechts enkele haar bekend voorkwamen. Nu zou ze de rest van de dag alles kunnen natrekken, maar het was een feit dat je niets vond als je niet wist waarnaar je zocht.

Paula Koontz.

De naam speelde al een paar uur door Andy's hoofd. Ze had haar moeder nooit over een vrouw genaamd Paula horen praten. Voor zover Andy wist, woonden al Laura's vriendinnen op Belle Isle. Ze belde nooit met iemand buiten de stad. Ze zat zelfs niet op Facebook, want ze beweerde dat ze met niemand in Rhode Island nog contact wilde onderhouden.

Ik zou met Paula Koontz kunnen gaan praten.

Ik heb gehoord dat ze in Seattle woont.

In Austin. Aardig geprobeerd.

Laura had Hoody om de tuin willen leiden. Of misschien op de proef willen stellen? Maar waarom?

Ze gaf als zoekopdracht 'Paula Koontz Austin TX'.

Er kwam niets met een duidelijke link naar Austin bovendrijven, maar kennelijk was Paula Koontz een populaire naam onder makelaars in het noordoosten.

'Koontz,' fluisterde Andy. Het klonk niet goed. Ze had aan Dean Koontz moeten denken, terwijl Hoody het min of meer als 'Koontz-a' had uitgesproken.

Ze probeerde 'koontze', 'koontzee', 'khoontzah'.

'Bedoelt u koontah?' vroeg Google.

Andy klikte op de voorgestelde zoekopdracht. Niets, maar nu gaf Google 'khoontey' als alternatief. Ze klikte op de ene 'bedoelt u' na de andere. Nadat ze dit een aantal keren herhaald had, kreeg ze een medewerkerslijst van de University of Texas in Austin.

Paula Kunde gaf tegenwoordig op maandag, woensdag en vrijdag een college met de naam *Introduction to Irish Women's Poetry and Feminist Thought*. Ze stond aan het hoofd van de afdeling Vrouwenstudies. Haar boek, *The Madonna and Madonna: Like a Virgin from Jesus Christ to Ronald Reagan*, was als paperback verkrijgbaar bij IndieBound.

Andy vergrootte de foto van de vrouw, een onflatteuze profielopname. Zwart-wit, maar daar schoot ze ook niets mee op. Het was moeilijk te zien hoe oud Paula was, want ze had duidelijk te veel tijd in de zon doorgebracht. Haar gezicht was getekend en verweerd. Ze was minstens zo oud als Laura, maar ze leek totaal niet op de doorsneevriendinnen van haar moeder, die geen stap buiten de deur zetten zonder zonnebrandcrème en hun Eileen Fisheroutfit.

Eigenlijk was Paula Kunde een uitgebluste oude hippie. Haar haar was een mengeling van blond en grijs met een nogal onnatuurlijke donkere streep in haar pony. Haar shirt of jurk of wat ze ook droeg had een indiaans patroon.

Haar gezicht met de ingevallen wangen deed Andy denken aan dat van Laura tijdens de chemo.

Ze scrolde door Kundes gegevens. Publicaties in *Feminist Theory and Exposition*, verscheidene thematoespraken op feministische conferenties. Kunde had haar bachelor gehaald aan de University of California in Berkeley, en haar master aan Stanford, wat de hippieachtige uitstraling verklaarde. Ze was gepromoveerd aan een staatsuniversiteit in het westen van Connecticut, wat vreemd was, want Bryn Mawr of Vassar lagen meer voor de hand wat haar studiegebied betrof. Vooral met een master van Stanford, wat zich verhield tot Andy's onafgemaakte studie theatertechniek als een diamant tot een hondendrol.

Belangrijker was dat niets in Paula Kundes cv deed vermoeden dat ze ooit Laura's pad had gekruist. Voor zover Andy wist, had feministische theorie niets gemeen met spraaktherapie. Laura zou eerder schamperen over een oude hippie dan met haar bevriend raken. Dus waarom had haar moeder midden in een martelsessie de naam van deze vrouw herkend?

'Hé, schat.' De bibliothecaresse keek glimlachend op Andy neer. 'Sorry, maar je mag geen koffie drinken achter de computer.' Ze knikte in de richting van de oude man, die Andy woedend aankeek boven zijn eigen dampende koffiebeker. 'Regels gelden voor iedereen.'

'O, neem me niet kwalijk,' zei Andy, want het lag nu eenmaal in haar aard om voor alles om haar heen haar verontschuldigingen aan te bieden. 'Ik wilde toch al weggaan.'

'O, je hoeft niet...' begon de vrouw, maar Andy stond al op.

'Sorry.' Ze propte de neergekrabbelde routebeschrijving naar Idaho in haar zak. Bij het weggaan waagde ze een glimlach naar de oude man. Hij reageerde niet.

Buiten was het zonlicht zo fel dat de tranen haar in de ogen sprongen. Ze moest snel een zonnebril zien te vinden voor ze blind werd. Waarschijnlijk kon ze het beste naar de Walmart gaan. Ook zou ze wat basisspullen moeten kopen, zoals ondergoed, een spijkerbroek en een nieuw T-shirt, en misschien een jas voor het geval het in deze tijd van het jaar koud was in Idaho.

Andy bleef staan. Haar knieën dreigden het te begeven.

Er tuurde iemand in de pick-up. Het was geen toevallige blik in het voorbijgaan, want de man stond met zijn handen tegen het raam, net als Hoody toen hij een paar uur eerder door de garagedeur had gegluurd. Hij droeg een blauwe honkbalpet, een spijkerbroek en een wit T-shirt. Zijn gezicht ging schuil in de schaduw onder de klep van zijn pet.

Een kreet stokte in haar keel. Haar hart sloeg tegen haar ribben toen ze achterwaarts wegliep, wat dom was, want de man kon zich elk moment omdraaien en dan zou hij haar zien. Maar dat deed hij niet, ook niet toen Andy de hoek om schoot naar de achterkant van het gebouw, uit alle macht de kreet smorend.

Ze rende het bos in en deed verwoede pogingen zich de plattegrond van Google Earth voor de geest te halen: het schoolgebouw achter de bibliotheek, het opeengepakte opslagbedrijf met zijn rijen metalen loodsen. De opluchting die bezit van haar nam toen ze het hoge hek rond het footballveld zag, werd slechts getemperd door haar angst om gevolgd te worden. Bij elke stap probeerde ze zich van haar paranoia te bevrijden. De man met de pet had haar niet gezien. Of misschien deed het er niet toe of hij haar gezien had. De zwarte pick-up was een mooie auto. Misschien wilde de man er net zo een kopen. Of misschien keek hij hoe hij hem kon openbreken. Of misschien was hij op zoek naar Andy.

Denk je dat ik me bang laat maken?

Hangt ervan af hoeveel je van je dochter houdt.

In het kantoor van de Get-Em-Go brandde geen licht. Op de deur hing een bord met GESLOTEN. Rond de opslagloodsen liep een hek van gaasdraad dat nog hoger was dan het hek bij de school. De lage loodsen met hun metalen roldeuren leken rechtstreeks uit een *Mad Max*-film te komen. Een hek sloot de oprit af. Op autoraamhoogte bevond zich een paneel, maar in plaats van genummerde toetsen had het alleen een vierkantje van zwarte kunststof met een rood lampje.

Ze ritste de make-uptas open en pakte de witte, labelloze keycard. Die drukte ze tegen het zwarte vierkantje. Het rode licht werd groen. Piepend rolde het hek op rubberen wieltjes naar achteren.

Andy sloot haar ogen. Ze probeerde zichzelf gerust te stellen. Ze had het recht hier te zijn. Ze had een keycard. Ze had een unitnummer. Ze had een sleutel.

Toch trilden haar benen toen ze het terrein op liep. In de opslagunit zou ze antwoorden vinden, iets ontdekken over haar moeder. Misschien iets wat ze niet wilde weten. Wat ze van Laura niet had mogen weten – tot op dit moment, nu 'ze' achter haar aan zaten.

Andy veegde het zweet uit haar nek. Ze keek achterom om te zien of ze gevolgd werd. Ze kon er onmogelijk zeker van zijn dat ze veilig was. Het terrein was gigantisch. Ze telde minstens tien loodsen, stuk voor stuk zo'n vijftig meter lang en met roldeuren als vuile tanden. Andy volgde de borden tot ze bij loods nummer honderd was aangekomen. Ze liep door de tussengang en bleef voor unit twintig-één staan.

Haar geboortedag.

Niet de datum die ze haar hele leven had gekend, maar de datum die volgens Laura de juiste was.

'Jezus,' fluisterde Andy.

Ze wist niet meer wat echt was.

Het hangslot leek nieuw, was in elk geval niet verroest, zoals de andere. Andy nam het sleuteltje uit de make-uptas. Toen ze het slot openmaakte, kon ze het trillen van haar handen niet bedwingen.

Het eerste wat opviel, was de geur: schoon, bijna steriel. De betonnen vloer zag eruit alsof hij pas de vorige week gestort was. Er hing geen spinrag in de hoeken. Op de wanden zaten geen vegen of vingerafdrukken. Lege spaanplaten schappen bedekten de achterwand. Een metalen bureautje met een lamp was weggeschoven in een hoek.

Midden in de unit stond een donkerblauwe stationcar.

Andy vond het lichtknopje. Ze deed de roldeur achter zich dicht. Algauw werd het drukkend warm, maar ze dacht aan de man die in de pick-up had staan loeren – de pick-up van de dode – en bedacht dat ze geen keus had.

Het eerste wat ze bekeek was de auto, een lomp ding, meer iets voor Fred Flintstone. Hij zat nog strak in de lak. De banden leken splinternieuw. Een sticker op de voorruit vermeldde dat de olie vier maanden daarvoor was ververst. Net als bij al het andere in de unit was er geen stofje, geen vuiltje te bekennen. De auto had evengoed in een showroom kunnen staan.

Andy tuurde door het open raampje aan de bestuurderskant. Ze zag draaidingen, een soort slingers leken het wel, waarmee de raampjes open- en dichtgedraaid werden. De zittingen waren van blauwe kunststof en vormden één lange bank, zonder paneel in het midden. De radio had dikke witte knoppen die je moest indrukken. Ze zag grote zilveren hendels en bedieningsschuiven. De versnellingspook zat aan het stuur. De vlakke delen van het dashboard waren beplakt met een houtnerfpatroon. De kilometerteller gaf slechts 35.701 kilometer aan.

Andy herkende het logo op het stuur niet – een vijfhoek met een ster in het midden – maar op de buitenkant van de auto stond met metalen reliëfletters: RELIANT K FRONT WHEEL DRIVE.

Ze liep om de auto heen en stak haar hand naar binnen om het dashboardkastje te openen. Ze deinsde terug. Er viel een wapen uit, een revolver, van hetzelfde type dat Jonah Helsinger op Laura's borst had gericht. Aan de zijkant zaten krassen op de plek waar het serienummer weg was geschaafd. Andy staarde naar het lelijke ding, dat nu op de vloer lag, alsof het elk moment kon gaan bewegen.

Dat deed het niet.

Ze pakte de handleiding van de auto.

Een Plymouth Reliant SE Wagon uit 1989.

Ze bladerde het boekje door. De vormgeving was ouderwets, en de illustraties duidelijk met de hand getekend. Een negenentwintig jaar oude auto met nauwelijks kilometers op de teller. Twee jaar jonger dan zijzelf. Weggezet op een plek die ze niet kende in een stad waar ze nog nooit van had gehoord voor haar moeder haar ernaartoe had gestuurd.

Zoveel vragen.

Andy liep om de achterkant van de auto heen toen ze plotseling bleef staan. Ze draaide zich om en stapte op de gesloten deur af. Ze spitste haar oren om er zeker van te zijn dat er geen auto was gestopt, dat er niemand aan de andere kant stond. Om haar paranoia nog wat te voeden ging ze op haar buik liggen en keek door de spleet onder de deur.

Niets.

Ze duwde zichzelf overeind en veegde haar handen af aan haar short, waarna ze om de stationcar heen liep om het kenteken te bekijken.

Canada. De plaat was al even vierkant als de auto: blauw op wit met een kroon tussen de letters en de cijfers. Onderaan stond: YOURS TO DISCOVER. Op de milieusticker stond 18 DEC, wat betekende dat de registratie recent vernieuwd was.

Door haar werk in de meldkamer wist Andy dat het NCIC, het National Crime Information Center, informatie deelde met Canada. Het punt was dat het systeem alleen op gestolen auto's controleerde. Als deze wagen werd aangehouden, kon de politie alleen nagaan of de geregistreerde naam van de eigenaar overeenkwam met de naam op het rijbewijs.

Wat betekende dat haar moeder de afgelopen negenentwintig jaar een geheime auto van onbekende herkomst voor de wereld verborgen had gehouden.

En voor Andy.

Ze opende de kofferbak. De vering werkte geruisloos. Ze rolde de kunststof hoes naar achteren die het laadgedeelte aan het zicht onttrok. Marineblauwe slaapzak, een kussen, een lege koelbox, een doos gedroogde worstjes, een pak waterflesjes, een witte strandtas vol paperbacks, batterijen, een zaklantaarn en een eerstehulpdoos.

Eronder lag een lichtblauwe Samsonitekoffer. Nepleer. Goudkleurige ritsen. Formaat handbagage. Zonder wieltjes, je moest hem dragen. De koffer was in twee delen uitklapbaar. Andy opende eerst de bovenkant, waarin ze van alles drie stuks aantrof: spijkerbroeken, witzijden slips, bijpassende witte bh's, sokken, witte shirts met polopaardjes op de voorkant en een lichtbruin jasje van Members Only.

Totaal niet het soort kleren dat haar moeder droeg. Misschien ging het daar juist om. Andy schoot uit haar short en trok een slip aan. Ze had liever katoen, maar alles was beter dan de short. De spijkerbroek zat wat ruim om haar middel, maar nogmaals: ze had niets te klagen. Ze haalde de twintigdollarbriefjes uit de make-uptas en schoof ze in haar achterzak. Ook trok ze haar shirt uit, maar ze hield haar bh aan, want de witte bh's in de koffer zagen er behoorlijk groot uit. Laura had een grotere cupmaat dan zij. Vroeger, tenminste.

Wat betekende dat haar moeder de koffer had gepakt voor er drie jaar geleden kanker bij haar was geconstateerd.

Andy draaide de koffer om en ritste de andere kant open.

Jezus christus.

Stapels geld. Weer briefjes van twintig, elk stapeltje met een lavendelblauwe wikkel waarop '$2.000' stond. Het biljet had een ouderwets ontwerp, uit de tijd vóór er allerlei nieuwe beveiligingsfoefjes aan waren toegevoegd. Andy telde de stapels. Tien in de lengte, drie in de breedte, vier diep.

Tweehonderdveertigduizend dollar.

Ze deed de rits dicht, trok de kunststof hoes over alles heen en sloot de kofferbak.

Duizelend leunde ze even tegen de auto. Was het de moeite waard zich af te vragen hoe haar moeder aan al dat geld kwam? Dan kon ze zich beter afvragen hoeveel eenhoorns er in het bos rondliepen.

De schappen achter de auto waren leeg, op twee flessen bleekwater, een borstel en een stapel opgevouwen witte schoonmaakdoekjes na. In de hoek stonden een stokdweil en bezem, allebei op de kop. Andy streek met haar hand over de spaanplaten schappen. Geen stof. Haar moeder, die bepaald geen netheidsfreak was, had alles van boven naar beneden schoongeboend.

Waarom?

Andy nam plaats achter het bureau in de hoek. Ze knipte de lamp aan en keek in de lades. Een doosje met pennen. Twee potloden. Een blocnote. Een leren opbergmap. De sleutels van de Plymouth. De dossierla hing vol lege mappen. Andy schoof ze opzij. Ze tastte achterin en stuitte op een kleine schoenendoos met het deksel eraan vastgeplakt.

Ze zette de doos op het bureau.

Eerst opende ze de leren opbergmap. Twee vakken. In het ene zat een registratiebewijs van de Province of Ontario voor een blauwe Plymouth Reliant uit 1989. De auto stond op naam van Daniela Barbara

Cooper. De oorspronkelijke registratiedatum was 20 augustus, waarvan Andy altijd had aangenomen dat het haar geboortedag was, maar dan twee jaar later, in 1989. Het bonnetje voor de jaarlijkse keuring was met een paperclip aan de hoek bevestigd. De uitdraai vermeldde als datum van afhandeling 12 mei 2017.

Vorig jaar.

Ze had geen kalender om het op te zoeken, maar het moest rond Moederdag zijn geweest. Andy probeerde terug te denken. Had ze haar moeder van de luchthaven opgehaald en waren ze daarna gaan lunchen? Of was dat het jaar ervoor geweest? Laura verliet Belle Isle zelden, maar minstens één keer per jaar bezocht ze een vakcongres. Dat deed ze al sinds Andy's kindertijd, en Andy had nooit uitgezocht wat voor congressen dat precies waren, want waarom zou ze?

Wel wist ze dat die jaarlijkse pelgrimstocht heel belangrijk was voor haar moeder. Zelfs toen ze ziek was van de chemo had Andy haar naar de luchthaven van Savannah moeten rijden omdat ze een spraaktherapeutisch evenement in Houston wilde bijwonen.

Was ze wel naar Houston gegaan? Of was ze doorgevlogen naar Austin om haar oude vriendin dr. Paula Kunde te bezoeken?

Eerlijk gezegd had Andy zich nooit afgevraagd waar Laura heen ging wanneer ze haar bij de luchthaven afzette.

Ze zocht in het andere vak van de opbergmap. Twee gelamineerde kaartjes. Het eerste was een lichtblauw rij- en identiteitsbewijs, uitgegeven in Ontario, Canada.

Het identiteitsbewijs was alleen geldig voor de zee- en landgrenzen van de Verenigde Staten. Je kon er dus niet mee naar Canada vliegen, maar met een auto kwam je de grens wel over.

De foto op het pasje toonde Laura voordat de kanker haar wangen van hun ronding had beroofd. Het was geldig tot 2024. Haar moeder stond geregistreerd onder dezelfde naam als de eigenaar van de Reliant: Daniela Barbara Cooper, geboren op 15 december 1964, wat niet klopte, want Laura was geboren op 9 april 1963, maar dat maakte niet uit, want voor zover Andy wist woonde haar moeder op dit moment niet in Appartement 20 aan 22 Adelaide Street West in Toronto, Ontario.

D.B. Cooper.

Andy vroeg zich af of de naam als grap was bedoeld, maar als ze bedacht waar ze zich nu bevond, was het misschien helemaal niet zo'n gek idee dat Laura de roemruchte kaper was die aan een parachute uit een vliegtuig was gesprongen met miljoenen dollars op zak en van wie nooit meer iets was vernomen.

Met dien verstande dat Cooper een man was en dat Laura in de jaren zeventig een tiener was geweest.

Dat was in '77, dus ik moet veertien zijn geweest en was meer fan van Rod Stewart dan van Elvis.

Andy haalde het andere kaartje tevoorschijn. Het was ook in Ontario uitgegeven, en weer werden Daniela Coopers naam en geboortedatum vermeld. Hier stond HEALTH.SANTE op. Andy had op school Spaans gehad. Ze had geen idee wat 'sante' betekende, maar ze vroeg zich wel af waarom haar moeder in godsnaam haar pensioenpotje had geplunderd om haar kankerbehandeling in de Verenigde Staten te kunnen betalen in plaats van gebruik te maken van Canada's nationale ziekteverzekering.

En dat bracht haar naar de schoenendoos. Dichtgeplakt, verborgen in een bureaula in een afgesloten, geheime opslagloods. Op de buitenkant stond het logo van Thom McAn. Het was een kleine doos, niet bestemd voor volwassen schoenen. Toen Andy klein was, nam haar moeder haar altijd mee naar het winkelcentrum in Charleston om schoenen te kopen voor de school weer begon.

Wat er ook in zat, het was heel licht, maar het voelde als een bom. Of misschien was het een soort doos van Pandora, die al het kwaad uit Laura's wereld bevatte. Andy kende de rest van de mythe, die vertelde dat alleen de hoop overbleef zodra je het kwaad vrijliet, maar ze betwijfelde zeer dat er iets in de doos zat wat haar hoop kon geven.

Ze peuterde aan het plakband. De kleefkant was tot stof vergaan. Moeiteloos schoof ze het deksel eraf.

Foto's... niet veel, sommige zwart-wit, sommige in verbleekte kleuren.

Een stapeltje polaroids werd met een oud elastiek bijeengehouden.

Andy pakte die het eerst, want ze had haar moeder nog nooit zo jong gezien.

Het elastiek brak in haar handen doormidden.

Laura moest begin twintig zijn geweest toen de foto's waren genomen. De jaren tachtig spatten eraf, van haar blauwe oogschaduw tot haar roze lippenstift en de blush die als een stel vogelvleugels over haar wangen streek. Haar van nature donkerbruine haar was helblond en strak gepermanent. Enorme schoudervullingen gaven iets hoekigs aan haar witte trui met korte mouwen. Alsof ze op het punt stond aan iedereen te vertellen wie J.R. Ewing had vermoord.

De enige reden waarom Andy niet glimlachte, was dat op de foto duidelijk te zien was dat iemand haar moeder herhaaldelijk in het gezicht had gestompt.

Laura's linkeroog was zo opgezwollen dat het dichtzat. Haar neus stond scheef. Rond haar hals zaten donkerblauwe plekken. Ze keek uitdrukkingsloos de camera in. Ze was elders, ze was iemand anders, terwijl haar verwondingen werden vastgelegd.

Andy kende die blik.

Ze pakte de volgende polaroid. De witte trui was nu opgetrokken zodat de blauwe plekken op Laura's buik zichtbaar werden. De daaropvolgende foto toonde een diepe snee aan de binnenkant van haar bovenbeen.

Andy had het afschuwelijke litteken gezien toen haar moeder weer eens in het ziekenhuis lag. Ongeveer acht centimeter lang, en na al die tijd nog steeds roze en rafelig. Ze had haar adem ingehouden toen ze het zag.

'Van het schaatsen,' had Laura gezegd, met een blik alsof die drie woorden alles verklaarden.

Andy pakte het volgende stapeltje foto's, die nogal schril afstaken tegen de voorgaande, maar alleen omdat ze zo anders waren. Deze keer waren het geen polaroids, maar gewone ontwikkelde kiekjes van een peuter in roze winterkleren. Op de achterkant was de datum afgedrukt: 4 januari 1989. Achtereenvolgens zag je het meisje in de sneeuw rondrollen, sneeuwballen gooien, sneeuwengelen maken, en een sneeuwpop, die ze daarna weer vernielde. Soms stond er een volwassene op de foto: een losse hand die naar beneden hing of een been dat onder een dikke wollen jas uitstak.

Andy herkende zichzelf in de peuter. Haar ogen, die ze van haar moeder had geërfd, waren altijd al opvallend amandelvormig geweest.

Volgens de datum op de achterkant was de peuter Andy bijna twee geweest toen de foto's waren genomen. Dat was in de periode dat Andy en Laura op de UGA-campus hadden gewoond, waar Laura aan haar proefschrift had gewerkt.

Dat soort sneeuw had je niet in Athens en al helemaal niet op Belle Isle. Andy kon zich niet herinneren dat ze in haar jeugd ooit in het noorden was geweest. Laura had het ook nooit over een dergelijk uitstapje gehad. Het eerste wat Laura had gezegd toen Andy haar over haar plannen vertelde om naar New York te verhuizen, was: 'O, schat, zo ver ben je nog nooit van huis geweest.'

De twee laatste foto's in de doos zaten met een paperclip aan elkaar.

Phil en Laverne Randall, de ouders van haar biologische vader, zaten samen op een bank. Aan de gelambriseerde muur achter hen hing een schilderij van het strand. Hun gezichten hadden iets heel vertrouwds, net als hun houding en de schaduw van een staande schemerlamp over de achterkant van de bank.

Andy trok de paperclip weg om de tweede foto te bekijken.

Dezelfde mensen, dezelfde trek op hun gezicht, dezelfde houding, dezelfde schaduwen, maar deze keer zat Andy, ongeveer een halfjaar oud, bij de Randalls op schoot, balancerend op een knie van ieder van hen.

Met haar vinger trok ze het silhouet van haarzelf als baby na.

Tijdens haar studie had Andy wat fotoshoptechnieken geleerd, onder andere hoe ze het ene beeld over het andere moest leggen. Ze was vergeten dat je vóór het computertijdperk beelden handmatig moest wijzigen. Met een X-Actomes sneed je iemand heel voorzichtig uit een foto, waarna je de achterkant met fotolijm bespoot en het uitgesneden stuk op een andere foto plakte.

Als je tevreden was met het resultaat, moest je een foto maken van de over elkaar gelegde opnamen, en zelfs dan kwam het niet altijd goed. Schaduwen klopten niet. De opstelling leek onnatuurlijk. Het hele proces luisterde uitermate nauw.

Wat het des te indrukwekkender maakte dat Laura het voor elkaar had gekregen.

Als jonge tiener had Andy vaak vol verlangen naar de foto van haar opa en oma Randall gekeken. Meestal was ze dan kwaad op Laura, of erger nog, op Gordon. Soms bestudeerde ze de gezichten van de Randalls en probeerde te doorgronden waarom hun haat en onverdraagzaamheid belangrijker voor hen waren dan het contact met het enige kind van hun overleden zoon.

Andy had zich nooit echt verdiept in het deel van de foto waarop ze zelf als kleintje stond afgebeeld. Daar had ze nu spijt van. Zelfs een oppervlakkige blik zou hebben uitgewezen dat ze niet echt bij de Randalls op schoot zat.

Ze zweefde, dat was een betere beschrijving.

De racistische Randalls vormden een moeilijk onderwerp dat Andy liever niet aansneed tegenover haar moeder, zoals ze het ook nooit had over Laura's eigen ouders, Anne en Bob Mitchell, die waren gestorven voor Andy werd geboren. Evenmin vroeg ze naar Jerry Randall, haar vader, die was omgekomen bij een auto-ongeluk lang voor Andy herinneringen aan hem had kunnen vormen. Ze hadden zijn graf in Chicago nooit bezocht. Ze hadden überhaupt nooit graven bezocht, van wie dan ook.

'Als we eens in Providence afspreken,' had Andy voorgesteld tijdens haar eerste jaar in New York. 'Dan kun je me laten zien waar je bent opgegroeid.'

'O, schat,' had Laura verzucht. 'Wie wil er nou naar Rhode Island? Trouwens, dat is al zo lang geleden dat ik me vast niets meer kan herinneren.'

Thuis hadden ze allerlei foto's, een overdaad aan foto's. Van wandeltochten en tripjes naar Disney World en picknicks op het strand en eerste schooldagen. Op slechts een enkele foto stond Laura alleen afgebeeld, want ze vond het vreselijk als er foto's van haar werden genomen. Uit de tijd voor Andy's geboorte was er helemaal niets. Laura had maar één foto van Jerry Randall, dezelfde die Andy online had gevonden in het overlijdensarchief van *The Chicago Sun Times*.

> Jerome Phillip Randall, 28, optometrist en fanatiek fan van de Chicago Bears; laat een dochter achter, Andrea, en zijn ouders, Phillip en Laverne.

Andy had ook andere documenten gezien: haar vaders geboorte- en overlijdensakte, allebei afgegeven in Cook County, Illinois. Laura's vele diploma's, haar geboortebewijs uit Rhode Island, haar socialeverzekeringskaart, haar rijbewijs. Het geboortebewijs van Andrea Eloise Mitchell, van 20 augustus 1987. De koopakte van het huis op Belle Isle. Inentingspapieren. Huwelijksakte. Echtscheidingsakte. Eigendomsbewijzen van auto's. Verzekeringskaarten. Bankafschriften. Creditcardafschriften.

Het rijbewijs van Daniela Barbara Cooper. De autoregistratie uit Ontario. De HEALTH-kaart.

Ze dacht aan de Plymouth stationcar met een revolver in het dashboardkastje en voorraden en geld in de kofferbak, die stond te wachten in een opslagloods in een anonieme stad.

De make-uptas die weggestopt was in de bank in Laura's werkkamer. Het sleuteltje van het hangslot, dat was vastgeplakt achter de ingelijste foto van Andy.

Alles wat ik ooit heb gedaan, was voor jou, mijn Andrea Heloise. Alles.

Andy spreidde de polaroids van haar moeder uit op het bureau. De snee in haar been. Het blauwe oog. Haar gekneusde hals. Haar bont en blauwe buik. Haar gebroken neus.

Snippers van een vrouw die ze nooit had gekend.

26 JULI 1986

Ze wilden ons begraven.
Ze wisten niet dat we zaadjes waren.

Mexicaans gezegde

ZEVEN

De kinderen van Martin Queller waren verwend, op die typisch Amerikaanse manier. Te veel geld. Te veel scholing. Te veel reizen. Te veel te veel, totdat de overvloed hen had uitgehold.

Laura Juneau vond het vooral pijnlijk om naar de dochter te kijken. Zoals haar blik heimelijk de ruimte aftastte. Zoals ze nerveus haar vingers bewoog alsof die boven onzichtbare toetsen zweefden. Haar behoefte aan hechting deed denken aan een inktvis die blindelings zijn tentakels uitsteekt op zoek naar voedsel.

Wat de zoon betrof, tja, die had charme, en een charmante man werd veel vergeven.

'Ma'am?' De *politi* was lang en tanig. Het geweer om zijn schouder deed Laura denken aan het lievelingsspeelgoed van haar jongste zoon. 'Bent u de badge voor het congres soms kwijt?'

Leunend op haar wandelstok keek Laura hem verontschuldigend aan. 'Ik was van plan vóór mijn panel in te checken.'

'Zal ik met u meelopen?'

Er zat niets anders op dan hem te volgen. De extra beveiliging was niet onverwacht en ook niet zonder reden. Buiten het congrescentrum in Oslo hadden actiegroepen hun kamp opgeslagen. Het was de gebruikelijke mix van anarchisten, antifascisten, skinheads en onruststokers, aangevuld met Pakistaanse immigranten, die verontwaardigd waren over het recente immigratiebeleid in Noorwegen. Ook binnen was de onrust tastbaar, want de rechtszaak tegen Arne Treholt van het vorige jaar was nog steeds omgeven door achterdocht. De socialistische politicus zat een gevangenisstraf van twintig jaar wegens hoogverraad uit. Sommigen waren ervan overtuigd dat de Russen meer spionnen hadden in de Noorse regering. Menigeen vreesde dat de KGB zich als een veelkoppig monster over de rest van Scandinavië verspreidde.

De politi keek achterom om te zien of Laura hem volgde. De stok vormde een belemmering, maar ze was drieënveertig, geen drieënnegentig. Niettemin maakte hij een weg voor haar vrij door een menigte saaie oude mannen in breedgeschouderde pakken, allemaal met een badge waarop hun naam, nationaliteit en specialiteit stonden vermeld. Onder hen bevonden zich de onvermijdelijke zwaargewichten van diverse topuniversiteiten – MIT, Harvard, Princeton, Cal Tech, Stanford – naast de gebruikelijke schuldigen: Exxon, Tenneco, Eastman Kodak, Raytheon, DuPont, en in een gebaar naar hoofdspreker Lee Iacocca was de top van Chrysler Motor Company ook ruimschoots vertegenwoordigd.

De incheсktafel stond onder een grote banner met WELCOME TO G-FAB. Zoals alles van het Global Finance and Business Consortium was de tekst in het Engels, Frans en Duits, en uit respect voor het gastland ook in het Noors.

'Dank u,' zei Laura tegen haar begeleider, maar de man liet zich niet wegsturen. Ze glimlachte naar de vrouw achter de tafel en sprak de ingestudeerde leugen uit: 'Ik ben dr. Alex Maplecroft van de University of California in Berkeley.'

De vrouw bladerde door een kaartenbak en haalde de bijpassende geloofsbrieven tevoorschijn. Even was Laura opgelucht, want nu zou de badge haar simpelweg overhandigd worden, maar toen zei ze: 'Graag uw identiteitsbewijs, ma'am.'

Laura zette haar stok tegen de tafel. Ze trok de rits van haar tas open en pakte haar portefeuille. Met moeite bedwong ze het trillen van haar vingers.

Ook hier had ze op geoefend; niet officieel, maar in gedachten had ze zichzelf door alle stappen geloodst: naar de incheсktafel lopen, haar portefeuille pakken en haar valse identiteitsbewijs laten zien, dat op naam stond van Alexandra Maplecroft, universitair docent economie.

Sorry, maar kunt u haast maken? Mijn panel begint over enkele minuten.

'Ma'am.' De vrouw achter de tafel keek niet naar Laura's ogen, maar naar haar haar. 'Wilt u zo vriendelijk zijn om uw ID uit uw portefeuille te halen?'

Dat soort nauwgezetheid had Laura niet verwacht. Weer trilden haar handen toen ze het kaartje uit het plastic vakje peuterde. Volgens de vervalser in Toronto was de ID-kaart perfect, maar hij had dan ook van misleiding zijn beroep gemaakt. Stel dat de dame achter de tafel een fout ontdekte? Stel dat ze op de een of andere manier een foto van de echte Alex Maplecroft in de wacht hadden gesleept? Zou Laura geboeid door de politi worden afgevoerd? Zou de zorgvuldige planning van het afgelopen halfjaar voor niets zijn geweest vanwege een simpel plastic kaartje?

'Dr. Maplecroft!'

Benieuwd naar de bron van het geroep draaide iedereen zich om.

'Kom, Andrew, dan stel ik je aan dr. Maplecroft voor!'

Laura wist dat Nicholas Harp adembenemend knap was, en zelfs de vrouw achter de tafel hield haar adem in toen hij op hen af stapte.

'Dr. Maplecroft, wat fijn om u weer te zien.' Met beide handen schudde Nick haar hand. Zijn knipoog was duidelijk bedoeld om Laura gerust te stellen, maar vanaf dat moment was er niets meer wat haar gerust kon stellen. 'Ik heb Econ 401 bij u gevolgd, in Berkeley. Rassen- en genderongelijkheid in westerse economieën. Ben ik even blij dat ik het weer weet.'

'Ja.' Laura stond altijd versteld van het gemak waarmee Nick loog. 'Wat leuk om je weer te zien, Mr., eh...'

'Harp. Nicholas Harp. Andrew!' Hij wenkte een tweede jongeman, een tikje minder knap, maar ook in kakipantalon en lichtblauw polo-overhemd. Toekomstige captains of industry, deze jongens. Hun haar perfect zongebleekt. Een gezonde bruine kleur. Gesteven opstaande boorden. Geen sokken. Penny's in de gleufjes van hun instappers.

'Opschieten, Andy,' zei Nick. 'Dr. Maplecroft heeft niet de hele dag.'

Andrew Queller maakte een wat nerveuze indruk. Laura begreep het wel. Volgens het plan moesten ze allemaal anoniem blijven en niet samen gezien worden. Andrew wierp een blik op de jonge vrouw achter de tafel en kennelijk begreep hij opeens waarom Nick dit risico had genomen. 'Dr. Maplecroft, zit u niet samen met mijn vader in het panel vanmiddag om twee uur? Socio-politieke gevolgen van de Quellercorrectie?'

'Ja, dat klopt.' Laura probeerde zo natuurlijk mogelijk te klinken. 'Ben jij Andrew, Martins middelste?'

'Daar spreekt u mee.' Andrew glimlachte naar de vrouw achter de inchecktafel. 'Zijn er problemen?'

Het recht dat hij van nature bezat liet zich nu gelden. De vrouw overhandigde Laura de badge voor dr. Alex Maplecroft, en daarmee was haar aanwezigheid officieel.

'Dank u,' zei Nick, en de vrouw straalde.

'Ja, dank u.' Met aanmerkelijk vastere hand speldde Laura de badge op haar marineblauwe jasje.

'Tot uw dienst, ma'am,' zei de politi, en hij verdween.

Laura pakte haar stok. Ze wilde weg van die tafel.

'Niet zo snel, dr. Maplecroft.' Nick, die overal een show van maakte, klapte in zijn handen. 'Kunnen we u iets te drinken aanbieden?'

'Het is nog erg vroeg,' zei Laura, hoewel ze wel iets kon gebruiken om haar zenuwen tot bedaren te brengen. 'Ik weet niet precies hoe laat het is.'

'Tegen enen,' zei Andrew. Met een zakdoek veegde hij zijn al behoorlijk rode neus af. 'Sorry, maar ik heb tijdens de vlucht een nare verkoudheid opgelopen.'

Laura probeerde de droefheid uit haar glimlach te bannen. Vanaf het begin had ze hem al willen bemoederen. 'Ik zou maar een bak soep halen als ik jou was.'

'Ja, goed idee.' Hij stopte de zakdoek weer weg. 'Over een uur dan maar? Uw panel zit in de Raufossbalzaal. Mijn vader moest er tien minuten van tevoren zijn.'

'Misschien wilt u zich eerst wat opknappen.' Nick knikte in de richting van het damestoilet. Het bedrog was hem naar het hoofd gestegen. 'Het mag een wonder heten dat ze het überhaupt hebben geopend, dr. Maplecroft. De echtgenotes zijn allemaal gaan winkelen in Storo. Volgens het programma bent u de enige vrouw die het woord voert op het congres.'

'Nick,' waarschuwde Andrew. '*It's such a fine line between stupid and clever.*'

'Ai, ouwe jongen. Tijd om op te stappen als jij Spinal Tap gaat citeren.' Met een laatste knipoog naar Laura liet Nick zich door Andrew meevoeren. De stroom oude mannen, keurig in het pak, ging de hoek om toen de twee jonge kerels, zo vol leven en toekomst, zich erbij aansloten.

Laura tuitte haar lippen en ademde zachtjes in. Om tot rust te komen deed ze alsof ze in haar handtas naar iets zocht.

Zoals zo vaak wanneer ze in het gezelschap van Nick en Andrew verkeerde, moest ze aan haar oudste zoon denken. Op de dag dat David Juneau werd vermoord, was hij zestien jaar oud. Het dons langs zijn kaak begon langzamerhand op een baardje te lijken. Zijn vader had hem in de badkamer al voorgedaan hoeveel scheerschuim hij moest gebruiken en hoe hij het mes over zijn wang naar beneden moest trekken en langs zijn hals weer omhoog. Laura kon zich die heldere herfstochtend nog zo goed herinneren. Het was hun laatste ochtend geweest, en de zon had met haar vingers door de fijne haartjes op Davids kin gestreken terwijl zij sinaasappelsap in zijn glas had geschonken.

'Dr. Maplecroft?' Het klonk aarzelend, met van die afgeronde, typisch Scandinavische klinkers. 'Dr. Alex Maplecroft?'

Laura keek heimelijk of Nick nog in de buurt was om haar weer te redden.

'Dr. Maplecroft?' De Scandinaviër had zich ervan overtuigd dat hij de juiste persoon voor zich had. Niets had groter gewicht dan een plastic congresbadge. 'Ik ben dr. Jacob Brundstad, van de *Norges Handelshøyskole*. Ik wilde het graag met u hebben over –'

'Aangenaam kennis te maken, dr. Brundstad.' Laura gaf hem een stevige handdruk. 'Zullen we na mijn panel verder praten? Het is over een klein uur, en ik wil mijn aantekeningen nog even ordenen. Ik hoop dat u daar begrip voor heeft.'

'Uiteraard.' Hij was te beleefd om ertegenin te gaan.

'Ik kijk ernaar uit.' Laura plantte haar stok in de vloer en keerde zich om.

Ze mengde zich in de menigte grijze mannen met hun handen vol pijpen, sigaretten, diplomatenkoffertjes en opgerolde blaadjes papier. Dat ze werd aangestaard viel niet te ontkennen. Met geheven hoofd stuwde ze zichzelf voort. Ze had dr. Alex Maplecroft goed bestudeerd en wist dat haar arrogantie legendarisch was. Ze had achter in overvolle collegezalen toegekeken hoe Maplecroft geen spaan heel liet van de tragere studenten. Ze had gehoord hoe ze collega's afstrafte als die niet snel genoeg ter zake kwamen.

Of misschien was het niet zozeer arrogantie als wel een muur die Maplecroft had opgetrokken om zichzelf te beschermen tegen de blikken van boze mannen. Het klopte wat Nick had gezegd, namelijk dat de vermaarde docente economie de enige vrouwelijke spreker was op het congres. De aanleiding tot de beschuldigende blikken – *Waarom draagt die serveerster geen uniform? Waarom leegt ze onze asbakken niet?* – was tweeledig.

Laura aarzelde. Ze liep linea recta het niets in: een kleurloze muur met een poster die *Moonlight Special*-vluchten van Eastern Airlines aanprees. De vernietigende blikken bevestigden haar gevoel dat ze niet op haar schreden kon terugkeren. Ze sloeg rechts af, en het volgende moment stond ze voor de gesloten glazen deur naar de bar.

Tot haar opluchting was de deur niet op slot.

Muffe rook met een zweem dure whisky omnevelde de bar. Er was een houten dansvloer met een gedoofde discobal. De zitjes waren laag. Aan het plafond hingen donkere spiegels. Laura's horloge gaf nog de tijd in Toronto aan, maar te oordelen naar de verlaten ruimte concludeerde ze dat het te vroeg was voor een stevige borrel.

Na vandaag zou dr. Maplecrofts reputatie het laatste zijn waar ze zich druk om hoefde te maken.

Laura hoorde het getinkel van pianotoetsen toen ze plaatsnam aan het uiteinde van de bar. Ze zette haar stok tegen de muur. Met redelijk vaste hand haalde ze het pakje Marlboro uit haar tas. Op de glazen asbak lag een doosje lucifers. De flits waarmee de nicotine vlam vatte, suste haar gespannen zenuwen.

De barkeeper kwam door de klapdeur naar binnen. Het was een

zwaargebouwde, strak gesteven man, met een wit schort om zijn stevige middel. 'Madam?'

'Een gin-tonic,' zei ze zacht, want de kakofonie uit de piano was in een bekende melodie getransformeerd; niet Rossini en zelfs niet Edvard Grieg, wat toepasselijk zou zijn geweest, maar een traag nummer waarvan de bezieling haar bekend voorkwam.

Glimlachend blies ze een rookpluim uit.

Ze herkende het nummer van de radio. A-ha, de Noorse popgroep met het grappige tekenfilmpje. 'Take On Me' of 'Take Me On' of een variant op de tekst, die tot vervelens toe herhaald werd onder begeleiding van een meedogenloos vrolijk keyboard.

Toen Laura's dochter nog had geleefd, had hetzelfde soort mierzoete synthpop regelmatig uit Lila's platenspeler geschald, uit haar walkman en zelfs uit haar mond wanneer ze onder de douche stond. Elk autoritje, hoe kort ook, begon ermee dat haar dochter de radio afstemde op het station The Quake. Laura liet haar dochter altijd omstandig weten waarom de dwaze liedjes op haar zenuwen werkten. De Beatles. De Stones. James Brown. Stevie Wonder. Dat was muziek.

Ze had zich pas echt oud gevoeld toen ze van Lila een clip van Madonna op MTV moest zien. Met moeite had ze een semipositieve opmerking over haar lippen gekregen: 'Wat gedurfd om je ondergoed over je gewone kleren aan te trekken.'

Ze nam een pakje tissues uit haar tas en droogde haar ogen.

'Madam.' Met iets verontschuldigends in zijn stem zette de barkeeper haar glas op een onderzetter.

'Mag ik bij u komen zitten?'

Tot Laura's verbijstering stond Jane Queller opeens naast haar. Andrews zus was een volslagen onbekende, en dat moest ook zo blijven. Met moeite hield Laura de flits van herkenning uit haar blik. Ze kende de jonge vrouw alleen van foto's of van veraf. Van dichtbij leek ze jonger dan drieëntwintig. Haar stem was dieper dan ze had verwacht.

'Sorry dat ik u stoor,' zei Jane. Ze had Laura's tranen gezien. 'Ik zat me net af te vragen of het te vroeg is om in mijn eentje wat te drinken.'

Laura hernam zich snel. 'Eigenlijk wel. Drink je er eentje mee?'

Jane aarzelde. 'Weet u het zeker?'

'Ik sta erop.'

Jane ging zitten en bestelde met een knik naar de barkeeper hetzelfde. 'Ik ben Jane Queller. Ik zag u geloof ik met mijn broer praten, met Andrew.'

'Alex Maplecroft.' Voor het eerst tijdens dit hele avontuur had Laura moeite met de leugen. 'Ik zit samen met je vader in een panel, over...' Ze keek op de klok aan de muur. 'Over drie kwartier.'

Moeiteloos wist Jane haar reactie op dit nieuws te verhullen. Zoals zo vaak gebeurde, ging ook haar blik naar Laura's haar. 'Ik heb uw foto niet op de deelnemerslijst zien staan.'

'Ik ben geen voorstander van foto's.' Dat waren de woorden die Laura Alex Maplecroft had horen zeggen tijdens een college in San Francisco. Ook had ze haar voornaam afgekort, want alleen door haar vrouw-zijn te verdoezelen kon ze er naar haar mening op rekenen dat haar werk serieus werd genomen.

'Heeft mijn vader u ooit persoonlijk ontmoet?' vroeg Jane.

Laura vond de formulering merkwaardig: ze vroeg niet of zíj Martin Queller weleens had ontmoet, maar of Martin Queller háár had ontmoet. 'Nee, niet dat ik me kan herinneren.'

'Ik denk dat ik het wel leuk ga vinden om een panel met die ouwe mee te maken.' De barkeeper had het glas nog niet neergezet of Jane pakte het al op. 'U bent ongetwijfeld bekend met zijn reputatie.'

'Inderdaad.' Laura hief haar eigen glas. 'Heb je nog advies?'

Nadenkend trok Jane haar neus op. 'Niet luisteren naar de eerste vijf woorden die hij tegen u zegt, want die zijn geen van alle bedoeld om u een goed gevoel te bezorgen.'

'Is dat een algemene regel?'

'Die staat gebeiteld in het familiewapen.'

'Was dat vóór of na *Arbeit macht frei*?'

Jane stikte bijna in haar lach en proestte gin-tonic over de bar. Met het onderzettertje veegde ze de spetters weg, een klusje waar haar lange, elegante vingers niet voor gemaakt leken. 'Mag ik er eentje van u bietsen?'

Ze doelde op de sigaretten. Laura schoof het pakje naar haar toe. 'Die worden nog eens je dood,' waarschuwde ze.

'Ja, dat hoor je meer.' Jane klemde de sigaret tussen haar lippen. Toen ze het luciferdoosje openpeuterde, vloog de hele inhoud over de bar. 'God, sorry hoor.' Met de blik van een schuldbewust kind raapte ze de lucifers op. 'Daar heb je Onhandige Jinx weer.'

Het zinnetje had iets geoefends. Laura stelde zich voor dat Martin Queller over unieke, doeltreffende manieren beschikte om zijn kinderen eraan te herinneren dat ze nooit volmaakt zouden zijn.

'Madam?' De barkeeper hield Jane een vuurtje voor.

'Dank u.' In plaats van haar hand als een kommetje om de zijne te slaan boog ze zich naar de lucifer toe. Ze inhaleerde diep en met haar ogen dicht, als een kat die geniet van een zonnestraal. Toen ze Laura zag kijken, hoestte ze een reeks rookwolken uit. 'Sorry, maar ik ben nu al drie maanden in Europa. Lekker om weer een Amerikaanse sigaret te roken.'

'Ik dacht dat jullie jonge expats niets anders deden dan Gauloises roken en over Camus en de tragedie van de menselijke conditie discussiëren.'

'Was dat maar zo.' Jane hoestte weer een rookwolk uit.

Het meisje maakte iets moederlijks in Laura los. Het liefst had ze de sigaret uit haar hand geplukt, maar ze wist dat dat zinloos zou zijn. Toen ze zelf drieëntwintig was, zag ze de jaren het liefst voorbijvliegen, wilde ze zo snel mogelijk echt volwassen zijn, zichzelf bewijzen, iemand worden. Ze kende nog niet het verlangen om de tijd weg te grissen als een natte katoenen lap die aan je gezicht kleeft, en ze wist nog niet dat ze op een dag rugpijn zou hebben als ze de trap op klom, dat zwangerschap haar buik zou doen verslappen, dat haar ruggengraat misvormd zou kunnen worden door een kwaadaardige tumor.

'Ga tegen hem in.' Jane klemde de sigaret tussen haar duim en wijsvinger, net als haar broer. 'Dat zou ik u beslist aanraden. Mijn vader duldt geen tegenspraak.'

'Mijn hele reputatie berust op het tegenspreken van zijn theorieën.'

'Ik hoop dat u op de strijd bent voorbereid.' Ze knikte in de richting van het congresgeroezemoes aan de andere kant van de deur. 'Wie was het ook alweer, Jonas of Daniël, die in de leeuwenkuil zat?'

'Jonas zat in de buik van de walvis. Daniël zat in de leeuwenkuil.'

'Ja, natuurlijk. God stuurde een engel om de leeuwenmuilen dicht te doen.'

'Is je vader echt zo erg?' Te laat besefte Laura dat haar vraag wel erg rechtstreeks was. Elk van de drie Quellerkinderen had een eigen manier gevonden om in de schaduw van de vader te leven.

'Ik weet zeker dat u zich tegenover de Machtige Martin staande kunt houden,' zei Jane. 'U bent hier niet zomaar uitgenodigd. Zolang u maar onthoudt dat hij niet meer loslaat zodra hij zich ergens in heeft vastgebeten. "Alles of niets" is het devies van de Quellers.' Een reactie leek ze niet te verwachten. Haar blik vloog telkens door de verlaten bar om uiteindelijk op de spiegel te blijven rusten. Dit was de inktvis uit de ontvangsthal die wanhopig op zoek was naar iets, wat dan ook, om zich aan vast te klampen.

'Ben jij Martins jongste?' vroeg Laura.

'Ja, dan komt Andrew en dan onze oudste broer, Jasper. Hij heeft een glansrijke carrière bij de luchtmacht opgeofferd voor het familiebedrijf.'

'Als economisch adviseur?'

'O, god, nee. Hij zit daar waar het geld wordt verdiend. We zijn allemaal vreselijk trots op hem.'

Laura negeerde het sarcasme. Ze was maar al te goed op de hoogte van Jasper Quellers verheven positie. 'Was jij dat net op de piano?'

Jane rolde met haar ogen. 'Grieg leek me te veel een statement.'

'Ik heb je ooit zien spelen.' Laura schrok van haar eigen openheid, en meteen zag ze een beeld voor zich: Jinx Queller aan de piano, en het publiek dat in vervoering toekeek terwijl haar handen over de toetsen zweefden. Ze vond het moeilijk om in de nerveuze jonge vrouw naast haar – met haar afgekloven nagels en de heimelijke blikken in de spiegel – de van zelfvertrouwen blakende pianiste te herkennen.

'Noem je jezelf tegenwoordig geen Jinx meer?' vroeg ze.

Weer die blik. 'Een ongelukkig kruis dat ik vanaf mijn kindertijd heb meegezeuld.'

Laura wist van Andrew dat Jane de bijnaam verafschuwde die binnen het gezin werd gebruikt. Het voelde verkeerd om zoveel over het meisje te weten terwijl zij niets over haar wist, maar zo moest het spel nu eenmaal gespeeld worden. 'Jane past beter bij je, vind ik.'

'Eigenlijk vind ik dat zelf ook.' Zwijgend tikte ze as van haar sigaret. Het zat haar duidelijk dwars dat Laura haar had zien optreden. Als Jane nu geschilderd werd, zou haar lichaam omgeven zijn door een aura van bezorgdheid. Ten slotte vroeg ze: 'Waar hebt u me zien spelen?'

'In de Hollywood Bowl.'

'Vorig jaar?'

'In vierentachtig.' Laura probeerde de melancholie uit haar stem te bannen. Haar man had haar op het laatste moment voor het concert uitgenodigd. Ze hadden gegeten in hun favoriete Italiaanse restaurant. Laura had te veel chianti gedronken. Ze wist nog dat ze tegen haar man aan had geleund toen ze naar het parkeerterrein liepen. Zijn hand om haar middel. De geur van zijn eau de toilette.

'Dat was onderdeel van de Jazz Bowl vóór de Olympische Spelen. Ik speelde mee met het Richie Reedie Orchestra. We brachten een eerbetoon aan Harry James en...' Peinzend kneep ze haar ogen tot spleetjes. '...ik raakte uit de maat tijdens "Two O'Clock Jump". Godzijdank vielen de koperblazers te vroeg in.'

Laura had geen wanklank gehoord. Ze wist alleen nog dat het publiek aan het eind een staande ovatie had gegeven. 'Kun je je van je optredens alleen de fouten herinneren?'

Ze schudde haar hoofd, maar daar hield het verhaal niet op. Jane Queller was een pianiste van wereldformaat geweest. Ze had haar jeugd aan de muziek opgeofferd. Ze had klassiek ingeruild voor jazz en vervolgens jazz voor studiowerk. Met elk genre had ze in de meest vermaarde concertzalen en op de beroemdste podia gespeeld.

En toen had ze er de brui aan gegeven.

'Ik heb uw verhandeling over strafbelasting gelezen.' Jane hief haar kin naar de barkeeper om zwijgend een tweede glas te bestellen. 'Als dat u verbaast: onze vader verwacht van ons dat we bijblijven wat zijn professionele leven betreft. Zelfs op tienduizend kilometer afstand.'

'Wat verheffend.'

'Nou, ik vind het eerder eng dan verheffend. Hij stopt zijn knipsels stiekem bij mijn moeders brieven om postzegels uit te sparen. "Lieve dochter, we hebben dit weekend bij de Flannigans gedineerd, en bereid je voor op vragen over de bijgesloten samenvatting aangaande macro-economische variabelen in Nicaragua." ' Jane keek toe hoe de gin uit de fles klotste. De barkeeper was scheutiger met de alcohol dan hij bij Laura was geweest, maar mooie jonge vrouwen kregen altijd meer.

'Dat gedeelte in uw artikel over financieel beleid als wapen tegen minderheden heeft me echt op andere gedachten gebracht wat de overheid betreft. Maar als je mijn vader moet geloven, zal de sociale aanpak die u voorstaat het einde van de wereld betekenen.'

'Alleen voor mannen zoals hij.'

'Kijk uit.' Dat klonk als een welgemeende waarschuwing. 'Mijn vader wordt liever niet tegengesproken. Vooral niet door vrouwen.' Ze keek Laura aan. 'Vooral niet door vrouwen die eruitzien zoals u.'

Laura dacht aan iets wat haar moeder haar lang geleden had verteld. *Mannen hoeven zich nooit ongemakkelijk te voelen in het gezelschap van vrouwen. Vrouwen voelen zich voortdurend ongemakkelijk in het gezelschap van mannen.*

Met een treurig lachje drukte Jane haar sigaret uit in de asbak.

Laura gebaarde dat ze nog een gin-tonic wilde, al brandde de eerste in haar maag. Ze moest ervoor zorgen dat haar handen niet meer trilden, dat haar hart niet meer ratelde als dat van een bang konijn.

De klok gaf haar nog een halfuur om zich voor te bereiden.

Zelfs onder de gunstigste omstandigheden sprak Laura liever niet in het openbaar. Van nature was ze een waarnemer die het liefst in de menigte opging. Na de openingstoespraak door Iacocca was het Quellerpanel naar verwachting het drukst bezochte evenement van het congres. Binnen een dag na aankondiging waren alle kaarten al weg geweest. Het panel werd aangevuld met nog twee heren: een Duitse analist van de RAND Corporation en een Belgische topfunctionaris van

Royal Dutch Shell, maar de achthonderd aanwezigen waren vooral geïnteresseerd in de twee Amerikanen.

Zelfs Laura moest toegeven dat het cv van Martin Queller een publiekstrekker was: voormalig voorzitter van Queller Healthcare, emeritus hoogleraar aan de Queller School of Economics in Long Beach, voormalig adviseur van de gouverneur van Californië, lid van de presidentiële raad voor economische ontwikkeling, de belangrijkste kandidaat om James Baker te vervangen als minister van Financiën en, het allerbelangrijkste, bedenker van de Quellercorrectie.

Dankzij deze correctie waren ze hier allemaal naartoe gekomen. Hoewel Alex Maplecroft zich eerst had onderscheiden aan Harvard en vervolgens aan Stanford en Berkeley, zou ze haar leven waarschijnlijk in academische anonimiteit hebben gesleten als ze met haar geschriften en publicaties niet iets had gedaan wat nog geen man had gedurfd: het vol verve aan de kaak stellen van het morele gehalte van niet slechts de Quellercorrectie, maar van Martin Queller zelf.

Gezien Martins positie in de economische en zakengemeenschap stond dat gelijk aan het vastspijkeren van Luthers *95 stellingen* aan de kerkdeuren.

Laura schaarde zich vol overtuiging onder Maplecrofts bekeerlingen.

De Quellercorrectie kwam er in het kort op neer dat economische groei historisch gezien altijd geschraagd wordt door een ongewenste minderheid of een uit immigranten bestaande arbeidersklasse die onder de duim wordt gehouden met behulp van nativistische correcties.

De vooruitgang van velen over de rug van een 'ander'.

Ierse immigranten die de bruggen en wolkenkrabbers van New York bouwden. Chinese dagloners die de transcontinentale spoorlijn aanlegden. Italiaanse arbeiders die de textielindustrie van mankracht voorzagen. De zogenoemde nativistische correctie zag er als volgt uit: landwetten tegen vreemdelingen; geen Ieren, geen zwarten, geen honden; de noodwet voor immigratiequota; de wet op het alfabetisme; *Dred Scott versus Sandford*; de wet op uitsluiting van Chinezen; de rassenwetten; *Plessy versus Ferguson*; het Braceroprogramma; hoofdelijke belasting; Operation Wetback.

Wat research betrof was Martins theorie goed onderbouwd. Je zou het zelfs een opsomming van feiten kunnen noemen in plaats van een theorie. Het probleem – althans volgens Alex Maplecroft – was dat de Quellercorrectie niet werd gebruikt als een academische term om een historisch verschijnsel mee aan te duiden, maar als rechtvaardiging voor het bepalen van modern financieel en sociaal beleid. Een soort 'de geschiedenis herhaalt zich', maar dan zonder de gebruikelijke ironie.

Recentere Quellercorrecties betroffen het volgende: minder geld voor aidsonderzoek om de homoseksuele bevolkingsgroep uit te dunnen; strengere straffen voor Afro-Amerikaanse crackgebruikers; straf met terugwerkende kracht voor criminelen na een eerdere veroordeling; bij wet voorgeschreven levenslange straf voor recidivisten; privatisering met winstoogmerk van gevangenissen en psychiatrische inrichtingen.

In een opiniestuk in *The Los Angeles Times* had Alex Maplecroft korte metten gemaakt met de gedachtegang die ten grondslag lag aan de Quellercorrectie, waarvoor ze de volgende opruiende woorden had gebruikt: 'Je vraagt je af of Hermann Göring inderdaad die cyanidepil heeft geslikt.'

'Ma'am?' Jane haalde Laura uit haar gemijmer. 'Is het goed als ik…'

Het meisje wilde nog een sigaret. Laura schudde er twee uit het pakje.

Deze keer bood de barkeeper hun allebei een vuurtje aan.

Laura hield de rook een paar tellen vast. Ze zag Jane weer in de spiegel kijken. 'Waarom treed je niet meer op?' vroeg ze.

Jane antwoordde niet meteen. Waarschijnlijk was die vraag haar al tientallen keren gesteld. Misschien wilde ze zich er met het gebruikelijke nietszeggende antwoord van afmaken, maar opeens veranderde er iets in haar blik en draaide ze zich om op haar kruk. 'Weet u hoeveel beroemde vrouwelijke pianisten er zijn?'

Laura was geen muziekkenner – dat was haar mans hobby geweest – maar toch dook er in haar geheugen een naam op. 'Heb je niet die Braziliaanse, Maria Arruda, of…'

'Martha Argerich, uit Argentinië, maar niet slecht.' Janes lachje was vreugdeloos. 'Noem er nog eens eentje.'

Laura haalde haar schouders op. Ze had er eigenlijk nog niet één genoemd.

Jane zei: 'Toen ik een keer backstage was in het Carnegie, keek ik om me heen en besefte dat ik daar de enige vrouw was. Dat was vaker gebeurd, heel vaak zelfs, maar nu viel het me voor het eerst echt op. En ik zag dat het ook anderen opviel.' Ze rolde de as van haar sigaret. 'En toen liet mijn leraar me vallen.' Het verlies raakte haar nog steeds, want opeens blonken er tranen in haar ooghoeken. 'Ik had vanaf mijn achtste les gehad van Pechenikov, maar nu zei hij dat hij me tot aan de grenzen van mijn kunnen had gebracht.'

'Kon je geen andere leraar vinden?' Laura moest het vragen.

'Niemand wilde me.' Ze nam een trek van haar sigaret. 'Pechenikov was de beste, dus ging ik naar de op één na beste. Toen naar de op twee na beste. Tegen de tijd dat ik bij de schoolbanddirigenten was beland, besefte ik dat ze allemaal dezelfde code hanteerden.' Ze keek Laura veelbetekenend aan. 'Als ze zeiden: "Ik heb geen tijd om een nieuwe leerling aan te nemen", bedoelden ze eigenlijk: "Ik ga mijn talent en energie niet verspillen aan een dom meisje dat het allemaal opgeeft zodra ze verliefd wordt." '

'Aha,' was het enige wat Laura kon bedenken.

'In sommige opzichten zal het ook wel gemakkelijker zijn. Mijn hele leven heb ik drie à vier uur per dag besteed aan studeren. Bij klassiek luistert het heel nauw. Je moet elke noot spelen zoals hij geschreven staat. Je dynamiek is bijna nog belangrijker dan je aanslag. Bij jazz kun je het stuk een melodische expressie meegeven. En rock… Kent u The Doors?'

Laura moest even een gedachtesprongetje maken. 'Jim Morrison?'

Jane trommelde met haar vingers op de bar. Eerst hoorde Laura alleen wat driftig getik, maar toen, opmerkelijk genoeg…

' "Love Me Two Times." ' Ze moest lachen om het trucje.

Jane zei: 'Manzarek deed zowel het keyboard- als het basgedeelte, tegelijkertijd. Verbluffend hoe hij dat voor elkaar kreeg, alsof zijn handen volkomen onafhankelijk van elkaar werkten. Bijna een gespleten persoonlijkheid, maar mensen letten niet op de technische aspecten. Ze houden gewoon van het geluid.' Al pratend bleef ze tikken. 'Als ik geen muziek kan spelen die mensen waarderen, dan wil ik muziek spelen waar mensen van houden.'

'Heel goed van je.' In de stilte die volgde, luisterde Laura naar het ritme. Toen vroeg ze: 'Dus je was de afgelopen drie maanden al in Europa?'

'In Berlijn.' Eindelijk kwamen Janes handen tot rust. 'Ik heb als sessiepianist in de Hansa Tonstudio gewerkt.'

Laura schudde haar hoofd. Daar had ze nog nooit van gehoord.

'Het is een opnamestudio vlak bij de Muur. Ze hebben daar een zaal, de Meistersaal, met de schitterendste akoestiek voor elke soort muziek: klassiek, kamermuziek, pop, rock. Bowie heeft daar opnamen gemaakt. Iggy Pop. Depeche Mode.'

'Zo te horen heb je aardig wat beroemde mensen ontmoet.'

'O, nee hoor. Tegen de tijd dat die binnenkomen, zit mijn werk erop. Dat is het mooie ervan. Alleen ik met mijn muziek, in pure afzondering. Niemand weet wie er achter het keyboard zit. Het maakt niemand uit of je een vrouw of een man of een Franse poedel bent. Zolang je de muziek maar aanvoelt, en daar ben ik goed in: ik voel waar de noten naartoe willen.' Haar natuurlijke schoonheid werd geaccentueerd door een gloed van opwinding. 'Als je van muziek houdt – als je echt met heel je hart van muziek houdt – dan speel je voor jezelf.'

Laura knikte onwillekeurig. Wat muziek betrof miste ze elk aanknopingspunt, maar ze begreep dat je als je ergens echt van hield er niet alleen kracht aan ontleende, maar er ook door werd voortgedreven. 'Toch is het een hele opoffering,' zei ze.

'Vindt u?' Jane leek oprecht nieuwsgierig. 'Hoe kan ik iets opgeven wat me eigenlijk nooit is aangeboden, alleen vanwege wat er tussen mijn benen zit?' Ze lachte schamper. 'Of om wat er níét tussen mijn benen zit, of om wat er ergens in de toekomst tussen mijn benen tevoorschijn kan komen.'

'Mannen kunnen zichzelf altijd opnieuw uitvinden,' zei Laura. 'Maar als een vrouw eenmaal moeder is, blijft ze altijd moeder.'

'Dat klinkt niet erg feministisch, dr. Maplecroft.'

'Nee, maar je begrijpt het wel, en dat komt omdat je net als ik een kameleon bent. Als je niet de muziek kunt spelen die mensen waarderen, dan speel je de muziek waar ze van houden.' Laura hoopte dat het op een dag zou veranderen. Aan de andere kant hoopte ze ook elke ochtend bij het ontwaken Lila's afgrijselijke muziek op de radio te horen, Peter door de woonkamer te zien rennen op zoek naar zijn schoenen, en David te betrappen terwijl hij fluisterend aan het telefoneren was, omdat zijn moeder niet mocht weten dat hij een vriendinnetje had.

'U moet gaan.' Jane wees naar de klok. De vijfenveertig minuten waren bijna verstreken.

Het liefst was Laura blijven praten, maar ze wist dat ze geen keus had. Ze zocht in haar tas naar haar portefeuille.

'Ik betaal,' bood Jane aan.

'Ik kan toch niet –'

'Laat ik maar bekennen dat het op rekening van de familie Queller komt.'

'Dan is het goed.' Laura liet zich van de barkruk glijden, een huivering van pijn onderdrukkend toen ze haar gewicht naar haar been verplaatste. Haar stok stond nog waar ze hem had neergezet. Ze klemde de zilveren knop in haar hand. Toen ze naar Jane keek, vroeg ze zich af of zij de laatste persoon was met wie ze een normaal gesprek had gevoerd. Als dat het geval bleek, was ze blij.

'Het was een genoegen om met je te praten,' zei ze tegen de jonge vrouw.

'Wederzijds,' beaamde Jane. 'Ik zit straks op de voorste rij, als u behoefte hebt aan een vriendelijk gezicht.'

Haar woorden stemden Laura diepdroevig. Tegen haar aard in stak ze haar arm uit en legde haar hand op die van Jane. Ze voelde haar koele huid. Laura vroeg zich af hoelang het geleden was dat ze voor het laatst iemand had aangeraakt op zoek naar troost. 'Je bent fantastisch,' gooide ze eruit.

'Jeetje.' Jane bloosde.

'Niet omdat je begaafd bent, of mooi, hoewel je beide zeker bent, maar omdat je zo helemaal jezelf bent.' Laura sprak de woorden uit die ze tegen haar eigen dochter had willen zeggen als ze de tijd had gehad: 'Alles aan je is wonderbaarlijk.'

De blos verdiepte zich terwijl Jane op een kernachtige reactie zon.

'Nee.' Laura weigerde het moment door sarcasme te laten bederven. 'Je vindt vast je weg, Jane, de juiste weg, hoe dan ook, want het zal de weg zijn die je zelf hebt gekozen.' Ze gaf een laatste kneepje in de hand van het meisje. 'Dat is mijn advies.'

Laura voelde Janes blik toen ze langzaam de ruimte door liep. Ze had te lang aan de bar gezeten. Haar voet was verdoofd. De kogel in haar rug was als een levend, ademend ding. Ze vervloekte de metalen scherf ter grootte van een pinknagel die gevaarlijk dicht op haar ruggenmerg zat.

Deze ene, allerlaatste keer wilde ze snel zijn, iets van haar vroegere behendigheid terugpakken, klaarzitten vóór Jane haar stoel op de eerste rij had gevonden.

De gewichtige mannen waren uit de ontvangsthal verdwenen, maar de rook uit hun sigaretten en pijpen was blijven hangen. Laura duwde de deur naar het damestoilet open.

Leeg, zoals Nick al had voorspeld.

Ze liep naar het achterste toilet, deed de deur open en weer dicht. Ze worstelde met het slot. De schuif weigerde in de gleuf te gaan. Ze sloeg er twee keer tegenaan, liet metaal tegen metaal galmen, tot ze de boel uiteindelijk op slot kreeg.

Opeens werd ze door duizeligheid bevangen. Ze drukte haar handen tegen de wanden en wachtte een paar seconden tot ze haar evenwicht had hervonden. Die twee drankjes boven op haar jetlag waren een vergissing geweest, maar uitgerekend vandaag konden al haar fatalistische keuzes haar vergeven worden.

Het was een ouderwets toilet, met een spoelbak die hoog aan de muur was bevestigd. Ze stak haar hand erachter en tastte met overslaand hart blindelings in het rond. Eerst voelde ze de tape. Haar paniek ebde maar gedeeltelijk weg toen haar vingers hun weg naar boven zochten, naar de papieren zak.

De deur ging open.

'Hé?' klonk een mannenstem.

Laura verstijfde, haar hart stond stil.

'Hallo?' De man sleepte iets zwaars over de vloer. 'De schoonmaker hier. Hallo?'

'Momentje!' riep Laura gesmoord.

'De schoonmaker,' herhaalde hij.

'Nee,' zei ze, nu iets scherper. 'Bezet.'

Hij zuchtte geërgerd.

Ze wachtte.

Weer een zucht.

De seconden verstreken.

Ten slotte sleepte hij wat het ook was weer over de vloer naar buiten. Hij sloeg de deur zo hard dicht dat de deur van Laura's toilet uit het armoedige slot schoot en openkierde.

Laura voelde het randje van de schuif onder in haar rug priemen.

Vreemd genoeg borrelde er een lach in haar op. Ze probeerde zich voor te stellen hoe ze eruitzag met haar rok omhooggeschoven, haar benen aan weerszijden van de wc-pot en haar hand achter de spoelbak.

Het enige wat eraan ontbrak, was het geluid van een passerende trein en Michael Corleone.

Laura trok de papieren zak naar beneden en stopte hem in haar tas. Ze liep naar de wastafel en keek in de spiegel om te zien of haar haar en lippenstift nog goed zaten. Terwijl ze haar bevende handen waste, bestudeerde ze haar spiegelbeeld.

De oogschaduw klopte niet. In haar normale leven gebruikte ze eigenlijk nooit make-up. Normaal droeg ze haar haar uit haar gezicht. Normaal had ze een spijkerbroek aan, een overhemd van haar man en sneakers van haar zoon, die hij normaal bij de deur liet staan.

Normaal hing er een camera om haar nek.

Normaal was ze altijd bezig, probeerde ze fotosessies te boeken, maakte ze foto's, plande ze schooloptredens, repetities en studietijden, maaltijden, tijd om te koken, tijd om te lezen en tijd om lief te hebben.

Maar normaal was niet meer normaal.

Laura droogde zich af met een papieren handdoekje. Ze bracht verse lippenstift aan. Ze ontblootte haar witte tanden voor de spiegel.

De schoonmaker stond voor het damestoilet te wachten. Rokend leunde hij tegen een grote afvalemmer waaraan allerlei spuitflacons hingen.

Laura onderdrukte de neiging om zichzelf te verontschuldigen. Ze keek of de papieren zak nog in haar tas zat en trok de rits dicht. De duizeligheid keerde terug, maar die wist ze af te schudden. Haar maag ging tekeer, maar daar viel weinig tegen te doen. Haar hart tikte als een metronoom onder in haar keel. Ze voelde het bloed door haar aderen kloppen. Haar zicht werd haarscherp.

'Dr. Maplecroft?' Uit het niets dook een nerveuze jonge vrouw in een bloemetjesjurk op. 'Wilt u mij volgen? Uw panel begint zo.'

Het meisje zette er stevig, bijna panisch de pas in, en Laura had moeite om haar bij te houden. Halverwege de gang raakte ze buiten adem. Ze ging langzamer lopen en liet haar hand langer op de wandelstok rusten. Ze moest kalm blijven. Wat ze ging doen, mocht niet overhaast gebeuren.

'Madam.' Smekend maande het meisje haar tot haast.

'Ze beginnen heus niet zonder mij,' zei Laura, maar gezien Martin Quellers reputatie was ze er niet gerust op dat hij zou wachten. Ze nam het pakje tissues uit haar tas en veegde het zweet van haar voorhoofd.

Een deur vloog open.

'Jongedame.' Martin Queller knipte met zijn vingers, alsof hij een hond bij zich riep. 'Waar is Maplecroft?' Hij wierp een blik op Laura. 'Koffie, twee klontjes.'

'*Sir...*' probeerde het meisje.

'Koffie,' herhaalde Martin, zichtbaar geërgerd. 'Ben je soms doof?'

'Ik ben dr. Maplecroft.'

Hij keek haar eens goed aan. En nog een keer. 'Alex Maplecroft?'

'Alexandra.' Ze bood hem zijn hand. 'Blij om u persoonlijk te ontmoeten.'

Een groep collega's had zich achter hem verzameld. Er zat voor Martin niets anders op dan haar hand te schudden. Zoals velen voor hem hadden gedaan, liet hij zijn blik over haar haar gaan. Daaraan kon je het zien. Laura had haar huidskleur van haar blanke moeder geërfd, maar het kroeshaar kwam onmiskenbaar van haar zwarte vader.

'Nu begrijp ik u,' zei Martin. 'U hebt uw onderzoek laten kleuren door uw persoonlijke ervaringen.'

Laura keek naar de bleke hand die ze vasthield. 'Kleuren... wat een interessante woordkeuze, Martin.'

'Dr. Queller,' wees hij haar terecht.

'Ja, ik heb over u gehoord toen ik aan Harvard studeerde.' Laura richtte zich tot de man rechts van Martin, die te oordelen naar zijn elegante grijze pak en dunne marineblauwe das de Duitser moest zijn. 'Dr. Richter?'

'Zeg maar Friedrich. Aangenaam.' De man deed amper moeite zijn glimlach te verbergen. Hij trok een derde man naar zich toe, grijs maar met een modieus blauwgroen jasje. 'Mag ik u voorstellen aan ons medepanellid, Herr dr. Maes?'

'Het is me een genoegen.' Laura schudde de Belg de hand en deed zich ondertussen tegoed aan Martins tastbare minachting. Ze richtte zich tot de jonge vrouw. 'Kunnen we al beginnen?'

'Zeker, madam.' Het meisje begeleidde hen door de gang naar de toegang tot het podium.

De inleiding was al begonnen. In de coulissen brandde geen licht meer. Met een zaklantaarn scheen het meisje hen bij. Laura hoorde het gebrom van mannenstemmen uit het publiek opstijgen. De presentator zei iets in een microfoon. Zijn Frans was zo rap dat Laura het niet kon volgen. Ze was blij toen hij op het Engels overging.

'En nu genoeg gekletst, nietwaar? Het is de hoogste tijd om onze vier panelleden te verwelkomen.'

Het applaus trilde door tot in de vloer onder Laura's voeten. Haar buik vulde zich met vlinders. Achthonderd mensen. De zaalverlichting was aangegaan. Net voorbij het gordijn kon ze de rechterkant van de zaal zien. Het publiek, dat grotendeels uit mannen bestond, was overeind gekomen. Ze klapten allemaal in afwachting van het begin van de voorstelling.

'Madam?' mompelde Friedrich Richter.

Haar medepanelleden waren blijven staan om Laura voorop te laten gaan. Zelfs Martin Queller was zo beleefd om niet voor een vrouw uit te lopen. Op dit moment had Laura gewacht. Dit had haar uit haar ziekenhuisbed gehaald, haar gemotiveerd om de ondraaglijke therapieën af te werken, haar de vier vluchten laten nemen om hier terecht te komen.

Maar toch bleef ze als aan de grond genageld staan, heel even overweldigd door wat ze ging doen.

'Alsjeblieft zeg.' Martins geduld raakte op. Met grote stappen liep hij het podium op.

Het publiek juichte toen hij verscheen. Er werd gestampt. Gezwaaid. Vuisten gingen de lucht in.

Friedrich en Maes streden in een soort Laurel-en-Hardy-act om de eer Laura voor te mogen laten gaan.

Ze moest. Ze moest dit doen.

Nu.

Het was alsof ze geen lucht meer kreeg toen ze het podium op liep. Ondanks het luide gejuich en het applaus was ze zich bewust van de harde tik van haar stok op de houten planken. Ze voelde haar schouders naar voren zakken. Haar hoofd hing naar beneden. De neiging om zichzelf kleiner te maken was overweldigend.

Ze keek op.

Nog meer licht. Tussen de balken kringelde sigarettenrook.

Ze keerde zich naar de zaal toe, niet om het publiek te zien maar om Jane te zoeken. Zoals beloofd zat ze op de voorste rij. Andrew zat links van haar, Nick rechts, maar Laura had alleen oog voor Jane. Ze wisselden een heimelijk lachje, waarop Laura zich weer naar het podium toe keerde.

Ze moest verder om het te kunnen afmaken.

Microfoons waren als geweren op de vier stoelen gericht, die door kleine bijzettafeltjes van elkaar waren gescheiden. Laura had zich niet met de plaatsverdeling bemoeid, en ze bleef dan ook bij de eerste stoel staan. Zweetdruppels parelden op haar bovenlip. De felle lampen waren als lasers. Te laat besefte ze dat ze juist dit gedeelte had moeten oefenen. De stoel had een typisch Scandinavisch ontwerp: prachtig om te zien, maar veel te laag bij de grond en met weinig ruggensteun. Erger nog, het bleek een draaistoel te zijn.

'Madam?' Maes pakte de rugleuning van de volgende stoel en hield die stil voor haar.

Het was dus de bedoeling dat Laura in het midden plaatsnam. De spieren in haar schouders en benen verkrampten toen ze zich op de lage stoel liet zakken.

'Hier?' Maes bood aan haar stok op de vloer te leggen.

'Ja.' Ze klemde de tas op haar schoot vast. 'Bedankt.'

Hij nam de stoel links van haar. Friedrich liep naar het einde van de rij zodat de stoel naast haar leeg bleef.

Ze keek langs de gerichte lopen van de microfoons het publiek in. Het applaus stierf weg. Mensen namen weer plaats.

Voor Martin Queller mocht de opwinding nog even voortduren. Hij bleef staan en begroette met zijn hand hoog geheven het publiek. Een slechte keuze gezien Maplecrofts opmerking over Göring. Dat gold ook voor de lichte buiging die hij maakte voor hij eindelijk op de stoel in het midden ging zitten.

Het werd rustig in de zaal. Hier en daar klonk nog wat laatste geklap. De zaallampen werden gedimd. Het podiumlicht ging aan.

Even was Laura verblind, en ze knipperde met haar ogen. Ze wachtte op het onvermijdelijke, op het moment dat Martin Queller de microfoon bijstelde en het woord nam.

'Namens mijn medepanelleden wil ik u bedanken voor uw komst,' stak hij van wal. 'Ik hoop van harte dat onze discussie levendig en beschaafd van karakter zal zijn, en bovenal dat ze aan uw verwachtingen voldoet.' Hij keek naar links, toen naar rechts en haalde vervolgens een stapel systeemkaartjes uit zijn borstzak. 'Laten we beginnen met wat secretaris-generaal kameraad Gorbatsjov het "Tijdperk van Stagnatie" heeft genoemd.'

Uit het publiek klonk gelach.

'Dr. Maes, als u deze voor uw rekening wilt nemen.' Martin Queller was zonder meer het soort man dat een zaal naar zijn hand kon zetten. Hij voerde duidelijk een show op met zijn hints naar het onderwerp van de discussie waarvoor ze allemaal waren gekomen. In zijn jeugd was hij wellicht voor aantrekkelijk doorgegaan, zoals geld een saaie man opeens interessant kan maken. Met het klimmen der jaren was hij knapper geworden. Laura wist dat hij drieënzestig was, maar er schemerde slechts een zweem van grijs door in zijn donkere haar. Zijn haviksneus was minder geprononceerd dan op de foto's, die waarschijnlijk waren gekozen om respect te wekken in plaats van bewondering voor zijn uiterlijk. Persoonlijkheid werd vaak met karakter verward.

'Hoe zit het met Tsjernenko, Herr Richter?' Met zijn bulderende stem had Martin geen microfoon nodig. 'Is het aannemelijk dat we de volledige uitvoering van Andropovs aantoonbaar bescheiden hervormingen zullen meemaken?'

'Tja,' begon Friedrich. 'Zoals de Russen zouden zeggen: "Zodra het geld spreekt, zwijgt de waarheid." '

Weer klonk hier en daar gelach.

Laura ging verzitten in een poging de pijn te verlichten die langs haar been naar beneden uitstraalde. Haar grote beenzenuw zong als een harpsnaar. In plaats van naar Friedrichs zwaar academische antwoord te luisteren keek ze naar de zijkant van de zaal. Aan een metalen paal hing een batterij lampen. Op een verhoging stond een man met een videocamera van Beta Movie op zijn schouder. Met zijn hand draaide hij aan de lens. Waarschijnlijk had het licht de autofocus ontregeld.

Laura keek naar haar eigen hand. Haar duim en twee vingers hadden nog steeds eeltplekken nadat ze jarenlang de focusring van haar Hasselblad had bijgesteld.

In de maand voor Lila stierf had ze tegen haar moeder gezegd dat ze fotografielessen wilde nemen, maar niet bij haar moeder. Laura was gekwetst geweest. Per slot van rekening was ze beroepsfotograaf. Maar toen had een vriendin gezegd dat pubermeiden pas weer iets van hun moeder wilden aannemen wanneer ze zelf kinderen kregen, en Laura had besloten rustig haar tijd af te wachten.

Maar toen was de tijd gestopt.

Allemaal vanwege Martin Queller.

'...de nevenschikking van sociaal beleid en economie,' zei Martin. 'Dus, dr. Maplecroft, hoewel u het misschien oneens bent met wat u de "atavistische toon" van de Quellercorrectie noemt, is het slechts mijn bedoeling geweest om een naam te geven aan een statistisch aantoonbaar verschijnsel.'

Laura zag hem zijn borst al opzetten en ademhalen om zijn verhaal te kunnen voortzetten, maar ze was hem voor. 'Ik vraag me af, dr. Queller, of u wel beseft dat uw beleidsvoorstellen gevolgen hebben voor de echte wereld.'

'Het zijn geen beleidsvoorstellen, mijn beste. Het zijn theorieën behorend bij wat u zelf als een tribale moraal hebt bestempeld.'

'Maar –'

'Als u mijn conclusies kil vindt, dan moet ik u waarschuwen dat statistiek in wezen een kille geliefde is.' Kennelijk vond hij het een prachtige metafoor, want die had hij in menig opiniestuk en essay gebruikt. 'Wie met emotie of hysterie data probeert te interpreteren, riskeert dat het hele studiegebied aan hoon ten prooi valt. Dan kunt u evengoed aan een conciërge vragen hoe de vulkaanuitbarstingen op de Beerenberg weerpatronen op Guam beïnvloeden.'

Hij leek zeer met zichzelf ingenomen door die uitspraak. Het liefst had Laura de zelfvoldane grijns van zijn gezicht geslagen. In plaats daarvan zei ze: 'U beweert dat uw theorieën geen beleidsvoorstellen zijn, maar in werkelijkheid zijn uw economische theorieën gebruikt om beleid te sturen.'

'Nu streelt u mijn ijdelheid,' zei hij, en zijn toon liet er geen misverstand over bestaan dat dit terecht was.

'Uw werk is van invloed geweest op de Lanterman-Petris-Shortwet van 1967.'

Martin fronste zijn wenkbrauwen, maar nu richtte hij zich tot het publiek: 'Ter informatie van de Europeanen zou u moeten uitleggen dat het amendement inzake het patiëntenrecht een mijlpaal vormde in de wetgeving van de staat Californië. Het maakte onder andere een eind aan de praktijk waarbij mensen tegen hun wil in psychiatrische ziekenhuizen werden opgesloten.'

'Leidde die wet niet ook tot bezuinigingen op psychiatrische ziekenhuizen?'

De grijns op zijn lippen gaf aan dat hij wist welke kant dit op ging. 'De bezuinigingsmaatregelen waren tijdelijk. De toenmalige gouverneur Reagan heeft ze het jaar erop weer teruggedraaid.'

'Naar het oorspronkelijke niveau?'

'U hebt uw hele leven voor een schoolbord gestaan, dr. Maplecroft. In de echte wereld gaat het er anders aan toe. Het wijzigen van overheidsbeleid kun je vergelijken met de koerswijziging van een oorlogsschip. Er is heel veel ruimte voor nodig om correcties aan te brengen.'

'Sommigen zouden van vergissingen in plaats van correcties spreken.' Laura stak haar hand op om zijn weerwoord in de kiem te smoren. 'Een andere "correctie" had tot gevolg dat het strafrechtsysteem het jaar erop twee keer zoveel geesteszieken te verwerken kreeg.'

'Nou...'

'De druk op het strafsysteem in Californië is zo groot dat het geleid heeft tot het ontstaan van gewelddadige bendes, de heropsluiting van duizenden mensen en een explosieve toename van het aantal hiv-gevallen.' Laura richtte zich tot het publiek. 'Churchill heeft ons voorgehouden dat "degenen die niets van de geschiedenis leren, gedoemd zijn de geschiedenis te herhalen." Mijn collega lijkt te zeggen: "Het herhalen van onze geschiedenis is de enige manier om aan de macht te blijven." '

'Patiënten!' Hij sprak het woord zo luid uit dat het door de achtermuur werd weerkaatst.

'Pardon?' zei Laura in de stilte die hierop volgde.

'Dr. Maplecroft.' Martin streek zijn das glad. Het kostte hem zichtbaar moeite om niet in woede uit te barsten. 'De wet waarover u het hebt, betrof het recht van patiënten. Degenen die de staatsinrichtingen verlieten werden in groepshuizen geplaatst of kregen een poliklinische behandeling, opdat ze zich op den duur nuttig zouden kunnen maken voor de maatschappij.'

'Waren ze in staat om van nut te zijn?'

'Uiteraard waren ze dat. Dat is het probleem met socialisten. Jullie geloven dat het de taak van de overheid is om iemand van de wieg tot het graf te vertroetelen. Door dat soort onjuiste argumenten is half Amerika in een welzijnsstaat veranderd.' Hij boog zich naar voren, naar het publiek toe. 'Ik – en met mij de meeste Amerikanen – vind dat elke burger de kans verdient om op eigen benen te kunnen staan. Dat heet de Amerikaanse Droom, en die ligt binnen het bereik van iedereen die bereid is ervoor te werken.'

Laura wees naar haar stok. 'En als ze niet op eigen benen kunnen staan?'

'Mijn hemel, mens. Het is maar bij wijze van spreken.' Hij richtte zich weer tot het publiek. 'Dankzij de groepshuizen –'

'Welke groepshuizen? Die door Queller Healthcare Services gerund worden?'

Dat bracht hem van zijn à propos, heel even maar. 'Dat is een particuliere onderneming die is ondergebracht in een *blind trust*. Ik heb geen enkele invloed op de besluiten die genomen worden.'

'Bent u er niet van op de hoogte dat Queller Healthcare ruim dertig procent van zijn jaarwinst betrekt uit het beheren van groepshuizen voor psychiatrische patiënten?' Verbaasd hief ze haar handen. 'Wat een schitterend toeval dat u dankzij uw positie als economisch adviseur van de staat kon pleiten voor het overhevelen van overheidsgeld naar de particuliere, op winst gerichte gezondheidszorgsector waaraan uw familie een groot deel van haar rijkdom te danken heeft.'

Martin zuchtte. Theatraal schudde hij zijn hoofd.

'Het bedrijf gaat toch naar de beurs? U hebt een aantal grote investeerders aangetrokken om ervoor te zorgen dat het bedrijf in de lift kwam.' Dat was de reden achter het grote 'nu', en daarom was er geen weg terug meer. 'Het vermogen van uw familie zal aanzienlijk toenemen als het Quellermodel wordt uitgebreid naar de rest van de Verenigde Staten. Zo is het toch?'

Weer zuchtte Martin, weer schudde hij zijn hoofd. Hij keek even naar het publiek, alsof hij dat aan zijn kant wilde krijgen. 'Ik heb het gevoel dat u dit panel uw eigen agenda opdringt, Maplecroft. Het maakt niet uit wat ik zeg. Uw standpunt lijkt vast te staan. Ik ben een kwaadaardig mens. Het kapitalisme is een kwaadaardig systeem. Het zou voor ons allemaal veel beter zijn als we bloemen gingen plukken om in ons haar te vlechten.'

Laura sprak de naam uit waarvoor ze had gelogen, gestolen en ontvoerd en waarvoor ze ten slotte bijna tienduizend kilometer had afgelegd om hem recht in Martin Quellers gezicht te kunnen uitspreken: 'Robert David Juneau.'

Weer verraste ze Martin, maar hij herstelde zich snel en richtte zich opnieuw tot het publiek: 'Voor degenen onder u die de kranten uit het noorden van Californië niet lezen: Robert David Juneau was een zwarte bouwvakker die –'

'Ingenieur,' onderbrak Laura hem.

Hij draaide zich om, duidelijk verbijsterd dat ze hem had verbeterd.

'Juneau was ingenieur. Hij had gestudeerd aan Cal Tech. Hoewel hij zwart was, was hij geen bouwvakker, als u daarop doelt.'

Hij stak zijn vinger naar haar op. 'Laten we niet vergeten dat u degene bent die steeds maar weer de rassenkwestie erbij haalt.'

Laura zei: 'Robert Juneau raakte gewond tijdens een bezoek aan een bouwplaats in het centrum van San Francisco.' Ze richtte zich tot het publiek en probeerde met vaste stem haar verhaal te vertellen. 'Een bouwvakker maakte een fout. Dat soort dingen gebeurt. Maar Juneau bevond zich op het verkeerde moment op de verkeerde plek. Een stalen balk raakte zijn hoofd, hier...' Ze wees naar haar eigen hoofd, en heel even kon ze het ruwe litteken op Roberts schedel voelen. 'Zijn hersenen begonnen op te zwellen. Tijdens de operatie om de zwelling te verlichten kreeg hij een reeks beroertes. De artsen hadden hun twijfels over zijn herstel, maar na verloop van tijd kon hij weer lopen, praten en herkende hij zijn kinderen en zijn vrouw weer.'

'Ja,' snauwde Martin. 'We hoeven het verhaal ook weer niet dramatischer voor te stellen dan het is. Er was sprake van ernstige schade in de voorhoofdskwab. Door het ongeluk veranderde de persoonlijkheid van de man blijvend. Het wordt ook wel het Jekyll en Hydesyndroom genoemd. Vóór het letsel was Juneau een goede huisvader. Erna werd hij gewelddadig.'

'U praat graag recht wat krom is, hè?' Laura walgde van zijn arrogante oordeel. Ten slotte liet ze haar blik over de voorste rij gaan tot ze Jane had gevonden. Ze richtte zich tot haar, want het meisje moest de waarheid weten. 'Robert Juneau was een goed mens voor hij gewond raakte. Hij vocht voor zijn land in Vietnam. Hij studeerde met een beurs van het leger. Hij betaalde belasting. Hij spaarde, kocht een huis, betaalde zijn rekeningen, zorgde voor zijn gezin, reikte met beide handen naar de Amerikaanse Droom, en...' Laura moest iets wegslikken. 'En toen hij niet meer op eigen benen kon staan, toen zijn land aan de beurt was om voor hem te zorgen...' Ze keerde zich weer naar Martin toe. 'Toen zeiden mannen zoals u nee.'

Martin slaakte een gekwelde zucht. 'Een tragisch verhaal, Maplecroft, maar wie gaat een cheque uitschrijven voor dag en nacht medische zorg en toezicht? Dat betekent drie beschikbare artsen, minstens vijf verpleegkundigen, nog afgezien van de voorzieningen, de infrastructuur, de verzekeringskosten, het administratief personeel, de conciërges, het kantinepersoneel, de bleekmiddelen en de vloerreinigers, en dat alles vermenigvuldigd met het onbekende aantal ernstig geesteszieke mensen die er in Amerika rondlopen. Bent u bereid tachtig procent van uw inkomen als belasting af te dragen, zoals in ons gastland? Als het antwoord ja is, staat niets u in de weg om te verhuizen. Is het antwoord nee, dan mag u mij vertellen waar we het geld vandaan moeten halen.'

'We zijn het rijkste land ter –'

'Omdat we het geld niet verspillen aan –'

'Bij u!' riep ze uit. De stilte die over het publiek viel maakte zich ook meester van het podium. 'Als we het geld nu eens bij u vandaan halen?'

Hij snoof bij wijze van antwoord.

'Robert Juneau werd uit zes verschillende groepshuizen geschopt die beheerd werden door Queller Healthcare. Telkens als hij terugkeerde, werd er een nieuwe reden verzonnen om hem te kunnen wegsturen.'

'Daar had ik niets mee te –'

'Weet u hoeveel geld het kost om drie kinderen te begraven?' Weer zag Laura haar lievelingen voor zich op die heldere herfstdag. David die fluisterde tegen een meisje aan de telefoon. Lila die boven naar de radio luisterde terwijl ze zich aankleedde voor school. Peter die door de woonkamer sprintte op zoek naar zijn schoenen.

Plop.

Met één schot door het hoofd ging haar jongste zoon tegen de grond.

Plop-plop.

Twee kogels reten Davids borst open.

Plop-plop.

Lila was uitgegleden toen ze de trap af rende. Twee kogels verdwenen in haar schedel. Eén ervan kwam door haar voet weer naar buiten.

De andere kogel zat nog steeds in Laura's ruggengraat.

Ze was met haar hoofd tegen de haard geknald toen ze neerviel. Er zaten zes kogels in de revolver die Robert had overgehouden aan zijn tijd als tunnelrat in Vietnam.

Het laatste wat Laura die dag zag, was haar man die de loop van het wapen tegen de onderkant van zijn kin drukte en de trekker overhaalde.

'Hoeveel denkt u dat die begrafenissen gekost hebben?' vroeg ze opnieuw aan Martin Queller. 'Kisten, kleren, schoenen – ze moeten namelijk schoenen aan – tissues, ruimte op de begraafplaats, grafstenen, het huren van lijkwagens, dragers, en een dominee om de zegen uit te spreken over een dode jongen van zestien, een dood meisje van veertien en een dood jongetje van vijf.' Ze wist dat zij de enige in de zaal was die deze vraag kon beantwoorden, want zij had de cheques uitgeschreven. 'Wat waren hun levens waard, Martin? Wogen hun levens niet op tegen de verpleegkosten van een zieke man? Jezus, waren die drie kinderen niet meer dan een corréctie?'

Martin was sprakeloos.

'Nou?' drong ze aan. De hele zaal wachtte gespannen af.

'Hij had in het leger gediend,' zei Martin. 'Het veteranenziekenhuis...'

'Was overvol en had te weinig geld,' zei ze. 'Robert stond op een wachtlijst van een jaar voor het veteranenziekenhuis. Hij kon niet naar een staatsinrichting, want daar betaalde de staat niet voor. Het gewone ziekenhuis had hem de toegang geweigerd. Hij had al een verpleegkundige aangevallen en een ziekenverzorger verwond. Het was bekend dat hij gewelddadig was, en toch werd hij in een groepshuis opgenomen omdat er nergens anders plek was om hem op te bergen.' Met klem voegde ze eraan toe: 'Een door Queller Healthcare gerund groepshuis.'

'U...' Eindelijk had de alom gerespecteerde wetenschapper het door. 'U bent Alex Maplecroft niet.'

'Nee.' Ze reikte in haar handtas naar de papieren zak.

Verfpakjes.

Die hadden erin moeten zitten.

Destijds in Californië waren ze het erover eens geworden dat het pakjes rode verf moesten zijn, plat en dun, minder dik en groot dan een pager. Banken verborgen de explosieve verf in stapels bankbiljetten zodat eventuele bankrovers onder de onuitwisbare vlekken kwamen te zitten wanneer ze hun buit wilden tellen.

Volgens het plan moest Martin Queller op het wereldpodium vernederd worden, besmeurd door het spreekwoordelijke bloed van zijn slachtoffers.

Alleen was Laura haar geloof in spreekwoorden verloren toen haar kinderen door hun vader werden vermoord.

Ze ademde diep in. Weer keek ze naar Jane.

Het meisje huilde. Ze schudde haar hoofd en sprak geluidloos de woorden die haar vader nooit zou zeggen: *het spijt me*.

Laura glimlachte. Ze hoopte dat Jane nog wist wat ze in de bar tegen haar had gezegd. Ze was fantastisch. Ze zou haar weg zeker vinden.

Daarna ging het snel, misschien omdat Laura het al zo vaak in gedachten had doorgenomen, tenminste wanneer ze zichzelf niet verloor in herinneringen aan haar kinderen: hoe Davids voetjes hadden geroken toen hij een baby was, het zachte fluitje dat aan Peters lippen ontsnapte als hij met kleurkrijtjes bezig was, de rimpel in Lila's voorhoofd als ze een foto aan het inlijsten was. Zelfs Robert spookte soms door haar gedachten. De man van vóór het ongeluk, die in de Hollywood Bowl had gedanst op de pianomuziek van Jinx Queller. De patiënt die zo wanhopig graag beter had willen worden. De gewelddadige verpleegde in het ziekenhuis. De lastpak die uit talloze groepshuizen was geschopt. De zwerver die telkens weer was gearresteerd wegens diefstal, geweldpleging, openbare dronkenschap, agressieve bedelarij, verstoring van de openbare orde, rondhangen, suïcidale neigingen, terroristische dreigementen, het opzettelijk dreigen met lichamelijk geweld.

'In zeker opzicht hebt u geluk gehad,' had Laura's oncoloog na de schietpartij gezegd. 'Als de kogel uw rug drie centimeter lager was binnengedrongen, zou de scan het gezwel nooit hebben ontdekt.'

Laura stak haar hand in de papieren zak.

Vanaf het moment dat ze de zak achter de spoelbak vandaan had getrokken, had ze geweten dat ze niet de verfpakjes in handen hield, zoals afgesproken, maar iets veel beters.

Een zesschotsrevolver, van hetzelfde type als haar man had gebruikt.

Eerst schoot ze Martin Queller door het hoofd.

Toen drukte ze de loop van het wapen tegen de onderkant van haar kin en doodde zichzelf.

21 AUGUSTUS 2018

ACHT

Als verdoofd reed Andy in Laura's geheime Reliant K Stationwagon vol geheim geld naar een bestemming die haar moeder uit de lucht leek te hebben geplukt. Of misschien ook niet. Misschien wist haar moeder precies wat ze deed, want je had alleen in het geheim ergens een opslagbox vol spullen die je nodig had voor een compleet nieuw leven als je allejezus veel te verbergen had.

De nep-ID's. De revolver waarvan het serienummer weg was gevijld. De foto's van Andy in de sneeuw die ze voor zover ze wist nooit had gezien en waarop ze de hand vasthield van iemand die ze zich niet kon herinneren.

De polaroids.

Andy had ze in de strandtas achter in de Reliant gestopt. Ze had er de rest van de dag wel naar kunnen kijken, alleen om al het vreselijks te reconstrueren wat de jonge vrouw op de foto's was aangedaan. Ze was geslagen. Gestompt. Gebeten, want zo zag die open wond op haar been eruit, alsof een dier er een hap uit had genomen.

De jonge vrouw was haar moeder.

Wie had Laura al dat gruwelijks aangedaan? De 'ze' die Hoody op haar hadden afgestuurd? De 'ze' die hoogstwaarschijnlijk Andy op het spoor zaten?

Niet dat ze echt haar best deed om aan hen te ontkomen. Ze was al in Birmingham toen ze bedacht dat ze de accukabels in de pick-up van de dode man niet had losgekoppeld. Van Laura had ze de gps moeten uitschakelen. Deed een gps het als de motor uitstond? Het contact met een satelliet liep waarschijnlijk via een boordcomputer, maar dan moest die computer wel in bedrijf zijn en dus moest de motor aanstaan.

Toch?

Het na-diefstalsysteem van LoJack had een eigen accu. Dat wist Andy van de meldingen over gestolen auto's die op haar werk binnenkwamen. Ze wist ook dat Ford een SYNC-systeem had, maar je moest je registreren om van de monitordienst gebruik te kunnen maken, en een man die de moeite nam alle lampen op zijn auto te verduisteren wilde vast zijn anonimiteit niet opofferen om zich met behulp van stemcommando's naar het dichtstbijzijnde Mexicaanse restaurant te laten loodsen.

Toch?

Wat zou er gebeuren als de pick-up werd gevonden? In gedachten ging Andy na hoe het onderzoek zou verlopen, zoals ze dat ook had gedaan toen ze wegvluchtte uit haar moeders huis.

Allereerst zou de politie de identiteit van Hoody, oftewel Samuel Godfrey Beckett, moeten achterhalen. Gezien zijn beroepskeuze stond hij hoogstwaarschijnlijk geregistreerd, dus ze hoefden alleen zijn vingerafdrukken te scannen om achter zijn naam te komen. Zodra ze zijn naam hadden, zouden ze op de registratie van de pick-up stuiten, waarop er een opsporingsbericht zou uitgaan dat op het scherm van elke politiewagen in de drie betreffende staten opdook.

Aangenomen dat wat waarschijnlijk ging gebeuren ook daadwerkelijk gebeurde, natuurlijk. De politieberichten waren niet van de lucht. Zelfs berichten met de hoogste prioriteit werden door veel agenten over het hoofd gezien, want ze moesten tijdens hun dienst duizend-en-een dingen doen – onder andere ervoor zorgen dat ze niet werden neergeschoten – en de tijd nemen om een opsporingsbericht te lezen stond niet bovenaan hun prioriteitenlijstje.

Dat betekende nog niet dat Andy niets te vrezen had. Als de politie de pick-up niet vond, werd de achtergelaten wagen waarschijnlijk aangemeld door het bibliotheekpersoneel, of anders door de oude mopperkont met zijn politieke tirades. Waarna de politie ten tonele verscheen. De dienstdoende agent zou het kenteken en het chassisnummer natrekken, kijken of er een opsporingsbericht was, Savannah op de hoogte brengen, en dan zou de technische recherche Andy's sneakers vinden, haar werkoverhemd met het logo, haar vingerafdrukken en DNA, waarmee het hele interieur van de wagen bezaaid was.

Andy's maag keerde zich om.

Haar vingerafdrukken op de koekenpan konden nog verklaard worden – Andy bakte altijd eieren in haar moeders keuken – maar nu ze de pick-up van de dode man had gestolen en staatsgrenzen was gepasseerd, belandde ze in de categorie speciale gevallen, en als Palazzolo haar de moord op Hoody in de schoenen schoof, kon de openbaar aanklager de doodstraf eisen.

De doodstraf.

Andy opende haar mond om te ademen toen een golf van duizeligheid door haar heen trok. Haar handen trilden weer. Dikke, vette tranen biggelden over haar wangen. De bomen aan de andere kant van de autoraampjes werden wazig. Eigenlijk moest ze zichzelf aangeven. Ze moest er niet vandoor gaan. Ze had haar moeder met de ellende laten zitten. Dat Laura haar had bevolen om ervandoor te gaan maakte niet uit. Ze had moeten blijven. Dan was ze nu in elk geval niet zo alleen geweest.

De waarheid ging met een snik gepaard.

'Hou je in,' sprak ze zichzelf toe. 'Ophouden.'

Ze klemde het stuur vast. Ze knipperde haar tranen weg. Laura had gezegd dat ze naar Idaho moest rijden. Ze moest naar Idaho. Als ze eenmaal daar was, als ze de staatsgrens was gepasseerd, mocht ze instorten en de hele dag janken tot de telefoon ging en Laura zei dat ze veilig thuis kon komen. Er was maar één manier om zich hierdoorheen te slaan, en dat was door Laura te gehoorzamen.

Laura had ook gezegd dat ze de accu van de Ford moest ontkoppelen.

'Kut,' mompelde Andy, waarna ze haar innerlijke Gordon het woord gaf: 'Wat gebeurd is, is gebeurd.' Het onherroepelijke van die uitspraak verlichtte de druk op haar borst enigszins. En bovendien was het waar. Het maakte niet uit of de Ford werd gevonden of niet of wat de politie ermee deed. Andy had er totaal geen grip meer op.

Waar ze zich zorgen om moest maken, was de vraag op welk moment tijdens haar computerzoektocht ze de privémodus van Google had ingeschakeld. Want zodra de politie de pick-up vond, gingen ze met het bibliotheekpersoneel praten en dan kregen ze te horen dat

Andy de computer had gebruikt. Hoewel ze ervan overtuigd was dat zo'n bibliothecaresse zich niet zonder slag of stoot gewonnen gaf – die lui waakten doorgaans als rottweilers over het recht op de persoonlijke vrijheid – zou het hooguit een uur duren voor er een gerechtelijk bevel tot het doorzoeken van de computer was geregeld, en dan had een technisch rechercheur binnen vijf seconden Andy's zoekgeschiedenis opgediept.

Ze wist zeker dat de privémodus was ingeschakeld toen ze naar Paula Kunde uit Austin, Texas, had gezocht, maar was die ook al ingeschakeld geweest toen ze de route naar Idaho had opgevraagd?

Andy wist het niet meer.

En dan nog iets: stel dat het niet de politie was die met vragen kwam? Stel dat Laura's alwetende 'ze' iemand eropaf hadden gestuurd om Hoody's pick-up op te sporen, dat 'ze' met de bibliothecaresse gingen praten en dat 'ze' de computer doorzochten?

Andy veegde met haar arm langs haar neus. Ze nam wat gas terug, want zodra ze boven de negentig kwam, begon de Reliant te schudden als een zak kattensnoepjes.

Had ze het leven van anderen in gevaar gebracht door de pick-up achter te laten? Had ze haar eigen leven in gevaar gebracht door de route naar Idaho op te zoeken? Weer nam ze in gedachten de ochtend door. Ze was de bibliotheek binnengegaan. Ze had koffie ingeschonken. Ze was achter de computer gaan zitten. Ze had toch eerst *The Belle Isle Review* opgezocht? En toen op privébrowsen geklikt?

Ze had wel érg veel vertrouwen in de privémodus van Google. Het leek haar zeer onwaarschijnlijk dat een dergelijke standaardinstelling een computerwhizzkid van de technische recherche om de tuin kon leiden. Eigenlijk had ze het hele geheugen moeten opschonen, de zoekgeschiedenis moeten wissen en alle cookies moeten verwijderen, zoals ze dat geleerd had na dat afschuwelijke incident toen Gordon per ongeluk de reeks erotische scènes uit *Outlander* had gezien die Andy op zijn laptop had bekeken.

Weer veegde ze langs haar neus. Haar wangen gloeiden. Ze zag een verkeersbord.

FLORENCE 8 KM

Ze vermoedde dat ze de goede richting te pakken had en op de linkerbovenhoek van Alabama afkoerste. Ze was niet gestopt om een nieuwe routekaart te kopen zodat ze de weg naar Idaho kon plannen. Zodra ze de opslagunit uit was gereden, had ze maar één doel gehad, namelijk om zo ver mogelijk uit de buurt van Carrollton te komen. Ze had haar blaadje uit de bibliotheek waarop ze de auto- en snelwegen had neergekrabbeld, maar ze ging vooral af op de achterkant van de kaart van Georgia, waarop advertenties stonden voor andere kaarten. In het klein stond de wegenkaart voor de hele Verenigde Staten erop afgebeeld, verkrijgbaar voor $5,99 exclusief verzendkosten. Andy had haar hele jeugd op dat soort kaarten gekeken, wat verklaarde waarom ze pas na haar twintigste begreep dat de Niagarawatervallen bij zowel Canada als de staat New York hoorden.

Andy's plan was als volgt: na Alabama zou ze een hoek van Tennessee pakken, een hoek van Arkansas en Missouri, een klein stukje Kansas, dan links bij Nebraska, vervolgens door Wyoming, en als ze tegen die tijd niet in Idaho was, zou ze zich letterlijk van kant maken.

Ze leunde naar voren en liet haar kin op het schuddende stuur rusten. Haar onderste rugwervels waren in cactusvijgen veranderd. De bomen werden weer wazig. Ze huilde niet meer, maar was wel uitgeput. Haar oogleden trilden en voelden alsof er lijm op zat.

Ze dwong zichzelf rechtop te gaan zitten. Ze drukte op de witte knoppen van de radio. Ze draaide aan de afstemknop. Het enige wat ze kreeg, waren preken, landbouwberichten en countrymuziek, maar van het verkeerde soort, waarbij je het liefst een potlood in je oor zou rammen.

Andy deed haar mond open en schreeuwde zo hard als ze kon.

Het gaf een lekker gevoel, maar ze kon niet de rest van haar leven blijven schreeuwen.

Op zeker moment zou ze moeten slapen. Die rit van vijfenhalf uur vanaf Belle Isle was al slopend geweest. Vanaf Carrollton waren daar viereneenhalf uur bij gekomen door het drukke verkeer, iets waar ze als bij voorbeschikking in terechtkwam, welke route ze ook nam. Het was bijna drie uur. Behalve de paar uur die ze in haar appartement van de wereld was geweest en het dutje bij de Walmart had ze niet echt geslapen sinds ze twee dagen geleden was opgestaan voor haar dienst in de meldkamer. In de tussenliggende tijd had ze een schietpartij overleefd, had ze haar moeder gewond zien raken, had ze verkrampt van angst bij de operatieafdeling zitten wachten, was ze volkomen geflipt tijdens een politieverhoor en had ze een man gedood, dus al met al was het geen wonder dat ze wel kon kotsen, schreeuwen en janken tegelijk.

Om nog maar te zwijgen van haar blaas die als een warmwaterkruik in haar lijf hing. Sinds ze uit de opslagloods was vertrokken, was ze maar één keer gestopt, in de berm van de snelweg, waar ze ineengedoken tussen de open voor- en achterportieren had gewacht tot er geen verkeer meer was en vervolgens hurkend in het gras haar behoefte had gedaan, want ze durfde de Reliant niet onbeheerd achter te laten.

Tweehonderdveertigduizend dollar.

Dat soort geld kon ze niet zomaar in de auto laten liggen als ze de Burger King in rende, en als ze de koffer mee naar binnen nam, kon ze net zo goed een neonbord op haar hoofd zetten met de tekst WIE BEROOFT MIJ? Wat moest Laura in godsnaam met zoveel geld? Hoelang had ze erover gedaan om dat bij elkaar te sparen?

Was ze soms een bankrover?

Zo gek was die vraag niet. Als ze banken beroofde, verklaarde dat het geld, ook waarom ze zich D.B. Cooper noemde op de Canadese ID-kaart, en misschien zelfs waarom ze een wapen in het dashboardkastje bewaarde.

Bij de gedachte aan de revolver ging er een schok door Andy's hart.

Het probleem was dat bankrovers zelden met hun misdaden wegkwamen. Het was een buitengewoon groot risico tegen een buitengewoon geringe beloning, want de FBI ging over al het onderzoek dat te maken had met door de federale overheid gewaarborgd geld. Andy vermoedde dat de oorsprong van die wet gezocht moest worden bij Bonnie en Clyde of John Dillinger, of misschien wilde de overheid gewoon dat mensen wisten dat hun geld veilig was.

Hoe dan ook, ze zag haar moeder nog geen bivakmuts over haar hoofd trekken en een bank beroven.

Anderzijds had ze zich vóór de schietpartij in het restaurant al evenmin kunnen voorstellen dat haar moeder een jongen de keel doorsneed.

En óók kon ze zich niet voorstellen dat haar betrouwbare, verstandige moeder al die krankzinnige dingen deed die ze haar de afgelopen anderhalve dag had zien doen. De verstopte make-uptas, de sleutel achter de foto, de opslagunit, de schoenendoos van Thom McAn.

En dat bracht haar bij de foto van peutertje Andy in de sneeuw.

Het had een vraag uit een film kunnen zijn: was Andy als kind ontvoerd? Had Laura een achtergelaten peuter in een winkelwagentje of zonder toezicht op een speelplaats gezien en had ze toen besloten haar mee naar huis te nemen?

Ze wierp een blik in de achteruitkijkspiegel. De vorm van haar ogen, dezelfde als die van Laura, liet er geen twijfel over bestaan dat Laura haar moeder was.

Op de polaroids was Laura zo zwaar mishandeld dat haar onderlip was gescheurd. Misschien was Jerry Randall een beest van een man. Misschien had hij Laura destijds, in 1989, geslagen en was er iets in haar geknapt waardoor ze samen met Andy op de vlucht was geslagen, en sindsdien zocht Jerry overal naar hen.

Het leek op een film met Julia Roberts. Of met Jennifer Lopez. Of met Kathy Bates. Of met Ashley Judd, Keri Russell, Ellen Page…

Andy snoof.

Er waren zoveel films over vrouwen die het gehad hadden met mannen die hen verrot sloegen.

De polaroids bewezen dat haar moeder inderdaad verrot was geslagen, dus misschien was het helemaal niet zo vergezocht.

Andy schudde haar hoofd.

Laura had niet gezegd: ‘Híj kan je vinden.’ Ze had ‘ze’ gezegd.

Als je op films afging, waren ‘ze’ over het algemeen kwaadwillende ondernemingen, corrupte presidenten of machtsbeluste techmiljardairs met onbeperkte middelen. Andy probeerde zich allerlei scenario's voor te stellen met haar moeder als het middelpunt van een gigantische samenzwering. En toen besloot ze niet langer te zweren bij Netflix als misdaadinformatiebron.

Ze naderde de afrit naar Florence. Ze kon niet weer in de berm van de snelweg neerhurken. Ze had nog niet geluncht, want ze moest er niet aan denken opnieuw in een auto een hamburger te eten. Het gedeelte van haar brein dat nog tot denken in staat was, zei dat ze onmogelijk zonder te slapen nog eens dertig uur kon doorrijden tot ze in Idaho was. Uiteindelijk zou ze een hotel moeten nemen.

Wat betekende dat ze uiteindelijk zou moeten bedenken wat ze met het geld ging doen.

Voor ze het besefte, duwde haar hand de richtingaanwijzer al naar beneden. Ze liet zich over de afslag naar Florence glijden. Adrenaline had haar zo lang voortgedreven dat ze nauwelijks nog kracht overhad om door te gaan. Onderaan de afrit wezen borden naar zes verschillende hotels. Bij het stoplicht sloeg ze rechts af omdat dat het gemakkelijkst was. Ze liet de auto uitlopen tot bij het eerste motel, alleen omdat het het eerste motel was. Zich druk maken om veiligheid en hygiëne was een luxe uit haar vorige leven.

Toch begon haar hart te bonken toen ze uit de Reliant stapte. Het motel had twee verdiepingen en was een vierkant betonnen geval, zo'n typisch ontwerp uit de jaren zeventig, met een barokke reling langs de galerij op de eerste verdieping. Andy had de auto scheef achteruit geparkeerd zodat ze de achterkant goed in de gaten kon houden. Met de make-uptas in haar hand geklemd liep ze de lobby in. Ze keek op de klaptelefoon. Laura had niet gebeld. Doordat ze voortdurend op het schermpje had gekeken, was de batterij nu halfleeg.

Achter de balie zat een oudere vrouw. Opgetoupeerd haar. Strakke permanent. Ze glimlachte naar Andy. Andy keek even achterom naar de auto. Rondom de lobby waren enorme ramen. De Reliant stond nog net zoals ze hem had achtergelaten. Ze wist niet of het raar of normaal was zoals ze haar hoofd heen en weer liet gaan, maar ze had het punt bereikt waarop ze nog maar één ding wilde, namelijk op een bed neerploffen.

'Hallo,' zei de vrouw. 'We hebben boven nog een paar kamers vrij, als je wilt.'

Andy voelde de laatste restjes van haar wakende brein wegglijden. Ze had gehoord wat de vrouw had gezegd, maar de betekenis drong niet tot haar door.

'Tenzij je een kamer op de begane grond wilt?' De vrouw klonk weifelend.

Andy was niet in staat een besluit te nemen. 'Eh...' Haar keel was zo droog dat ze nauwelijks kon praten. 'Oké.'

De vrouw nam een sleutel van een haak aan de muur. 'Veertig dollar voor twee uur,' zei ze. 'Zestig voor de hele nacht.'

Andy reikte in de make-uptas en pelde wat briefjes van twintig van de stapel.

'Voor de hele nacht dus.' De vrouw gaf één briefje terug. Ze schoof het gastenboek over de balie. 'Naam, kenteken, merk en model.' Ze keek over Andy's schouder naar de auto. 'Tjonge, zo eentje heb ik al heel lang niet meer gezien. Maken ze die nog in Canada? Ziet eruit alsof hij net van de dealer komt.'

Andy schreef de autogegevens op. Ze moest wel drie keer naar de kentekenplaat kijken voor ze de juiste combinatie van cijfers en letters te pakken had.

'Gaat het wel, schat?'

Andy rook patat. Haar maag begon te rammelen. Bij het motel hoorde ook een restaurant. Zitjes van rood vinyl, veel chroom. Weer rammelde haar maag.

Wat was belangrijker, eten of slapen?

'Hé, meis?'

Andy draaide zich weer om. Ze werd geacht iets te zeggen.

De vrouw boog zich over de balie. 'Gaat het echt wel, mop?'

Andy slikte moeizaam. Ze mocht nu niet raar doen. Ze mocht niet opvallen. 'Dank u,' was het eerste wat ze eruit kreeg. 'Ik ben gewoon moe. Ik kom van...' Wanhopig probeerde ze een plek te bedenken die een heel eind van Belle Isle verwijderd was. Uiteindelijk zei ze: 'Ik heb de hele dag gereden. Ik ga mijn ouders bezoeken. In... In Iowa.'

De vrouw lachte. 'Schat, dan ben ik bang dat je al een kleine duizend kilometer te ver bent gereden.'

Shit.

Andy deed een nieuwe poging. 'Het is de auto van mijn oma.' Uit alle macht probeerde ze een overtuigende leugen te verzinnen. 'Ik bedoel, ik was aan het strand. Het strand van Alabama. De Golf. In een stadje dat Mystic Falls heet.' Jezus, wat klonk ze gestoord. Mystic Falls was uit *The Vampire Diaries*. 'Mijn oma is een *snowbird*,' zei ze. 'U weet wel, van die oude mensen die 's winters in Florida...'

'Ik weet wat een snowbird is.' Ze keek even naar de naam die Andy in het gastenboek had geschreven. 'Daniela Cooper. Mooie naam.'

Andy staarde naar het papier. Waarom had ze die naam opgeschreven?

'Liefje, ik zou maar eens gaan slapen.' Ze schoof Andy de sleutel toe. 'Bovenverdieping, op de hoek. Daar voel je je vast veiliger.'

'Dank u,' zei Andy moeizaam. Tegen de tijd dat ze achter het stuur van de Reliant kroop, was ze weer in tranen. Het restaurant was vlakbij. Ze moest iets eten. Haar maag deed zo'n pijn dat ze niet wist of het van de honger of de misselijkheid kwam.

Ze stapte weer uit. Met de make-uptas in beide handen legde ze de zeven meter naar het restaurant af. De zon brandde op haar hoofd en het zweet brak haar uit. Bij de deur bleef ze staan. Ze keek weer naar haar auto. Moest ze de koffer pakken? Wat voor indruk zou dat maken? Ze kon hem naar haar kamer brengen, maar dan moest ze hem daar achterlaten terwijl ze zelf...

Het restaurant was leeg toen ze naar binnen liep, op een serveerster na die een krant las aan de bar. Andy ging eerst naar het damestoilet, want haar blaas liet haar geen andere keuze. Ze had zo'n haast dat ze niet eens haar handen waste. De auto stond er nog toen ze uit het toilet kwam. Ze zag geen man met honkbalpet en in spijkerbroek naar binnen gluren. Niemand rende weg met een Samsonitekoffer uit 1989 in zijn hand.

Ze zocht een zitje bij het raam, dat uitzicht bood op het parkeerterrein. De make-uptas zette ze tussen haar benen. Er was een gigantische menukaart waar van alles op stond, van taco's tot gebakken kip. Haar ogen zagen de woorden, maar tegen de tijd dat ze tot haar bewustzijn doordrongen, was ze de draad helemaal kwijt. Ze zou nooit kunnen kiezen. Ze kon van alles een beetje nemen, maar dat trok alleen maar meer aandacht. Ze kon maar het beste vertrekken, een paar afritten verderop de snelweg verlaten en een ander motel opzoeken waar ze zich niet als een idioot gedroeg. Of ze kon haar hoofd in haar handen leggen en een paar minuten hier blijven zitten, in de airco, terwijl ze haar gedachten probeerde te ordenen.

'Hé, schat?'

Andy's hoofd schoot omhoog. Even wist ze niet waar ze was.

'Je zit er helemaal doorheen, hè?' zei de vrouw van het motel. 'Arme meid. Ik heb gezegd dat ze je moesten laten slapen.'

Andy kreeg een zinkend gevoel in haar maag. Ze was weer in slaap gevallen. En weer op een plek waar iedereen haar kon zien. Ze keek naar beneden. De make-uptas stond nog tussen haar benen. Op de tafel lag kwijl, dat ze met een servetje opveegde. Met haar hand streek ze langs haar mond. Alles trilde. Het was alsof haar hersens op de punt van een fruitpers werden samengedrukt.

'Schat?' zei de vrouw. 'Ga maar naar je kamer. Het begint hier druk te worden.'

Toen Andy het restaurant binnen was gelopen, was het leeg geweest, maar nu vulde het zich met mensen.

'Sorry,' zei ze.

'Geeft niet.' De vrouw klopte op haar schouder. 'Ik heb Darla gevraagd om een bord voor je klaar te zetten. Wil je het hier opeten of neem je het liever mee naar je kamer?'

Andy staarde haar aan.

'Neem het maar mee naar je kamer. Dan kun je meteen weer gaan slapen als je uitgegeten bent.'

Andy knikte, blij dat iemand zei wat ze moest doen.

Toen dacht ze aan het geld.

Ze strekte haar hals en zocht naar de auto. De blauwe Reliant stond nog steeds voor het kantoor van het motel. Had iemand de kofferbak opengemaakt? Lag de koffer er nog in?

'Je auto staat daar prima.' De vrouw overhandigde haar een piepschuimen doos. 'Hier, je eten. Je hebt de achterste kamer op de bovenverdieping. Ik heb liever geen jonge vrouwen op de benedenverdieping. Oude wijven zoals ik zouden maar wat graag een vreemde man aan de deur hebben, maar jij...' Ze gniffelde schor. 'Zolang je je gedeisd houdt, komt alles goed.'

Andy nam de doos aan, die zwaar was als een blok cement. Ze zette de make-uptas erbovenop. Op wankele benen stond ze op. Haar maag rammelde nog steeds. Ze negeerde de mensen die haar nastaarden toen ze het parkeerterrein weer op liep. Na wat onhandig gepruts met de sleutels opende ze de achterbak. Omdat ze niet wist wat ze mee naar binnen moest nemen, belaadde ze zichzelf als een pakezel. De strandtas slingerde ze over haar rug, de slaapzak stopte ze onder haar arm, de koffer nam ze in haar ene hand, en de etensdoos met de make-uptas liet ze als bij een spelletje Jenga op haar andere hand balanceren.

Bovenaan de trap moest ze even stoppen om de lading te herschikken. Het was alsof ze geen bot meer in haar schouders had. Of ze was nog steeds uitgeput, of ze was al haar spiermassa kwijtgeraakt na bijna tien uur in de auto.

Terwijl ze over de smalle galerij op de bovenverdieping liep, liet ze haar blik over de kamernummers gaan. Voor sommige deuren zag ze uitgebrande Hibachibarbecues, lege bierblikjes en vettige pizzadozen. Overal hing de walm van sigaretten. Het deed haar denken aan Laura, die voor de ingang van het ziekenhuis een sigaret had gebietst bij de ziekenverzorger.

Ze zou zo weer terug willen naar de tijd dat haar grootste zorg haar moeder gold, die als een junkie een sigaret tussen haar vinger en duim klemde.

Achter haar ging een deur open. Een hand liet een lege pizzadoos op de betonnen galerij vallen, waarna de deur weer dichtsloeg.

Andy probeerde haar hart tot bedaren te brengen, want dat was bij het opengaan van de deur naar haar keel geschoten. Ze ademde diep in en weer uit. Ze herschikte de slaapzak onder haar arm. In gedachten riep ze haar vader op en probeerde een lijst op te stellen van alle dingen die ze niet meer moest doen. Eén: niet in paniek raken telkens als ze een geluid hoorde. Twee: niet meer in het openbaar in slaap vallen. Dat was gemakkelijker gezegd dan gedaan. Drie: bedenken wat ze met al het geld moest doen. Vier: weer een bibliotheek opzoeken om *The Belle Isle Review* te lezen. Vijf: zich niet langer raar gedragen, want als de politie haar nu op het spoor kwam, zou elke potentiële getuige meteen aan haar denken.

Ze zouden de naam Daniela Cooper en de autogegevens vinden, en dan kon ze het schudden.

Ze keek uit over de weg. Aan de overkant was een bar. Neonreclame vulde de ramen. Het parkeerterrein stond vol pick-ups. Ze hoorde het vage getinkel van honkytonkmuziek. Opeens verlangde ze zo naar een borrel dat haar lijf zich naar de bar uitstrekte als een plant naar de zon.

Ze zette de koffer neer en opende met de sleutel de deur van haar kamer. Het motel was van het goedkope soort, dat Laura altijd boekte voor vakanties toen Andy klein was. Het enige raam keek uit op het parkeerterrein. Beneden ratelde de airco. Er stonden twee tweepersoonsbedden met klef uitziende spreien en een plastic eettafeltje met twee stoelen.

Opgelucht zette Andy de zware etensdoos op de tafel. Op de ladekast was plek voor een koffer. Ze hees de Samsonite erbovenop. De strandtas, de make-uptas en de slaapzak dumpte ze op het bed. Ze liet de jaloezieën zakken en trok het dunne verduisteringsgordijn voor het raam. Dat probeerde ze tenminste. De trekstang stopte een paar centimeter voor het einde. Langs de rand sijpelde licht naar binnen.

Aan de muur was een flatscreen-tv bevestigd. De kabels hingen als tentakels naar beneden. Uit gewoonte pakte Andy de afstandsbediening en zette de tv aan.

CNN. De weerman stond voor een kaart. Andy was nog nooit zo opgelucht geweest bij het zien van een orkaanwaarschuwing.

Ze zette het geluid zacht, ging aan tafel zitten en opende de piepschuimen doos.

Gebakken kip, aardappelpuree, sperziebonen en een maïsmuffin. Normaal zou ze het walgelijk vinden, maar nu steeg er een geluid als van een compleet hallelujakoor uit haar maag op.

Bestek ontbrak, maar dat had Andy vaker meegemaakt. Met de kippenpoot at ze de puree, daarna at ze de kippenpoot, toen viel ze met haar vingers op de sperziebonen aan en ten slotte gebruikte ze de muffin als spons om de eetbare restjes kippenvel en sperziebonensap mee op te vegen. Pas toen ze de lege doos dichtdeed, besefte ze hoe smerig haar handen waren. De laatste keer dat die water hadden gezien, was onder de douche van haar appartement geweest. Het schoonste wat ze sindsdien hadden aangeraakt, was waarschijnlijk het bureau in Laura's geheime opslagunit.

Ze keek op naar de tv. Alsof het zo was afgesproken, had de orkaan plaatsgemaakt voor haar moeder. Het filmpje uit het restaurant was stilgezet bij Laura, die haar handen opstak om Jonah Helsinger het aantal kogels te tonen.

Vreemd zoals ze dat deed, met vier vingers van haar linkerhand en één van haar rechterhand. Het waren vijf kogels, dus waarom stak ze niet gewoon één hand met vijf vingers op?

Opeens kwam er een foto in beeld. Andy's hart maakte een salto toen ze Laura zag. Ze droeg haar standaardfeesttenue: een eenvoudige zwarte jurk met een kleurige zijden sjaal. Andy knielde voor de tv neer om de details te bestuderen. Laura's borst was aan één kant plat. Haar haar was kort. Achter haar was een verlichte ster, de piek van de kerstboom. De hand om haar middel moest die van Gordon zijn, hoewel de rest van hem was weggesneden. De foto was waarschijnlijk genomen op het laatste kerstfeestje van Gordons kantoor, een gelegenheid die Laura nooit had overgeslagen, zelfs niet toen ze elkaar nog naar het leven hadden gestaan. Met een wat gereserveerde blik glimlachte ze naar de camera. Andy noemde dat altijd haar vrouw-van-Gordon-modus.

Ze zette het geluid weer aan.

'...kleine kans dat het gebeurt. Ashleigh?'

Andy had het verhaal gemist. In beeld verscheen Ashleigh Banfield.

'Bedankt, Chandra,' zei ze. 'Er komt nieuws binnen over een schietpartij in Green County, Oregon.'

Andy zette het geluid weer uit. Vanaf de rand van het bed zag ze naast het gezicht van Ashleigh Banfield een opname van een vervallen huis dat werd omsingeld door een arrestatieteam. De banner vermeldde: MAN DOODT EIGEN MOEDER, TWEE KINDEREN, GIJZELT GEWONDE ECHTGENOTE, VRAAGT OM PIZZA EN BIER.

Weer een schietpartij.

Andy zapte langs de kanalen. Ze wilde die foto van Laura weer zien, weer een glimp opvangen van Gordons hand. MSNBC. Fox. De plaatselijke nieuwszenders. Op alle zenders was live te zien hoe de situatie met de man die vrijwel zijn hele familie had uitgemoord en nu pizza wilde, in een impasse was geraakt.

Was dat goed of slecht? Niet dat de man mensen had vermoord, maar dat de nieuwszenders dit live uitzonden? Betekende het dat ze niet langer in Laura geïnteresseerd waren? Was er een tweede 'moordmachine' die aandacht verdiende?

Andy schudde haar hoofd nog voor ze de meest voor de hand liggende vraag had gesteld: waar was het bericht over het lijk van Samuel Godfrey Beckett, dat was aangetroffen in de strandbungalow van Laura Oliver? Dat was groot nieuws. Het slachtoffer was geveld door een koekenpan, kennelijk door een vrouw die uren eerder de zoon van een politieman had gedood.

Toch toonde de banner onder in beeld slechts de gebruikelijke koppen: de zoveelste senator die zijn ontslag indiende, waarschijnlijk wegens seksuele intimidatie, de zoveelste gewapende man die door de politie was neergeschoten, stijgende rente, toenemende gezondheidskosten, een kelderende aandelenmarkt.

Niets over Hoody.

Andy trok haar wenkbrauwen samen. Er klopte niets van. Had Laura op de een of andere manier de politie buiten de deur weten te houden? Maar hoe dan? Andy's 911-bericht verschafte de politie een wettige reden om de deur open te breken. Dus waarom schreeuwden alle zenders niet: MOORDMACHINE SLAAT WEER TOE? Zelfs met die politiebelegering in Oregon zou de recentste opname van Laura haar politiefoto moeten zijn, of nog erger: een filmpje van hoe ze geboeid de cel in ging. Niet een foto van een kerstfeestje.

Andy's hoofd barstte van al het 'wat?' en 'waarom?'.

Ze liet zich weer op het bed ploffen. Ze sloot haar ogen. Toen ze ze opende, scheen er geen licht meer langs de randen van het gesloten gordijn. Ze keek op de klok: halftien 's avonds.

Eigenlijk moest ze weer slapen, maar haar ogen weigerden zich te sluiten. Ze staarde naar de bruine vlekken op het korrelige plafond. Wat deed haar moeder nu? Was ze thuis? Praatte ze met Gordon via een gevangenistelefoon, met een dikke glasplaat tussen hen in? Andy draaide haar hoofd naar de tv. Nog steeds beelden van het arrestatieteam, ook al was het uren later. Haar neusvleugels trilden. De sprei stonk alsof er een beer op had geslapen. Andy rook aan haar oksels.

Getver.

Ze was zelf de beer.

Ze controleerde het slot op de deur. Ze deed het schuifje dicht. Ze zette een van de stoelen klem onder de deurknop. Iemand kon nog altijd het grote raam ingooien om binnen te komen, maar als het raam werd ingegooid, was ze hoe dan ook de pineut. Ze trok haar spijkerbroek, polo en ondergoed uit. Haar bh was ranzig. Onder haar arm had de beugel haar huid helemaal ruw geschaafd. Ze gooide het ding in de wasbak en draaide de koude kraan open.

Het hotelzeepje had de afmetingen van een kiezelsteen en rook naar de laatste restanten van een stervend boeket. Ze nam het mee naar de douche. Door de combinatie van zeep en shampoo rook het krappe badkamertje algauw naar een hoerenkast. Tenminste, zoals Andy dacht dat een hoerenkast rook.

Ze draaide de kraan dicht en droogde zich af met de hotelhanddoek, die de dikte van een blocnotevel had. De zeep viel in haar handen uiteen toen ze de stank uit haar bh probeerde te wassen. Op weg naar de slaapkamer wreef ze zich in met de goedkope hotellotion. Ze veegde haar handen af aan de handdoek om de lotion te verwijderen, waarna ze bij de wasbak het katoenpluis afspoelde.

Ze rolde de slaapzak uit op het bed en trok de rits open. De zak was van dik materiaal, gevuld met een soort synthetisch dons en met een buitenkant van waterdicht nylon. De voering was van flanel. Niet iets wat je op Belle Isle ooit nodig zou hebben, dus misschien was Idaho toch geen verzinsel van Laura.

Andy maakte de koffer open en pakte de bovenste laag briefjes van twintig. Tien in de lengte keer drie in de breedte keer tweeduizend dollar... heel veel geld om in een slaapzak te bewaren.

Ze legde de stapels in een platte rij op de bodem van de slaapzak. Ze streek het nylon glad en trok de rits dicht. Toen ze de zak vanaf de onderkant wilde oprollen, ging het geld op een kluit zitten. Andy haalde diep adem en rolde de slaapzak weer uit. Ze stak haar arm er van onderen in en trok de stapels naar het midden. Toen rolde ze de zak voorzichtig vanaf de bovenkant op, bond er klittenband omheen en deed een stap naar achteren om haar werk te beoordelen.

Het zag eruit als een slaapzak.

Andy tilde hem even op. Hij was zwaarder dan een slaapzak, maar niet zo zwaar dat er een alarmbelletje ging rinkelen dat er misschien een klein fortuin in zat.

Ze richtte zich weer op de koffer. Er zat nog flink wat geld in. In de film ging de boef altijd naar een treinstation, want daar waren kluisjes en kon hij zijn geld makkelijk verstoppen. Andy betwijfelde of er treinstations waren in Florence, Alabama.

De beste oplossing was om het te verdelen. Misschien moest ze een deel in de auto verbergen, in de ruimte voor het reservewiel onder de kofferbak. Als ze dan van de slaapzak werd gescheiden kon ze altijd nog in de auto springen, waar ze nog wat geld had. Om dezelfde reden kon ze ook een deel van het geld in haar tas stoppen. Het probleem was alleen dat haar tas nog in haar appartement stond.

Andy pakte het notitieblok van het hotel. Bovenaan schreef ze 'tas', vervolgens 'zeep', 'lotion', 'bh'.

Ze schudde de witte strandtas leeg. Zaklantaarn. Batterijen. Drie paperbacks, ongelezen en waarschijnlijk zo'n drieduizend jaar geleden populair. In de plastic eerstehulpdoos zaten wat pleisters. Andy plakte er een op de schram op haar scheenbeen, waarvan ze plotseling weer wist dat ze hem aan haar fietspedaal had overgehouden. Met de alcoholdoekjes reinigde ze haar blaren. Er was meer nodig dan een paar pleisters om haar voeten in iets anders dan Crocs te persen. Aan de zijkant van haar ene voet zat een snee die er niet best uitzag. Ook daar plakte ze een pleister op, en ze hoopte maar dat dat afdoende zou zijn.

Het verband bracht haar op een idee. Ze kon er een deel van het geld mee om haar middel binden. Een auto besturen zou wat moeizaam gaan, maar het was niet verkeerd om een deel van het geld zo dicht mogelijk bij zich te houden.

Was dat eigenlijk wel zo? Op National Public Radio had ze over plattelandsagenten gehoord die mensen aanhielden en hun geld in beslag namen. Civielrechtelijke confiscatie. Met dat Canadese kenteken vroeg ze er als het ware om.

Andy ritste de make-uptas open en klapte de telefoon uit. Ze was niet gebeld.

Ze haalde het rijbewijs van Daniela Cooper uit de tas van zwart vinyl. Toen ze de opslagunit verliet, had ze het Canadese identiteitsbewijs, de ziekteverzekeringskaart en de autoregistratie meegenomen. Ze bekeek haar moeders foto eens goed. Ze waren altijd al duidelijk moeder en dochter geweest. Zelfs onbekenden hadden er opmerkingen over gemaakt. Het zat hem vooral in hun ogen, maar ook in hun hartvormige gezichten en in hun haar dat dezelfde donkerbruine tint had. Andy was vergeten dat haar moeder haar haar altijd heel donker verfde. Na de kankerbehandeling was het opvallend mooi grijs uitgegroeid. Ze droeg het nu modieus kort, maar de Laura op de rijbewijsfoto had schouderlang haar. Andy's haar was even lang, maar omdat ze te lui was om er tijd aan te besteden, droeg ze het altijd in een paardenstaart.

Ze keek in de spiegel aan de andere kant van het bed. Haar gezicht was een puinhoop. Ze had donkere kringen onder haar ogen. De spiegel-Andy leek ouder dan eenendertig, dat stond vast, maar kon ze doorgaan voor de vrouw op de foto? Ze hield het rijbewijs omhoog. Haar ogen schoten van de spiegel naar het document. Ze bolde haar natte haar op. Ze trok haar pony naar beneden. Zag ze er zo vierentwintig jaar ouder uit of juist niet?

Er was maar één manier om daar een eerlijk antwoord op te krijgen.

Ze spoelde haar bh uit onder de kraan. Door de hotelzeep stonk het ding als de reet van een ouwe taart, maar een verbetering was het wel. Ze depte de bh droog met de handdoek waarbij er wit pluis aan bleef haken. Daarna onderwierp ze hem aan de haardroger, tot hij alleen nog wat klam was. Ze droogde haar haar, maar slordiger dan gewoonlijk. Ze trok het naar voren en bracht het in vorm tot het op Laura's kapsel op het Canadese rijbewijs ging lijken. Ze trok een schone spijkerbroek aan en een schoon wit poloshirt. Krimpend van pijn schoof ze haar voeten weer in de Crocs. Ze had sokken en echte schoenen nodig. En ze moest een lijst opstellen waarop ze alles goed bijhield.

Ze pakte een stapel twintigjes ter waarde van tweeduizend dollar, verdeelde die in tweeën en schoof de de twee helften in haar twee achterzakken. De spijkerbroek was oud, uit de tijd dat fabrikanten nog praktische zakken op dameskleding naaiden. Toch staken de biljetten als grote mobiele telefoons naar buiten. Daarom verplaatste ze een paar laagjes naar haar voorzak. Ze bekeek zichzelf in de spiegel. Het werkte.

Andy pakte nog een paar handenvol samengebonden twintigjes en verstopte een deel tussen de matras en de boxspring. Andere vouwde ze in haar natte handdoek, die ze vervolgens listig op de vloer van de badkamer legde. De rest verdween naar de bodem van haar strandtas. Ze legde de paperbacks erbovenop, samen met de eerstehulpdoos en de make-uptas.

Nu lag er nog maar één laag bankbiljetten op de bodem van de koffer. Tien in de lengte, drie in de breedte keer tweeduizend was... heel veel geld om in een koffer te bewaren. Er zat niets anders op dan hem dicht te ritsen en in de kamer te laten staan. Als er werd ingebroken, was de inbreker hopelijk zo opgetogen over al het geld in de Samsonite dat hij niet verder ging zoeken.

Andy slingerde de tas over haar schouder en liep de kamer uit. De avondlucht sloeg in haar gezicht als de plotselinge hittevlaag uit een ovendeur. Toen ze de trap af liep, liet ze haar blik over de parkeerplaats gaan. Er stonden een paar busjes van het restauratiebedrijf Serv-Pro, een rode pick-up met een Trumpsticker op de ene kant en een confederatievlag op de andere, en een Mustang uit de jaren negentig waarvan de voorbumper met ducttape bij elkaar werd gehouden.

Het restaurant was dicht. De lampen in het motelkantoor brandden nog. Andy vermoedde dat het een uur of tien was. De baliemedewerker was verdiept in zijn telefoon.

Ze kroop achter het stuur van de Reliant en reed de auto naar het achterste deel van het parkeerterrein. Het gebouw had beveiligingslampen, maar verscheidene waren onklaar. Andy liep om de stationcar heen en opende de kofferbak. Ze keek even of niemand het zag en wrikte toen de bodem omhoog.

Jezus.

Nog meer geld, deze keer briefjes van honderd, opgestapeld rond het reservewiel.

Vlug drukte Andy de bodem weer op zijn plek en sloot de achterklep. Ze hield haar hand tegen de achterkant van de wagen. Haar hart bonkte tegen haar ribben.

Moest ze blij zijn dat haar moeder het geld op dezelfde manier had verdeeld als Andy van plan was geweest? Of moest ze gaan flippen omdat Laura het vluchtplan zo goed had uitgedacht dat er nu ruwweg een half miljoen dollar in de kofferbak van haar onvindbare auto zat?

Op dat punt vroeg Andy zich af waar zij voorkwam in Laura's verdwijning, want alles wat ze tot dusver had ontdekt, wees maar naar één persoon die op de vlucht was.

En daarom vroeg Andy zich ook af welke Laura haar echte moeder was: de vrouw die had gezegd dat ze met rust gelaten wilde worden, of de vrouw die had gezegd dat alles wat ze in haar leven had gedaan voor Andy was geweest?

'Oké,' mompelde ze. De vraag was eindelijk gesteld, maar ze was niet van plan er nog langer over na te denken.

De nieuwe Andy, die rekensommetjes maakte, routes uitzette, over gevolgen nadacht en een oplossing zocht voor geldproblemen, pleegde een zware aanslag op de oude Andy, die hard aan een borrel toe was.

Met de strandtas als een handtas onder haar arm geklemd liep ze naar de bar aan de overkant van het motel. Op het parkeerterrein stonden een stuk of vijf pick-ups, allemaal met reclame op de zijkant: JOE'S LOODGIETERSBEDRIJF, BUBBA'S SLOTENDIENST, KNEPPER DE KNIPPER. Andy keek nog eens goed naar de laatste, die kennelijk van een hovenier was. Het logo op de zijkant – een besnorde sprinkhaan met een heggenschaar in zijn pootjes – beloofde: WE KNIPPEN UW GAZON WEER IN VORM!

Elk paar ogen in de bar keek op toen Andy binnenwandelde. Ze probeerde te doen alsof ze zich op haar gemak voelde, maar dat was moeilijk, aangezien ze de enige vrouw was. In de hoek stond een tv te schetteren. Een of ander sportprogramma. De meeste mannen zaten alleen of met zijn tweeën. Twee mannen stonden rond de pooltafel. Ze waren allebei gestopt om haar met hun keu in de hand na te kijken.

Er zat maar één gast aan de bar, maar zijn aandacht was geheel op de tv gericht. Andy pakte een kruk zo ver mogelijk bij hem vandaan en ging zitten, met haar kont over de rand en de tas klem tussen haar arm en de muur.

De barkeeper wierp een witte droogdoek over zijn schouder en kuierde op haar af. 'Wat had je gewild, snoes?'

Dat je me geen snoes noemt.

'Wodka met ijs,' zei ze, want voor het eerst sinds haar studie werd haar drankgebruik niet bepaald door haar studieschuld.

'Heb je een ID?'

Ze diepte Laura's rijbewijs op uit de make-uptas en schoof die naar hem toe.

Hij wierp er een vluchtige blik op. 'Dus wodka met ijs, hè?'

Andy staarde hem aan.

Hij mixte het drankje voor haar neus en gebruikte veel meer ijs dan Andy lief was.

Ze peuterde een briefje van twintig van het pak in haar achterzak, wachtte tot hij wegliep en probeerde zich niet als een woesteling op de wodka te storten. 'Persoonlijkheidsdrankjes' noemden haar kamergenotes de eerste glazen van de avond. Vloeibare moed. Hoe je het ook noemde, het ging erom de stem in je hoofd uit te zetten die je herinnerde aan alles wat er fout was in je leven.

Andy sloeg de drank achterover. Dankzij het brandende gevoel waarmee de alcohol door haar keel naar beneden gleed, konden haar schouderspieren voor het eerst in een eeuwigheid ontspannen.

De man kwam terug met het wisselgeld. Ze liet het op de bar liggen en knikte naar het glas. Hij schonk weer in en leunde toen tegen de bar om tv te kijken. Een half kale kerel in pak had het over het mogelijke ontslag van een footballcoach.

'Bullshit,' mompelde de man aan het uiteinde van de bar. Hij wreef over zijn kaak, die ruw was van de stoppels. Om de een of andere reden ging Andy's blik naar zijn hand. Zijn vingers waren lang en slank, net als de rest van zijn lijf. 'Niet te geloven wat die debiel net zei.'

'Zal ik het geluid uitzetten?' vroeg de barkeeper.

'Jezus, ja. Daar wil je toch niet naar luisteren, naar die shit?' De man nam zijn bordeauxrode honkbalpet af en wierp hem op de bar. Hij streek door zijn dikke haar. Toen keerde hij zich naar Andy toe, en haar mond viel open van verbijstering.

Alabama.

Van het ziekenhuis.

Het kon niet missen.

'Ik ken jou.' Hij richtte zijn vinger op haar. 'Klopt, hè? Ik ken jou toch?'

Angst sloeg haar kaken dicht.

Wat deed hij hier? Was hij haar gevolgd?

'Jij was in het…' Hij stond op. Hij was langer dan ze zich herinnerde, magerder ook. 'Volg je me soms?' Hij griste de pet van de bar en stapte op haar af.

Ze keek naar de deur, maar hij benam haar het zicht. Hij kwam steeds dichterbij. Pal voor haar bleef hij staan.

'Je bent toch dezelfde?' Hij wachtte op een antwoord dat Andy hem niet kon geven. 'Die meid van het ziekenhuis?'

Ze zat met haar rug tegen de muur. Ze kon geen kant op.

Nu keek hij niet langer geërgerd maar bezorgd. 'Gaat het wel?'

Nog steeds kon Andy niets zeggen.

'Hé, vriend!' riep Alabama naar de barkeeper. 'Wat heb je haar gegeven?'

De barkeeper keek beledigd. 'Je wou toch niet zeggen dat –'

'Sorry.' Alabama stak zijn hand op, maar hij hield zijn blik op Andy gericht. 'Wat kom je hier doen?'

Ze kon niet eens slikken, laat staan praten.

'Even serieus, dame. Ben je me gevolgd?'

Nu luisterde de barkeeper ook mee. 'Ze komt uit Canada,' zei hij, alsof dat alles verklaarde.

'Canada?' Alabama had zijn armen over elkaar geslagen. Hij leek niet op zijn gemak. 'Dat is wel een heel stom toeval.' Tegen de barkeeper zei hij: 'Ik heb haar gisteren nog in Savannah gezien. Ik heb je toch verteld dat het slecht ging met m'n oma? Ik moest ernaartoe om haar te bezoeken. En nu zit er een dame pal voor me die ik op de dag dat ik vertrok voor het ziekenhuis heb gezien. Is dat raar of niet?'

De barkeeper knikte. 'Ja, da's raar.'

Alabama richtte zich weer tot Andy. 'Ga je nog wat zeggen of hoe zit dat?'

'Ja,' beaamde de barkeeper. 'Vertel op, meissie. Je bent die man toch niet aan het stalken?' Tegen Alabama zei hij: 'Je had het slechter kunnen treffen, makker.'

'Heel grappig, maar niet heus.' Tegen Andy zei Alabama: 'Vertel het maar, stekelvarkentje. Of moet ik de politie bellen?'

'Ik...' Hij mocht de politie niet bellen. 'Ik weet het niet.' Ze besefte dat dat niet toereikend was. 'Ik was op bezoek,' zei ze. 'Bij mijn moeder. En...' *Kut, kut, kut*. Wat moest ze zeggen? Hoe kon ze hier een draai aan geven?

Haar innerlijke Gordon kwam met de oplossing: ze moest er inderdaad een draai aan geven.

Andy probeerde een krachtige stem op te zetten. 'Wat doe jíj hier trouwens?'

'Ik?'

Zo verontwaardigd mogelijk zei ze: 'Ik reed hier alleen maar langs. Waarom volg jíj míj?'

'Wat?' De vraag leek hem te overrompelen.

'Ja, jij,' zei ze, want zijn aanwezigheid was al even bizar als die van haar. 'Ik ben op de terugweg van een bezoek aan mijn ouders. Daarom ben ik hier.' Ze rechtte haar schouders. 'En jij dan? Waarom ben jij hier?'

'Waarom ik hier ben?' Hij reikte naar achteren.

Andy zette zich al schrap, in de verwachting dat hij een politiepenning zou pakken of nog erger: een wapen.

Maar hij haalde zijn portefeuille tevoorschijn. Een penning had hij niet, wel zijn rijbewijs uit Alabama. Hij hield het haar voor. 'Ik woon hier.'

Andy keek naar de naam.

Michael Benjamin Knepper.

Hij stelde zich voor. 'Mike Knepper. De K spreek je niet uit.'

'Dus Mai?' Het was eruit voor ze het doorhad.

Hij lachte verbaasd en toen begon hij breeduit te grijnzen. 'Krijg nou wat. Niet te geloven dat ik in al mijn achtendertig jaar die grap nog nooit heb gehoord.'

De barkeeper moest ook lachen. Het was duidelijk dat ze elkaar kenden, en dat was niet zo vreemd, want ze waren ongeveer van dezelfde leeftijd. In een dergelijk stadje hadden ze waarschijnlijk bij elkaar op school gezeten.

Andy voelde iets van de spanning wegvloeien. Dus het was toeval.

Was dat wel zo?

Ze had niet goed naar de foto op zijn rijbewijs gekeken. Ze had niet gekeken uit welke stad hij kwam.

'Grappige meid ben jij.' Mike stopte zijn portefeuille weer in zijn zak. 'Wat drink je?'

'Wodka,' zei de barkeeper.

Mike stak twee vingers op en ging op de kruk naast haar zitten. 'Hoe is het met je moeder?'

'Mijn...' Opeens merkte Andy dat ze aangeschoten was. Dit was niet helemaal in de haak. Ze kon maar beter niets meer drinken.

'Hallo?' zei Mike. 'Zijn we er nog?'

'Het gaat wel goed met mijn moeder,' zei Andy. 'Ze moet alleen rusten.'

'Ja, uiteraard.' Hij krabde weer over zijn kaak. Ze probeerde niet naar zijn vingers te kijken. Hij zag eruit als een echte man, vooral dat trok haar aandacht. Andy had tot dan toe altijd tamelijk jongensachtige dates gehad. Haar laatste min of meer bijna-vriendje had zich maar één keer per week hoeven scheren en had niet goed tegen Andy's verhalen gekund over de telefoontjes die op de meldkamer binnenkwamen.

'Alsjeblieft.' De barkeeper zette een flesje Sam Adamsbier voor Mike neer en een nieuw glas wodka voor Andy. Deze keer zat er minder ijs en meer alcohol in. Hij salueerde naar Mike en liep naar de andere kant van de bar.

'Op het toeval.' Mike hief zijn bier.

Andy tikte met haar glas zijn flesje aan. Ze dwong zichzelf niet naar zijn handen te kijken. Ze had al een slok genomen voor ze zich haar voornemen herinnerde.

'Je ziet er een stuk beter uit,' zei Mike.

Andy bloosde tot in haar hals.

'Ik meen het. Wat kom je eigenlijk doen in Muscle Shoals?'

Om te kunnen nadenken nam ze weer een slok wodka. 'Dit is toch Florence?'

'Komt op hetzelfde neer,' zei hij met een scheve lach. Ze zag vlekjes amber in zijn bruine ogen. Flirtte hij soms met haar? Dat was onmogelijk. Daarvoor was hij veel te knap voor iemand als zij, die er altijd had uitgezien als iemands kleine zusje.

'Ga je me nog vertellen wat je hier komt doen of moet ik raden?' vroeg hij.

Andy kon wel huilen van opluchting. 'Raad maar.'

Hij tuurde naar haar alsof ze een kristallen bol was. 'Mensen komen hier voor het boekenpakhuis of voor de muziek. Als ik naar dat rock-'n-rollhaar kijk, denk ik dat je voor de muziek komt.'

Ze vond het compliment over haar kapsel wel leuk, maar ze had geen idee waar hij op doelde. 'Klopt, voor de muziek.'

'Als je een rondleiding door de studio's wilt, moet je van tevoren boeken.' De blik waarmee hij naar haar mond keek, was maar voor één uitleg vatbaar. Of misschien ook niet. Misschien was de vonk die ze in zijn prachtige ogen zag slechts verbeelding, want nog nooit in haar leven had een man zo openlijk met haar geflirt.

'Doordeweeks zijn er eigenlijk geen optredens,' zei Mike. 'Maar er is een bar bij de rivier...'

'De Tuscumbia,' vulde de barkeeper hem aan.

'Klopt, maar hoe dan ook, veel muzikanten gaan naar de clubs en werken daar aan nieuw materiaal. Online kun je zien wie waar optreedt.' Hij haalde zijn telefoon uit zijn achterzak. Ze keek toen hij zijn code intoetste, die louter uit drieën bestond. 'Doet me denken aan een verhaal van mijn moeder,' zei hij. 'Toen ze nog een meisje was, heeft ze George Michael bij een liveoptreden een nummer zien uitproberen, "Careless Whisper". Ken je dat?'

Andy schudde haar hoofd. Hij deed alleen maar aardig. Hij flirtte niet. Zij was hier de enige vrouw en hij was de knapste man, dus het was logisch dat hij een praatje met haar maakte.

Maar moest ze wel iets terugzeggen? Hij was in het ziekenhuis geweest. Nu was hij hier. Dat kon niet kloppen. Ze kon maar beter weggaan. Maar ze wilde niet weg.

Telkens als de pendule van de twijfel haar de andere kant op zwaaide, wist Mike haar met zijn charme weer terug te halen.

'Kijk.' Mike legde zijn telefoon op de bar zodat ze het scherm kon zien. Hij had een website geopend waarop een lijst met namen stond waarvan ze nog nooit had gehoord, en met clubs die ze nooit zou bezoeken.

Uit beleefdheid deed Andy alsof ze de lijst doornam. Vervolgens vroeg ze zich af of hij verwachtte uitgenodigd te worden om samen naar een club te gaan, maar meteen daarna bedacht ze hoe gênant het zou zijn als ze het hem vroeg en hij nee zei, waarna ze haar glas achteroversloeg en om nog een gebaarde.

'Waar ga je hierna naartoe?' vroeg Mike.

Andy had het hem bijna verteld, maar hoe overrompelend vleiend zijn aandacht ook was, ze had nog een klein beetje gezond verstand over. 'Wat is er met je hoofd gebeurd?' Het viel haar nu pas op dat hij van die rare doorzichtige strips op zijn slaap had, die een niet onbeduidende snee bij elkaar moesten houden.

'Ik heb een steen tegen mijn kop gekregen van de gazontrimmer. Ziet het er heel lelijk uit?'

Hij kon er simpelweg niet lelijk uitzien. 'Hoe wist je dat dat mijn vader was?'

Weer die scheve glimlach. 'De trimmer?'

'De man die bij ons was. Die met de auto. Bij het ziekenhuis gisteren… Eergisteren, wat dan ook.' Andy was de tijd kwijt. 'Je zei tegen mijn vader hoe erg je het voor zijn gezin vond. Hoe wist je dat hij mijn vader was?'

Weer wreef Mike over zijn kaak. 'Ik ben best wel nieuwsgierig,' zei hij met een mengeling van gêne en trots. 'Ik wijt het aan mijn drie oudere zussen. Die hadden altijd geheimen voor me, dus uit zelfbehoud werd ik nieuwsgierig.'

'Ik ben nog niet zo dronken dat het me niet is opgevallen dat je mijn vraag niet hebt beantwoord.' Zo formuleerde Andy nooit haar gedachten, en dat had een waarschuwing moeten zijn, maar ze had er genoeg van de hele tijd doodsbang te zijn. 'Hoe wist je dat hij mijn vader was?'

'Je telefoon,' bekende hij. 'Ik zag je naar je berichtjes kijken en bovenaan stond PAP. "Opschieten," schreef je.' Hij wees naar zijn ogen. 'Die gaan gewoon hun eigen gang.' Als om dit te bekrachtigen keek hij weer naar haar mond.

Met het allerlaatste restje gezonde verstand keerde Andy zich naar de bar toe. Ze liet het glas tussen haar handen rollen. Het moest maar eens uit zijn met haar domme gedrag. Mike flirtte met haar, terwijl niemand ooit met haar flirtte. Hij was in het ziekenhuis geweest, en nu was hij honderden kilometers verderop in een stadje waarvan ze nog nooit had gehoord voor ze de naam op het bord bij de afrit had zien staan. Nog afgezien van haar criminele acties was het verdomd eng dat hij hier was. En hij was hier niet zomaar. Nee, hij glimlachte naar haar, keek naar haar mond, gaf haar een sexy gevoel en kocht drankjes voor haar.

Aan de andere kant, Mike woonde hier. De barkeeper kende hem. En zijn uitleg klonk logisch, vooral wat Gordon betrof. Ze wist nog dat Mike vlak achter haar had gestaan toen ze voor het ziekenhuis dat berichtje intikte. Ze wist nog dat ze hem met een woedende blik naar de bank aan de andere kant van de deuren had verwezen.

'Waarom bleef je daar?' vroeg ze.

'Waar?'

'Bij het ziekenhuis.' Ze bestudeerde zijn gezicht, want ze wilde zien of hij loog. 'Je liep een stukje door, maar je ging niet naar binnen. Je ging buiten op de bank zitten.'

'Ah.' Hij nam een teug bier. 'Zoals ik al zei, was mijn oma ziek. Ze was geen aardig mens. Dat is lastig, want zoals ze zelf altijd zei: wanneer iemand doodgaat, vergeet je wat een klootzak het was. Maar toen je me buiten zag staan, was ze nog niet dood. Ze leefde nog en deed vreselijk negatief over mij en mijn zussen – vooral over mijn zussen – dus ik moest er even uit.' Hij nam weer een slok en keek haar schuins aan. 'Oké, dat is niet helemaal waar.'

Andy voelde zich beetgenomen, want ze had het verhaal voor zoete koek geslikt tot hij zei dat het niet waar was.

'Ik zag het nieuws en...' Mike dempte zijn stem. 'Ik weet niet, het is raar, maar ik zag je in de wachtkamer en herkende je van dat filmpje, en ik wilde gewoon met je praten.'

Andy was sprakeloos.

'Ik ben geen creep.' Hij lachte. 'Ik snap dat een creep zoiets zou zeggen, maar toen ik klein was, is er iets gebeurd en...' Nu boog hij zich naar haar toe en zei zachtjes: 'Een man drong ons huis binnen, en mijn vader schoot hem neer.'

Andy's hand ging naar haar keel.

'Ja, leuk was het niet. Maar shit, ik was nog maar een kind, en ik besefte niet hoe erg het eigenlijk was. Bovendien bleek de vent die hij neerschoot met een van mijn zussen te gaan. Alleen had ze het uitgemaakt, en hij had allemaal troep bij zich, zoals handboeien, een mondprop en een mes, en, nou ja…' Hij wuifde het weg. 'Nadat het gebeurd was, had ik steeds zo'n misselijk gevoel in mijn maag. Aan de ene kant was die vent van plan geweest mijn zus te ontvoeren en waarschijnlijk lelijk toe te takelen. Maar aan de andere kant had mijn pa wel iemand gedood.' Hij haalde zijn schouders op. 'Toen ik je zag, dacht ik: hé, dat is iemand die weet hoe het voelt. Voor het eerst in mijn leven, zeg maar.'

Zonder te drinken hield Andy het glas schuin voor haar lippen. Het verhaal was te mooi om waar te zijn. Ergens in haar achterhoofd hoorde ze alarmbellen rinkelen. Dit was een te groot toeval. Hij was in het ziekenhuis geweest. Nu was hij hier. Zijn verhaal kwam overeen met dat van haar.

Maar zijn rijbewijs dan? En de pick-up buiten? En dit was duidelijk zijn stamkroeg, en toeval bestond, anders zou het geen toeval heten.

Andy keek naar de heldere vloeistof in haar glas. Ze moest hier weg. Het was te riskant.

'…het klopt gewoon niet,' zei Mike. 'Kijk maar naar het gedeelte waar…'

'Wat?'

'Kom, dan laat ik het je zien.' Hij stond op en draaide Andy's barkruk zo dat ze met haar gezicht naar hem toe zat. 'Ik ben dus die vent met het mes in zijn hals, oké?'

Andy knikte, want ze besefte nu pas dat hij het over het filmpje van de Rise-n-Dine had.

'Leg de rug van je linkerhand eens hier, tegen de linkerkant van mijn hals, net als je moeder deed.' Hij had haar linkerhand al gepakt en op de juiste plek gelegd. Zijn huid voelde warm. 'Haar linkerhand zit dus klem tegen zijn hals, en dan steekt ze haar andere arm eronderdoor en legt haar rechterhand hier.' Hij pakte Andy's rechterhand en plaatste die vlak onder zijn rechterschouder. 'Is dat logisch, dat je je arm er helemaal onderdoor steekt om je hand hier te plaatsen?'

Andy keek naar de positie van haar handen. Het was een onhandige houding. De ene arm zat verdraaid onder de andere door. De muis van haar hand raakte maar net de vlezige kant van zijn schouder.

Eén hand die duwde, één hand die trok.

Die kalme blik in Laura's ogen.

'Oké,' zei Mike. 'Hou je linkerhand waar hij nu is, vastgepind aan mijn hals. Duw nu met je rechterhand.'

Ze duwde, maar niet hard, want haar rechterarm was vrijwel helemaal uitgestrekt. Zijn rechterschouder ging nauwelijks naar achteren. De rest van zijn lichaam bewoog niet. Haar linkerhand, die tegen zijn hals drukte, bleef op zijn plek.

'En nu hier.' Hij legde haar hand midden op zijn borst. 'Duw maar.'

Deze keer ging het gemakkelijker. Mike deed een stap naar achteren. Als er een mes uit de rug van haar linkerhand had gestoken, zou het uit zijn hals zijn geschoten.

'Snap je?' vroeg Mike.

In gedachten nam Andy de hele scène nog eens door. Ze zag Laura met het mes, duwend en trekkend... maar misschien ook niet.

'Niet vervelend bedoeld, hoor,' zei Mike, 'maar we weten allebei dat je moeder wist wat ze deed. Als je op die manier een mes hebt opgevangen, geef je de ander geen tikje tegen zijn schouder. Als je hem dood wilt hebben, geef je hem een harde duw, recht tegen zijn lijf.'

Andy knikte. Ze begon het nu te begrijpen. Laura had Jonah niet weggeduwd. Ze had met haar rechterhand naar zijn schouder gereikt. Die had ze willen vastpakken.

'Heb je haar voeten gezien op dat filmpje?' vroeg Mike.

'Haar voeten?'

'Jij zou naar voren stappen, hè? Als je van plan was dat mes eruit te rukken, zou je tegenwicht geven door één voet naar voren en één voet naar achteren te zetten. Hoef je geen Einstein voor te wezen. Maar dat doet ze niet.'

'Wat doet ze dan wel?'

'Ze zet haar voet opzij, zo.' Hij schoof zijn voeten op schouderbreedte uiteen, als een bokser, of als iemand die haar evenwicht niet wil verliezen omdat ze een ander op zijn plek probeert te houden.

'Helsinger doet een stap terug,' zei Mike. 'Bekijk het filmpje nog maar eens. Je ziet hem heel duidelijk zijn voet optillen.'

Niets van dat alles was Andy opgevallen. Ze was ervan uitgegaan dat haar moeder een koelbloedige moordmachine was, terwijl ze in feite haar rechterhand naar Jonah Helsingers schouder had gebracht om te voorkomen dat hij bewoog, niet om zijn gewelddadige dood te bespoedigen.

'Weet je zeker dat hij uit eigen beweging een stap naar achteren deed?' vroeg ze. 'Niet om zijn evenwicht te bewaren?'

'Zo ziet het er in mijn ogen wel uit.'

Weer liet Andy de inmiddels vertrouwde beeldenreeks in gedachten voorbijtrekken. Had Jonah echt een stap naar achteren gezet? Hij had een zelfmoordbriefje geschreven. Hij had duidelijk een doodswens gehad. Maar was een jongen van achttien werkelijk in staat om bij het mes weg te stappen, in de wetenschap dat hem dan een gruwelijke dood wachtte?

'Ze zei iets, toch?' vroeg Mike.

Net op tijd slikte Andy haar antwoord in.

Mike haalde zijn schouders op. 'Daar komen de technische jongens wel achter. Maar wat ik wil zeggen is dat iedereen naar de gezichten kijkt op dat filmpje, terwijl ze eigenlijk naar de voeten moeten kijken.'

Het werd Andy wazig voor ogen toen ze het zich probeerde voor te stellen. Had hij gelijk? Of was hij zo'n fanaat die complottheorieën probeerde te verspreiden, en geloofde Andy hem omdat ze zo wanhopig verlangde naar een andere verklaring?

'Hoor eens,' zei Mike. 'Ik moet even de planten water geven.'

Andy knikte. Ze had tijd nodig om alles te laten bezinken. Ze wilde dat filmpje nog eens bekijken.

'En deze keer volg je me niet, hè?' zei Mike bij wijze van grap.

Andy kon er niet om lachen. Ze keek hem na toen hij achter de bar in een gang verdween. De deur van het herentoilet piepte open en sloeg weer dicht.

Ze wreef over haar gezicht. Ze was behoorlijk aangeschoten na al dat gezuip. Maar ze moest nadenken over wat Mike over het restaurantfilmpje had gezegd. En haar eigen schuldgevoel onder ogen zien, want ze was ervan uitgegaan dat haar moeder een moordenares was.

Niemand, Andy niet, Gordon niet, had ook maar een seconde gedacht dat Laura het enige juiste probeerde te doen.

Waarom had ze dat dan niet tegen de politie gezegd? Waarom had ze zich zo schuldig opgesteld? Waar kwam Hoody in jezusnaam vandaan? En hoe zat het met de opslagbox?

Telkens als Andy dacht dat ze iets begreep, kantelde de hele wereld weer.

Ze wilde haar glas pakken.

Mike had zijn telefoon op de bar laten liggen.

Ze had zijn toegangscode gezien. Zes keer drie.

De barkeeper keek tv. De poolspelers waren het oneens over een stoot. De lange gang was nog verlaten. Als Mike het toilet uit kwam, zou ze het ongetwijfeld horen, want ze had de deur ook gehoord toen hij naar binnen ging.

Andy pakte de telefoon. Ze toetste de drieën in. Op het beginscherm stond een foto van een kat, en vreemd genoeg dacht ze dat een man die een kattenfoto op zijn telefoon had staan niet zo gevaarlijk kon zijn. Andy tikte Safari aan. Ze ging naar *The Belle Isle Review*. Op de voorpagina stond de nieuwe foto van Laura op het feestje, dezelfde die ze op CNN had gezien. Deze keer was Gordon er niet uitgesneden. Andy nam het verhaal vluchtig door, want het kwam op hetzelfde neer als dat van de vorige dag.

Ze scrolde naar beneden, naar het overige nieuws. Toen ze de kop zag, voelde ze eerder opluchting dan schrik.

LICHAAM GEVONDEN ONDER DE YAMACRAW BRIDGE.

Andy's blik vloog over de bijzonderheden. Hoofdwond. Geen ID. Spijkerbroek, zwarte hoody. Een dolfijntattoo op zijn heup. Gevonden door vissers. Waarschijnlijk geen misdrijf in het spel. De politie verzoekt om informatie.

Ze hoorde de deur van het toilet opengaan en sloot de browser. Ze tikte terug naar het beginscherm. Ze klikte de telefoon uit, en tegen de tijd dat Mike uit de gang opdook, lag hij weer op de bar.

Andy nam een slokje wodka.

Ongeïdentificeerd lichaam?

Hoofdwond?

Geen misdrijf in het spel?

Kreunend liet Mike zich weer op de kruk zakken. 'Ik heb vandaag ongeveer achtduizend kilo stenen versjouwd.'

Andy mompelde iets meelevends, maar ze was met haar gedachten bij het nieuwe verhaal. De Yamacraw Bridge lag over de Tugaloo River. Hoe was Hoody's lichaam daar terechtgekomen? Laura had hem daar niet zelf naartoe kunnen brengen. Zelfs als de politie niet had toegekeken, had ze met maar één goede arm en één goed been een groot probleem gehad.

Wat speelde er toch allemaal?

'Hallo?' Mike tikte weer met zijn knokkels op de bar, deze keer om Andy's aandacht te vragen. 'Ik had allang in bed moeten liggen. Morgen begin ik aan een grote klus. Zal ik je naar je auto brengen?'

Het leek Andy geen goed idee om alleen in de bar achter te blijven. Ze keek om zich heen op zoek naar de barkeeper.

'Hij zet het wel op mijn rekening.' Mike schoof zijn telefoon in zijn zak en liet Andy voorgaan. Hij hield afstand tot ze bij de deur was, toen reikte hij langs haar om die open te houden.

Buiten was de hitte net iets minder erg dan daarvoor. Andy besloot nog een douche te nemen voor ze naar bed ging. Of misschien zette ze de airco laag en kroop ze in de slaapzak. Maar ze kon ook in de Reliant klimmen, want was het niet vreemd dat ze Mike uitgerekend hier was tegengekomen? En dat hij haar dingen vertelde die ze wilde horen? En dat hij met haar mee naar buiten was gelopen, wat betekende dat hij straks wist waar ze naartoe ging?

Knepper de Knipper. In de laadbak van de pick-up lagen spullen voor gazononderhoud: een trimmer, een bladblazer, een paar harken en een spade. Op de zijpanelen zaten vegen aarde en gras. Mike had al in de bar gezeten toen zij hier aankwam, niet omgekeerd. Alles wees erop dat zijn pick-up gebruikt werd voor tuinonderhoud. Op zijn rijbewijs stond zijn naam. Hij had zelfs een lopende rekening aan de bar. Of hij was een helderziende psychopaat, of Andy was gek aan het worden.

Hij gaf een klopje tegen de pick-up. 'Dit ben ik.'

'Leuke sprinkhaan,' zei ze.

'Je bent mooi.'

Andy was volkomen overrompeld.

Hij lachte. 'Vreemd, hè? Ik heb je net ontmoet. Ik bedoel, echt ontmoet. We hebben met elkaar geflirt daar in de bar en dat was leuk, maar het blijft vreemd dat we hier allebei op dit moment zijn, toch?'

'Je zegt de hele tijd dingen die ik denk, maar zoals jij ze zegt, klinken ze normaal in plaats van als iets waarover ik me zorgen moet maken.' Het liefst had Andy haar hand voor haar mond geslagen. Dat had ze helemaal niet hardop willen zeggen. 'Ik ga maar eens.'

'Oké.'

Ze ging niet. Waarom had hij gezegd dat ze mooi was?

'Je hebt...' Hij stak zijn hand uit om iets uit haar haar te plukken. Pluis van de goedkope motelhanddoek.

Andy sloeg haar hand om de zijne, want kennelijk had Andy-met-de-handfetisj veel meer lef dan de gewone Andy.

'Je bent echt verdomd mooi.' Hij zei het vol ontzag. Alsof hij het meende.

Andy vlijde haar hoofd tegen zijn hand. Die voelde ruw tegen haar wang. Het neonlicht uit de bar ving het amber in zijn ogen. Ze wilde met hem versmelten. Het voelde zo fantastisch om door iemand gezien te worden, om aangeraakt te worden. Door dit lichaam. Door deze vreemde, aantrekkelijke man.

En toen kuste hij haar.

Eerst was het een aarzelende kus, maar algauw woelden haar vingers door zijn haar, werden hun kussen intenser en opeens sloegen al Andy's zenuwen collectief op hol. Haar voeten verlieten de grond. Hij duwde haar achterwaarts tegen de pick-up aan, drukte zichzelf hard tegen haar aan. Zijn mond tegen haar hals, tegen haar borsten. Elke vierkante centimeter van haar lijf smachtte naar hem. Ze was nog nooit zo door lust overmand geweest. Ze reikte naar beneden om hem te strelen, en –

'Sleutelhanger,' zei hij.

Hij lachte, en daarom lachte Andy ook. Ze had de sleutelhanger in zijn voorzak betast.

Haar voeten landden weer op de grond. Ze hijgden allebei.

Ze boog zich naar voren om hem weer te kussen, maar Mike wendde zich af.

'Sorry,' zei hij.

O, god.

'Ik ben gewoon…' Hij klonk schor. 'Ik…'

Het liefst wilde Andy in het niets oplossen.

Hij drukte zijn vingers tegen haar mond om haar het zwijgen op te leggen. 'Je bent echt heel mooi. Daarbinnen wilde ik maar één ding, en dat was jou kussen.' Met zijn duim streek hij over haar lippen. Het leek alsof hij haar weer ging kussen, maar toen deed hij een stap naar achteren en stak zijn hand in zijn zak. 'Ik voel me echt tot je aangetrokken. Het is gewoon duidelijk dat ik me tot je aangetrokken voel, maar –'

'Niet zeggen, alsjeblieft.'

'Ik moet het zeggen,' zei hij, want nu ging het om zijn gevoelens. 'Zo'n soort man ben ik niet. Je weet wel, zo'n vent die vrouwen in bars oppikt en ze meeneemt naar het parkeerterrein en dan –'

'Dat was ik anders ook niet van plan,' zei Andy, wat gelogen was, want ze had op het punt gestaan. 'Ik wilde niet…'

'Zou je…'

Afwachtend keek Andy hem aan.

Mike maakte zijn zin niet af. Hij haalde zijn schouders op en zei: 'Ik ga maar eens.'

Ze verwachtte meer, want zo dom was ze wel.

'Goed.' Hij haalde de sleutelhanger uit zijn zak. En toen lachte hij.

Alsjeblieft, geen grapjes over dat ik je sleutelhanger wilde verwennen.

'Ik kan, eh… Eigenlijk hoor ik met je mee te lopen…' stamelde hij.

Andy stapte op. De vlammen sloegen haar uit toen ze de straat overstak. Hij keek haar weer op dezelfde manier na als toen ze bij het ziekenhuis weg was gereden. 'Idioot, idioot, idioot,' fluisterde ze, en toen: 'What the fuck? What the fuck?'

Ze walgde van zichzelf toen ze de trap naar het motel beklom. Mikes pick-up reed de weg op. Hij keek naar haar toen ze over de galerij liep. Had ze nu maar een bazooka om hem aan flarden te schieten. Of een pistool om zichzelf van kant te maken. Ze had het nog nooit met een onbekende aangelegd. Zelfs niet toen ze studeerde. Wat mankeerde haar? Waarom deed ze van die stomme dingen? Ze was een crimineel op de vlucht. Ze kon niemand vertrouwen. En wat dan nog als Mike een rijbewijs uit Alabama had? Jezus, Laura had er een uit Ontario. Haar auto was nep. Misschien was Mikes pick-up nep. Dat logo met de sprinkhaan was magnetisch, het zat er niet permanent op geplakt. De barkeeper deed zo aardig tegen Mike omdat barkeepers altijd aardig tegen hun klanten doen.

Andy ramde de sleutel in het slot en gooide de deur naar haar kamer open. Ze was zo van slag dat ze amper zag dat de koffer en de slaapzak zich nog op dezelfde plek bevonden als waar ze ze had achtergelaten.

Met haar hoofd in haar handen ging ze op het bed zitten en probeerde niet in tranen uit te barsten.

Had Mike een spelletje met haar gespeeld? Maar waarom? Was hij zo'n freak die in haar geïnteresseerd was omdat hij haar op dat restaurantfilmpje had gezien? Hij had zich in elk geval behoorlijk verdiept in wat er tussen Laura en Jonah Helsinger was voorgevallen. Tenminste, wat hij dácht dat er was voorgevallen. Waarschijnlijk had hij een blog vol samenzweringstheorieën. Waarschijnlijk luisterde hij naar al die geschifte radioprogramma's.

Maar hij had gezegd dat ze mooi was. En hij was inderdaad opgewonden geweest. Tenzij hij ergens tussen het openhouden van de bardeur en het wandelingetje naar zijn pick-up een blikje cola in zijn broek had geschoven.

'Jezus!'

Die stomme sleutelhanger.

Andy stond op. Ze moest lopen. Ze moest alle stomme klotedingen die ze had gedaan weer de revue laten passeren. Had ze hem te heftig gekust? Met te veel speeksel? Niet genoeg tong? Misschien waren haar borsten te klein. Of, god, nee...

Ze rook aan haar bh, die stonk naar de walgelijke hotelzeep.

Gaven mannen om dat soort dingen?

Andy sloeg haar handen voor haar ogen en liet zich op het bed zakken.

Bij de gedachte aan haar vingers die de stomme sleutelhanger in zijn zak hadden gestreeld, sloegen de vlammen haar weer uit. Waarschijnlijk had ze hem beledigd. Of misschien had hij geen misbruik willen maken van iemand die zo klunzig was. Wat voor idioot zag een konijnenpootsleutelhanger voor een penis aan?

Maar wat voor sukkel van een kerel liep rond met een gigantische konijnenpoot in zijn zak?

Die kerel.

Hoezo: *die kerel?*

Andy liet haar handen zakken.

Haar mond viel open.

De pick-up.

Niet die met de sprinkhaan van Mike of de pick-up van de dode, maar de afgeragde oude Chevy die ze die ochtend in alle vroegte op de oprit van de Hazeltons had zien staan.

Die ochtend…

Nadat ze een man had gedood. Nadat ze over het strand was gerend op zoek naar de Ford van de dode man, omdat Laura haar dat had opgedragen.

Er hadden twee pick-ups op de oprit van de Hazeltons gestaan, niet slechts één.

De raampjes hadden opengestaan. Andy had in de cabine gekeken. Ze had overwogen de oude Chevy te stelen in plaats van de Ford mee te nemen. Dat zou gemakkelijk zijn geweest, want de sleutel zat in het contact. Dat had ze duidelijk gezien in het eerste schemerlicht.

Hij zat vast aan een sleutelhanger met een konijnenpoot, net als de sleutelhanger die Mike Knepper uit zijn zak had gehaald.

31 JULI 1986

VIJF DAGEN NA DE SCHIETPARTIJ IN OSLO

NEGEN

Badend in het zweet werd Jane Queller wakker. Ze had weer gehuild in haar slaap. Haar neus voelde ruw. Haar lichaam deed pijn. Ze begon onbeheersbaar te beven. Haar hart trilde van paniek. In het halfdonker dacht ze dat ze weer in Berlijn was en toen dat ze in de hotelkamer in Oslo lag, tot ze besefte dat ze zich in haar meisjesslaapkamer bevond, in het huis in Presidio Heights. Roze behang. Dekbed en kussens van roze satijn. Ook roze in het vloerkleed, op de bank en de bureaustoel. Posters, knuffels en poppen.

Haar moeder had de kamer ingericht omdat Jane daar zelf geen tijd voor had gehad. Vanaf haar zesde had ze vrijwel haar hele leven achter de piano doorgebracht. Ze had erop gepingeld. Gestudeerd. Gespeeld. Keihard gewerkt. Ze had opgetreden, had tournees gemaakt, was beoordeeld en had gefaald. Ze had zich weer hersteld, op zich in laten praten, had succes geoogst en was virtuoos geworden.

In het begin ging Martin altijd achter Jane staan wanneer ze speelde. Dan volgden zijn ogen de noten, terwijl zijn handen op haar schouders lagen en hij een zacht kneepje gaf elke keer wanneer ze een fout maakte. Pechenikov had Jane alleen als leerling gewild als Martin daarmee ophield, maar de spanning van haar vaders aanwezigheid had desondanks als een schaduw over haar carrière gelegen. Over haar leven. Haar triomfen. Haar mislukkingen. Of ze nu in Tokio, Sydney of New York was, en zelfs tijdens de drie maanden in haar eentje in Berlijn, altijd had ze een onzichtbare Martin achter zich gevoeld.

Weer huiverde Jane. Ze keek even achter zich, alsof Martin er zou kunnen staan. Toen ging ze zitten, met haar rug tegen het hoofdeinde. Ze trok de lakens om zich heen.

Wat hadden ze gedaan?

Nick zou vast zeggen dat ze niets hadden gedaan. Laura Juneau had de trekker overgehaald. De vrouw had zich duidelijk helemaal met het besluit verzoend. Ze had er op elk moment de brui aan kunnen geven.

Dat ze Martin had vermoord en vervolgens zichzelf had gedood, was moedig geweest, en ze had het helemaal alleen gedaan.

Maar voor het eerst in de zes jaar dat Jane Nicholas Harp kende, kon ze hem niet voetstoots geloven.

Ze hadden er met zijn allen voor gezorgd dat Laura zich samen met Martin op dat podium bevond: Jane, Andrew, Nick en de cellen in de andere steden. Zoals Nick het zag, was ieder van hen een radertje in een gedecentraliseerde machine. Een geheimzinnige insider had Chicago geholpen het bedrijf te infiltreren dat de zakjes rode verf maakte die in de bruine papieren zak hadden moeten zitten. New York had de documentenvervalser in Toronto geregeld. San Francisco had betaald voor vliegtickets, hotelkamers, taxi's en maaltijden. Net als Martins schim achter Janes schouder hadden ze allemaal onzichtbaar achter Laura Juneau gestaan toen ze de revolver uit haar tas nam en twee keer de trekker overhaalde.

Was het gestoord?

Waren ze allemaal krankzinnig?

De afgelopen anderhalf jaar was Jane elke ochtend vol twijfel wakker geworden. Haar emoties slingerden woest heen en weer, als de klepel van een klok. Het ene moment vond ze dat ze zich als waanzinnigen gedroegen: ze deden drills, oefenden vluchtroutes en leerden met wapens omgaan. Dat was toch belachelijk? Waarom moest Jane zich in het handgevecht bekwamen? Waarom moest ze de locatie van safehouses onthouden en tekeningen begrijpen van valse panelen en geheime compartimenten? Ze waren maar met een handjevol mensen, geen van allen ouder dan dertig, maar ze meenden dat ze over de middelen en de macht beschikten om buitengewone verzetsdaden te plegen.

Dat was toch per definitie een waanidee?

Maar dan zei Nick weer iets en was Jane er zonder de geringste twijfel van overtuigd dat alles wat ze deden volkomen logisch was.

Ze liet haar hoofd in haar handen rusten.

Ze had een vrouw geholpen om haar eigen vader te vermoorden. Ze had plannen gesmeed voor zijn dood. Ze had geweten dat het zou gebeuren en ze had niets gezegd.

Oslo had een einde gemaakt aan het belachelijke van de onderneming. Aan het scepticisme. Alles was nu echt. Alles gebeurde nu.

Jane werd gek.

'Hé daar!' Nick kwam de kamer binnen met een beker in de ene en een krant in de andere hand. Hij had alleen zijn boxershort aan. 'Dit moet je helemaal opdrinken.'

Ze pakte de beker. Hete thee met whisky. De laatste keer dat ze alcohol had gedronken, was met Laura Juneau in de bar. Toen had haar hart net zo gebonkt als nu. Laura had Jane een kameleon genoemd. En ze had gelijk gehad. De vrouw had geen idee gehad dat Jane ook bij de club hoorde. Ze hadden als vreemden met elkaar gepraat, vervolgens als intimi, en toen was Laura verdwenen.

'Je bent fantastisch,' had ze tegen Jane gezegd voor ze opstapte. 'Je bent fantastisch omdat je zo helemaal jezelf bent.'

'Er zijn zojuist weer wat politiejongens gearriveerd.' Nick stond nu bij het raam en keek neer op het parkeergedeelte. 'Naar die rammelbak te oordelen zal het de FBI wel zijn.' Hij schonk haar een scheve grijns, alsof de aanwezigheid van federale agenten niets voorstelde nadat ze al met de CIA, de NSA, Interpol, de douane en de geheime dienst hadden gesproken. 'Dan ben jij Bonnie en ik ben Clyde.'

Jane nam een grote slok thee. Ze proefde het hete spul amper, zo brandde het in haar maag. Vijf dagen geleden was Martin vermoord. Morgen was zijn begrafenis. Nick leek zich te laven aan de stress, was bijna uitzinnig tijdens de ondervragingen die steeds meer op verhoren gingen lijken. Jane wilde hem wel toeschreeuwen dat dit echt was, dat ze iemand hadden vermoord, dat wat ze nu aan het plannen waren hun allemaal levenslang kon bezorgen, of erger.

Maar ze fluisterde alleen maar: 'Ik ben bang, Nicky.'

'Liefje.' Voor ze het kon vragen, zat hij al op het bed en nam haar in zijn armen. Hij drukte zijn lippen tegen haar oor. 'Alles komt goed. Vertrouw maar op mij. Ik heb veel erger meegemaakt dan dit. Je komt hier sterker uit. Dan weet je weer waarvoor we dit alles doen.'

Jane sloot haar ogen en probeerde zijn woorden te laten bezinken. Ze had geen idee meer waarvoor ze dit deden. Waarom rouwde ze om haar vader? Jarenlang had ze met heel haar hart geloofd dat elk flintertje liefde dat ze voor Martin koesterde uit haar was geslagen. Waarom ging ze dan nu gebukt onder schuldgevoel? Waarom deed het pijn, telkens als ze besefte dat Martin er niet meer was?

'Ophouden.' Nick wist het altijd wanneer ze zich zorgen maakte. 'Denk maar aan iets anders,' zei hij. 'Aan iets moois.'

Jane schudde haar hoofd. Ze bezat niet Nicks gave om alles in hokjes onder te brengen. Ze kon niet eens haar ogen sluiten zonder Martins hoofd te zien exploderen. De kogel had zijn slaap geraakt. Hersens, weefsel en bot hadden Friedrich Richter ondergespat als modder van een autowiel. Toen had Laura de trekker opnieuw overgehaald en was de bovenkant van haar hoofd tegen het plafond gespoten.

Het spijt me, had Jane enkele seconden daarvoor geluidloos tegen de vrouw gezegd.

Zou Laura hebben geweten waarom ze zei dat het haar speet?

'Kom.' Met een kneepje in haar schouder bracht Nick haar terug in het heden. 'Weet je de eerste keer nog dat we elkaar zagen?'

Weer schudde Jane haar hoofd, maar nu om de heftige beelden te wissen. Het wapen. De explosies. Het spatten en spuiten.

'Kom op, Jinx,' vleide Nick. 'Ben je onze eerste ontmoeting vergeten? Dat is in december alweer zes jaar geleden. Wist je dat?'

Jane veegde haar neus af. Natuurlijk wist ze dat. Het moment waarop ze Nick voor het eerst had gezien, stond in haar lichaam en ziel gegrift: Andrew en Nick, die thuis waren gekomen van de universiteit en als een stel schooljongens in de hal aan het kloten waren geweest. Jane was de salon uit gestormd om te klagen over de herrie. Nick had naar haar geglimlacht, en het was alsof haar hart zich had gevuld als een heteluchtballon die uit haar borst dreigde te zweven.

'Jinx?'

Omdat ze wist dat hij net zo lang door zou gaan tot ze het spel meespeelde, speelde ze het mee. 'Je zag me nauwelijks staan.'

'Je was amper meerderjarig.'

'Ik was zeventien.' Ze vond het vreselijk als hij haar als een kind behandelde. Net als Andrew was hij maar drie jaar ouder. 'En je negeerde me dat hele weekend omdat Andy en jij achter die sloeries uit North Beach aan zaten.'

Hij lachte. 'Ik zou geen enkele kans hebben gehad als ik me voor je had uitgesloofd zoals al die andere sukkels.'

Er waren helemaal geen andere sukkels geweest. Niemand had zich ooit voor Jane uitgesloofd. Mannen hadden haar met ontzag of met onverschilligheid bejegend, alsof ze een pop in een glazen stolp was. Nick was de eerste van Andrews vrienden geweest die in haar een vrouw had gezien.

Hij streek haar haar naar achteren en bracht zijn mond weer naar haar oor. Hij fluisterde altijd als hij haar belangrijke dingen vertelde. 'Ik heb je niet het héle weekend genegeerd.'

Onwillekeurig haalde haar hart dat zweverige trucje weer uit. Zelfs nu alles zo vreselijk was, wist ze nog steeds hoe spannend het was geweest toen Nick haar in de keuken had verrast. Ze was in een tijdschrift verdiept geweest toen hij binnen was komen slenteren. Jane had iets stekeligs gezegd zodat hij zou opkrassen, maar hij had haar gekust, zonder een woord te zeggen, was toen achterwaarts de keuken uit gelopen en had de deur dichtgedaan.

'Ik was een soort wees toen ik jou ontmoette,' zei Nick. 'Ik had niemand. Ik was helemaal alleen. Maar toen had ik jou.' Met zijn hand omvatte hij haar nek. Opeens was hij ernstig. 'Zeg dat je nog steeds achter me staat. Dat moet ik weten.'

'Natuurlijk.' Dat had hij in Oslo ook gedaan, later weer, op de thuisvlucht, en tijdens hun eerste nacht terug in San Francisco. Blijkbaar was hij doodsbang dat de drie maanden dat ze gescheiden waren geweest haar op de een of andere manier aan het aarzelen hadden gebracht. 'Ik sta achter je, Nick. Altijd.'

Hij keek in haar ogen, speurend naar een teken, een aanwijzing dat ze tegen hem loog, zoals iedereen dat altijd had gedaan in zijn leven.

'Ik hoor bij jou,' zei ze resoluut. 'Met heel mijn wezen.'

'Goed zo.' Zijn glimlach had iets weifelends. Hij was al door zoveel mensen gekwetst.

Jane wilde hem omarmen, maar hij hield er niet van als ze aanhalig deed, en daarom hief ze haar gezicht zodat hij haar kon kussen. Nick gaf toe, en voor het eerst in dagen kreeg ze weer lucht.

'Mijn liefste,' fluisterde hij in haar oor. Hij schoof zijn handen onder haar hemdje en bracht zijn mond naar haar borsten. Eindelijk kon Jane haar armen om hem heen slaan. Niet dat ze zin in seks had, maar als ze weer nee zei, zou ze zijn gevoelens kwetsen. Het meest verlangde ze naar het naspel. Als hij haar in zijn armen hield. Als hij zei dat hij van haar hield. Als hij haar het gevoel gaf dat alles goed zou komen.

Dan zou ze het hem kunnen vertellen.

Terwijl Nick haar op het bed neervlijde, voelde ze alle woorden die ze de afgelopen maand in stilte had geoefend naar haar lippen stromen: *het spijt me, ik ben doodsbang, opgetogen, dolblij, bezorgd, panisch, verrukt en vreselijk bang dat je bij me weg zult gaan, want...*

Ik ben zwanger.

'Hallo?'

Ze schoten allebei weer overeind. Jane trok het laken op tot aan haar hals.

'Zijn jullie wakker?' Andrew klopte aan en gluurde de kamer in. 'Is iedereen toonbaar?'

'Nooit,' zei Nick. Onder het laken hield hij nog steeds haar borst vast. Jane probeerde zich los te maken, maar Nick wurmde zijn arm om haar middel om dat te voorkomen. Met zijn blik op Andrew gericht streelde hij de onderkant van haar rug.

'Er kwamen net nog twee agenten aanrijden,' zei hij.

'Ja, ik heb ze gezien.' Andrew veegde zijn neus af aan zijn mouw, want hij was verkouden uit Noorwegen teruggekomen. Vervolgens zei hij iets tegen Nick wat Jane nooit zou durven zeggen. 'Beetje beleefd doen tegen die gasten, Nicky. Alsjeblieft.'

Ze keken elkaar aan. Nicks hand gleed nu over Janes rug naar beneden. Het bloed steeg naar haar hals en wangen. Ze haatte het als hij dat soort dingen deed waar Andrew bij was.

'Moeten we de zijkant van onze neus niet aanraken, net als in *The Sting*?' vroeg Nick.

'Dit is echt,' zei Andrew op scherpe toon. Ze waren allemaal doodsbang dat het huis werd afgeluisterd. De laatste paar dagen was het alsof ze rond de punt van een naald slopen. 'Onze vader is vermoord. Er is een vrouw ontvoerd. Neem het nou serieus.'

'Maar dan wel het liefst schoon.' Nick beet in Janes schouder en verdween naar de badkamer.

Jane trok het laken nog strakker om zich heen. Ze keek naar de dichte badkamerdeur. Ze wilde hem achternagaan, hem smeken om naar Andrew te luisteren, maar ze had het nog nooit kunnen opbrengen tegen Nick te zeggen dat hij het mis had.

'Jane...' zei Andrew.

Ze gebaarde dat hij zich moest omdraaien zodat ze zich kon aankleden.

Hij gehoorzaamde. 'Mama heeft naar je gevraagd.'

Jane rolde een panty om haar benen. De taille knelde toen ze opstond. 'Was je vanmorgen met Ellis-Anne aan het bellen?'

Andrew antwoordde niet. Op de een of andere manier was zijn ex-vriendin geen onderwerp van gesprek meer.

Ze deed een nieuwe poging. 'Jullie zijn twee jaar samen geweest. Ze is gewoon –'

'Jane,' herhaalde Andrew, nu zachtjes. Sinds hun thuiskomst had hij met haar over Martin willen praten, maar Jane was veel te bang dat als ze er met hem over sprak, er binnen in haar iets zou openbreken wat zich niet meer liet dichten.

'Je moet naar de dokter,' zei ze, frunnikend aan de parelmoeren knoopjes van haar blouse. Ze trok een lange broek van een hanger.

'Ik heb...' Langzaam bewoog hij zijn hoofd heen en weer. 'Ik heb het gevoel dat er iets mist vanbinnen. Alsof er een orgaan is verwijderd. Is dat vreemd?'

Jane probeerde de zijrits van haar broek dicht te doen. Haar vingers voelden klungelig. Ze moest het zweet van haar handen vegen. De broek zat strak. Alles zat strak want ze was zwanger en ze hadden hun vader gedood en tegen de tijd dat dit alles voorbij was, hadden ze waarschijnlijk nog meer mensen gedood.

'Andy, ik kan niet...' Haar woorden gingen verloren in een snik.

Ik kan niet met je praten. Ik kan niet naar je luisteren. Ik kan niet bij je zijn want dan ga je zeggen wat ik denk en uiteindelijk gaan we er allebei kapot aan.

Hoe had Laura Juneau het voor elkaar gekregen?

Niet de fysieke daad – Jane was erbij geweest, ze was getuige geweest van elk detail van de moord en de zelfmoord – maar hoe had Laura die knop in haar binnenste omgezet en was ze in een kille moordenares veranderd? Hoe was het mogelijk dat de vriendelijke, belangstellende vrouw met wie Jane had zitten roken in de bar van het congrescentrum dezelfde was als de vrouw die een wapen uit haar tas had genomen, een man had gedood en vervolgens zichzelf?

Telkens weer zag Jane die buitengewoon serene uitdrukking op het gezicht van Laura Juneau. Het lachje om haar lippen had haar verraden. Het was duidelijk dat Laura volkomen vrede had met haar daden. Elke aarzeling ontbrak. Er was geen moment van bezinning of twijfel. Toen Laura haar hand in haar tas had gestoken om de revolver te pakken, had ze evengoed naar een pakje kauwgom kunnen zoeken.

'Jinx?' Andrew had zich weer omgedraaid. Er stonden tranen in zijn ogen, en nu moest Jane nog harder huilen. 'Kom, ik help je even.'

Ze keek naar hem toen hij de rits van haar broek optrok. Zijn adem rook ziek. Zijn huid had iets klams. 'Je bent afgevallen,' zei ze.

'Alsjeblieft.' Speels kneep hij in het nieuwe laagje vet om haar middel. 'Nick heeft toch gezegd dat het goed gaat komen? En Nick heeft toch altijd gelijk?'

Ze lachten, maar zachtjes, want ze wisten niet of Nick aan de andere kant van de deur meeluisterde.

'We moeten flink zijn.' Jane pakte een tissue, gaf die aan Andrew en nam er toen een voor zichzelf. Ze snoten allebei hun neus. Andrew hoestte. Het geratel in zijn borst klonk als tegen elkaar tikkende knikkers.

Ze legde haar hand op zijn voorhoofd. 'Je moet echt naar de dokter.'

'Wanneer dan?' vroeg hij schouderophalend.

De deur van de badkamer ging open. Nick liep naakt naar buiten en wreef met een handdoek zijn haar droog. 'Heb ik iets gemist?'

‘Ik ga naar beneden, voor Jasper ons komt zoeken,’ zei Andrew.

‘Ga jij maar mee,’ zei Nick tegen Jane. ‘Trek laarzen aan. Die maken meer indruk.’

Jane pakte een paar zwarte sokken uit de la en trok die over de panty heen aan. Ze hield telkens een paar laarzen omhoog, tot Nick goedkeurend knikte. Toen ze vooroverboog om ze dicht te gespen, drukte hij zich van achteren tegen haar aan. Terwijl hij met Andrew praatte, wreef hij over haar onderrug. ‘Jane heeft gelijk. Neem de tijd om naar de dokter te gaan. Je mag niet ziek zijn op… op de begrafenis.’

Het gal steeg Jane naar de keel toen ze een laatste ruk aan de gespen van haar rijlaarzen gaf. Ze wist niet of het van die afschuwelijke ochtendmisselijkheid kwam of van angst. Vanaf het begin had Nick dat soort overbodige verbale spelletjes gespeeld. De gedachte dat een FBI-agent verderop in de straat in een surveillancebusje zat en elk woord van hem opzoog, bezorgde hem een kick, wist Jane.

Weer bracht hij zijn mond naar haar oor. ‘Zorg dat hun ogen uit hun kop rollen, liefste.’

Ze knikte. ‘Klaar,’ zei ze tegen Andrew.

Nick gaf haar een klap op haar kont toen ze de kamer uit liep. Weer trok er een golf van gêne door Jane heen. Het had geen zin hem te vragen daarmee te stoppen, want smeken maakte het alleen maar erger.

Andrew liet Jane voorgaan op de trap. Ze dwong de blos uit haar wangen. Ze wist dat Nick liefdeloos was opgegroeid en hoe belangrijk het voor hem was dat mensen beseften dat hij erbij hoorde, maar ze vond het vreselijk wanneer hij haar als een jachttrofee behandelde.

‘Gaat het?’ vroeg Andrew.

Jane merkte dat ze haar hand op haar buik had gelegd. Ze had nog niemand over de baby verteld, ook Andrew niet. Aanvankelijk had ze zichzelf wijsgemaakt dat Nick het als eerste moest weten, maar toen de weken waren verstreken, was ze gaan beseffen dat ze doodsbang was dat hij de baby niet wilde en dat ze dan aan iedereen zou moeten uitleggen waarom ze niet meer zwanger was.

De volgende keer, had hij de laatste keer gezegd. *De volgende keer houden we het.*

'Miss Queller?' In de hal wachtte een man hen op. Een gouden penning blonk in zijn opengeslagen portefeuille. 'Ik ben agent Barlow van de FBI. Dit is agent Danberry.'

Danberry stond in de salon, met zijn handen samengevouwen achter zijn rug. Hij was een slechtere uitvoering van Barlow: minder haar, minder zelfvertrouwen, en zelfs minder tanden, want hij bleek een bovenste hoektand te missen. Hij was in gesprek geweest met Jasper, die gekleed was in zijn reservistenuniform van de luchtmacht. Zijn borst was bedekt met medailles en kleurige strepen. Jasper was twaalf jaar ouder dan Jane, de overbezorgde broer, haar eeuwige steun en toeverlaat. Hij had haar concerten bijgewoond, had gevraagd hoe het op school ging en had haar naar het eindbal begeleid toen niemand anders dat wilde. Jane had hem altijd als een semivolwassene beschouwd, een heroïsche figuur die met zijn soldaatjes speelde en boeken over militaire geschiedenis las, maar op wie ze altijd kon rekenen als een jongen op zijn flikker moest krijgen omdat die haar gevoelens had gekwetst, of als ze geld nodig had om lippenstift te kopen.

'Miss Queller?' herhaalde agent Barlow.

'Sorry.' Jane trok een tissue uit de doos op de salontafel.

Barlow zette een ingetogen gezicht op. 'Gecondoleerd met uw verlies.'

Jane veegde haar ogen af voor de spiegel achter de bank. Haar huid voelde ruw aan. Haar ogen waren opgezwollen. Haar neus was knalrood. Ze huilde nu al vijf dagen.

'Neem de tijd,' zei Barlow, hoewel hij kennelijk popelde om te beginnen.

Zo zachtjes mogelijk snoot Jane haar neus.

Nick had urenlang hun verklaringen met hen geoefend, maar niets had Jane kunnen voorbereiden op de stress van een ondervraging. De eerste keer had ze wanhopig zitten snikken, doodsbang dat ze iets verkeerds zou zeggen. Bij de daaropvolgende gesprekken had ze beseft dat de tranen een godsgeschenk waren, want huilen werd van haar verwacht. Ook Andrew leek een strategie te hebben bedacht. Telkens als hem een moeilijke vraag werd gesteld, haalde hij zijn neus op, veegde langs zijn ogen en wendde zijn hoofd af terwijl hij over zijn antwoord nadacht.

Nick was degene die iedereen nerveus maakte, niet alleen Jane en Andrew, maar iedereen die toevallig in de kamer was. Hij leek er een pervers genoegen in te scheppen om de agenten te tergen, tot het uiterste te gaan en vervolgens een onschuldige verklaring te verzinnen zodat ze op het nippertje weer gered waren.

Toen Jane hem de vorige dag met de agenten van de geheime dienst had gezien, had ze zich afgevraagd of hij soms suïcidaal was.

'Jinx?' zei Jasper.

Ze wachtten allemaal tot ze ging zitten. Ze liet zich op het randje van de bank zakken. Andrew kwam naast haar zitten. Barlow nam plaats op de bank tegenover haar, met zijn handen op zijn knieën. Alleen Jasper en Danberry bleven staan. De eerste liep heen en weer en de tweede deed alsof hij de kamer aan een inspectie onderwierp. In plaats van een vraag te stellen opende Danberry een doosje van onyx dat op een boekenplank stond en tuurde erin.

Barlow haalde een notitieboekje uit zijn borstzak en bladerde het door. Zijn ogen schoten heen en weer toen hij zwijgend zijn aantekeningen bestudeerde.

Jane keek naar Andrew en toen naar Jasper, die zijn schouders ophaalde.

Dit was nieuw. De andere agenten hadden eerst over koetjes en kalfjes gebabbeld, vragen gesteld over het huis en de inrichting. Gewoonlijk nam Andrew dat gedeelte voor zijn rekening. Evenals de rest van het huis was de salon een mengeling van gotisch en Beaux-Arts, met meubilair op frêle poten en fluwelen behang tussen de donkere mahoniehouten panelen. De twee kroonluchters waren van een Queller geweest die lang geleden met Mr. Tiffany aan het ontwerp had gewerkt. De salontafel was gemaakt van sequoia's die ooit waren geveld door haar moeders kant van de familie. Een volwassen man kon met gemak rechtop in de haard staan. Volgens de geruchten was het tapijt van een Japanse familie geweest die tijdens de oorlog naar een interneringskamp was gestuurd.

Andrew schoof heen en weer op de bank. Jasper begon weer te ijsberen.

Barlow sloeg een blaadje in zijn notitieboek om. In de stilte klonk het geluid als schuurpapier. Danberry hield zijn hoofd schuin om de titels op de ruggen van boeken te kunnen lezen.

Jane moest iets met haar handen doen. Ze nam een pakje sigaretten van de salontafel. Andrew stak een lucifer voor haar aan. Echt stilzitten lukte hem niet. Hij zat in het wilde weg met zijn voet te tikken. Jane vroeg zich af wat voor indruk het zou maken als ze haar hand kalmerend op zijn been legde. Of als ze Barlow verzocht om eindelijk te beginnen. Of als ze het keihard op een krijsen zette tot iedereen ervandoor ging en zij weer naar boven kon, naar Nick.

Hier was duidelijk sprake van een manipulatietactiek. Barlow en Danberry werkten iedereen op de zenuwen in de hoop dat ze domme fouten maakten.

In gedachten nam Jane de vragen weer door die de andere agenten hadden gesteld.

Hebt u ooit de echte Alexandra Maplecroft ontmoet? Wat heeft Laura Juneau tegen u gezegd tijdens het congres? Had u niet door dat ze zich voor iemand anders uitgaf? Waar denkt u dat de echte dr. Alexandra Maplecroft nu is?

Ze is ontvoerd.

Het antwoord op de laatste vraag was algemeen bekend. Het losgeldbriefje had de vorige dag op de voorpagina van *The San Francisco Chronicle* gestaan:

> Wij hebben dr. Alexandra Maplecroft in handen, een werktuig van het fascistische regime…

'Miss Queller?' Eindelijk keek Barlow op van zijn notitieboekje. 'Ik geef nu een samenvatting van wat we al weten uit eerdere gesprekken met u.'

Jane kon amper knikken. Haar lichaam stond stijf van spanning. Er was iets met deze twee mannen. Met hun gekreukelde pakken, vlekkerige dassen, ontbrekende tanden en slechte kapsels leken ze net geheim agenten uit een tv-parodie, maar ze zouden hier niet zijn als ze tweede- of derderangs waren.

'Goed, dan beginnen we,' zei Barlow. 'Vóór het congres had u Laura Juneau nog nooit ontmoet. Misschien kende u haar naam, omdat haar man hun kinderen had vermoord, want dat verhaal heeft in alle kranten gestaan. U verbleef in Berlijn om twee maanden lang in te vallen voor een vriend in een studio. U –'

'Drie,' corrigeerde Jasper hem.

'Oké, drie maanden. Bedankt, majoor Queller.' Barlow hield zijn aandacht op Jane gericht. 'U hebt dr. Alexandra Maplecroft voor die tijd nooit ontmoet en u kent haar naam alleen in verband met uw vader, want zij was een rivaal die –'

'Nee,' zei Jasper. 'Om elkaars rivaal te kunnen zijn, moet je gelijkwaardig aan elkaar zijn. Maplecroft was alleen maar irritant.'

'Nogmaals bedankt, majoor.' Het was duidelijk dat Barlow Jasper het liefst de mond zou snoeren, maar hij pakte de draad van zijn verhaal weer op. 'Miss Queller, allereerst zou ik het over uw gesprek met Mrs. Juneau aan de bar willen hebben.'

Jane knipperde met haar ogen en zag meteen weer de verrukte blik in Laura's ogen toen ze Jane 'Love Me Two Times' op de bar hoorde roffelen.

'Benaderde u Mrs. Juneau of benaderde zij u?' wilde Barlow weten.

Janes keel snoerde dicht, en ze moest hoesten voor ze iets kon zeggen. 'Ik benaderde haar. Ik zat achter de piano, ik speelde piano toen ze binnenkwam. Ik ging ervan uit dat ze Amerikaans was vanwege...'

'Vanwege haar kleding,' vulde Barlow haar aan. 'U wilde met een Amerikaanse praten nadat u zo lang in Duitsland had gezeten.'

Een misselijkmakende duizeligheid overviel Jane. Waarom had hij haar zin afgemaakt? Wilde hij bewijzen dat hij met de andere agenten had gesproken, dat ze hun aantekeningen hadden vergeleken, of probeerde hij alleen maar de vaart erin te houden?

Of, en dat was nog het meest beangstigende, hadden ze op aandringen van Nick te veel moeten oefenen? Waren hun woordkeuze, hun gebaren, hun opmerkingen zo uitgekauwd dat het argwaan had gewekt?

Jane deed haar lippen uit elkaar. Ze probeerde lucht in haar longen te zuigen.

'Waar hebben u en Mrs. Juneau het over gehad?' vroeg Barlow.

Jane voelde een zware druk op haar borst. Opeens werd het benauwd in de kamer. Ze legde de sigaret in de asbak, deed haar best hem recht in de gleuf te krijgen. Haar hand trilde weer. Ze wist niet wat ze moest zeggen, en daarom vertelde ze de waarheid. 'Ze had me een paar jaar geleden zien spelen. We hebben het over dat optreden gehad. En over muziek in het algemeen.'

'Dus Bach, Beethoven, Mozart?' Barlow leek de namen uit de lucht te plukken. 'Chopin? Tsjakopski?'

Tsjaikovski, wilde Jane al zeggen, maar ze hield zich op het laatste moment in, want... was dit een truc? Had ze tegen een andere agent iets anders gezegd?

Weer hoestte Andrew. Hij viste Janes smeulende sigaret uit de asbak.

'Miss Queller?' drong Barlow aan.

Jane pakte een tissue en snoot haar neus. Ze onderdrukte de opkomende paniek.

Houd je aan de waarheid, had Nick hen geïnstrueerd. *Zorg alleen dat het niet de volledige waarheid is.*

'Eh...' Jane probeerde rust in haar stem te leggen. 'We hebben het over Edvard Grieg gehad, want die is Noors. Over A-ha, de popgroep, ook Noors. Over Martha Argerich, uit Argentinië. Ik weet niet meer hoe we op haar kwamen, maar haar naam dook ook op.'

'Hebt u Juneau naar het toilet zien gaan?' Barlow keek Jane onderzoekend aan toen ze haar hoofd schudde. 'Bent u vóór de schietpartij op enig moment in het toilet geweest?'

'Het congres duurde erg lang. Dus ongetwijfeld.' Jane merkte dat haar stem trilde. Was dat goed? Klonk haar verhaal zo geloofwaardiger? Ze keek naar Danberry. Hij trok als een haai rondjes door de kamer. Waarom stelde hij geen vragen?

Barlow zei: ‘Er zaten restjes tape achter een van de waterreservoirs. We denken dat het wapen daar verstopt heeft gezeten.’

‘Geweldig,’ zei Jasper. ‘Dan hebt u vingerafdrukken. Zaak gesloten.’

‘Ze droegen handschoenen,’ zei Barlow, om zich vervolgens weer tot Jane te richten: ‘Goed, wat we tot dusver weten is dat u vóór de moord al over Laura en Robert Juneau gehoord had. En over Maplecroft?’

‘Juneau en Maplecroft in de salon!’ bulderde Nick, die dat moment uitkoos om op het toneel te verschijnen. ‘Goeie god, ze klinken als personages uit de Canadese versie van Cluedo. Wie van de twee had de kandelaar?’

Iedereen had zich naar Nick toegekeerd, die in de deuropening was blijven staan. Op de een of andere manier was hij erin geslaagd alle lucht uit de kamer te zuigen. Jane had hem dat al zo vaak zien doen. Hij kon de sfeer opjagen of dempen als een dj die aan de knop van een platenspeler draait.

‘Mr. Harp,’ zei Barlow. ‘Fijn dat u erbij kunt zijn.’

‘Het is me een genoegen.’ Met een zelfvoldane grijns liep Nick de kamer in. Jane hield haar blik op Barlow gericht, die Nicks fijnbesneden gelaat bestudeerde. Zijn blik gaf niets prijs, maar ze voelde zijn walging. Nicks knappe kop en zijn charme werkten voor of tegen hem. Een middenweg was er niet.

‘Goed, heren.’ Met zijn arm bezitterig achter Janes rug wurmde Nick zich tussen haar en Andrew op de bank. ‘U hebt ongetwijfeld al gehoord dat geen van ons Maplecroft of Juneau kende voor Martin werd vermoord?’ Zijn vingers streken door Janes haar. ‘Die arme meid is er kapot van. Ik snap niet waar iemand zoveel tranen vandaan haalt.’

Heel even hield Barlow Nicks blik vast, toen richtte hij zich tot Andrew: ‘Waarom hebben u en Mr. Harp niet dezelfde vlucht vanuit San Francisco genomen?’

‘Nick is een dag vóór mij vertrokken.’ Andrew pakte zijn zakdoek en veegde zijn neus af. ‘Volgens mij had hij nog iets in New York te doen.’

‘Wat precies?’

Andrew keek verbaasd omdat Barlow dit niet aan Nick vroeg.

'Majoor Queller.' Nogal nadrukkelijk wendde Barlow zich tot Jasper. 'Waar kent uw familie Mr. Harp van?'

'Nick is al heel lang bij ons.' Jasper klonk kalm, wat verbazend was, want hij had nooit veel met Nick opgehad. 'Hij is met ons mee op vakantie geweest, uitstapjes, dat soort dingen.'

'Zijn familie woont aan de oostkust,' voegde Andrew eraan toe. 'Nick was hier min of meer verweesd. Onze vader en moeder hebben zich over hem ontfermd.'

'Hij is hier toch op vijftienjarige leeftijd naartoe gestuurd?' vroeg Barlow. Hij zweeg even, maar niemand reageerde. 'Was hij thuis niet in aanraking geweest met de politie? Toen heeft zijn moeder hem toch naar de andere kant van het land gestuurd, naar zijn oma?'

'Nick heeft ons er alles over verteld.' Andrew keek even nerveus naar Nick. 'Hij heeft het niet makkelijk gehad, maar het is hem wel gelukt op Stanford te worden aangenomen.'

'Oké.' Barlow keek op zijn aantekeningen. Het grote zwijgen was weer begonnen.

Nick wendde onverschilligheid voor. Hij sloeg denkbeeldige pluisjes van zijn broek. Jane kreeg een snelle knipoog. Alleen zij voelde de spanning in zijn lijf. Zijn arm achter haar schouders verstrakte. Zijn vingers boorden zich in haar huid.

Was hij boos op haar? Moest ze hem verdedigen? Moest ze tegen de agenten zeggen dat Nick een goed mens was, dat hij zichzelf uit de goot had gehesen, dat ze het recht niet hadden hem zo te behandelen, want hij was...

Aan het verliezen.

Nick zag het nog niet, maar hij had het spel al verloren zodra hij de kamer was binnengewandeld. Dagenlang had hij de overheidsagenten op de hak genomen, was hij tegen hen uitgevaren vanwege hun domheid, had hij opgeschept over zijn eigen slimheid. Hij had niet beseft dat ze evengoed als hij in staat waren een show op te voeren.

Jane ademde haperend in. Ze huilde weer. Niets was zo beangstigend als toezien hoe hij zich uit het nauw probeerde te vechten.

'Mr. Queller.' Barlow keek Andrew aan. 'Heeft Mr. Harp u weleens verteld dat hij een college van dr. Maplecroft heeft bijgewoond?'

Andrew schonk Jane een geschrokken blik waarin ze haar eigen gevoelens weerspiegeld zag. *Wat moesten ze zeggen? Wat wilde Nick dat ze zeiden?*

'Daar wil ik wel op reageren,' bood Nick aan. 'Als u dat wilt.'

'Waarom niet?' Barlow leunde achterover op de bank.

Achter hem deed Danberry weer een doosje open en dicht.

Nick stelde hun geduld op de proef. Hij nam de sigaret uit de asbak, inhaleerde hoorbaar en blies een stoot rook uit. Hij tikte wat as af en legde de sigaret netjes in de gleuf van de marmeren asbak. Toen liet hij zich achteroverzakken en sloeg zijn arm weer om Jane heen.

Ten slotte keek hij op, zogenaamd verbaasd omdat ze allemaal op hem wachtten. 'O, jullie willen nu antwoord?'

Danberry sloeg zijn armen over elkaar.

Jane slikte een golf opkomende gal weer in.

'Staat ergens vastgelegd dat ik dat college heb bijgewoond?' vroeg Nick aan Barlow.

'Volgens haar assistent geloofde dr. Maplecroft niet in presentielijstjes.'

'Jammer.'

'We gaan deze week met andere studenten praten.'

'Een hele onderneming, lijkt me,' zei Nick. 'Hoeveel studenten zijn er wel niet in Berkeley? Dertig-, veertigduizend?'

Barlow slaakte een diepe zucht. Hij sloeg zijn notitieboekje weer open en ging verder met het spel door zich rechtstreeks tot Andrew te richten. 'Toen Mr. Harp op het congres Laura Juneau benaderde, die zich op dat moment als dr. Maplecroft voordeed, zei Mr. Harp dat hij ooit een college van dr. Maplecroft had bijgewoond. De politieman en de jongedame achter de inchecktafel hebben het hem allebei horen zeggen.'

'Bij dat deel van het gesprek was ik niet aanwezig,' zei Andrew. 'Maar ik weet zeker dat Nick kan –'

'Bent u ervan op de hoogte dat Mr. Harp veroordeeld is geweest wegens drugsbezit?'

'Bent u ervan op de hoogte dat dat ook voor Mr. Queller geldt?' snauwde Nick.

'Jezus,' mompelde Jasper.

'Ik wou alleen maar weten of ze over alle feiten beschikken,' zei Nick. 'Liegen tegen een FBI-agent is een ernstig misdrijf. Dat klopt toch, Mr. Danberry?'

Danberry zweeg, maar Jane zag hem in gedachten het feit noteren dat Nick er niet bij was geweest toen de agenten zich hadden voorgesteld. Jane had hun kunnen vertellen dat hij waarschijnlijk bovenaan de trap had staan luisteren. Ze was er kwaadschiks achter gekomen dat Nick vaak voor luistervink speelde.

'Twee jaar geleden ben ik veroordeeld wegens cocaïnebezit,' biechtte Andrew op. 'Ik heb een taakstraf gehad in ruil voor het wissen van mijn strafblad.'

'Dat soort zaken blijft tegenwoordig niet geheim, toch?' voegde Nick eraan toe.

'Nee, inderdaad niet,' schamperde Barlow.

Jane probeerde niet ineen te krimpen toen Nick ruw met zijn vingers door haar haar woelde.

'Ik heb Laura Juneau ontmoet in de KLM-lounge op Schiphol,' zei hij tegen Barlow. 'We waren allebei op weg naar Oslo. Zij heeft mij benaderd. Ze vroeg of de stoel naast me bezet was. Ik zei nee. Ze stelde zich aan me voor als dr. Alexandra Maplecroft. Ze zei dat ze me herkende van een van haar colleges, en dat zou best kunnen kloppen, maar eerlijk gezegd, heren, was ik tijdens mijn studie meestal knetterstoned, dus ik ben niet echt een betrouwbare getuige.'

'Niet echt, nee,' benadrukte Barlow.

Danberry zweeg nog steeds. Nu stond hij aan de andere kant van de kamer, bij de Bösendorfer Imperial-concertvleugel. Jane probeerde zich in te houden toen hij zijn vingers geluidloos over de extra bastoetsen liet glijden.

'Goed, Mr. Harp,' zei Barlow, 'voor zover u het zich herinnert, hebt u dr. Maplecroft voor het eerst op de luchthaven van Amsterdam ontmoet, en voor de tweede keer in Oslo?'

'Dat klopt,' beaamde Nick. Jane kon wel huilen van opluchting toen hij zich weer aan het afgesproken script hield. 'Uit beleefdheid deed ik alsof ik de vrouw herkende van wie ik dacht dat ze dr. Maplecroft was. Toen zag ik haar terug op het congres, en weer deed ik uit beleefdheid alsof.' Hij haalde een schouder op. 'Ik denk dat de sleutelwoorden hier "doen alsof" zijn, heren. Zij deed alsof ze mij kende. Ik deed alsof ik haar kende. Slechts één van ons had duistere bedoelingen.'

Barlow noteerde iets in zijn boekje.

Nu nam Andrew het over. 'Op het congres stelde Nick dat Juneaumens aan me voor als dr. Maplecroft. Ik herkende de naam, niet het gezicht. Er zijn niet veel foto's van Maplecroft in omloop, zoals u ongetwijfeld hebt gemerkt nu u naar haar op zoek bent. Ik geloof dat ik iets tegen de nep-Maplecroft heb gezegd over mijn vaders panel waarvan ze deel uitmaakte. Ze had geen badge, dus vroeg ik of er problemen waren bij de inchecktafel.' Hij haalde net als Nick zijn schouder op. 'Verder ging mijn bemoeienis met die vrouw niet. De volgende keer dat ik haar zag, vermoordde ze mijn vader.'

Jane kromp ineen. Ze kon het niet helpen.

'Heldere verklaring, geen speld tussen te krijgen,' zei Barlow.

'Dat geldt voor de meeste verklaringen,' zei Nick. 'Pas als een verklaring ingewikkeld wordt, moet je opletten.' Hij streek zijn broekspijp glad. 'Maar weet u, heren, ik heb de indruk dat ik dit al eens aan uw collega's heb verteld. Dat hebben we allemaal, eindeloos vaak. Dus ik denk dat ik maar eens ga.'

Geen van beide agenten maakte aanstalten hem tegen te houden.

Na een lichte aarzeling kuste Nick Jane op haar mond. Toen liep hij met grote stappen de kamer door. Het hart zonk Jane in de schoenen toen hij links in plaats van rechts afsloeg. Hij ging niet naar boven om daar op haar te wachten.

Hij vertrok.

De voordeur ging open en weer dicht. Het geluid trilde als een mes in haar hart. Ze moest haar mond opendoen om adem te halen. Aan de ene kant was ze opgelucht omdat hij weg was, aan de andere kant doodsbang dat ze hem nooit meer zou zien.

‘Sorry dat Nick zo irritant doet,’ zei Jasper tegen Barlow. ‘Maar ergens heeft hij gelijk. We kunnen hier niet mee blijven doorgaan. Het verandert toch niets aan de antwoorden.’

‘Dit is een lopend onderzoek,’ zei Barlow. ‘De mensen achter de moord in Oslo hebben dr. Maplecroft nog steeds in handen.’

‘En dat is een tragedie,’ zei Jasper. ‘Maar mijn familie kan daar verder niets aan doen.’

‘In het losgeldbriefje voor dr. Maplecroft werd het bedrijf van uw vader om een schuldbekentenis gevraagd. Ze wijten Robert Juneaus moordpartij aan hem.’

‘Het bedrijf is van de hele familie.’ Dit lag nogal gevoelig bij Jasper sinds hij de zaak een jaar eerder had overgenomen. ‘De ontvoerders hebben ook om een miljoen dollar gevraagd, wat natuurlijk belachelijk is. We kunnen geen verantwoordelijkheid nemen voor de daden van een gek. Weet u wel hoeveel tehuizen Queller Healthcare beheert? Alleen al in de Bay Area?’

‘Vijftien,’ antwoordde Andrew, maar alleen Jane hoorde hem.

‘De ontvoerders noemen zichzelf ‘The Army of the Changing World,’ zei Barlow. ‘Hebt u daar ooit van gehoord?’

Jane en Andrew schudden allebei het hoofd.

Aan de andere kant van de kamer sloot Danberry de pianoklep.

Janes hart sloeg over. Zonder zonlicht zou het ivoor vergelen.

Jasper merkte haar ontzetting. ‘Die moet toch openstaan?’ vroeg hij.

Ze schudde haar hoofd. Nick zou zeggen dat ze de toetsen maar moest laten vergelen. Dat ze niet meer moest studeren. Dat ze zichzelf niet zo op moest jagen. Martin kon haar vanuit het graf toch niet meer straffen.

‘Majoor Queller?’ Barlow wachtte op antwoord. ‘Hebt u weleens gehoord van The Army of the –’

‘Natuurlijk niet.’ Bijna verloor Jasper zijn geduld, maar hij herpakte zich snel. ‘Ik hoef u niet te vertellen hoe schadelijk al die leugens zijn voor het bedrijf. We zouden deze week naar de beurs gaan. We hebben een aantal zeer machtige investeerders, die nogal ongedurig worden van deze toestand. De beschuldigingen van de ontvoerders zijn bespottelijk. Jezus, we martelen geen zieke mensen. Dit is Sovjet-Rusland niet.'

'Majoor Queller...' suste Danberry.

'Mijn vader was een goed mens,' zei Jasper met klem. 'Hij deed af en toe een controversiële uitspraak, dat geef ik toe, maar hij had altijd het beste voor met zijn gezin en met het land. Hij was een patriot. Zijn levensmissie was om anderen te dienen, en dat is zijn dood geworden.'

'Daarmee zal niemand hier het oneens zijn.'

'Kijk.' Jasper matigde zijn toon. 'Bij Laura Juneau zat er duidelijk een steekje los. Misschien komen we nooit te weten waarom –'

'Het waarom lijkt me nogal duidelijk.' Andrew sprak zachtjes, maar ze luisterden allemaal. 'Robert Juneau was uit een stuk of vijf, zes groepshuizen van Queller geknikkerd. Hij had opgenomen moeten worden, maar hij kon nergens naartoe. Dan kun je wel zeggen dat het systeem tekort is geschoten, maar wij zijn het systeem, Jasper. Queller is het systeem. Dus –'

'Dus bek houden, Andy.' Hij keek Andrew woedend aan, de vonken spatten uit zijn ogen. 'Het hele bedrijf gaat straks naar de knoppen door dit soort idiote onzin. Straks trekken de investeerders zich helemaal terug. Snap je dat?'

'Ik heb frisse lucht nodig.' Jane stond op. Andrew en Barlow volgden haar voorbeeld. Ze was duizelig. Haar maag draaide zich om. Onder het lopen moest ze naar de vloer kijken. Het was alsof haar laarzen over een draaiend wiel stapten. Ze wilde naar het toilet om te kotsen of te huilen of om gewoon even in haar eentje te zitten en te bedenken wat er aan de hand was.

Waar was Nick gebleven?

Was hij kwaad op haar? Had ze iets verkeerd gedaan? Had ze gezwegen terwijl ze hem had moeten verdedigen? Zou hij boos zijn? Zou hij haar weer buitensluiten?

Jane wilde niet weer buitengesloten worden. Dat kon ze niet aan. Niet nu.

Niet nu ze zijn kind droeg.

In plaats van naar het toilet te gaan of naar de keuken om een wanhopig bericht op Nicks antwoordapparaat in te spreken, liep ze naar achteren en ging naar buiten.

Met haar ogen dicht stond ze op de patio en probeerde te ademen. Door de frisse lucht voelde ze de band om haar borst wat verslappen. Ze keek op naar de bewolkte hemel. Achter de Golden Gate Bridge zag ze een schijfje zon. De Marin Headlands waren nog steeds doorweven met ochtendmist. Het was fris buiten, maar Jane wilde niet naar binnen gaan om haar trui te halen.

Op de smeedijzeren tafel zag ze tekenen die erop wezen dat haar moeder er was geweest: Annettes met lippenstift bevlekte theekop, een volle asbak, de krant die in bedwang werd gehouden door een glazen presse-papier.

Jane liet haar blik over de voorpagina van *The Chronicle* gaan, hoewel ze de losprijsbrief uit haar hoofd kende. Nick had opgeschept over hoe slim de brief in elkaar stak, maar Jane vond dat ze klonken als boosaardige superboeven uit een tekenstrip...

> Dit is een rechtstreeks bericht van The Army of the Changing World. We hebben dr. Alexandra Maplecroft ontvoerd, een werktuig van het fascistische regime, een pion in het gevaarlijke spel van Martin Queller en zijn zogenaamde gezondheidszorgbedrijf. We eisen een schuldbekentenis voor de rol die Martin Queller heeft gespeeld bij de moord op de familie Juneau en op andere gezinnen in Californië. Queller Healthcare moet gestopt worden. Patiënten in instellingen van Queller zijn systematisch uitgebuit, gemarteld en geslagen. Er zullen nog meer levens verloren gaan als...

'Mooi plekje hier.'

Jane schrok op.

'Sorry.' Agent Danberry stond in de deuropening. Uit zijn mond bungelde een onaangestoken sigaret. Vol bewondering nam hij het uitzicht in zich op. 'Mijn flat kijkt uit op het gangetje dat ik deel met mijn buurman. Als ik mijn raam opendoe, ruik ik de kots van de junks die er liggen te pitten.'

Jane wist niet wat ze moest zeggen. Haar hart ging zo tekeer dat hij het moest zien bewegen onder haar blouse.

'Een paar jaar geleden werd-ie gesloten,' zei hij. 'De brug. Harde windstoten.' Hij nam de sigaret uit zijn mond. 'Die piano daarbinnen… daar zou ik mijn auto mee kunnen afbetalen zeker?'

Van het geld voor de Bösendorfer kon hij waarschijnlijk vijftig nieuwe auto's kopen, maar hij was hier niet om over piano's te kletsen.

'Waar zijn de extra toetsen voor?' Hij zweeg afwachtend.

En bleef zwijgen.

Jane veegde langs haar ogen. Ze kon hier niet de hele tijd staan huilen. Ze moest iets zeggen – wat dan ook – over de brug, de mist, het uitzicht, maar haar hoofd was zo gevuld met paniek dat zelfs de onbenulligste opmerking niet over haar lippen kwam.

Danberry knikte, alsof het hem niet verbaasde. Hij stak zijn sigaret op en keek over de bomen naar de brug. Vanaf de rotsen dreef het geklaag van misthoorns naar boven.

Ook Jane keek naar de brug. Ze dacht aan de eerste keer dat ze met Nick in de achtertuin had gestaan om naar de binnendrijvende mist te kijken. Pas op dat moment had ze beseft dat ze het uitzicht altijd als vanzelfsprekend had beschouwd. Alleen Nick had begrepen wat een geluksvogels ze waren.

'Ik heb je een keer zien spelen,' zei Danberry.

Jane wist wat hij aan het doen was: hij probeerde het gesprek op iets vertrouwds te brengen, zodat ze zich op haar gemak voelde.

'Mijn vrouw had me meegesleept naar een club aan Vallejo Street. De Keystone Korner. Lang geleden alweer. Ze zijn naar de overkant van de baai verhuisd, heb ik gehoord.' Hij trok een stoel voor Jane bij. Nu moest ze wel gaan zitten. 'Ik weet hoe moeilijk je het hebt,' zei hij.

Jane streek opnieuw met haar vingers langs haar ogen. De huid voelde branderig van de tranen.

Onuitgenodigd nam hij ook een stoel. 'Wat deed je eigenlijk in Duitsland?'

Jane wist wat ze moest zeggen, wat ze geacht werd te zeggen.

'Jane?'

'Werk,' zei ze zachtjes. Ze moest zichzelf weer in de hand zien te krijgen. Dit hadden ze geoefend. Het was net als bij een optreden. Alle noten zaten in haar hoofd. Ze hoefde ze alleen met haar vingers naar buiten te lokken.

Ze wreef over haar keel om haar spieren te ontspannen. 'Het was maar tijdelijk,' zei ze. 'Ik viel in voor een vriend in Berlijn, als sessiepianist.'

'West-Berlijn, mag ik hopen.'

Hij glimlachte, en daarom glimlachte Jane mee.

'Ik weet wat je denkt,' zei hij. 'Namelijk dat we weten wat je daar gedaan hebt. We weten waar je gewoond hebt. We weten waar je gewerkt hebt, waar je geluncht hebt, en dat je soms naar het Oosten ging. We weten ook dat je vanuit Oost-Berlijn naar Oslo bent gevlogen, wat daar niet ongewoon is, toch? De tickets zijn er goedkoper.' Hij keek achterom naar het huis. 'Niet dat je op de kleintjes hoeft te letten, maar wie laat nou een koopje schieten?'

Jane voelde de paniek terugkeren. Wist hij echt alles, of was dit een truc?

'Hoe was het in Oost-Duitsland?' vroeg hij.

Ze probeerde zijn vraag te doorzien. Dachten ze dat ze een communist was? Een spion?

'Ik hoor dat je daar voortdurend in de gaten wordt gehouden,' zei hij. 'Wat je doet, met wie je praat, wat je zegt.' Hij tikte zijn sigaret af in de overvolle asbak. 'Zo ongeveer wat ik nu doe, hè?'

Weer glimlachte hij, en weer glimlachte Jane.

'Mogen ze daarginds naar muziek luisteren?' vroeg hij.

Jane beet op haar lip. In gedachten hoorde ze Nicks stem: *als ze je op je gemak proberen te stellen, laat ze dan in de waan.*

'Een beetje Springsteen, misschien wat Michael Jackson?' vroeg Danberry.

Ze gaf hem het ingestudeerde antwoord: 'Populaire muziek wordt weliswaar afgekeurd, maar is niet helemaal *verboten*.'

'Muziek is vrijheid, hè?'

Jane schudde haar hoofd. Dit stond niet in het script.

'Het is net...' Hij spreidde zijn handen. 'Het raakt mensen. Het inspireert ze. Dan willen ze dansen of met een meid aan de zwier, lol hebben. Muziek heeft macht.'

Onwillekeurig knikte Jane, want dat was precies wat zij had ervaren tijdens de geïmproviseerde concerten die de studenten hadden georganiseerd in het Treptower Park. Wat had ze Nick er graag over willen vertellen, maar Duitsland lag wat gevoelig, want ze wilde niet dat hij zich buitengesloten voelde.

'Ben je in politiek geïnteresseerd?' vroeg Danberry.

Ze schudde haar hoofd. Ze moest het spel meespelen.

Ze weten dat je nooit gestemd hebt.

'Ik heb zelfs nog nooit gestemd,' zei ze tegen de agent.

'Maar je doet wel veel vrijwilligerswerk. Gaarkeukens. Opvanghuizen voor daklozen. Zelfs in die aidskliniek die ze in het academisch ziekenhuis hebben ingericht. Ben je niet bang dat het besmettelijk is?'

Jane keek naar hem zoals hij daar zat te roken.

'Rock Hudson, daar stond ik echt van te kijken. Nooit gedacht dat hij er ook zo een was.' Starend naar de Golden Gate vroeg hij: 'Was je vader huwelijksmakelaar aan het spelen?'

Niet antwoorden als je de vraag niet begrijpt.

'Je bent voor drie maanden naar Duitsland vertrokken,' zei Danberry. 'Je vriend bleef hier en hing wat rond met je broer.' Hij keek haar even aan en richtte zijn blik toen weer op de brug. 'Volgens Ellis-Anne MacMillan kwam de breuk met Andrew volkomen onverwacht. Maar zo gaat dat meestal.'

Reageer niet als ze je ergens mee overvallen.

'Waarom heeft je vader Mr. Harp eigenlijk naar Noorwegen gevlogen? Om te zorgen dat het weer aan raakte tussen jullie tweetjes?'

Geef ze de feiten. Niet te veel uitleggen.

'Nick en ik zijn niet uit elkaar geweest,' zei ze. 'Ik was in Berlijn vanwege mijn werk. Hij moest hier blijven vanwege zijn werk.' Jane wist dat ze het hierbij moest laten, maar dat kon ze niet. 'Mijn vader gaf hem die baan bij Queller. Waarschijnlijk wilde hij Nick voor zichzelf in Oslo hebben. Dat panel met Maplecroft was me nogal een ding. Nick is heel charmant, hij kan met iedereen overweg. Mensen mogen hem graag. Ze voelen zich tot hem aangetrokken. Mijn vader was daar geen uitzondering op. Hij wilde Nick vooruithelpen.'

'Dat soort types weet zich altijd op te werken.'

Jane beet op het puntje van haar tong. Ze wendde haar blik af om te voorkomen dat hij de woede in haar ogen zag. Ze kon het niet uitstaan als iemand negatief deed over Nick. Als kind had hij zoveel geleden. Dat zouden mensen als Danberry nooit begrijpen.

'Hij heeft charisma, hè?' Danberry drukte zijn sigaret uit op zijn schoenzool en wierp de peuk in de asbak. 'Mooie kop. Geestig. Trendy kleren. Maar het is meer dan dat, hè? Sommige mannen hébben het gewoon. Je móét wel naar ze luisteren. Je móét ze wel volgen.'

De wind zwol aan en liet de randen van *The Chronicle* ritselen. Jane vouwde de krant dicht. Ze zag de opzichtige kop: $1.000.000 LOSGELD OF DE PROF STERFT!

Een belachelijke kop voor een belachelijk manifest. Dankzij Nick stonden ze nu allemaal als gestoord te boek.

' "Dood aan het fascistische insect dat aast op het leven van het volk",' zei Danberry.

Jane herkende de woorden niet uit het losgeldbriefje. Ze deed alsof ze het artikel vluchtig doornam.

'Dat staat er niet in,' zei Danberry. 'Ik had het over de ontvoering van Patty Hearst. Zo ondertekende het Symbionese Bevrijdingsleger al hun epistels: "Dood aan het fascistische insect dat aast op het leven van het volk." ' Hij bekeek haar eens goed. 'Jouw familie heeft toch een tweede huis, vlak bij dat van de Hearsts? In Hillsborough?'

'Ik was nog een kind toen het gebeurde.'

Met zijn lach gaf hij aan haar nog steeds als een kind te beschouwen. 'Carter slaagde er niet in de gegijzelden te bevrijden, maar hij kreeg Patty Hearst wel uit de bak.'

'Ik zei toch dat ik de politiek niet volg?'

'Ook niet toen je studeerde? Volgens mijn pa is iedereen socialist tot hij belasting gaat betalen.'

Weer spiegelde ze zijn glimlach.

'Weet je waar dat woord "symbionees" vandaan komt?'

Jane zweeg.

'Hun leider, Donald DeFreeze, was zo dom dat hij niet eens het woord "symbiotisch" kende, en toen verzon hij het woord "symbionees".' Danberry leunde achterover en legde zijn enkel over zijn knie. 'In de krant werden ze terroristen genoemd, en ze pleegden ook terroristische daden, maar alle terreurcellen zijn in wezen sektes, en alle sektes draaien doorgaans om één man die het voor het zeggen heeft. Denk aan een Manson, een Jim Jones of dominee Moon.'

Hoe dichter ze hun doel naderen, hoe achtelozer ze zich voordoen.

'DeFreeze was een zwarte, een ontsnapte crimineel die vijf jaar had gekregen voor het beroven van een hoer, en zoals veel boeven barstte hij van het charisma, en de jongeren die achter hem aan liepen – stuk voor stuk blank, uit gegoede burgergezinnen en merendeels student – tja, die waren niet dom. Ze waren erger. Ze gelóófden. Ze hadden medelijden met hem omdat hij als zielige zwarte in de gevangenis zat en zij verwende blanke blagen waren die alles hadden, en ze geloofden echt in alle shit die uit zijn mond kwam, over fascistische insecten en dat ze met z'n allen moesten samenleven, van je één-twee-halleluja. Hij hád iets, zoals ik al zei. Charisma.'

Let op de woorden die ze herhalen, daar gaat het om.

'Iedereen in zijn omgeving was ervan overtuigd dat hij slimmer was dan hij in werkelijkheid was. Intelligenter dan hij was. Maar hij was een ordinaire oplichter die een sekte had opgericht om met de mooie meiden naar bed te kunnen en God te kunnen spelen over de jongens. Hij wist het als mensen zich ervan los wilden maken. Hij wist ook hoe hij ze weer aan boord moest krijgen.' Danberry keek naar de brug. Zijn schouders waren ontspannen. 'Het waren net jojo's die hij met een zwiep van zijn pols terug kon halen.'

Maak oogcontact. Laat niet merken dat je zenuwachtig bent.

'Goed.' Danberry vouwde zijn handen voor zijn buik. 'Uiteindelijk kregen de meesten van zijn volgelingen een kogel door hun kop of ze werden levend verbrand. En laat ik je één ding vertellen: zo uitzonderlijk is dat niet. Die anarchistische groepjes denken altijd dat ze iets goeds doen, tot aan het moment dat ze achter de tralies verdwijnen of plat op hun rug in het mortuarium liggen.'

Weer streek Jane langs haar ogen. Ze doorzag alles wat hij deed, maar wist niet hoe ze hem de mond moest snoeren.

Wat zou Nick doen? Hoe zou hij Danberry een koekje van eigen deeg geven?

'Jane,' zei Danberry, en toen: 'Jinx.' Hij leunde naar voren, en zijn knieën raakten bijna haar been.

Ze dringen je ruimte binnen om je te intimideren.

'Hoor eens, ik sta helemaal aan jouw kant,' zei hij. 'Maar dat vriendje van je...'

'Hebt u weleens iemand gezien die door zijn hoofd is geschoten?' Aan zijn verbijsterde blik zag Jane dat ze goed zat. Net als Nick ontleende ze kracht aan de fout die hij had gemaakt. 'U vertelde zo luchthartig over die jongens die uiteindelijk een kogel door hun kop kregen. Ik vraag me af of u weet hoe dat eruitziet.'

'Ik heb niet...' Hij schoot naar achteren. 'Wat ik bedoelde...'

'Er zit een gat, een zwart gat ter grootte van een munt, hier...' Ze wees naar haar slaap, naar de plek waar Martin Queller was geraakt. 'En aan de andere kant, waar de kogel er weer uitgaat, zie je een bloederige brij, en dan besef je dat alles waaruit die persoon bestaat, alles wat hem maakt tot wie hij is, tegen de vloer is gespat. Troep die een conciërge straks opdweilt en door het riool spoelt. Weg. Voor altijd.'

'Ik...' Zijn mond ging open en klapte weer dicht. 'Sorry. Ik wist niet...'

Jane stond op. Ze liep het huis in en sloeg de deur achter zich dicht. Met haar hand veegde ze langs haar neus toen ze de gang door stapte. Ze hield deze vertoning niet veel langer meer vol. Ze moest hier weg. Ze moest Nick zien te vinden. Ze moest hem vertellen wat er gebeurde.

Haar tas lag op het dressoir. Ze zocht naar haar sleutels, maar besefte toen dat Nick die bij zich had.

Waar was hij naartoe?

'Jinx?' Jasper was nog in de salon. Hij zat naast Andrew op de bank. Ze hadden allebei een glas in hun hand. Zelfs agent Barlow, die bij de haard stond, had een glas whisky.

'Wat is er?' Jasper stond op toen ze de kamer binnenkwam.

'Gaat het wel?' Nu stond Andrew ook op. Ze keken allebei geschrokken, bijna boos. Geen van beiden kon er goed tegen als ze overstuur was.

'Niks aan de hand.' Ze maakte een kalmerend handgebaar. 'Mag ik alsjeblieft iemands sleutels lenen?'

'Neem de mijne maar.' Jasper gaf zijn sleutels aan Andrew. 'Andy, jij rijdt. Zij is er niet toe in staat.'

'Ik ben niet...' begon Jane.

'Waar wil je naartoe?' Andrew liep al naar de kast waarin hun jassen hingen.

Jaspers hand verdween in zijn zak. 'Heb je geld nodig?'

'Nee.' Jane had de kracht niet om zich tegen beide broers te verzetten. 'Ik moet...' In het besef dat Barlow meeluisterde zei ze: 'Ik moet lucht. Ik ben hard aan lucht toe.'

'Was daar in de tuin soms niet genoeg van?' vroeg Barlow.

Jane wendde zich van hem af. Ze wachtte niet op Andrew, maar griste haar tas van de tafel, liep de voordeur uit en het bordes af. Jaspers Porsche stond naast de garage.

'Wacht.' Andrew haalde haar met een drafje in. Hij reikte naar de knop en opende het portier.

'Andy...' Jane greep zijn arm. Haar knieën waren slap. Ze kon amper staan.

'Rustig maar,' zei hij terwijl hij haar hielp instappen. 'Doe alsof er niks aan de hand is.'

'Nee,' zei ze. 'Je snapt het niet. Ze weten het.'

TIEN

Ze waren te bang om vrijuit te praten in de auto. Jasper stond hierbuiten, maar dat wisten alleen zij. De FBI, de CIA, de NSA of wie dan ook had afluisterapparatuur kunnen plaatsen in een spleet ergens in de Porsche. Ook de autotelefoon kon worden afgeluisterd.

Vóór Oslo, vóór het hele politieapparaat op het huis in Presidio Heights was neergedaald, vóór agent Danberry Jane in de tuin in het nauw had gedreven, hadden ze het belachelijk paranoïde gevonden als Nick zei dat ze ervan uit moesten gaan dat elke bekende plek in de gaten werd gehouden, dat er altijd iemand meeluisterde. Als ze vrijuit wilden praten, moesten ze dat in een park of in een willekeurig café doen. Ze moesten door steegjes sluipen, door gebouwen lopen, de wachtwoorden noemen, de verhoortechnieken kennen, zich oefenen in zelfverdediging, en hun verhalen eindeloos herhalen tot die klopten als een bus.

De verhalen moesten kloppen.

Dat begreep Jane inmiddels. Wanneer ze alle gesprekken met alle agenten van de afgelopen vijf dagen nog eens doornam, zag ze dat hun ondervragers bepaalde zinnen, bepaalde gebaren in hun notitieboekjes hadden vastgelegd om die later met elkaar te kunnen vergelijken.

Ik deed alsof ik de vrouw herkende van wie ik dacht dat ze dr. Maplecroft was.

Slechts één van ons had duistere bedoelingen.

Ik wilde met een Amerikaanse praten nadat ik zo lang in Duitsland had gezeten.

'Stoppen,' zei Jane tegen Andrew, want angst had knopen in haar maag gelegd. Nog voor de auto volledig tot stilstand was gekomen, duwde ze het portier al open. Haar laarzen stuiterden over het wegdek. Ze waren ergens in het centrum. Nergens was gras, er was alleen beton. Er zat voor Jane niets anders op dan over het trottoir te kotsen.

Ik heb Laura Juneau ontmoet in de KLM-lounge op Schiphol.

Ik ging ervan uit dat ze Amerikaans was vanwege...

Jane kokhalsde zo hevig dat ze zich op haar knieën moest laten zakken. Haar maag wrong er donkere gal uit. Sinds de moord had ze hooguit wat toast en ei kunnen eten. De thee die Nick haar die ochtend had gebracht, smaakte naar boomschors toen hij zich door haar keel naar boven brandde.

Nick. Ze moest Nick zien te vinden, van hem horen dat het helemaal goed zou komen.

'Jinx.' Andrew legde zijn hand op haar schouder. Hij knielde naast haar neer.

Jane ging op haar hurken zitten. Ze veegde haar mond af. Tegen het trillen van haar vingers viel niets te beginnen. Het was alsof de botjes vibreerden onder haar huid.

Zewetenhetzewetenhetzewetenhet...

'Gaat het weer?' vroeg Andrew.

Haar lach had iets onbeheersts.

'Jane...'

'Nee, het gaat helemaal niet, met niemand van ons.' Nu ze de woorden hardop uitsprak, gaf ze de waanzin iets van rede mee. 'Het net sluit zich. Ze hebben met Ellis-Anne gesproken.'

'Ik heb haar hierbuiten gehouden. Ze weet van niets.'

'Zíj weten alles.' Onbegrijpelijk dat hij het niet zag. 'Mijn god, Andy. Ze denken dat we bij een sekte horen.'

Hij lachte. 'Zoals The People's Temple? Of The Manson Family?'

Jane kon er niet om lachen. 'Wat moeten we nu?'

'Ons aan het plan houden,' zei hij zachtjes. 'Dat hebben we niet voor niets. Bij twijfel laat je je leiden door het plan.'

'Het plan,' herhaalde Jane, maar zonder het ontzag waarmee hij het woord uitsprak.

Dat stomme kloteplan. Zo zorgvuldig uitgewerkt, zo eindeloos besproken en tot strategie gemaakt.

Zo fout.

'Kom,' zei Andrew. 'We zoeken een café op en –'

'Nee.' Jane moest Nick vinden. Hij kon dit voor hen oplossen. Of misschien had hij het al opgelost. Alleen al de gedachte dat Nick het heft in handen nam, had een kalmerende uitwerking op haar rafelige zenuwen. Dat met Danberry en Barlow maakte misschien deel uit van een groter, geheim plan. Zoiets deed Nick soms, dan liet hij hen in de waan dat ze een aanstormende trein tegemoet liepen om zich op het laatste moment als de bedreven machinist te ontpoppen die op het nippertje op de rem trapte en hen redde. Zo stelde hij hen voortdurend op de proef. Zelfs in Berlijn had hij haar gevraagd bepaalde dingen te doen, het gevaar op te zoeken, alleen om zich ervan te verzekeren dat ze hem gehoorzaamde.

Het kostte hem veel moeite om mensen te vertrouwen. Zijn hele familie had hem de rug toegekeerd. Hij had op straat moeten leven. Hij had zich op eigen kracht uit de goot opgehesen. Telkens weer had hij mensen vertrouwd die hem uiteindelijk lieten stikken. Het was geen wonder dat ze zich voortdurend moest bewijzen.

Ze waren net jojo's die hij met een zwiep van zijn pols terug kon halen.

'Jane,' zei Andrew.

Danberry's woorden echoden door haar hoofd. Was ze echt een jojo? Was Nick een oplichter? Een sekteleider? Verschilde hij eigenlijk wel van Jim Jones? Aanvankelijk had The People's Temple prachtige dingen gedaan. Daklozen gevoed. Voor ouderen gezorgd. Racisme met wortel en tak proberen uit te roeien. En toen, tien jaar later, waren ruim negenhonderd mensen, onder wie veel kinderen, gedood door het drinken van vruchtensap vermengd met cyanide.

Waarom?

'Kom op, Jane,' zei Andrew. 'Die smerissen weten niks. Ze weten niks zeker.'

Jane schudde haar hoofd in een poging zich van haar sombere gedachten te bevrijden. Nick had gezegd dat de politie hen uiteen wilde drijven, net zo lang in hun hoofd zou porren en prikken tot ze zich hopelijk tegen elkaar zouden keren.

Als niemand iets zegt, komt niemand iets te weten.

Geloofde Nick echt in de waanzin die over zijn lippen kwam, of was dat zijn manier om Jane weer naar zich toe te trekken? Zes jaar van haar leven had ze achter hem aan gejaagd, hem behaagd, hem bemind, met hem geruzied en het uitgemaakt. Ze keerde altijd terug. Wat er ook was gebeurd, altijd vond ze de weg terug.

Klik!

'Kom. We moeten hier weg.'

Jane liet zich door Andrew overeind helpen. 'Breng me maar naar Nicks flat.'

'Daar is hij niet.'

'Dan wachten we op hem.' Jane stapte weer in de auto. Ze zocht in haar tas naar tissues. Het was alsof haar mond van binnenuit wegrotte. Misschien was dat ook zo. Misschien was alles aan het wegrotten, zelfs het kind dat ze hadden gemaakt.

Ze hoorde Nicks spottende reactie al: *probleem opgelost.*

'Het komt goed.' Andrew draaide de sleutel in het contact en reed de Porsche met een zwaai weg van de stoep. 'Laten we gewoon een beetje rondrijden. Zullen we even bij Nick langsgaan?'

Zijn vaderlijke toon verwarde Jane, maar toen besefte ze dat Andrew het tegen het afluisterapparaat had dat misschien in de auto was verstopt.

'Danberry vergeleek Nick met Donald DeFreeze,' zei ze.

'Met Field Marshal Cinque?' Andrew keek haar onderzoekend aan. Hij had meteen door waar Danberry op doelde. 'En dan zou jij Patricia Hearst zijn?'

Ze herhaalde het nog eens: 'Ze denken dat we bij een sekte horen.'

'Rijden Hare Krishna's in Porsches?' Andrew besefte niet dat ze een echt antwoord verwachtte. Hij richtte zich nog steeds tot een denkbeeldige afluisteraar. 'Kom op, Jinx. Dat is idioot. De politie mag Nick niet, en dat is begrijpelijk. Hij hangt zonder enige reden de lastpak uit. Zodra ze beseffen dat hij een spelletje met hen speelt, gaan ze achter de echte boeven aan.'

Jane vroeg zich af of Andrew per ongeluk op de waarheid was gestuit. Waarom moest Nick altijd en eeuwig spelletjes spelen? Ze zouden dit serieus moeten nemen. Sinds Oslo was alles dodelijk serieus geworden. Met wat ze binnenkort in San Francisco, Chicago en New

York gingen doen, kregen ze geheid de hele federale overheid over zich heen. Nick kon zich niet eeuwig te dicht bij de zon wagen. Uiteindelijk zouden ze allemaal neerstorten, regelrecht de cel in.

'Zit er maar niet mee,' zei Andrew. 'We zijn geen sekte, Jinx. Nick is nu al zeven jaar mijn beste vriend. Hij is al zes jaar jouw geliefde. Die agenten hebben hem eruit gepikt omdat ze nu eenmaal iemand eruit moeten pikken. Dat soort lui is altijd op zoek naar een boeman. Zelfs David Berkowitz gaf de schuld aan de hond van de buren.'

Zijn achteloze woorden brachten geen opluchting. 'En als ze nu eens niet achter de echte boeven aan gaan?'

'Dat zullen ze wel moeten. Onze vader is voor onze ogen vermoord.'

Jane kromp in elkaar.

'De FBI laat ons echt niet in de steek. Dat staat Jasper niet toe. Ze krijgen de dader wel te pakken.'

Ze schudde haar hoofd. Tranen stroomden over haar wangen.

Dat was precies waar ze bang voor was.

De auto nam een scherpe bocht.

Janes hand schoot naar haar keel. De misselijkheid dreigde terug te keren. Ze keek uit het raampje en zag de huizen in een waas voorbijtrekken. Ze dacht aan Nick, want anders zou ze instorten. Ze moest niet steeds aan hem twijfelen, ook niet in gedachten. Nick kon absoluut niet tegen ontrouw. Daarom had hij haar in Berlijn telkens op de proef gesteld. Zo had hij haar naar een bikerbar bij het checkpoint aan de Bornholmer Strasse gestuurd, haar per luchtpost een zakje cocaïne gezonden dat ze moest verkopen aan een student, en ook had ze naar het politiebureau moeten gaan om aangifte te doen van een gestolen fiets die ze nooit had bezeten.

Destijds had Nick gezegd dat hij haar hielp oefenen, dat hij haar op scherp zette zodat ze gevaarlijke situaties de baas kon. In die bar had ze verkracht kunnen worden, ze had gearresteerd kunnen worden wegens cokebezit, of aangeklaagd omdat ze een valse aangifte had gedaan, maar daar had hij geen moment bij stilgestaan.

Of misschien wel.

Jane ademde diep in toen Andrew een volgende bocht nam. Ze

klemde zich vast aan het portier en keek toe terwijl hij met amper een blik over zijn schouder door het verkeer slalomde.

Ontwijkingsmanoeuvres.

Ze waren vaak naar San Luis Obispo op en neer gereden, met drie of vier auto's tegelijk, om hun rijvaardigheid te perfectioneren. Zoals te verwachten viel was Nick de beste chauffeur van hen allemaal, maar Andrew was een goede tweede. Van nature waren ze allebei prestatiegericht. Ze deelden een gevaarlijke onverschilligheid ten opzichte van het leven, die hen in staat stelde zonder enige morele scrupules te scheuren en af te snijden.

Om zijn handen aan het stuur te kunnen houden hoestte Andrew in de holte van zijn elleboog. Ze reden steeds dieper de stad in. Zijn blik was strak op de weg gericht. In het zonlicht zag ze de vage streep van een litteken in zijn hals, van die keer toen hij zich had willen ophangen. Dat was drie jaar geleden geweest, nadat hij te veel pillen had geslikt maar onvoldoende heroïne had gespoten om zijn hart te laten stoppen. Jasper had hem hangend in het souterrain aangetroffen. Het was een dun touw geweest, eigenlijk een waslijn, met een metalen draad die een hap uit Andrews huid had genomen.

Jane werd overmand door een mengeling van verdriet en spijt telkens als ze dat litteken zag. Het punt was dat ze ten tijde van de zelfmoordpoging een hekel aan haar broer had gehad. Niet omdat Andrew ouder was of omdat hij haar plaagde met haar knokige knieën en sociale onbeholpenheid, maar omdat hij een groot deel van zijn leven drugsverslaafd was geweest en er werkelijk alles voor over had gehad om zijn verslaving te voeden. Annette beroven. Vechten met Jasper. Stelen van Martin. Jane genadeloos afkatten.

Cocaïne. Benzodiazepine. Heroïne. Speed.

Ze was twaalf toen duidelijk was geworden dat Andrew verslaafd was, en zoals de meeste twaalfjarigen zag ze zijn ellende uitsluitend door de lens van haar eigen gemis. Toen ze ouder werd, had ze onder ogen moeten zien dat de vorm van haar leven zich altijd zou voegen naar haar broer. Ze had moeten leren begrijpen dat het hele gezin voor altijd in gijzeling zou worden gehouden door wat Martin Andrews zwakte noemde. De arrestaties, de behandelingsklinieken, de rechtszaken, de wederdiensten, het geld dat onder de tafel werd uitgewisseld, de politieke donaties… Het zoog voortdurend alle aandacht van haar ouders weg. Jane had nooit een normaal leven gekend, maar Andrew ontnam haar alle hoop op een vredig, soms doodgewoon bestaan.

Tegen de tijd dat ze zestien werd, was Jane de tel kwijt van het aantal familieberaden over Andrews probleem, die steevast gepaard gingen met geschreeuw, verwijten, beschuldigingen, klappen, preken en hoop – dat was nog het ergste, de hoop. Misschien dat hij er deze keer mee stopt. Misschien dat hij deze verjaardag, Thanksgiving of kerst clean op het toneel verschijnt.

En misschien, heel misschien, dat dit ene concert of optreden dat zo belangrijk was voor Jane, de eerste keer dat ze haar eigen muziek had mogen kiezen, die speciale uitvoering waarvoor ze duizenden uren had gestudeerd, niet overschaduwd zou worden door de zoveelste overdosis, de zoveelste zelfmoordpoging, de zoveelste ziekenhuisopname, het zoveelste familieberaad met een tierende Martin, een norse Jasper en een huilende Jane, waarbij Andrew smeekte om nog één kans en Annette zich lam zoop zodat háár niets te verwijten viel.

Opeens was het Nick gelukt Andrew clean te krijgen.

De arrestatie twee jaar eerder wegens cocaïnebezit had hun beiden de ogen geopend, maar niet op de verwachte en zo vurig gehoopte manier. Ze waren gearresteerd door een assistent-sheriff uit Alameda County, anders had Martin de aanklacht wel van tafel gekregen, zoals gewoonlijk. De politieman uit Alameda had iets te vaak verwende rijke jongens op zijn pad getroffen. Hij was vastbesloten de zaak voor de rechter te brengen. Als het recht zijn beloop niet kreeg, dreigde hij naar de pers te stappen.

En zo waren Andrew en Nick in het Queller Bayside Home beland, het laatste groepshuis waar Robert Juneau uit was geschopt.

Daar had Laura Andrew aangetroffen. Andrew had haar aan Nick voorgesteld. Vervolgens had Nick een plan uitgewerkt, en dat plan had Andrew uiteindelijk een motivatie verschaft om clean te blijven.

De Porsche kwam met gierende banden tot stilstand. Ze waren bij

Nicks flat aangekomen, een laag, vierkant gebouw met een wiebelige metalen reling langs de galerij op de bovenverdieping. Hij woonde bepaald niet in een goede buurt, maar er waren ergere in de stad. Het was er schoon. De daklozen werden op afstand gehouden. Toch vond Jane het vreselijk dat Nick niet bij de rest in Presidio Heights kon wonen.

Maar dat kon hij nu wel.

Toch?

'Ik ga wel even kijken,' zei Andrew. 'Blijf jij maar hier.'

Voor hij haar kon tegenhouden, had Jane het portier al geopend, overweldigd door de drang iets te doen. Alle twijfels die haar het afgelopen halfuur hadden geplaagd, zouden in Nicks armen bij elkaar worden geveegd en weggeredeneerd. Hoe sneller ze bij hem was, hoe beter ze zich zou voelen.

'Jinx!' Andrew volgde haar op enige afstand. 'Jinx, wacht even.'

Jane begon te rennen, struikelde over de stoep en stormde de roestige metalen trap op. Haar laarzen waren stug en haar voeten deden pijn, maar daar gaf ze niet om. Ze voelde dat Nick in zijn flat was. Dat hij op haar wachtte. Misschien vroeg hij zich af waar ze bleven, of ze nog wel om hem gaven, of ze het vertrouwen in hem waren verloren.

Ze was inderdaad het vertrouwen verloren. Ze had inderdaad aan hem getwijfeld.

Ze was geen dwaas. Ze was een monster.

Jane begon nog harder te rennen. Bij elke stap was het alsof ze zich verder van hem verwijderde. Andrew kwam op een drafje achter haar aan, riep, zei dat ze niet zo hard moest lopen, dat ze moest stoppen, maar dat kon ze niet.

Ze had agent Danberry in haar hoofd toegelaten. Nick was geen oplichter, geen sekteleider. Hij was een overlever. Zijn vroegste herinnering was aan zijn moeder die een politieagent neukte, in uniform nog wel, in ruil voor heroïne. Zijn vader had hij nooit gekend. Een hele reeks pooiers had hem geslagen en misbruikt. Tegen de tijd dat hij liftend het land door trok om naar zijn grootmoeder te gaan, had hij al op tientallen scholen gezeten. Zijn grootmoeder had vanaf het begin de pest aan hem gehad. Ze had hem midden in de nacht wakker geschopt en was tegen hem tekeergegaan. Hij was de straat op gejaagd, had in een daklozenopvang gewoond, en zo had hij zijn school afgemaakt. Dat hij er ondanks alle ontberingen in geslaagd was op Stanford te worden toegelaten bewees dat hij slimmer en intelligenter was dan iemand ooit voor mogelijk had gehouden.

Dat gold vooral voor agent Danberry, met zijn ontbrekende tand en sjofele pak.

'Jinx!' riep Andrew vanaf het begin van de galerij. Hij liep nu langzaam, want rennen lukte niet meer. Op tien meter afstand hoorde ze hem hoesten.

Jane zocht in haar tas naar de sleutel, niet het exemplaar aan haar sleutelbos, maar de noodsleutel die ze in het ritszakje bewaarde. Haar handen trilden zo hevig dat ze hem liet vallen. Ze bukte zich om hem te pakken. Het zweet stond in haar handen.

'Jinx.' Andrew leunde hijgend voorover, met zijn handen op zijn knieën.

Jane opende de deur.

Haar hele wereld sloeg uit het lood.

Nick was er niet.

Erger nog: zijn spullen waren er ook niet. De flat was zo goed als leeg. Al zijn dierbare bezittingen – de leren bank waarover hij uren had nagedacht, de smaakvolle glazen bijzettafeltjes, de hanglamp, het hoogpolige bruine vloerkleed – het was allemaal verdwenen. Er stond alleen nog een grote, gestoffeerde stoel, met de voorkant naar de muur. De prachtige keukentafelset van koper en glas was weg. De grote tv. De stereo met zijn enorme speakers. Zijn platenverzameling. Zelfs de muren waren leeg. Zijn gekoesterde kunst was weg, evenals de tekeningen die Andrew voor hem had gemaakt.

Bijna liet Jane zich op haar knieën vallen. Haar hand vloog naar haar borst, waar haar hart in tweeën brak.

Had Nick hen in de steek gelaten?

Had hij haar in de steek gelaten?

Ze sloeg haar hand voor haar mond om het niet uit te schreeuwen. Op wankele benen liep ze naar het midden van de kamer. Zijn tijdschriften waren weg, zijn boeken, zijn schoenen stonden niet meer bij de balkondeur. Elk ontbrekend voorwerp was als een pijl door haar hart. Ze voelde zich verdoofd van angst. De vreselijkste gedachten tolden door haar hoofd…

Hij had haar verlaten. Hij wist dat ze aan hem twijfelde. Dat ze niet meer in hem had geloofd, al was het maar heel even. Hij was verdwenen. Hij had een overdosis genomen. Hij had iemand anders gevonden.

Hij had geprobeerd zich van kant te maken.

Janes knieën begaven het toen ze door de gang liep. Nick had meer dan eens met zelfmoord gedreigd, en de gedachte hem te zullen verliezen was zo hartverscheurend geweest dat ze elke keer als een kind had gehuild en hem had gesmeekt bij haar te blijven.

Ik kan niet leven zonder jou. Ik heb je nodig. Je bent de lucht die ik inadem. Ga nooit bij me weg – alsjeblieft.

'Jane?' Andrew had inmiddels de deur bereikt. 'Jane, waar ben je?'

De deur van Nicks slaapkamer was dicht. Steun zoekend bij de muur liep ze verder de gang door. Voorbij de badkamer – tandenborstel, tandpasta, geen aftershave, geen scheerset, geen kam en borstel.

Nog meer pijlen die haar hart openreten.

Bij de slaapkamer bleef ze staan. Ze was nauwelijks in staat de deurknop te pakken. Ze kreeg niet voldoende lucht om haar longen te vullen. Haar hart was zijn vaste ritme kwijt.

Ze duwde de deur open.

Een gesmoorde kreet ontsnapte aan haar keel.

Geen bed met donzig dekbed. Geen nachtkastjes met bijpassende lampen. Niet de antieke ladekast die Nick liefdevol had opgeknapt. Alleen een uitgerolde slaapzak op de kale vloer.

De kastdeur stond open.

Jane begon weer te huilen, maar nu snikte ze van opluchting bij het zien van zijn kleren aan het rek. Nick hield van zijn kleren. Hij zou zijn kleren nooit achterlaten.

'Jinx?' Andrew stond inmiddels naast haar en hield haar overeind.

'Ik dacht…' Eindelijk raakten haar knieën de vloer. Ze was weer misselijk. 'Ik dacht dat hij…'

'Kom, dan gaan we terug.' Andrew hees haar overeind en droeg haar nagenoeg de kamer uit.

Jane leunde tegen hem aan toen ze de gang door liepen, haar voeten slepend over de kale vloer. Hij nam haar mee naar de woonkamer en deed de lamp aan. Ze kneep haar ogen dicht tegen het felle licht. Zelfs de lichtarmaturen ontbraken. Uit de contactdozen hingen kale peertjes. Behalve de kolossale stoel die eruitzag alsof hij op straat thuishoorde, was alles verdwenen waar Nick ooit om had gegeven.

Zijn kleren hingen nog in de kast. Hij zou zijn kleren nooit achterlaten.

Of toch?

'Is...' Ze kreeg de woorden niet over haar lippen. 'Andrew, waar –'

Andrew legde zijn vinger voor zijn mond, want misschien werden ze afgeluisterd.

Jane schudde haar hoofd. Ze kon dit spel niet meer meespelen. Ze wilde woorden, ze wilde gerustgesteld worden.

'Het komt goed.' Weer keek Andrew haar veelbetekenend aan, alsof ze iets belangrijks over het hoofd zag.

Jane liet haar blik door de kamer gaan, wanhopig zoekend naar een aanwijzing. Wat zag ze over het hoofd in deze kale ruimte?

De kale ruimte.

Nick had zijn spullen weggedaan. Hij had ze verkocht of weggegeven. Probeerde hij heel slim de politie om de tuin te leiden zodat die nergens afluisterapparatuur kon plaatsen?

Janes benen weigerden dienst. Ze ging op de vloer zitten. Tranen van opluchting stroomden uit haar ogen. Dat moest het zijn. Nick had hen niet in de steek gelaten. Hij was de politie om de tuin aan het leiden. De vrijwel lege flat was gewoon een van zijn spelletjes.

'Jinx?' Andrew klonk bezorgd.

'Het gaat wel.' Ze droogde haar tranen. Ze schaamde zich omdat ze zich zo had laten gaan. 'Niet tegen Nick zeggen dat ik zo overstuur ben geweest. Alsjeblieft.'

Andrew wilde iets zeggen, maar er kwam alleen een hoest. Jane schrok van het vochtige, verstopte geluid. Weer hoestte hij en nog een keer, en ten slotte liep hij de keuken in, waar hij een glas pakte dat bij de spoelbak stond te drogen.

Jane veegde haar neus af aan de rug van haar hand. Ze keek de kamer weer rond, en nu zag ze naast de afgrijselijke stoel een kartonnen doosje staan. Haar hart sloeg over bij het zien van de ingelijste foto die erbovenop lag.

Nick had bijna alles weggegeven, behalve dit...

Jane en Nick tijdens de vorige kerst in het huis in Hillsborough. Glimlachend naar de camera, maar niet naar elkaar, ondanks de arm die Nick bezitterig om haar schouders had gedrapeerd. Jane was drie weken weg geweest, op tournee. Toen ze terugkwam, was Nick ongedurig en gespannen geweest, hoewel hij steeds benadrukte dat er niets aan de hand was. Jane had hem gesmeekt erover te praten. Het was urenlang zo doorgegaan, van de vroege ochtend tot de late avond, tot hij haar uiteindelijk had verteld over zijn ontmoeting met Laura Juneau.

Hij had staan roken bij het hek voor het Queller Bayside Home. Dat was na zijn arrestatie wegens cocaïnebezit in Alameda County. Zowel hij als Andrew zat de door het hof opgelegde straf uit. Dat Nick Laura had ontmoet was zuiver toeval. Maandenlang had ze naar een manier gezocht om bij Queller binnen te komen. Ze had ontelbare patiënten en personeelsleden benaderd op zoek naar iemand, wie dan ook, die haar kon helpen bij het vinden van bewijs dat haar man door het systeem kapot was gemaakt.

Nick had Laura een zeer meelevend luisterend oor geboden. Bijna zijn hele leven had hij van mensen met gezag moeten horen dat hij er niet toe deed, dat hij niet slim genoeg was, uit een foute familie kwam of dat hij er niet bij hoorde. Het moest nog gemakkelijker zijn geweest om Andrew erbij te betrekken. Haar broer was het grootste deel van zijn leven uitsluitend op zijn eigen verlangens en behoeften gericht geweest. De kans om zich op de tragedie van iemand anders te storten bood hem een uitweg uit de duisternis.

'Ik voelde me zo egoïstisch toen ik haar verhaal hoorde,' had Andrew tegen Jane gezegd. 'Ik dacht dat ík leed, maar ik had geen idee wat echt lijden is.'

Jane wist niet precies wanneer Nick er andere mensen bij had gehaald. Daar was hij goed in: het bij elkaar brengen van zonderlingen, buitenbeentjes, mensen zoals hijzelf, die het gevoel hadden dat hun stem niet werd gehoord. Toen Nick tijdens die kerstavond in het huis in Hillsborough Jane eindelijk over het plan had verteld, stonden er in andere steden al tientallen mensen klaar om de wereld te veranderen.

Was Laura met het idee gekomen? Niet alleen Oslo, maar ook San Francisco, Chicago en New York?

Queller Healthcare was maar één bedrijf in één staat dat slecht omsprong met goede mensen, maar als het bedrijf naar de beurs ging, zou dat voldoende geld opleveren om het verwaarlozingsprogramma over het hele land te verspreiden. Ook de concurrentie probeerde zich een dergelijke bedrijfsvoering eigen te maken. Nick had Jane verteld over klinieken in Georgia en Alabama die patiënten de straat op schopten. Een inrichting in Maryland was erop betrapt geesteszieke patiënten hartje winter bij bushaltes te droppen. Wie in Illinois op de wachtlijst stond, werd pas na jaren geholpen.

Martin zou hun eerste doelwit zijn, had Nick uitgelegd, maar wezenlijke verandering vroeg om wezenlijke verzetsdaden. Ze moesten de rest van het land, de rest van de wereld, laten zien wat er gebeurde met deze arme mensen die aan hun lot waren overgelaten. Ze moesten een voorbeeld nemen aan ACT UP, aan de Weather Underground, aan het United Freedom Front, en al die corrupte instituten op hun grondvesten laten schudden.

Wat bijna onvoorstelbaar was.

Toch?

Het punt was dat Nick altijd ergens woedend of opgewonden over was. Hij schreef politici aan en eiste actie. Hij zond boze brieven aan de redactie van *The San Francisco Gate*. Deed samen met Jane vrijwilligerswerk in daklozencentra en aidsklinieken. Hij maakte voortdurend schetsen voor ongelooflijke uitvindingen, of krabbelde blaadjes vol over nieuwe initiatieven op zakelijk gebied. Jane moedigde hem altijd aan, maar of Nick vormgaf aan al die ideeën was een heel ander verhaal. Vaak vond hij de mensen die hem konden helpen te dom of te star, of hij ging zich vervelen en begon aan iets nieuws.

Ze was ervan uitgegaan dat Laura Juneau ook zo'n project was dat Nick weer zou laten vallen. Toen het tot haar was doorgedrongen dat het deze keer anders was, dat Andrew er ook bij betrokken was, dat het hun allebei menens was wat die onvoorstelbare plannen betrof, kon ze niet meer terug. Ze was veel te bang dat Nick zonder haar verder zou gaan. Dat ze achtergelaten zou worden. Een zeurend stemmetje in haar binnenste herinnerde haar er altijd aan dat zij Nick veel harder nodig had dan hij haar.

'Jinx.' Andrew vroeg haar aandacht. Hij had de kerstfoto in zijn handen, maakte de achterkant van de lijst open. Op het karton zat een sleuteltje geplakt.

Jane wilde vragen wat hij aan het doen was, maar hield zich op tijd in. Nerveus keek ze om zich heen. Nick had gezegd dat camera's verstopt konden worden in lampen, in potplanten of weggemoffeld achter ventilatiegaten van airco's.

Nu pas zag ze dat Nick alle ventilatieroosters had verwijderd. Het enige wat was overgebleven, waren de openingen van in de muren uitgehakte kanalen.

Alleen als je fout zit, heet het paranoia.

Andrew gaf het sleuteltje aan Jane. Ze stopte het in haar achterzak. Hij zette de foto weer op zijn plek op de kartonnen doos.

Zo zachtjes mogelijk duwde hij de zware, gestoffeerde stoel op zijn kant.

'Wat...' Het was eruit voor Jane er erg in had. Ze keek haar broer doordringend aan.

Wat is er in godsnaam aan de hand?

Bij wijze van antwoord legde Andrew weer zijn vinger op zijn lippen.

Kreunend liet hij zich op zijn knieën zakken. Hij rukte het materiaal aan de onderkant van de stoel weg. Jane smoorde de vragen die zich aan haar opdrongen en keek toe terwijl haar broer de stoel uit elkaar haalde. Hij trok een deel van de metalen veren naar buiten, stak zijn hand diep in het schuimrubber en haalde er een rechthoekig metalen kistje uit. Het ding was zo'n tien centimeter hoog en had de afmetingen van een A4-schrijfblok.

Janes spieren verstijfden toen ze bedacht wat er in het kistje zou kunnen zitten: wapens, explosieven, nog meer foto's, allerlei dingen die ze niet wilde zien, want Nick verstopte alleen dingen die niet gevonden mochten worden.

Andrew zette het kistje op de vloer en ging op zijn hurken zitten. Hij was buiten adem, hoewel hij alleen maar een stoel op zijn kant had gezet. Het felle licht deed zijn teint geen goed, en hij leek nog zieker dan eerst. De donkere kringen onder zijn ogen waren omrand met gebarsten bloedvaatjes. Hij haalde nog steeds piepend adem.

'Andy?'

Hij schoof het kistje onder zijn arm. 'Kom, we gaan.'

'Maar als Nick...'

'Nu.'

Hij zette de stoel weer overeind en liet Jane voorgaan zodat hij de deur op slot kon doen.

Met haar lippen stijf op elkaar liep ze over de galerij. Ze hoorde hun zware voetstappen op het beton: het scherpe geklak van haar laarzen, het zware gebonk van Andrews schoenen. Zijn piepende ademhaling werd luider. Jane probeerde zo langzaam mogelijk te lopen. Op het bordes halverwege de trap hield hij haar tegen met zijn hand.

Jane keek op naar haar broer. De wind streek door zijn haar. Zonlicht sneed over zijn voorhoofd. Ze vroeg zich af hoe hij zich nog overeind hield. Zijn gezicht was bleek als dat van een dode.

Eindelijk durfde ze het te vragen. 'Waar zijn we mee bezig, Andrew? Ik snap niet waarom we ervandoor moesten. Moeten we niet op Nick wachten?'

'Daarnet, toen we nog thuis waren, heb jij Jasper toen tegen die agenten horen zeggen wat een fijne man pa was?' vroeg hij.

Jane was niet in de stemming om grapjes over Jasper te maken. Ze was doodsbang dat hij op de een of andere manier betrokken zou raken bij deze situatie waar ze geen van allen meer vat op hadden. 'Andrew, wil je me alsjeblieft vertellen wat er aan de hand is?'

'Jasper verdedigde pa omdat hij sprekend op hem lijkt.'

Bijna had Jane haar ogen ten hemel geslagen. Niet te geloven dat hij daar nu over begon. 'Doe niet zo gemeen. Jasper houdt van je. Hij heeft altijd van je gehouden.'

'Hij houdt van jou. Mij best, hoor. Wees maar blij dat hij goed voor je zorgt.'

'Ik ben geen kind waarop gepast moet worden.' Onwillekeurig klonk ze geïrriteerd. Al sinds hun vroegste jeugd hadden ze over Jasper geruzied. Andrew had altijd alleen maar oog voor zijn slechte kanten. Jane zag hem als haar redder. 'Weet je wel hoe vaak Jasper me mee uit eten nam als pa weer eens een bui had, of hoe vaak hij me hielp kleren uit te zoeken als mama weer eens te veel had gedronken, of met me over muziek probeerde te praten of luisterde als ik weer eens moest huilen om een jongen of –'

'Stop maar. Hij is een heilige. En jij bent zijn volmaakte kleine zusje.' Andrew liet zich op de trap zakken. 'Kom eens zitten.'

Met tegenzin nam Jane een tree lager plaats. Er kwam geen eind aan het aantal dingen dat ze over Jasper zou kunnen zeggen die pijnlijk waren voor Andrew, bijvoorbeeld dat telkens wanneer Andrew weer eens een overdosis had genomen, was verdwenen of in het ziekenhuis was beland, Jasper degene was geweest die Jane onder zijn hoede had genomen.

'Geef dat sleuteltje eens,' zei Andrew.

Ze viste het uit haar zak en gaf het aan hem. Ze bestudeerde zijn gezicht terwijl hij de sleutel in het slot stak. Hij haalde nog steeds moeizaam adem. Ondanks de koele bries was hij klam van het zweet.

'Kijk.' Eindelijk had Andrew het deksel open.

Het metalen kistje was gevuld met dossiermappen. Onderaan stond het logo van Queller Healthcare.

'Moet je zien.' Andrew gaf Jane een stapel dossiers. 'Je weet dat pa Nick een baan in de onderneming heeft bezorgd.'

Jane beet op haar tong om hem niet toe te snauwen dat ze natuurlijk wist dat haar vriend voor haar vaders bedrijf werkte. Vlug nam ze de documenten door die in de mappen zaten, benieuwd waarom die zo belangrijk voor Nick waren dat hij ze had verstopt. Moeiteloos herkende ze de patiëntendossiers met hun factuurcodes en opnameformulieren. Martin nam ze gewoonlijk in zijn aktetas mee naar huis, en toen Jasper in het bedrijf stapte, deed *híj* hetzelfde.

'Nick is aan het rondneuzen geweest,' zei Andrew.

Ook dat was geen nieuws. Nick was hun vlieg op de muur, zoals hij altijd zei. Jane bladerde de formulieren door. Patiëntennamen, verzekeringsnummers, adressen, factuurcodes, correspondentie met de staat, met medisch specialisten, met de financiële administratie. Queller Bayside Home. Queller Hilltop House. Queller Youth Facility.

'Deze hebben we eerder gezien,' zei ze tegen Andrew. 'Ze horen bij het plan. Nick wil ze naar de pers sturen.'

Hij bladerde door de mappen tot hij had gevonden wat hij zocht. 'Lees dit eens.'

Jane sloeg het dossier open. Meteen herkende ze de naam op het opnameformulier.

ROBERT DAVID JUNEAU.

Ze haalde haar schouders op. Ze wisten dat Robert Juneau in Bayside opgenomen was geweest. Dat wist iedereen. Daar was dit alles begonnen.

'Kijk eens naar de opnamedatums,' zei hij.

Ze las ze hardop voor: '1-22 april 1984, 6-28 mei 1984, 21 juni-14 juli 1984.' Verward keek ze Andrew weer aan, want ook dat wisten ze. Queller had het systeem een loer gedraaid. Mensen die langer dan drieëntwintig dagen opgenomen waren, werden als langdurige patiënten beschouwd, wat betekende dat de staat een lager dagtarief voor hen betaalde. Martins oplossing voor de tariefverlaging was patiënten de straat op knikkeren vóór ze de drieëntwintigdagengrens overschreden, om ze dan een paar dagen later weer op te nemen.

'Na Chicago en New York wordt dit openbaar gemaakt,' zei Jane. 'Nick heeft de enveloppen al klaarliggen, die kunnen zo naar de pers en naar de FBI-afdelingen.'

Andrew moest lachen. 'Zie je Nick echt al zo'n honderd enveloppen vullen? En dan aan postzegels likken en adressen schrijven?' Hij wees naar het dossier in Janes handen. 'Kijk eens naar de volgende bladzij.'

Voor dat soort spelletjes was ze te gestrest en uitgeput, maar toch draaide ze het formulier om. Ze zag nog meer datums en somde ze voor Andrew op. 'Tweeëntwintig dagen in augustus, hetzelfde in september, dan in... O.'

Jane staarde naar de getallen. De afkeer die ze voor haar vader had gevoeld, werd alleen maar intenser.

Op 9 september 1984 had Robert Juneau eerst zijn kinderen vermoord en toen de hand aan zichzelf geslagen. Volgens de informatie in zijn dossier was hij het daaropvolgende halfjaar herhaaldelijk in verschillende inrichtingen opgenomen geweest.

Inrichtingen van Queller.

Haar vader had niet alleen misbruik gemaakt van Robert Juneaus leed om er winst op te maken. Hij was het geld blijven opstrijken, ook nadat de man een slachtpartij had aangericht en zelfmoord had gepleegd.

Jane moest iets wegslikken. 'Wist Laura dat pa dit gedaan heeft?' vroeg ze. 'Ik bedoel, wist ze dit vóór Oslo?' Ze keek op naar Andrew. 'Heeft Laura deze gezien?'

Hij knikte.

Haar handen trilden toen ze haar blik neersloeg. 'Wat voel ik me dom,' zei ze. 'Ik was... Ik voelde me schuldig... vanochtend. Gisteren. Ik moest steeds denken aan al die stomme keren dat pa geen monster was, maar hij was...'

'Hij was een monster,' zei Andrew. 'Hij heeft misbruik gemaakt van de ellende van duizenden mensen, en als het bedrijf naar de beurs zou gaan, zou hij misbruik hebben gemaakt van nog eens honderdduizenden mensen, alleen om er zelf beter van te worden. We móésten hem tegenhouden.'

Niets wat Nick de afgelopen vijf dagen had gezegd, had Jane zo verzoend met hun daden als deze woorden.

Ze bladerde naar de laatste pagina van Robert Juneaus dossier.

Queller had honderdduizenden dollars verdiend aan de dood van de man. Ze vond rekeningen die voldaan waren, factuurcodes en bewijs dat de overheid was blijven betalen voor de behandeling van een patiënt die nooit meer een schoon bed, medicijnen of maaltijden nodig had gehad.

'Lees nu eens...' zei Andrew.

Jane zocht al naar het tussentijdse verslag. Iemand uit de top van de directie moest alle heropnames aftekenen, waarop een adviescommissie besprak hoe de patiënt het beste geholpen kon worden. Tenminste, dat was de bedoeling, want Queller Healthcare was er immers om mensen te helpen.

Jane zocht onderaan het document naar de naam van de topfunctionaris. Het hart zonk haar in de schoenen. De handtekening was haar even vertrouwd als die van haarzelf. Die had op schoolformulieren gestaan, op blanco cheques waarmee ze kleren ging kopen, naar de kapper ging of benzine tankte.

Jasper Queller.

Haar ogen vulden zich met tranen. Ze hield het papier op naar het licht. 'Het is vast vervalst of...'

'Je weet best dat het niet vervalst is. Dat is zijn handtekening, Jinx. Waarschijnlijk geschreven met die mooie klote-Montblanc die pa voor hem kocht toen hij afzwaaide bij de luchtmacht.'

Jane schudde haar hoofd. Ze zag waar dit naartoe ging. 'Alsjeblieft, Andrew. Het is wel onze broer.'

'Hoogste tijd dat je de feiten accepteert. Jij ziet Jasper als je beschermengel, dat weet ik, maar hij heeft er de hele tijd deel van uitgemaakt. Alles wat pa heeft gedaan, heeft hij ook gedaan.'

Jane bleef haar hoofd schudden, ook al had ze het bewijs voor zich liggen. Jasper had geweten dat Robert Juneau dood was. Hij had het met Jane over de verhalen in de krant gehad. Ook hem had het met afschuw vervuld dat Queller een patiënt zo keihard had laten vallen.

En toen had hij het bedrijf geholpen er geld aan te verdienen.

Jane pakte de overige dossiers en controleerde de handtekeningen, want dit moest een vergissing zijn. Maar hoe meer ze zag, hoe wanhopiger ze werd.

Op elk document stond Jaspers handtekening.

Ze probeerde haar ontreddering weg te slikken. 'Zijn al deze patiënten dood?'

'De meesten wel. Sommigen zijn uit de staat vertrokken. Hun patiëntgegevens worden nog steeds gebruikt om hun behandeling te declareren.' Andrew legde het uit. 'Pa en Jasper rekten de cijfers op. De investeerders werden onrustig, dachten dat de beursgang zou tegenvallen.'

De investeerders. Een paar jaar geleden had Martin die erbij gehaald om de concurrentie te kunnen uitkopen. Jasper was bezeten van de groep, alsof de leden een soort alziend rotsblok vormden dat hen elk moment kon vernietigen.

'We moeten Jasper tegenhouden,' zei Andrew. 'Als het bedrijf naar de beurs gaat, zit hij straks op miljoenen aan bloedgeld. Dat mag niet gebeuren.'

Jane huiverde van paniek. Zo was het ook met Martin begonnen. De negatieve onthullingen hadden zich opgestapeld, en opeens had Laura Juneau hem door het hoofd geschoten.

'Ik weet dat je hem wilt verdedigen,' zei Andrew, 'maar dit is onverdedigbaar.'

'We kunnen niet...' Jane zweeg. Het was te veel. Dit alles was te veel. 'Ik wil hem niets aandoen, Andy. Niet zoals met pa. Kan me niet schelen wat je zegt.'

'Jasper is de kogel niet waard. Maar hij zal ervoor moeten boeten.'

'Wie zijn wij om de rol van...' Weer zweeg ze, want in Oslo hadden ze wel degelijk de rol van God op zich genomen, en ze hadden pas met hun ogen geknipperd toen het achter de rug was. 'Wat ga je doen?'

'Dit aan de pers geven.'

Jane greep zijn arm. 'Alsjeblieft, Andy. Ik smeek je. Ik weet dat Jasper niet altijd een volmaakte broer voor je is geweest, maar hij houdt van je. Hij houdt van ons allebei.'

'Dat zou pa ook hebben gezegd.'

Zijn woorden waren als een klap in haar gezicht. 'Je weet dat dat niet hetzelfde is.'

Andrews kaak verstrakte. 'Het systeem beschikt over een eindige hoeveelheid geld om deze mensen te behandelen, Jinx. Jasper heeft die middelen gestolen om de investeerders tevreden te houden. Hoeveel Robert Juneaus lopen er nog rond door wat onze broer heeft gedaan?'

Ze wist dat hij gelijk had, maar het ging wel om Jasper. 'We kunnen niet...'

'Het heeft geen zin ertegenin te gaan, Jinx. Nick heeft het al in gang gezet. Daarom zei hij tegen me dat we eerst hiernaartoe moesten komen.'

'Eerst?' herhaalde ze geschrokken. 'En daarna?'

In plaats van te antwoorden wreef Andrew over zijn gezicht, het enige teken dat dit alles hem niet onberoerd liet.

'Alsjeblieft.' Ze bleef het woord herhalen. Haar tranen lieten zich niet tegenhouden.

Denk aan wat het met mij doet als Jasper eraan gaat, wilde ze zeggen. *Ik kan niet wéér iemand iets aandoen. Ik kan die knop niet omzetten, want ik blijf me verantwoordelijk voelen.*

'Jinx,' zei Andrew, 'je weet toch dat de beslissing niet aan ons is?'

Ze wist waar hij op doelde. Nick was op wraak uit, niet alleen om al het slechts dat Jasper had gedaan, maar ook omdat Jasper zich aan de eettafel zo vaak neerbuigend had gedragen jegens Nick, op hem had neergekeken, hem scherpe vragen over zijn achtergrond had gesteld, duidelijk had laten merken dat hij niet 'een van hen' was.

Andrew stak zijn hand weer in het kistje. Jane kromp ineen toen hij er een stapeltje polaroids uithaalde. Hij trok het elastiek eraf en floepte het om zijn pols.

'Niet doen,' fluisterde ze.

Hij negeerde haar en bestudeerde de foto's aandachtig, die samen een lijst vormden van alle klappen die Jane had gekregen. 'Dat zal ik pa nooit vergeven.' Hij liet haar de close-up van haar bont en blauwe buik zien.

De eerste, maar niet de laatste keer dat Jane zwanger was geweest.

'Waar was Jasper toen dit gebeurde, Jane?' Andrews woede laaide weer op. Er viel niet met hem te praten. 'Ik was ook schuldig. Ik was stoned. Ik gaf geen fuck om mezelf, laat staan om iemand anders. Maar Jasper?'

Jane keek naar het parkeerterrein. De tranen bleven komen.

'Jasper was toch thuis toen dit gebeurde? Hij zat toch op zijn kamer? Hij deed toch alsof hij het geschreeuw niet hoorde?'

Ze hadden allemaal gedaan alsof ze het geschreeuw niet hoorden als het iemand anders overkwam.

'Jezus.' Andrew bekeek een volgende foto, die met de diepe snee in haar been. 'Telkens als ik de afgelopen maanden de moed dreigde te verliezen, haalde Nick deze tevoorschijn om ons er allebei aan te herinneren wat pa je had aangedaan.' Hij liet Jane de close-up van haar opgezwollen oog zien. 'Hoe vaak heeft pa je wel niet geslagen? Hoe vaak hebben we aan de ontbijttafel gedaan alsof we je blauwe ogen niet zagen? Hoe vaak moest mama niet lachen of werd je door Jasper geplaagd omdat je zo onbeholpen was?'

Ze probeerde er luchtig over te doen en noemde haar bijnaam. 'Klunzige Jinx.'

'Niemand mag je ooit nog pijn doen. Nooit meer,' zei Andrew.

Jane was doodmoe van al het huilen, maar ze kon er niet mee stoppen. Ze had gehuild om het gebroken gezin van Laura Juneau. Ze had gehuild om Nick. Onverklaarbaar genoeg had ze gehuild om Martin, en nu huilde ze van schaamte.

Andrew haalde luidruchtig zijn neus op. Hij bond het elastiekje weer om de polaroids en legde ze terug in het kistje. 'Ik ga jou niet vragen of je van het wapen wist.'

Ze wreef haar lippen over elkaar en richtte haar blik op het parkeerterrein. 'Dat ga ik jou ook niet vragen.'

Moeizaam en piepend haalde hij adem. 'Dus Nick –'

'Niet zeggen, alsjeblieft.' Jane had haar hand weer plat op haar buik gelegd. Was ze maar even sereen als Laura Juneau, was ze maar even overtuigd van haar zaak.

'Laura had een keuze,' zei Andrew. 'Ze had weg kunnen gaan toen ze het wapen in die zak vond.'

Toen Nick dat had gezegd, had het Jane geen troost geboden. Ze wist dat Laura nooit op haar schreden zou zijn teruggekeerd. De vrouw was vastbesloten geweest, had zich volkomen verzoend met haar keuze. Misschien was ze zelfs blij geweest. Er viel iets voor te zeggen om je lot in eigen hand te nemen. Of, zoals Nick had gezegd, een klootzak mee de dood in te nemen.

'Ze leek zo aardig,' zei Jane.

Andrew was opeens druk bezig met het deksel van het kistje en met het slot.

'Ze leek echt heel aardig,' herhaalde ze.

Hij kuchte een paar keer. 'Ze was een fantastisch mens.'

Hij klonk gekweld. Nick had Andrew opdracht gegeven Laura aan te sturen. Hij was de enige van de groep met wie ze contact had gehad. Het was Andrew geweest die alle details met haar had doorgenomen, haar het geld had gegeven, haar had voorzien van vluchtgegevens, had verteld waar ze de vervalser in Toronto zou treffen, hoe ze zich moest voordoen, welke geheime woorden de ene deur openden of de andere sloten.

'Waarom heb je haar aangesproken?' vroeg hij. 'In Oslo?'

Jane schudde haar hoofd. Op die vraag had ze geen antwoord. Nick had hen gewaarschuwd dat anonimiteit hun enige bescherming was als dingen fout liepen. Jane, die zijn bevelen maar al te gretig opvolgde, had zich in de bar verscholen toen Laura Juneau daar binnen was gewandeld. Er was minder dan een uur te gaan voor het panel begon. Het was te vroeg geweest om iets te drinken, en bovendien wist Jane dat ze eigenlijk niet mocht drinken. De piano had haar zenuwen altijd kunnen kalmeren, maar om de een of andere onverklaarbare reden werd ze naar Laura toe getrokken toen die alleen aan de bar zat.

'We moeten ervandoor,' zei Andrew.

Jane protesteerde niet. Zwijgend liep ze achter hem aan de trap af, naar de auto. Ze hield het metalen kistje op haar schoot toen hij de motor startte en dieper de stad in reed.

Het kostte haar moeite niet aan Jasper te denken. Ook kon ze Andrew niet vragen waar ze naartoe gingen. Haar broer zweeg, en niet alleen omdat er mogelijk afluisterapparatuur in de auto verstopt was. Intuïtief voelde ze dat er nog iets speelde. Door de maanden die ze in Berlijn had doorgebracht, was ze tot op zekere hoogte geïsoleerd geraakt van het kringetje. Het was haar in Oslo al opgevallen, en nu ze allemaal weer thuis waren, was het des te duidelijker. Nick en Andrew hadden samen lange wandelingen gemaakt, hadden zich in hoekjes teruggetrokken en hadden hun gesprek gestaakt zodra Jane verscheen.

Eerst had ze gedacht dat ze haar een schuldgevoel wilden besparen, maar nu vroeg ze zich af of er andere dingen waren die ze niet mocht weten.

Waren er nog meer verborgen kistjes?

Wie wilde Nick verder nog te grazen nemen?

De auto reed over een heuvel. Jane sloot haar ogen tegen het plotselinge felle zonlicht. Haar gedachten dwaalden weer af naar Laura Juneau. Ze probeerde te doorgronden wat haar ertoe had gebracht de vrouw te benaderen in de bar. Het was een volkomen verkeerde zet geweest. Nick had haar herhaaldelijk gewaarschuwd dat ze bij Laura uit de buurt moest blijven, dat ze alleen maar de verdenking van de politie op zich zou laden als ze contact met haar zocht.

Hij had gelijk gehad.

Op het moment zelf had ze geweten dat hij gelijk had. Misschien had ze het gedaan uit verzet tegen Nick. Of misschien had ze zich aangetrokken gevoeld tot Laura's heldere doelgerichtheid. In Andrews gecodeerde brieven had bewondering voor de vrouw doorgeklonken. Hij had tegen Jane gezegd dat Laura de enige van hen allen was die nooit leek te aarzelen.

Waarom niet?

'Kijk eens of er een parkeerplek is,' zei Andrew.

Ze waren nu in het Mission District. Jane kende de wijk goed. Als student was ze hier regelmatig naartoe gegaan om in de oude brandweerkazerne naar punkbandjes te luisteren. Om de hoek waren een daklozenopvang en een gaarkeuken, waar ze vaak vrijwilligerswerk had gedaan. Het gebied was altijd een centrum van onconventionele activiteiten geweest, al vanaf het einde van de achttiende eeuw, toen de franciscaner monniken er de eerste missiepost hadden gesticht. Berengevechten, duels en paardenraces hadden plaatsgemaakt voor verarmde studenten, daklozen en drugsverslaafden. Van de verlaten pakhuizen en vervallen immigrantenonderkomens ging een agressief soort energie uit. Alles was beklad met anarchistische graffiti. De straten lagen bezaaid met afval. Op straathoeken hingen hoeren rond. Het was halverwege de ochtend, maar alles had het donkere, groezelige patina van het einde van de dag.

'Je kunt Jaspers Porsche hier niet parkeren,' zei ze. 'Straks wordt-ie gestolen.'

'Ze hebben er eerder ook nooit een vinger naar uitgestoken.'

Eerder, dacht Jane. *Je bedoelt zeker al die keren dat de broer die je beweert te haten hier midden in de nacht naartoe is komen rijden om je te redden?*

Andrew stuurde de auto tussen een motor en een uitgebrande ouwe brik. Hij wilde uitstappen, maar Jane legde haar hand op de zijne. Zijn huid voelde ruw. Op zijn pols, vlak onder zijn horloge, was zijn huid schraal. Ze had er bijna iets over gezegd, maar ze wilde dit moment niet met woorden verstoren.

Ze waren al een tijd niet meer met zijn tweeën geweest. Niet meer sinds Laura Juneau die laatste kogel door haar hoofd had geschoten. Sinds de politie was toegesneld om Jane en Nick uit de congreszaal te verwijderen.

De agenten hadden Nick voor Andrew aangezien, en tegen de tijd dat ze door hadden gehad waarom Jane om haar broer riep, had Andrew al met zijn vuisten op de deur gebeukt.

Hij had er krankzinnig uitgezien. De voorkant van zijn overhemd had onder het bloed gezeten; het droop van zijn handen en doordrenkte zijn broek. Martins bloed. Terwijl iedereen was weggerend van het podium, was Andrew er juist op af gestormd. Hij had de beveiligers aan de kant geduwd. Hij had zich op zijn knieën laten vallen. De volgende dag zou Jane een foto van dat moment in een krant zien: Andrew die de resten van hun vaders hoofd in zijn schoot hield en het uitschreeuwde, met open mond en zijn blik naar het plafond.

'Het is raar,' zei Andrew nu, 'maar ik besefte pas dat ik van hem hield toen ik haar de revolver op zijn hoofd zag richten.'

Jane knikte, want zo had zij het ook ervaren: haar hart dat werd uitgewrongen, die klamme, kille twijfel achteraf.

Als klein meisje had Jane vaak op Martins knie gezeten terwijl hij haar had voorgelezen. Hij had Jane achter haar eerste piano gezet. Hij had Pechenikov uitgekozen, de best denkbare leermeester. Hij had recitals, concerten en optredens bijgewoond. In het borstzakje van zijn colbert had hij altijd een notitieboekje waarin hij haar fouten noteerde. Hij had tegen haar rug gestompt als ze onderuitgezakt achter de toetsen zat. Hij had met een metalen liniaal tegen haar benen gemept als ze niet voldoende studeerde. Hij had haar talloze avonden uit haar slaap gehouden, tegen haar geschreeuwd, gezegd dat ze waardeloos was, dat ze haar talent verspilde, dat ze alles verkeerd deed.

'Er waren nog zoveel dingen die ik tegen hem had willen zeggen,' zei Andrew.

Weer was Jane niet in staat haar tranen tegen te houden.

'Ik wilde zo graag dat hij trots op me was. Niet nu, ik wist dat het nu niet kon, maar ooit.' Andrew keek haar aan. Hij was altijd al mager geweest, maar nu, in de greep van zijn verdriet, waren zijn wangen zo hol dat de botten zich eronder aftekenden. 'Denk je dat dat ooit gebeurd zou zijn? Dat pa uiteindelijk trots op me zou zijn geweest?'

Jane wist het antwoord, maar toch zei ze: 'Ja.'

Hij keek de straat weer in. 'Daar heb je Paula,' zei hij.

De haartjes op Janes armen en in haar nek gingen overeind staan.

Paula Evans, gekleed in haar gebruikelijke soldatenkisten, morsige hemdjurkje en vingerloze handschoenen, paste perfect bij de omgeving. Haar krullen kroesden woest alle kanten op. Haar lippen waren felrood. Om onbekende redenen had ze met een kohlpotlood een zwarte rand onder haar ogen getrokken. Toen ze de Porsche zag, maakte ze een afwerend gebaar met beide handen. In plaats van naar de auto toe te komen, liep ze met grote stappen naar het pakhuis.

'Ik vind haar eng,' zei Jane. 'Ze spoort niet helemaal.'

'Nick vertrouwt haar. Ze doet alles wat hij vraagt.'

'Dat vind ik juist zo eng.' Huiverend keek Jane Paula na toen ze in het pakhuis verdween. Als Nick Russisch roulette speelde met hun toekomst, was Paula die ene kogel in het magazijn.

Jane stapte uit. Buiten hing een vettige geur, die haar aan Oost-Berlijn deed denken. Ze legde het metalen kistje op de stoel zodat ze haar jasje aan kon trekken. Uit haar tas haalde ze haar leren handschoenen en haar sjaal.

Andrew schoof het kistje onder zijn arm en sloot de auto af. 'Bij me in de buurt blijven,' gebood hij.

Ze liepen het pakhuis in, maar gingen meteen door naar achteren. Jane was hier al drie maanden niet geweest, maar ze kende de route uit haar hoofd. Die kenden ze allemaal, want van Nick hadden ze plattegronden moeten bestuderen, door steegjes moeten rennen, achtertuinen binnen moeten schieten en zelfs achter rioolroosters moeten glippen.

Wat waanzinnig had gevoeld, tot op dat moment.

Door paranoia bevangen volgde Jane de bekende route. Via een steegje kwamen ze in de volgende straat. Ondanks hun dure kleren vielen ze niet op in de menigte. Tweedehandswinkels en haveloze flatgebouwen vol studenten van de nabijgelegen San Francisco State University. In kapotte ramen waren proppen krantenpapier gestopt. Vuilnisbakken puilden uit. Jane rook de weeïge geur van duizend joints waarmee de nieuwe ochtend werd begroet.

Het safehouse was op de hoek van 17th Street en Valencia, een blok verwijderd van Mission Street. Ooit was het een victoriaans gezinshuis geweest, maar nu was het opgedeeld in vijf tweekamerappartementen, die bewoond werden door een drugsdealer, een groepje strippers en een jong stel met aids dat alleen elkaar nog had. Zoals veel gebouwen in deze buurt was ook dit huis onbewoonbaar verklaard. Zoals met veel gebouwen in deze buurt het geval was, maakten de bewoners zich hier niet druk om.

Samen beklommen ze de gammele treden naar de voordeur. Voor de honderdste keer keek Andrew achterom voor hij naar binnen ging. De gang was zo krap dat hij zijn schouders opzij moest draaien om door de open keukendeur te kunnen. In de achtertuin stond een oude schuur die tot woning was verbouwd. Een oranje verlengsnoer, dat van het huis naar de schuur liep, vormde de elektriciteitsvoorziening. Sanitair ontbrak. De bovenverdieping balanceerde nogal wankel op wat ooit als opslagruimte was bedoeld. Muziek dreunde tegen de gesloten ramen. Pink Floyds snerpende 'Bring the Boys Back Home'.

Andrew keek op naar de eerste verdieping en wierp toen weer een blik over zijn schouder. Hij klopte twee keer op de deur. Hij wachtte. Hij klopte nog een keer, en nu vloog de deur open.

'Idioten!' Paula greep Andrew bij zijn shirt en sleurde hem naar binnen. 'Wat dacht je met die stomme kop van je? Verfpakjes, hadden we allemaal gezegd. Wie heeft die fucking revolver in die zak gestopt?'

Andrew trok zijn shirt recht. Het metalen kistje was op de vloer gevallen. 'Paula, we...'

Alles om hen heen verkilde.

'Hoe noemde je me?' vroeg Paula.

Eerst reageerde Andrew niet. In de stilte hoorde Jane alleen de plaat die boven werd gedraaid. Ze liet haar tas al op de vloer vallen voor het geval ze hem moest helpen. Paula had haar vuisten gebald. Nick had gezegd dat ze alleen hun codenamen mochten gebruiken, en net als elk woord dat over zijn lippen kwam, was voor Paula zijn wil wet.

'Sorry,' zei Andrew. 'Penny, bedoelde ik. Dus, eh... Penny, zullen we het hier later over hebben?'

Paula weigerde in te binden. 'Ben jij nu de baas?'

'Penny,' zei Jane. 'Hou eens op.'

Woedend richtte Paula zich tot haar. 'Waag het niet...'

Quarter kuchte.

Jane schrok van het geluid. Ze had hem niet gezien toen ze binnenkwamen. Hij zat aan tafel en had een rode appel in zijn hand. Als blijk van solidariteit hief hij eerst zijn kin naar Jane, toen naar Andrew. 'Wat gebeurd is, is gebeurd,' zei hij tegen Paula.

'Jezus, dat meen je toch niet?' Paula zette haar handen in haar zij. 'Dit is moord, stelletje stomme eikels. Weten jullie dat? We zitten nu allemaal in een moordcomplot.'

'In Noorwegen,' zei Quarter. 'Zelfs als ze erin slagen ons uitgeleverd te krijgen, moeten we hooguit zeven jaar zitten.'

Paula snoof misprijzend. 'Denk je echt dat de VS ons in een ander land terecht laat staan? Jij was het, hè?' Ze wees naar Jane. 'Jij hebt dat wapen in de zak gestopt, stomme trut.'

Jane weigerde zich door dat stinkwijf op de kop te laten zitten. 'Ben je kwaad op me omdat Nick je niet over dat wapen heeft verteld, of omdat hij mij neukt in plaats van jou?'

Quarter grinnikte.

Met een zucht boog Andrew zich voorover om het kistje op te rapen. Toen verstijfde hij.

Ze verstijfden allemaal.

Buiten was iemand. Jane hoorde voetgestamp. Met ingehouden adem wachtte ze op de geheime klop: twee keer, dan stilte, dan weer een klop.

Nick?

Haar hart maakte alvast een sprongetje, maar ze liet haar angst pas varen toen ze de deur opendeed en de glimlach op zijn gezicht zag.

'Hallo, makkers.' Nick kuste Jane op haar wang. Met zijn mond tegen haar oor fluisterde hij: 'Zwitserland.'

Jane werd overspoeld door liefde.

Zwitserland.

Hun gedroomde flatje in Basel, omringd door studenten in een land dat geen officieel uitleveringsverdrag met de Verenigde Staten had. Diezelfde kerstavond dat hij het plan had onthuld, had hij het ook over Zwitserland gehad. Jane was verbluft geweest dat hij zich niet alleen had kunnen concentreren op de ravage die ze gingen aanrichten, maar dat hij ook alvast had bedacht hoe ze zich uit de nasleep konden losmaken.

'Liefste,' had hij in haar oor gefluisterd. 'Je weet toch dat ik overal aan heb gedacht?'

'Oké.' Nick klapte in zijn handen en richtte zich tot de groep. 'En, troepen? Hoe staan we ervoor?'

Quarter wees naar Paula. 'Deze hier ging net helemaal door het lint.'

‘Niet waar,’ protesteerde Paula. ‘Nick, wat er in Noorwegen is gebeurd, was –’

‘Buitengewoon!’ Hij greep haar bij haar armen. Zijn opwinding verspreidde zich als een lichtstraal door de kamer. ‘Het was geweldig! Echt, het allerbelangrijkste wat een Amerikaan in deze eeuw is overkomen!’

Paula knipperde met haar ogen, en Jane zag hoe ze zich van het ene op het andere moment Nicks gedachtegang eigen maakte.

Ook Nick was de verandering niet ontgaan. ‘O, Penny,’ zei hij, ‘had je het maar met eigen ogen kunnen zien. De hele zaal was in shock. Laura trok de revolver net toen Martin helemaal lyrisch werd over de prijs van vloerreiniger. En toen…’ Hij maakte een wapen van zijn vingers en duim. ‘Beng! Een schot dat over de hele wereld werd gehoord. En allemaal dankzij ons.’ Hij knipoogde naar Jane en spreidde toen zijn armen om de hele groep te omvatten. ‘Mijn god, troepen. Wat we gedaan hebben, wat we op het punt staan te doen, is niet minder dan heroïsch.’

‘Hij heeft gelijk.’ Zoals gewoonlijk was Andrew er als de kippen bij om hem te steunen. ‘Laura had een keuze. We hadden allemaal een keuze. Zij nam de beslissing over wat ze heeft gedaan. Wij hebben de beslissing genomen over wat wij aan het doen zijn. Zo is het toch?’

‘Zo is het,’ beaamde Paula gretig. ‘We wisten allemaal waar we aan begonnen waren.’

Nick keek Jane aan om te zien of ze knikte.

Quarter bromde iets, maar zijn trouw was boven elke twijfel verheven. ‘Hoe zit het met de politie?’ vroeg hij aan Nick.

‘Agent Danberry…’ begon Jane.

‘Het is niet alleen de gewone politie,’ onderbrak Nick haar. ‘Het is elk federaal bureau in het land. En Interpol.’ Dat laatste bracht hem bijna in extase. ‘Het loopt precies zoals we wilden, mensen. De ogen van de hele wereld zijn op ons gericht. Wat we nu aan het doen zijn – in New York, Chicago, Stanford, wat er al gebeurd is in Oslo – daarmee gaan we de wereld veranderen.’

‘Zo is het,’ zei Paula, voor wie elk woord uit zijn mond het evangelie was.

‘Weten jullie wel hoe zeldzaam het is om verandering teweeg te brengen?’ Nicks ogen gloeiden van bezieling.

Het was aanstekelijk. Ze bogen zich allemaal naar hem toe, hangend aan zijn lippen.

‘Weten jullie wel hoe waarachtig, hoe oprecht zeldzaam het is dat eenvoudige mensen zoals wij in staat zijn verandering aan te brengen in het leven van… nou, dat zijn er algauw miljoenen, toch? Miljoenen mensen die ziek zijn, anderen die geen idee hebben dat hun belastingcenten gebruikt worden om de zakken te vullen van kille bedrijven, terwijl echte mensen, gewone mensen die hulp nodig hebben, worden vergeten.’

Hij keek de kamer rond en maakte met ieder afzonderlijk oogcontact. Hier leefde Nick voor, voor het besef dat hij hen allemaal inspireerde om naar iets groots te reiken.

‘Penny,’ zei hij, ‘wat jij in Chicago doet, zal de wereld op zijn kop zetten. Later zullen schoolkinderen leren over jouw essentiële aandeel hierin. Dan leren ze dat je ergens voor stond. En Quarter, zonder jouw logistieke hulp… Het is ondenkbaar dat we dit zonder jou zouden hebben bereikt. Jouw plannen voor Stanford vormen de spil waar deze hele onderneming omheen draait. En Andrew, onze beste Dime. Mijn god, zoals jij Laura hebt aangestuurd, zoals jij alle stukken hebt samengebracht. Jane…’

Weer snoof Paula.

‘Jane.’ Nick legde zijn handen op haar schouders. Hij drukte zijn lippen op haar voorhoofd, en ze werd overspoeld door liefde. ‘Jij, mijn liefste. Je geeft me kracht. Dankzij jou ben ik in staat onze glorieuze troepen naar grootsheid te voeren.’

‘We worden gepakt,’ zei Paula. Ze leek niet langer woedend om dat vooruitzicht. ‘Dat beseffen jullie, hè?’

‘En wat dan nog?’ Quarter had zijn mes tevoorschijn gehaald. Hij schilde de appel. ‘Ben je nu opeens bang? De hele tijd een grote bek, en nu –’

‘Ik ben niet bang,’ zei Paula. ‘Ik doe mee. Ik heb gezegd dat ik mee zou doen, dus doe ik mee. Je kunt altijd op me rekenen, Nick.’

‘Goed zo.’ Nick wreef over Janes rug. Ze liet zich bijna als een katje tegen hem aan vallen. Zo gemakkelijk was het voor hem. Hij hoefde zijn hand maar op de juiste plek te leggen, het juiste woord te zeggen, en ze stond weer helemaal aan zijn kant.

Was ze een jojo?

Of was ze een ware gelovige, want het klopte toch wat Nick zei? Ze moesten de mensen wakker schudden. Ze konden niet werkeloos toezien terwijl zovelen leden. Apathie was gewetenloosheid.

‘Goed, troepen,’ zei Nick. ‘Ik weet dat dat wapen in Oslo als een verrassing kwam, maar zien jullie niet hoe geweldig het er nu voor ons voor staat? Laura heeft ons een enorme dienst bewezen door die trekker over te halen en haar leven op te offeren. Haar woorden vinden nu veel meer weerklank dan wanneer ze ze vanachter de tralies had geroepen. Ze is een martelaar, een gevierde martelaar. En door wat we hierna gaan doen, door de stappen die we gaan zetten, zullen mensen beseffen dat ze zich niet langer als schapen kunnen laten voortdrijven. Het is tijd voor verandering. Mensen moeten veranderen. Regeringen moeten veranderen. Bedrijven moeten veranderen. Alleen wij kunnen daarvoor zorgen. Wij zijn degenen die iedereen wakker moeten schudden.’

Ze keken hem allemaal stralend aan, zijn bereidwillige volgelingen. Zelfs Andrew zat te gloeien onder Nicks loftuitingen. Misschien kwam het door hun blinde toewijding dat Jane telkens weer bevangen werd door angst.

Er was iets veranderd toen zij in Berlijn was. De energie in de kamer zinderde meer dan ooit.

Het had iets fatalistisch.

Had Paula haar flat ook uitgeruimd?

Had Quarter zijn dierbaarste bezittingen van de hand gedaan?

Andrew had het uitgemaakt met Ellis-Anne. Hij was zichtbaar ziek, maar hij bleef weigeren naar de dokter te gaan.

Was hun blinde toewijding ook een soort ziekte?

Op Jane na waren ze allemaal weleens in een psychiatrische inrichting opgenomen geweest. Nick had de Quellerdossiers achterovergedrukt of in het geval van de celleden die in een andere inrichting hadden gezeten, iemand gevonden die de dossiers aan hén doorspeelde. Hij kende hun hoop, hun angsten, hun inzinkingen, hun zelfmoordpogingen, hun eetstoornissen en criminele voorgeschiedenis, en wat nog het allerbelangrijkste was: hij wist hoe hij van die informatie gebruik moest maken.

Jojo's die op- en neergingen zoals het Nick uitkwam.

'We gaan ervoor!' Quarter stak zijn hand in zijn zak en legde met een klap naast de geschilde appel een munt op tafel, een *quarter*. 'Het team van Stanford staat klaar.'

Manisch depressief. Schizoïde neigingen. Gewelddadige recidive.

Paula liet zich op een stoel ploffen en legde een *penny* op tafel. 'Chicago staat al een maand klaar.'

Anti-sociaal gedrag. Kleptomanie. Anorexia nervosa. Akiltisme.

Nick wierp een *nickel* in de lucht. Hij ving hem op en liet hem op tafel vallen. 'New York staat te trappelen.'

Sociopathie. Impulsbeheersingsstoornis. Cocaïneverslaving.

Andrew keek Jane aan voor hij zijn hand in zijn zak stak. Hij legde een *dime* bij het overige wisselgeld en ging zitten. 'Oslo is afgerond.'

Antisociale persoonlijkheidsstoornis. Depressie. Suïcidale neigingen. Door drugs veroorzaakte psychose.

Ze keerden zich allemaal naar Jane toe. Ze stak haar hand in de zak van haar jasje, maar Nick hield haar tegen.

'Breng deze eens naar boven, liefje.' Hij reikte haar de appel aan die Quarter had geschild.

'Ik doe het wel,' bood Paula aan.

'Wil je alsjeblieft stil zijn?' Nick zei niet dat ze haar mond moest houden. Hij stelde haar een vraag.

Paula ging weer zitten.

Jane pakte de appel. De vrucht maakte een vochtige afdruk op haar leren handschoen. Ze tastte rond het geheime paneel tot ze de knop had gevonden waarop ze moest drukken. Ook weer zo'n slim idee van Nick. Het moest anderen zo moeilijk mogelijk worden gemaakt om de trap te vinden. Jane trok het paneel weg en sloot het met de haak stevig achter zich af.

Er klonk een scherpe klik toen het mechanisme weer in het slot schoot.

Langzaam beklom ze de trap, terwijl ze probeerde te volgen wat er beneden gezegd werd. Het Pink Floyd-nummer dat uit een blikkerige speaker schalde, deed zijn werk te goed. Alleen Paula's luide stem kwam boven de aanzwellende instrumentale klanken van 'Comfortably Numb' uit. 'Hufters,' bleef ze maar zeggen, in een duidelijke poging met haar fanatieke toewijding indruk op Nick te maken. 'We zullen die vuile hufters eens wat laten zien.'

Jane voelde een bijna dierlijke opwinding door de vloerplanken opstijgen toen ze bovenaan de trap was aangekomen. In de afgesloten kamer brandde wierook. Ze rook lavendel. Waarschijnlijk had Paula een van haar voodooamuletten meegenomen om de geesten te bezweren.

Laura Juneau had lavendel in huis gehad. Dat was een van de vele losse details waarover Andrew in zijn gecodeerde brieven had geschreven. Ook dat Laura van pottenbakken hield. Dat ze evenals hijzelf best aardig kon schilderen. Dat ze net vanuit de tuin was binnengekomen en dat ze op haar knieën voor de kast in de woonkamer had gezeten, op zoek naar een vaas, toen Robert Juneau met zijn sleutel de voordeur had geopend.

Eén schot door het hoofd van een vijfjarige.

Twee kogels in de borst van een zestienjarige.

Nog twee kogels door het lichaam van een veertienjarig meisje.

Een van die kogels was blijven steken in de ruggengraat van Laura Juneau.

De zesde kogel, de laatste, was vanaf Robert Juneaus kin zijn schedel binnengedrongen.

Thorazine. Valium. Xanax. Vierentwintiguursverpleging. Artsen. Verpleegkundigen. Accountants. Conciërges. Vloerreiniger.

'Weet je wat het kost om iemand fulltime op te nemen?' had Martin aan Jane gevraagd. Ze zaten aan de ontbijttafel. De krant lag open voor hen, met schreeuwende koppen die de gruwelijkheid van de slachtpartij weergaven: MAN DOODT GEZIN EN DAARNA ZICHZELF. Jane vroeg haar vader hoe dat had kunnen gebeuren, waarom Robert Juneau uit zoveel Queller Homes was gezet.

‘Bijna honderdduizend dollar per jaar.’ Martin had met een antiek zilveren lepeltje van Liberty & Company, dat ooit aan een verre Queller was geschonken, in zijn koffie geroerd. ‘Weet je hoe vaak je daarvan naar Europa kunt reizen?’ had hij gevraagd. ‘Hoeveel auto’s voor je broer je daarvan kunt bekostigen? Hoeveel trips, tournees en lessen bij jouw dierbare Pechenikov?’

Waarom ben je gestopt met optreden?

Omdat ik niet meer kon spelen met bloed aan mijn handen.

Jane nam de sleutel van een haak en duwde die in het nachtslot. Aan de andere kant van de deur had de plaat het moment bereikt waarop David Gilmour het koor overneemt...

There is no pain, you are receding...

Jane liep de kamer in. De geur van lavendel omhulde haar. In een glazen vaas stonden verse bloemen. Op een metalen schaaltje brandde wierook. Jane besefte dat dit niet bedoeld was om boze geesten op afstand te houden, maar om de stank van stront en pis te verhullen die uit de emmer bij het raam opsteeg.

When I was a child, I had a fever...

De krappe ruimte had twee ramen. Het ene raam keek uit op het victoriaanse huis aan de voorkant, het andere op het huis aan de straat achter hen. Jane maakte beide open in de hoop dat de tocht een deel van de stank zou verdrijven.

Ze stond midden in de kamer met de geschilde appel in haar hand. Ze wachtte tot het einde van de gitaarsolo. In gedachten volgde ze de noten. Zag haar vingers op de snaren. Ze had een tijdje gitaar gespeeld, daarna viool, cello, mandoline en gewoon voor de lol een fiedel met stalen snaren.

Toen had Martin gezegd dat ze moest kiezen: goed zijn op heel veel instrumenten of briljant op slechts één.

Jane haalde de naald van de plaat.

Ze kon hen beneden horen. Eerst Andrews gehoest met die zorgelijke rochel. Nicks rake opmerkingen. Quarter zei dat ze hun stemmen moesten dempen, maar toen begon Paula weer aan een tirade over de politie – 'die vuile zwijnen zullen ervoor boeten' – die boven iedereen uit te horen was.

'Kom op,' zei Nick plagerig. 'We zijn er bijna. Weet je hoe belangrijk we allemaal zullen zijn wanneer dit alles voorbij is?'

Wanneer dit alles voorbij is…

Met haar hand op haar buik liep Jane de kamer door.

Zou dit ooit voorbij zijn?

Was er een toekomst na dit alles? Konden ze een kind op die nieuwe wereld zetten die ze probeerden te scheppen? Wachtte er in Zwitserland echt een flat op hen?

Weer bracht ze zichzelf in herinnering dat Nick zijn meubels had verkocht. Dat hij alle armaturen uit zijn flat had gesloopt. Dat hij op de vloer sliep. Was dat een man die in een toekomst geloofde?

Was dat een man die een vader voor hun kind kon zijn?

Jane knielde naast het bed neer.

Ze liet haar stem een paar octaven zakken en fluisterde: 'Geen woord.'

Ze trok de prop uit de mond van de vrouw.

Alexandra Maplecroft begon te gillen.

23 AUGUSTUS 2018

ELF

Andy hees een zware doos met oude sneakers uit de kofferbak van de Reliant. Dikke regendruppels petsten tegen het karton. Damp steeg op van het asfalt. Na dagen van verzengende hitte had de hemel zich geopend, en nu had ze niet alleen te kampen met de verzengende hitte, maar werd ze ook nog eens nat. Ze racete heen en weer tussen de kofferbak en de open opslagbox, en telkens als een bliksemschicht tussen de middagwolken door glipte, dook ze ineen.

In navolging van haar moeder had ze twee verschillende opslagboxen bij twee verschillende bedrijven in twee verschillende staten gehuurd om de massa's dollars uit de Reliant in te verbergen. Andy vond dat ze het best slim had aangepakt. In plaats van het geld gewoon op de vloer van de box te dumpen alsof ze Skyler uit *Breaking Bad* was, had ze de hele achterkamer van een Leger des Heilswinkel in Little Rock leeggekocht en de stapels geld verborgen onder oude kleren, kampeerspullen en een hoop kapot speelgoed.

Op die manier zou iedereen die Andy zag, denken dat ze deed wat de meeste Amerikanen deden, namelijk geld neertellen om een verzameling overbodige rotzooi op te slaan in plaats van de spullen aan mensen te geven die ze goed konden gebruiken.

Ze rende terug naar de Reliant om een tweede doos te pakken. Regen plensde in haar gloednieuwe sneakers. Algauw voelden haar nieuwe sokken als drijfzand. Nadat ze bij de eerste opslagbox aan de Alabamakant van Texarkana was weggereden, had ze een tweede Walmart aangedaan. Nu droeg ze eindelijk kleren die niet uit de jaren tachtig afkomstig waren. Ze had een schoudertas gekocht en een laptop van driehonderdvijftig dollar. Ze had een zonnebril, ondergoed dat niet om haar gat slobberde, en merkwaardig genoeg een doel.

Je moet je eigen leven weer oppakken. Dat had Laura in het restaurant tegen haar gezegd. *Ook al wil ik het je nog zo graag gemakkelijk maken, ik weet dat het alleen kans van slagen heeft als je het helemaal zelf doet.* Inmiddels stond Andy er inderdaad alleen voor. Maar wat was er veranderd? Ze kon niet eens voor zichzelf verwoorden waarom ze zich zo anders voelde. Ze wist alleen dat ze het meer dan zat was om van de ene ramp naar de andere te drijven, als een amoebe in een petrischaaltje. Kwam het door het besef dat haar moeder een ongelooflijke leugenaar was? Kwam het door schaamte omdat ze alles zo kritiekloos geslikt had? Of kwam het doordat een huurmoordenaar haar helemaal naar Alabama was gevolgd en ze, in plaats van naar haar intuïtie te luisteren en ervandoor te gaan, het met hem had aangelegd?

Haar wangen gloeiden van schaamte toen ze de zoveelste doos uit de kofferbak van de Reliant hees.

Andy was lang genoeg in Muscle Shoals gebleven om Mike Kneppers pick-up binnen twee uur nog twee keer langs het motel te hebben zien rijden. Ze had een derde uur en een deel van het vierde uur gewacht om er zeker van te zijn dat hij niet terugkwam. Toen had ze de Reliant ingeladen en was weer op weg gegaan.

Ze had de hele rit zitten beven, strak van de cafeïne in de McDonald'skoffie en nog steeds doodsbang om ergens te parkeren en naar het toilet te gaan, want op dat moment had al het geld nog in de auto gelegen. De rit naar Little Rock, Arkansas, had vijf uur geduurd, en elk uur had loodzwaar op haar ziel gedrukt.

Waarom had Laura tegen haar gelogen? Waar was ze zo bang voor? Waarom had ze haar naar Idaho gestuurd?

En nog belangrijker: waarom volgde ze nog steeds blindelings haar moeders bevelen op?

Het had niet aan slaapgebrek gelegen dat Andy geen van deze vragen kon beantwoorden. Ze was gestopt in Little Rock omdat ze weleens van die stad had gehoord, en toen had ze het eerste het beste motel met een ondergrondse parkeergarage gepakt, want ze had bedacht dat ze de Reliant moest verbergen voor het geval Mike haar volgde.

Andy had de stationcar achteruit ingeparkeerd zodat eventuele dieven moeilijk bij de kofferbak konden komen. Toen was ze weer ingestapt om een stukje naar voren te rijden zodat ze de slaapzak en strandtas uit de kofferbak kon pakken. Vervolgens had ze de auto weer een stukje naar achteren gereden en had ze ingecheckt bij het motel. Ze had bijna achttien uur ononderbroken geslapen.

De laatste keer dat ze zo lang had geslapen, was Gordon met haar naar de dokter gegaan omdat hij bang was dat ze aan narcolepsie leed. Andy zag het als therapeutisch, die uren slaap in Arkansas. Ze klemde geen stuur vast. Ze zat niet gillend of snikkend in de auto. Ze keek niet om de vijf minuten op Laura's telefoon. Ze maakte zich niet druk om al het geld dat haar aan de Reliant kluisterde. Ze was niet bang dat Mike haar was gevolgd, want ze was zelfs onder de auto gekropen om te kijken of er een gps-tracker was gemonteerd.

Mike.

Met die stomme K in zijn achternaam en die stomme sprinkhaan op zijn pick-up en dat stomme gezoen op het parkeerterrein alsof hij een psychopaat was, want het was duidelijk dat hij Andy volgde of haar wilde martelen of iets anders gruwelijks met haar wilde uitspoken, maar in plaats daarvan had hij haar verleid.

Erger nog: ze had het laten gebeuren.

Andy pakte de laatste doos uit de auto en liep in een soort *walk of shame* terug naar de box. Ze liet de doos op de vloer vallen en ging op een houten kruk met een wiebelige derde poot zitten. Ze wreef over haar gezicht. De vlammen sloegen van haar wangen.

Idioot, berispte ze zichzelf in gedachten. *Hij keek dwars door je heen.*

De pijnlijke waarheid was dat Andy's seksleven niet veel voorstelde. Vaak diepte ze de affaire met haar docent op om zich als vrouw van de wereld voor te doen, maar dan vertelde ze er niet bij dat ze maar ongeveer drieënhalf keer seks hadden gehad. En dat de man zwaar aan de wiet was geweest. En nagenoeg impotent. En dat ze meestal op zijn bank belandden, waar hij dan high werd en zij herhalingen keek van *Golden Girls*.

Maar hij was nog altijd beter dan haar vriendje van school. Ze hadden elkaar ontmoet op de toneelclub, en alleen al dat had alarmbellen moeten doen afgaan. Maar ze waren elkaars beste vriend geweest en hadden besloten dat ze het de eerste keer met elkaar moesten doen.

Hoewel Andy na afloop bepaald niet onder de indruk was geweest, had ze gelogen om hem een goed gevoel te bezorgen. Hij was al evenmin onder de indruk geweest, maar liet na het compliment te beantwoorden.

'Je wordt veel te vochtig,' had hij met een theatrale huivering gezegd, en ook al had hij in de volgende zin toegegeven dat hij waarschijnlijk homo was, die vernietigende opmerking had Andy de daaropvolgende vijftien jaar met zich meegezeuld.

Te vochtig. Starend naar de muur van regen buiten de opslagbox overdacht ze die twee woorden. Wat ze nu niet allemaal tegen die sukkel zou zeggen als hij alleen maar haar vriendschapsverzoek op Facebook wilde accepteren.

En dat bracht haar op haar vriendje in New York. Andy had hem vreselijk lief, aardig en attent gevonden tot ze bij een vriendin thuis in de badkamer had gestaan en hem tegen zijn vrienden had horen praten.

'Ze lijkt op zo'n ballerina in een sieradendoosje,' had hij hun toevertrouwd. 'Zodra je haar vooroverbuigt, stopt de muziek.'

Andy schudde als een natte hond haar hoofd. Ze rende terug naar de auto, pakte de lichtblauwe Samsonitekoffer en sleepte die naar de box. Ze sloot de deur en trok droge kleren aan. Aan haar sneakers was niet veel te doen, maar ze had in elk geval sokken die niet langs haar toch al zere voeten schuurden. Tegen de tijd dat ze de deur weer omhoogrolde, was de regen zo goed als weggetrokken, en dat was de eerste meevaller in dagen.

Met een hangslot van de Walmart sloot Andy de box af. In plaats van een sleutelslot had ze voor een combinatieslot gekozen, met letters in plaats van cijfers. De code voor Texarkana was FUCKR, want ze was buitengewoon chagrijnig geweest toen ze het ding instelde. Voor de Hook 'Em & Store in de buurt van Austin, Texas, had ze het meer voor de hand liggende KUNDE gekozen, als in:

Ik zou met Paula Kunde kunnen gaan praten.

Ik heb gehoord dat ze in Seattle woont.

In Austin. Aardig geprobeerd.

In Little Rock had Andy besloten dat ze zich niet als een amoebe naar Idaho zou laten afdrijven, zoals Laura haar had opgedragen. Als ze geen antwoorden van haar moeder kreeg, zou ze het bij dr. Paula Kunde kunnen proberen.

Ze reikte naar de klep van de kofferbak en sloeg hem dicht. De slaapzak en strandtas zaten nog steeds vol geld, maar ze bedacht dat ze ze evengoed in de auto kon laten liggen. Eigenlijk moest ze de kleine koelbox en de doos met gedroogde worstjes in de opslagbox achterlaten, maar ze wilde zo snel mogelijk de weg weer op.

Bij het optrekken maakte de motor van de Reliant een ratelend *Chitty-Chitty-Bang-Bang*-achtig geluid. In plaats van de snelweg op te rijden, nam ze de eerstvolgende afslag naar McDonald's. Ze reed de *drive-through* in voor een grote koffie en het wifiwachtwoord.

Andy koos een parkeerplaats vlak bij het gebouw. De koffie goot ze uit het raampje, want ze wist bijna zeker dat haar hart zou exploderen als ze nog meer cafeïne binnenkreeg. Ze pakte haar nieuwe laptop uit de schoudertas en logde in op het netwerk.

Ze staarde naar de knipperende cursor op de zoekbalk.

Zoals gewoonlijk overwoog ze heel even een vals Gmailaccount aan te maken en een bericht naar Gordon te sturen. In gedachten had ze al allerlei ontwerpmailtjes opgesteld, waarin ze zich voordeed als een coördinator van Habitat for Humanity of een medelid van Phi Beta Sigma, om haar vader via een gecodeerde boodschap te laten weten dat alles in orde was.

Heb je die fantastische Subwaycoupon gezien: twee voor de prijs van één?

Ik las een verhaal over Knob Creek Bourbon dat je vast mooi vindt!

Zoals gewoonlijk zag Andy ervan af. Wat haar moeder betrof vertrouwde ze niets meer, maar zelfs de kleinste kans dat Gordon iets kon overkomen was een te groot risico.

Ze tikte het webadres van *The Belle Isle Review* in.

De kerstfoto van Laura en Gordon stond nog op de voorpagina.

Andy bestudeerde haar moeders gezicht en vroeg zich af hoe de haar zo vertrouwde vrouw die glimlachend de camera in keek, dezelfde kon zijn als degene die haar enige dochter jarenlang had bedrogen. Ze zoomde op de foto in, want ze had nooit echt stilgestaan bij het knobbeltje op haar moeders neus. Was die ooit gebroken geweest en vervolgens scheef gegroeid?

Volgens de polaroids uit haar moeders opslagbox was dat een aannemelijke verklaring.

Zou ze ooit achter de waarheid komen?

Andy scrolde naar beneden. Het artikel over het lijk dat was aangespoeld onder de Yamacraw Bridge was ook nog hetzelfde. De man in de hoody was nog steeds niet geïdentificeerd. Nergens werd melding gemaakt van zijn gestolen auto. Wat betekende dat Laura er niet alleen in geslaagd was een politieleger buiten de deur te houden, maar dat ze op de een of andere manier ook een lijk van bijna negentig kilo naar haar Honda had gesleept en het dertig kilometer verderop in de rivier had gedumpt.

Met één arm aan haar borst gesnoerd en nauwelijks een been om op te staan.

Haar moeder was een misdadiger.

Dat was de enige zinnige verklaring. Andy had haar moeder altijd passief en behoudend gevonden, maar alles wees er nu op dat ze heel rationeel en slinks te werk ging. Die enorme hoeveelheid contanten had ze niet verdiend door slachtoffers van een hersenbloeding met hun spraak te helpen. De nep-ID's waren al eng geweest, maar terugredenerend had Andy beseft dat Laura niet alleen een nep-ID had, maar dat ze ook iemand kende – een vervalser – die documenten voor haar kon maken. Telkens wanneer Laura de Canadese grens was overgestoken om het rijbewijs of het kentekenbewijs te verlengen, had ze een federale wet geschonden. Andy betwijfelde of de belastingdienst op de hoogte was van al dat geld. Laura was niet bang voor de politie. Ze wist dat ze kon weigeren aan een verhoor mee te werken. Naar wetshandhavers straalde ze een uitzonderlijke kalmte uit. Die houding had ze niet van Gordon overgenomen, wat betekende dat ze uit eigen ervaring putte.

En dat betekende dat Laura Oliver geen lieverdje was.

Andy sloot de laptop en stopte hem weer in de schoudertas. Het ontbrak het apparaat aan opslagruimte voor alle dingen die haar moeder uit te leggen had. Hoe Laura zich van Hoody's lijk had ontdaan stond op dat moment niet eens in de top drie.

Regen tikte tegen de voorruit. Donkere wolken dreven over. Ze reed achterwaarts van de parkeerplek en volgde de borden naar UT-AUSTIN. De uitgebreide campus besloeg zo'n zestien hectare peperdure grond. Er was een academisch ziekenhuis, een juridische faculteit, een faculteit voor alfawetenschappen, en ook al had de universiteit geen eigen footballteam, toch zag je overal vlaggen en bumperstickers van de Texas Longhorns.

Volgens het collegerooster op de website had dr. Kunde net een ochtendcollege over 'Feministische perspectieven op huiselijk geweld en verkrachting' gegeven, gevolgd door een uur waarin ze studenten begeleidde. Andy wierp een blik op het radioklokje. Zelfs als Paula's college was uitgelopen, als ze was gaan lunchen of wellicht een bespreking had gehad met een collega, dan moest ze nu zo ongeveer thuis zijn.

Andy had geprobeerd meer over de achtergrond van de vrouw te weten te komen, maar op internet had ze bar weinig over Paula Kunde kunnen vinden. Op de site van UT-Austin stonden ontelbare academische verhandelingen en congressen vermeld, maar niets over haar privéleven. Op ProfRatings.com kreeg ze slechts een halve ster, maar toen Andy de studentenbeoordelingen doornam, zag ze dat het grotendeels zeurderige verhandelingen waren over slechte cijfers die dr. Kunde weigerde aan te passen of ellenlange, van bijwoorden vergeven scheldkanonnades over wat een keiharde bitch dr. Kunde was – typerend voor wat de huidige generatie aan het hoger onderwijs bijdroeg.

Het eenvoudigst van al dat gegoogel was het opzoeken van haar woonadres. De belastinggegevens van Austin stonden online. Andy hoefde Paula Kundes naam maar in te voeren om te constateren dat de onroerendgoedbelasting de afgelopen tien jaar op tijd was voldaan, en ze hoefde Google Street View maar aan te klikken om met eigen ogen het lage huis van één verdieping in het stadsdeel Travis Heights te kunnen bekijken.

Bij het inrijden van Paula's straat keek Andy weer op haar kaart. Als een inbreker die het huis verkende had ze de *street view* op haar laptop bestudeerd, maar de beelden waren midden in de winter gemaakt, toen alle struiken en bomen in rust verkeerden, en leken in niets op de welige, uitbundige tuinen die ze nu passeerde. De buurt deed nogal trendy aan, met hybriden op de opritten en kunstzinnige tuinornamenten. Ondanks de regen waren er mensen aan het hardlopen. De huizen hadden hun eigen kleurschema's, ongeacht wat de buren hadden gekozen. Oude bomen. Brede straten. Zonnepanelen en één buitengewoon vreemd uitziende miniwindmolen vóór een vervallen bungalow.

Ze werd zo in beslag genomen door de huizen die ze passeerde dat ze dat van Paula de eerste keer voorbijreed. Ze reed door tot South Congress, keerde en reed terug. Ditmaal keek ze naar de huisnummers op de brievenbussen.

Paula Kunde woonde in een huis in arts-and-craftsstijl, maar hip genoeg om niet uit de toon te vallen bij de rest van de buurt. Een witte Prius van een ouder model stond voor de gesloten garagedeur. In het dak van de garage zag Andy koekoekramen. Ze vroeg zich af of Paula Kunde misschien ook een appartement had met daarin een dochter van wie ze maar niet loskwam. Dat zou een goede openingszin zijn, of in elk geval een goede tweede of derde, want het belangrijkste was nu dat ze zichzelf het huis binnen wist te kletsen.

Dit was het moment.

Het zou zomaar kunnen dat al haar vragen over Laura beantwoord waren tegen de tijd dat ze weer in de Reliant zat.

Die gedachte bezorgde haar slappe knieën toen ze uitstapte. Praten was nooit haar sterke kant geweest. Een amoebe had geen mond. Ze hees haar nieuwe tas over haar schouder. Om zich op iets anders te richten terwijl ze naar het huis liep, controleerde ze de inhoud. Er zat wat geld in, de laptop, Laura's make-uptas met de wegwerptelefoon, handcrème, oogdruppels, lipgloss – allemaal net genoeg om zich weer een echte vrouw te voelen.

Andy liet haar blik langs de ramen gaan. Binnen waren alle lampen uit, voor zover ze het kon zien tenminste. Misschien was Paula niet thuis. Andy was alleen op het onlinerooster afgegaan. De Prius zou van een huurder kunnen zijn. Of misschien had Mike zijn pick-up ingeruild.

Huiverend bij die gedachte liep ze over het pad naar de voordeur. Petuniaranken hingen over houten bloembakken. Dode plekken in de verder keurig onderhouden tuin toonden waar de Texaanse zon de aarde had verschroeid. Met een blik achterom beklom ze de verandatrap. Het had allemaal iets clandestiens, maar ze wist niet of dat gevoel gerechtvaardigd was.

Ik wil je niks aandoen. Ik zorg alleen dat je het doodsbenauwd krijgt.

Misschien had Mike Andy daarom gekust. Hij wist dat dreigementen bij Laura niets hadden uitgehaald, dus leek het hem een beter plan Andy iets vreselijks aan te doen om druk op Laura te kunnen uitoefenen.

'Godskolere, wie ben jij nou weer?'

Andy was zo in gedachten verzonken geweest dat ze niet had gemerkt dat de voordeur was opengegaan.

Paula Kunde klemde een aluminium honkbalknuppel in haar handen. Ze had een zonnebril op. Om haar hals zat een sjaal. 'Hallo?' Ze wachtte, met de knuppel naar achteren geheven, klaar om uit te halen. 'Wat wou je? Zeg op.'

Andy had dit in de auto geoefend, maar toen ze de knuppel zag, kon ze geen zinnig woord meer bedenken. Het enige wat ze eruit kreeg, was een gestameld: 'Ik... Ik... Ik...'

'Jezus christus.' Na een tijdje liet Paula de knuppel zakken en zette hem naast het deurkozijn Ze leek op haar faculteitsfoto, alleen ouder en een stuk bozer. 'Ben je soms een student? Gaat dit over een cijfer?' Haar stem was krasserig als een cactus. 'Ik waarschuw je alvast, druiloor, want ik ga je cijfer niet veranderen, dus ga maar weer terug naar je studentenhuis, kun je onderweg die tranen met tuiten van je drogen.'

Andy deed een nieuwe poging. 'Ik... Ik kom niet...'

'Wat is er met jou?' Paula rukte aan de sjaal om haar hals. Die was van zijde, te warm voor dit soort weer, en bovendien paste hij niet bij haar korte broek en mouwloze hemd. Ze keek Andy uit de hoogte aan. 'Als je niks meer te zeggen hebt, sodemieter je maar –'

'Nee!' Andy raakte in paniek toen de vrouw de deur wilde dichtslaan. 'Ik moet met u praten.'

'Waarover?'

Andy staarde haar aan. Haar mond probeerde de woorden te vormen. De sjaal. De bril. De krasserige stem. De honkbalknuppel naast de deur. 'Dat u bijna gestikt bent. In een zak. Een plastic zak.'

Paula perste haar lippen tot een smalle streep.

'Uw hals.' Andy raakte haar eigen hals aan. 'U draagt die sjaal om de krassen te verbergen, en uw ogen…'

Paula nam haar zonnebril af. 'Wat is er met mijn ogen?'

Andy probeerde haar niet aan te staren. Een van de ogen was melkwit. Het andere was rood doorlopen, alsof ze had gehuild, was gewurgd, of allebei.

'Wat kom je hier doen?' vroeg Paula. 'Wat wil je?'

'Praten… Mijn moeder. Ik bedoel, kent u haar? Mijn moeder?'

'Wie is je moeder?'

Goede vraag.

Paula keek naar een langsrijdende auto. 'Ga je nog iets zeggen of blijf je daar staan als een vis die naar lucht hapt?'

Andy voelde al haar moed verdampen. Ze moest iets bedenken. Nu mocht ze niet opgeven. Opeens herinnerde ze zich een spel dat ze bij toneel hadden gespeeld, een improvisatieoefening genaamd 'Ja, en…' De een sprak een zin uit waar de ander op door moest gaan zodat het gesprek niet stopte.

'Ja, en ik ben in de war omdat ik onlangs bepaalde dingen over mijn moeder heb ontdekt die ik niet begrijp.'

'Ik ben niet van plan een rol te spelen in je ontwikkelingsroman. Nu wegwezen of ik bel de politie.'

'Ja!' Andy schreeuwde het bijna uit. 'Ik bedoel, ja, bel de politie maar. En dan komen ze.'

'Dat is min of meer de bedoeling als je de politie belt.'

'Ja,' zei Andy weer. Ze snapte nu waarom je twee mensen nodig had voor dit spel. 'En die stellen dan heel veel vragen. Vragen die u niet wilt beantwoorden. Bijvoorbeeld waarom uw ogen bloeddoorlopen zijn.'

Paula wierp weer een blik over Andy's schouder. 'Is dat jouw auto daar op mijn oprit, dat ding dat verdacht veel lijkt op een pak maandverband?'

'Ja, en het is een Reliant.'

'Doe je schoenen uit als je naar binnen wilt. En hou op met die "Ja, en"-onzin, zenuwpees. Dit is de toneelclub niet.'

Paula liet haar in de deuropening achter.

Andy voelde een rare mengeling van angst en opwinding nu ze zo ver was gekomen.

Nu ging het gebeuren. Nu zou ze meer over haar moeder te weten komen.

Ze liet de schoudertas op de vloer vallen en leunde met haar hand op het haltafeltje. Een glazen kom met wisselgeld klikte tegen het marmeren blad. Ze glipte uit haar sneakers en zette ze naast de aluminium honkbalknuppel. Haar natte sokken stopte ze in de schoenen. Van de zenuwen brak het zweet haar uit. Plukkend aan haar shirt stapte ze Paula's verlaagde woonkamer binnen.

De vrouw had een sobere smaak. Het interieur van het huis deed in de verste verte niet aan arts-and-crafts denken. Alles was wit geschilderd. Het meubilair was wit. De vloerkleden waren wit. De deuren waren wit. De tegels waren wit.

Andy liep naar achteren, op het geluid van een hakmes af. Ze duwde de zwaaideur net ver genoeg open om haar hoofd eromheen te kunnen steken. Nu keek ze de keuken in en zag nog meer wit: werkbladen, kasten, tegels, zelfs de lichtarmaturen waren wit. Alleen Paula Kunde zelf en de geluidloze tv brachten kleur in de ruimte.

'Kom dan.' Paula wenkte haar met een lang koksmes naar binnen. 'Ik moet de groenten in de pan doen voor het water van de kook raakt.'

Andy duwde de deur helemaal open en liep de keuken in. Ze rook bouillon. Uit een grote pan op het fornuis steeg damp op.

Paula sneed een broccoli in roosjes. 'Weet je wie het gedaan heeft?'

'Wie...' Andy besefte dat ze Hoody bedoelde. Ze schudde haar hoofd. Het was maar voor een deel gelogen. Hoody was door iemand gestuurd. Een bekende van Laura, dat was duidelijk. Misschien ook een bekende van Paula Kunde.

'Hij had van die rare ogen, net...' Paula's stem stierf weg. 'Dat is het enige wat ik de politie kon vertellen. Ze wilden me aan een compositietekenaar koppelen, maar wat heeft dat voor zin?'

'Ik zou...' Andy's ego snoerde haar de mond. Ze had willen aanbieden om Hoody te tekenen, maar sinds haar eerste jaar in New York had ze niets meer getekend, zelfs geen krabbeltje in een kantlijn.

Paula snoof. 'Lieve help, kind. Als ik een dollar kreeg voor elke zin die jij niet afmaakt, zou ik nu niet in dit klote-Texas wonen.'

'Ik wou alleen...' Andy probeerde een leugen te verzinnen, maar toen vroeg ze zich af of Hoody inderdaad eerst hiernaartoe was gekomen. Misschien had ze het gesprekje in Laura's werkkamer verkeerd begrepen. Misschien was Mike naar Austin gestuurd en Hoody naar Belle Isle.

'Als u een stuk papier hebt, kan ik misschien een schets voor u maken,' zei ze.

'Daar.' Met haar elleboog wees Paula naar een bureautje naast het keukenblad.

Andy trok een la open. Ze had de gebruikelijke troep verwacht – reservesleutels, een zaklantaarn, losse munten, te veel pennen – maar er lagen maar twee dingen in: een potlood met een scherpe punt en een blocnote.

'Dus jij hebt iets met kunst?' vroeg Paula. 'Heb je dat van iemand in de familie?'

'Ik, eh...' Andy hoefde Paula's gezicht niet te zien om te weten dat ze het weer had gedaan.

Ze sloeg de blocnote open, die helemaal blanco was. Ze gunde zichzelf de tijd niet om in de stress te schieten om wat ze ging doen, om te twijfelen aan haar talenten of om zich af te vragen waar ze het lef vandaan haalde om te denken dat ze het nog steeds in zich had. In plaats daarvan tikte ze op de scherpe punt van het potlood en begon te tekenen wat ze zich van Hoody's gezicht herinnerde.

'Yep.' Nog voor ze klaar was, knikte Paula al. 'Zo ziet die klootzak eruit. Vooral de ogen. De ogen kunnen je bijna alles over iemand vertellen.'

Andy betrapte zichzelf erop dat ze naar Paula's lege linkeroog keek.

'Hoe weet je dat hij er zo uitziet?' vroeg Paula.

Andy antwoordde niet. Ze sloeg een nieuw blad om. Weer tekende ze een man, deze keer met een vierkante kaak en een honkbalpet van Alabama. 'En deze man? Hebt u hem hier ooit in de buurt gezien?'

Paula bestudeerde de tekening. 'Nee. Hoorde hij bij die andere gast?'

'Misschien. Dat weet ik niet zeker.' Ze schudde haar hoofd. 'Ik weet het niet. Eigenlijk weet ik niets zeker.'

'Als ik het niet dacht.'

Andy had tijd nodig om na te denken. Ze legde de blocnote en het potlood weer in de la. Dit hele gesprek liep verkeerd. Ze was niet zo dom om niet te beseffen dat er een spelletje met haar gespeeld werd. Ze was hier gekomen voor antwoorden, niet voor nog meer vragen.

'Je lijkt op haar,' zei Paula.

Andy voelde een schok door zich heen gaan.

Je-lijkt-op-haar-je-lijkt-op-haar-je-lijkt-op-je-moeder.

Langzaam draaide ze zich om.

'Vooral de ogen.' Met de punt van het lange koksmes wees Paula naar haar ogen. 'En de vorm van je gezicht, net een hart.'

Andy verstijfde. In gedachten bleef ze Paula's woorden herhalen, want haar hart sloeg zo luid dat ze nauwelijks iets hoorde.

De ogen... de vorm van je gezicht...

'Maar ze was lang niet zo verlegen als jij,' zei Paula. 'Zou je dat van je vader hebben?'

Dat wist Andy niet, want ze wist niets meer, behalve dat ze tegen het keukenblad moest leunen en haar knieën op slot moest zetten om niet te vallen.

Paula begon weer te hakken. 'Wat weet je over haar?'

'Dat...' Opnieuw had Andy moeite met praten. Alsof er bijen in haar buik zaten. 'Dat ze al eenendertig jaar mijn moeder is.'

Paula knikte. 'Interessant rekensommetje.'

‘Hoezo?’

‘Tja, hoezo.’

Het getjak van het mes op de snijplank weergalmde in Andy’s hoofd. Ze moest niet steeds reageren. Ze moest vragen stellen. Tijdens die rit van zeven uur had ze een hele lijst in haar hoofd opgesteld, en nu…

‘Zou u…’

‘*Dollar bill*, kind. Zou ik wat?’

Andy was duizelig. Weer voelde ze die vreemde verdoofdheid van dagen geleden. Haar armen en benen wilden naar het plafond zweven, haar hersenen hadden zich losgekoppeld van haar mond. Ze kon niet op oude patronen terugvallen. Niet nu. Niet nu ze er zo dichtbij was.

‘Kunt u…’ Andy deed een derde poging. ‘Waar kent u haar van? Mijn moeder?’

‘Ik ben geen judas.’

Judas?

Paula keek op van haar gehak. Haar blik was ondoorgrondelijk. ‘Ik probeer hier niet de bitch uit te hangen. Hoewel ik moet toegeven dat ik in mijn hart een bitch ben.’ Ze hakte een bundel selderij en wortels in blokjes. De stukjes hadden allemaal hetzelfde formaat. Het mes bewoog zo snel dat het leek stil te staan. ‘Ik heb leren koken in de gevangeniskeuken. We moesten snel zijn.’

Gevangenis?

‘Ik heb het altijd willen leren.’ Paula schepte de groenten op met haar handen en liep ermee naar het fornuis. Ze liet alles in de stoofpan vallen en zei tegen Andy: ‘Het duurde ruim tien jaar voor ik het recht had verdiend. Alleen de oudere vrouwen mogen messen gebruiken.’

Ruim tien jaar?

‘Dat heb je vast niet gelezen toen je me googelde,’ zei Paula.

Andy besefte dat haar tong aan haar verhemelte zat vastgeplakt. Ze was te verbijsterd om al deze onthullingen te verwerken.

Judas. Gevangenis. Ruim tien jaar.

Ze hield zichzelf al dagenlang voor dat Laura een misdadiger was. Nu haar vermoeden bevestigd werd, was het als een stomp in haar maag.

'Ik betaal ervoor om te zorgen dat je het niet meteen ziet bij een zoekopdracht. Goedkoop is het niet, maar...' Ze haalde haar schouders op en keek Andy weer aan. 'Je hebt me toch gegoogeld? Je hebt mijn adres gevonden via de onroerendgoedbelasting. Je hebt mijn collegerooster gezien en mijn waardeloze studentenbeoordelingen gelezen, toch?' Ze glimlachte. Blijkbaar genoot ze van het effect dat haar woorden hadden. 'Toen heb je mijn cv bekeken en je afgevraagd hoe het zat: UC-Berkeley, Stanford, Western Connecticut State. Welke van de drie hoort niet in het rijtje thuis. Zo is het toch?'

Andy kon alleen maar knikken.

Nu hakte Paula een aardappel in blokjes. 'Vlak bij Western Connecticut is een federale vrouwengevangenis. Danbury... je kent het vast wel van dat tv-programma. Vroeger mocht je er studeren. Tegenwoordig is dat moeilijker. Martha Stewart is er ooit te gast geweest, maar dat was nadat ik mijn twintig jaar had uitgezeten.'

Twintig jaar?

Paula keek Andy weer even aan. 'Op de universiteit weten ze het. Het is geen geheim. Maar ik praat er liever niet over. Mijn dagen als revolutionair zijn voorbij. God, op mijn leeftijd is het grootste deel van mijn leven zowat voorbij.'

Andy keek naar haar handen. Haar vingers trilden als de snorharen van een kat. Wat voor verschrikkelijks moest je op je geweten hebben om tot twintig jaar in een federale gevangenis te worden veroordeeld? Had Laura eigenlijk even lang moeten zitten, maar had ze in plaats daarvan een hoop geld gestolen waarna ze ervandoor was gegaan en een nieuw leven had opgebouwd, terwijl Paula Kunde de dagen had afgeteld tot ze oud genoeg was om in de gevangeniskeuken te mogen werken?

'Ik moet...' Andy's keel zat zo dicht dat ze amper lucht kreeg. Ze moest hierover nadenken, maar dat kon ze niet in deze benauwde keuken onder het scherpe oog van deze vrouw. 'Ervandoor, bedoel ik. Ik moet...'

'Rustig maar, Bambi. Ik heb je moeder niet in de gevangenis ontmoet, mocht je daar zo overstuur van zijn.' Ze pakte een nieuwe aardappel. ‘Maar het is me een raadsel wat je denkt, want je stelt me niet echt vragen.’

Andy slikte de watten in haar keel door. Ze probeerde zich haar vragen te herinneren. ‘Waar… Waar kent u haar van?’

‘Hoe heet ze ook alweer?’

Andy snapte de regels van dit wrede spel niet. ‘Laura Oliver. Mitchell, bedoel ik. Ze is getrouwd, en nu –’

‘Vertel mij wat over het huwelijk.’ Paula sneed een paprika open. Met de scherpe punt van het mes peuterde ze de zaadjes eruit. ‘Heb je weleens van QuellCorp gehoord?’

Andy schudde haar hoofd, maar toen zei ze: ‘Dat farmaceutische bedrijf?’

‘Hoe ziet jouw leven er eigenlijk uit?’

‘Mijn le–’

‘Goede scholen? Mooie auto? Fantastische baan? Leuke vriend die een YouTubefilmpje gaat maken als hij je ten huwelijk vraagt?’

Eindelijk werd Andy zich bewust van de scherpe klank in haar stem. De nuchtere toon was verdwenen. De lach op haar gezicht was in een snerende grijns veranderd.

‘Eh…’ Andy schuifelde in de richting van de deur. ‘Ik moet er maar eens –’

‘Is ze een goede moeder?’

‘Ja,’ zei Andy zonder erover te hoeven nadenken.

‘Hield ze toezicht op schoolfeesten, zat ze in de ouderraad, maakte ze foto’s van je toen je naar het eindbal ging?’

Andy bleef knikken, want het klopte allemaal.

‘Ik heb haar op het nieuws dat joch zien vermoorden.’ Paula keerde Andy haar rug toe om haar handen te wassen bij de spoelbak. ‘Hoewel er nu wordt gezegd dat ze is vrijgepleit. Ze zou hem hebben willen redden. Niet bewegen, alsjeblieft.’

Andy bleef roerloos staan. ‘Ik wilde niet –’

‘Dat “niet bewegen, alsjeblieft” was niet voor jou bedoeld, kind. “Alsjeblieft” is een patriarchaal concept dat is bedoeld om vrouwen sorry te laten zeggen voor het feit dat ze een vagina hebben.’ Ze veegde haar handen af aan een keukendoek. 'Ik doelde op wat je moeder zei voor ze die jongen vermoordde. Het nieuws staat er vol van.'

Andy keek naar het zwijgende tv-scherm aan de muur. Het filmpje van het restaurant werd weer getoond. Laura hield haar handen weer omhoog, heel vreemd, met vier opgestoken vingers van haar linkerhand en één van haar rechter, om Jonah Helsinger te laten weten hoeveel kogels hij nog had. De ondertiteling stond aan, maar Andy was niet in staat de informatie te verwerken.

'De deskundigen hebben zich er inmiddels over gebogen,' zei Paula. 'Ze beweren te weten wat je moeder tegen Helsinger heeft gezegd, namelijk: "Niet bewegen, alsjeblieft." In de zin van: "Niet bewegen alsjeblieft, of de binnenkant van je keel spat op de vloer." '

Andy bracht haar hand naar haar hals. Haar hart klopte als een razende tegen haar vingers. Ze hoorde opgelucht te zijn omdat haar moeder vrijuit ging, maar elk bot in haar lijf schreeuwde dat ze dit huis uit moest. Niemand wist dat ze hier was. Paula kon haar opensnijden zonder dat er een haan naar kraaide.

'Grappig, vind je niet?' Paula leunde met haar ellebogen op het keukenblad. Met haar goede oog keek ze Andy strak aan. 'Dat lieve moedertje van je doodt een jongen in koelen bloede, maar komt ermee weg omdat ze zo slim was om "Niet bewegen, alsjeblieft" te zeggen in plaats van "*Hasta la vista*". Laura Oliver de geluksvogel.' Paula leek het zinnetje te proeven op haar tong. 'Heb je die blik in haar ogen gezien toen ze het deed? Dat mens zat er echt niet mee. Zo te zien wist ze maar al te goed wat ze deed, toch? Zonder een centje pijn. Zoals altijd.'

Weer stond Andy stokstijf, maar niet van angst. Ze wilde weten wat Paula te vertellen had.

'Zo koel als een kikker. Wat gebeurd is, is gebeurd. Problemen raken haar niet. Dat zeiden we vroeger altijd over haar. Degenen onder ons die hun mond opendeden, bedoel ik. Je kent Laura Oliver, maar je ként haar niet. Je ziet alleen het oppervlak. Stille wateren hebben geen diepe gronden. Is dat je niet opgevallen?'

Andy wilde haar hoofd schudden, maar ze was verlamd.

'Sorry dat ik het zeg, kind, maar je moeder is een en al bullshit van het ergste soort. Die stomme bitch is altijd een actrice geweest die de rol van haar leven speelt. Had je dat niet door?'

Eindelijk slaagde Andy erin haar hoofd te schudden, maar ondertussen kwamen de gedachten...

Moedermodus. Oliver-de-behandelaarmodus. Vrouw-van-Gordonmodus.

'Hier blijven.' Paula liep de keuken uit.

Al had Andy het gewild, ze had haar niet achterna kunnen lopen. Het was alsof haar blote voeten aan de tegelvloer zaten vastgelijmd. Niets wat deze enge onbekende over Laura had verteld was nieuw, maar ze had de informatie zo ingekleed dat Andy langzamerhand ging inzien dat de verschillende kanten van haar moeder niet samen één geheel vormden. Ze waren camouflage.

Je hebt geen idee wie ik ben. Dat heb je nooit gehad en dat zul je nooit hebben ook.

'Ben je er nog?' riep Paula van de andere kant van het huis.

Andy wreef over haar gezicht. Voorlopig moest ze vergeten wat Paula had gezegd en maken dat ze hier wegkwam. De vrouw was nog steeds gevaarlijk. Ze voerde duidelijk iets in haar schild. Andy had hier nooit moeten komen.

Ze trok de bureaula open, scheurde de tekeningen van Hoody en Mike uit de blocnote en propte ze in haar achterzak, waarna ze de keukendeur openduwde.

Tegenover haar stond Paula Kunde, die een geweer op haar borst richtte.

'Jezus christus!' Andy viel achterwaarts tegen de zwaaideur.

'Handen omhoog, sukkel.'

Andy's handen gingen omhoog.

'Ben je getapt?'

'Wat?'

'Gebugd. Of je een microfoontje hebt.' Paula klopte eerst op de voorkant van Andy's shirt, vervolgens op haar zakken, over haar benen naar beneden en weer omhoog. 'Heeft ze je gestuurd om me erin te luizen?'

'Wat?'

'Kom op.' Paula duwde de loop van het geweer tegen Andy's borstbeen. 'Zeg op, misbaksel. Wie heeft je gestuurd?'

'N-N-Niemand.'

'Niemand.' Paula snoof. 'Zeg maar tegen je moeder dat ik er bijna instonk toen je de vermoorde onschuld speelde. Maar als ik je ooit weer zie, haal ik deze trekker net zo lang over tot het hele ding leeg is. En dan laad ik weer en zoek ik háár op.'

Andy verloor bijna de controle over haar blaas. Haar hele lichaam trilde. Met haar handen omhoog en haar blik op Paula gericht liep ze achterwaarts de gang door. Ze struikelde half op het trapje dat naar de verzonken woonkamer voerde.

Paula legde het geweer over haar schouder. Een paar seconden lang keek ze Andy woedend aan, waarna ze terugliep naar de keuken.

Andy proefde gal toen ze zich omdraaide en wegrende. Ze sprintte langs de bank, het trapje op naar de hal en struikelde weer op de tegelvloer. Een pijnscheut trok door haar knie, maar ze ving zichzelf op tegen het tafeltje. Muntgeld kletterde uit de glazen kom en rinkelde over de vloer. Elke zenuw in haar lijf zat vast tussen de tanden van een berenklem. Ze kreeg haar voet met moeite in haar schoen. Toen besefte ze dat die stomme sokken er opgepropt in zaten. Met een blik over haar schouder duwde ze de sokken in haar schoudertas en schoof haar voeten in de sneakers. Haar hand was zo bezweet dat ze de knop van de voordeur bijna niet kon omdraaien.

Fuck.

Mike stond op de veranda.

Hij keek Andy grijnzend aan, net als eerder, voor de bar in Muscle Shoals.

'Wat een merkwaardig toe–' begon hij.

Andy greep de honkbalknuppel.

'Ho-ho-ho!' Mikes handen vlogen omhoog toen ze de knuppel boven haar schouder hief. 'Kom op nou, schoonheid. Laten we erover praten...'

'Hou je gore bek, vuile psychopaat!' Andy klemde de knuppel zo stevig vast dat ze kramp in haar vingers kreeg. 'Hoe heb je me gevonden?'

'Tja, da's een vreemd verhaal.'

Andy hief de knuppel nog iets hoger.

'Wacht!' Zijn stem sloeg over. 'Sla me hier maar...' Hij wees naar zijn zij. 'Dan breek je een rib, makkelijk zat. En dan ga ik als een zak stront tegen de vlakte. Of sla maar tegen het midden van mijn borst. Niet dat ik in de zonnevlecht geloof, maar...'

Andy gaf een zwaai met de knuppel, maar niet hard, want ze wilde hem niet raken.

Moeiteloos sloeg Mike zijn hand om het uiteinde. Daarvoor moest hij een stap naar achteren doen. Zijn benen stonden ongeveer een schouderbreedte uit elkaar. In elk geval paste er een voet tussen, zoals Andy al snel merkte toen ze hem zo hard als ze kon in zijn ballen trapte.

Hij ging inderdaad als een zak stront tegen de vlakte.

'Fu...' Hij hoestte, bleef maar hoesten. Met zijn handen tussen zijn benen liet hij zich over de veranda rollen. Er kwam schuim uit zijn mond, net als bij Hoody, maar dit was anders, want hij ging niet dood, hij leed alleen vreselijk pijn.

'Goed gedaan.'

Andy schoot overeind.

Paula Kunde stond achter haar. Het geweer rustte nog op haar schouder. 'Is dat niet de man van de tweede tekening?' vroeg ze.

Andy's angst voor Paula viel in het niet bij de woede die ze voor Mike voelde. Ze had het helemaal gehad met al die mensen die haar als een crashtestdummy gebruikten. Ze klopte op zijn zakken, haalde zijn portefeuille eruit en de stomme sleutelhanger met de konijnenpoot. Hij bood geen verzet, maar klemde nog steeds zijn ballen vast.

'Wacht,' zei Paula. 'Je moeder heeft je niet gestuurd, hè?'

Andy stopte de portefeuille en de sleutels in haar schoudertas. Ze stapte over Mikes kronkelende lijf.

'Wachten, zei ik!'

Andy bleef staan. Ze draaide zich om en legde alle haat die ze kon opbrengen in de blik waarmee ze Paula aankeek.

'Hier, neem mee.' Paula tastte rond op de bodem van de kom met muntgeld en haalde er een opgevouwen dollarbiljet uit. Dat gaf ze aan Andy. 'Clara Bellamy. Illinois.'

'Wat?'

Paula sloeg de deur zo hard dicht dat het hele huis schudde.

Wie was Clara Bellamy in godsnaam?

Waarom moest ze luisteren naar een doorgedraaide gek?

Ze propte het dollarbiljet in haar zak en liep het trapje af. Mike lag nog te puffen als een kapotte demper. Andy wilde zich niet schuldig voelen om wat ze hem had aangedaan, maar toch voelde ze zich schuldig. Vol schuldgevoel stapte ze in de Reliant. Vol schuldgevoel reed ze weg bij het huis. Vol schuldgevoel sloeg ze de volgende straat in. Het schuldgevoel verdween pas toen ze Mikes witte pick-up zag die om de hoek stond geparkeerd.

Klootzak.

Hij had het magnetische bordje op zijn portier verwisseld.

GEORGE VOOR AL UW GAZONZORG

Met een schok bracht Andy de Reliant vóór de pick-up tot stilstand. Ze drukte op de knop van de kofferbak. Ze haalde de doos met droge worstjes eruit en scheurde die open. Alleen droge worstjes. Ze maakte de koelbox open, wat ze nog niet had gedaan sinds ze hem in Laura's opslagbox had gevonden.

Debiel.

Aan de onderkant van het deksel was een tracker vastgetapet. Klein, gitzwart, het formaat van een oude iPod. Het rode lampje knipperde en zond de coördinaten van haar locatie naar een satelliet ergens in de ruimte. Die had Mike geïnstalleerd toen zij uitgeteld in dat motel in Muscle Shoals lag.

Ze gooide het deksel van de koelbox als een frisbee naar de overkant. Uit de kofferbak haalde ze de slaapzak en de strandtas. Die wierp ze allebei in de cabine van Mikes pick-up. Toen griste ze twee gazontrimmers en een stel snoeischaren uit de laadbak en dumpte ze op het wegdek. De magnetische bordjes lieten zich moeiteloos van de portieren verwijderen. Ze klapte ze op de motorkap van de Reliant. Nog even overwoog ze de sleutel voor hem achter te laten, maar hij kon de kolere krijgen. Al het geld lag in opslagboxen. Kon hij mooi een tijdje in een doos maandverband rondrijden.

Ze stapte in Mikes pick-up. De schoudertas legde ze op de stoel naast haar. Om het stuur zat een raar nepleren hoesje. Aan het achteruitkijkspiegeltje hingen een paar dobbelstenen. Andy ramde de sleutel in het contact. De motor kwam brullend tot leven. Dave Matthews kweelde door de speakers.

Andy reed de weg op. Voor haar geestesoog verscheen een routekaart terwijl ze in de richting van de universiteit reed. Ze schatte dat ze ongeveer zestienhonderd kilometer voor de boeg had, wat twintig uur rijden betekende, of twee volle dagen als ze zo verstandig was de rit te onderbreken. Eerst Dallas, dan door naar Oklahoma, naar Missouri, en ten slotte naar Illinois, waar ze met heel haar hart hoopte iets of iemand te vinden die naar de naam Clara Bellamy luisterde.

31 JULI 1986

TWAALF

Alexandra Maplecrofts gegil zwol aan als een naderende sirene. Als die van een politieauto. Van de FBI. Van het gevangenisbusje.

Jane wist dat ze iets moest doen, dat het gejammer moest stoppen, maar ze stond daar maar te luisteren naar de wanhopige hulpkreten van de vrouw.

'Jane!' riep Andrew van beneden.

De stem van haar broer rukte haar uit haar trance. Met moeite kreeg ze de mondprop weer op zijn plek. Maplecroft ging als een woesteling tekeer op het bed. Ze rukte aan de touwen om haar polsen en enkels. Haar hoofd schokte heen en weer. De blinddoek schoof omhoog. Eén oog draaide wild in het rond voor ze Jane had gevonden. Opeens schoot een hand los en daarna een voet. Jane boog zich voorover om haar in bedwang te houden, maar ze was niet snel genoeg.

Maplecroft sloeg haar zo hard in haar gezicht dat ze achterover op de vloer tuimelde en sterren voor haar ogen zag dansen.

'Jane!' riep Andrew. Voetstappen stampten de trap op.

Maplecroft had het ook gehoord. Uit alle macht probeerde ze zich uit de touwen te wurmen, tot het metalen beddenframe kantelde. Terwijl ze verwoede pogingen deed om haar andere hand los te maken, schopte ze met haar been om zich uit de koorden te bevrijden.

Jane probeerde op te staan. Haar benen waren slap. Haar voeten zochten vergeefs naar houvast. Bloed stroomde over haar gezicht en verzamelde zich in haar keel. Uiteindelijk vond ze de kracht om zich overeind te duwen. Het enige wat ze kon bedenken was zich op Maplecroft storten en dan hopen dat ze haar lang genoeg in bedwang kon houden tot er hulp kwam.

Ze hoefde maar een paar seconden te wachten.

'Jane!' De deur vloog open. Andrew was als eerste bij haar. Hij trok haar overeind en sloeg zijn arm om haar heen.

Maplecroft stond nu ook. Ze had zich in het midden van de vloer opgesteld, als een bokser met haar vuisten voor haar gezicht en met één enkel nog steeds aan het bed gekluisterd. Haar kleren waren gescheurd. Ze had een wilde blik in haar ogen, en haar vuile, bezwete haar plakte aan haar schedel. Terwijl ze haar gewicht van de ene voet naar de andere verplaatste, schreeuwde ze iets onverstaanbaars.

Paula lachte snuivend. Ze blokkeerde de deuropening. 'Kappen, kutwijf.'

'Laat me gaan!' riep Maplecroft. 'Ik zal het aan niemand vertellen. Ik zal –'

'Laat haar ophouden,' zei Nick.

Jane begreep pas wat hij bedoelde toen ze Quarter zijn mes zag heffen.

'Nee!' gilde ze, maar het ging te snel.

Quarters arm maaide naar beneden. Het lemmet flitste in het zonlicht.

Machteloos keek Jane toe hoe het mes in een boog neerdaalde.

Maar toen stopte het.

Maplecroft had het mes in haar hand opgevangen.

Het lemmet stak door het midden van haar handpalm.

Het was alsof er een verdovingsgranaat was afgegaan. Ze waren zo in shock dat niemand er een woord uit kreeg.

Behalve Maplecroft.

Ze had heel goed geweten wat ze ging doen. Terwijl ze allemaal als verlamd toekeken, wrong ze haar arm voor haar lichaam langs en wilde met een achterhandse zwaai op Jane insteken.

Nicks vuist schoot naar voren en raakte Maplecroft recht in haar gezicht.

Bloed spoot uit haar neus. De vrouw beschreef een halve cirkel, woest om zich heen maaiend met het mes dat nog steeds door haar hand stak.

Weer stompte Nick haar.

Jane hoorde de scherpe 'krak' waarmee haar neus brak.

Maplecroft struikelde en sleepte het beddenframe aan haar voet met zich mee.

'Nick...' zei Jane.

Hij raakte haar voor de derde keer.

Maplecrofts hoofd ging met een ruk naar achteren. Ze viel, maar haar vastgebonden been trok haar opzij. Voor ze de vloer raakte, stuiterde haar slaap met een misselijkmakend geluid tegen de metalen rand van het beddenframe. Een plas bloed verspreidde zich vanonder haar lichaam, stroomde over de vloer en sijpelde weg in de spleten tussen de planken.

Haar ogen stonden wijd open. Haar lippen gaapten uiteen. Ze lag roerloos.

Ze staarden haar allemaal aan. Niemand zei iets, tot...

'Jezus,' fluisterde Andrew.

'Is ze dood?' vroeg Paula.

Quarter knielde neer om te kijken, maar sprong weer weg toen Alexandra Maplecroft met haar ogen knipperde.

Jane slaakte een gil, en meteen sloeg ze beide handen voor haar mond.

'Christus,' fluisterde Paula.

Urine lekte tussen de benen van de vrouw door. Ze konden haar ziel bijna uit haar lichaam zien vloeien.

'Nick,' fluisterde Jane. 'Wat heb je gedaan? Wat heb je gedaan?'

'Ze...' Nick keek angstig. Hij keek nooit angstig. 'Ik wou niet...' zei hij.

'Je hebt haar vermoord!' riep Jane. 'Je stompte haar en toen viel ze en –'

'Ik was het,' zei Quarter. 'Ik heb haar met dat mes gestoken.'

'Omdat het moest van Nick!'

'Ik heb niet...' zei Nick. 'Ik zei dat ze moest ophouden, niet...'

'Wat heb je gedaan?' Jane schudde woest met haar hoofd. 'Wat hebben we gedaan? Wat hebben we gedaan?' Ze bleef het maar vragen. Nu hadden ze de grens van de waanzin overschreden. Ze waren allemaal psychotisch. Stuk voor stuk. 'Hoe kon je?' vroeg ze aan Nick. 'Hoe kon je?'

'Hij beschermde je, domme bitch,' zei Paula, niet in staat of niet bereid om de spot uit haar stem te weren. 'Dit is jouw schuld.'

'Penny,' zei Andrew.

'Jinx,' drong Nick aan, 'je moet van me aannemen...'

'Je hebt haar gestompt... Je hebt haar vermoord...' Het was alsof Janes keel werd dichtgeknepen. Ze hadden het allemaal zien gebeuren. Ze hoefde het niet nog eens uit te tekenen. Na de eerste klap had Maplecroft machteloos rondgetold. Nick had haar arm kunnen grijpen, maar hij had haar nog twee keer gestompt, en nu glibberde haar bloed door de kieren in de vloer.

'Het is jouw schuld dat ze zich heeft kunnen losmaken,' zei Paula tegen Jane. 'Daar gaat ons losgeld. Daar ligt ons pressiemiddel op haar eigen graf te pissen.'

Jane liep naar het open raam aan de achterkant. Ze probeerde lucht in haar longen te zuigen. Ze wilde dit niet zien. Ze wilde hier niet zijn. Nick had een grens overschreden. Paula probeerde zijn daden goed te praten. Andrew deed er het zwijgen toe. Quarter was bereid geweest voor hem te doden. Ze waren allemaal volslagen gek geworden.

'Lief...' zei Nick.

Jane zette zich schrap tegen de vensterbank. Ze keek naar de achtergevel van het huis aan de overkant van de steeg, want ze kon Nick niet aankijken. Een paar roze vitrages krulden weemoedig in de late ochtendbries. Ze wilde thuis zijn, in haar bed. Ze wilde Oslo terugdraaien, de laatste twee jaar van haar leven terugspoelen en bij Nick weggaan vóór het moment waarop hij hen allemaal de afgrond in had getrokken.

'Jane,' zei Andrew. Hij had zijn geduldige stem opgezet.

Ze draaide zich om, maar niet naar haar broer. Als vanzelf ging haar blik naar de vrouw op de vloer. 'Niet doen,' zei ze smekend tegen Andrew. 'Niet zeggen dat ik rustig...'

Weer knipperde Maplecroft met haar ogen.

Jane gilde niet zoals de eerste keer, want hoe vaker dit gebeurde, hoe normaler het voelde. Zo had Nick hen binnengehaald. Door de oefeningen en herhalingen en hun voortdurende staat van paranoia hadden ze als gehypnotiseerd geloofd dat wat ze deden niet alleen redelijk was, maar ook noodzakelijk.

Deze keer verbrak Paula de stilte. 'We moeten het afmaken.'

Jane keek haar alleen maar aan.

'Leg het kussen over haar hoofd,' zei Paula. 'Of hou je handen op haar mond en knijp haar neus dicht. Of willen jullie liever dat mes in haar hart steken? Of haar verzuipen in die emmer met pis?'

Jane proefde gal. Ze draaide zich om, maar niet snel genoeg. Braaksel spetterde op de vloer. Ze legde haar handen tegen de muur. Ze deed haar mond open, maar probeerde niet te jammeren.

Hoe kon ze een kind op deze vreselijke, gewelddadige wereld zetten?

'Jezus,' zei Paula. 'Toen je eigen vader werd neergeschoten, deed het je niets, maar dat mens hoeft d'r kop maar te stoten –'

'Penny,' waarschuwde Andrew.

'Jinx.' Nick wilde zijn hand op Janes rug leggen, maar ze schudde hem af. 'Het was niet mijn bedoeling. Ik… Ik dacht er gewoon niet bij na. Ze deed je pijn. Ze wilde je nog meer pijn doen.'

'Het doet er niet meer toe.' Quarter drukte twee vingers tegen de hals van de vrouw. 'Ze heeft geen hartslag meer.'

'Krijg nou wat,' mompelde Paula. 'Wat een verrassing.'

'Geeft niet,' zei Andrew. 'Wat gebeurd is, is gebeurd.' Hij keek Jane aan. 'Het is oké. Nee, natuurlijk is het niet oké, maar het was een ongeluk, en we moeten het achter ons laten, want er zijn nu belangrijkere zaken aan de orde.'

'Hij heeft gelijk,' zei Quarter. 'We hebben nog altijd Stanford, Chicago en New York.'

'Ik doe nog steeds mee,' zei Paula. 'Ik ben ons prinsesje hier niet. Had je het maar bij dat vrijwilligerswerk gehouden, met al die andere rijke dames. Ik wist dat je jankend weg zou lopen zodra het smerig werd.'

Eindelijk keek Jane Nick aan. Zijn borst ging op en neer. Hij had zijn vuisten nog steeds gebald. De huid op zijn knokkels was geschaafd van de stomp in Alexandra Maplecrofts gezicht.

Wie was die man?

'Ik kan niet...' zei Jane, maar haar stem stokte.

'Wat kun je niet?' Nick veegde de rug van zijn hand af aan zijn broek en smeerde het bloed er als een stel vuile vingerafdrukken overheen. Op de mouw van zijn shirt zat ook bloed. Jane keek naar haar eigen broek. Rode strepen liepen kriskras over de pijpen. Haar blouse zat onder de spikkels.

'Ik kan niet...' probeerde ze weer.

'Wat kun je niet?' vroeg Nick. 'Jinx, zeg iets tegen me. Wat kun je niet?'

Ik kan dit niet, ik kan hier niet aan meedoen, ik kan niet nog meer mensen pijn doen, leven met al die geheimen, met dat schuldgevoel, ik kan niet het leven schenken aan jouw kind, want ik zal nooit aan haar kunnen uitleggen dat jij haar vader bent.

'Jinxie?' Nick had zich hersteld van de shock. Hij schonk haar die vage grijns. Hij sloeg zijn handen om haar armen. Hij drukte zijn lippen tegen haar voorhoofd.

Ze wilde zich verzetten. Ze zei tegen zichzelf dat ze zich moest verzetten. Maar haar lichaam bewoog zich naar het zijne toe, en toen hield hij haar in zijn armen en putte ze troost uit de warmte van zijn omhelzing.

De jojo die weer terugzwiepte.

'Kom, dan gaan we naar beneden en –' zei Andrew.

Opeens hoorden ze Quarter naar adem happen.

Zijn hele lichaam schokte en zijn armen vlogen de lucht in. Bloed spoot uit zijn borst naar buiten.

Een fractie van een seconde later hoorde Jane de luide knal van een geweerschot, brekend vensterglas.

Voor ze wist wat er gebeurde, lag ze al plat op de vloer.

Er werd op hen geschoten.

Jane zag de krankzinnige rode stippen van richtkijkers langs de muren strijken, alsof ze in een actiefilm zaten. De politie had hen gevonden. Ze hadden Jaspers auto opgespoord of iemand uit de buurt had hen aangegeven of ze waren Andrew en Jane gevolgd, maar niets van dat alles deed er meer toe want Quarter was dood. Maplecroft was dood. Ze zouden allemaal sterven in deze vreselijke kamer met die emmer vol stront en pis en Janes kots op de vloer.

Een tweede kogel schoot de rest van het glas uit het venster. Een derde floot de kamer door. Er volgde er nog een. Opeens werden ze volledig opgeslokt door het scherpe geroffel van geweervuur.

'Rennen!' riep Nick, terwijl hij de matras overeind zette om het raam aan de voorkant te barricaderen. 'Ervandoor, troepen! Ervandoor!'

Hier hadden ze op getraind. Destijds had het absurd geleken, maar uitgerekend voor dit scenario had Nick hen gedrild.

Andrew rende ineengedoken naar de open deur bovenaan de trap. Paula kroop op handen en knieën naar het raam aan de achterkant. Jane wilde volgen, maar een kogel floot langs haar hoofd. Ze liet zich weer plat op de vloer vallen. De bloemenvaas ging aan scherven. Er zaten gaten in de dunne muren, waardoor strepen zonlicht een disco-effect creëerden.

'Hierheen!' Paula stond al bij het raam

Jane kroop weer, maar stopte en gilde het uit toen Quarters lichaam de lucht in bokte. Ze schoten op hem. Ze hoorde het misselijkmakende geluid van kogels die in zijn dode vlees sloegen. Het hoofd van Maplecroft barstte open. Bloed spatte alle kanten op. Bot. Hersens. Weefsel.

Ook beneden klonk een explosie: de voordeur die open werd geblazen.

'FBI! FBI!' De agenten schreeuwden in crescendo door elkaar heen. Jane hoorde hen stampend met hun laarzen over de benedenverdieping lopen en met hun vuisten tegen de muren slaan, op zoek naar de trap.

'Niet op me wachten!' Andrew had de deur al dichtgedaan. Jane zag hem de zware balk optillen die in de houders aan weerszijden van het deurkozijn paste.

'Opschieten, Jane!' riep Nick. Hij hielp Paula de schuifladder uit het achterraam te duwen. Het ding was te zwaar voor één persoon. Dat wisten ze van de training. Twee mensen voor de ladder. Eén om de deur te barricaderen. Matras tegen het raam.

Ineengedoken wegrennen, snel, op niets of niemand wachten.

Paula was als eerste het raam uit. De gammele ladder rammelde toen ze op handen en knieën naar het huis aan de overkant van de steeg kroop. De afstand tussen de twee ramen bedroeg vijf meter. Eronder lag een berg rottend afval vol naalden en glasscherven. Niemand dook vrijwillig die smeerboel in. Dus was het te hopen dat de ladder niet brak, anders tuimelde je zes meter naar beneden.

'Vlug-vlug-vlug!' riep Nick. Het gestamp beneden werd luider. De agenten waren nog steeds op zoek naar de trap. Hout versplinterde toen ze met hun geweerkolven tegen de muren beukten.

'Fuck!' riep een man. 'Haal de fucking moker!'

Nu kroop Jane de ladder op. Haar handen waren nat van het zweet. De koude metalen treden sneden in haar knieën. Er ging een trilling door de ladder toen de moker beneden tegen de muren sloeg.

'Opschieten!' Paula hield haar blik op de berg afval gericht. Toen Jane even snel keek, zag ze er drie FBI-agenten in blauwe jassen omheen zwermen, zoekend naar een manier om binnen te komen.

Er klonk weer een schot, niet van de agenten ditmaal, maar van Nick. Hij hing uit het raam en gaf Andrew dekking toen die over de ladder kroop. Janes broer was niet zo snel. Hij had maar één hand vrij, want hij klemde het metalen kistje onder zijn arm. Jane kon zich niet eens herinneren dat hij het mee naar boven had genomen.

'Klootzakken!' gilde Paula, en ze stak haar vuist op naar de agenten op de grond. Door het bloedbad had een ziek soort opwinding zich van haar meester gemaakt. 'Gore fascistische kutpolitie!'

Andrew gleed uit op de ladder. Jane hapte naar adem. Ze hoorde hem vloeken. Hij had het kistje bijna laten vallen.

'Alsjeblieft,' fluisterde ze, smeekte ze, bad ze.

Vergeet die kist. Vergeet het plan. Zorg dat we hier wegkomen. Zorg dat we ons verstand terugkrijgen.

'Nickel!' riep Paula. 'Gooi maar naar mij!'

Ze doelde op het wapen. Nick wierp het over de vijf meter die de huizen van elkaar scheidden. Paula ving het met beide handen op, net toen Andrew van de ladder kroop.

Nog voor zijn voeten de vloer raakten, had Jane haar armen al om hem heen geslagen.

'Klootzakken!' Paula begon op de FBI-agenten te schieten. Haar ogen waren gesloten, en haar mond stond open. Ze krijste als een waanzinnige, want uiteraard was ze waanzinnig. Ze waren allemaal gestoord, en als ze hier vandaag stierven, dan hadden ze dat verdiend.

'Pak mijn hand!' Andrew reikte naar Nick en trok hem met een ruk over de laatste meter. Ze smakten allebei ruggelings op de vloer.

Jane stond bij het raam. Ze keek naar de schuur. De trap was ontdekt. De scherpschutters hadden het schieten gestaakt. Recht tegenover haar stond een agent, een oudere man, uit hetzelfde hout gesneden als Danberry en Barlow.

Hij hief zijn pistool en richtte het op haar borst.

'Idioot!' Op het moment dat het wapen afging, trok Paula Jane naar beneden. Met beide handen duwde ze de ladder over de rand van de vensterbank.

Ze hoorden het metaal tegen het huis slaan en vervolgens op het afval neerkletteren.

'Deze kant op.' Andrew nam de leiding en rende ineengedoken de kamer door. Ze waren de trap al af en op de benedenverdieping aangekomen, toen ze buiten op straat auto's hoorden stoppen, wat geen probleem was, want ze waren toch niet van plan via de voordeur het pand te verlaten.

Andrew tastte met zijn vingers langs de muren. Hij vond een andere geheime knop en opende een ander geheim paneel, waarachter zich de trap naar de kelder bevond.

Om deze reden had Nick na maanden zoeken de schuur uitgekozen. Tegen de groep had hij gezegd dat ze een veilige plek nodig hadden om Alexandra Maplecroft gevangen te houden, maar ze moesten ook een veilige vluchtroute hebben. Er waren maar weinig kelders in het Mission District, tenminste voor zover het stadsbestuur wist. Het grondwater stond te hoog, en het land was te drassig. De lage kelder onder het victoriaanse huis was een van de vele overblijfselen in de stad van het oorspronkelijke arsenaal. Soldaten hadden zich in de kerkers opgehouden toen The Mission belegerd werd. Nick kende de gangen uit de tijd dat hij dakloos was geweest. Een tunnel verbond het huis met een pakhuis één straat verderop.

Hij klikte het paneel achter hen dicht. Er ging een rilling door Jane heen toen de temperatuur daalde. Onderaan de trap probeerde Andrew een boekenkast weg te schuiven die de ingang naar de tunnel aan het oog onttrok.

Nick moest hem helpen. De boekenkast gleed over het beton. Jane zag krassen op de vloer en hoopte met heel haar hart dat de FBI die pas ontdekte als het te laat was.

Paula duwde Jane een zaklamp in de hand en schoof haar de tunnel in. Nick hielp Andrew met het touw waarmee de boekenkast weer op zijn plek werd getrokken. Quarter had het touw voor zijn rekening moeten nemen. Hij was de timmerman van de groep en had van al Nicks schetsen functionerende ontwerpen gemaakt.

En nu was hij dood.

Jane knipte de zaklamp aan voor de boekenkast alles om hen heen in duisternis hulde. Het was haar taak de groep door de tunnel te leiden. Nick had haar er tientallen keren doorheen laten rennen, soms met een brandende lamp en soms zonder. Ze was al drie maanden niet beneden geweest, maar ze wist zich nog elke grillige steen te herinneren waarachter je met je schoen kon blijven haken of waardoor je je botten brak als je viel.

Zoals met Alexandra Maplecroft was gebeurd.

'Treuzel niet zo,' siste Paula haar toe, en ze gaf Jane een harde duw in haar rug. 'Lopen.'

Jane struikelde over een steen waarvan ze wist dat hij er was. Die oefeningen deden er geen van alle toe. Adrenaline kon je niet veinzen. Hoe dieper ze de grond in gingen, hoe claustrofobischer ze werd. Het cirkeltje licht was te klein. De duisternis was overweldigend. Ze voelde een kreet opkomen. Uit elke spleet sijpelde water van Mission Creek, het spatte op onder hun schoenen. De tunnel was vijftien meter lang. Steun zoekend legde Jane haar hand tegen de muur. Het hart bonsde haar in de keel. Ze voelde dat ze weer moest overgeven, maar ze durfde niet te stoppen. Nu ze weg was uit Nicks omarming, weg van zijn kalmerende invloed, spookte dezelfde vraag weer door haar hoofd…

Waar waren ze in godsnaam mee bezig?

'Lopen.' Opnieuw gaf Paula haar een duw. 'Opschieten.'

Jane zette de pas erin. Ze tastte voor zich uit, want ze wist dat ze er bijna waren. Eindelijk viel de lichtbundel op de houten achterkant van de tweede boekenkast. Ze vroeg niet om hulp, maar maakte een opening waar ze een voor een doorheen konden glippen.

In het plotselinge licht knipperden ze met hun ogen. Hoog in de keldermuur waren ramen. Jane zag voeten voorbijsloffen. Ze rende de trap op, alsof een inwendige automatische piloot in werking was getreden. Ze sloeg rechts af, want ze was erop getraind om rechts af te slaan. Dertig meter verderop ging ze linksaf, want ze was erop getraind om links af te slaan. Ze duwde een deur open, klom door een gat in de muur, en stond toen voor het busje dat was geparkeerd in een spelonkachtige opslagruimte die naar zwarte peper rook, uit de tijd dat het gebouw een specerijenpakhuis was geweest.

Paula rende voor Jane uit, want de eerste die bij het busje aankwam, moest achter het stuur. Jane was er als tweede en trok het zijportier open. Nick was al op weg naar de buitendeur. Die had een combinatieslot.

8-4-19.

Ze kenden de combinatie uit hun hoofd.

Andrew wierp het metalen kistje in het busje. Hij wilde instappen, maar viel bijna achterover. In een wanhopige poging hem de bus in te krijgen greep Jane zijn arm. Ondertussen rolde Nick de buitendeur omhoog en racete weer terug naar het busje. Jane trok de schuifdeur achter hem dicht.

Paula reed het pakhuis al uit. Ze had haar haar opgestoken en een bruine hoed op haar hoofd gezet. Een bijpassend bruin jasje bedekte het lijfje van haar hemdjurk. Het zonlicht sneed door de voorruit. Jane kneep haar ogen dicht. Tranen gleden over haar wangen. Ze lag op haar rug, tussen Nick en Andrew. Ze lagen op een futon, maar elke hobbel en elk gat in de weg trilde tot in haar botten door. Ze strekte haar hals in een poging naar buiten te kijken. In een oogwenk waren ze op Mission Street, en toen ze dieper de stad in reden, hoorden ze de sirenes langs razen.

'Rustig blijven,' fluisterde Nick. Hij hield Janes hand vast. Op haar beurt hield zij die van Andrew vast. Ze kon zich niet herinneren wanneer dit was gebeurd, maar ze was zo blij om veilig tussen hen in te liggen, om te léven, dat ze niet kon stoppen met huilen.

Ze bleven alle drie op hun rug liggen en klampten zich aan elkaar vast, tot Paula zei dat ze op Route 101 waren.

'Chicago is dertig uur rijden!' Ze moest schreeuwen om boven het straatlawaai uit te komen, dat als een tandartsboor door het busje echode. 'We stoppen in Idaho Falls om ze te laten weten dat we op weg zijn naar het safehouse.'

Safehouse.

Een boerderij net buiten Chicago met een rode schuur en koeien en paarden, maar wat maakte het uit, want ze zouden nooit meer veilig zijn.

'Nadat we Nick bij het vliegveld hebben afgezet, wisselen we in Sacramento van chauffeur,' zei Paula. 'We houden ons aan de snelheidslimiet. We houden ons aan de verkeersregels. We zorgen dat we geen aandacht trekken.' Ze dreunde Nicks instructies op. Ze volgden allemaal Nicks instructies op, want hij beweerde altijd te weten wat hij deed, zelfs als alles mis dreigde te gaan.

Dit was waanzin. Dit was totale waanzin.

'Jezus christus, dat scheelde niet veel.' Nick ging rechtop zitten en strekte zijn armen uit. Met een luchthartige grijns keek hij Jane aan. Ook hij had die inwendige knop – net als Laura Juneau toen ze Martin had gedood en vervolgens zichzelf. Ze zag het nu heel scherp. Voor Nick was alles wat in de schuur was gebeurd alweer verleden tijd.

Omdat ze zijn aanblik niet verdroeg, keek ze naar Andrew, die nog steeds naast haar lag. Zijn gezicht was asgrauw. Over zijn wangen liepen bloederige vegen. Jane wilde niet weten waar het bloed vandaan kwam. Als ze aan de schuur dacht, zag ze alleen dood, bloedvergieten en kogels die als muskieten rondketsten.

Andrew hoestte in de holte van zijn elleboog. Jane raakte zijn gezicht aan. Zijn huid had de structuur van gesponnen suiker.

'Blij dat jullie geoefend hebben, hè, troepen?' vroeg Nick. Net als dat van Andrew zat zijn gezicht onder de bloedspatten. Zijn haar hing voor zijn linkeroog. Hij had die vertrouwde uitgelaten blik weer in zijn ogen, alsof alles op rolletjes liep. 'Stel je voor dat je voor de eerste keer die ladder over moest, zonder dat je erop getraind...'

Jane kwam overeind. Eigenlijk moest ze naast Nick gaan zitten, maar ze leunde tegen de ronding boven het wiel. Zou ze Jasper bellen? Zou ze een telefoon opzoeken, hem smeken om hulp, en dan wachten tot haar grote broer arriveerde en hen allemaal redde? Hoe moest ze hem vertellen dat ze medeverantwoordelijk was voor de moord op hun vader? Hoe kon ze hem in de ogen kijken en ontkennen dat alles wat ze tot dan toe gedaan hadden het gevolg was van een vorm van collectieve waanzin?

Een sekte.

'Jinx?' zei Nick.

Ze schudde haar hoofd, maar niet in reactie op Nick. Zelfs Jasper kon haar nu niet redden. En hoe moest ze hem belonen als hij het toch probeerde, nu ze deel uitmaakte van een complot dat hem in de bak zou doen belanden vanwege fraude met verzekeringsgeld?

Nick kroop op zijn knieën naar de gesloten kist die Quarter met bouten aan de vloer had bevestigd. Hij draaide aan het combinatieslot...

6-12-32.

Ze kenden de combinatie allemaal.

Jane keek toe terwijl hij het deksel openduwde. Hij haalde er een deken uit en een thermoskan gevuld met water. Het hoorde allemaal bij het vluchtplan. Verder waren er gedroogde worstjes, een kleine koelbox en verschillende noodvoorraden, en onder een valse bodem zat tweehonderdvijftigduizend dollar in contanten verstopt.

Nick schonk wat water in de beker van de thermoskan. Hij haalde een zakdoek uit zijn achterzak en maakte zijn gezicht schoon. Vervolgens boog hij zich voorover en boende over Andrews wangen tot ze helemaal rood waren.

Jane zag hoe haar geliefde het bloed van haar broers gezicht waste.

En dat van Maplecroft? Van Quarter?

'We weten zijn echte naam niet eens,' zei ze.

Ze keken haar allebei aan.

'Van Quarter,' zei ze. 'We weten zijn naam niet, weten niet waar hij woont, wie zijn ouders zijn, en nu is hij dood. We hebben hem zien sterven, maar we weten niet eens aan wie we het moeten vertellen.'

'Hij heette Leonard Brandt,' zei Nick. 'Geen kinderen. Nooit getrouwd. Hij woonde in z'n eentje op de Van Duff Street 1239. Hij werkte als timmerman in Marin County. Natuurlijk weet ik wie hij is, Jinx. Ik ken iedereen die hierbij betrokken is, omdat ik verantwoordelijk ben voor jullie levens. Omdat ik alles zal doen wat nodig is om jullie allemaal te beschermen.'

Jane kon niet zien of hij loog. Zijn gezicht was wazig door de tranen die uit haar ogen stroomden.

'Je ziet er niet zo best uit, ouwe reus,' zei Nick tegen Andrew, terwijl hij de beker weer op de thermoskan schroefde.

Andrew probeerde een hoest in te houden. 'Ik voel me ook niet zo best.'

Nick greep hem bij zijn schouders. Andrew pakte Nick bij zijn armen, als twee footballspelers tijdens een scrimmage.

'Hoor eens,' zei Nick. 'We hebben een zware tijd achter de rug, maar we zitten weer op het goede spoor. Jij rust uit in het safehouse, samen met Jane. Ik probeer zo snel mogelijk uit New York terug te keren, en dan gaan we met elkaar toekijken hoe de wereld in elkaar stort. Afgesproken?'

Andrew knikte. 'Afgesproken.'

Jezus.

Nick klopte op Andrews wang. Hij schoof door het busje naar Jane toe, want nu was zij aan de beurt voor de bezielende peptalk waarmee hij haar weer aan zijn kant zou proberen te krijgen.

'Schat.' Hij legde zijn arm om haar middel. Zijn lippen streken langs haar oor. 'Het komt goed, liefste. Alles komt goed.'

Jane had het niet meer. 'Het had onze dood kunnen worden. We hadden allemaal –'

'Arm schaap.' Nick drukte zijn lippen op het topje van haar hoofd. 'Geloof je me niet als ik zeg dat het helemaal goed komt?'

Ze opende haar mond en probeerde haar trillende longen te vullen. Ze wilde hem wanhopig graag geloven. In gedachten hield ze zichzelf de enige dingen voor die op dat moment belangrijk waren. Nick was veilig. Andrew was veilig. De baby was veilig. De ladder had hen gered. De tunnel had hen gered. Het busje had hen gered.

Nick had hen gered.

Jane had van hem moeten doortrainen toen ze in Berlijn zat. Zo ver van alles verwijderd had ze het dwaas gevonden om elke ochtend de oefeningen af te werken: haar handen die langs elkaar zwiepten; haar vuisten die ze voor zich uit hield, alsof ze elk moment ten strijde kon trekken. Wat haar in San Francisco vooral had geïnspireerd, was het plezier waarmee ze Paula te grazen nam telkens als ze aan het sparren waren. Zonder Paula, en in feite ook zonder Nick, had ze zichzelf voelen wegglijden: weg van haar motivatie, weg van het plan, weg van Nick.

'Wat heb je allemaal uitgespookt, schat?' had hij over de krasserige internationale telefoonlijn gevraagd.

'Niks,' had ze gelogen. 'Ik mis je zo dat ik alleen nog maar zit te mokken en de dagen doorstreep op mijn kalender.'

Jane had hem inderdaad gemist, maar slechts een deel van hem. Het deel dat charmant was. Dat vol liefde was. Dat blij met haar was. Dat niet opzettelijk en bijna hedonistisch alles op de spits dreef.

Pas toen ze veilig in Berlijn had gezeten, had ze beseft dat er zolang ze zich kon herinneren een kluwen van angst in haar maag had gezeten. Jarenlang had ze zichzelf wijsgemaakt dat neurotisch zijn de vloek was van een succesvol solist, maar de echte reden waarom ze lette op elke stap die ze zette, waarom ze elk woord op een goudschaaltje woog en haar gevoelens aanpaste, was de loodzware aanwezigheid van de twee mannen in haar leven. Soms joeg Martin haar angst aan. Soms Nick. Met hun woorden. Met hun dreigementen. Met hun handen. En soms, af en toe, met hun vuisten.

In Berlijn had Jane voor het eerst, voor zover ze zich kon herinneren, ervaren hoe het was om zonder angst te leven.

Ze bezocht clubs. Ze danste met slungelige, gedrogeerde Duitsers met tattoos op hun handen. Ze ging naar concerten, openingen van tentoonstellingen en ondergrondse politieke bijeenkomsten. Ze zat in cafés over Camus te bakkeleien, Gauloises te roken en over de tragedie van de menselijke conditie te discussiëren. In de verte ving ze soms een glimp op van hoe haar leven eruit hoorde te zien. Ze was een artiest van wereldformaat. Ze had twintig jaar gewerkt om te komen waar ze nu was, om deze verheven positie te bereiken, maar toch…

Ze was nooit kind geweest. Ze was nooit tiener geweest. Ze was nooit een twintiger geweest. Ze was eigenlijk nooit alleen geweest. Eerst was ze van haar vader geweest, daarna van Pechenikov en toen van Nick.

In Berlijn was ze van niemand geweest.

'Hé.' Nick knipte met zijn vingers voor haar gezicht. 'Kom eens terug, liefste.'

Jane besefte dat ze zonder haar een heel gesprek hadden gevoerd.

'We hadden het over wanneer we Jaspers dossiers moeten vrijgeven. Na Chicago? Na New York?'

Jane schudde haar hoofd. 'Dat kunnen we niet doen,' zei ze. 'Alsjeblieft. Er hebben al genoeg mensen geleden.'

'Jane,' zei Andrew. 'We doen dit niet in een opwelling. Mensen hebben hiervoor geleden, zijn gestorven. We kunnen ons er nu niet uit terugtrekken omdat we schijterig zijn geworden. Niet nu zij de kogels voor ons hebben gevangen.'

'Letterlijk,' zei Nick, alsof Jane dat niet wist. 'Twee mensen. Twee kogels. Laura en Quarter geloofden echt in wat we doen. We kunnen ze nu toch niet teleurstellen?'

'Ik kan het niet,' zei ze. Meer had ze er niet aan toe te voegen. Ze kon gewoon niet meer.

'Je bent doodop, liefje.' Nick trok Jane nog wat dichter naar zich toe, maar hij zei niet wat ze graag wilde horen: dat ze nu zouden stoppen, dat Jaspers dossiers vernietigd zouden worden, dat ze naar Zwitserland zouden gaan om daar boete te doen voor de schade die ze hadden aangericht.

'Laten we maar om beurten slapen,' zei Nick. Hij verhief zijn stem, zodat Paula het ook kon horen. 'Ik vlieg vanaf Chicago naar New York. Het is te riskant om vanuit Sacramento te vliegen. Paula, jij blijft bij je team en zorgt dat ze klaarstaan voor Chicago. Zodra we in het safehouse zijn, coördineren we de tijden.'

Jane wachtte op Paula's instemmende reactie, maar ze bleef vreemd stil.

'Jinx?' vroeg Andrew. 'Gaat het wel?'

Ze knikte, maar hij zag dat ze loog. 'Ja hoor, gaat wel,' zei ze, zonder de aarzeling in haar stem te kunnen onderdrukken.

'Ga jij maar bij Penny zitten,' zei Nick tegen Andrew. 'Zorg dat ze wakker blijft. Jane en ik gaan slapen, en dan nemen wij het daarna van jullie over.'

Jane wilde protesteren. Ze vond dat Andrew eerst moest slapen, maar het ontbrak haar aan energie en bovendien krabbelde Andrew al overeind.

Ze keek hoe haar broer naar de voorkant van het busje kroop. Hij ging naast Paula zitten. Ze hoorde hem kreunen toen hij zijn hand naar de radio uitstak. Het nieuws stond zachtjes aan. Ze zouden ernaar moeten luisteren, maar Andrew draaide aan de knop tot hij een station met oude hits had gevonden.

Jane keerde zich naar Nick toe. 'Hij moet naar een dokter.'

'We hebben nu grotere problemen.'

Meteen wist Jane over welk probleem hij het had: niet dat dingen verkeerd waren gelopen, maar dat Nick wist dat ze aan hem twijfelde.

'Dat van Maplecroft was een ongeluk, heb ik gezegd,' zei hij. Zijn stem was zo zacht dat alleen Jane hem kon horen. 'Ik werd helemaal gek toen ik zag wat ze met je mooie gezichtje had gedaan.'

Jane raakte haar neus aan. De pijn vlamde op. Sinds dat afgrijselijke moment was er zoveel gebeurd dat ze die stomp van Maplecroft helemaal was vergeten.

'Ik weet dat ik haar alleen maar had moeten vastgrijpen of… wat dan ook,' zei Nick. 'Ik weet niet wat me bezielde, schat. Ik was zo kwaad. Maar ik had mezelf nog wel in de hand. Tot op zekere hoogte. Ik heb je beloofd dat ik dat nooit meer zal laten gebeuren.'

Nooit meer.

Jane probeerde niet aan de baby te denken die in haar buik groeide.

'Zeg dat alles goed is, schat,' zei Nick. 'Dat alles goed is tussen ons. Zeg het, alsjeblieft.'

Jane knikte aarzelend. Ze bracht het niet op tegen hem in te gaan.

'Liefste.'

De hartstocht waarmee hij haar kuste, overviel haar. Ze voelde niet de geringste begeerte toen hun tongen elkaar raakten. Toch sloeg ze haar armen om hem heen, want ze wilde niets liever dan zich normaal voelen. In Oslo hadden ze niet gevreeën, ook al hadden ze elkaar drie maanden niet gezien. Ze waren beiden te gespannen geweest, en na de schietpartij waren ze doodsbang geweest iets verkeerds te zeggen of te doen. Eenmaal terug in San Francisco had hij haar met rust gelaten, tot deze ochtend. Ook toen had Jane niet naar hem verlangd, maar ze wist nog hoe ze naar het naspel had gesmacht. Om in zijn armen te liggen. Om haar oor op zijn borst te leggen en te luisteren naar het gestage, tevreden kloppen van zijn hart. Om hem over de baby te vertellen. Om de blijdschap in zijn ogen te zien.

De eerste keer was hij bepaald niet blij geweest.

'Kom, liefste.' Nick drukte een zedige kus op haar voorhoofd. 'Laten we gaan slapen.'

Jane liet zich door hem neertrekken op de futon. Weer ging zijn mond naar haar oor, maar nu streek hij alleen met zijn lippen over haar huid. Hij krulde zich om haar heen. Hun benen waren verstrengeld, zijn armen omvatten haar. Hij schoof zijn elleboog als een kussentje onder haar hoofd. In plaats van het gebruikelijke vredige gevoel was het alsof Jane door een inktvis op haar plek werd gehouden.

Ze keek op naar het plafond van het busje. Haar hoofd was helemaal leeg. Ze was te moe om te denken. Haar lichaam voelde verdoofd, maar anders dan eerst. Er werd niet op haar geschoten, ze zat niet over Danberry's ondervraging in, ze rouwde niet om Martin en was ook niet bang dat ze gepakt zouden worden. Ze overdacht haar toekomst en besefte dat ze zich hier nooit uit zou kunnen bevrijden. Zelfs als elk onderdeel van Nicks plan slaagde, zelfs als het hun lukte naar Zwitserland te ontsnappen, zou ze altijd moeten leven in een ronddraaiend wagenwiel.

Nick begon rustiger te ademen. Ze voelde zijn lichaam ontspannen. Ze overwoog zich uit zijn omarming los te maken, maar daarvoor miste ze de kracht. Haar oogleden trilden. Ze kon haar hartslag bijna proeven. Ze gaf zich eraan over, viel voor haar gevoel heel even in slaap, maar ze werden allebei pas wakker toen Paula bij een tankstation net over de grens met Nevada stopte. Ze waren de enige klanten. Binnen keek de bediende amper weg van de tv toen ze allemaal uit het busje klauterden.

'Iets eten?' vroeg Paula. Toen niemand antwoordde, liep ze met grote stappen naar de winkel, haar handen weggestopt in de zakken van haar bruine jasje.

Andrew bediende de benzinepomp. Terwijl de tank zich vulde, leunde hij met gesloten ogen tegen het busje.

Nick zei geen woord. In plaats van in zijn handen te klappen in een poging zijn troepen op te peppen liep hij een paar meter bij hen vandaan. Met zijn handen in zijn achterzakken staarde hij over de weg. Jane zag hem opkijken naar de lucht en toen naar het uitgestrekte, dorre landschap.

Iedereen was wat bedrukt. Jane wist niet of het van de shellshock kwam of doordat ze kapot waren van vermoeidheid. Het gevoel dat ze het punt hadden bereikt waarop ze niet meer terug konden, was bijna tastbaar. De duizeligmakende kick waaraan ze zich in hun dwaasheid hadden overgegeven toen ze hun vlucht voor de politie hadden besproken, alsof ze gangsters waren uit een film met James Cagney, moest het afleggen tegen de werkelijkheid.

Ze konden er altijd op rekenen dat Nick hen uit hun vrije val opving. Jane had het al zo vaak zien gebeuren. Nick hoefde een kamer maar binnen te lopen en alles werd op slag beter. Ze had het die ochtend in de schuur gezien. Andrew en zij waren aan het ruziën geweest met Paula, die op het punt stond hen allemaal te vermoorden, toen Nick hen op de een of andere manier weer in een homogene, effectieve groep had veranderd. Iedereen keek tegen hem op vanwege zijn kracht, vanwege zijn doelgerichtheid.

Vanwege zijn charisma.

Nick keerde zich af van de weg. Even liet hij zijn blik over Jane gaan voor hij naar de toiletten aan de andere kant van het gebouw verdween. Zijn schouders hingen af. Zijn voeten sleepten over het asfalt. Haar hart brak toen ze hem zo zag. Ze had hem maar een paar keer eerder zo meegemaakt, zo diep weggezonken in de schemer van een depressie dat hij amper zijn hoofd omhoog kon houden.

Het was haar schuld.

Ze had aan hem getwijfeld, het enige verraad dat Nick niet verdroeg. Hij was een man, niet een alziende god. Wat er in de schuur was gebeurd, was inderdaad verschrikkelijk, maar ze leefden allemaal nog. Daar had Nick voor gezorgd. Hij had oefeningen bedacht en plattegronden getekend om hun vluchtroute in kaart te brengen. Hij had hen laten trainen tot ze geen gevoel meer in hun armen en benen hadden. Voor hun veiligheid. Om hen scherp te houden. Om hun de moed niet te laten verliezen, om hun geest gefocust te houden en hun hart gemotiveerd. Niemand anders bezat het vermogen om dat alles voor elkaar te krijgen.

En niemand, vooral Jane niet, had ook maar één ogenblik stilgestaan bij de tol die deze verantwoordelijkheden van hem eisten.

Ze volgde Nick naar het herentoilet. Ze had niet nagedacht over wat ze zou aantreffen wanneer ze de deur openduwde, maar ze werd misselijk van schuldgevoel toen ze Nick zag.

Hij stond met zijn handen schrap tegen de wastafel. Zijn hoofd hing naar beneden. Toen hij naar Jane opkeek, stroomden de tranen uit zijn ogen.

'Ik kom zo.' Hij wendde zich af en greep een pluk papieren handdoekjes. 'Als jij Penny nu eens helpt met –'

Jane sloeg haar armen om hem heen. Ze drukte haar gezicht tegen zijn rug.

Hij lachte, maar puur om zichzelf. 'Ik trek het niet meer, geloof ik.'

Jane klemde hem vast, zo stevig als ze durfde.

Zijn borst schokte toen hij haperend ademhaalde. Hij sloeg zijn armen over die van haar. Met zijn hele gewicht leunde hij tegen haar aan, en zij hield hem overeind, want dat kon ze nu eenmaal het beste.

'Ik hou van je,' zei ze, een kus in zijn nek drukkend.

Hij begreep haar bedoelingen verkeerd. 'Ik ben bang dat ik niet in ben voor iets ondeugends, lieve Jinx, maar dat je het aanbiedt, betekent alles voor me.'

Ze hield nog meer van hem nu hij zijn oude, zelfverzekerde rol probeerde op te pakken. Ze draaide hem naar zich toe. Ze legde haar handen op zijn schouders zoals hij dat altijd bij anderen deed. Ze bracht haar mond naar zijn oor zoals hij dat alleen bij haar deed. Ten slotte sprak ze de vier woorden uit die het belangrijkst voor hem waren, niet 'ik hou van je', maar...

'Ik sta achter je.'

Nick knipperde met zijn ogen, toen lachte hij wat opgelaten om de emoties die bij hem opkwamen. 'Echt?'

'Echt.' Jane kuste hem op zijn lippen, en vreemd genoeg voelde alles opeens goed. Zijn armen om haar heen. Zijn hart dat tegen het hare sloeg. Zelfs dat ze hier in dit smerige herentoilet stonden, voelde goed.

'Mijn liefste,' zei ze. Telkens en telkens weer. 'Mijn enige liefste.'

Andrew zat diep in slaap op de passagiersstoel toen ze terugkeerden bij het busje. Paula was te opgefokt om iets anders te kunnen doen dan rijden. Nick hielp Jane achter instappen. Ook nu weer sloeg hij zijn armen en benen om haar heen toen ze op de futon lagen. Ditmaal nestelde Jane zich tegen hem aan. In plaats van haar ogen te sluiten en te slapen begon ze te praten, eerst gewone onzin, zoals hoe blij ze was geweest toen ze voor het eerst had mogen optreden, of hoe spannend het was om een staande ovatie te krijgen. Ze schepte niet op. Ze probeerde duidelijk te maken hoe alles in het niet viel bij de totale verrukking die ze had ervaren toen hij haar voor het eerst had gekust, toen ze voor het eerst hadden gevreeën, toen ze voor het eerst had beseft dat hij bij haar hoorde.

Want Nick hoorde bij haar, zoals zij bij hem hoorde.

Ze vertelde hem hoe haar hart als een heteluchtballon was opgestegen toen ze hem voor het eerst met Andrew had zien stoeien in de hal. Hoe ze in de zevende hemel was geweest toen Nick de keuken was binnengewandeld, haar had gekust en zich toen als een dief uit de voeten had gemaakt. Ook vertelde ze hem hoe ze in Berlijn naar hem had gesmacht. Hoe ze de smaak van zijn mond had gemist. Hoe niets wat ze deed het verlangen naar zijn aanraking kon verjagen.

Toen waren ze in Wyoming, in Nebraska, in Utah, en uiteindelijk in Illinois.

Het laatste stuk naar Chicago reed Jane. Ook vanachter het stuur liet ze geen moment onbenut om Nick te vertellen hoeveel ze van hem hield.

Ze was een jojo. Ze was Patricia Hearst. Ze had van het vruchtensap gedronken. Ze volgde de bevelen op van de hond van de buurman.

Het interesseerde Jane niet of ze bij een sekte hoorde of dat Nick Donald DeFreeze was. Eigenlijk interesseerde het hele plan haar niet meer. Haar rol was in elk geval uitgespeeld. Nu bevonden de andere celleden zich in de frontlinie. Natuurlijk was ze nog steeds woedend om de wreedheden die haar vader en oudere broer hadden begaan. Ze rouwde om het verlies van Laura en Robert Juneau. Ze vond het vreselijk wat er in de schuur met Quarter en Alexandra Maplecroft was gebeurd. Maar ze hoefde niet echt te geloven in wat ze deden of waarom.

Ze hoefde alleen maar in Nick te geloven.

‘Hier links,’ zei Paula. Ze zat op haar knieën achter de chauffeursstoel. Ze legde haar hand op Janes schouder, wat nogal verontrustend was, want Paula raakte je alleen aan om je pijn te doen. ‘Kijk of je rechts een oprit ziet. Die gaat een beetje schuil achter de bomen.’

Een paar meter verderop zag Jane de oprit. Ze zette de richtingaanwijzer aan, ook al was het busje het enige voertuig in de wijde omtrek.

Paula stompte tegen haar arm. 'Domme bitch.'

Jane hoorde haar naar het achterste gedeelte van het busje verdwijnen. Paula's humeur was er een stuk beter op geworden nu Nick er ook weer een beetje bovenop was. Hetzelfde was met Andrew gebeurd. Het effect was magisch. Zodra ze Nicks ontspannen grijns hadden gezien, waren alle zorgen en twijfel verdwenen.

Daar had Jane voor gezorgd.

'Jinx?' Andrew ging verzitten op de passagiersstoel toen de banden over het gravel van de oprit hotsten.

'We zijn er.' Jane slaakte een diepe zucht van opluchting toen ze de bomen achter zich lieten. De boerderij zag er precies zo uit als ze zich had voorgesteld uit Andrews gecodeerde brieven. Koeien graasden in de wei. Een gigantische rode schuur torende boven een wat zonderling huis van één verdieping uit, dat in een bijpassende kleur was geschilderd. In de tuin bloeiden margrieten. Er was een stuk gazon en een wit houten hek. Een vrolijk oord waar je een kind groot kon brengen.

Jane legde haar hand op haar buik.

'Gaat het?' vroeg Andrew.

Ze keek naar haar broer. De slaap had hem geen goed gedaan. Hij zag er zo mogelijk nog slechter uit dan eerder op de dag. 'Moet ik me zorgen maken?'

'Echt niet.' Zijn glimlach was niet overtuigend. 'Hier kunnen we rusten,' zei hij. 'Hier zijn we veilig.'

'Dat weet ik,' zei ze, maar ze zou zich pas veilig voelen wanneer Nick terug was uit New York.

Het voorwiel kwam in een spoor in het gravel terecht. Jane kromp ineen toen takken tegen de zijkant van het busje sloegen. Ze sprak bijna een dankgebedje uit toen ze uiteindelijk vóór de schuur naast twee auto's parkeerde.

'Hallo, Chicago!' riep Nick, die het zijportier openschoof. Hij sprong op de grond. Hij strekte zijn armen, welfde zijn rug en keek op naar de lucht. 'Mijn god, wat heerlijk om eindelijk uit dat stuk blik te zijn.'

'Echt wel.' Kreunend probeerde Paula zich uit te rekken. Ze was maar een paar jaar ouder dan Nick, maar woede had haar lichaam kromgetrokken.

Toen haar voeten vaste grond raakten, zuchtte Jane opnieuw. De lucht tintelde, en de temperatuur was aanmerkelijk lager dan in Californië. Met haar blik op de horizon wreef ze over haar armen. De zon hing laag boven de boomtoppen. Ze schatte dat het een uur of vier 's middags was. Ze wist niet wat voor dag het was, waar ze precies waren of hoe het verder moest, maar ze was zo blij uit het busje te zijn dat ze wel had kunnen huilen.

'Hier blijven,' Paula beende naar het huis. Haar laarzen wierpen een stofwolk op. Ze had haar vingerloze handschoenen uitgetrokken en de kohl onder haar ogen weggeveegd. Het haar van haar achterhoofd krulde op in een kuif. De zoom van haar jurkje was vies. Net als de anderen had ze bloedvegen op haar kleren.

Jane keek langs haar heen naar het boerenhuis. Ze wilde niet meer aan het bloed denken. Ze stond achter Nick of niet.

Alles of niets, als een echte Queller.

De voordeur ging open. Er verscheen een kleine vrouw met een sjaal om haar smalle schouders. Naast haar stond een grote man met lang haar en een ingewikkelde krulsnor. Hij had een geweer in zijn handen. Hij zag Paula, maar liet het geweer pas zakken toen ze een penny in de geopende hand van de vrouw legde.

Dat was Nicks idee. Ze waren allemaal naar een muntstuk genoemd: penny, nickel, quarter, dime. Elk muntstuk vertegenwoordigde een cel, en elke cel gebruikte de munt om aan de ander duidelijk te maken dat er vrijuit gepraat kon worden. Nick vond het woordspel prachtig: The Army of the Changing World. Ze hadden allemaal zwart van hem moeten dragen, inclusief hun ondergoed, en zich als soldaten in het gelid moeten opstellen toen hij bij ieder een muntstuk in de hand had gelegd en hun een codenaam had gegeven.

Hij was zo dom dat hij niet eens het woord 'symbiotisch' kende, en toen verzon hij het woord 'symbionees'.

Jane klemde haar kiezen op elkaar en zette Danberry's woorden uit haar hoofd.

Ze had haar keuze gemaakt.

'Ik weet niet hoe het met jullie zit, troepen, maar ik heb honger als een paard.' Nick sloeg zijn arm om Andrews schouders. 'En jij, Andy? Hoe gaat het ook alweer: eten wat men lust en lijden wat men kan, of omgekeerd?'

'Volgens mij: doe mij maar een whisky en een echt bed.' Andrew sjokte met Nick aan zijn zij naar het huis. Ze waren allebei zichtbaar moe, maar zoals altijd sleepte Nicks energie hen erdoorheen.

Jane liep niet mee naar het huis. Ze wilde haar benen strekken en de boerderij bekijken. Het leek haar heerlijk om even alleen te zijn in de stilte. Ze was in de stad opgegroeid. Hun huis in Hillsborough was te dicht bij de luchthaven om voor landelijk te kunnen doorgaan. Andere meisjes van Janes leeftijd hadden leren paardrijden en waren met de scouting op kamp gegaan, maar zij had altijd vijf of zes uur aan één stuk achter de piano gezeten om de fijne motoriek van haar vingers te perfectioneren.

Zoals altijd ging haar hand naar haar buik.

Zou haar dochter later pianospelen?

Jane vroeg zich af hoe ze zo zeker wist dat het een meisje was. Ze wilde haar een prachtige naam geven, niet simpelweg Jane of een rare naam zoals Jinx of een naam uit een tekenfilmpje, zoals Janey. Zo noemde Nick haar weleens. Het kind moest al haar sterke eigenschappen krijgen, geen enkele van haar gebreken. Ze wilde in geen geval die sluimerende kluwen angst aan haar dierbare kind doorgeven.

Bij het houten hek bleef ze staan. In het weiland graasden twee schimmels. Ze glimlachte toen ze met hun neuzen tegen elkaar aan wreven.

Zij en Andrew zouden hier minstens een week blijven, misschien langer. Wanneer Nick terugkeerde uit New York, zouden ze zich nog een week gedeisd houden voordat ze naar Canada afreisden. Zwitserland was hun droom, maar hoe zou het zijn om hun kind groot te brengen op een boerderij zoals deze? Om naar het begin van de oprit te lopen en daar op de schoolbus te wachten? Om paaseieren te verstoppen in hooibalen? Om de paarden naar de wei te brengen en te gaan picknicken… Zij, haar kleintje en Nick?

'De volgende keer,' had Nick de laatste keer gezegd. 'De volgende keer houden we het.'

'Hallo!' De magere vrouw met de sjaal riep haar. Ze kwam langs de schuur op haar af lopen. 'Sorry dat ik je stoor, maar ze vragen naar je. Tucker zet het busje wel in de schuur. Spinner en Wyman zijn al binnen.'

Jane knikte plechtig. De adjudanten van de cellen hadden allemaal een codenaam toegewezen gekregen van een voormalige minister van Financiën. Toen Nick dat aan Jane had verteld, had ze met moeite haar lachen ingehouden. Nu zag ze dat al dat geheimzinnige gedoe een reden had. De identiteit van de leden van de Stanfordcel was samen met Quarter gestorven.

'O!' De vrouw was opeens blijven staan, en haar mond viel open van verbazing.

Ook Jane was verbluft toen ze zag wie de ander was. Ze hadden elkaar nooit ontmoet, maar ze herkende Clara Bellamy van tijdschriften, kranten en posters bij het State Theater in het Lincoln Center. Ze was prima ballerina geweest, een van Balanchines laatste grote sterren, tot ze door onherstelbaar knieletsel haar carrière had moeten afbreken.

'Kijk aan.' Glimlachend kwam Clara op Jane af. 'Dan ben jij Dollar Bill.'

Ook dat hoorde bij het spionnenvak. 'We vonden "DB" uiteindelijk gemakkelijker dan Dollar Bill,' zei Jane. 'Penny denkt dat het een afkorting is van "Domme Bitch".'

'Ach, het is Penny maar.' Clara had Paula met haar stekeligheid meteen doorzien. 'Aangenaam, DB. Ik word Selden genoemd.'

Jane schudde haar de hand. Toen moest ze lachen, want de gedachte dat zij tweeën elkaar tegenkwamen op een afgelegen boerderij ergens buiten Chicago was absurd.

'Rare wereld, vind je niet?' Clara stak haar arm door die van Jane en zo liepen ze op hun dooie gemak terug naar de boerderij. Ze hinkte een beetje. 'Ik heb je drie jaar geleden in Carnegie Hall gezien. Ik moest ervan huilen. Mozarts Concerto nummer 24 in c-mineur, als ik me niet vergis.'

Er speelde een lachje om Janes lippen. Ze genoot altijd als mensen echt van muziek hielden.

'Die groene jurk was geweldig,' zei Clara.

'Ik was bang dat ik geen tenen meer over zou houden in die schoenen.'

Clara glimlachte meelevend. 'Ik weet nog dat het vlak na dat optreden van Horowitz in Japan was. Om zo'n getalenteerd man zo spectaculair te zien falen... Je moet kapot van de zenuwen zijn geweest toen je dat podium op liep.'

'Nou, eigenlijk niet.' Jane stond versteld van haar eigen eerlijkheid, maar iemand als Clara Bellamy zou het wel begrijpen. 'Elke noot die ik speelde, ging met een soort déjà vu gepaard, alsof ik hem al eens perfect had gespeeld.'

'Een fait accompli.' Clara knikte begrijpend. 'Ik leefde voor dat soort momenten. Ze deden zich veel te weinig voor. Daardoor ga je drugsverslaafden beter begrijpen, vind je niet?' Ze was blijven staan. 'Dat was toch je laatste klassieke optreden? Waarom ben je ermee gestopt?'

Jane schaamde zich te diep om te antwoorden. Clara Bellamy was met dansen gestopt omdat ze geen keuze had. Ze zou nooit begrijpen dat je het zomaar voor gezien hield.

'Volgens Pechenikov ontbrak het je aan ambitie,' zei Clara. 'Dat zeggen ze altijd van vrouwen, maar dat kan niet waar zijn. Ik zag je gezicht tijdens je concert. Je spéélde niet alleen de muziek. Je wás de muziek.'

Jane keek over Clara's schouder naar het huis. Voor Nick had ze zich goed willen houden, maar nu ze herinnerd werd aan vroeger, aan haar optredens, kwamen de tranen terug. Ze had klassiek heerlijk gevonden, toen was ze verslingerd geraakt aan de energie van jazz, en vervolgens had ze een manier moeten bedenken om met plezier in haar eentje in een studio te zitten, waar de enige feedback afkomstig was van de kettingrokende man aan de andere kant van het geluiddichte glas.

'Jane?'

Ze schudde haar hoofd en deed haar verdriet af als een dwaze luxe. Zoals gewoonlijk vertelde ze een versie van de waarheid waar de ander zich een beeld bij kon vormen. 'Ik dacht altijd dat mijn vader trots op me was wanneer ik speelde. Maar op een dag besefte ik dat alles wat ik deed, elke prijs die ik kreeg, elk optreden, elk kranten- of tijdschriftartikel vooral hém tot eer strekte. Hém iets opleverde. Het ging niet om bewondering voor mij, maar om bewondering voor hemzelf.'

Weer knikte Clara vol begrip. 'Ik had zo'n moeder. Maar je geeft het vast niet voor altijd op.' Opeens legde ze haar hand op Janes ronde buik. 'Straks wil je voor háár spelen.'

Alsof Janes keel werd dichtgeknepen. 'Hoe wist –'

'Je gezicht.' Ze streelde Janes wang. 'Het is veel voller dan op je foto's. En je hebt natuurlijk al een buikje. Je draagt hoog, daarom ging ik ervan uit dat het een meisje is. Nick zal wel –'

'Je mag het niet tegen hem zeggen.' Janes hand vloog naar haar mond, als om de wanhoop in haar stem te bedwingen. 'Hij weet het nog niet. Ik wil het juiste moment afwachten.'

Clara keek verbaasd, maar ze knikte. 'Ik snap het. Het is niet niks wat jullie nu doorstaan. Je wilt wat ruimte voor je het hem vertelt.'

Jane veranderde van onderwerp. 'Hoe ben jij bij de groep betrokken geraakt?'

'Edwin...' Clara lachte en corrigeerde zichzelf. 'Tucker, bedoel ik. Hij ontmoette Paula toen ze allebei aan Stanford studeerden. Hij deed rechten. Zij politieke wetenschappen. Een van zijn scharrels, denk ik. Maar nu is hij van mij.'

Jane probeerde haar verbazing te verbergen. Ze kon zich Paula moeilijk als student voorstellen, en al helemaal niet als iemands scharrel. 'Behandelt hij de juridische kwesties die zich voordoen?'

'Dat klopt. Nick mag blij met hem zijn. Toen mijn knie het begaf, heeft Tucker een aantal vervelende contractproblemen voor me opgelost. We hadden een klik. Ik ben altijd al gek geweest op mannen met interessante gezichtsbeharing. Maar goed. Paula heeft Tucker aan Nick voorgesteld, aan Nickel, bedoel ik. Tucker heeft Nickel aan mij voorgesteld, en nou ja, je weet hoe het gaat als je Nick ontmoet. Je gelooft elk woord dat over zijn lippen komt. Het is maar goed dat hij me geen tweedehandsauto probeerde aan te smeren.'

Ze lachte, en Jane lachte braaf mee.

'Niet dat ik een fanatiekeling ben, hoor,' zei Clara. 'Ik snap natuurlijk wat jullie doen en uiteraard is het belangrijk, maar als het erop aankomt, ben ik een enorme schijterd. Laat mij maar cheques uitschrijven en voor een veilige plek zorgen.'

'Onderschat jezelf niet. Jouw bijdrage is belangrijk.' Jane had het gevoel dat ze nu als spreekbuis voor Nick fungeerde, maar ze hadden allemaal een rol. 'Heel belangrijk eigenlijk, want jij zorgt dat we veilig zijn.'

'Jeetje, je klinkt al net als hij.'

'O, echt?' zei Jane, alsof ze het niet wist. Dat was de prijs die ze betaalde, nu ze zich aan Nick had overgeleverd. Ze begon al net als hij te worden.

'Ik wil een hele hoop kinderen,' zei Clara. 'Toen ik nog danste, ging dat niet, maar nu...' Ze wees naar de boerderij. 'Die heb ik gekocht zodat ik mijn kinderen hier groot kan brengen. Zodat ze gelukkig en veilig kunnen opgroeien. Edwin leert nu alles over koeien. Ik leer koken. Daarom help ik Nick. Ik wil meehelpen aan een betere wereld voor mijn kinderen. Voor onze kinderen.'

Jane speurde naar een veelbetekenend lachje.

'Dat geloof ik echt, Jane. Ik sta je hier niks wijs te maken. Het is spannend om er deel van uit te maken, al is het maar zijdelings. Ik neem geen groot risico, maar het blijft een risico. Iemand van jullie of jullie allemaal kunnen in een verhoorkamer belanden. Stel je de publiciteit eens voor als je naar mij zou wijzen.' Ze lachte geschrokken. 'Weet je, ergens ben ik jaloers, want volgens mij ben jij beroemder dan ik, dus ik heb nu al de pest aan je omdat de hele pers zich op jou zal storten.'

Jane kon er niet om lachen, want ze had lang genoeg in de schijnwerpers gestaan om te weten dat Clara het niet echt als grapje bedoelde.

'Volgens Edwin komt het allemaal goed. Ik ga altijd op zijn mening af.'

'Heb je...' Jane zweeg, voor ze haar mond voorbijpraatte.

Heb je gehoord dat Quarter is neergeschoten? Dat Maplecroft is gedood? Stel dat de gebouwen niet echt leeg zijn? Stel dat we een bewaker of een politieagent doden? Stel dat het fout is wat we doen?

'Heb ik wat?' vroeg Clara.

'Hoestdrank,' zei Jane, want dat was het eerste wat bij haar opkwam. 'Heb je die? Mijn broer...'

'Arme Andy. Hij is er slecht aan toe, hè?' Meelevend fronste Clara haar wenkbrauwen. 'Het was een hele schok. Maar we hebben het allebei al zo vaak zien gebeuren, toch? In de wereld van de kunst kom je tientallen bijzondere mannen tegen die besmet zijn.'

Besmet?

'Jinx?' Nick stond in de deuropening. 'Kom je binnen? Je moet dit zien. Jullie allebei.'

Clara versnelde haar pas.

Jane wist niet waar ze de kracht vandaan moest halen om haar voeten op te tillen.

Plotseling was haar mond droog. Haar hart schokte in haar borst. Met moeite zette ze de ene voet voor de andere. Het pad naar de voordeur op. De verandatrap op. Naar de voordeur. Het huis in.

Besmet?

Binnen moest ze tegen de muur leunen en haar knieën op slot zetten om niet te vallen. Het verdoofde gevoel was terug. Haar spieren waren vloeibaar.

We hebben het allebei al zo vaak zien gebeuren.

Jane had talloze jongemannen in de kracht van hun leven gekend die net zo hadden gehoest als Andrew nu. Die er net zo ziek hadden uitgezien als Andrew nu. Dezelfde bleke teint. Dezelfde hangende oogleden. Een jazzsaxofonist, een eerste cellist, een tenor, een operazanger, een balletdanser, nog een danser, en nog een…

Allemaal dood.

'Kom, schat.' Nick wenkte Jane de kamer in.

Ze hadden zich allemaal rond de tv geschaard. Paula zat op de bank, de man naast haar was vermoedelijk Tucker. De twee anderen, Spinner en Wyman, een vrouw en een man, zaten op klapstoelen. Clara had op de vloer plaatsgenomen, want dansers zaten altijd op de vloer.

'Andrew slaapt.' Op zijn knieën voor de tv stelde Nick het geluid bij. 'Je weet niet wat je ziet, Jinx. Het lijkt erop dat er al twee dagen speciale nieuwsuitzendingen zijn.'

Jane zag zijn lippen bewegen, maar het was alsof het geluid zich door water verplaatste.

Opgetogen nu ze alom bekend waren, kwam Nick op zijn hurken overeind.

Jane keek naar het scherm, want iedereen keek naar het scherm.

Dan Rather deed verslag van de gebeurtenissen in San Francisco. De camera richtte zich op een reporter die zich bij het victoriaanse huis aan de voorkant van de schuur had opgesteld.

De man zei: 'Volgens bronnen bij de FBI wist men dankzij afluisterapparatuur dat Alexandra Maplecroft al door de ontvoerders was gedood. Waarschijnlijk is hun leider, Nicholas Harp, de schuldige. Andrew Queller werd bijgestaan door een tweede vrouw, die hen hielp vluchten via een aangrenzend gebouw.'

Jane kromp ineen toen eerst Nicks gezicht in beeld kwam en toen dat van Andrew. Paula was een schimmig silhouet met een vraagteken in het midden. Jane sloot haar ogen. Op haar netvlies zag ze de foto van Andrew die zojuist was getoond, van minstens een jaar geleden. Hij had nog blozende wangen. Om zijn hals zat een zwierige sjaal. Een verjaardag, of een ander feest? Hij leek zo gelukkig, zo vol leven en energie.

Ze opende haar ogen.

De verslaggever zei: 'Nu is het de vraag of Jinx Queller ook is gegijzeld of een bereidwillige medeplichtige is. Terug naar New York, Dan…'

Dan Rather zat aan zijn bureau in de nieuwsstudio en stapelde zijn papieren. 'William Argenis Johnson, een van de ontvoerders, werd door scherpschutters gedood toen hij wilde vluchten. Getrouwd, vader van twee kinderen, werkte als promovendus aan Stanford Uni–'

Nick zette het geluid uit. Hij vermeed het Jane aan te kijken.

'William Johnson,' fluisterde ze, want ze begreep het niet.

Hij heette Leonard Brandt. Geen kinderen. Nooit getrouwd. Hij woonde in z'n eentje op de Van Duff Street 1239. Hij werkte als timmerman in Marin County.

'Tering, een vraagteken?' zei Paula. 'Meer ben ik niet waard, een vraagteken?' Ze stond op en begon heen en weer te lopen. 'Ondertussen komt die arme Jinx Queller er weer mooi mee weg. Zal ik ze eens een brief schrijven en ze vertellen hoe allejezus medeplichtig en bereidwillig je bent? Ben je dan blij, Domme Bitch?'

'Penny,' zei Nick. 'Hier hebben we geen tijd voor. Troepen, luister. We moeten er vaart achter zetten. Dit is groter dan zelfs ik had gehoopt. Hoe staat Chicago ervoor?'

'De bommen zijn klaar,' zei Spinner, op een toon alsof ze net het eten op tafel had gezet. 'We hoeven ze alleen nog maar in de ondergrondse parkeergarage te plaatsen en dan binnen vijftien meter van het gebouw op de knop te drukken.'

'Fantastisch!' Nick klapte in zijn handen. Verend op zijn tenen wist hij hen allemaal weer mee te krijgen. 'Met de explosieven in New York gaat het hopelijk net zo. Ik ga een paar uur rusten, en dan ga ik rijden. Ook zonder mijn foto op het nieuws heeft de FBI de beveiliging op de luchthavens vast aangescherpt. Ik weet niet of mijn ID daartegen bestand is.'

Wyman zei: 'Die vervalser in Toronto –'

'Is heel duur. We hebben al ons geld in Maplecrofts legitimatiebewijzen gestoken, want er zou niks van dit alles terecht zijn gekomen als we Laura niet op dat congres hadden gekregen.' Nick wreef in zijn handen. Jane kon zijn hersens bijna zien malen. Dit deed hij het liefst; niet het plannen, maar hen allemaal in vervoering brengen. 'Nebecker en Huston wachten op me in het safehouse in Brooklyn. We rijden het busje na de spits de stad in, plaatsen de bommen en komen de volgende ochtend terug om ze te activeren.'

'Wanneer moet mijn team klaarstaan?' vroeg Paula.

'Morgenochtend.' Nick bestudeerde hun gezichten terwijl het besef tot hen doordrong. 'En niet klaarstaan, maar actie ondernemen. Plaats de explosieven morgen in alle vroegte, nog voor de mensen naar hun werk gaan, en dan smeer je 'm zo ver mogelijk en blaas je de hele klotezooi op.'

'Fuck, ja!' Paula stak haar vuist in de lucht. De anderen volgden haar voorbeeld.

'Het is zover, troepen!' Nick verhief zijn stem om boven het lawaai uit te komen. 'Ze kunnen straks niet meer om ons heen! We breken eerst het systeem af voor we het weer opbouwen.'

'Reken maar!' riep Wyman.

'Jezus, ja!' Paula was nog steeds aan het ijsberen. Ze leek net een dier dat elk moment uit zijn kooi kon breken. 'Die gore politiezwijnen zullen het weten!'

Jane keek om zich heen. Ze waren allemaal even opgefokt, zoals ze in hun handen klapten, met hun voeten stampten en juichten alsof ze naar een footballwedstrijd keken.

'Moet je horen,' zei Tucker. 'Luister.' Hij was opgestaan en hief zijn handen om aandacht te vragen. Dit was Edwin, Clara's geliefde. Met zijn krulsnor en golvende haar leek hij eerder op Friedrich Nietzsche dan op een jurist, maar Nick vertrouwde hem en dus vertrouwden ze hem allemaal.

'Goed onthouden,' zei hij, 'jullie hebben het recht te weigeren vragen van de politie te beantwoorden. "Ben ik gearresteerd?" vraag je aan die klootzakken, en als ze nee zeggen, loop je weg. Als ze ja zeggen, doe je je mond stijf dicht, niet alleen tegenover de politie, maar tegenover iedereen, vooral aan de telefoon. Zorg dat je mijn nummer uit je hoofd kent. Je hebt het recht je advocaat te bellen. Clara en ik zijn in de stad voor het geval ik naar de gevangenis moet.'

'Heel goed, Tuck, maar zover komt het niet. En fuck die paar uur rust. Ik ben weg!'

Weer klonk er gejoel en gejuich.

Nick grijnsde van oor tot oor. 'Ga Dime wakker maken,' zei hij tegen Clara. 'Ik heb een partner nodig voor de rit. Het is maar twaalf uur rijden, maar ik denk –'

'Nee,' zei Jane. Maar ze zei het niet. Ze schreeuwde het.

In de stilte die daarop volgde, was het alsof er een naald krassend van een grammofoonplaat was gelopen. Jane had het hele spel verpest. Niemand lachte meer.

'Jezus,' zei Paula. 'Begint dat gejank weer?'

Jane negeerde haar.

Nick was de enige die ertoe deed. Hij keek beduusd, waarschijnlijk omdat hij haar nog nooit 'nee' had horen zeggen.

'Nee,' herhaalde ze. 'Dat kan Andrew niet. Je mag hem niets meer vragen. Hij heeft zijn taak volbracht. Oslo was onze taak, dat is achter de rug en…' Ze huilde weer, maar anders dan de vorige week. Ze rouwde niet om iets wat al gebeurd was. Ze rouwde om iets wat zeer binnenkort ging gebeuren.

Ze zag het nu heel scherp: elk signaal dat ze in de maanden en dagen daarvoor had gemist. Andrew die het plotseling ijskoud had. De uitputting. De zwakte. De mondzweren waarover hij zo luchtig had gedaan. De buikpijn. De vreemde uitslag op zijn pols.

Besmet.

'Jinx?' Nick keek haar afwachtend aan. Ze keken haar allemaal afwachtend aan.

Jane liep de gang in. Ze was nog nooit in dit huis geweest, dus pas nadat ze verschillende deuren had geopend en gesloten, vond ze de kamer waarin Andrew lag te slapen.

Haar broer lag volledig gekleed op zijn buik op het bed. Hij had niet eens de moeite genomen zich uit te kleden of onder de dekens te kruipen of zelfs maar zijn schoenen uit te doen. Jane legde haar hand op zijn rug. Pas toen ze die op en neer voelde gaan, durfde ze zelf weer te ademen.

Zachtjes trok ze zijn schoenen uit. Voorzichtig rolde ze hem op zijn rug.

Andrew kreunde, zonder wakker te worden. Zijn adem schraapte langs zijn gebarsten lippen. Hij was zo wit als een laken. Ze zag het blauw en rood van zijn aderen en slagaderen, even duidelijk als op een tekening. Ze knoopte zijn overhemd tot halverwege open en zag de donkerpaarse kneuzingen op zijn huid. Kaposisarcoom. Het zat waarschijnlijk ook in zijn longen, zijn keel en misschien al in zijn hersenen.

Jane ging op het bed zitten.

Ze had het maar een halfjaar volgehouden als vrijwilliger in de aidskliniek van de University of San Francisco. De aanblik van al die mannen die binnen kwamen wandelen en van wie ze wist dat ze nooit meer de deur uit zouden lopen, was te zwaar geweest. Ze had altijd gedacht dat het geratel in hun borst wanneer ze naar hun laatste adem snakten het ergste geluid was dat ze ooit zou horen.

Tot op dit moment, nu ze datzelfde geluid bij haar broer hoorde.

Voorzichtig knoopte ze zijn overhemd weer dicht.

Over de rugleuning van een schommelstoel hing een blauwe wollen deken. Die legde ze over hem heen. Ze kuste zijn voorhoofd. Hij voelde zo koud. Zijn handen. Zijn voeten. Ze stopte hem aan alle kanten in. Ze streelde zijn bleke wang.

Jane was zeventien geweest toen ze de oude sigarendoos had gevonden in het dashboardkastje van Andrews auto. Ze had gedacht dat ze hem op het stelen van Martins sigaren had betrapt, maar toen had ze het deksel opengedaan en een kreet geslaakt. Een plastic aansteker. Een verbogen zilveren theelepel uit een van haar moeders kostbare besteksets. Bevlekte wattenbolletjes. De onderkant van een colablikje. Een handvol vuile wattenstaafjes. Een tube huidcrème die in het midden was samengeknepen. Een stuk van een rubberen slang dat als tourniquet dienstdeed. Insulinespuiten met zwarte bloedstipjes op de punten van de scherpe naalden. Kleine korreltjes die ze van haar jaren backstage als teerheroïne herkende.

Andrew was er anderhalf jaar geleden mee gestopt. Nadat hij Laura had ontmoet. Nadat Nick een plan had opgesteld.

Maar het was te laat geweest.

'Jinx?' Nick stond in de deuropening. Met een knik ontbood hij haar naar de gang.

Jane liep langs hem heen en ging de badkamer binnen. Huiverend sloeg ze haar armen om haar middel. De badkamer was groot en koud. Onder het tochtige raam stond een gietijzeren badkuip. Het toilet was van het ouderwetse soort, met de spoelbak hoog boven de pot.

Net als in Oslo.

'Oké.' Nick trok de deur achter zich dicht. 'Wat doe jij opeens opgefokt, Ms. Queller.'

Jane keek naar haar spiegelbeeld. Ze zag haar gezicht, maar het was haar gezicht niet. De brug van haar neus was bijna zwart. Opgedroogd bloed koekte aan haar neusgaten. Wat voelde ze eigenlijk? Ze wist het niet meer.

Een onaangenaam soort verdoving.

'Jinx?'

Ze wendde zich van de spiegel af. Ze keek naar Nick. Naar zijn gezicht, maar het was zijn gezicht niet. Ze zocht naar hun band, maar het was niet echt een band. Hij had gelogen over Quarters naam. Hij had gelogen over hun toekomst. Hij had gelogen, telkens wanneer hij had gedaan alsof haar broer niet doodging.

En nu had hij het lef om op zijn horloge te kijken. 'Wat is er, Jinx? We hebben niet veel tijd.'

'Tijd?' Ze moest het woord herhalen om te begrijpen hoe wreed het was. 'Maak je je druk om tijd?'

'Jane...'

'Je hebt me beroofd.' Haar keel zat zo dicht dat ze nauwelijks kon praten. 'Je hebt me bestolen.'

'Liefje, wat wil je –'

'Ik had hier bij mijn broer kunnen zijn, maar jij stuurde me weg. Duizenden kilometers hiervandaan.' Jane sloeg haar handen ineen. Ze wist nu wat ze voelde: woede. 'Je bent een leugenaar. Elk woord dat uit je mond komt, is een leugen.'

'Andy was –'

Ze sloeg hem keihard in zijn gezicht. 'Hij is ziek!' Ze schreeuwde zo luid dat haar keel er pijn van deed. 'Mijn broer heeft aids, en jij stuurt me godverdomme naar Duitsland.'

Nick raakte zijn wang aan. Hij keek naar zijn open hand.

Hij was vaker geslagen. In de loop der jaren had hij Jane regelmatig verteld over de mishandelingen die hij als kind had ondergaan. Over zijn moeder, de prostituee. De afwezige vader. De gewelddadige grootmoeder. Zijn jaar als dakloze. De walgelijke dingen die hij van anderen had moeten doen. De zelfverachting en de haat en de angst dat het toch wel zou gebeuren, hoe hard hij er ook van probeerde weg te lopen.

Jane begreep die emoties maar al te goed. Vanaf haar achtste had ze geweten hoe het voelde om zo wanhopig graag te willen vluchten. Weg van Martins hand over haar mond midden in de nacht. Weg van al die keren dat hij haar achterhoofd had vastgegrepen en haar gezicht in het kussen had geduwd.

Nick had ervan geweten.

Daarom kwamen zijn verhalen ook zo binnen. Jane zag het telkens weer gebeuren, bij iedereen die hij tegenkwam. Hij spiegelde je grootste angst met zijn eigen verhalen.

Zo wist Nick je in te palmen: hij plaatste zichzelf op gemeenschappelijk terrein.

Nu vroeg hij simpelweg: 'Wat wil je dat ik zeg, Jinx? Ja, Andy heeft aids. Ja, dat wist ik toen je naar Berlijn vertrok.'

'Is Ellis-Anne...' Janes stem stierf weg. Andrews vriendin van de afgelopen twee jaar. Zo lief en toegewijd. Sinds Oslo had ze elke dag gebeld. 'Is zij ook seropositief?'

'Met haar is niks aan de hand. Ze heeft vorige maand de ELISA-test gedaan.' Nicks stem was een en al gezag en redelijkheid, net als toen hij had gelogen over Quarters echte naam.

'Hoor eens,' zei hij, 'je hebt helemaal gelijk. En het is ook verschrikkelijk. Ik weet dat het een aflopende zaak is met Andrew. Ik weet dat hij nu hij hier is waarschijnlijk nog sneller in een neerwaartse spiraal terechtkomt. Ik heb me vreselijk zorgen over hem gemaakt, maar de hele groep is van mij afhankelijk, verwacht dat ik leidinggeef en... ik kan er gewoon niet bij stilstaan. Ik moet vooruitkijken als ik niet in een nutteloos hoopje ellende wil veranderen. Dat mag ik niet, en dat mag jij ook niet, want ik heb je nodig, liefste. Iedereen vindt me zo sterk, maar ik ben alleen sterk als jij achter me staat.'

Jane vond het verbijsterend dat hij haar nu nog op een peptalk trakteerde. 'Je weet toch hoe ze sterven, Nick? Je hebt de verhalen gehoord. Weet je nog van Ben Mitchell?' Jane dempte haar stem, alsof ze een sacrament uitsprak. 'Ik heb hem in de kliniek verzorgd, tot zijn ouders uiteindelijk zeiden dat hij thuis mocht komen om te sterven. Ze brachten hem naar het ziekenhuis, maar geen van de verpleegkundigen wilde hem aanraken uit angst voor besmetting. Weet je nog dat ik je erover vertelde? Ze wilden hem zelfs geen morfine geven. Weet je nog?'

Nicks gezicht stond onbewogen. 'Dat weet ik nog.'

'Hij stikte in het vocht dat in zijn longen zat. Hij deed er bijna acht martelende minuten over voor hij dood was, en elke seconde van die acht minuten was hij bij bewustzijn.' Ze zweeg even, maar Nick zei niets. 'Hij was doodsbang. Hij probeerde steeds te roepen. Hij greep naar zijn hals, smeekte om hulp. Niemand wilde hem helpen. Zijn eigen moeder hield het niet meer uit in die kamer. Herinner je je dat verhaal nog, Nick? Nou?'

'Ik herinner het me nog,' was het enige wat hij zei.

'Wil je dat Andrew hetzelfde overkomt?' Weer zweeg ze, maar weer zei hij niets. 'Hij hoest al net zoals Ben. Net zoals Charlie Bray. Met hem gebeurde hetzelfde. Charlie ging naar huis in Florida en –'

'Bespaar me al die verhalen, Jinx. Ik zei toch dat ik ze me nog goed kan herinneren. Ja, ze zijn een vreselijke dood gestorven. Alles was vreselijk. Maar we hebben geen keuze.'

Ze kon hem wel door elkaar schudden. 'Natuurlijk hebben we een keuze.'

‘Het was Andy’s idee om je naar Berlijn te sturen.’

Jane wist dat hij de waarheid sprak, zoals ze ook wist dat hij met chirurgische precisie zijn ideeën in de hoofden van anderen wist te transplanteren.

‘Hij dacht dat als je wist dat hij ziek was, dat je dan... weet ik veel, Jinx. Dat je iets stoms zou doen. Ons zou tegenhouden. Alles zou tegenhouden. Hij gelooft in wat we doen. Hij wil dat we het afmaken. Daarom neem ik hem mee naar Brooklyn. Jij mag ook mee. Dan kun je voor hem zorgen. Dan kun je hem lang genoeg in leven houden om –’

‘Stop.’ Ze kon zijn bullshit niet langer aanhoren. ‘Ik laat mijn broer niet stikken achter in die smerige bus.’

‘Zijn leven doet er niet meer toe,’ beklemtoonde Nick. ‘Het gaat om zijn nalatenschap. Zo wil Andy eindigen. Op zijn eigen voorwaarden, als een man. Dat heeft hij altijd gewild. De overdoses, zijn poging om zich op te hangen, de pillen en de naalden, het rondhangen op plekken waar hij beter niet kon zijn, zijn omgang met de verkeerde mensen. Je weet wat een hel zijn leven is geweest. Hij is clean geworden om wat we nu aan het doen zijn, wat we met z’n allen aan het doen zijn. Dat heeft hem de kracht gegeven om af te kicken, Jane. Dat mag je hem niet ontnemen.’

Machteloos sloeg ze haar vuisten ineen. ‘Hij doet het voor jou, Nick. Eén woord van jou en hij gaat naar het ziekenhuis om daar in vrede te sterven.’

‘Ken jij hem soms beter dan ik?’

‘Ik ken jóú beter. Andy doet alles om het jou naar de zin te maken. Iedereen wil het jou naar de zin maken. Maar dit is anders. Dit is wreed. Hij stikt net als –’

‘Ja, Jane, ik heb het begrepen. Hij stikt in het vocht in zijn longen. Acht minuten van gruwelijke doodsangst, en dat is... tja, dat is gruwelijk... maar je moet goed naar me luisteren, schat, want nu komt er iets heel belangrijks. Je zult moeten kiezen tussen hem en mij.’

Wat?

‘Als Andy niet met me mee kan, moet jij in zijn plaats met me mee.’

Wat?

'Ik kan je niet meer vertrouwen.' Nick haalde een schouder op. 'Ik weet hoe je in elkaar zit. Zodra ik weg ben, breng jij Andy naar het ziekenhuis. En dan blijf je bij hem, want zo ben je nu eenmaal, Jinx. Je blijft bij mensen. Je bent altijd trouw geweest, zoals je bij die daklozen ging zitten in het opvangcentrum, zoals je soep uitdeelde in de missie, het speeksel afveegde van de lippen van stervende mannen op de infectieafdeling. Ik zeg niet dat je een schoothondje bent, want dat zou wreed zijn. Maar door je trouw aan Andrew belanden we straks allemaal in de gevangenis, want zodra jij dat ziekenhuis binnenwandelt, word je gearresteerd en dan weten ze dat we in Chicago zitten, en dat mag niet gebeuren.'

Haar mond viel open.

'Ik geef je nog één kans. Je moet kiezen, hier en nu: hij of ik.'

Jane voelde de muren verschuiven. Dit kon niet waar zijn.

Hij keek haar met kille blik aan, alsof ze een specimen onder glas was. 'Je moet hebben geweten dat het hierop uit zou draaien, Jane. Je bent naïef, maar dom ben je niet.' Hij zweeg even. 'Kies maar.'

Ze legde haar hand op de wastafel omdat ze anders op de vloer zou zakken. 'Hij is je beste vriend.' Ze kon alleen nog fluisteren. 'Hij is mijn broer.'

'Ik wil je besluit horen.'

Er klonk een hoge piep in Janes oren, alsof er met een stemvork tegen haar schedel was geslagen. Ze wist niet wat er gebeurde. Panisch van angst vroeg ze: 'Ga je bij me weg? Maak je het uit?'

'Ik zei: hij of ik. Het is jouw keuze, niet de mijne.'

'Nick, ik kan niet…' Ze wist niet hoe ze de zin moest afmaken. Was dit een test? Deed hij wat hij altijd deed, peilen hoe trouw ze was? 'Ik hou van je.'

'Dan kies je voor mij.'

'Ik… Je weet dat je alles voor me betekent. Wat ik allemaal voor je heb opgegeven…' Ze spreidde haar armen om de hele wereld te omvatten, want er was niets wat ze niet voor hem had opgeofferd. Haar vader. Jasper. Haar leven. Haar muziek. 'Alsjeblieft, dwing me niet om te kiezen. Hij gaat dood.'

Nicks blik was nog steeds koud als ijs toen hij haar aankeek.

Jane stootte een jammerklacht uit. Ze wist hoe Nick keek als hij klaar was met iemand. Zes jaar van haar leven, haar hart, haar liefde, alles loste voor haar ogen op. Hoe kon hij alles zo moeiteloos weggooien? 'Nicky, alsjeblieft...'

'Andrews naderende dood zou je keuze makkelijker moeten maken. Nog een paar uur met een stervende man of de rest van je leven met mij.' Hij zweeg even. 'Kies maar.'

'Nick...' Een snik smoorde haar stem. Het was alsof ze doodging. Hij mocht haar niet verlaten. Niet nu. 'Het zijn niet zomaar een paar uur. Het zijn uren vol doodsangst...' Jane weigerde te denken aan wat Andrew moest doorstaan als hij nu in de steek werd gelaten. 'Je kunt dit niet menen. Ik weet dat je me alleen maar op de proef stelt. Ik hou van je. Natuurlijk hou ik van je. Ik zei toch dat ik achter je sta.'

Nick pakte de deurknop.

'Alsjeblieft!' Jane klemde de voorkant van zijn shirt vast. Hij wendde zijn hoofd af toen ze hem wilde zoenen. Ze drukte haar gezicht tegen zijn borst. Ze huilde zo hard dat ze amper kon praten. 'Alsjeblieft, Nicky. Alsjeblieft, laat me niet kiezen. Je weet dat ik niet kan leven zonder jou. Zonder jou ben ik niets. Alsjeblieft!'

'Dus je gaat met me mee?'

Ze keek naar hem op. Ze had zo lang en zo hard gehuild dat haar wimpers als prikkeldraad aanvoelden.

'Ik wil het je horen zeggen, Jane. Ik moet je keuze horen.'

'Ik k-kan niet...' stamelde ze. 'Nick, ik kan niet...'

'Je kunt niet kiezen?'

'Nee.' Haar hart stond bijna stil toen het besef tot haar doordrong. 'Ik kan hem niet alleen laten.'

Nicks gezicht stond onbewogen.

'Ik...' Jane kon nauwelijks slikken. Haar mond was droog. Ze was doodsbang, maar ze wist dat ze het enige juiste deed. 'Ik laat mijn broer niet alleen sterven.'

'Oké.' Nick reikte weer naar de deurknop, maar opeens veranderde hij van gedachten.

Heel even dacht ze dat hij ging zeggen dat het goed was.

Maar dat deed hij niet.

Zijn handen schoten uit. Hij duwde haar de ruimte door. Haar hoofd vloog naar achteren en sloeg het glas uit het raam.

Ze was verbijsterd. Ze tastte naar haar achterhoofd in de verwachting bloed te zullen voelen. 'Waarom deed je –'

Nick stompte haar in haar buik.

Jane liet zich op haar knieën vallen. Gal spoot uit haar mond. Ze proefde bloed. Haar maag verkrampte zo hevig dat ze dubbelklapte en met haar voorhoofd de vloer raakte.

Nick greep haar bij haar haar en rukte haar hoofd weer omhoog. Nu knielde hij voor haar neer. 'Wat dacht je dat er ging gebeuren nadat we dit alles hadden gedaan, Janey? Dat we zouden vluchten naar ons flatje in Zwitserland en daar ons kind zouden grootbrengen?'

Het kind.

'Kijk me aan.' Hij sloeg zijn vingers om haar hals. Hij schudde haar als een pop heen en weer. 'Was je zo dom om te denken dat ik het je zou laten houden? Dat ik een oude vetzak zou worden die zondags de krant leest terwijl jij de afwas doet en we het over het schoolproject van de kleine hebben?'

Jane kreeg geen lucht meer. Ze sloeg haar nagels in zijn polsen. Hij wurgde haar.

'Snap je niet dat ik alles van je weet, Jinx? We zijn geen van beiden ooit heel geweest. Bij ons klopt alles alleen als we samen zijn.' Hij verstevigde zijn greep. 'Niets kan tussen ons komen. Een jankende baby niet. Je stervende broer niet. Niets. Hoor je me?'

Snakkend naar adem sloeg ze haar nagels naar hem uit. Hij ramde haar hoofd tegen de muur.

'Ik vermoord je nog eerder dan dat ik je laat gaan.' Hij keek in haar ogen, en Jane wist dat hij deze keer de waarheid sprak. 'Je bent van mij, Jinx Queller. Als je ooit probeert bij me weg te gaan, zet ik de hele aarde in de hens om je terug te krijgen. Begrijp je dat?' Weer schudde hij haar heen en weer. 'Nou?'

Zijn handen knepen haar keel dicht. Jane voelde het donker langs de randen van haar blikveld kruipen. Haar longen beefden. Haar tong weigerde in haar mond te blijven.

'Kijk me aan.' Nicks gezicht glom van het zweet. Zijn ogen vlamden. Hij schonk haar die bekende zelfingenomen grijns. 'Hoe voelt het om te stikken, schat? Precies zoals je het je had voorgesteld?'

Haar oogleden knipperden. Voor het eerst in dagen zag Jane alles heel helder. Ze had geen tranen meer over.

Nick had ze weggenomen, zoals hij al het andere had weggenomen.

26 AUGUSTUS 2018

DERTIEN

Andy zat achter in de McDonald's even buiten Big Rock, Illinois. Ze was zo blij geweest toen ze na de monotone rit van tweeënhalve dag eindelijk uit Mikes pick-up kon stappen dat ze zichzelf op een milkshake had getrakteerd. Over haar cholesterol en gebrek aan lichaamsbeweging mocht de Andy-van-Later zich druk maken.

De Andy-van-Nu had al genoeg problemen. Hoewel ze niet langer een amoebe was, had ze wel allerlei obsessieve neigingen die helaas in haar DNA zaten ingebakken. Het eerste deel van de rit had ze vreselijk ingezeten over alle fouten die ze had gemaakt en waarschijnlijk nog steeds maakte: dat ze de koelbox in de Reliant niet op een gps-tracker had gecontroleerd, dat ze de ongeregistreerde revolver in het dashboardkastje had achtergelaten, waar Mike hem zou vinden, dat ze misschien zijn ballen had vermorzeld en in elk geval zijn portefeuille had gestolen en nu een misdrijf pleegde omdat ze in een gestolen voertuig een hele reeks staatsgrenzen passeerde.

De belangrijkste vraag was of Mike Paula tegen Andy had horen zeggen dat ze Clara Bellamy in Illinois moest opzoeken of dat hij zich op dat moment te veel zorgen had gemaakt over het imploderen van zijn ballen.

Daar kwam de Andy-van-Later uiteindelijk wel achter.

Ze kauwde op het rietje van haar milkshake. Ze keek naar de screensaver die over het laptopscherm stuiterde. Haar neurotische fixatie op Mike kon ze beter bewaren voor als ze probeerde in te slapen en iets zocht om zichzelf mee te kwellen. Eerst moest ze erachter zien te komen waarom Paula Kunde in godsnaam twintig jaar achter de tralies had gezeten en waarom ze zo'n wrok tegen Laura koesterde.

Andy's computerzoektocht zat voorlopig op een dood spoor. Drie avonden in drie verschillende motels met de laptop op haar buik hadden hooguit een rood, rechthoekig stuk vel opgeleverd.

De gemakkelijkste manier om iets over anderen te weten te komen was via Facebook. Op de avond dat Andy Austin had verlaten, had ze een nepaccount aangemaakt op naam van Stefan Salvatore, en als profielfoto had ze het logo van de Texas Longhorns gekozen. Het verbaasde haar niet dat ze Paula Kunde niet op het sociale medium aantrof. Op ProfRatings.com kon ze inloggen met haar Facebookgegevens. Ze ging naar Paula's beoordelingspagina met al zijn halve sterren. Ze stuurde tientallen privéberichten naar Paula's felste criticasters, met telkens dezelfde tekst:

WAT!!! Kunde 20 jr IN DE BAK!?!?! STUUR DETAILS!!! Die bitch weigert mijn cijfer te veranderen!!!

Veel meer dan Fuck dat stomme wijf, hoop dat je haar doodmaakt had Andy er niet op teruggehoord, maar ze wist dat iemand uiteindelijk uit pure verveling die sprong in het diepe zou wagen waarvoor je wel het creditcardnummer van je ouders moest weten.

Aan de andere kant van de McDonald's begon een peuter te krijsen.

Andy keek hem na toen hij door zijn moeder naar het toilet werd gedragen. Ze vroeg zich af of zij ooit met haar moeder in deze McDonald's had gezeten. Laura had Chicago niet zomaar verzonnen als Jerry Randalls geboorte- en sterfplek.

Toch?

Ze slurpte het laatste restje milkshake op. Dit was niet het moment om zich in haar moeders aaneenschakeling van dwaze leugens te verliezen. Ze keek op het papiertje naast haar elleboog. Zodra ze ver genoeg van Austin verwijderd was geweest, had ze de auto aan de kant gezet en alles neergekrabbeld wat ze zich kon herinneren van haar gesprek met Paula Kunde.

- Twintig jaar in Danbury?
- QuellCorp?
- Kende Hoody, maar niet Mike?
- 31 jaar – interessant rekensommetje?
- Laura een en al bullshit van het ergste soort?
- Geweer? Waarom veranderde ze van gedachten – Clara Bellamy???

Andy was met het gemakkelijkste begonnen. De archieven van de

Danbury Federal Penitentiary waren te raadplegen via het gevangenenzoeksysteem van BOP.gov, maar Paula Kunde kwam niet op de site voor. Evenmin stond ze geregistreerd als oud-studente van UC-Berkeley, Stanford of Western Connecticut University. De meest voor de hand liggende verklaring was dat Paula op zeker moment was getrouwd en haar achternaam had gewijzigd, ook al was dat nog zo patriarchaal gestuurd.

Vertel mij wat over het huwelijk.

Andy had al huwelijks- en echtscheidingsregisters in Austin geraadpleegd, vervolgens in omliggende districten en daarna in Western Connecticut, Berkeley County en Palo Alto, om uiteindelijk tot de conclusie te komen dat ze haar tijd aan het verspillen was, want Paula had evengoed naar Vegas kunnen vliegen om een boterbriefje te halen. En trouwens, waarom geloofde Andy dat een schietgrage gek de waarheid sprak toen ze zei dat ze in de gevangenis had gezeten?

Het idioom had ze uit elke gevangenisserie kunnen oppikken. Het ging er vooral om dat je de woorden met een zekere flair uitsprak, en daar ontbrak het Paula Kunde niet aan.

De BOP-zoektocht leidde verder tot niets.

Trommelend met haar vingers op het tafelblad nam ze de lijst nog eens door. Ze probeerde zich het gesprek in Paula's keuken weer voor de geest te halen. Er was duidelijk sprake geweest van een 'ervoor' en een 'erna'. 'Ervoor' was toen Paula met haar praatte, en 'erna' was toen ze haar geweer ging halen en Andy de deur uit vloekte.

Andy had geen idee wat ze verkeerd had gezegd. Ze hadden het over Laura gehad, dat die barstensvol bullshit zat, bullshit van het ergste soort…

Vervolgens had Paula gezegd dat Andy even moest wachten, en toen had ze haar bijna neergeknald.

Andy schudde haar hoofd, want het sloeg nog steeds nergens op.

Nog raadselachtiger was het 'erna-erna', want Paula had Clara Bellamy's naam pas genoemd toen Andy Mike verrot had geschopt. De simpelste verklaring was dat Paula onder de indruk was geweest van haar geweldsexplosie, maar een stemmetje zei dat ze daarmee op het verkeerde spoor zat. Paula was verdomd slim. Je werd niet op Stanford toegelaten als je debiel was. Vanaf het moment dat ze de voordeur had geopend, had ze kat-en-muis met Andy gespeeld. Hoogstwaarschijnlijk speelde ze nog steeds een spelletje met haar, maar het ontraadselen van het eindspel van een maniak ging Andy's speurtalent te boven.

Weer raadpleegde ze haar aantekeningen. Ditmaal richtte ze zich op het onderwerp dat nog het meest aan haar knaagde:

- 31 jaar – interessant rekensommetje?

Was Paula eenendertig jaar geleden in de gevangenis verdwenen terwijl een zwangere Laura er met een berg geld en een nep-ID vandoor was gegaan om eenendertig jaar lang een bruin leven aan het strand te leiden, tot het restaurantfilmpje opeens in het nationale nieuws opdook en de schurken op haar spoor zette?

Hoody had zowel Laura als Paula proberen te wurgen, dus blijkbaar beschikten beide vrouwen over informatie die iemand anders wilde hebben.

De geheimzinnige 'ze' die Andy's mail en telefoontjes konden volgen?

Andy richtte zich weer op de laptop en probeerde het nog eens bij QuellCorp.com, want er zat voorlopig niets anders op dan nagaan of ze de vorige twintig keer dat ze op de website had gekeken iets over het hoofd had gezien.

Op de introductiepagina werd langzaam ingezoomd op een jonge, multiculturele groep wetenschappers in laboratoriumjassen, die geconcentreerd naar een beker met een gloeiende vloeistof keken. Op de achtergrond klonken violen, alsof Leonardo da Vinci zojuist het medicijn tegen herpes had ontdekt.

Andy zette het geluid uit.

Het farmaceutische bedrijf was algemeen bekend. QuellCorp maakte alles, van billendoekjes tot erectiepillen. De enige informatie die Andy onder de kop GESCHIEDENIS vond, was dat een man genaamd Douglas Paul Queller het bedrijf in de jaren twintig had opgericht, dat zijn nakomelingen het in de jaren tachtig hadden verkocht en dat QuellCorp aan het begin van de eenentwintigste eeuw in feite de hele wereld had verzwolgen, zoals kwaadaardige ondernemingen dat plegen te doen.

'Ze' zouden zomaar een kwaadaardige onderneming kunnen zijn. Dat was de plot van zo ongeveer elke sciencefictionfilm die Andy ooit had gezien, van *Avatar* tot alle *Terminators*.

Ze sloot de pagina van QuellCorp en zocht op Wikipedia naar Clara Bellamy.

Als het al vreemd was dat Laura Paula Kunde kende, was het ronduit schokkend dat Paula Kunde een vrouw als Clara Bellamy kende. Ze was prima ballerina geweest, een eer die volgens een andere wikipagina voor maar een handvol vrouwen was weggelegd. Clara had voor George Balanchine gedanst, een choreograaf wiens naam zelfs Andy kende. Clara had de hele wereld rondgereisd. Ze had op de beroemdste podia gedanst. Had uitgeblonken op haar terrein. Tot een afschuwelijke knieblessure haar carriere had beëindigd.

Omdat Andy niets beters kon verzinnen nadat ze de hele dag achter het stuur had gezeten, had ze praktisch elk filmpje van Clara Bellamy bekeken dat YouTube te bieden had. Er waren ontelbare voorstellingen en interviews met allerlei beroemde mensen, maar Andy's favoriet was een filmpje van wat het eerste Tsjaikovskifestival moest zijn geweest dat het New York City Ballet had georganiseerd.

Het eerste wat Andy als toneelnerd aan het filmpje opviel, was het spectaculaire decor, met vreemde doorzichtige buizen op de achtergrond waardoor alles eruitzag alsof het in ijs was gevat. Ze was ervan uitgegaan dat het saai zou zijn om frêle vrouwtjes op hun tenen te zien ronddraaien op ouwelullenmuziek, maar Clara Bellamy had iets kolibriachtigs waardoor je je ogen niet van haar kon afhouden. Hoewel Andy nog nooit van haar had gehoord, was Clara buitengewoon beroemd geweest. Ze had op de cover van zowel *Time* als *Newsweek* gestaan, er was regelmatig aandacht aan haar besteed in het *New York Times Magazine*, en er was een item over haar verschenen in het stadskatern van *The New Yorker*.

En daar was Andy's zoektocht vastgelopen. Of beter gezegd, gestrand wegens geldgebrek. Op veel websites mocht ze maar een beperkt aantal artikelen lezen, dus ze moest zorgvuldig te werk gaan als ze iets aanklikte. Het was namelijk niet zo dat ze een creditcard tevoorschijn kon toveren om toegang tot meer artikelen te kopen.

Voor zover ze kon nagaan, had Clara zich rond 1983 uit het openbare leven teruggetrokken. Op de laatste foto in *The New York Times* stond ze afgebeeld met gebogen hoofd en een zakdoek voor haar neus, bij het verlaten van de begrafenis van George Balanchine.

Net als bij Paula ging Andy ervan uit dat Clara Bellamy op zeker moment getrouwd was en haar naam had veranderd, hoewel het moeilijk te begrijpen was waarom iemand die zo hard had gewerkt om zich een beroemde naam te verwerven die zomaar wijzigde. Clara had geen Facebookpagina. Wel was er een besloten fangroep en een openbare *thinspo*-club die zich walgelijk obsessief bezighield met haar gewicht.

Noch in New York, noch in Chicago's Cook County of in de omringende districten had Andy huwelijks- of echtscheidingsaktes voor Clara Bellamy kunnen vinden. Wel was ze op een interessant artikel in *The Chicago Sun Times* gestuit, over een rechtszaak die had plaatsgevonden na Clara's knieblessure.

De prima ballerina had een firma genaamd EliteDream BodyWear aangeklaagd omdat deze de financiële verplichtingen van een naamsvermeldingscontract niet was nagekomen. De advocaat die haar had vertegenwoordigd, werd niet met naam genoemd in het artikel, maar op de begeleidende foto kwam Clara het gerechtsgebouw uit in gezelschap van een slungelige, besnorde man, die in Andy's ogen de perfecte belichaming was van een hippieadvocaat of van een hipstermillennial die op een hippieadvocaat probeerde te lijken. Het mooie was dat Hippieadvocaat op het moment dat de fotograaf had afgedrukt, recht in de camera had gekeken.

Op het Savannah College of Art and Design had Andy een aantal fotografiecolleges gevolgd. Ze wist hoe ongewoon het was om iemand spontaan te fotograferen zonder dat hij met zijn ogen knipperde of rare lipbewegingen maakte. Hippieadvocaat was de uitzondering op de regel geweest. Zijn beide ogen stonden open. Zijn lippen weken iets uiteen. Zijn belachelijke krulsnor vormde het centrale punt. Zijn zijdeachtige lange haren vielen in een rechte lijn op zijn schouders. Het beeld was zo scherp dat Andy zelfs de punten van zijn oren kon zien, die als pistachenootjes uit zijn haar staken.

Andy ging er gemakshalve van uit dat Hippieadvocaat in de loop van de jaren niet veel was veranderd. Een man die als dertiger zijn gezichtshaar had gemodelleerd naar dat van Wyatt Earp kwam als zestiger niet opeens tot het besef dat hij zich vergist had.

Ze voerde een nieuwe zoekopdracht in: 'Chicago+advocaat+snor+haar'.

Binnen enkele tellen zat ze naar een groep te kijken met de naam Funkadelic Fiduciaries, een 'hair band' zoals ze zichzelf noemden. Ze traden elke woensdagavond op in een bar genaamd de EZ Inn. Elk lid had iets bizars gedaan met zijn gezichtshaar, van een diabolische Van Dykebaard tot Elvisbakkebaarden, en er waren voldoende knotjes om een emokolonie te beginnen. Andy zoomde in op het gezicht van elk van de acht leden en had algauw de bekende krulsnor van de drummer gevonden.

Ze zocht zijn naam op.

Edwin Van Wees.

Ze wreef in haar ogen. Ze was moe na een hele dag rijden en een hele avond naar een computerscherm staren. Zo gemakkelijk kon het niet zijn.

Ze nam de oude krantenfoto erbij om de twee koppen te vergelijken. De drummer was iets gezetter, had veel minder haar en was minder knap, maar ze wist dat ze de juiste te pakken had.

Andy keek uit het raam en stond zichzelf toe even van haar geluk te genieten. Was het echt zo gemakkelijk om Edwin te vinden, die haar wellicht op het spoor van Clara Bellamy kon zetten?

Ze opende een nieuw browservenster.

Net als Clara had Edwin Van Wees geen eigen Facebookpagina, maar ze vond wel een duidelijk zelfgeknutselde website waarop hij aangaf dat hij gedeeltelijk met pensioen was, maar nog wel geboekt kon worden als spreker of voor drumsolo's. Ze klikte het 'Over mij'-tabblad aan. Edwin was opgeleid aan Stanford, had vroeger als advocaat voor de burgerrechtenorganisatie ACLU gewerkt en had een lange, succesvolle carrière achter de rug waarin hij kunstenaars, anarchisten, oproerkraaiers en revolutionairen had verdedigd die maar al te bereid waren geweest foto's van zichzelf te posten waarop ze grijnzend naast de advocaat stonden die hen uit de gevangenis had gehouden. Er waren zelfs enkelen die achter de tralies waren beland maar niets dan goeds over hem te melden hadden. Zo raar was het niet dat iemand als Edwin een gestoord wijf als Paula Kunde kende.

Mijn dagen als revolutionair zijn voorbij.

Andy was er met heel haar hart van overtuigd dat Edwin Van Wees wist hoe ze met Clara Bellamy in contact moest komen. Ze zag het aan het intieme gebaar waarmee Clara zijn arm aanraakte op die foto voor het gerechtsgebouw. En ook aan de vuile blik die Edwin de man met de camera toewierp. Misschien las Andy er te veel in, maar als haar docent van het college *Emotions of Light in Black and White Photograpy* haar had opgedragen een foto te zoeken van een kwetsbare vrouw die zich vastklampte aan haar sterke held, zou ze deze hebben genomen.

De peuter zette het weer op een krijsen.

Zijn moeder griste hem mee en verdween opnieuw naar het toilet.

Andy sloot de laptop en stopte hem in haar schoudertas. Ze bracht haar afval weg en stapte in Mikes pick-up. 'Interstate Love Song' van Stone Temple Pilots stond nog op. Andy reikte al naar de uitknop, maar hield toen in. Ze kon het niet uitstaan dat ze Mikes muziek mooi vond. Al zijn mix-cd's waren fantastisch, van Dashboard Confessional tot Blink 182 en verbazend veel J.Lo.

Bij het wegrijden keek ze even op de klok van het bord van de McDonald's. 14.12 uur. Geen slecht tijdstip om onaangekondigd bij iemand langs te gaan. Op zijn website had Edwin Van Wees als kantooradres een boerderij opgegeven die ongeveer anderhalf uur rijden buiten Chicago lag. Ze ging ervan uit dat hij thuis werkte, wat het zeer waarschijnlijk maakte dat hij er was als zij aan kwam rijden. Ze had de route op Google Earth opgezocht en had in- en uitgezoomd op het weelderige boerenland tot ze Edwins grote rode schuur en het bijpassende huis met het lichte metalen dak had gevonden.

Vanaf de McDonald's deed ze er tien minuten over om bij het huis te komen. Ze reed de oprit bijna voorbij, want die werd door een dicht bosje aan het oog onttrokken. Ze zette de pick-up vlak voor de bocht in de berm. De weg was verlaten. De stationair draaiende motor trilde door in de vloerplaat.

Ze voelde zich minder nerveus dan toen ze op Paula's huis was afgestapt. Ze begreep inmiddels dat als je iemand had gevonden, dat nog niet wilde zeggen dat je de waarheid te horen kreeg. Of dat zo iemand geen geweer op je borst richtte. Misschien zou Edwin Van Wees dat ook doen. Ergens was het logisch dat Paula Kunde haar naar iemand toe stuurde die niet blij zou zijn om haar te zien. Gedurende de rit vanaf Austin had Paula alle tijd van de wereld gehad om te bellen en Clara Bellamy te waarschuwen dat Laura Olivers dochter wellicht naar haar op zoek was. Als Edwin Van Wees nog steeds contact had met Clara, had Clara Edwin kunnen bellen en…

Andy wreef over haar gezicht. Ze kon de rest van de dag in domme kringetjes blijven ronddraaien, maar ze kon ook zelf op onderzoek uitgaan. Ze gaf een ruk aan het stuur en reed de oprit in. Pas na driekwart kilometer opende het bos zich, maar toen zag ze algauw de rode schuur, een groot weiland met koeien en vervolgens het boerenhuisje met een brede veranda en zonnebloemen in de voortuin.

Andy parkeerde de auto voor de schuur. Ze zag geen andere wagens, wat een slecht teken was. De voordeur van het huis ging niet open. Ze zag geen gordijnen bewegen, geen steelse blikken vanachter de ramen. Maar ze was niet zo dom om weer te vertrekken zonder op de deur te kloppen.

Ze wilde net uit de pick-up stappen toen ze aan de wegwerptelefoon dacht waarop Laura haar zou bellen als de kust veilig was. Eigenlijk had ze ergens in de buurt van Tulsa alle hoop verloren dat dat ooit nog zou gebeuren. De hoofdfeiten had ze uit *The Belle Isle Review*: Hoody's lichaam was nog steeds niet geïdentificeerd. Na het restaurantfilmpje te hebben geanalyseerd was de politie tot dezelfde conclusie gekomen als Mike. Laura had willen voorkomen dat Jonah Helsinger zichzelf doodde. Ze zou niet van moord beschuldigd worden. De familie van de jongen tekende nog steeds protest aan, maar politieadel of niet, ze hadden de publieke opinie inmiddels tegen, en de lokale openbaar aanklager was een politieke windvaan van het verachtelijkste soort. Kortom, mocht er al gevaar dreigen waardoor Andy niet thuis kon komen, dan hield het daar geen verband mee of hoorde het simpelweg bij Laura's gigantische web van leugens.

Andy ritste de make-uptas open en keek of de telefoonbatterij nog geladen was voor ze hem in haar achterzak stopte. Ze zag Laura's Canadese rijbewijs en verzekeringskaart. Ze bestudeerde haar moeders foto en probeerde de steek van heimwee te negeren waaraan ze niet wilde toegeven. In plaats daarvan bekeek ze zichzelf in de spiegel. Misschien lag het aan het slechte eten of aan het slaapgebrek of was het omdat ze haar haar de laatste tijd los droeg, maar ze ging elke dag meer op haar moeder lijken. De laatste drie hotelreceptionisten hadden nauwelijks opgekeken toen Andy met het rijbewijs had ingecheckt.

Ze stopte het weer in haar schoudertas, naast een zwartleren portefeuille.

Mikes portefeuille.

De afgelopen tweeënhalve dag had Andy angstvallig vermeden de portefeuille te openen en naar Mikes knappe gezicht te kijken, vooral als ze 's avonds in bed lag en probeerde om niet aan hem te denken, want hij was een psychopaat en zij was een stumper.

Ze keek op naar het huis, toen naar de oprit, en toen opende ze de portefeuille.

'O, fuck,' mompelde ze.

Hij had vier verschillende rijbewijzen, stuk voor stuk verdomd goede vervalsingen: Michael Knepper uit Alabama, Michael Davey uit Arkansas, Michael George uit Texas, Michael Falcone uit Georgia. Een dikke leren flap verdeelde de portefeuille in tweeën. Andy klikte hem open.

Tering.

Hij had een nepsheriffpenning. Andy had zo'n ding weleens eerder gezien: een gouden ster binnen in een cirkel. Het was goede namaak en zag er even echt uit als alle nep-ID's. Wie zijn vervalser ook was, hij was verdomd goed.

Er werd op het raampje getikt.

'Fuck!' Andy's handen vlogen omhoog, en ze liet de portefeuille los.

Het volgende moment viel haar mond open, want degene die op het raampje had getikt, leek als twee druppels water op Clara Bellamy.

'Hé,' zei de vrouw met een stralende glimlach. 'Wat blijf je daar zitten in die smerige pick-up?'

Andy vroeg zich af of er iets mis was met haar ogen, of ze misschien zoveel YouTubefilmpjes had bekeken dat ze Clara Bellamy nu overal dacht te zien. De vrouw was ouder, haar gezicht was gerimpeld en ze had lang, peper-en-zoutkleurig haar, maar Andy twijfelde er niet aan dat ze het was.

'Kom, gekkie,' zei Clara. 'Het is veel te koud buiten. Laten we naar binnen gaan.'

Waarom praatte ze alsof ze haar kende?

Clara trok het portier open. Ze stak haar hand uit om Andy te helpen uitstappen.

'Lieve help,' zei ze. 'Jij ziet er moe uit. Heeft Andrea je weer wakker gehouden? Heb je haar in het hotel achtergelaten?'

Andy deed haar mond weer open, maar ze wist niet wat ze moest zeggen. Ze keek Clara aan en vroeg zich af wie de vrouw dacht te zien.

'Wat is er?' vroeg Clara. 'Moet je Edwin hebben?'

'Eh...' Andy zocht naar een antwoord. 'Is hij... Is Edwin thuis?' Ze keek naar het terrein voor de schuur. 'Ik zie zijn auto niet.' Ze zweeg afwachtend.

'Ik heb net Andrea naar bed gebracht voor haar slaapje,' zei Clara, alsof ze twee seconden geleden niet gevraagd had of Andrea in het hotel was.

Bedoelde ze Andrea als van Andy, of iemand anders?

'Zullen we een kopje thee drinken?' vroeg Clara. Zonder het antwoord af te wachten stak ze haar arm door die van Andy en voerde haar mee naar het huis. 'Ik weet niet waarom, maar ik moest vanmorgen zomaar aan Andrew denken. Aan wat er met hem gebeurd is.' Ze legde haar hand tegen de onderkant van haar keel. Nu huilde ze. 'O, Jane, ik vind het zo erg.'

'Eh...' Andy had geen idee waarover ze het had, maar merkwaardig genoeg voelde ze zelf de tranen ook dringen.

Andrew? Andrea?

'We gaan het vandaag niet over verdrietige dingen hebben,' zei Clara. 'Je hebt al met genoeg ellende te kampen.' Met haar voet duwde ze de voordeur open. 'Vertel eens hoe het met je is. Alles goed? Gaat het slapen nog steeds moeilijk?'

'Eh...' zei Andy, want meer kon ze niet bedenken. 'Ik heb...' Ze probeerde iets te verzinnen waarmee ze de vrouw aan de praat kon houden. 'Hoe is het eigenlijk met jou? Wat heb jij allemaal gedaan?'

'O, zoveel. Ik heb foto's uit tijdschriften geknipt met allerlei ideeen voor de kinderkamer, en ik heb aan plakboeken uit mijn gloriejaren gewerkt. Afschuwelijke borstklopperij natuurlijk, maar weet je, het is heel vreemd... Ik ben de meeste van mijn optredens vergeten. En jij?'

'Eh...' Andy had nog steeds geen idee waar de vrouw het over had.

Clara lachte. 'Wedden dat je ze allemaal nog weet? Je was altijd zo scherp.' Met haar voet duwde ze een zwaaideur open. 'Ga zitten. Ik ga thee zetten.'

Andy besefte dat ze weer in een keuken zat met weer een onbekende die alles over haar moeder wist – of niet.

'Ik moet nog ergens koekjes hebben.' Clara begon keukenkastjes open te trekken.

Andy keek om zich heen. De keuken was klein, gescheiden van de rest van het huis, en er was sinds de bouw waarschijnlijk weinig aan veranderd. De metalen kastjes waren licht blauwgroen geschilderd. De werkbladen waren gemaakt van slagersblokken. De apparaten hadden rechtstreeks van de set van *The Partridge Family* kunnen komen.

Aan de muur naast de koelkast hing een groot whiteboard, waarop stond:

Clara: het is zondag. Edwin is van 13.00 tot 16.00 uur in de stad. Lunch staat in de koelkast. Niet het fornuis gebruiken.

Clara stak een kookpit aan. De aansteker klikte een aantal keer voor het gas ontbrandde. 'Kamille?'

'Eh… ja, graag.' Andy ging aan de tafel zitten. Ze probeerde vragen te bedenken die ze aan Clara kon stellen, bijvoorbeeld welk jaar het was en wie er tegenwoordig president was, maar eigenlijk was dat alles niet nodig, want je schreef alleen dat soort berichten op een whiteboard als iemand geheugenproblemen had.

Ze werd overmand door verdriet, dat echter snel plaatsmaakte voor een gezonde dosis schuldgevoel bij de gedachte die meteen daarna bij haar opkwam, want als Clara in het eerste stadium van alzheimer verkeerde, dan wist ze niet meer wat er een week geleden was gebeurd, maar lagen gebeurtenissen van eenendertig jaar geleden waarschijnlijk dicht onder het oppervlak.

'Aan wat voor kleuren had je gedacht voor de kinderkamer?' vroeg ze.

'Geen roze,' zei Clara stellig. 'Misschien wat tinten groen en geel?'

'Klinkt mooi.' Andy probeerde haar aan de praat te houden. 'Net als de zonnebloemen buiten.'

'Ja, precies.' Ze klonk blij. 'Edwin zegt dat we het gaan proberen zodra dit voorbij is, maar ik weet het niet. Ik heb het gevoel dat we er nu aan moeten beginnen. Ik word er niet jonger op.' Ze legde haar hand op haar buik en lachte.

Het was zo'n mooi geluid dat er een steek door Andy's hart ging.

Clara Bellamy straalde vriendelijkheid uit. Het voelde smerig om haar een kunstje te flikken.

'Maar zeg eens hoe jij je voelt?' vroeg Clara. 'Ben je nog steeds zo moe?'

'Ik voel me een stuk beter.' Andy keek toe terwijl Clara koud water in twee bekers goot. Ze had de ketel niet op het vuur gezet. De vlam laaide hoog op. Andy stond op om hem uit te doen en vroeg: 'Weet je nog hoe we elkaar ontmoet hebben? Ik probeerde me laatst de bijzonderheden voor de geest te halen.'

'O, het was zo akelig.' Haar vingers gingen naar haar keel. 'Arme Andrew.'

Alweer Andrew.

Andy ging weer aan tafel zitten. Voor dit soort trucjes was ze niet in de wieg gelegd. Een slimmer iemand zou wel weten hoe hij informatie aan deze duidelijk gekwelde vrouw moest ontfutselen. Paula Kunde zou haar vast honderduit hebben laten praten.

Dat bracht Andy op een idee. 'Ik heb Paula een paar dagen geleden gezien,' zei ze.

Clara sloeg haar ogen ten hemel. 'Ik hoop dat je haar niet zo genoemd hebt.'

'Hoe zou ik haar anders moeten noemen? Bitch?' raadde Andy.

Lachend ging Clara zitten. Ze had theezakjes in het koude water gestopt. 'Dat zou ik niet recht in haar gezicht zeggen. Dan zou Penny ons nog liever dood zien met z'n allen.'

Penny?

Andy liet de naam bezinken. Toen dacht ze aan het dollarbiljet dat Paula Kunde haar had toegestopt. Andy droeg dezelfde spijkerbroek als op die bewuste dag. Dus zocht ze in haar zak en viste het biljet op, dat tot een strak balletje was opgepropt. Ze streek het glad op de tafel en schoof het naar Clara toe.

'Ah.' Schalks trok Clara haar lippen op. 'Domme Bitch meldt zich.'

Het zoveelste spectaculaire succes.

Ze moest het minder subtiel aanpakken. 'Weet je nog wat Paula's achternaam was?' vroeg ze.

Clara's wenkbrauwen schoten omhoog. 'Is dit een test of zo? Denk je dat ik dat niet meer weet?'

Andy probeerde Clara's plotseling zo scherpe toon te duiden. Was ze geïrriteerd? Had Andy haar kansen verspeeld?

Clara lachte en verbrak daarmee de spanning. 'Natuurlijk weet ik dat nog. Wat heb je toch, Jane? Je doet zo vreemd.'

Jane?

Clara zei het nog eens: 'Jane?'

Andy speelde met het touwtje van haar theezakje. Het water kleurde oranje. 'Ik ben het vergeten, dat is het probleem. Ze gebruikt tegenwoordig een andere naam.'

'Penny?'

Penny?

'Ik wou alleen...' Andy kon niet eindeloos met het spelletje doorgaan. 'Zeg het nou maar, Clara. Wat is haar achternaam?'

Clara schrok van de vraag. Tranen sijpelden uit haar ogen.

Andy schaamde zich diep. 'Sorry. Ik had niet zo moeten snauwen.'

Clara stond op. Ze liep naar de koelkast en trok die open. In plaats van iets te pakken bleef ze er gewoon voor staan.

'Clara, het spijt me echt...'

'Evans. Paula Louise Evans.'

Andy's vreugde werd behoorlijk getemperd door schaamte.

'Ik ben niet helemaal gek.' Clara's rug verstijfde. 'De belangrijke dingen onthoud ik wel. Die heb ik altijd onthouden.'

'Dat weet ik. Echt, het spijt me.'

Stilletjes staarde Clara naar de open koelkast.

Het liefst had Andy zich op de vloer laten zakken en om vergeving gesmeekt. Tegelijkertijd wilde ze naar buiten rennen om haar laptop te halen, maar ze had een internetverbinding nodig om Paula Louise Evans te kunnen opzoeken. Na enige aarzeling vroeg ze: 'Weet jij de...' Ze zweeg, want Clara had waarschijnlijk geen idee wat wifi was, laat staan dat ze het wachtwoord wist.

'Hebben jullie hier een kantoortje?' vroeg ze.

'Ja natuurlijk.' Clara sloot de koelkast en draaide zich om. De warme glimlach was terug. 'Moet je iemand bellen?'

'Ja,' zei Andy, want zo kwam er wat schot in. 'Vind je dat goed?'

'Is het naar iemand ver weg?'

'Nee.'

'Mooi. Want Edwin zit de laatste tijd steeds over de telefoonrekening te zeuren.' Clara's glimlach verflauwde. Ze was de draad van het gesprek weer kwijt.

'Wanneer ik klaar ben met mijn telefoontje daar in het kantoor, praten we verder over Andrew,' zei Andy.

'Natuurlijk.' Clara's lach bloeide weer op. 'Deze kant op, maar ik weet eigenlijk niet waar Edwin is. Hij werkt de laatste tijd zo hard. En hij is natuurlijk behoorlijk van slag door het nieuws.'

Andy vroeg niet wat voor nieuws ze bedoelde, want ze kon het niet over haar hart verkrijgen de vrouw weer aan het huilen te maken.

Ze volgde Clara naar achteren. Ondanks haar slechte knie liep de vroegere ballerina adembenemend sierlijk. Haar voeten raakten nauwelijks de grond. Maar Andy's aandacht werd afgeleid door de talloze vragen die zich in haar hoofd verdrongen. Wie was Jane? Wie was Andrew? Waarom moest Clara huilen telkens als ze zijn naam noemde?

En waarom voelde Andy de neiging om deze breekbare vrouw die ze nooit eerder had ontmoet te beschermen?

'Hier is het.' Ze waren bij het einde van de gang aangekomen. Clara opende de deur naar een kamer die was ingericht als een keurig kantoor, met een wand vol afgesloten archiefkasten, een cilinderbureau en een MacBook Pro op de armleuning van een leren bank.

Glimlachend keek ze Andy aan. 'Wat wilde je ook alweer?'

Weer aarzelde Andy. Eigenlijk moest ze teruggaan naar de McDonald's en daar de wifi gebruiken. Er zou geen enkele noodzaak zijn om het hier te doen, als ze niet op antwoorden uit was geweest. Stel dat Paula Louise Evans online niet te vinden was? Dan zou ze terug moeten rijden en tegen die tijd was Edwin Van Wees waarschijnlijk thuis, en die vond het vast niet goed dat Clara met haar praatte.

'Kan ik je ergens mee helpen?' vroeg Clara.

'Met de computer?'

'Makkie, hoor. Veel minder eng dan je denkt.' Clara ging op de vloer zitten en opende de MacBook. Het wachtwoordscherm verscheen. Andy verwachtte dat Clara moeite zou hebben met de code, maar de vrouw drukte haar vinger op de touch-ID en het bureaublad werd ontsloten.

'Je moet hier komen zitten,' zei ze, 'anders kun je het scherm niet zien vanwege het licht dat door het raam valt.'

Ze doelde op het grote raam achter de bank. Andy zag Mikes pick-up voor de rode schuur staan. Ze kon nog altijd weg. Over minder dan een uur kwam Edwin thuis. Dit zou het moment zijn om weg te gaan.

'Kom, Jane,' zei Clara. 'Ik laat je wel zien hoe het moet. Zo ingewikkeld is het niet.'

Andy ging naast haar op de vloer zitten.

Clara zette de geopende laptop op de zitting van de bank zodat ze het allebei konden zien. 'Ik heb filmpjes van mezelf bekeken. Vind je dat erg ijdel?'

Andy keek naar de onbekende die zo dicht bij haar zat en die tegen haar praatte alsof ze al jaren bevriend waren. 'Ik heb je filmpjes ook bekeken,' zei ze. 'Bijna allemaal. Je was… Je bent… zo'n prachtige danseres, Clara. Ik had nooit gedacht dat ik ballet nog eens mooi zou vinden, maar nu ik jou heb gezien, begrijp ik de schoonheid ervan.'

Clara raakte Andy's been even aan. 'O, wat lief van je, schat. Je weet dat ik net zo over jou denk.'

Andy wist niet wat ze moest zeggen. Ze reikte naar de laptop en zocht de browser op. Haar vingers rommelden over de toetsen. Ze snapte niet waarom ze zo bezweet en bibberig was. Ze balde haar handen tot vuisten in een poging ze onder controle te krijgen. Toen legde ze haar vingers op het toetsenbord en begon langzaam te typen.

PAULA LOUISE EVANS.

Haar pink rustte op de entertoets zonder hem in te drukken. Nu ging het gebeuren. Ze ging iets ontdekken – minstens één ding – over het akelige mens dat haar moeder eenendertig jaar geleden had gekend.

Andy drukte op enter.

Tering.

Paula Louise Evans had een eigen Wikipediapagina.

Andy klikte de link aan.

De waarschuwing bovenaan hield in dat de informatie niet onomstreden was. Dat verbaasde Andy niet, want Paula leek haar iemand die niets liever deed dan de strijd aangaan.

Een nerveuze energie maakte zich van haar meester toen ze haar blik over de inhoud liet gaan en door een uitgebreide levensbeschrijving scrolde waarin alles werd opgesomd, van het ziekenhuis waarin ze was geboren tot haar gevangennummer in de Danberry Federal Penitentiary for Women.

Opgegroeid in Corte Madera, Californië… Berkeley… Stanford… moord.

Andy's maag balde zich samen.

Paula Evans had een vrouw vermoord.

Even keek Andy op naar het plafond. Ze zag Paula het geweer op haar borst richten.

'Wat is er veel informatie over haar,' zei Clara. 'Is het erg dat ik een beetje jaloers ben?'

Andy scrolde door naar het volgende hoofdstuk:

BETROKKEN BIJ THE ARMY OF THE CHANGING WORLD.

Er stond een vage foto van Paula bij, met de datum eronder: 'Juli 1986'.

Tweeëndertig jaar geleden.

Andy wist nog dat ze het had uitgerekend achter de computer in Carrollton. Ze was op zoek geweest naar gebeurtenissen rond het tijdstip waarop ze was verwekt.

Bomaanslagen, vliegtuigkapingen en vuurgevechten in banken.

Andy bekeek de foto van Paula Evans.

Ze droeg een vreemde jurk die nog het meest op een katoenen hemdje leek. Onder haar ogen zaten dikke zwarte make-upstrepen. Ze droeg vingerloze handschoenen. Aan haar voeten had ze soldatenkisten. Ze had een baret op. Een sigaret bungelde uit haar mond. In de ene hand had ze een revolver en in de andere een jachtmes. Als Paula niet iemand had vermoord, zou het haast grappig zijn geweest.

En blijkbaar had ze deel uitgemaakt van een samenzwering om de wereldorde omver te werpen.

'Jane?' Clara had een blauwe wollen deken om haar schouders geslagen. 'Zullen we thee drinken?'

'Zo meteen,' zei Andy, die zocht naar de naam JANE op Paula's Wikipediapagina.

Niets.

ANDREW.

Weer niets.

Ze klikte op de link die haar naar de wikipagina van THE ARMY OF THE CHANGING WORLD bracht.

Te beginnen met de moord op Martin Queller in Oslo...

'QuellCorp,' zei Andy.

Clara siste. 'Vreselijk bedrijf, niet?'

Andy vloog door de pagina. Ze zag een foto van hun leider, een man die sprekend op Zac Efron leek, maar dan met de ogen van Charles Manson. De misdaden van The Army na de moord op Martin Queller werden in bulletpoints opgesomd. Ze hadden een docente van Berkeley ontvoerd en vermoord. Ze waren betrokken geweest bij een vuurgevecht, waren het doelwit geweest van een nationale klopjacht. Hun gestoorde leider had een manifest geschreven, een losgeldbrief die op de voorpagina van *The San Francisco Chronicle* had gestaan.

Andy klikte op de brief.

Ze las het eerste gedeelte over het fascistische regime, maar algauw trok er een waas voor haar ogen.

Het las als iets wat Calvin en Hobbes zouden opstellen tijdens een vergadering van G.R.O.S.S. om Susie Derkins terug te pakken.

Andy keerde terug naar de pagina van The Army en zocht het hoofdstuk LEDEN op. De meeste namen stonden in blauwe hyperlinks in een zee van zwarte tekst. Het waren er tientallen. Het was bijna niet te geloven dat ze nog nooit een documentaire over deze krankzinnige sekte had gezien.

William Johnson. Dood.

Franklin Powell. Dood.

Metta Larson. Dood.

Andrew Queller…

Andy's hart sloeg over, maar Andrews naam stond in het zwart, wat betekende dat hij geen eigen pagina had. Anderzijds hoefde je Scooby-Doo niet te zijn om hem te koppelen aan QuellCorp en de vermoorde man met dezelfde achternaam.

Ze scrolde terug naar Martin Queller en klikte hem aan. Blijkbaar waren er nog veel meer beroemde Quellers van wie Andy nog nooit had gehoord. Zijn vrouw, Annette Queller, geboren Logan, had een stamboom waarin je uren kon ronddwalen. Hun oudste zoon, Jasper Queller, had een hyperlink, maar Andy wist al meer dan genoeg over de geflipte miljardair die steeds een vergeefse gooi naar het presidentschap deed.

De cursor zweefde boven de volgende naam: dochter, Jane 'Jinx' Queller.

'Jane?' zei Clara, want ze leed aan alzheimer en haar geest zat gevangen in een periode van meer dan dertig jaar geleden, toen ze een vrouw had gekend die Jane heette en die sprekend op Andy leek.

Zoals Andy sprekend op de Daniela B. Cooper leek van wie de foto het Canadese neprijbewijs sierde.

Haar moeder.

Andy begon te huilen. Het was geen gewoon huilen, nee, ze snikte. Ze jammerde het uit. Tranen en snot dropen over haar gezicht. Ze boog zich voorover en legde haar voorhoofd op de zitting van de bank.

'O, lieverd.' Clara ging op haar knieën zitten en sloeg haar armen om Andy's schouders.

Andy schokte van verdriet. Heette Laura in het echt Jane Queller? Waarom was deze ene leugen zoveel belangrijker dan alle andere?

'Kom, laat mij maar.' Clara schoof de laptop naar zich toe en begon te tikken. 'Geeft niet, schat. Ik moet soms ook huilen als ik mijn filmpjes bekijk, maar moet je deze zien. Gewoonweg perfect.'

Clara schoof de laptop weer naar het midden van de bank.

Andy wilde haar ogen drogen, en Clara stopte haar een tissue toe. Ze snoot haar neus, probeerde haar tranen te stelpen. Haar blik ging naar de laptop.

Clara had een YouTubefilmpje geopend.

UITZONDERLIJK! JINX QUELLER 1983 CARNEGIE HALL!

Wat?

'Die groene jurk!' Clara's ogen straalden van opwinding. Ze klikte op het icoontje voor een volledig scherm. 'Een fait accompli.'

Andy moest wel naar het filmpje kijken. De opname was wazig, en de kleuren waren vreemd, zoals alles uit de jaren tachtig. Een orkest zat klaar op het podium. Op de voorgrond stond een gigantische zwarte vleugel.

'O!' Clara zette het geluid aan.

Uit het publiek steeg geroezemoes op.

'Dit vond ik altijd het mooiste moment,' zei Clara. 'Dan gluurde ik het publiek in om hun stemming te proeven.'

Onwillekeurig hield Andy haar adem in.

De zaal viel stil.

Een superslanke vrouw in een donkergroene avondjapon liep vanuit de coulissen het podium op.

'Wat elegant,' mompelde Clara, maar het drong nauwelijks tot Andy door.

De vrouw die over het podium liep, leek heel jong, misschien een jaar of achttien, en het kostte haar zichtbaar moeite om op haar chique schoenen te lopen. Haar haar was bijna wit geblondeerd en zat in een strak permanent. De camera gleed over het publiek. Ze kreeg al een staande ovatie nog voor ze zich ook maar naar de zaal had toegekeerd.

Andy's maag kromp ineen.

Laura.

Op het filmpje maakte haar moeder een lichte buiging. Ze leek zo zeker van zichzelf toen ze naar al die duizenden gezichten keek. Andy had die blik vaker bij artiesten gezien. Absoluut zelfvertrouwen. Ze had het altijd heerlijk gevonden om vanuit de coulissen getuige te zijn van de transformatie die acteurs ondergingen, had vol bewondering toegekeken hoe ze zich aan al die kritische onbekenden toonden en zo overtuigend deden alsof ze iemand anders waren.

Zoals haar moeder heel Andy's leven had gedaan.

Bullshit van het ergste soort.

Het gejuich stierf weg toen Jinx Queller achter de vleugel plaatsnam.

Ze knikte naar de dirigent.

Hij hief zijn handen.

Het werd op slag doodstil.

Clara zette het geluid op zijn allerhardst.

Violen tokkelden. Het zachte getril kietelde Andy's trommelvliezen. Het tempo werd opgevoerd, kalmeerde en werd weer opgevoerd.

Andy had geen verstand van muziek, en al helemaal niet van klassieke muziek. Thuis luisterde Laura er nooit naar. De Red Hot Chili Peppers.

Heart. Nirvana. Dat waren de groepen waar Laura op de radio naar luisterde als ze door de stad reed, klusjes deed of patiëntendossiers bijwerkte. Ze was de eerste die de tekst van 'Mr. Brightside' kende. Ze had 'Lemonade' gedownload op de avond dat het album uitkwam. Door haar brede belangstelling was ze de coole moeder, de moeder met wie iedereen zo goed kon praten omdat ze je nooit veroordeelde.

Omdat ze in Carnegie Hall had gespeeld en verdomd goed wist waarover ze het had.

Op het filmpje zat Jinx Queller nog steeds heel stil achter de piano, met haar handen op haar schoot en haar blik recht naar voren. Andere instrumenten hadden zich bij de violen gevoegd. Andy kende ze niet, want haar moeder had haar nooit iets over muziek geleerd. Ze had Andy afgeraden bij de schoolband te gaan en had een scheef gezicht getrokken telkens als haar dochter de bekkens pakte.

Fluiten. Andy zag de mannen vooraan hun lippen tuiten.

Strijkstokken kwamen in beweging. Hobo. Cello. Blazers.

Aan de vleugel wachtte Jinx Queller nog steeds geduldig op haar beurt.

Andy legde haar hand kalmerend op haar buik. Ze was plaatsvervangend misselijk van spanning.

Voor haar moeder.

Deze onbekende.

Wat dacht Jinx Queller terwijl ze zat te wachten? Vroeg ze zich af hoe haar leven zou verlopen? Wist ze dat ze op een dag een dochter zou hebben? Wist ze dat ze nog maar vier jaar had voor Andy verscheen en haar op de een of andere manier uit dit wonderbaarlijke leven zou weghalen?

Op 2:22 hief haar moeder ten slotte haar handen.

De spanning was tastbaar vóór haar vingers heel licht de toetsen raakten.

Eerst zacht, een paar noten maar, een traag, loom voortglijden.

De violen zetten weer in, en nu bewogen haar handen sneller, zweefden over de toetsen, onttrokken er het mooiste geluid aan dat Andy ooit had gehoord.

Vloeiend. Weelderig. Rijk. Uitbundig.

Bijvoeglijke naamwoorden schoten tekort om te beschrijven wat Jinx Queller aan de piano ontlokte.

Een soort opzwelling... dat voelde Andy. Een opzwelling van haar hart.

Trots. Vreugde. Verwarring. Euforie.

Andy's gevoelens gingen gelijk op met haar moeders gezichtsuitdrukking toen de muziek van plechtig in dramatisch in opwindend overging, en weer terug. Elke noot leek te worden weerspiegeld in Janes gelaat: haar wenkbrauwen die omhooggingen, haar ogen die zich sloten, haar lippen die krulden van extase. Ze was totaal in vervoering. Het zelfvertrouwen straalde van het korrelige filmpje als licht van de zon. Er lag een glimlach op haar moeders lippen, maar het was een heimelijke glimlach die Andy nog nooit had gezien. Jinx Queller, nog zo waanzinnig jong, had de uitdrukking van een vrouw die zich precies op de plek bevond waar ze hoorde te zijn.

Niet op Belle Isle. Niet op een ouderraadsvergadering of op de bank in haar praktijk om een patiënt te helpen, maar op het podium, met de wereld in de palm van haar hand.

Andy veegde langs haar ogen. Ze kon niet stoppen met huilen. Ze begreep niet waarom haar moeder niet elke dag van de rest van haar leven had gehuild.

Hoe kon iemand van zoiets magisch weglopen?

Gedurende de rest van het filmpje zat Andy gebiologeerd te luisteren. Ze kon haar blik niet van het scherm losmaken. Soms schoten haar moeders handen over de piano heen en weer om dan weer boven op elkaar te kruipen, terwijl de vingers onafhankelijk van elkaar over de witte en zwarte toetsen gleden, bijna alsof ze in de keuken deeg aan het kneden was.

Tot aan de laatste, sprankelende noten week de glimlach niet van haar gezicht.

Toen was het voorbij.

Haar handen dwarrelden neer op haar schoot.

Het publiek was uitzinnig. Mensen sprongen overeind. Het applaus werd een massieve muur van geluid die deed denken aan het niet-aflatende geruis van zomerregen.

Jinx Queller bleef zitten, met haar handen op haar schoot en haar blik op de toetsen gericht. Ze hijgde nog na van inspanning. Haar schouders hingen naar voren. Ze begon te knikken. Het leek alsof ze even alleen met de piano was, met zichzelf, om de sensatie van totale perfectie te laten bezinken.

Weer knikte ze. Toen stond ze op. Ze schudde de hand van de dirigent. Ze zwaaide naar het orkest. De musici stonden al, groetten haar met hun strijkstokken, klapten verwoed in hun handen.

Ze keerde zich naar het publiek, en het gejuich zwol aan. Ze boog naar links, toen naar rechts, toen naar het midden van de zaal. Ze glimlachte – een andere glimlach, minder zelfverzekerd, minder vreugdevol – en liep het podium af.

Dat was het.

Andy sloeg de laptop dicht vóór het volgende filmpje begon.

Ze keek op naar het raam achter de bank. De zon stond fel aan de blauwe hemel. Tranen dropen in de boord van haar shirt. Ze probeerde een woord te bedenken dat beschreef hoe ze zich voelde…

Verbaasd? Verbijsterd? Overweldigd? Verbluft?

Andy had haar hele leven alleen maar dicht bij Laura willen zijn.

Een ster.

Ze keek naar haar eigen handen. Ze had normale vingers, niet te lang of te dun. Toen Laura ziek was geweest en niet voor zichzelf had kunnen zorgen, had Andy haar handen gewassen, er lotion op gesmeerd, ze ingewreven, ze vastgehouden. Maar hoe zagen ze er eigenlijk echt uit? Ze moesten wel sierlijk zijn, betoverd, doortrokken van een onaards soort genade. Andy had vonken moeten voelen toen ze ze masseerde, gefascineerd moeten zijn, of… íéts.

Maar het waren dezelfde normale handen die Andy hadden gemaand op te schieten als ze niet te laat op school wilde komen. Die in de tuin hadden gegraven om voorjaarsbloemen te planten. Die zich om Gordons nek hadden gevlijd toen ze dansten. Die woedend naar Andy hadden gewezen als ze iets fout deed.

Waarom?

Andy knipperde met haar ogen om de tranen terug te dringen. Clara was verdwenen. Misschien had ze Andy's verdriet niet aangekund, of de pijn die ze bij Jane Queller meende te zien toen ze haar jongere zelf zag spelen. De twee vrouwen hadden het ongetwijfeld over het optreden gehad.

Die groene jurk!

Andy nam de wegwerptelefoon uit haar achterzak.

Ze toetste haar moeders nummer in.

Ze hoorde de telefoon overgaan.

Ze sloot haar ogen tegen het zonlicht en zag in gedachten Laura in de keuken. Zag voor zich hoe ze naar haar telefoon liep, die aan de oplader lag. Zag voor zich hoe ze aarzelde toen ze het onbekende nummer op het scherm zag. Was het een automatische oproep? Een nieuwe patiënt?

'Hallo?' zei Laura.

Bij het horen van haar stem brak er iets in Andy. Bijna een week lang had ze naar een telefoontje van haar moeder verlangd, had ze willen horen dat ze veilig thuis kon komen, maar nu ze haar aan de lijn had, kon ze alleen nog maar huilen.

'Hallo?' herhaalde Laura. En omdat ze dat soort telefoontjes vaker had gehad, zei ze: 'Andrea?'

Andy verloor het laatste restje kracht dat haar overeind hield. Ze boog zich voorover, met haar hoofd in haar hand, en probeerde het niet weer uit te janken.

'Andrea, waarom bel je?' Laura klonk afgemeten. 'Wat is er? Wat is er gebeurd?'

Andy opende haar mond, maar alleen om te kunnen ademen.

'Alsjeblieft, Andrea,' zei Laura. 'Je moet me laten weten dat je me hoort.' Ze wachtte even. 'Andy...'

'Wie ben jij?'

Het werd stil aan Laura's kant. Seconden verstreken, een volle minuut ging voorbij.

Andy keek naar het schermpje, bang dat de verbinding was verbroken. Ze drukte de telefoon weer tegen haar oor. Na een tijdje hoorde ze het zachte klotsen van golven op het strand. Laura was naar buiten gelopen. Ze stond achter op de veranda.

'Je hebt tegen me gelogen,' zei Andy.

Stilte.

'Mijn verjaardag. Waar ik geboren ben. Waar we hebben gewoond. Die nepfoto van mijn nepgrootouders. Weet je eigenlijk wel wie mijn vader is?'

Nog steeds zei Laura niets.

'Je wás vroeger iemand, mam. Ik heb het online gezien. Je trad op in Carnegie Hall. Mensen aanbaden je. Het moet je jaren hebben gekost om zo goed te worden. Je hele leven. Je was iemand en toen liet je het allemaal achter.'

'Je vergist je,' zei Laura ten slotte. Haar stem was emotieloos, alleen maar kil en vlak. 'Ik ben niemand, en dat is precies wie ik wil zijn.'

Andy drukte haar vingers tegen haar ogen. Ze had schoon genoeg van al die stomme raadsels. Nog even en haar hoofd explodeerde.

'Waar ben je?' vroeg Laura.

'Ik ben nergens.'

Andy wilde de verbinding verbreken, de grootst mogelijke middelvinger naar Laura opsteken die ze kon opbrengen, maar het moment was te wanhopig voor holle gebaren.

'Ben je mijn moeder eigenlijk wel?' vroeg ze in plaats daarvan.

'Natuurlijk ben ik je moeder. De bevalling duurde zestien uur. De artsen waren bang dat we het geen van beiden zouden halen. Maar ze hadden het mis. We hebben het gehaald. We hebben het overleefd.'

Andy hoorde een auto op de oprit stoppen.

Fuck.

'An-Andrea.' Het kostte Laura moeite haar naam uit te spreken. 'Waar ben je? Ik moet weten of je veilig bent.'

Andy knielde neer op de bank en keek uit het raam. Edwin Van Wees met zijn stomme krulsnor. Hij zag Mikes pick-up, viel zowat uit zijn auto en haastte zich naar de voordeur.

'Clara!' riep hij. 'Clara, waar...'

Clara zei iets, maar Andy verstond haar niet.

Laura had kennelijk ook iets opgevangen. 'Waar ben je?' vroeg ze opnieuw.

Andy hoorde zware laarzen door de gang stampen.

'Andrea,' zei Laura weer op die afgemeten toon. 'Dit is bloedserieus. Je moet me vertellen…'

'Jezus, wie ben jij?' vroeg Edwin.

Andy draaide zich om.

'Shit,' mompelde hij. 'Andrea.'

'Is dat…' vroeg Laura, maar Andy drukte de telefoon tegen haar borst.

'Waar ken je me van?' vroeg ze aan de man.

'Weg bij dat raam.' Edwin gebaarde dat ze zijn werkkamer uit moest. 'Je mag hier niet zijn. Je moet vertrekken. Nu.'

Andy verroerde zich niet. 'Zeg eerst waar je me van kent.'

Edwin zag de telefoon in haar hand. 'Met wie ben je aan het bellen?'

Toen Andy niet antwoordde, wrong hij de telefoon uit haar hand en drukte hem tegen zijn oor.

'Wie is…' zei hij, en toen: 'Fuck!' Hij keerde Andy zijn rug toe en zei tegen Laura: 'Nee, ik heb geen idee wat Clara haar verteld heeft. Je weet dat ze ziek is.' Hij luisterde en begon te knikken. 'Ik heb haar niet verteld… nee. Clara weet van niets. Het is vertrouwelijke informatie. Ik zou nooit…' Weer zweeg hij even. 'Laura, doe eens rustig. Behalve ik weet niemand waar het is.'

Ze kenden elkaar. Ze waren aan het ruziën zoals oude vrienden dat deden. Edwin had Andy bij de eerste blik herkend. Clara had haar voor Jane aangezien, die eigenlijk Laura heette…

Andy's tanden begonnen te klapperen. Ze hoorde ze klikken aan de binnenkant van haar hoofd. Ze wreef over haar armen. Ze had het koud, ijskoud.

'Laura, ik…' Edwin boog zich voorover en keek uit het raam. 'Hoor eens, je moet me vertrouwen. Je weet dat ik nooit…' Hij draaide zich om en keek Andy aan. Ze zag zijn woede in iets anders overgaan. Hij glimlachte naar haar zoals Gordon dat deed als ze er weer eens een puinhoop van had gemaakt maar hij haar wilde laten merken dat hij van haar hield.

Waarom keek een man die ze nog nooit had gezien haar aan alsof hij haar vader was?

'Dat doe ik, Laura,' zei Edwin. 'Ik beloof dat ik...'

Er klonk een luide knal.

En nog een.

En nog een.

Andy lag al op de vloer, net als de vorige keer toen er opeens geweervuur was losgebarsten.

Alles was precies hetzelfde.

Glas versplinterde. Papieren vlogen alle kanten op. De lucht vulde zich met puin.

Edwin ving de meeste kogels op. Zijn armen schokten omhoog, zijn schedel verdampte zowat, bot en plukken haar spatten tegen de bank, de muren, het plafond.

Andy lag plat op haar buik, met haar handen over haar hoofd, toen ze de misselijkmakende klap hoorde waarmee zijn lichaam de grond raakte.

Ze keek naar zijn gezicht. Een donker gat met witte stukken schedel staarde haar aan. De uiteinden van zijn snor krulden nog steeds, op hun plaats gehouden door vette was.

Ze proefde bloed. Het was alsof haar hart in haar trommelvliezen klopte. Ze dacht dat ze haar gehoor kwijt was, maar er viel niets te horen.

De schutter schoot niet meer.

Andy keek de kamer rond op zoek naar de telefoon. Die lag vijf meter verderop in de gang. Ze had geen idee of hij het nog deed, maar ze hoorde haar moeders stem even duidelijk alsof ze bij haar in de kamer was...

Je moet wegrennen, schat. Hij kan niet snel genoeg herladen om jou te raken.

Ze probeerde overeind te krabbelen. Ze zat nog maar net op haar knieën toen ze moest overgeven van de pijn. De milkshake van McDonald's kleurde roze van het bloed. Telkens als ze kokhalsde was het alsof haar linkerzij in brand stond.

Voetstappen. Buiten. Die steeds dichterbij kwamen.

Andy dwong zichzelf op handen en knieën overeind. Ze kroop naar de deur, met haar handen in de glasscherven en haar knieën schuivend over de vloer. Ze was al op de gang toen de pijn zo hevig werd dat ze moest stoppen. Ze liet zich op haar heup vallen, maar duwde zich weer overeind tot ze zat. Ze schoof met haar rug tegen de muur. Haar hoofd vulde zich met een hoogtonig gejammer. Glasscherven staken als stekels uit haar blote armen.

Ze luisterde.

Aan de andere kant van het huis klonk een vreemd geluid.

Klik-klik-klik-klik.

De ronddraaiende cilinder van een revolver?

Ze keek naar de telefoon. Het schermpje was verbrijzeld.

Ze kon geen kant op. Ze kon alleen wachten.

Andy tastte naar haar zij. Haar shirt was doordrenkt van bloed. Haar vingers stuitten op een gaatje in de stof.

Vervolgens verdween het topje van een vinger in een gat in haar vel.

Ze was geraakt.

2 AUGUSTUS 1986

VEERTIEN

Jane voelde de ivoren toetsen van de Steinwayvleugel zacht worden onder haar vingertoppen. De podiumverlichting verwarmde de rechterkant van haar lichaam. Ze wierp een vluchtige blik op het publiek, zag hier en daar een gezicht in het licht van de lampen.

Rapsodisch.

Carnegie Hall was binnen een dag uitverkocht geweest. Meer dan tweeduizend plaatsen. Jane was de jongste vrouw die ooit zo'n prominente plek had ingenomen. De akoestiek van de concertzaal was fenomenaal. De weerklank was als honing in haar oren, plooide en verlengde elke noot. De Steinway gaf haar meer dan waarop ze had durven hopen; de toetsaanslag was zo soepel en van zo'n genuanceerde verfijning dat de zaal baadde in een bijna etherische golf van geluid. Ze voelde zich een tovenares die een allerwonderbaarlijkste truc uitvoerde. Elke noot was volmaakt. Het orkest was volmaakt. Het publiek was volmaakt. Ze keek onder het licht door naar de eerste rij.

Jasper, Annette, Andrew, Martin…

Nick.

Hij klapte in zijn handen. Hij grijnsde van trots.

Jane miste een noot, en nog één, en opeens speelde ze op het staccato van Nicks handen, iets wat ze niet meer had gedaan sinds Martin haar voor het eerst op de kruk had gezet en had gezegd dat ze moest spelen. Het geluid werd scherper naarmate Nicks geklap door de zaal werd versterkt. Ze sloeg haar handen tegen haar oren. De muziek stopte. Nicks mond vertrok tot een spottende grimas. Hij bleef maar klappen. Bloed sijpelde nu tussen zijn vingers door, droop over zijn armen naar beneden tot op zijn schoot. Hij klapte nog harder. Nog luider. Bloed spatte op zijn witte overhemd, op Andrew, op haar vader, op het podium.

Jane opende haar ogen.

Het was donker in de kamer. Van angst en verwarring klopte het hart haar in de keel. Langzaam kwam ze weer bij. Ze lag in bed. Ze duwde de wollen deken van zich af. Ze herkende de blauwe kleur.

De boerderij.

Ze schoot zo snel overeind dat ze bijna terugviel, zo duizelig was ze. Ze tastte naar de schakelaar van de lamp.

Op tafel lagen een injectiespuit en een ampul.

Morfine.

Het dopje zat nog op de spuit, maar de ampul was leeg.

In paniek controleerde Jane haar armen, benen en voeten op naaldsporen.

Niets, maar waar was ze zo bang voor? Dat Nick haar had gedrogeerd? Dat hij haar op de een of andere manier met Andrews besmette bloed had geïnfecteerd?

Ze tastte naar haar hals. Nick had haar bijna gewurgd. Ze herinnerde zich die laatste seconden in de badkamer, toen ze wanhopig naar lucht had gehapt. Haar keel klopte onder haar vingers. Haar huid was gevoelig. Jane liet haar hand zakken. De bolling van haar buik vulde haar handpalm. Langzaam liet ze haar hand verder naar beneden gaan om tussen haar benen te voelen of ze bloedde. Maar toen ze haar hand terugtrok, was hij schoon. Van opluchting kreeg ze bijna geen lucht meer.

Nick had niet nog een kind uit haar lichaam geslagen.

Deze keer waren ze veilig, voorlopig tenminste.

Jane pakte haar sokken van de vloer en trok haar laarzen aan. Ze liep naar het grote raam aan de andere kant van het bed en schoof de gordijnen open. Het was donker. Ze herkende het silhouet van het busje dat voor de schuur stond geparkeerd, maar de twee andere auto's waren weg.

Ze luisterde of ze binnen iets hoorde.

Aan de andere kant van het huis klonken gedempte stemmen, van minstens twee mensen. Ook hoorde ze gehak. Gerammel van potten en pannen.

Jane boog zich voorover om haar laarzen dicht te gespen. In een flits zag ze zichzelf een paar dagen eerder hetzelfde doen. Voor ze de trap waren afgegaan om met de agenten Barlow en Danberry te praten.

Voor ze in Jaspers Porsche waren weggereden zonder te beseffen dat ze nooit meer terug zouden keren. Voor ze van Nick had moeten kiezen tussen hem en haar broer.

Die anarchistische groepjes denken altijd dat ze iets goeds doen, tot aan het moment dat ze achter de tralies verdwijnen of plat op hun rug in het mortuarium liggen.

De deur ging open.

Jane wist niet wie ze kon verwachten, maar zeker Paula niet, die haar toeblafte: 'Ga maar in de woonkamer zitten wachten.'

'Waar is Andrew?'

'Die is gaan hardlopen. Jezus, waar denk je dat-ie is?' Ze beende weer weg. Haar voetstappen klonken als hamerslagen op de vloer.

Jane wist dat ze Andrew moest zoeken, maar voor ze haar broer sprak, moest ze rustig worden. De laatste dagen of uren van zijn leven mochten zich niet vullen met verwijten.

Ze stak de gang over naar de badkamer en ging op de wc zitten, vurig hopend dat ze die scherpe pijn niet zou voelen, dat ze geen bloedvlekken zou zien.

Ze keek in de pot.

Niets.

Haar blik viel op de badkuip. Ze was al bijna vier dagen niet in bad geweest. Haar huid voelde wasachtig, maar alleen al de gedachte dat ze zich moest uitkleden, zeep moest zoeken en ergens handdoeken vandaan moest halen was te vermoeiend. Ze trok door. Zonder in de spiegel te kijken waste ze haar handen en haar gezicht met warm water. Ze vond ergens een washandje en veegde ermee onder haar armen en tussen haar benen. Weer ging er een golf van opluchting door haar heen toen ze geen bloed zag.

Was je zo dom om te denken dat ik het je zou laten houden?

Jane liep de woonkamer in. Ze zocht naar een telefoon, maar die was er niet. Waarschijnlijk had het geen zin om Jasper te bellen. Thuis werden ongetwijfeld alle telefoonlijnen afgetapt. Zelfs als Jasper wilde helpen, was hij met handen en voeten gebonden. Jane stond er nu helemaal alleen voor.

Ze had haar keuze gemaakt.

Zo te horen had iemand het tv-toestel de keuken in gereden. Ze knipperde met haar ogen, en de tijd draaide terug. Nick die op zijn knieën voor het toestel had gezeten en het geluid had bijgesteld, omdat ze allemaal moesten zien hoe hun misdaden aan de natie werden gepresenteerd. De groep had zich als de bladen van een ventilator rond hem geschaard. Clara had op de vloer gezeten en de nerveuze energie opgezogen. Edwin had ernstig en alert toegekeken. Paula had zitten stralen naar Nick, alsof hij de herrezen Jezus was. Jane had erbij gestaan, verdwaasd door het nieuws dat ze van Clara had gehoord.

Zelfs toen was ze in de kamer gebleven in plaats van Andrew op te zoeken, want ze had Nick niet willen teleurstellen. Dat wilden ze geen van allen. Het was hun grootste angst, niet dat ze gepakt zouden worden of zouden sterven, of dat ze voor de rest van hun leven in de gevangenis verdwenen, maar dat ze Nick teleurstelden.

Ze wist dat er nu vergelding wachtte omdat ze in verzet was gekomen. Nick had haar niet zomaar bij Paula achtergelaten.

Ze legde haar hand op de zwaaideur naar de keuken en luisterde.

Ze hoorde een mes op een snijplank neerdalen. Het zachte gemurmel van een tv-programma. Haar eigen ademhaling.

Ze duwde de deur open. De keuken was klein en krap, waardoor de tafel klem stond tegen het multiplex werkblad. Toch ging er een zekere bekoring van uit. De metalen kastjes waren vrolijk geel geschilderd. De apparaten waren allemaal nieuw.

Andrew zat aan tafel.

Janes hart sloeg over toen ze hem zag. Hij was er nog. Hij leefde nog, hoewel hij haar slechts een flauwe glimlach schonk.

Hij gebaarde dat ze de tv uit moest zetten. Ze draaide aan de knop en bleef hem ondertussen aankijken.

Wist hij wat Nick in de badkamer met haar had gedaan?

'Ik zei toch dat je daar moest wachten.' Paula gooide kruiden in een pan op het vuur. 'Hé, Domme Bitch, ik zei...'

Jane stak haar middelvinger naar haar op en ging met haar rug naar haar toe zitten.

Andrew grinnikte. Het metalen kistje stond geopend voor hem. De tafel was bezaaid met mappen. Het sleuteltje lag naast zijn elleboog. Een grote envelop was geadresseerd aan *The Los Angeles Times*. Hij deed wat Nick van hem verlangde. Zelfs voor de poorten van de dood bleef hij de trouwe soldaat.

Jane deed haar uiterste best haar verdriet niet te tonen. Hij was zo mogelijk nog bleker dan eerst. Zijn ogen leken omrand met rood krijt. Zijn lippen kleurden blauw. Telkens als hij inademde, klonk het als een zaag die heen en weer zwoegde over een vochtig stuk hout. Hij zou nu rustig in een ziekenhuisbed moeten liggen in plaats van dat hij zich met moeite overeind hield op een harde houten stoel.

'Je gaat dood,' zei ze.

'Maar jij niet,' was zijn reactie. 'Nick heeft vorige maand de ELISA-test gedaan. Hij is schoon. Je weet hoe bang hij is voor naalden. En dat andere… dat is nooit zijn ding geweest.'

Het klamme zweet brak Jane uit. De gedachte was nooit bij haar opgekomen, maar nu ze erbij stilstond, werd ze misselijk bij de gedachte dat zelfs als Nick geïnfecteerd was geweest hij het haar waarschijnlijk nooit verteld zou hebben. Ze zouden gewoon zijn blijven vrijen. Het kind zou zijn doorgegroeid in haar buik, en de waarheid zou ze uiteindelijk pas uit de mond van een arts hebben vernomen.

Of uit die van een patholoog.

'Jij hebt niks,' zei Andrew. 'Ik zweer het.'

Dit was niet het moment om haar broer voor leugenaar uit te maken. 'En Ellis-Anne?'

'Die is ook clean,' zei hij. 'Ik heb gezegd dat ze zich moest laten testen zodra…' Zijn stem stierf weg. 'Ze wilde bij me blijven. Kun je het je voorstellen? Dat kon ik niet toestaan. Het was niet eerlijk. En bovendien speelde dit alles, dus…' Zijn woorden eindigden in een lange zucht. 'Barlow, die FBI-agent. Hij zei dat ze met haar gepraat hadden. Wat zal ze bang zijn geweest. Ik heb zo'n… Er zijn zoveel dingen waar ik spijt van heb.'

Jane wilde niet dat hij zich verloor in spijtgevoelens. Ze pakte zijn handen. Die voelden zwaar, alsof het hele gewicht van wat hem wachtte erop drukte. Zijn shirt hing open. Ze zag de paarsige vlekken op zijn borst.

Hij kon hier niet blijven, in dit veel te warme huis met nog geen halve vingerhoed morfine. Dat kon ze niet laten gebeuren.

'Wat is er?' vroeg hij.

'Ik hou van je.'

Zelf zou Andrew niet snel zoiets zeggen, maar hij kneep in haar handen, glimlachte weer, waardoor ze wist dat hij haar gevoel beantwoordde.

'Jezus,' mompelde Paula.

Jane draaide zich om en keek haar woedend aan. Ze was nu een tomaat aan het snijden. Het mes was bot, en het velletje scheurde als een papiertje.

'Doen jullie nu ook al aan incest?' vroeg ze.

Jane wendde zich weer van haar af.

'Ik ga even liggen,' zei Andrew. 'Oké?'

Ze knikte. De kans dat ze hier wegkwamen was groter als Andrew niet bij de onderhandelingen betrokken was.

'Pak een sjaal,' zei Paula. 'Zorg dat je hals warm blijft. Dat helpt tegen het hoesten.'

Andrew keek Jane met een sceptisch opgetrokken wenkbrauw aan en probeerde zichzelf overeind te hijsen. Ze schoot al toe, maar hij wimpelde haar hulp af. 'Zover heen ben ik nu ook weer niet.'

Ze keek hem na toen hij slingerend naar de zwaaideur liep. Zijn shirt droop van het zweet. Het haar op zijn achterhoofd was vochtig. Ze keerde zich pas van de deur af toen die ophield met zwaaien.

Om niet met haar rug naar Paula toe te zitten nam ze plaats op Andrews stoel. Ze keek naar de dossiermappen op tafel. Hier lagen de twee dingen die voor Nick boven alles gingen: Jaspers handtekening als bewijs van zijn aandeel in de fraude en de polaroids met het rode elastiek eromheen.

'Ik weet wat je denkt,' zei Paula, 'maar je komt hier niet weg.'

Jane had niet gedacht dat ze tot nog meer emoties in staat was, maar ze had Paula nog nooit zo verafschuwd als op dat moment. 'Ik wil hem alleen maar naar het ziekenhuis brengen.'

'Zodat de politie weet waar we zijn?' Paula lachte smalend. 'Ik zou die mooie laarsjes maar uittrekken, want jij gaat nergens naartoe.'

Jane keerde zich van haar af en vouwde haar handen samen op tafel.

'Hé, Domme Bitch.' Paula trok haar shirt omhoog en liet Jane het pistool zien dat ze in de band van haar spijkerbroek had gestoken. 'Haal je maar niks in je hoofd. Ik schiet met liefde zes nieuwe gaten in dat schijtgat dat voor je gezicht moet doorgaan.'

Jane keek op de klok aan de muur. Tien uur 's avonds. Het team in Chicago was nu al in de stad. Nick was op weg naar New York. Ze moest hier weg zien te komen.

'Waar zijn Clara en Edwin?' vroeg ze.

'Selden en Tucker hebben hun positie ingenomen.'

Edwins flat in de stad. Daar wachtte hij op telefoontjes voor het geval er iemand gearresteerd werd.

'Het Northwestern moet hier ergens in de buurt zijn,' zei Jane. 'Het is een academisch ziekenhuis. Daar weten ze wel raad met –'

'Het Northwestern is een eind verderop aan de I-88, zo'n drie kwartier rijden, maar het had evengoed op de maan kunnen staan, want jij gaat nergens naartoe, en hij ook niet.' Paula zette haar hand in haar zij. 'Hoor eens, bitch, ze kunnen niks meer voor hem doen. Je hebt als rijk kreng lang genoeg op de aidsafdeling rondgehangen om te weten hoe dit sprookje afloopt. De prins rijdt niet meer uit. Je broer gaat dood. Om precies te zijn vanavond. Die maakt de ochtend niet meer mee.'

Jane kreeg een brok in haar keel toen haar angst werd bevestigd. 'De artsen kunnen het voor hem verzachten.'

'Daarvoor heeft Nick een ampul morfine klaargelegd.'

'Die is bijna leeg.'

'Meer konden we op zo'n korte termijn niet krijgen, en dan mogen we nog blij zijn. Waarschijnlijk is het genoeg, en als het niet genoeg is...' Ze haalde haar schouders op. 'Jammer dan.'

Jane moest weer aan Ben Mitchell denken, een van de eerste jonge mannen die ze op de aidsafdeling had leren kennen. Hij had zo graag terug gewild naar Wyoming om zijn ouders te zien voor hij stierf. Uiteindelijk hadden ze zich laten vermurwen, maar de laatste acht minuten van zijn leven had hij een gruwelijke doodsstrijd geleverd, was hij gestikt in zijn eigen vocht omdat het personeel van het plattelandsziekenhuis te bang was geweest om een slang in zijn keel te duwen zodat hij kon ademen

Jane kende de paniek die je beving als je niet meer kon ademen. Nick had haar al eerder bijna gewurgd. Eén keer toen ze seks hadden. De vorige keer dat ze zwanger was geweest. En een paar uur geleden, toen hij had gedreigd haar te zullen doden. Hoe vaak het ook gebeurde, je kon je onmogelijk voorbereiden op dat afgrijselijke gevoel wanneer je geen lucht meer in je longen kreeg. Als je hart zich met bloed leek te vullen. De verschroeiende pijn in je verkrampende spieren. Je brandende longen. Je gevoelloze handen en voeten wanneer je lichaam alleen nog maar gericht was op overleven.

Een dergelijke hel moest haar broer bespaard blijven. Nog geen minuut, laat staan acht minuten, mocht hij dit ondergaan.

'De artsen kunnen hem onder zeil brengen zodat hij tijdens de ergste momenten bewusteloos is,' zei ze.

'Misschien wil hij bij bewustzijn blijven,' zei Paula. 'Misschien wil hij het allemaal voelen.'

'Nu klink je net als Nick.'

'Dat beschouw ik als een compliment.'

'Beter van niet,' zei Jane. 'Ik zou maar eens nadenken over wat je doet, want het is fout. Dit alles is fout.'

'Het concept "goed of fout" is een patriarchale constructie, bedoeld om het volk eronder te houden.'

Jane keek haar aan. 'Dat meen je niet.'

'Je bent godverdomme te blind om het te zien. Nu in elk geval.' Paula had weer een mes gepakt en hakte woest op een bos wortels in. 'Ik heb je wel tegen hem horen praten in het busje. Al die mierzoete bullshit, en maar tegen Nick zeggen hoe geweldig hij is, hoeveel je van hem houdt, dat je gelooft in wat we doen, maar je bent nog niet hier of je laat hem in de steek.'

'Heb je hem gehoord toen hij in de badkamer mijn keel dichtkneep tot ik bewusteloos was?'

'Dat zou ik de rest van mijn leven wel willen horen.'

Een stuk wortel belandde naast Jane op de vloer.

Als ze opstond, hoefde ze maar één stapje te zetten en ze was bij Paula. Dan kon ze het mes uit haar hand grissen en het pistool uit haar broekband wringen.

En dan?

Zou ze haar kunnen doden? Er zat verschil tussen iemand verachten en iemand doden.

'Het is van vóór Berlijn, hè?' vroeg Paula. Ze gebaarde met het mes naar haar eigen buik. 'Ik dacht dat je dik werd, maar...' Ze blies lucht uit. 'Helaas.'

Jane keek naar haar buik. Ze had er vreselijk tegen opgezien om anderen over de baby te vertellen, maar iedereen had het kennelijk al uitgevogeld.

'Je verdient het niet zijn kind te dragen,' zei Paula.

Jane zag het mes op en neer bewegen. Paula lette niet op haar.

Sta op, één stap, pak het mes...

'Als het aan mij lag, zou ik het eruit snijden.' Paula richtte het lemmet op Jane. 'Zal ik het doen?'

Jane deed alsof het dreigement haar niet had geraakt. Ze moest aan haar kind denken. Dit ging niet alleen over Andrew. Als ze Paula aanviel en het mislukte, dan verloor ze haar kind misschien nog voor ze het in haar armen had kunnen houden.

'Dat dacht ik al.' Met een grijns richtte Paula zich weer op de wortels.

Jane boog haar hoofd. Confrontatie was nooit haar sterke punt geweest. Doorgaans zweeg ze in de hoop dat de uitbarsting weer voorbijging. Zo had ze het altijd met haar vader gedaan. Zo deed ze het met Nick.

Ze keek naar het stapeltje polaroids op tafel. De bovenste foto toonde de diepe snee in haar been. Ze raakte haar been aan en voelde de richel van het roze litteken.

Een bijtspoor.

Ze wist nog goed wanneer de foto's waren genomen. Ze was samen met Nick in Palm Springs geweest om haar wonden en blauwe plekken te laten genezen. Nick was gaan lunchen, en bij terugkomst had hij de camera en het instantfilmpje bij zich gehad.

Sorry, schat, ik weet dat je pijn hebt, maar ik kreeg zojuist een fantastisch idee.

Thuis had Andrew zijn twijfels gehad over het plan. Daar waren goede redenen voor. Andrew wilde niet dat Laura Juneau naar de gevangenis ging omdat ze Martin met die pakjes rode verf had bekogeld. Hij had er ook moeite mee dat Martins trots werd gekrenkt. Ondanks de klappen, de teleurstellingen en zelfs ondanks de afschuwelijke dingen die Nick had ontdekt toen hij bij Queller Healthcare werkte, voelde Andrew ergens nog een flintertje liefde voor hun vader.

Toen ze terug waren uit Palm Springs, had Nick hem de polaroids laten zien.

Kijk eens wat je vader je zus heeft aangedaan. Daar moet hij voor boeten. Martin Queller moet voor al zijn zonden boeten.

Nick was ervan uitgegaan dat Jane het spel mee zou spelen, en waarom zou ze dat niet doen? Waarom zou ze niet voor haar broer verzwijgen dat Nick haar gezicht tot pulp had geslagen, dat hij haar huid met zijn tanden had opengereten, dat hij net zo lang op haar buik had gebeukt tot het bloed tussen haar benen door stroomde en hun baby dood was?

Waarom niet?

Jane liet de foto's in het kistje vallen. Ze veegde haar bezwete handen af aan haar benen. Ze zag zichzelf weer met agent Danberry in de tuin zitten. In minder dan een week had de politie Nick al doorzien.

Iedereen in zijn omgeving was ervan overtuigd dat hij slimmer was dan hij eigenlijk was. Intelligenter dan hij eigenlijk was.

'Ik was altijd vreselijk jaloers op je,' zei Paula. 'Wist je dat?'

Jane stapelde de dossiermappen op en legde ze weer in de kist. 'O, echt?'

'Ja, echt.' Nu hakte Paula een aardappel in mootjes. Daarvoor gebruikte ze een vleesmes. 'De eerste keer dat ik je zag, dacht ik: wat heeft dat kakwijf hier te zoeken? Waarom wil ze de wereld veranderen als de hele wereld al aan haar voeten ligt?'

Jane wist niet meer wat ze moest zeggen. Ze had haar vader gehaat. Zo was het begonnen. Martin had haar verkracht toen ze nog een kind was. Hij had haar geslagen toen ze een puber was, en toen ze een twintiger was, had hij haar geterroriseerd, en Nick had haar een uitweg geboden. Niet voor haarzelf, maar voor anderen. Voor Robert Juneau. Voor Andrew. Voor al die patiënten die eronder geleden hadden. Jane was niet sterk genoeg om zich voor haar eigen bestwil van Martin los te maken, en daarom had Nick een plan bedacht om Martin los te rukken van Jane.

Ze legde haar hand voor haar mond. Ze wilde lachen, want opeens besefte ze dat Nick hetzelfde had gedaan met Andrew, dat hij de polaroids had ingezet om zijn woede om wat Jane was aangedaan tot een wapen om te smeden.

Ze waren net jojo's die hij met een zwiep van zijn pols terug kon halen.

Paula zei: 'Andy heeft ook alles, maar hij heeft er vreselijk veel moeite mee, snap je? Hij worstelt ermee.' Met haar tanden trok ze het plastic van een bosje selderij. 'Jij leek nergens mee te worstelen, maar zo gaat het toch met meiden zoals jij? De juiste scholen, de juiste kleren en het juiste kapsel. Vanaf je geboorte worden jullie met je witte gratenreet al bijgeschaafd zodat je nooit ergens mee lijkt te worstelen. Je weet precies welke vork je moet gebruiken, wie welke Mona Lisa heeft geschilderd en bla-bla-bla-blèh. Maar onderhuids ben je gewoon...' Ze balde haar handen tot strakke vuisten. 'Ben je gewoon zo kwaad als de pest.'

Jane had zichzelf nooit als kwaad beschouwd, maar nu begreep ze dat haar woede altijd vlak onder de angst had gezeten. 'Woede is een luxe.'

'Rot op, woede is een drug.' Lachend haalde Paula met haar mes uit naar de selderij. 'Daarom is Nick zo goed voor me. Hij heeft me geholpen mijn woede in macht om te zetten.'

Janes wenkbrauwen schoten omhoog. 'En nu pas je op zijn vriendin terwijl hij ergens bommen aan het leggen is.'

'Hou je gore bek.' Paula wierp het mes op het werkblad. 'Dacht je soms dat je zo slim bent? Dacht je soms dat je beter bent dan ik?' Toen Jane niet antwoordde, blafte ze: 'Kijk me aan, Domme Bitch. Zeg het dan recht in mijn gezicht. Zeg dan dat je beter bent dan ik. Zeg het godverdomme, als je durft.'

Jane ging schuin op haar stoel zitten zodat ze Paula kon aankijken. 'Heeft Nick jou ooit geneukt?'

Paula's mond viel open. Blijkbaar had de vraag haar overvallen.

Jane wist niet waar ze het vandaan haalde, maar nu zette ze door. 'Ik vind het best, hoor. Volgens mij heeft hij Clara ook geneukt.' Ze moest lachen, want ze zag het nu heel helder. 'Hij heeft zich altijd aangetrokken gevoeld tot kwetsbare, beroemde vrouwen. En kwetsbare, beroemde vrouwen voelen zich altijd aangetrokken tot types zoals Nick.'

'Wat een onzin.'

Het verbaasde Jane dat het beeld van Nick en Clara samen geen spat jaloezie bij haar opwekte. Waarom had ze er geen probleem mee? Waarom was haar afgunst uitsluitend gericht op Clara, die er op de een of andere manier in geslaagd was van Nick te krijgen wat ze hebben wilde zonder dat ze zichzelf volledig was kwijtgeraakt?

'Hij heeft jou vast niet geneukt,' zei ze tegen Paula. Aan de gekwelde blik in Paula's ogen zag ze dat het klopte. 'Niet dat hij jou niet zou neuken als het moest, maar je hunkert zo schaamteloos naar het geringste teken van genegenheid. Het was veel effectiever om je dat níét te geven dan wel, toch? En zo krijg je gratis voor niks een schurk aangeleverd voor je toneelstuk – mij – want ik ben het enige wat tussen jou en hem in staat.'

Paula's onderlip begon te trillen. 'Bek houden.'

'Een van de FBI-agenten had het dagen geleden al door. Hij zei dat Nick een ordinaire oplichter was die een sekte had opgericht zodat hij met de mooie meiden naar bed kon en God kon spelen over de jongens.'

'Hou je gore bek, zei ik!' Van haar branie was niet veel meer over. Ze steunde met haar handen op de rand van het werkblad. Tranen dropen over haar wangen, en ze schudde aan één stuk door haar hoofd. 'Je weet niks. Je weet helemaal niks over ons.'

Jane sloot het deksel van het kistje. Aan de zijkant zat een handvatje, te klein voor Andrews hand, maar Janes vingers glipten moeiteloos door de beugel.

Ze stond op van tafel.

Paula pakte het mes en wilde zich omdraaien.

Jane deed een stap naar voren en zwaaide de kist naar Paula's hoofd.

Pop.

Als een speelgoedgeweer dat afging.

Paula's mond viel open.

Het mes gleed uit haar hand.

Ze zakte ineen op de vloer.

Jane boog zich over haar heen en voelde de gestage hartslag in haar hals. Ze duwde haar oogleden open. Over haar linkeroog lag een melkachtig waas, maar de pupil in haar rechteroog verwijdde zich in het felle licht van de plafondlamp.

Met het kistje onder haar arm duwde Jane de zwaaideur open. Ze liep door de woonkamer en de gang. Andrew lag in de slaapkamer. De morfineampul was leeg. Ze schudde hem heen en weer. 'Andy. Andy, wakker worden.'

Met een glazige blik keerde hij zich naar haar stem toe. 'Wat is er?'

'Heb je de telefoon niet gehoord?' Jane kon maar één leugen bedenken die uitwerking op hem zou hebben. 'Nick heeft gebeld. We moeten hier weg.'

'Waar is...' Met moeite ging hij zitten. 'Waar is Paula?'

'Die is al vertrokken. Er stond nog een auto op de weg geparkeerd.' Jane probeerde hem in beweging te krijgen. 'Ik heb het kistje. We moeten weg, Andrew. Nu. Nick zei dat we ervandoor moesten gaan.'

Hij wilde staan, en Jane moest hem overeind hijsen. Hij was zo mager dat ze hem moeiteloos kon ondersteunen.

'Waar gaan we naartoe?' vroeg hij.

'We moeten opschieten.' Jane liet het kistje bijna vallen toen ze hem door de gang en via de voordeur naar buiten loodste. Het leek uren te duren voor ze het busje hadden bereikt. Ze had een prop in Paula's mond moeten stoppen. Haar moeten vastbinden. Hoelang zou het duren voor ze bijkwam en ging schreeuwen? Zou Andrew nog wel mee willen als hij dacht dat ze Nick en het plan aan het verraden waren?

Dat was een te groot risico.

‘Opschieten,’ smeekte ze. ‘Blijf lopen. In het busje kun je slapen, oké?’

‘Ja,’ was het enige wat hij tussen zijn raspende ademhaling door kon uitbrengen.

De laatste paar meter moest Jane hem meeslepen. Ze zette hem tegen het busje en hield met haar knie zijn knieën recht zodat ze het portier kon openen. Net toen ze hem in de veiligheidsriem klikte, bedacht ze iets.

De sleutels.

‘Hier blijven.’

Jane rende terug naar het huis. Ze duwde de deur naar de keuken open. Paula zat op handen en knieën en schudde als een hond haar hoofd heen en weer.

Zonder nadenken trapte Jane haar in haar gezicht.

Met een diepe kreun viel Paula plat op de vloer.

Jane klopte op haar zakken tot ze de sleutels had gevonden. Ze was al halverwege het busje toen ze aan het pistool in Paula’s broekband dacht. Ze zou terug kunnen gaan om het te pakken, maar wat had het voor zin? Ze kon beter weggaan voor Paula de kans kreeg om hen tegen te houden.

‘Jane…’ Andrew keek haar aan toen ze achter het stuur kroop. ‘Hoe hebben… Hoe hebben ze ontdekt…’

‘Selden,’ zei ze. ‘Clara. Die begon hem te knijpen. Ze is van gedachten veranderd. Nick zei dat we moesten opschieten.’ Jane zette het busje in zijn achteruit. Met plankgas reed ze de oprit af. Ze wierp een blik in de achteruitkijkspiegel. Het enige wat ze zag, was stof. Tijdens de rit over de slingerende boerenwegen klopte het hart haar in de keel. Pas toen ze op de snelweg waren, kon ze weer normaal ademen. Ze keek naar Andrew. Zijn hoofd hing opzij. Ze telde zijn zwoegende, pijnlijke in- en uitademing. Hij vocht om lucht.

Voor het eerst in bijna twee jaar voelde Jane rust. Een griezelig soort kalmte had zich van haar meester gemaakt. Ze deed wat ze moest doen. Nadat ze zich zo lang aan Nicks waanzin had overgegeven, was het eindelijk weer helder in haar hoofd.

Jane was één keer eerder in het Northwestern Hospital geweest. Tijdens een tournee had ze oorpijn gekregen. Pechenikov had haar naar de Spoedeisende Hulp gereden. Hij had er een hele toestand van gemaakt en tegen de verpleegkundigen gezegd dat Jane de belangrijkste patiënt was die ze ooit zouden behandelen. Jane had zich geërgerd aan zijn lovende woorden, maar heimelijk was ze blij geweest met zoveel zorg te worden omringd. Ze had heel veel van Pechenikov gehouden, niet alleen omdat hij haar leraar was, maar ook omdat hij een fatsoenlijk, warm mens was.

Waarschijnlijk was dat de reden geweest dat Nick haar bij hem had weggehaald.

Waarom ben je gestopt?

Omdat mijn vriend jaloers was op een homo van zeventig.

Rechts zoefde een ambulance voorbij. Jane volgde de auto naar de afrit. In de verte zag ze het bord van het Northwestern Memorial Hospital oplichten.

'Jane?' Andrew was wakker geworden van de sirene. 'Wat ben je aan het doen?'

'Nick zei dat ik je naar het ziekenhuis moest brengen.' Ze gaf richting aan en wachtte tot het licht op groen sprong.

'Jane...' Andrew begon te hoesten. Hij sloeg beide handen voor zijn mond.

'Ik doe alleen maar wat Nick me heeft opgedragen,' loog ze. Haar stem beefde. Ze moest sterk blijven. Ze waren nu zo dichtbij. 'Ik moest het hem beloven, Andrew. Wil je dat ik mijn belofte aan Nick verbreek?'

'Je hebt niet...' Hij zweeg even om adem te halen. 'Ik weet wat je... dat Nick niet...'

Jane keek naar haar broer. Hij stak zijn hand naar haar uit en raakte zachtjes haar hals aan.

Ze keek in het spiegeltje, zag de blauwe plekken waar Nick haar bijna had gewurgd. Andrew wist wat er in de badkamer was voorgevallen, dat Jane ervoor had gekozen om bij hém te blijven.

Ze besefte nu dat Nick aan Andrew hetzelfde ultimatum had gesteld. Andrew was niet met Nick naar New York gereden. Hij was bij Jane op de boerderij gebleven.

'We zijn een raar stel, hè?' zei ze.

Hij sloot zijn ogen. 'We kunnen niet... Onze gezichten... op het nieuws... de politie.'

'Is niet belangrijk.' Zachtjes vervloekte Jane eerst het stoplicht en vervolgens zichzelf. Het busje was het enige voertuig in de wijde omtrek. Het was midden in de nacht, maar zij hield zich aan de verkeersregels.

Ze drukte het gaspedaal in en scheurde door rood.

'Jane...' Weer werden zijn woorden gesmoord door een hoestaanval. 'J-Je kunt dit niet doen. Ze zullen je pakken.'

Jane sloeg rechts af en volgde het zoveelste blauwe bord met een witte H erop.

'Alsjeblieft.' Hij wreef over zijn gezicht, iets wat hij vroeger als jongen altijd deed als dingen hem boven het hoofd groeiden.

Opnieuw reed Jane door rood. Ze functioneerde nu op de automatische piloot. Vanbinnen was alles weer verdoofd. Ze was een mechanisme, net als het busje, een vervoermiddel dat haar broer naar het ziekenhuis bracht zodat hij vredig kon inslapen.

'Alsjeblieft,' zei Andrew. 'Luister nou...' Weer kreeg hij een hoestbui, deze keer zonder gerochel, alleen heel ingespannen, alsof hij lucht door een rietje probeerde te zuigen.

'Je moet je krachten sparen,' zei ze.

'Jane.' Hij kon alleen nog fluisteren. 'Als je me achterlaat, dan moet dat maar. Zorg dat je niet gepakt wordt. Je moet...' Zijn woorden gingen verloren in gehoest. Hij keek naar zijn hand. Er zat bloed op.

Jane slikte haar verdriet weg. Ze bracht hem naar het ziekenhuis. Daar kreeg hij een slang in zijn keel zodat hij kon ademen. Hij zou medicijnen krijgen om te kunnen slapen. Waarschijnlijk was dit het laatste gesprek dat ze ooit nog zouden voeren.

'Sorry, Andy,' zei ze. 'Ik hou van je.'

Zijn ogen waren vochtig. Tranen rolden over zijn gezicht. 'Ik weet dat je van me houdt. Zelfs toen je de pest aan me had, wist ik dat je van me hield.'

'Ik heb nooit de pest aan je gehad.'

'Ik vergeef je, maar...' Hij hoestte. 'Vergeef je mij ook? Oké?'

Jane voerde de snelheid op. 'Er valt niets te vergeven.'

'Ik wist het, Jane. Ik wist wie hij was. Wat hij was. Het is mijn...' Zijn adem piepte. '...schuld. Mijn schuld. Het spijt me zo...'

Jane keek naar hem, maar zijn ogen waren gesloten. Zijn hoofd schoof heen en weer op het geschok van het busje.

'Andrew?'

'Ik wist het,' mompelde hij. 'Ik wist het.'

Ze scheurde naar links. Haar hart sloeg over toen ze het bord NORTHWESTERN zag naast de Spoedeisende Hulp.

'Andy?' vroeg Jane panisch. Ze hoorde hem niet meer ademen en pakte zijn hand. Die was ijskoud. 'We zijn er bijna, schat. Nog even volhouden.'

Zijn oogleden knipperden open. 'Geef...' Hij stikte bijna in een hoestbui. 'Geef ze aan, allemaal.'

'Niet praten, Andy.' Het bord kwam steeds dichterbij. 'We zijn er bijna. Volhouden, schat. Nog even volhouden.'

'Geef ze alle...' Weer knipperde Andrew met zijn ogen. Zijn kin zakte op zijn borst. Het enige teken dat hij nog leefde, was het gefluit waarmee de lucht tussen zijn tanden door werd gezogen.

Het ziekenhuis.

Jane raakte bijna de macht over het stuur kwijt toen de banden over een stoeprand schoten. Het busje maakte een zwaai. Hoe het haar lukte wist ze niet, maar ze kwam gierend tot stilstand voor de ingang naar de Spoedeisende Hulp. Op een bank zaten twee verplegers te roken.

'Help!' Jane sprong uit het busje. 'Kom mijn broer helpen! Alsjeblieft.'

De mannen waren al overeind gesprongen. De een rende het ziekenhuis in, de ander trok het portier open.

'Hij heeft...' Janes stem stokte. 'Hij is besmet met...'

'Ik snap het.' De man sloeg zijn armen om Andrews schouders en hielp hem het busje uit. 'Kom maar, vriend. We zullen goed voor je zorgen.'

Janes tranen, die allang waren opgedroogd, begonnen weer te stromen.

'Het komt goed,' zei de man tegen Andrew. Hij klonk zo vriendelijk dat ze zich wel op de grond wilde laten vallen om zijn voeten te kussen. 'Kun je lopen?' vroeg de man. 'Kom, dan gaan we naar de bank en...'

'Waar...' Andrews ogen zochten Jane.

'Hier ben ik, schat.' Ze legde haar hand op zijn gezicht. Ze drukte haar lippen op zijn voorhoofd. Hij stak zijn hand uit en raakte de bolling van haar buik aan.

'Geef ze...' fluisterde hij. 'Geef ze allemaal aan.'

De andere verpleger kwam met een brancard naar buiten rennen. De twee mannen tilden Andrew op. Hij was zo licht dat ze hem zonder zichtbare inspanning op de brancard hesen. Zoekend naar Jane draaide hij zijn hoofd.

'Ik hou van je,' zei hij.

Nu reden de mannen de brancard naar binnen. Andrew bleef Jane zo lang mogelijk aankijken.

De deuren gingen dicht.

Door het glas keek ze Andrew na toen hij naar achteren werd gereden. De dubbele deuren zwaaiden open. Verpleegkundigen en artsen zwermden om hem heen. De deuren sloten zich weer en hij was weg.

Ze zullen je pakken.

Jane zoog de koele nachtlucht op. Niemand kwam met een wapen het ziekenhuis uit stormen en schreeuwde dat ze moest gaan liggen. Geen van de verpleegkundigen was achter de balie aan het bellen.

Ze was veilig. Andrew was in goede handen. Ze kon nu weggaan. Niemand wist waar ze was. Niemand kon haar vinden tenzij ze gevonden wilde worden.

Jane liep terug naar het busje. Ze sloot het rechterportier en klom weer achter het stuur. De motor liep nog. Ze probeerde zich alles te herinneren wat Andrew had gezegd. Enkele seconden geleden had ze nog met haar broer gepraat, en nu wist ze dat ze zijn stem nooit meer zou horen.

Ze trapte het gaspedaal in.

Ze reed doelloos rond, langs de gemarkeerde parkeerplaatsen voor de Spoedeisende Hulp. Langs de parkeergarage van het ziekenhuis, van de universiteit, van het winkelcentrum aan het eind van de straat.

Canada. De vervalser.

Jane kon voor zichzelf en haar kind een nieuw leven creëren. Die tweehonderdvijftigduizend dollar aan contanten lag waarschijnlijk nog achter in het busje. De kleine koelbox. De thermoskan met water. De doos droge worstjes. De deken. Het matrasje. Toronto was maar acht uur rijden. Ze zou de noordkant van Indiana nemen, door Michigan en dan de Canadese grens over. Zo zag het plan eruit na Nicks triomfantelijke terugkeer uit New York. Vanwege de nasleep van de bomaanslagen zouden ze een paar weken op de boerderij blijven, daarna naar Canada rijden, documenten kopen van de vervalser aan East Kelly Street en naar Zwitserland vliegen.

Nick had overal aan gedacht.

Achter Jane werd geclaxonneerd. Ze schrok op. Ze was midden op straat blijven staan. In de achteruitkijkspiegel zag ze de bestuurder met zijn vuist zwaaien. Ze zwaaide verontschuldigend terug en drukte het gaspedaal in.

De chagrijnige automobilist haalde haar in, alleen om haar op haar nummer te zetten. Jane reed een eindje door, maar minderde toen vaart en volgde het bord naar de garage voor lang parkeren. De temperatuur in het busje liep terug toen ze de spiraalvormige helling af reed. Helemaal beneden zag ze een vrije plek tussen twee personenwagens. Ze parkeerde achteruit in en keek alle kanten op om te zien of ze in de gaten werd gehouden. Aan de muren hingen geen camera's. Er waren geen doorkijkspiegels.

Nicks kostbare kistje stond op de vloer tussen de stoelen. Jane schoof het onder haar arm, precies zoals haar broer had gedaan. Ineengedoken klom ze achter in het busje en ging naast de kist zitten, die met bouten aan de vloer was bevestigd en voorzien was van een slot.

6-12-32.

Ze kenden de combinatie allemaal.

Het geld lag er nog. En de thermoskan. De koelbox. De doos met worstjes.

Nicks kistje werd nu ook bij de geheime voorraad gezet. Jane nam er driehonderd dollar uit, sloot het deksel en draaide aan het slot. Toen stapte ze uit en liep om het busje heen.

De stalen bumper was hol vanbinnen. Jane legde de sleutel op de rand. Daarna liep ze de helling op. Buiten werktijden was er geen bewaking, wel lag er een stapel enveloppen naast een brievenbus. Jane schreef het nummer van de parkeerplaats op en stopte de driehonderd dollar in de envelop. Dat moest genoeg zijn om het busje een maand te kunnen parkeren.

Buiten volgde ze de kille bries naar Lake Michigan. Haar dunne blouse wapperde in de wind. Ze dacht aan de eerste keer dat ze naar Milwaukee was gevlogen voor een optreden in het Performing Arts Center. Ze had gedacht dat het vliegtuig uit koers was geraakt en boven de Atlantische Oceaan was uitgekomen, want zelfs op een hoogte van zevenduizend meter had ze de oevers van het gigantische meer niet kunnen zien. Pechenikov had gezegd dat je heel Groot-Brittannië in het meer kon leggen zonder dat de randen de oevers raakten.

Jane werd gegrepen door een diep, onaangenaam verdriet. Ergens had ze gedacht – had ze gehoopt – dat ze op een dag zou kunnen terugkeren. Naar het podium. Naar Pechenikov. Maar dat kon niet meer. Ze zou nooit meer op tournee gaan. Waarschijnlijk zou ze nooit meer vliegen. Nooit meer reizen. Nooit meer optreden.

Ze moest lachen om de gedachte die bij haar opkwam.

De laatste noten die ze op de piano had gespeeld waren de driftige, rappe openingsmaten van 'Take On Me' van A-ha geweest.

Het was overvol in de wachtkamer van het ziekenhuis. Jane werd zich bewust van haar uiterlijk. Ze had al dagen haar haar niet gewassen. Er zat bloed op haar kleren. Haar neus voelde alsof hij gebroken was. Rond haar hals zaten zwarte kneuzingen. Op het wit van haar ogen wemelde het waarschijnlijk van de speldenprikjes bloed uit gesprongen adertjes. Ze zag vraagtekens in de ogen van de verpleegkundigen.

Huiselijk geweld? Junkie? Callgirl?

'Zusje' was het enige woord dat haar nog definieerde. Ze vond Andrew achter een gordijn, helemaal achteraan op de Spoedeisende Hulp. Hij was eindelijk geïntubeerd. Jane was blij dat hij weer kon ademen, maar ze besefte dat ze zijn stem nooit meer zou horen. Hij zou haar nooit meer plagen, geen grapjes meer maken over haar gewicht, de baby die in haar buik groeide niet leren kennen.

Het enige wat Jane nu nog voor haar broer kon doen, was zijn hand vasthouden en naar de monitor luisteren, die zijn steeds tragere hartslag registreerde. Ze hield hem vast toen hij naar de lift werd gereden, toen hij naar zijn kamer op de intensive care werd gebracht. Ze weigerde hem te verlaten, ook toen de verpleegkundigen zeiden dat bezoek maar twintig minuten mocht blijven.

Er kwam geen daglicht in Andrews kamer. Het enige glas zat in het raam en in de schuifdeur die uitkeken op de verpleegpost. Jane had nooit een goed tijdsbesef gehad, dus ze kon niet zeggen hoelang het duurde voor iemand – een arts, een ziekenhulp, een verpleegkundige – hun gezichten herkende. Maar op een gegeven moment veranderden hun stemmen van toon. Vervolgens verscheen een politieman voor de gesloten glazen deur. Hij kwam niet binnen. De enige die Andrews kamertje binnenkwam, was de intensivecareverpleegkundige, die opeens een stuk minder spraakzaam was. Jane wachtte een uur, toen nog een uur en toen raakte ze de tel kwijt. Ze zag geen agenten van de CIA, de NSA, de geheime dienst, de FBI of Interpol. Er was niemand die haar tegenhield toen ze haar hoofd naast dat van Andrew op het kussen legde.

Ze bracht haar lippen naar zijn oor. Hoe vaak had Nick dat niet bij haar gedaan, hoe vaak had hij haar niet met zijn mond tegen haar oor in vertrouwen genomen en haar het gevoel gegeven dat zij de enige mensen op aarde waren die ertoe deden?

'Ik ben zwanger,' zei ze tegen haar broer, de eerste keer dat ze die woorden hardop uitsprak. 'En ik ben blij. Ik ben zo blij, Andy, dat ik een kind krijg.'

Andrews ogen bewogen onder zijn oogleden, maar de verpleegkundige had gezegd dat ze daar niet te veel waarde aan mocht hechten. Hij verkeerde in coma. Hij zou niet meer wakker worden. Het was onmogelijk te zeggen of haar broer wist dat ze er was. Maar zij wist dat ze er was, en alleen dat was belangrijk.

Niemand mag je ooit nog pijn doen.

'Jinx?'

Haar oudere broer stond in de deuropening. Ze had kunnen raden dat Jasper hen uiteindelijk zou weten te vinden. Haar grote broer die haar altijd weer kwam redden. Ze wilde opstaan en hem omhelzen, maar ze had de kracht niet om van haar stoel overeind te komen. Jasper keek al even onmachtig toen hij de glazen schuifdeur sloot. De agent knikte even naar hem en liep toen naar de verpleegpost aan de overkant van de gang. Het kwam door het luchtmachtuniform, dat ondanks de kreukels nog steeds indruk maakte. Zo te zien was Jasper niet uit zijn kleren geweest sinds ze hem voor het laatst in de salon van het huis in Presidio Heights had gezien.

Toen hij zich omkeerde, was zijn mond een strakke streep. Jane werd misselijk van schuldgevoel. Zijn gezicht zag grauw. Zijn haar stond aan de achterkant overeind. Zijn das zat scheef. Hij moest hier rechtstreeks vanaf de luchthaven naartoe zijn gekomen na de vlucht van vier uur vanuit San Francisco.

Vier uur in de lucht. Dertig uur in het busje. Twaalf uur naar New York.

Nick was nu ongetwijfeld al in Brooklyn.

'Gaat het?' vroeg Jasper.

Als ze nog tranen over had gehad, zou ze hebben gehuild. Ze hield Andrews hand vast en met haar andere hand reikte ze naar Jasper. 'Ik ben zo blij dat je er bent.'

Even hield hij haar vingers vast, maar hij liet ze meteen weer los. Hij deed een paar stappen naar achteren en leunde tegen de muur. Ze dacht dat hij naar haar aandeel in de moord op Martin zou vragen, maar in plaats daarvan zei hij: 'Er is een bom ontploft in de Chicago Mercantile Exchange.'

De mededeling klonk vreemd uit zijn mond. Ze waren zo lang met de voorbereidingen bezig geweest, en nu was het echt gebeurd.

'Er is minstens één dode,' zei Jasper. 'En een zwaargewonde. De politie denkt dat ze de ontsteker aan het afstellen waren toen de bom afging.'

Spinner en Wyman.

'Dat is de enige reden waarom het hier momenteel niet stikt van de politie. Iedereen met een penning of een uniform is daar nu de brokstukken aan het uitzoeken voor het geval er nog meer slachtoffers zijn.'

Jane klemde Andrews hand vast. Zijn gezicht was slap, en zijn huid had dezelfde kleur als de lakens. 'Jasper,' zei ze. 'Andy is...'

'Ik weet wat er met Andy is.' Jasper klonk vlak, ondoorgrondelijk. Sinds hij in de kamer was, had hij nog niet één keer naar Andrew gekeken. 'We moeten praten. Jij en ik.'

Jane wist dat hij nu naar Martin ging vragen. Ze keek naar Andrew, want ze wilde de hoop op Jaspers gezicht niet zien, en hoe die overging in teleurstelling en walging.

'Nick is een oplichter,' zei hij. 'Hij heet niet eens Nick.'

Met een ruk draaide Jane haar hoofd naar hem toe.

'Die FBI-agent – Danberry – vertelde me dat Nick in werkelijkheid Clayton Morrow heet. Ze hebben hem geïdentificeerd aan de hand van zijn vingerafdrukken in jouw slaapkamer.'

Jane was sprakeloos.

'De echte Nicholas Harp is zes jaar geleden aan een overdosis gestorven, op zijn eerste dag aan Stanford. Ik heb zijn overlijdensakte gezien. Het was heroïne.'

De echte Nicholas Harp?

'De dealer van de echte Nick, Clayton Morrow, heeft toen zijn identiteit overgenomen. Snap je wat ik zeg, Jinx? Nick is niet Nick. Hij heet Clayton Morrow. Hij heeft de identiteit van een dode gestolen. Misschien heeft hij Harp zelfs die fatale overdosis gegeven. Wie weet waartoe hij in staat is?'

De identiteit van een dode gestolen?

'Clayton Morrow is opgegroeid in Maryland. Zijn vader is piloot bij Eastern Airlines. Zijn moeder is voorzitter van de ouderraad. Hij heeft vier jongere broers en een zusje. Volgens de staatspolitie heeft hij zijn vriendin vermoord. Haar nek was gebroken. Ze was zo zwaar mishandeld dat haar lichaam met behulp van een gebitsfilmpje geïdentificeerd moest worden.'

Haar nek was gebroken.

'Jinx, ik moet weten of je begrijpt wat ik zeg.' Jasper had zich langs de muur naar beneden laten glijden en zat nu met zijn ellebogen op zijn knieën, op dezelfde hoogte als zij. 'De man die jij Nick noemt, heeft ons voorgelogen. Hij heeft ons allemaal voorgelogen.'

'Maar...' Met moeite probeerde Jane zijn woorden te bevatten. 'In de salon zei agent Barlow dat Nicks moeder hem naar Californië had gestuurd zodat hij bij zijn grootmoeder kon wonen. Datzelfde verhaal heeft Nick ons verteld.'

'De moeder van de echte Nick stuurde hem naar het westen.' Jasper probeerde de ergernis in te dammen. 'Thuis had hij een meisje zwanger gemaakt. Ze wilden niet dat zijn leven al voorbij was. Daarom stuurden ze hem naar zijn grootmoeder. Dat deel van het verhaal was waar, maar de rest was gewoon bullshit om te zorgen dat we medelijden met hem kregen.'

Jane had geen vragen meer, want niets van dit alles voelde echt. De moeder die een hoer was. De gewelddadige grootmoeder. Het jaar dat hij dakloos was. Zijn triomf toen hij op Stanford werd toegelaten.

Jasper zei: 'Snap je niet dat Clayton Morrow net genoeg van het verhaal van de echte Nick heeft gebruikt om zijn leugens geloofwaardig te maken?' Hij zweeg, maar Jane was nog steeds sprakeloos. 'Hoor je wel wat ik zeg, Jinx? Nick, of Clayton Morrow, of hoe hij zich ook noemt, was een bedrieger. Hij heeft ons allemaal voorgelogen. Hij was gewoon een drugsdealer en een oplichter.'

...een ordinaire oplichter die een sekte had opgericht zodat hij met de mooie meiden naar bed kon en God kon spelen over de jongens.

Een geluid wrong zich los uit Janes keel. Niet van verdriet, het was een lach. Ze hoorde het door het kamertje echoën, zo misplaatst tussen de apparaten en de pompen. Ze legde haar hand op haar mond. Tranen stroomden over haar wangen. Haar buikspieren verkrampten, zo hard moest ze lachen.

'Jezus.' Jasper stond weer op. Hij keek haar aan alsof ze gek was geworden. 'Dit is ernstig, Jinx. Je gaat naar de gevangenis als je het niet op een akkoord gooit.'

Jane veegde langs haar ogen. Ze keek naar Andrew, zo dicht bij de dood dat zijn huid bijna doorzichtig was geworden. Dit had hij haar in het busje willen vertellen. De echte Nick was zijn kamergenoot geweest aan Stanford. Ze begreep hoe gemakkelijk het voor Nick moest zijn geweest om Andrew het spel mee te laten spelen, en ook begreep ze dat Andrew er alles voor over had gehad om vrienden te worden met de drugsdealer van de dode.

Weer veegde ze langs haar ogen. Ze hield Andrews hand stevig vast. Het was niet meer belangrijk. Ze vergaf hem alles, zoals hij haar ook had vergeven.

'Wat is er met jou?' vroeg Jasper. 'Moet je lachen om de klootzak die onze vader heeft vermoord?'

Nu ging het eindelijk ergens over. 'Laura Juneau heeft onze vader vermoord,' zei ze.

'Denk je dat ook maar iemand in die klotesekte iets doet zonder dat híj het bevel geeft?' siste Jasper met opeengeklemde kaken. 'Dit is een ernstige zaak, Jinx. Denk eens na. Als je ooit nog een normaal leven wilt leiden, zul je de troepen de rug moeten toekeren.'

Troepen?

'Dat geflipte mens uit San Francisco is al opgepakt. Ze had een auto gestolen en op een agent geschoten.' Hij trok zijn das los en begon het kamertje op en neer te lopen. 'Ga praten vóór zij het doet. De eerste die zijn mond opentrekt, krijgt een deal. Als we je leven willen redden, moeten we snel zijn.'

Jane keek naar haar zenuwachtig ijsberende broer. Zweet gutste van hem af. Hij maakte een geagiteerde indruk, wat voor ieder ander een normale reactie zou zijn geweest. Maar Jaspers grootste talent was zijn vermogen om het hoofd altijd koel te houden. Jane kon op de vingers van één hand het aantal keren tellen dat hij echt woedend was geweest.

Voor het eerst in uren liet ze Andrews hand los. Ze stond op om zijn deken in te stoppen. Ze drukte haar lippen op zijn koele voorhoofd.

Heel even wenste ze dat ze in zijn hoofd kon kijken, want hij had duidelijk zoveel meer geweten dan zij.

'Je noemde ze troepen,' zei ze tegen Jasper.

Hij bleef staan. 'Wat?'

'Je bent vijftien jaar bij de luchtmacht geweest. Je bent nog steeds reservist. Je zou dat woord nooit onteren door er de leden van een sekte mee te beschrijven.' In gedachten zag Jane Nick in zijn handen klappen, klaar om een wervende speech af te steken. 'Zo noemt Nick ons. Zijn tróépen.'

Jasper had haar kunnen overtroeven, maar onwillekeurig wierp hij een nerveuze blik op de agent aan de overkant van de gang.

'Je wist ervan,' zei Jane. 'In elk geval van Oslo.'

Hij schudde zijn hoofd, maar het was logisch dat Nick een manier had gevonden om hem bij hun dwaze acties te betrekken. Jasper had de luchtmacht verlaten om het bedrijf over te nemen. Martin beloofde steeds dat hij zich terug zou trekken, maar als de deadline aanbrak, verzon hij weer een nieuw excuus om te kunnen blijven.

'Vertel me de waarheid, Jasper,' zei ze. 'Ik wil het uit je eigen mond horen.'

'Stop.' Nu fluisterde hij. Hij overbrugde de afstand tussen hen en bracht zijn gezicht tot vlak bij het hare. 'Ik probeer je hieruit te redden.'

'Heb je geld gegeven?' vroeg Jane, want heel veel mensen hadden hun zaak financieel gesteund. Van al die mensen was Jasper de enige die persoonlijk voordeel zou hebben bij Martins openbare vernedering.

'Waarom zou ik die eikel geld geven?' vroeg hij.

Zijn arrogantie verried hem. Ze had gezien hoe hij die altijd als wapen had gehanteerd, maar nooit eerder was zij het doelwit geweest.

'De beursgang van het bedrijf zou veel meer winst hebben opgeleverd als pa gedwongen was af te treden. Door al zijn essays en toespraken over de Quellercorrectie was hij te omstreden geworden.'

Jasper spande zijn kaak. Ze zag aan zijn gezicht dat ze gelijk had.

'Nick chanteerde je,' raadde Jane. Dat stomme metalen kistje met Nicks trofeeën. Wat zou hij met zichzelf ingenomen zijn geweest toen hij Jasper vertelde dat hij de documenten onder zijn neus vandaan had gestolen. 'De waarheid, Jasper.'

Weer keek hij naar de agent. De man stond nog steeds aan de overkant van de gang met een verpleegkundige te praten.

'Ik sta aan jouw kant, geloof het of niet,' zei Jane. 'Ik heb jou nooit iets aan willen doen. Dat van die documenten heb ik pas ontdekt vlak voor de hele zaak naar de klote ging.'

Jasper kuchte. 'Welke documenten?'

Het liefst had ze met haar ogen gerold. Dit hele spel had geen zin. 'Nick heeft de tussenrapporten gestolen waar jouw handtekening op staat. Je hebt facturen bekrachtigd voor patiënten die dood waren, zoals Robert Juneau, of van wie de behandeling al gestaakt was. Dat is fraude. Nick heeft je op heterdaad betrapt, en ik weet dat hij dat gebruikt heeft om...'

Jaspers verbaasde blik was bijna komisch. Zijn wenkbrauwen schoten omhoog. Hij liet het wit van zijn ogen zien. Zijn mond vormde een volmaakte cirkel.

'Wist je dat niet?' Nog voor ze de vraag stelde, wist Jane het antwoord al. Nick had haar broer bedrogen. Het was hem niet alleen om het geld te doen geweest. Jasper moest boeten omdat hij Nick aan de eettafel had vernederd, omdat hij op hem had neergekeken, hem had ondervraagd over zijn achtergrond en duidelijk had laten merken dat hij niet 'een van hen' was.

'Jezus.' Jasper drukte zijn handen tegen de muur. Hij was lijkbleek. 'Ik moet geloof ik overgeven.'

'Sorry, Jasper, maar het is goed zo.'

'Nu ga ik naar de gevangenis. Ik –'

'Je gaat nergens naartoe.' Jane wreef over zijn rug in een poging zijn angst te verlichten. 'Jasper, ik heb de –'

'Alsjeblieft.' Wanhopig greep hij haar armen. 'Je moet me steunen. Wat Nick ook zegt, je moet –'

'Jasper, ik heb –'

'Mond houden, Jinx. Luisteren. Dan zeggen we... Dan zeggen we... dat het Andrew was, oké?' Eindelijk keek hij naar hun broer, die op een paar passen afstand aan het doodgaan was. 'We zeggen dat Andrew het allemaal gedaan heeft.'

Jane concentreerde zich op de pijn in haar armen van zijn vingers die hij in haar huid had geslagen.

'Hij heeft mijn handtekening op de rapporten vervalst,' bedacht Jasper hardop. 'Dat heeft hij vaker gedaan. Hij vervalste pa's handtekening op schoolformulieren, op cheques, op creditcardbonnetjes. Het is een lange geschiedenis die we met bewijzen kunnen staven. Ik weet dat pa alles in zijn kluis bewaarde. Ik weet zeker dat ze –'

'Nee,' zei Jane, luid genoeg om zich verstaanbaar te maken. 'Dat mag je Andrew niet aandoen.'

'Hij gaat dood, Jinx. Wat doet het er dan nog toe?'

'Zijn nalatenschap doet ertoe. Zijn reputatie.'

'Allejezus, ben je gek geworden?' Hij schudde haar zo hard heen en weer dat haar tanden klapperden. 'Andrews nalatenschap verschilt niet van die van de rest. Hij was een flikker en hij sterft als een flikker.'

Jane probeerde zich los te maken, maar Jasper hield haar in zijn greep.

'Weet je hoe vaak ik hem gered heb van de zoveelste nicht in de Tenderloin? Hoeveel geld ik hem heb gegeven zodat hij weer eens een homo kon afkopen die naar pa dreigde te stappen?'

'Ellis-Anne –'

'Die heeft geen aids, want Andy heeft hem bij haar nooit omhoog kunnen krijgen.' Eindelijk liet Jasper haar los. Hij legde zijn hand op zijn voorhoofd. 'Jezus, Jinx, heb je je nooit afgevraagd waarom Nick altijd zijn tong in je keel stak of naar je kont greep wanneer Andrew in de buurt was? Dat deed hij om hem te sarren. We zagen het allemaal, zelfs ma.'

Nu zag Jane het, al die tekenen die ze had gemist. Ze verstrengelde haar vingers weer met die van Andrew. Ze keek naar zijn verwoeste gezicht. Het was haar nooit eerder opgevallen, maar zijn voorhoofd was voortijdig gerimpeld van alle zorgen waaronder hij altijd gebukt was gegaan.

Waarom had hij het haar nooit verteld?

Ze zou van hem zijn blijven houden. Misschien zou ze wel meer van hem hebben gehouden, want opeens werd zijn gekwelde leven vol zelfverachting begrijpelijk.

'Het doet er niet toe,' zei ze tegen Jasper. 'Ik zal zijn dood nooit onteren.'

'Andy heeft zijn dood zelf al onteerd,' zei Jasper. 'Zie je niet dat hij zijn verdiende loon krijgt? Met een beetje geluk krijgen ze die allemaal.'

Het was alsof haar bloed in ijs veranderde. 'Hoe kun je dat zeggen? Hij is nog altijd onze broer.'

'Denk eens even na.' Jasper had zichzelf weer onder controle. Hij probeerde alles weer naar zijn hand te zetten. 'Eindelijk kan Andy van nut zijn voor ons allebei. Hij zegt tegen de politie dat Nick en hij je hebben ontvoerd. Moet je jezelf eens zien. Je neus is waarschijnlijk gebroken. Iemand heeft je geprobeerd te wurgen. Andy liet het gebeuren. Hij is medeplichtig aan de moord op onze vader. Het interesseerde hem niet dat er doden vielen. Hij deed niets om het tegen te houden.'

'We kunnen niet –'

'Wat er nu met hem gebeurt, is een correctie.' Jasper greep terug op Martin Quellers theorie alsof het opeens het evangelie was. 'We moeten accepteren dat onze broer iets walgelijks is. Hij is tegen de natuurlijke orde ingegaan. Hij werd verliefd op Nick. Hij nam hem mee naar ons huis. Je had Andy in de goot moeten laten wegrotten. Ik had hem in het souterrain moeten laten hangen. Niets van dit alles zou gebeurd zijn zonder zijn walgelijke afwijking.'

Jane kon de man die ze haar hele leven had bewonderd nauwelijks aankijken. Ze had zich in bochten gewrongen om hem te verdedigen. Ze had ruziegemaakt met Andrew om hem voor gevaar te behoeden.

'Red jezelf, Jinx,' zei Jasper. 'Red mij. We kunnen nog steeds onze familienaam uit de drek halen. Over een halfjaar, een jaar misschien, gaan we met het bedrijf naar de beurs. Dat wordt niet gemakkelijk, maar het gaat lukken als we elkaar steunen. Andrew is hooguit wat pus die we uit de Quellerlijn moeten drukken.'

Jane liet zich op Andrews bed zakken en legde haar hand op zijn been. In gedachten herhaalde ze Jaspers woorden, want als ze voortaan ooit aarzelde over haar besluit nooit meer met haar broer te praten, wilde ze zich tot in detail kunnen herinneren wat hij had gezegd.

'Ik heb de documenten, Jasper,' zei ze. 'Allemaal. Ik zal voor willekeurig welke rechter getuigen dat jouw handtekening erop staat. Ik zeg dan dat jij van Oslo op de hoogte was en dat je Andrew voor alles wilde laten opdraaien.'

Jasper staarde haar aan. 'Hoe kun je voor hem kiezen in plaats van voor mij?'

Jane had het gehad met al die mannen die vonden dat ze haar ultimatums konden stellen. 'Ik heb hier net gehoord hoe jij je misdaden probeerde goed te praten en hoe je over Andrew sprak alsof hij gestoord is, maar als ik me voor iemand schaam, is het voor jou.'

Hij lachte smalend. 'Wou jij over míj oordelen?'

'Je stemde met Oslo in omdat je op macht uit was, op geld en privévliegtuigen en een nieuwe Porsche, en de enige manier waarop je een greep naar de macht kon doen, was door pa uit de weg te ruimen. Daardoor ben je slechter dan wij allemaal bij elkaar. Wij deden het tenminste nog omdat we ergens in geloofden. Jij deed het uit hebzucht.'

Jasper liep naar de deur. Jane dacht dat hij wegging, maar hij trok het gordijn voor het raam. De agent hief vragend zijn kin. Jasper zwaaide ten teken dat alles in orde was. Hij draaide zich weer om en streek zijn das glad. 'Je snapt niet hoe dit werkt.'

'Vertel maar.'

'Alles wat je hebt gezegd is waar. Pa's academische bullshit bracht onze waarde op de beurs in gevaar. We zouden miljoenen verliezen. Onze investeerders wilden van hem af, maar hij weigerde te gaan.'

'En jij dacht dat die truc met de verfpakketjes het voor elkaar zou krijgen.'

'Dit gaat niet over trucs, Jinx. We hebben met zeer rijke mannen te maken. Die worden des duivels als ze hun geld verliezen vanwege een verwend krengetje dat haar mond niet kan houden.'

'Ik ga naar de gevangenis, Jasper.' Nu ze de woorden hardop uitsprak, waren ze minder angstaanjagend dan ze had gedacht. 'Ik ga de

FBI alles vertellen wat we hebben gedaan. Kan me niet schelen wat voor bijkomende schade ik aanricht. Er is maar één manier om te boeten voor onze wreedheden, en dat is door de waarheid te vertellen.'

'Ben je echt zo dom om te denken dat ze ons in de gevangenis niet kunnen doden?'

'Ze?'

'De investeerders.' Hij keek haar aan alsof ze een koppig kind was dat haar plaats moest weten. 'Ik weet te veel. Het gaat niet alleen om die fraude. Je hebt geen idee wat pa allemaal voor foute shit uithaalde om de cijfers op te krikken. Ik haal de gevangenis niet eens, Jinx. Ze kunnen het niet riskeren dat ik een deal sluit om mijn huid te redden. Eerst vermoorden ze mij, en dan vermoorden ze jou.'

'Het zijn rijkaards, geen schurken.'

'Wíj zijn ook rijk, Jinx. En kijk eens wat pa Robert Juneau heeft aangedaan. Kijk eens wat we hem met z'n drieën hebben aangedaan.' Hij dempte zijn stem. 'Denk je echt dat we de enige familie op aarde zijn die in staat is haar vijanden in koelen bloede uit de weg te ruimen?'

Hij torende boven haar uit.

Jane ging staan om hem terug te dwingen.

'Je tekent je doodvonnis als je ook maar één woord in hun nadeel uitspreekt.' Hij priemde met zijn vinger tegen haar borst. 'Ze weten je te vinden en jagen een kogel door je kop.'

Janes hand ging naar haar buik.

Geef hem aan.

'Ik maak geen grapje,' zei Jasper.

'Denk je dat ik dat doe? Ik heb niet alleen mezelf om aan te denken.'

Jasper keek naar haar buik. Ook hij had het gezien. 'Daarom moet je goed nadenken over wat je doet. Er zijn geen crèches in de gevangenis.'

Geef ze aan, allemaal.

'Die mannen,' zei hij, 'die hebben een geheugen als een ijzeren pot. Als je hen dwarszit –'

'Hoe laat is het?'

'Wat?'

Ze draaide zijn hand om zodat ze op zijn horloge kon kijken: 3.09 uur. 'Is dit de tijd in Chicago?'

'Je weet dat ik mijn horloge altijd verzet zodra ik land.'

Ze liet zijn hand los. 'Ga maar naar huis, Jasper. Ik wil je nooit meer zien.'

Hij keek verbijsterd.

'Leef jij je corrupte leven maar. Verneuk maar wie je wilt. Hou die gevaarlijke gasten tevreden, maar vergeet niet dat ik de documenten heb en dat ik wanneer ik maar wil jouw én hun leven kan opblazen.'

'Niet doen.'

'Wat ik al of niet doe, gaat jou niet meer aan. Je hoeft me niet te redden. Ik red mezelf wel.'

Hij lachte, tot hij zag dat ze het meende. 'Ik hoop dat je gelijk hebt, Jinx, want als ook maar iets van jouw shit aan mij blijft kleven, zal ik niet aarzelen ze te vertellen waar ze je kunnen vinden. Het is jouw keuze.'

'Reken maar,' zei Jane. 'En als iemand me komt zoeken, gebruik ik die papieren om te zorgen dat jij samen met mij ten onder gaat.' Jane trok het gordijn opzij. Ze schoof de glazen deur open.

De agent had zich al omgedraaid. Zijn hand lag op zijn wapen.

Ze zei: 'Zeg tegen de FBI dat ze minder dan drie uur hebben om me een voorstel te doen, want anders gaat er in New York een gigantische bom af.'

26 AUGUSTUS 2018

VIJFTIEN

Andy's vingertopje verdween in een gat in haar huid.

Ze was geraakt.

Met haar hoofd tegen de muur zoog ze lucht tussen haar tanden door en probeerde niet flauw te vallen.

Edwin Van Wees was op de vloer van zijn kantoor neergestort. Zijn lichaam lag in een zee van glasscherven, papiersnippers en bloed. Ook lag er de MacBook waarop Andy naar informatie over haar moeder had gezocht.

Laura.

Ze strekte haar arm uit en streek over de rand van de wegwerptelefoon. Het scherm was gebarsten. Ze sloot haar ogen en luisterde gespannen. Was dat de stem van haar moeder? Was ze nog steeds aan de telefoon?

Aan de andere kant van het huis klonk de kreet van een vrouw.

Andy's hart stond stil.

De tweede kreet was luider, maar werd abrupt afgebroken door een luide klap.

Ze klemde haar kiezen op elkaar om het zelf niet uit te schreeuwen.

Clara.

Deze keer kon Andy niet verstijfd blijven zitten. Ze moest iets doen. Op trillende benen probeerde ze zichzelf langs de muur overeind te duwen. Pijn scheurde haar bijna uit elkaar. Ze boog zich voorover om de krampen te doen ophouden. Bloed sijpelde uit het kogelgat in haar zij. Haar benen beefden toen ze zich in beweging wilde zetten. Dit was haar schuld. Alles was haar schuld. Laura had gezegd dat ze voorzichtig moest zijn, en toch had Andy ze hiernaartoe geleid.

Ze.

Om Edwin te doden. Om Clara te doden.

Schuivend met haar schouder langs de muur ging ze op zoek naar Clara. Ze zou zich overgeven, een einde maken aan de afschuwelijke ellende die ze had aangericht. Haar voeten bleven haken achter het vloerkleed. Pijn doorkliefde haar zij. Haar hoofd stootte tegen de foto's aan de muur van de gang. Ze moest even stoppen om op adem te komen. Telkens trok er een waas voor haar ogen. Ze staarde naar de afbeeldingen aan de muur. Verschillende lijsten, verschillende poses, sommige in kleur, andere in zwart-wit. Clara en Edwin met twee vrouwen van Andy's leeftijd. Een paar kiekjes van de vrouwen toen ze jonger waren, als tieners, op de kleuterschool, en toen…

Peutertje Andy in de sneeuw.

Verbluft keek Andy naar de foto van zichzelf toen ze klein was.

Hield ze daar Edwins hand vast? Op de foto ernaast zat de kleine Andy bij Clara en Edwin op schoot. Laura had Andy uit hun leven geknipt en toegevoegd aan de stockfoto van haar nepgrootouders Randall.

'Mooi, hè?'

Andy keek om. Ze had verwacht Mike te zullen zien, maar het was een vrouwenstem. Van een vrouw die ze maar al te goed kende.

Paula Kunde stond aan het einde van de gang.

De revolver in haar hand kwam Andy bekend voor. 'Bedankt dat je deze voor mij in je auto hebt laten liggen. Heb jij het serienummer eraf gevijld, of was dat je mammie?'

Andy antwoordde niet. Ze kreeg geen adem meer.

'Je bent aan het hyperventileren,' zei Paula. 'Pak de telefoon.'

Andy draaide zich om. De wegwerptelefoon lag achter haar op de vloer. In de stilte kon ze haar moeder horen jammeren.

'Jezus.' Paula liep met grote stappen de gang door, raapte de telefoon op en drukte die tegen haar oor. 'Bek houden, Domme Bitch.'

Dat deed Laura niet. Haar blikkerige stem trilde van woede.

Paula zette de luidspreker aan.

'…als je haar godverdomme ook maar een haar…'

'Ze gaat dood.' Paula glimlachte toen Laura abrupt zweeg. Ze hield de telefoon onder Andy's kin. 'Vertel het haar maar, schat.'

Andy greep naar haar zij. Ze voelde het bloed uit haar lichaam sijpelen.

'Andrea?' zei Laura. 'Alsjeblieft, zeg iets...'

'Mam...'

'O, liefje!' riep Laura. 'Wat is er met je?'

Nu hield Andy het niet meer, en diep uit haar binnenste steeg een gesmoorde kreet op. 'Mam...'

'Wat is er gebeurd? O god, zeg alsjeblieft dat er niks met je is!'

'Ik...' Andy wist niet of ze de woorden over haar lippen kreeg. 'Ik ben geraakt. Ze heeft op me geschoten, in mijn –'

'Zo is het genoeg.' Paula hief de revolver en Andy zweeg. 'Je weet wat ik wil, Domme Bitch,' zei ze tegen Laura.

'Edwin...'

'Die is dood.' Paula keek Andy met opgetrokken wenkbrauwen aan, alsof dit een spel was.

'Stomme idioot,' siste Laura. 'Hij is de enige die weet –'

'Laat die bullshit maar zitten,' zei Paula. 'Jij weet ook waar het is. Hoeveel tijd heb je nodig?'

'Ik kan...' Ze zweeg even. 'Twee dagen.'

'Oké, geen probleem.' Paula keek Andy grijnzend aan. 'Misschien dat je kind eerst in shock raakt voor ze doodbloedt.'

'Smerig kutwijf.'

Andy wist niet wat ze hoorde. Dat soort woorden had ze nog nooit uit haar moeders mond gehoord.

'Ik haal je strot open als je mijn dochter ook maar iets aandoet. Hoor je me?'

'Domme Bitch,' zei Paula. 'Daar ben ik al mee bezig.'

Andy zag een flits.

Alles werd zwart.

Nog voor ze haar ogen opende, wist Andy dat er iets mis was. Niet dat alles in één klap weer bovenkwam, want ze was geen moment vergeten wat er was gebeurd.

Er was op haar geschoten. Ze lag nu in de kofferbak van een auto. Haar handen en voeten waren vastgebonden met een verzameling handboeien. Een handdoek was met ducttape rond haar middel vastgemaakt om het bloeden te stelpen. Aan de prop in haar mond zat een rubberen bal zodat ze moeilijk kon ademen, want haar neus zat vol bloed nadat ze met de kolf van de revolver knock-out was geslagen.

Net als al het andere kon Andy zich de klappen met de revolver nog goed herinneren. Ze was niet helemaal bewusteloos geraakt. Het was eerder alsof ze vastzat in het grensgebied tussen slapen en waken. Destijds op de kunstacademie had ze altijd naar die totale stilstand verlangd, want daar kreeg ze haar beste ideeën. Haar ogenschijnlijk lege geest bleef doorwerken in de verschillende tinten zwart en wit die ze aan haar potlood ontlokte.

Had ze een hersenschudding?

Eigenlijk hoorde ze panisch te zijn, maar de paniek was weggegorgeld als water in een afvoerputje. Was het een uur geleden? Twee uur? Nu overheerste een gevoel van intens ongemak. Haar lip was gescheurd. Haar wang voelde gekneusd. Haar oog was opgezwollen. Haar handen waren gevoelloos. Haar polsen sliepen. Als ze in de juiste houding bleef liggen, als ze haar rug gebogen hield en als ze heel licht ademde, kon ze de pijn in haar zij net verdragen.

Het schuldgevoel was een ander verhaal.

In gedachten liet Andy alles wat er op de boerderij was gebeurd nog eens de revue passeren in een poging het moment te vinden waarop het was misgegaan. Edwin had gezegd dat ze moest vertrekken. Had ze nog kunnen weggaan vóór zijn shirt aan de voorkant was opengereten door de kogels die zijn rug hadden doorboord?

Ze kneep haar ogen dicht.

Klik-klik-klik-klik.

De ronddraaiende cilinder van de revolver.

Andy probeerde Clara's twee kreten te analyseren: de eerste van schrik en de tweede die werd afgebroken door een smak. Het was geen klap van een hand of een stomp met een vuist geweest. Paula had Andy met de revolver geslagen. Had ze hetzelfde met Clara gedaan? Was Clara versuft in haar eigen keuken wakker geworden, was ze de gang doorgelopen en had ze Edwin dood op de grond aangetroffen?

Of had ze haar ogen voor eeuwig gesloten?

Andy gilde het uit toen de auto over een hobbel in de weg reed.

Paula minderde vaart voor een afslag. Andy voelde de verandering in snelheid, de werking van de zwaartekracht. Het donker lichtte op in de gloed van de remlampen. Ze zag het stompje van de noodknop voor de kofferbak, die Paula had afgezaagd om te voorkomen dat Andy ontsnapte.

Het was een huurauto met een Texaans kenteken. Dat had Andy nog gezien toen ze in de kofferbak werd geduwd. Paula kon met dat wapen niet in een vliegtuig stappen. Ze was vast vanuit Austin gekomen, net als Andy, maar Andy had af en toe hooguit gekeken of ze door Mike werd gevolgd. Wat betekende dat Paula precies had geweten waar Andy uiteindelijk terecht zou komen. Ze had dat mens volkomen in de kaart gespeeld.

Haar keel vulde zich met gal.

Waarom had ze niet naar haar moeder geluisterd?

Weer minderde de auto vaart, maar deze keer stopte hij.

Paula was één keer eerder gestopt. Twintig minuten geleden? Een halfuur? Andy wist het niet. Ze had geprobeerd de tijd bij te houden, maar haar ogen vielen steeds dicht. Ze moest zichzelf telkens uit haar slaap rukken en weer helemaal opnieuw beginnen.

Ging ze dood?

Haar brein leek het vreemd genoeg niet uit te maken wat er gebeurde. Ze was doodsbang, maar haar hart ging niet tekeer, het zweet stond niet in haar handen. Ze had pijn, maar ze hyperventileerde of huilde niet, smeekte niet dat het zou ophouden.

Verkeerde ze in shock?

Andy hoorde het getik van de richtingaanwijzer.

De wielen hobbelden een grindweg op.

Ze probeerde niet aan alle griezelfilms te denken die begonnen met een auto die over een grindweg naar een verlaten camping of lege hut reed.

'Nee.' In het donker van de kofferbak sprak ze het woord hardop uit. Ze liet de paniek niet weer de kop opsteken, want dan zou ze blind zijn voor elke kans om te ontsnappen. Ze werd gegijzeld. Laura had iets wat Paula wilde hebben. Paula zou Andy niet doden voor ze het in handen had.

Toch?

De remmen piepten toen de auto weer stopte. Deze keer werd de motor uitgezet. Het linkerportier ging open en weer dicht.

Andy wachtte tot de kofferbak werd geopend. In gedachten had ze allerlei scenario's doorlopen ter voorbereiding op wat ze ging doen wanneer ze Paula weer zag. In het scenario dat telkens terugkwam, tilde ze haar voeten op en schopte ze die heks in haar gezicht. Het probleem was dat je buikspieren nodig had om je voeten omhoog te brengen, en Andy kon amper ademen zonder het gevoel te krijgen dat een lasbrander haar zijkant openblies.

Ze legde haar hoofd op de vloer van de kofferbak en probeerde geluiden op te pikken. Het enige wat ze hoorde was het afkoelen van het motorblok.

Klik-klik-klik-klik.

Als de ronddraaiende cilinder van de revolver, maar dan langzamer.

Om iets te doen te hebben begon Andy te tellen. Na al die lange uren in de Reliant en daarna in Mikes pick-up was ze veranderd in iemand die hardop dingen zei om de eentonigheid te doorbreken.

'Eén,' mompelde ze. 'Twee... drie...'

Toen ze bij negenhonderdvijfentachtig was aangekomen, ging de klep eindelijk open.

Andy knipperde met haar ogen. Buiten was het donker en maanloos. Het enige licht kwam uit het trappenhuis tegenover de open kofferbak. Ze had geen idee waar ze waren, behalve dat het een kutmotel in een kutstadje was.

'Kijk me aan.' Paula ramde de revolver onder Andy's kin. 'Geen gekloot, of je kunt weer een kogel krijgen. Duidelijk?'

Andy knikte.

Paula schoof het wapen in de band van haar spijkerbroek. Met een stel sleutels maakte ze de boeien los. Andy kreunde van opluchting toen haar armen en benen eindelijk vrij waren. Ze graaide naar de mondprop. De roze leren bandjes knapten aan de achterkant. Het leek op iets uit de catalogus van *Vijftig tinten grijs*.

Paula had de revolver weer gepakt. Ze liet haar blik over het parkeerterrein gaan. 'Uitstappen en bek houden.'

Andy probeerde zich te bewegen, maar de wond en de lange uren waarin ze vast had gezeten, maakten het onmogelijk.

'Jezus.' Met een ruk aan haar arm trok Paula haar overeind.

Andy kon zich alleen laten rollen. Ze viel tegen de bumper en tuimelde op de grond. Haar lichaam deed op zoveel plaatsen pijn dat ze die niet tot één bron kon herleiden. Bloed droop uit haar mond. Ze had op haar tong gebeten. Het was alsof er spelden in haar voeten staken toen haar bloedsomloop weer in werking trad.

'Opstaan.' Paula greep Andy's arm en hees haar overeind.

Ze brulde het uit en klapte dubbel om de krampen te stoppen.

'Hou eens op met dat gejank,' zei Paula. 'Trek dit aan.'

Andy herkende de witte knoopjespolo uit de blauwe Samsonitekoffer. Die hoorde bij Laura's noodbagage uit de opslagbox in Carrollton.

'Opschieten.' Paula hielp Andy in het shirt en hield onderwijl het parkeerterrein in de gaten. 'Schreeuwen zou ik je afraden. Ik kan jou niet neerschieten, maar wel iedereen die jou probeert te helpen.'

Andy knoopte het shirt dicht. 'Wat heb je met Clara gedaan?'

'Je tweede mammie?' Ze grinnikte toen ze Andy's gezicht zag. 'Ze heeft bijna twee jaar voor je gezorgd, samen met Edwin. Wist je dat?'

Andy deed haar uiterste best niet te reageren. Ze hield haar hoofd gebogen en keek naar haar vingers, die met de knoopjes bezig waren.

Had Edwin als een vader naar haar gekeken omdat hij haar vader wás?

'Ze wilden je houden,' zei Paula, 'maar Jane nam je terug, egoïstische bitch die ze is.' Ze keek Andy onderzoekend aan. 'Kennelijk verbaast het je niet dat Jane de echte naam van je moeder is.'

'Waarom heb je Edwin gedood?'

'Jezus, kind.' Ze griste een stel handboeien uit de kofferbak. 'Ben je echt zo stom?'

'Kennelijk,' mompelde Andy.

Paula sloeg de klep dicht. Met één hand pakte ze twee plastic tassen. De revolver verdween weer in haar broekband, maar ze hield een hand aan de kolf. 'Lopen.'

'Is Edwin...' Andy probeerde een slimme manier te bedenken om de waarheid uit haar te krijgen, maar haar brein was niet tot acrobatiek in staat. 'Is hij mijn vader?'

'Als hij jouw vader was, had ik allang een kogel door je borst gejaagd en in het gat gescheten.' Ze gebaarde dat Andy in beweging moest komen. 'De trap op.'

Lopen ging betrekkelijk goed, maar toen Andy de trap op klom, was het alsof ze in tweeën werd gekliefd. Ze drukte haar hand tegen haar zij, maar niets hielp tegen het gevoel dat er een mes in haar lichaam werd rondgedraaid. Telkens als ze een voet optilde, kon ze het wel uitschreeuwen. Maar dan zouden er waarschijnlijk mensen uit hun kamers komen die Paula zou neerschieten, zodat Andy meer dan alleen de dood van Edwin Van Wees en Clara Bellamy op haar geweten had.

'Links,' zei Paula.

Andy liep een lange, donkere gang in. Schaduwen dansten voor haar ogen. De misselijkheid was terug. De doffe pijn was weer scherp geworden. Ze steunde met haar hand tegen de muur om niet te struikelen of te vallen. Waarom liet ze zich als een lemming meevoeren? Waarom had ze het niet uitgeschreeuwd op het parkeerterrein? Tegenwoordig kwamen mensen je niet meer te hulp. Ze belden de politie, en dan zou de politie...

'Hier.' Paula zwaaide met de keycard en opende de deur.

Andy liep voor haar uit de kamer in. De lampen brandden al. Twee tweepersoonsbedden, een tv, een bureau, een bistrotafeltje met twee bijpassende stoelen. De badkamer was naast de deur. Voor het raam, dat waarschijnlijk uitkeek op het parkeerterrein, waren de gordijnen dichtgetrokken.

Paula liet de plastic boodschappentassen op het tafeltje vallen. Flesjes water. Fruit. Chips.

Andy haalde haar neus op. Bloed stroomde haar keel in. Het was alsof de hele linkerkant van haar gezicht met heet water was gevuld.

'Oké.' Paula's hand rustte op de kolf van de revolver. 'Ga je gang, schreeuw maar. Deze hele vleugel is leeg, en bovendien is dit niet het soort hotel waar mensen zich druk maken om een griet die om hulp schreeuwt.'

Andy legde al haar haat in de blik waarmee ze het mens aankeek.

Grijnzend zoog Paula haar woede op. 'Als je moet pissen, doe je het nu. Ik bied het niet nog eens aan.'

Andy wilde de deur van de badkamer dichtdoen, maar Paula hield haar tegen. Ze keek toe hoe Andy zich moeizaam en zonder haar buikspieren te gebruiken liet zakken. Een gilletje ontsnapte haar toen ze de bril raakte. Ze hing over haar knieën om de pijn tegen te gaan. Normaal kon Andy niet plassen als er iemand bij was, maar na al die tijd in de auto kostte het haar geen enkele moeite.

Overeind komen was een andere zaak. Haar knieën wilden zich al strekken, maar toen liet ze zich weer kreunend op de bril zakken.

'Godsamme.' Paula rukte Andy bij haar oksel overeind. Ze ritste en knoopte Andy's spijkerbroek dicht alsof ze een meisje van drie was, toen duwde ze haar de kamer in. 'Ga aan tafel zitten.'

Met haar rug gekromd manoeuvreerde ze zichzelf naar de gammele stoel. Er trok een bliksemschicht door de zijkant van haar lichaam.

Paula schoof de stoel onder de tafel. 'Je doet wat ik zeg wanneer ik het zeg.'

'Fuck you.' Het was eruit voor Andy het doorhad.

'Van hetzelfde.' Paula greep Andy's linkerarm. Ze klikte een handboei om haar pols, trok haar hand onder de tafel en bevestigde de boei aan de metalen poot.

Andy gaf er een ruk aan. De tafel rammelde. Ze legde haar voorhoofd op het blad.

Waarom was ze niet naar Idaho gegaan?

'Als je moeder de eerste vlucht heeft gepakt, duurt het nog minstens twee uur voor ze hier is,' zei Paula. Uit een van de tassen haalde ze een potje ibuprofen. Met haar tanden trok ze de verzegeling eraf. 'Hoe erg is de pijn?'

'Alsof er op me geschoten is, vuile psychopaat.'

'Kan wel kloppen.' In plaats van kwaad te worden, leek Paula te genieten van Andy's woede. Ze legde vier gelcapsules op tafel en draaide een van de waterflesjes open. 'Barbecue of gewoon?'

Andy staarde haar aan.

Paula hield twee zakjes chips omhoog. 'Je moet iets eten, anders krijg je buikpijn van de pillen.'

'Barbecue,' zei Andy, om maar iets te zeggen.

Ook het zakje opende Paula met haar tanden. Toen haalde ze twee broodjes uit hun verpakking. 'Mosterd en mayonaise?'

Andy knikte en keek toe terwijl het gestoorde wijf dat haar had neergeschoten en ontvoerd met een plastic mes mayonaise en mosterd over haar broodje kalkoen smeerde.

Waarom gebeurde dit alles?

'Eet minstens de helft op.' Paula schoof het broodje naar haar toe en besmeerde haar eigen broodje met mosterd. 'Ik meen het, kind. De helft. Daarna kun je de pillen innemen.'

Andy pakte het broodje, maar in een idiote flits zag ze het uit het gat in haar zij naar buiten spuiten. Opeens bedacht ze iets. 'Vóór een operatie mag je niet eten.'

Paula keek haar verbluft aan.

'De kogel. Ik bedoel, als… wanneer… mijn moeder komt, dan…'

'Je wordt niet geopereerd. Het is beter om de kogel te laten zitten. Wel moet je uitkijken voor infectie. Daar kun je dood aan gaan.' Paula zette de tv aan. Ze zapte tot ze Animal Planet had gevonden, toen deed ze het geluid uit.

Pitbulls and Parolees.

'Dit is een mooie aflevering.' Paula draaide zich snel even om en spoot mayonaise op haar broodje. 'Hadden ze dit maar in Danbury gehad.'

Andy keek hoe ze met het plastic mes de mayonaise over het brood uitspreidde.

Eigenlijk zou dit alles vreemd moeten voelen, maar dat deed het niet. Waarom zou het? Aan het begin van de week had ze haar moeder een jongen zien doden, vervolgens had ze zelf een huurmoordenaar vermoord, was ze op de vlucht geslagen, had ze een crimineel in zijn ballen getrapt en waren door haar toedoen nog eens één of twee mensen gedood. Dus waarom was het niet de gewoonste zaak van de wereld om met handboeien vastgekluisterd aan een tafel samen met een gestoorde ex-gedetineerde universitair docente te kijken hoe voormalige gevangenen probeerden mishandelde honden vertrouwen terug te geven?

Paula drukte de twee helften van het broodje op elkaar. Ze rukte aan de sjaal om haar hals, dezelfde sjaal die ze tweeënhalve dag eerder in Austin om had gehad.

'Ik dacht dat iemand je had willen wurgen,' zei Andy.

Paula nam een grote hap. Met haar mond vol zei ze: 'Ik heb kougevat. Je moet je hals warm houden om het hoesten te stoppen.'

Andy deed geen moeite het stupide gezondheidsadvies recht te zetten. Hoewel een verkoudheid de verklaring kon vormen voor Paula's hese stem, zei ze: 'Maar je oog –'

'Die kutmoeder van je.' Er viel eten uit haar mond, maar ze bleef praten. 'Ze heeft me tegen mijn hoofd geslagen. In de gevangenis werd er niet naar omgekeken. Het linkeroog werd helemaal wit, en in het rechter heb ik een infectie. Het is nog steeds erg gevoelig voor licht, daarom heb ik altijd een zonnebril op. Dankzij je moeder zie ik er al tweeëndertig jaar zo uit.'

Interessant rekensommetje.

'Wat wou je nog meer weten?' vroeg Paula.

Andy had het gevoel dat ze niets meer te verliezen had. 'Jij hebt toch die vent naar mijn moeders huis gestuurd? Om haar te martelen?'

'Samuel Godfrey Beckett.' Paula snoof en moest hoesten toen het brood in haar verkeerde keelgat schoot. 'Alleen al vanwege die stomme naam was hij het geld waard. Ik was er zeker van dat Jane alles zou vertellen. Confrontatie is nooit haar sterke punt geweest. Aan de andere kant heeft ze wel dat joch in het restaurant gedood. Ik deed het bijna in mijn broek toen ik haar gezicht op het nieuws herkende. *Tering, Laura Oliver.* Woonde godverdomme aan een strand terwijl wij met z'n allen aan het wegrotten waren in de gevangenis.'

Andy drukte haar tong tegen haar verhemelte. De revolver zat nog steeds in Paula's spijkerbroek, maar haar handen waren met het broodje in de weer. Als Andy de tafel nu eens tegen Paula aan duwde en met haar vrije hand het wapen greep?

'Verder nog iets?'

In gedachten nam Andy alle handelingen door. Niets werkte. Haar geboeide pols zat te ver onder de tafel. Ze zou zichzelf doorboren als ze met haar vrije hand naar de revolver reikte.

'Kom.' Paula nam weer een hap van haar broodje. 'Vraag alles maar wat je niet aan je moeder kunt vragen.'

Andy wendde haar blik af. Ze keek naar de lelijke bloemetjessprei. Naar de deur, zo'n zes meter verderop. Paula wilde open kaart spelen, maar nu Andy zo lang op zoek was geweest, nam ze geen genoegen met alleen antwoorden. Ze wilde uitleg, maar die kon ze alleen van haar moeder krijgen.

Paula zocht in de tas naar een servet. 'Tong verloren?'

Onwillekeurig vroeg Andy: 'Hoe weet ik dat je de waarheid spreekt?'

'Ik ben eerlijker dan die hoer die voor je moeder moet doorgaan.'

Andy beet op haar toch al rauwe tong om niet tegen haar uit te varen. 'Wie heb je gedood?'

'Een sekreet dat me in de gevangenis wilde neersteken. Voor Noorwegen konden ze me niet vervolgen. Maplecroft was niet mijn schuld. Quarter had haar ontvoerd. Die andere dingen had ik ook niet gedaan.' Ze zweeg even om te kauwen. 'Ik heb toen bekend dat ik bij een plaats delict was weggevlucht. Daarvoor kreeg ik zes jaar, dat van die hoer die ik aan het mes heb geregen was zelfverdediging, maar toen verhoogden ze mijn straf naar twintig jaar. Vraag nog maar iets.'

'Hoe heb je die baan aan de universiteit gekregen?'

'Ze zochten naar iemand uit een minderheidsgroep, en ik viel in de prijzen met m'n sneue verhaal van tot inkeer gekomen crimineel. Vraag nog eens iets.'

'Hoe is het met Clara?'

'Ha, leuk geprobeerd. Wat dacht je van deze: waarom heb ik zo de pest aan jouw stomme trut van een moeder?'

Andy zweeg afwachtend, maar Paula weigerde haar mond open te doen.

Zo verveeld en ongeïnteresseerd mogelijk vroeg ze: 'Waarom heb je zo de pest aan mijn moeder?'

'Ze heeft ons verraden. Ons allemaal, op Edwin en Clara na, maar dat was alleen omdat ze hen in haar macht wilde hebben.' Paula wachtte op een reactie, maar die bleef uit. 'In ruil voor haar verklaring werd Jane in een getuigenbeschermingsprogramma geplaatst. Ze kreeg strafvermindering omdat de klok letterlijk doortikte. We hadden een tweede bom klaar om af te laten gaan, maar door haar grote bek ging het niet door.'

Andy zocht naar iets verraderlijks in Paula's blik, maar vond niets.

Getuigenbescherming.

Andy probeerde de informatie te laten indalen; ze wilde weten wat het met haar deed. Laura had tegen haar gelogen, maar ze was inmiddels gewend aan het feit dat haar moeder loog. Misschien voelde ze een zekere opluchting. Andy was er de hele tijd van uitgegaan dat haar moeder een misdadiger was. Ze wás ook een misdadiger, maar ze had in wezen iets goeds gedaan door hen allemaal aan te geven.

Toch?

'Wel moest ze nog twee jaar de bak in,' zei Paula. 'Dat kan namelijk. Ook als je in een getuigenbeschermingsprogramma zit. En reken maar dat Jane allerlei rottigheid op d'r kerfstok had. Dat hadden we allemaal, maar wij deden het voor de goede zaak. Jane deed het omdat ze een verwend kreng was dat uitgekeken raakte op haar vaders geld.'

'QuellCorp,' zei Andy.

'Miljarden,' zei Paula. 'En allemaal verdiend met het leed en het misbruik van zieke mensen.'

'Dus je houdt me gegijzeld om geld?'

'Jezus, nee zeg. Ik hoef haar smerige bloedgeld niet. Dit heeft niks met QuellCorp te maken. De familie heeft het bedrijf jaren geleden al van de hand gedaan. Ze hebben er niks meer mee te maken. Op het binnenharken van de centen van hun aandelen na dan.'

Andy vroeg zich af of het geld in de Reliant daarvan afkomstig was. Je moest belasting betalen over de winst uit aandelen, maar als Laura in het getuigenbeschermingsprogramma zat, was alles legaal.

Toch?

'Heeft Jane je hier nooit iets over verteld?' vroeg Paula.

Andy had geen zin te bevestigen wat het mens al wist.

'Heeft ze je verteld wie je vader is?'

Andy zweeg. Ze wist wie haar vader was.

'Wil je dat niet weten?'

Gordon was haar vader. Hij had haar grootgebracht, voor haar gezorgd, haar irritante stiltes en besluiteloosheid geslikt.

Paula slaakte een diepe, teleurgestelde zucht. 'Nicholas Harp. Heeft ze je dat nooit verteld?'

Nu was Andy's nieuwsgierigheid geprikkeld, maar niet om de meest voor de hand liggende reden. Ze herkende de naam van de Wikipedia-pagina. Nog vóór haar geboorte was Harp aan een overdosis gestorven.

'Je liegt,' zei ze.

'Nee, ik lieg niet. Nick is de leider van The Army of the Changing World. Iedereen zou zijn naam moeten kennen, vooral jij.'

'Volgens Wiki was Clayton Morrow...'

'Nicholas Harp. Dat is de naam die je vader heeft gekozen. De helft van alle bullshit op Wikipedia bestaat uit leugens. De andere helft uit giswerk.' Opgewonden boog Paula zich over de tafel heen. 'The Army of the Changing World stond ergens voor. We zouden de wereld inwisselen voor een nieuwe. Tot je moeder het benauwd kreeg en het één grote shitzooi werd.'

Andy schudde haar hoofd, want ze hadden diverse mensen vermoord en het land geterroriseerd. 'Die docente in San Francisco is om het leven gebracht. De meeste leden van je groep zijn dood. Martin Queller is vermoord.'

'Je bedoelt je grootvader?'

Andy was onaangenaam verrast. Ze had nog geen tijd gehad om de link te leggen.

Martin Queller was haar grootvader.

Hij was getrouwd met Annette Queller, haar grootmoeder.

Wat betekende dat Jasper Queller, die gestoorde miljardair, haar oom was.

Was Laura ook miljardair?

'Eindelijk valt het kwartje, hè?' Paula floepte een stukje vlees in haar mond. 'Je vader zit al dertig jaar in de bak vanwege Jane. Zij heeft je altijd bij hem weggehouden. Je had een band met hem kunnen opbouwen, je had hem kunnen leren kennen, maar die eer gunde ze je niet.'

Andy wist heel goed wie Clayton Morrow was, en ze wilde niets met hem te maken hebben. Hij was evenmin haar vader als Jerry Randall. Dat moest ze wel geloven, want anders zou ze zich als een zielig hoopje op de vloer laten vallen.

'Kom op.' Paula veegde met de rug van haar hand over haar mond. 'Meer vragen.'

Andy nam de laatste paar dagen nog eens door, en de lijst met onzekerheden die ze had opgesteld na haar ontmoeting met Paula. 'Waardoor veranderde je van gedachten, toen in Austin? Het ene moment stuurde je me weg, en het volgende zei je dat ik Clara Bellamy moest opzoeken.'

Paula knikte, kennelijk vond ze het een goede vraag. 'Die agent van wie je de ballen hebt gepureerd. Ik bedacht dat je dat niet zou hebben gedaan als je met je moeder samenwerkte.'

'Wat?'

'Die smeris. Van de US Marshals.'

Andy voelde het bloed naar haar wangen kruipen.

'Je had hem lelijk bij de kloten. Die hufter heeft wel een uur op mijn veranda gelegen.'

Andy legde haar hoofd op tafel zodat Paula haar gezicht niet kon zien.

Mike.

De Marshal Service was een politiedienst die verantwoordelijk was voor het getuigenbeschermingsprogramma. Ze konden zoveel rijbewijzen maken als ze wilden, want het maken van nieuwe documenten hoorde bij hun werk: nepgeboorteaktes, nepbelastingbiljetten en zelfs nepoverlijdensaktes voor een verzonnen man genaamd Jerry Randall.

Andy's darmen raakten verknoopt.

Mike was Laura's contactpersoon. Daarom was hij in het ziekenhuis toen ze werd ontslagen. Was dat de reden waarom hij Andy volgde?

Probeerde hij haar te helpen omdat ze zonder het te weten deel had uitgemaakt van het programma?

Had ze de enige persoon uitgeschakeld die hen van dit monster kon redden?

'Hé.' Paula tikte met haar knokkels op tafel. 'Meer vragen. Gooi ze er maar uit. We hebben toch niks beters te doen.'

Andy schudde haar hoofd. Ze probeerde Mikes betrokkenheid scherp te krijgen, vanaf het begin. Zijn pick-up op de oprit van de Hazeltons, met die konijnenpoot als sleutelhanger. De magnetische borden die hij in elke nieuwe stad verwisselde.

De gps-tracker op de koelbox.

Die moest Mike hebben geïnstalleerd toen Andy in coma lag in het motel in Muscle Shoals. Vervolgens had hij zichzelf aan de overkant van de straat op een biertje getrakteerd en had moeten improviseren toen Andy de kroeg binnenwandelde.

Ze was ervan uitgegaan dat hij bevriend was met de barkeeper, maar mannen zoals Mike maakten overal vrienden.

'Hé,' herhaalde Paula. 'Concentreer je op mij, joh. Als je me niet weet te vermaken, bind ik je weer vast en ga ik naar mijn programma's kijken.'

Andy schudde haar hoofd om zich van de mist te bevrijden. Ze hief haar kin en liet die tegen haar vrije hand rusten. Er zat niets anders op dan terug te keren naar haar lijst. 'Waarom heb je me naar Clara gestuurd?'

'Dat wijf weigerde met me te praten toen ze ze nog allemaal op een rijtje had, en Edwin dreigde me te verlinken aan mijn reclasseringsambtenaar. Ik hoopte dat haar geheugen wat opgeschud zou worden als ze jou zag. Dan zou ik je meenemen en van jou de informatie krijgen, iedereen blij. Alleen, toen kwam Edwin ertussen. Maar zal ik jou eens wat vertellen? Hij kon de kolere krijgen omdat hij heeft meegewerkt aan Janes deal zodat ze niet voor dertig jaar de bak in draaide.' Paula propte een handvol chips in haar mond. 'Je moeder maakte deel uit van een samenzwering om je grootvader te vermoorden. Ze heeft Alexandra Maplecroft zien sterven. Ze was erbij toen Quarter een kogel door zijn hart kreeg. Ze heeft geholpen het busje naar de boerderij te rijden. Ze is er altijd honderd procent bij geweest, bij elke stap die we hebben gezet.'

'Tot ze er niet meer bij was,' zei Andy, want aan dat deel van het verhaal wilde ze zich vastklampen.

'Tja, nou, we hebben nog wel de Chicago Mercantile opgeblazen voor het allemaal voorbij was.' Ze zag Andy's wezenloze blik. 'Daar worden grondstoffen verhandeld. Derivaten. Heb je daar weleens van gehoord? En toen Nick gepakt werd, was hij net op weg naar Manhattan om de Stock Exchange op te blazen. Dat zou fantastisch zijn geweest.'

Zoals iedereen had Andy vliegtuigen gebouwen in zien vliegen, trucks voetgangers zien neermaaien, en alle gruwelen daartussenin. Ze wist dat dat soort aanslagen verre van fantastisch waren, en ze wist ook dat wat die geflipte groepen ook kapot probeerden te maken, het altijd weer werd opgebouwd – hoger, sterker en beter.

'Waarom ben ik hier eigenlijk?' vroeg ze. 'Wat wil je van mijn moeder?'

'Heeft even geduurd voor die vraag kwam,' zei Paula. 'Jane heeft documenten die door je oom Jasper zijn ondertekend.'

Oom Jasper.

Andy kon er maar niet aan wennen dat ze opeens familie had, en ze wist niet of ze wel op een familie zoals de Quellers zat te wachten.

'De afgelopen twaalf jaar is Nick zes keer in aanmerking gekomen voor vervroegde vrijlating.' Paula maakte een prop van de chipszak en wierp die naar de afvalbak. 'En elke keer bestijgt die lul van een Jasper Queller het spreekgestoelte met zijn stomme luchtmachtinsignes en zijn speldje van de Amerikaanse vlag en begint te janken dat Nick zijn vader heeft vermoord, zijn broer heeft geïnfecteerd en zijn zus van hem heeft afgepakt, blèh-blèh-blèh.'

'Heeft hij zijn broer geïnfecteerd?'

'Daar had Nick niks mee te maken. Je oom was een flikker. Hij is aan aids gestorven.'

Andy werd onpasselijk bij het horen van het scheldwoord.

Paula snoof. 'Jouw generatie ook altijd met zijn stomme politieke correctheid.'

'En jouw generatie met zijn stomme homohaat.'

Weer snoof Paula. 'Jezus, als ik had geweten dat ik je alleen maar hoefde neer te schieten om ervoor te zorgen dat je een beetje lef kreeg, was ik je in Austin al van dienst geweest.'

Even sloot Andy haar ogen. Ze haatte dit keiharde heen-en-weer-spel. 'Wat staat er in die documenten? Waarom zijn ze zo belangrijk?'

'Fraude.' Paula trok haar wenkbrauwen op en wachtte tot Andy reageerde. 'Queller Healthcare schopte patiënten de straat op, maar stuurde de staat nog wel facturen voor hun behandeling.'

Andy wachtte op de rest van het verhaal, maar kennelijk was dat alles. 'En?' vroeg ze.

'Hoezo en?'

'Als ik nu online ga, vind ik tientallen filmpjes van arme mensen die uit ziekenhuizen worden geschopt.' Andy haalde haar schouders op. 'De ziekenhuizen bieden hun excuses aan en betalen een boete. Soms doen ze dat niet eens. Niemand raakt zijn baan kwijt, behalve misschien de beveiliger die de orders heeft opgevolgd.'

Paula was zichtbaar geraakt door haar onverschilligheid. 'Het is nog altijd een misdaad.'

'Dat wel.'

'Kijk je weleens naar het nieuws, lees je weleens een krant? Jasper Queller wil president worden.'

Andy was er niet van overtuigd dat een veroordeling wegens fraude een belemmering vormde. Paula voerde nog steeds strijd volgens de regels uit de jaren tachtig, vóór spindoctors en crisismanagementteams tot de spreektaal waren doorgedrongen. Jasper hoefde alleen maar door het stof te gaan en een beetje te huilen om nog populairder te worden dan hij al was.

Paula sloeg haar armen over elkaar. Ze keek behoorlijk zelfingenomen. 'Neem maar van mij aan dat Jasper total loss gaat bij het eerste vermoeden van een schandaal. Het enige waar hij om geeft, is de reputatie van de familie Queller. Hij wordt als was in onze handen.'

Andy volgde het niet helemaal, maar probeerde het te doorgronden. 'Je hebt mijn moeder op tv gezien. Je hebt een man ingehuurd die haar moest martelen om achter de plek te komen waar die documenten worden bewaard, en nu gijzel je mij vanwege diezelfde documenten omdat je Jasper wilt chanteren zodat hij zijn mond houdt wanneer Clayton – Nick – voor voorwaardelijke vrijlating in aanmerking komt?'

'Het is allemaal geen rocketscience, kind.'

Het was niet eens modelrocketscience.

Hoe had haar moeder zich in vredesnaam met die idioten kunnen inlaten?

'Ik heb alles al klaar voor wanneer Nick vrijkomt,' zei Paula. 'We kopen kunst voor aan de muur en zoeken de juiste meubels uit. Nick heeft daar een fantastisch oog voor. Zonder hem zou ik dat soort dingen nooit durven kiezen.'

Andy herinnerde zich de saaie nietszeggendheid van Paula's interieur. Na twintig jaar in de gevangenis en minstens tien jaar op vrije voeten wachtte ze nog steeds op Clayton Morrow om haar te vertellen wat ze moest doen.

'Heeft Nick je opdracht voor dit alles gegeven?' vroeg ze. Ze dacht aan iets wat Paula had gezegd. 'Daarom heb je me niet vermoord, hè? Omdat ik zijn dochter ben.'

Paula grijnsde. 'Je bent toch minder dom dan je eruitziet.'

Andy hoorde een mobiel trillen.

Paula doorzocht de tassen en stuitte op de kapotte wegwerptelefoon. Met een knipoog naar Andy nam ze op. 'Wat is er, Domme Bitch?' Haar wenkbrauwen schoten omhoog. 'Het Porter Motel. Ik weet dat je het kent. Kamer 310.'

Andy zag haar de telefoon dichtklappen. 'Is ze onderweg?'

'Ze is er al. Ze zal wel wat van die Quellermiljarden hebben gebruikt om een vliegtuig te charteren.' Paula stond op. Ze verschoof de revolver in haar broekband 'We zijn in Valparaiso, Indiana. Ik dacht dat je wel zou willen zien waar je geboren bent.'

Andy had haar tong al rauw gekauwd. Nu begon ze aan haar wang.

'Domme Bitch was veel te goed voor het gewone gevangenisvolk.

Edwin zorgde dat ze in Porter County werd opgesloten. Ze heeft de hele tijd alleen in een cel gezeten, maar wat maakte dat nou uit? Beter dan het risico lopen dat een of ander kutwijf een mes in je rug steekt omdat je gezegd hebt dat ze een dikke reet heeft.'

Andy's hersenen konden alle informatie niet zo snel verstouwen. 'Hoe zit het met –'

Paula nam haar sjaal af en duwde die diep in Andy's mond.

'Sorry, kind, maar ik kan me niet laten afleiden door jouw bullshit.' Ze zakte op haar knieën en maakte de handboeien los van de tafelpoot. 'Steek je rechterarm eronder.'

Andy strekte beide armen naar de tafelpoot uit en Paula klikte de boeien om haar polsen.

'Ung,' kreunde Andy. De sjaal zat veel te diep in haar keel. Ze probeerde hem met haar tong naar buiten te duwen.

'Als je moeder doet wat ze moet doen, hoef jij nergens bang voor te zijn.' Paula haalde een stuk waslijn uit de tas, waarmee ze Andy's enkels aan de stoelpoot vastbond. 'Voor het geval je je iets in je hoofd haalt.'

Andy moest hoesten. Hoe harder ze vocht om de sjaal eruit te werken, hoe dieper hij in haar keel drong.

'Weet je dat je dode oom ooit heeft geprobeerd zich met zo'n draad op te knopen?' Haar hand verdween weer in de plastic tas. Nu haalde ze er een schaar uit. Met haar tanden maakte ze de verpakking open. 'Nee, dat weet je vast niet. Hij hield er een litteken op zijn hals aan over, hier...' Met de punt van de schaar wees ze naar haar hals, vlak onder wat donkere moedervlekjes.

Andy hoopte dat ze huidkanker had.

'Die keer heeft Jasper hem gered.' Paula knipte de waslijn door. 'Andy moest altijd gered worden. Raar dat je moeder jou naar hem heeft vernoemd.'

Laura noemde Andy liever niet bij de naam van haar dode broer. Telkens als ze iets anders zei dan Andrea, kromp ze ineen.

Weer controleerde Paula de boeien en vervolgens de knopen om er zeker van te zijn dat ze goed vastzaten. 'Oké. Ik ga pissen.' Ze stak de schaar in haar achterzak. 'Geen domme dingen doen.'

Andy wachtte tot de badkamerdeur dicht was en keek toen om zich heen op zoek naar iets doms om te doen. De wegwerptelefoon lag nog op tafel. Aan haar handen had ze niets, maar misschien kon ze iets met haar hoofd. Ze probeerde de stoel een eindje naar voren te schuiven, maar het brandende gevoel was zo hevig dat braaksel haar naar de keel steeg.

De sjaal duwde het weer naar beneden.

Fuck.

Ze bekeek de kamer van vloer tot plafond. Wijnkoeler en plastic bekertjes op het bureau onder de tv. Waterflesjes. Afvalbak. Ze sloeg haar vingers om de tafelpoot om het gewicht te testen. Te zwaar. Bovendien had ze een kogel in haar lijf. Zelfs als ze erin slaagde de pijn te verbijten en de tafel op te tillen, zou ze plat op haar gezicht vallen omdat haar enkels aan de stoel vastzaten.

De wc werd doorgetrokken. De kraan liep. Paula kwam de badkamer uit met een handdoek in haar handen. Die wierp ze op het bureau. Zonder iets tegen Andy te zeggen ging ze op de rand van het bed zitten om tv te kijken.

Andy liet haar voorhoofd op tafel rusten. Ze sloot haar ogen. Haar keel trilde van een onderdrukt gekreun. Het was te veel. Het was verdomme veel te veel.

Mike was een US Marshal.

Haar moeder zat in het getuigenbeschermingsprogramma.

Haar biologische vader was een moordzuchtige sekteleider.

Edwin Van Wees was dood.

Clara Bellamy…

Nog steeds hoorde Andy de dreun waarmee Clara's geschreeuw werd afgebroken.

Het *klik-klik-klik-klik* van de revolvercilinder.

De ballerina en de advocaat hadden de eerste twee jaar van haar leven voor haar gezorgd, maar ze kon zich niets meer van hen herinneren.

Ze hoorde iets op de gang. Haar hart maakte een sprongetje. Ze tilde haar hoofd op.

Er werd twee keer hard op de deur geklopt, het bleef even stil, en toen werd er weer geklopt.

Paula snoof. 'Je moeder vindt het zeker heel slim van zichzelf om hier eerder te zijn dan ze heeft aangekondigd.' Ze schakelde de tv uit en legde haar vinger op haar lippen, alsof Andy ook maar het geringste geluid kon maken.

Tegen de tijd dat Paula de deur opende, had ze de revolver al in haar hand.

Mam.

Andy begon te huilen. Ze kon het niet helpen. De opluchting was zo overweldigend dat haar hart het bijna begaf.

Ze keken elkaar aan.

Laura schudde kort haar hoofd, maar Andy snapte niet wat ze bedoelde.

Niets doen?

Dit is het einde?

Paula ramde de revolver in Laura's gezicht. 'Doorlopen. Opschieten.'

Zwaar steunend op een aluminium wandelstok liep Laura de kamer in. Ze had haar jas om haar schouders geslagen. Haar gezicht stond strak. Ze zag er kwetsbaar uit en twee keer zo oud als ze was. 'Gaat het?' vroeg ze aan Andy.

Andy knikte, geschrokken van haar moeders breekbare verschijning. Ze had bijna een week gehad om zich van haar verwondingen te herstellen. Was ze weer ziek? Had ze een infectie overgehouden aan de wond in haar been, aan de steekwond in haar hand?

'Waar zijn ze?' Paula drukte de loop van de revolver tegen Laura's achterhoofd. 'De dossiers. Waar zijn ze?'

Laura hield haar blik op Andy gericht, en het was alsof ze door een laserstraal verbonden waren. Andy kende die blik nog van alle keren dat de verpleegkundigen Laura de operatiekamer in hadden gereden, naar de radiotherapie of de chemoafdeling.

Dit was haar moeder. Deze vrouw, deze onbekende, was altijd haar moeder geweest.

'Kom op,' zei Paula. 'Waar...'

De jas gleed op de vloer toen Laura haar rechterschouder ophaalde. Haar linkerarm was niet langer aan haar middel bevestigd, maar zat in een mitella. Met die arm klemde ze een stapel dossiermappen vast. De spalk van het ziekenhuis was verdwenen. Om haar hand zat nu een dik rekverband. Haar opgezwollen vingers krulden als kattentongen uit de opening.

Paula griste de dossiers weg en sloeg ze open op het bureau onder de tv. Terwijl ze ze doorbladerde, hield ze de revolver op Laura gericht. Haar hoofd schoot op en neer, alsof ze bang was dat Laura zich op haar zou storten. 'Is dit alles?'

'Het is genoeg.' Laura hield haar blik nog steeds op Andy gericht.

Wat probeerde ze te zeggen?

'Benen wijd.' Ruw beklopte Paula Laura's hele lichaam. 'Doe die mitella af.'

Laura verroerde zich niet.

'Nu.' Paula's stem had een scherpte die Andy niet eerder had gehoord.

Was ze bang? Was die onverschrokken heks bang voor Laura?

'Afdoen,' herhaalde ze. Haar hele lijf was gespannen. Ze verplaatste haar gewicht van de ene voet op de andere. 'Nu, Domme Bitch.'

Met een zucht zette Laura haar stok tegen het bed. Ze reikte naar haar nek tot ze het klittenband had gevonden en trok voorzichtig de mitella los. Ze hield haar verbonden hand weg van haar lichaam. 'Ik zit echt niet onder de afluisterapparatuur.'

Paula hees Laura's shirt omhoog en streek met haar vinger over haar tailleband.

Laura keek Andy aan. Weer schudde ze haar hoofd, één keer maar.

Waarom?

'Ga op het bed zitten,' zei Paula.

'Je hebt toch wat je hebben wou?' Laura klonk kalm, bijna kil. 'Laat ons gaan, dan vallen er verder geen slachtoffers.'

Weer ramde Paula het wapen in Laura's gezicht. 'Het enige slachtoffer hier ben jij.'

Laura knikte naar Andy, alsof ze dit al had verwacht. Ten slotte keek ze Paula aan. 'Ik blijf. Laat haar maar gaan.'

Nee! Het woord stokte in Andy's keel. Ze deed verwoede pogingen de sjaal uit te spugen. *Nee!*

'Zitten.' Paula duwde haar moeder op het bed. Laura kon zichzelf onmogelijk met één arm opvangen. Ze viel op haar zij. Andy zag hoe haar gezicht vertrok van pijn.

Andy werd woedend, als door koorts bevangen. Ze begon te kreunen, te snuiven, ze stootte alle mogelijke geluiden uit.

Paula schopte de aluminium wandelstok weg. 'Je dochter mag toekijken terwijl je sterft.'

Laura zweeg.

'Vang.' Paula wierp de kluwen waslijn naar Laura.

Met één hand ving ze hem op. Even zocht haar blik Andy, toen keek ze weer naar Paula.

Wat? wilde Andy roepen. *Wat moet ik doen?*

Haar moeder hield de kluwen omhoog. 'En moet ik me nu verdrietig voelen?'

'Daar word je straks als een varken mee vastgebonden zodat ik je pens kan opensnijden.'

Opensnijden?

Andy begon aan haar boeien te rukken. Ze drukte met haar borst tegen de tafelrand. De pijn was bijna ondraaglijk, maar ze moest iets doen.

'Penny, stop hiermee.' Laura schoof naar de rand van het bed. 'Nick zou niet willen –'

'Hoe weet jij wat Nick niet zou willen?' Paula klemde de revolver met beide handen vast. Ze beefde van woede. 'Kil kutwijf dat je bent.'

'Ik ben zes jaar lang zijn geliefde geweest. Ik heb zijn kind gebaard.' Laura zette haar voeten plat op de vloer. 'Denk je dat hij zijn dochter getuige wil laten zijn van de wrede moord op haar moeder?'

'Eigenlijk moet ik je gewoon doodschieten,' zei Paula. 'Zie je mijn oog? Zie je wat je me hebt aangedaan?'

'Daar ben ik eerlijk gezegd behoorlijk trots op.'

Met een zwaai sloeg Paula de revolver tegen Laura's gezicht.

Baf!

Andy's maag kneep samen toen Laura met moeite overeind bleef zitten.

Weer hief Paula de revolver.

Andy kneep haar ogen dicht, maar evengoed hoorde ze het afschuwelijke geknerp van metaal tegen bot. Ze was weer op de boerderij. Edwin was dood. Clara had haar eerste gil geslaakt, en toen…

Klik-klik-klik-klik.

De cilinder die ronddraaide in de revolver.

Andy opende haar ogen.

'Vuile bitch.' Weer sloeg Paula Laura in haar gezicht. Haar huid lag open. Haar mond bloedde.

Mam! Andy's kreet klonk als een grom. *Mam!*

'Het wordt nog erger,' zei Paula. 'Wacht maar.'

Mam! riep Andy. Ze keek eerst naar Laura, toen naar de revolver en toen weer naar Laura.

Denk eens goed na!

Waarom dreigde Paula dat ze haar moeder zou opensnijden? Waarom had ze Clara niet neergeschoten op de boerderij? Waarom schoot ze Laura en Andy nu niet dood?

Dat geklik op de boerderij was Paula die controleerde of alle kogels in de revolver waren verbruikt.

Ze had geen kogels meer over.

Mam! Andy schudde zo hard aan de stoel dat de wond in haar zij weer begon te bloeden. De tafel stootte tegen haar borst. Ze verdraaide haar polsen en probeerde haar handen omhoog te steken zodat Laura ze kon zien.

Kijk dan! Andy kreunde, spande haar stembanden tot het uiterste in om haar moeders aandacht te trekken.

Laura kreeg een volgende klap met de revolver. Verdoofd liet ze haar hoofd opzij rollen.

Mam! Andy schudde nog harder aan de tafel. Ze had geen vel meer op haar polsen. Ze zwaaide met haar handen, deed verwoede pogingen om Laura's aandacht te trekken.

'Beetje rustig, joh,' zei Paula. 'Straks val je nog om.'

Andy gromde en schudde zo hard met haar handen dat de boeien in haar vlees sneden.

Kijk dan!

Pijnlijk langzaam richtte Laura haar blik eindelijk op Andy's handen.

Vier opgestoken vingers aan haar linkerhand. Eén opgestoken vinger aan haar rechterhand.

Hetzelfde aantal vingers dat Laura in het restaurant naar Jonah Helsinger had opgestoken.

Daarom heb je de trekker nog niet overgehaald. Je hebt nog maar één kogel.

Terwijl Laura toekeek, stak Andy de duim van haar linkerhand op.

Zes vingers.

Zes kogels.

De revolver was leeg.

Laura ging rechtop zitten.

Paula schrok toen ze zo snel weer bijkwam van de klappen, wat precies was wat Laura nodig had.

Met haar rechterhand greep ze de revolver. Met haar linkerhand beschreef ze een spiraal door de lucht en raakte Paula recht in haar keel.

Alles kwam tot stilstand.

Geen van beide vrouwen verroerde zich.

Laura's vuist drukte tegen Paula's hals.

Paula had haar hand om Laura's arm geslagen.

Ergens in de kamer tikte een klok.

Andy hoorde een soort gegorgel.

Laura wrong haar gewonde hand los.

Een sliert rood verdween in de boord van Paula's shirt. Haar keel was doorgesneden, en de huid gaapte open in een halvemaanvormige wond.

Bloed droop van het scheermes dat Laura tussen haar vingers klemde.

Ik haal je strot open als je mijn dochter ook maar iets aandoet.

Daarom droeg Laura de spalk niet. Ze had haar vingers moeten vrijhouden voor het scheermes zodat ze dat in Paula's hals kon stoten.

Paula hoestte een golf bloed op. Ze beefde… deze keer niet van angst, maar van withete woede.

Laura boog zich naar haar toe. Ze fluisterde iets in haar oor.

Woede vlamde op in Paula's ogen. Weer hoestte ze. Haar lippen trilden. Haar vingers. Haar oogleden.

Andy legde haar voorhoofd op het tafelblad.

Het was alsof het bloedbad haar niet raakte. Ze was niet meer geschokt door de uitbarsting van geweld. Eindelijk begreep ze de serene uitdrukking op haar moeders gezicht toen ze Jonah Helsinger had gedood.

Ze had het allemaal al eens eerder meegemaakt.

EEN MAAND LATER

Ik voelde Klieving in mijn Geest –
Of iets mijn Hersens spleet –
Ik wilde 't voegen – Zoom bij Zoom –
Maar passen deed het niet –

De nagedachte, moest vereend
Met wat ik dacht tevoor –
Maar Volgorde vergleed uit Klank –
Als Kluwens – op een Vloer –

Emily Dickinson

Epiloog

Laura Oliver zat op een houten bank voor het Federal Corrections Institute in Maryland. Het gevangeniscomplex deed denken aan een grote middelbare school. De aangrenzende inrichting had meer weg van een zomerkamp voor jongens. Het was een halfopen gevangenis die vooral bevolkt werd door witteboordencriminelen die geld hadden afgeroomd van hedgefondsen of al tientallen jaren vergeten waren belasting te betalen. Er waren tennisbanen, basketbalvelden en twee atletiekbanen. Het hek eromheen was niet indrukwekkend. Er waren maar een paar wachttorens. Veel gevangenen mochten overdag het terrein verlaten om in de naburige fabrieken te werken.

De ernst van zijn misdaden in aanmerking genomen hoorde Nick hier niet, maar hij was er altijd al goed in geweest zich binnen te werken op plekken waar hij niet hoorde. Hij was veroordeeld voor doodslag in verband met de moord op Alexandra Maplecroft, en wat het New Yorkse deel van het plan betrof voor samenspanning met als doel de inzet van een massavernietigingswapen. De jury had niet alleen besloten Nicks leven te sparen, maar had ook de mogelijkheid opengelaten dat hij voorwaardelijk in vrijheid werd gesteld. Zo had hij ongetwijfeld zijn overplaatsing naar deze luxegevangenis weten te regelen. In de met blauwe daken gesierde wooneenheden die vanuit het hoofdgebouw uitwaaierden, was verveling het ergste waarmee de bewoners te kampen hadden.

Laura wist als geen ander hoe saai het in de gevangenis was, maar haar situatie was minder exclusief geweest dan die van Nick. In ruil voor haar bekentenis had ze haar straf van twee jaar in eenzame opsluiting doorgebracht. In het begin was Laura bang geweest gek te zullen worden. Ze had gejammerd en gehuild. Ze had zelfs een soort klavier in elkaar geprutst op het frame van haar bed en noten gespeeld die alleen zij kon horen. Hoe verder haar zwangerschap was gevorderd, hoe vermoeider ze was geworden. Als ze niet sliep, las ze, en als ze niet las, wachtte ze op maaltijden of staarde ze naar het plafond en hield gesprekken met Andrew die ze in het echt nooit met hem gevoerd zou hebben.

Ik kan sterk zijn. Ik kan hier iets aan doen. Ik kan hier weg.

Ze had gerouwd om het verlies van haar broers: Andrew aan de dood, Jasper aan zijn eigen hebzucht. Ze had gerouwd om het verlies van Nick, want ze had zes jaar lang van hem gehouden en de afwezigheid van die liefde voelde ze even hevig als het verlies van een arm of een been. Toen was Andrea geboren en had ze gerouwd om het verlies van haar dochtertje.

Laura had Andy maar één keer in haar armen mogen houden vóór Edwin en Clara haar hadden meegenomen. Van alles wat Laura in haar leven was kwijtgeraakt, vormde het gemis van de eerste anderhalf jaar van Andy's leven de enige wond die nooit zou helen.

Ze nam een tissue uit haar zak en droogde haar ogen. Toen ze haar hoofd omdraaide, zag ze Andy op de bank af stappen. Haar mooie dochter hield haar schouders recht en haar hoofd geheven. Door haar reis was Andy in allerlei opzichten veranderd, en Laura kon er maar moeilijk aan wennen. Heel lang was ze bang geweest dat haar dochter al haar zwakheden had geërfd, maar nu zag ze dat ze haar veerkracht ook aan haar had doorgegeven.

'Je had gelijk.' Andy ging naast haar op de bank zitten. 'Die toiletten waren walgelijk.'

Laura sloeg haar arm om haar schouders. Ze kuste de zijkant van haar hoofd, ook al wendde Andy zich af.

'Mam.'

Haar geïrriteerde toon was zo heerlijk normaal, vond Laura. Sinds ze uit het ziekenhuis was ontslagen, had Andy zich afgezet tegen haar overdreven beschermende houding. Ze had geen idee hoezeer Laura zich inhield. Als het mogelijk was geweest, had ze haar volwassen dochter met liefde op schoot getrokken om haar een verhaaltje voor te lezen.

Nu Andy de waarheid wist – tenminste, het deel van de waarheid dat Laura wilde prijsgeven – vroeg ze voortdurend naar verhalen.

‘Ik heb gisteren met Clara’s dochters gesproken,’ zei ze. ‘Ze hebben een plek voor haar gevonden waar ze gespecialiseerd zijn in mensen met alzheimer. Een mooie plek, heel anders dan een verpleeghuis, meer een soort woongemeenschap. Volgens de dochters vraagt ze al veel minder vaak naar Edwin.’

Laura wreef over Andy’s schouder en slikte haar jaloezie in. ‘Fijn. Ik ben blij voor haar.’

‘Ik ben zenuwachtig,’ zei Andy. ‘En jij?’

Laura schudde haar hoofd, maar helemaal zeker wist ze het niet. ‘Het is fijn om geen spalk meer te hoeven dragen.’ Ze bewoog haar hand. ‘Mijn dochter is veilig en gezond. Mijn ex-man praat weer met me. Over het geheel genomen heb ik geloof ik meer redenen om gelukkig te zijn dan ongelukkig.’

‘Wow, over afleidingsmanoeuvres gesproken.’

Laura lachte verbaasd, want ze keek ervan op dat de dingen die Andy vroeger voor zich hield, nu eindelijk over haar lippen kwamen. ‘Misschien ben ik een beetje zenuwachtig. Hij was mijn eerste liefde.’

‘Hij heeft je verrot geslagen. Dat noem ik geen liefde.’

De polaroids.

Andy was de eerste geweest aan wie Laura had opgebiecht wie haar had geslagen. ‘Je hebt gelijk, schat. Dat was geen liefde. Niet aan het eind.’

Andy wreef haar lippen over elkaar. Ze leek heen en weer geslingerd te worden tussen het verlangen alles over haar biologische vader te weten of niets over hem te willen horen. ‘Hoe was het? De laatste keer dat je hem zag?’

Het kostte Laura weinig moeite om haar herinneringen boven te halen aan toen ze op de getuigenbank had gezeten. ‘Ik was doodsbang. Hij voerde zijn eigen verweer en had dus het recht om me tijdens een openbare zitting vragen te stellen.’ Nick had zichzelf altijd veel slimmer gevonden dan wie dan ook. ‘Het ging zes dagen door. De rechter zei steeds dat ik luider moest praten, want ik kon niet veel meer dan fluisteren. Ik voelde me zo machteloos. Maar toen ik naar de jury keek, zag ik dat ze er niet in trapten, in zijn show. Daar draait het om bij oplichters, ze hebben tijd nodig. Zo iemand bestudeert je om erachter te komen wat er vanbinnen ontbreekt, en dan geeft hij je het gevoel dat alleen hij de leegte kan vullen.'

'En wat ontbrak er bij jou?' vroeg Andy.

Laura tuitte haar lippen. Ze had besloten Andy niet over het seksuele misbruik door Martin te vertellen. Op goede dagen maakte ze zichzelf zelfs wijs dat ze dingen achterhield in Andy's belang in plaats van voor haar eigen bestwil. 'Ik was nog maar net zeventien toen Andrew Nick mee naar huis nam. Ik had het grootste deel van mijn leven achter een piano doorgebracht. Ik ging een paar uur per dag naar school, daarna kreeg ik les en dan...' Haar stem stierf weg. 'Ik wilde zo wanhopig graag dat iemand me zag.' Ze haalde haar schouders op. 'Achteraf klinkt het belachelijk, maar meer was er niet voor nodig om verslingerd aan hem te raken. Hij zag me staan.'

'Waar ging je eigenlijk naartoe als je in het weekend weg was?' Andy had het onderwerp Nick alweer achter zich gelaten. 'Bijvoorbeeld die keer dat je naar het Tubman Museum was geweest en die sneeuwbol voor me had meegenomen?'

'Dan sprak ik af met mijn contactpersoon van WitSec. Het getuigenbeschermingsprogramma.'

'Ik weet heus wel wat WitSec betekent.' Andy rolde met haar ogen. Sinds haar zwerftocht beschouwde ze zichzelf als een expert op het gebied van het strafrecht.

Glimlachend streek Laura haar haar naar achteren. 'Ik ben vijftien jaar lang voorwaardelijk vrij geweest. Mijn eerste contactpersoon was veel relaxter dan Mike, maar ik moest me wel altijd melden.'

'Je mag Mike niet, hè?'

'Hij vertrouwt me niet omdat ik een crimineel ben, en ik vertrouw hem niet omdat hij een smeris is.'

Andy schopte met de punt van haar schoen tegen de grond. Het was duidelijk dat ze Laura's duistere verleden nog steeds probeerde te rijmen met het beeld van de vrouw die ze altijd als haar moeder had gekend. Of misschien probeerde ze in het reine te komen met haar eigen wandaden.

'Je mag niet tegen Mike zeggen wat er gebeurd is,' benadrukte Laura. 'Het is stom geluk dat hij het niet uitgevogeld heeft.'

Andy knikte, maar ze zei nog steeds niets. Ze leek zich niet langer schuldig te voelen over de moord op de man die ze inmiddels allebei Hoody noemden, maar net als Laura kon ze het zichzelf maar moeilijk vergeven dat ze samen Gordons veiligheid op het spel hadden gezet.

De avond dat Andy het huis was ontvlucht, had Laura op de vloer van haar werkkamer gezeten, op een paar meter afstand van Hoody's lijk, en had gewacht tot de politie de deur openramde en haar arresteerde.

Maar toen had ze in de voortuin mannen horen schreeuwen.

Laura had de deur geopend en Mike plat op de grond zien liggen. Een stuk of vijf agenten hadden hun wapens op hem gericht. Hij was knock-out geslagen, waarschijnlijk door Hoody. Zijn verdiende loon voor zijn stiekeme geloer. Als Laura de US Marshal Service bij de zaak-Jonah Helsinger had willen betrekken, had ze Mike zelf wel gebeld.

Aan de andere kant mocht ze niet te hard over hem oordelen, want dankzij Mike was ze die avond niet gearresteerd.

Andy's bericht was niet al te specifiek geweest:

Seaborne Ave 419 gewapende indringer gijzeling dreigt snel aub

Als Laura ergens goed in was, was het in het verzinnen van smoesjes. Ze had tegen de politie gezegd dat ze in paniek was geraakt toen ze een man voor haar raam had zien staan, dat ze geen idee had gehad dat het Mike was, dat ze geen idee had wie hem te grazen had genomen en dat ze ook geen idee had waarom ze binnen wilden komen, maar ze wist wel dat ze het recht had hun de toegang te weigeren.

De enige reden waarom ze haar hadden geloofd, was dat Mike te versuft was geweest om haar verhaal onderuit te halen. De ambulance had hem naar het ziekenhuis vervoerd. Laura had gewacht tot de zon opkwam voor ze Gordon had gebeld. Pas toen de zon weer was ondergegaan, hadden ze het lichaam uit het huis verwijderd en in de rivier gedumpt.

Over dat vergrijp kon Andy zich niet heen zetten. Ze had Hoody gedood uit zelfverdediging. Gordons betrokkenheid bij het verhullen van haar misdaad was ingewikkelder.

Laura probeerde het schuldgevoel te temperen dat duidelijk op Andy's gezicht te lezen viel. 'Schat, je vader zit er niet mee. Hoe vaak moet hij dat nog zeggen? Wat hij gedaan heeft, was fout, maar hij had er goede redenen voor.'

'Hij kan er problemen mee krijgen.'

'Niet als we allemaal onze mond houden. Je moet bedenken dat Mike je niet volgde om je te beschermen. Hij wilde weten wat je uitspookte omdat hij dacht dat ik de wet overtrad.' Laura hield Andy's hand vast. 'Het komt goed als we één front blijven vormen. Geloof me maar. Ik weet hoe je met een misdaad moet wegkomen.'

Andy keek even naar haar op, maar wendde haar blik weer af. Tegenwoordig hadden haar stiltes inhoud. Ze waren niet meer een uiting van haar besluiteloosheid. Meestal volgde er een moeilijke vraag op.

Laura wachtte met ingehouden adem.

Nu zou Andy eindelijk naar Paula vragen. Waarom Laura haar had gedood in plaats van de lege revolver te pakken. Wat ze in Paula's oor had gefluisterd toen ze stierf. Waarom Andy tegen de politie had moeten zeggen dat ze bewusteloos was geweest toen Paula was gestorven.

Andy zei: 'Er stond maar één koffer in de opslagbox.'

Laura ademde uit. Het duurde even voor haar brein de spanning had teruggeschroefd en met het juiste antwoord kwam. 'Denk je dat dat de enige opslagbox is?'

Andy trok haar wenkbrauwen op. 'Komt dat geld van jouw familie?'

'Het komt van de safehouses, de busjes. Ik zou nooit Quellergeld aannemen.'

'Dat zei Paula ook al.'

Weer hield Laura haar adem in.

'Dat is toch allemaal bloedgeld?' vroeg Andy.

'Ja.' Laura had zichzelf altijd voorgehouden dat het verborgen geld iets anders was; ze had het gehouden, zo rechtvaardigde ze haar handelen, omdat ze doodsbang was dat Jasper haar zou zoeken. De in de bank verstopte make-uptas. De opslagboxen. De nep-ID's die ze van dezelfde vervalser in Toronto had gekocht die de identiteitsbewijzen van Alexandra Maplecroft had vervaardigd. Al dat stiekeme gedoe was alleen voor het geval Jasper ontdekte waar ze was.

En al haar angsten waren overbodig geweest, want Andy had gelijk. De frauduleuze documenten interesseerden Jasper geen reet. De gepleegde fraude was al een eeuwigheid verjaard, en zijn publiekelijke spijtbetuiging had hem zelfs een hogere plek in de eerste polls van de presidentsverkiezingen opgeleverd.

Andy wroette nog steeds met de punt van haar schoen in de grond. 'Waarom heb je het opgegeven?'

Laura moest bijna lachen, want ze had die vraag al zo lang niet meer gehoord dat haar eerste gedachte was: *wat heb ik opgegeven?*

'Het korte antwoord is Nick,' zei ze, 'maar het ligt ingewikkelder.'

'We hebben alle tijd voor het lange antwoord.'

Zelfs haar leven zou er te kort voor zijn, dacht Laura, maar niettemin deed ze een poging. 'Als je klassieke muziek speelt, speel je de noten precies zoals ze zijn opgeschreven. Je moet voortdurend studeren wil je je dynamiek niet verliezen, dat is de manier waarop je de noten brengt. Je hoeft maar een paar dagen niet te spelen of je voelt de soepelheid al uit je vingers verdwijnen. Het kost heel veel tijd om die te behouden. Tijd die je niet aan andere dingen kunt besteden.'

'Zoals aan Nick.'

'Zoals aan Nick,' beaamde Laura. 'Hij zei nooit recht in mijn gezicht dat ik ermee moest stoppen, maar hij maakte steeds opmerkingen over allerlei andere dingen die we samen konden doen. Dus toen ik het klassieke deel van mijn carrière opgaf, dacht ik dat ik de beslissing voor mezelf maakte, maar in werkelijkheid had hij me die aangepraat.'

'En toen ging je jazz spelen?'

Laura glimlachte. Ze was dol op jazz geweest. Ze kon er nog steeds niet naar luisteren, omdat het gemis te pijnlijk was. 'Jazz gaat niet over de noten, maar over de melodische expressie. Minder studie, meer emotie. Bij klassiek is er een muur tussen jou en het publiek. Bij jazz is het een gezamenlijke reis. Na afloop wil je het podium niet af. En vanuit technisch perspectief is het een totaal andere aanslag.'

'Aanslag?'

'De manier waarop je de toetsen aanslaat: de snelheid, de diepte. Het is moeilijk onder woorden te brengen, maar het gaat om je essentie als musicus. Ik vond het heerlijk om deel uit te maken van zoiets vitaals. Als ik had geweten hoe het was om jazz te spelen, zou ik nooit voor klassiek hebben gekozen. En Nick zag dat, nog voor ik het zelf doorhad.'

'Dus hij haalde je over ook dat op te geven?'

'Het was mijn eigen keuze,' zei Laura, omdat dat de waarheid was. Alles was haar eigen keuze geweest. 'Daarna deed ik studiowerk, en ook daarvan leerde ik houden, tot Nick weer begon te klagen en...' Ze haalde haar schouders op. 'Hij maakt je leven kleiner. Dat doen mannen zoals Nick. Ze trekken je weg van alles waarvan je houdt zodat je aandacht uiteindelijk alleen op hen is gericht.' Snel voegde ze eraan toe: 'Als je het laat gebeuren.'

Andy luisterde al niet meer. Mike Falcone stapte uit zijn auto. Hij droeg een pak met stropdas. Met een grote grijns op zijn knappe kop liep hij op hen af. Andy leefde helemaal op, hoewel Laura dat probeerde te negeren. Mike was charmant en vol zelfironie, en alles aan hem bezorgde haar koude rillingen.

Charisma.

'Wat toevallig,' zei Andy, toen hij dicht genoeg genaderd was.

Hij wees naar zijn oor. 'Sorry, ik versta je niet. Een van mijn ballen zit nog steeds klem in mijn gehoorgang.'

Andy moest lachen, maar Laura's maag kromp samen.

'Mooie dag om een gek te ontmoeten,' zei hij.

'Nu doe je jezelf tekort,' zei Andy plagerig. Om haar lippen speelde een ontspannen lachje dat Laura nog nooit had gezien. 'Hoe gaat het met je drie oudere zussen?'

'Dat gedeelte was waar.'

'En wat je vertelde over je vader?'

'Ook waar,' zei hij. 'Kun jij misschien uitleggen hoe je bij Paula Kundes huis verzeild raakte? Ze staat bovenaan je moeders lijstje met streng verboden gebieden.'

Laura voelde Andy verstijven. Zelf schoot ze telkens in de stress als ze bedacht dat Andy haar gesprek met Hoody had afgeluisterd. Ze zou het zichzelf nooit vergeven dat ze haar dochter onbedoeld het hol van de leeuw in had gestuurd.

Maar Andy liet zich niet kennen en haalde bij wijze van antwoord slechts haar schouders op.

'En al die bankbiljetten in je achterzakken?' deed Mike een nieuwe poging. 'Daar werd ik niet bepaald vrolijk van.'

Andy glimlachte en haalde nogmaals haar schouders op.

Laura zweeg afwachtend, maar er kwam niets meer. Alleen de seksuele spanning bleef hangen.

'Ben je zenuwachtig?' vroeg Mike aan Laura.

'Waarom zou ik?'

'O,' zei hij, 'zomaar een dag waarop je de man ontmoet die je voor de rest van zijn leven achter de tralies hebt gezet.'

'Dat heeft hij zelf gedaan. Jullie zijn zo dom om hem telkens weer voor de reclasseringscommissie te laten verschijnen.'

'Domheid is een hardnekkig kwaad.' Mike wees naar het roze litteken op zijn slaap, het restant van de klap tegen zijn hoofd. 'Enig idee wie me knock-out heeft geslagen in jouw voortuin?'

'Hoe weet je dat ik het niet was?' Laura glimlachte, want dat deed hij ook.

Met een lichte buiging gaf hij zich gewonnen, toen wees hij naar de gevangenis. 'Na jullie, dames.'

Ze liepen voor Mike uit naar de bezoekersingang. Laura keek op naar het hoge gebouw met tralies voor het gewapende glas in de ramen. Nick zat daarbinnen. Hij wachtte op haar. Na dagen waarin ze zo zeker van zichzelf was geweest, sloeg opeens de twijfel toe. Kon ze dit?

Had ze een keuze?

Haar schouders spanden zich toen de voordeur openzoemde. De bewaker die hen opwachtte, was een gigantische kerel, groter dan Mike en met een buik die boven zijn zwartleren riem uitpuilde. Zijn schoenen piepten toen hij hen door de beveiliging loodste. Hun tassen en telefoons werden in metalen kluisjes opgeborgen, waarna hij hen voorging door een lange gang.

Laura moest een huivering onderdrukken. Het was alsof de muren op haar afkwamen. Telkens als een deur of hek dichtsloeg, balde haar maag zich samen. Ze had maar twee jaar vastgezeten, maar bij de gedachte om weer alleen in een cel te zijn opgesloten brak het klamme zweet haar uit.

Of dacht ze aan Nick?

Andy schoof haar hand in die van Laura toen ze het eind van de gang bereikten. Ze volgden de bewaker een kleine, bedompte kamer in. Op monitoren waren de beelden te zien van de diverse camera's. Zes bewakers met koptelefoons op luisterden de gesprekken af van de gevangenen in de bezoekersruimte.

'*Marshal?*' Een man leunde met zijn rug tegen de muur. In tegenstelling tot de anderen droeg hij een pak met stropdas. Hij schudde Mikes hand. 'Marshal Rosenfeld.'

'Marshal Falcone,' zei Mike. 'Dit is mijn getuige. En haar dochter.'

Rosenfeld knikte naar de twee vrouwen en haalde een plastic doosje uit zijn zak. 'Deze stopt u in uw oren. Ze zijn verbonden met de controlepost hier, waar we alles vastleggen wat er door u en de gevangene gezegd wordt.'

Laura fronste haar wenkbrauwen bij het zien van de plastic oordopjes in het doosje. 'Net een gehoortoestel.'

'Dat is opzet.' Rosenfeld pakte de afluisterdopjes en legde ze in haar handpalm. 'Uw woorden worden opgevangen via de trillingen in uw kaakbeen. Om de woorden van Clayton Morrow op te kunnen pikken moet hij dicht bij u zitten. Er is veel omgevingsruis in de bezoekersruimte. Alle gevangenen weten hoe ze van de dode zones gebruik moeten maken. Als u wilt dat zijn woorden worden vastgelegd, moet u minder dan een meter van hem af zitten.'

'Dat is geen probleem.' Wel speelde ijdelheid Laura parten. Nick mocht niet denken dat ze een oude vrouw was die niet zonder een gehoortoestel kon.

'Als u zich bedreigd voelt of er niet mee door kunt gaan, hoeft u alleen maar "Ik heb zin in cola" te zeggen. Er staat daar een automaat. Hij heeft dan niet door dat er iets aan de hand is. Wij geven de dichtstbijzijnde bewaker opdracht in actie te komen, maar stel dat Morrow op de een of andere manier een mes heeft of een pistool...'

'Daar ben ik niet bang voor. Hij gebruikt toch alleen maar zijn handen.'

Andy slikte hoorbaar.

'Niks aan de hand, schat. Het is maar een gesprek.' Laura stopte de plastic dopjes in haar oren. Ze voelden als kiezeltjes. 'Wat moet hij eigenlijk zeggen?' vroeg ze aan Rosenfeld. 'Wanneer wordt het een bezwarende uitspraak?'

'Alles waarmee hij de verantwoordelijkheid opeist voor de daden van Paula Evans-Kunde. Als Morrow bijvoorbeeld zegt dat hij haar naar de boerderij heeft gestuurd, dan is dat genoeg. Hij hoeft niet eens te zeggen dat hij haar opdracht heeft gegeven om iemand te doden of om uw dochter te ontvoeren. Dat is het mooie van samenspanning. U hoeft alleen maar te zorgen dat het wordt opgenomen wanneer hij de verantwoordelijkheid voor haar daden opeist.'

De Nick-van-Vroeger eiste maar al te graag de verantwoordelijkheid voor alles op, maar Laura had geen flauw idee of de Nick-van-Nu zijn lesje had geleerd. 'Ik kan het alleen maar proberen.'

'We zijn zover.' Een van de bewakers stak zijn duim in de lucht. 'Het geluid komt perfect door.'

Rosenfeld beantwoordde zijn gebaar. 'Bent u ook zover?' vroeg hij aan Laura.

Ze kreeg een brok in haar keel, maar glimlachte naar Andy. 'Ik ben er klaar voor.'

'Ik moet zeggen dat we allemaal een beetje in de stress zitten nu je straks met die vent in één ruimte bent,' zei Mike.

Laura wist dat hij de spanning probeerde te doorbreken. 'We zullen ons best doen niks op te blazen.'

Andy barstte in lachen uit.

'Ik loop met je mee naar de deur,' zei Mike. 'Vind je het nog steeds goed dat Andy dit alles hoort?'

'Natuurlijk.' Laura kneep in Andy's hand, hoewel onzekerheid aan haar knaagde. Ze was bang dat Nick erin zou slagen Andy aan zijn kant te krijgen. Ook vreesde ze voor haar eigen gezonde verstand, want hij had haar honderden keren naar zich toe getrokken, terwijl ze er maar één keer in was geslaagd te ontsnappen.

'Het gaat vast heel goed, mam.' Andy grijnsde, waardoor ze zo aan Nick deed denken dat Laura's adem stokte. 'Ik ben hier als het voorbij is. Oké?'

Laura kon alleen maar knikken.

Mike deed een stap terug zodat Laura de bewaker kon volgen, weer een lange gang door. Zelf hield hij afstand, maar achter haar rug hoorde ze zijn zware voetstappen. Met haar vingers streek ze langs de muur om te voorkomen dat ze haar handen samenwrong. Het borrelde in haar buik.

Laura had er een maand over gedaan om zich op dit alles voor te bereiden, maar nu ze hier was, voelde ze zich schrikbarend onvoorbereid.

'Hoe gaat het met haar?' vroeg Mike, in een duidelijke poging haar af te leiden. 'Andy, bedoel ik. Hoe gaat het met haar?'

'Uitstekend,' zei Laura, en dat was niet eens erg overdreven. 'De chirurg heeft het grootste deel van de kogel verwijderd. Er is geen blijvende schade.' Mike had niet naar haar fysieke herstel gevraagd, maar Laura was niet van plan het over persoonlijke zaken te hebben met een man die zo openlijk met haar dochter had geflirt. 'Ze heeft een flat gevonden in de stad. Het zou me niet verbazen als ze weer gaat studeren.'

'Ze zou eens bij de Marshal Service moeten solliciteren. Tijdens haar trip bleek ze een verdomd goede rechercheur te zijn.'

Laura keek hem nijdig aan. 'Ik sluit mijn dochter nog liever in de kelder op dan dat ik haar een smeris laat worden.'

Hij lachte. 'Ze is belachelijk aanbiddelijk.'

Laura had niet meer aan de dopjes gedacht. Dit hele gesprek was voor Andy's oren bedoeld. Ze deed haar mond open om hem op zijn nummer te zetten, maar als ze hem al een toontje lager liet zingen, ging dat toch verloren in het geroezemoes van de gesprekken verderop.

Haar keel spande zich. Laura wist maar al te goed hoe een bezoekersruimte klonk.

De bewaker stak zijn sleutel in het slot.

'Ma'am.' Mike salueerde en liep terug naar de controlekamer.

Laura klemde haar kiezen op elkaar toen de bewaker de deur opende. Ze liep door. Hij sloot de deur en zocht naar de sleutel voor de volgende.

Onwillekeurig begon ze toch haar handen te wringen. Dit herinnerde ze zich het beste van haar tijd in de gevangenis: al die afgesloten deuren en hekken, die ze geen van alle zelf kon openen.

Laura keek op naar het plafond. Ze klemde haar kiezen nog stijver op elkaar. Ze was weer samen met Nick in de rechtszaal. Ze zat handenwringend in de getuigenbank en probeerde hem niet aan te kijken, want als ze dat ene zwakke moment toeliet, zou ze instorten en was alles voorbij.

Geef hem aan.

De bewaker opende de deur. De gesprekken werden luider. Ze hoorde kinderen lachen. Pingpongballetjes die tegen batjes sloegen. Ze raakte de plastic oordopjes aan om te voelen of ze niet waren uitgevallen. Waarom was ze zo vreselijk zenuwachtig? Ze veegde haar handen af aan haar spijkerbroek toen ze voor het gesloten hek stond, de laatste barrière tussen haarzelf en Nick.

Alles voelde verkeerd.

Ze wilde de dag terugspoelen naar de ochtend en opnieuw beginnen. Ze had geweigerd zich voor de gelegenheid te kleden, maar nu had ze spijt van de zwarte trui en blauwe spijkerbroek die ze had gekozen. Ze had hoge hakken aan moeten trekken. Ze had het grijs uit haar haar moeten verven. Ze had meer aandacht aan haar make-up moeten besteden. Ze had moeten omkeren en vertrekken, maar toen was het hek open, liep ze een hoek om en zag ze hem.

Nick zat aan een tafel achter in de zaal.

Bij wijze van groet hief hij zijn kin.

Laura deed alsof ze het niet zag, alsof haar hart niet beefde, alsof haar botten niet trilden in haar lichaam.

Ze was hier voor Andrew, want zijn laatste wens mocht niet vergeefs zijn geweest.

Ze was hier voor Andrea, want haar leven had eindelijk een doel.

Ze was hier voor zichzelf, want ze wilde Nick laten weten dat ze eindelijk ontsnapt was.

Vanuit haar ooghoeken ving ze hier en daar beweging op toen ze door de grote, open ruimte liep. Vaders in kakikleurige uniformen die kleine kinderen de lucht in tilden. Stelletjes die zachtjes met elkaar spraken, elkaars hand vasthielden. Een paar advocaten die op gedempte toon het woord voerden. Kinderen die speelden in een met koord afgezette hoek. Twee pingpongtafels bezet door vrolijke tieners. Om de drie meter camera's, microfoons die uit het plafond staken, bewakers naast de deuren, de frisdrankautomaat, de nooduitgang.

Laura was Nick nu tot op een paar meter genaderd. Ze keek langs hem heen, want aan oogcontact was ze nog niet toe. Haar hart maakte een sprongetje toen ze de piano zag die tegen de muur stond. De studiepiano van Baldwin Hamilton. De klep ontbrak. De toetsen waren versleten. Ze vermoedde dat hij zelden werd gestemd. Ze was zo geraakt door de aanblik ervan dat ze bijna langs Nick liep.

'Jinx?' Zijn handen lagen samengevouwen op tafel. Bizar genoeg zag hij er nog precies zo uit als ze zich hem herinnerde. Niet in de rechtszaal, niet toen ze het bewustzijn verloor in de badkamer van het huis, maar beneden in de schuur. Alexandra Maplecroft leefde nog. Er was nog geen bom ontploft. Nick knoopte zijn marineblauwe jekker los en kuste haar op haar wang.

Zwitserland.

'Moet ik je Clayton noemen?' vroeg ze, nog steeds zonder hem aan te kijken.

Hij wees naar de stoel aan de andere kant van de tafel. 'Lieveling, noem me maar wat je wilt.'

Laura hield haar adem in, beschaamd omdat de vleiende klank van zijn stem haar nog steeds raakte. Ze ging zitten. Ze mat de afstand die hen scheidde en concludeerde dat ze zich binnen de vereiste meter bevonden. Ze vouwde haar handen. Heel even gunde ze zichzelf het genoegen naar zijn gezicht te kijken.

Nog steeds mooi.

Een paar rimpels, maar niet veel. Zijn energie was de bepalende factor, als een veer die strak in zijn binnenste was opgewonden.

Charisma.

'Heet je tegenwoordig Laura?' Nick grijnsde. Hij had zich altijd aan keurende blikken gelaafd. 'Naar onze heldin uit Oslo?'

'Willekeurig gekozen,' loog ze, weer langs hem kijkend, eerst naar de muur, toen naar de piano. 'In het getuigenbeschermingsprogramma telt je eigen voorkeur niet. Je stemt ermee in of niet.'

Hij schudde zijn hoofd, alsof de details hem niet interesseerden. 'Je bent geen spat veranderd.'

Nerveus bracht Laura haar hand naar haar grijze haar.

'Daar hoef je je niet voor te schamen, liefste. Het staat je goed. Jij hebt altijd al iets heel elegants gehad.'

Eindelijk keek ze hem aan.

Het patroon van gouden vlekjes in zijn irissen was even vertrouwd als de sterrenhemel. Zijn lange wimpers. Die flits van nieuwsgierigheid gemengd met ontzag, alsof Laura de allerinteressantste persoon was die hij ooit had ontmoet.

'Mijn meisje,' zei hij.

Laura verzette zich tegen de plotselinge opwinding die zijn aandacht teweegbracht, tegen die onverklaarbare golf van verlángen. Het was zo gemakkelijk om zich weer te laten meeslepen. Ze was zomaar weer zeventien, met een hart dat als een heteluchtballon haar borst uit zweefde.

Laura verbrak als eerste het oogcontact en keek naar de piano achter hem.

Ze zei tegen zichzelf dat Andy vlakbij was, in dat kleine, donkere kamertje aan de andere kant van de gang, waar ze alles hoorde wat er gezegd werd. Net als Mike. En Marshal Rosenfeld. En de zes bewakers met hun koptelefoons en monitoren.

Ze was geen eenzame tiener meer. Ze was vijfenvijftig. Ze was moeder, ze werkte, ze had kanker overleefd.

Dat was haar leven.

Niet Nick.

Ze kuchte. 'Jij ziet er ook nog net zo uit.'

'Je hebt hier weinig stress. Alles wordt voor me geregeld. Ik hoef er alleen maar te zijn. En toch...' Hij hield zijn hoofd schuin en keek naar haar oor. 'Ouderdom is een wrede straf voor de jeugd.'

Laura raakte het oordopje aan. De leugen ging haar moeiteloos af. 'Die vele concerten hebben hun tol geëist.'

Hij bekeek haar aandachtig. 'Ja, daar heb ik over gehoord. Iets met zenuwcellen.'

'Haarcellen in het binnenoor.' Ze wist dat hij haar op de proef stelde. 'Die vertalen de geluiden in elektrische signalen die de zenuwen activeren. Tenminste, als ze niet vernietigd zijn door te veel harde muziek.'

Hij leek het een aannemelijke verklaring te vinden. 'Vertel eens, liefste. Hoe gaat het met je?'

'Prima. En met jou?'

'Tja, ik zit in de bak. Heb je niet gehoord wat er is gebeurd?'

'Ik heb meen ik iets op het nieuws gezien.'

Hij boog zich over de tafel heen.

Laura deinsde terug, als voor een slang.

Nick grijnsde weer, en de gloed in zijn ogen vlamde op. 'Ik probeerde alleen de schade op te nemen.'

Ze stak haar linkerhand omhoog zodat Nick het litteken kon zien waar het mes van Jonah Helsinger was binnengedrongen.

'Van Maplecroft afgekeken, hè?' zei hij. 'Maar je hebt het er iets beter afgebracht dan die ouwe taart.'

'Ik zou maar geen grapjes maken over de vrouw die je hebt vermoord.'

Hij lachte bijna triomfantelijk. 'Het was doodslag, maar ik snap wat je bedoelt.'

Laura sloeg onder de tafel haar handen ineen om zichzelf fysiek te dwingen de regie weer over te nemen. 'Je zult het filmpje van het restaurant wel hebben gezien.'

'Ja. En onze dochter. Wat is ze mooi, Jinx. Ze doet me aan jou denken.'

Haar hart begon te bonken. Andy luisterde mee. Wat zou ze vinden van het compliment? Begreep ze nog wel dat Nick een monster was? Of gaven deze verbale salvo's hem iets normaals?

'Heb je het gehoord van Paula?' vroeg ze.

'Paula?' Hij schudde zijn hoofd. 'Nooit van gehoord.'

Weer wrong Laura haar handen. En weer dwong ze zichzelf te stoppen.

'Penny,' zei ze.

'O ja. Die lieve Penny. Zo'n trouwe soldaat. Maar ze heeft altijd de pik op je gehad, hè? Je kunt nog zo'n stralende persoonlijkheid hebben, er zijn altijd negatievelingen.'

'Ze haatte me.'

'Inderdaad.' Hij haalde zijn schouders op. 'Jaloezie, denk ik. Maar waarom zouden we over vroeger praten nu we het net zo gezellig hebben?'

Naarstig zocht Laura naar woorden. Ze kon hier niet mee doorgaan. Ze was hier met een doel gekomen, en dat doel glipte nu tussen haar vingers door. 'Ik ben spraaktherapeute.'

'Weet ik.'

'Ik werk met patiënten die...' Ze slikte even. 'Ik wilde mensen helpen. Na wat we gedaan hadden. En toen ik in de gevangenis zat, had ik maar één boek, een studieboek over spraak –'

Luid kreunend onderbrak Nick haar. 'Weet je, het is zo treurig, Jinxie. We hadden altijd zoveel om over te praten, maar je bent veranderd. Je bent zo...' Hij leek naar het juiste woord te zoeken. '...burgerlijk.'

Laura lachte, omdat het duidelijk was dat Nick het tegenovergestelde verwachtte. 'Ik bén ook burgerlijk. Ik wilde mijn dochter een normaal leven geven.'

Nu zou Nick zijn aandeel in Andy wel opeisen, maar in plaats daarvan zei hij: 'Klinkt fascinerend.'

'Het ís fascinerend.'

'En ook nog met een zwarte getrouwd. Wat kosmopolitisch.'

Een zwarte.

Zo'n duizend jaar geleden had agent Danberry hetzelfde woord gebruikt om Donald DeFreeze mee aan te duiden.

'Je bent gescheiden,' zei Nick. 'Wat is er gebeurd, Jinx? Heeft hij je bedrogen? Heb je hem bedrogen? Je keek vroeger al graag naar andere mannen.'

'Dat zou ik niet weten,' zei ze, zich scherp bewust van haar toehoorders in de kamer verderop. 'Vroeger dacht ik dat je voortdurend op hete kolen zat als je verliefd was. Hartstocht en woede en ruziemaken en het dan weer goedmaken.'

'Maar zo is het niet?'

Ze schudde haar hoofd, want ze had in elk geval één ding van Gordon geleerd. 'Het is de vuilnis aan de weg zetten en sparen voor vakanties. Zorgen dat de schoolformulieren worden getekend. Niet vergeten melk te kopen.'

'Echt, zo voel je je tegenwoordig, Jinx Queller? Mis je de spanning niet? De opwinding? Elkaar helemaal lijp neuken?'

Laura probeerde een blos te onderdrukken. 'Liefde is niet een voortdurende staat van beroering. Liefde geeft je rust.'

Hij drukte zijn voorhoofd tegen het tafelblad en begon te snurken.

Onwillekeurig moest ze lachen.

Nick opende één oog en keek haar glimlachend aan. 'Wat heb ik dat geluid gemist.'

Weer keek Laura over zijn schouder naar de piano.

'Ik heb gehoord dat je borstkanker hebt gehad.'

Ze schudde haar hoofd. Daar wilde ze het niet met hem over hebben.

'Ik weet nog hoe het was om je borsten in mijn mond te nemen,' zei hij. 'Hoe je kreunde en kronkelde als ik je tussen je benen likte. Denk je daar nog weleens aan, Jinx? Aan hoe fantastisch wij het hadden?'

Laura staarde hem aan. Ze maakte zich geen zorgen meer om Andy. Nicks fatale zwakte had zijn lelijke kop opgestoken. Hij wist altijd zijn hand te overspelen.

'Hoe kun je ermee leven?' vroeg ze.

Hij trok een wenkbrauw op. Ze had zijn belangstelling weer gewekt.

'Met het schuldgevoel,' zei ze. 'Omdat je mensen hebt gedood. Omdat jij dat alles in gang hebt gezet.'

'Ménsen?' vroeg hij, want de jury was verdeeld geweest over zijn aandeel in de bomaanslag in Chicago. 'Vertel eens, lieveling. Jonah Helsinger? Zo heette hij toch?' Hij wachtte tot Laura knikte. 'Je hebt zijn keel opengereten, hoewel dat gedeelte vaag wordt gemaakt op tv.'

Ze beet op haar wang.

'Hoe kun je daarmee leven? Hoe voelt het om die jongen te hebben vermoord?'

In een uithoek van haar brein stond Laura even stil bij wat ze had gedaan. Het was moeilijk, want ze had al zo ontzettend lang elke nieuwe dag het hoofd geboden door de vorige dag uit te wissen. 'Weet je nog hoe Laura Juneau keek? Toen in Oslo?'

Nick knikte, en tot haar verwondering moest ze constateren dat hij de enige nog levende persoon was met wie ze over dit cruciale moment in haar bestaan kon praten.

'Ze leek er vrede mee te hebben toen ze de trekker overhaalde. Beide keren. Ik weet nog dat ik me afvroeg hoe ze dat deed. Hoe ze haar menselijkheid had uitgeschakeld. Maar ik denk dat ze die juist had aangesproken. Kun je het nog volgen? Ze had volkomen vrede met wat ze deed. Daarom zag ze er zo sereen uit.'

Weer trok hij zijn wenkbrauw op, en deze keer wist ze dat hij wachtte tot ze ter zake kwam.

'Ik zei steeds dat ik het filmpje van het restaurant niet wilde zien, maar uiteindelijk heb ik toegegeven en toch gekeken, en de blik in mijn ogen was dezelfde als die van Laura. Vind je ook niet?'

'Ja,' zei Nick. 'Dat is me ook opgevallen.'

'Ik zal alles doen om mijn dochter te beschermen. Alles.'

'Dat heeft die arme Penny gemerkt.' Afwachtend keek hij haar aan.

Laura hapte niet, maar als ze er diep genoeg over nadacht, voelde ze Paula's warme bloed nog over haar hand naar beneden druipen. 'Heb je Jasper op het nieuws gezien?' vroeg ze.

Nick grinnikte. 'Hoe die op de spijttoer is gegaan. Eigenlijk is het gemeen om het te zeggen, maar ik vind het heel grappig dat hij zo dik is geworden.'

Laura hield haar gezicht onbewogen.

'Is er al een familiereünie geweest? Hebben jullie de bankrekeningen weer lekker gespekt uit de geldkisten van de Quellers?'

Laura zei niets.

'Ik zal je vertellen wat een genoegen het is om majoor Jasper in levenden lijve te zien, telkens als ik kans maak op voorwaardelijke vrijlating. Hij kan zo welbespraakt uitleggen hoe hij door mijn daden zijn hele familie is kwijtgeraakt.'

'Hij is altijd al een goede spreker geweest.'

'Dat zal hij wel van Martin hebben,' zei Nick. 'Ik was stomverbaasd toen Jasper opeens een linkse jongen bleek te zijn. Andrews verslaving verdroeg hij al nauwelijks, maar toen hij ontdekte dat zijn broer een doorgedraaide nicht was...' Nick maakte een snijgebaar langs zijn hals. 'O jee, doet dat te veel aan Penny denken?'

Laura's mond werd droog. Heel even was ze niet op haar hoede geweest, en hij had meteen toegeslagen.

'Arme, wanhopige Andrew,' zei Nick. 'Heb je hem een goede dood bezorgd? Was het je keuze waard, Jinx?'

'We hebben om je gelachen,' zei ze, want ze wist dat dat de gemakkelijkste manier was om hem te kwetsen. 'Vanwege de enveloppen. Weet je nog? Die volgens jou naar alle FBI-kantoren en naar alle grote kranten verstuurd zouden worden?'

Nicks kaak verstrakte.

'Andrew moest lachen toen ik het erover had. En met recht. Je hebt dingen nooit goed kunnen afronden, en dat is jammer, want als je woord had gehouden, zou Jasper jaren geleden de bak zijn ingegaan en zou jij nu voorwaardelijk vrij zijn en samen met Penny meubeltjes kunnen uitzoeken.'

'Meubeltjes?'

'Ik heb je briefwisseling met Penny gelezen.'

Weer trok Nick een wenkbrauw op.

De bewaker en de marshals die zijn post nakeken, hadden niets doorgehad, want ze kenden de code niet.

Laura wel.

Van Nick hadden ze de code allemaal uit het hoofd moeten leren.

'Je liet haar nog steeds naar je pijpen dansen,' zei ze. 'Je maakte haar wijs dat jullie samen zouden zijn zodra je een manier had bedacht om hier weg te komen.'

Hij haalde zijn schouders op. 'Zomaar wat geklets. Ik dacht niet dat ze ook echt iets zou doen. Ze was altijd al een beetje gestoord.'

Mike had gezegd dat een jury er ook zo over zou denken. Zelfs als hij in code schreef, was Nick nog voorzichtig.

Alleen als je fout zit, heet het paranoia..

'Toen het allemaal begon, heb ik geen moment gedacht dat jij erachter zat.' Wat Hoody betrof moest ze voorzichtig zijn, anders werd Mike wakker, maar ze wilde dat Nick het wist. 'Ik heb geen moment aan jou gedacht.'

Nu keek Nick over Laura's schouder de zaal in.

'Ik dacht dat het Jasper was,' zei ze. 'Dat hij me in dat restaurantfilmpje had gezien en me zou weten te vinden.' Laura zweeg even en vervolgens koos ze haar woorden met zorg. 'Toen ik Penny's stem hoorde over de telefoon vanuit de boerderij, was ik verbijsterd.'

Nick was altijd al goed geweest in het negeren van dingen die hem niet aanstonden. Hij leunde met zijn ellebogen op tafel en liet zijn kin op zijn handen rusten. 'Vertel eens over dat wapen, Jinx.'

Ze aarzelde en schakelde nerveus op een andere toon over. 'Welk wapen?'

'De revolver die Laura Juneau vastgeplakt aan de achterkant van de spoelbak aantrof en waarmee ze je vader heeft vermoord.' Hij knipoogde. 'Hoe kwam die in Oslo terecht?'

Laura keek vluchtig de zaal door, naar de camera's aan de muren, naar de microfoons die uit het plafond naar beneden staken, naar de bewakers die de wacht hielden. Ze stond stijf van de zenuwen.

'We zijn alleen maar aan het praten, liefste. Waar zou je je druk om maken? Luistert er soms iemand mee?'

Laura wreef haar lippen over elkaar. Het tafeltje naast hen was niet meer bezet. Het enige wat ze hoorde, was het constante gepop van de pingpongbal die over de tafel stuiterde.

‘Lieveling?’ zei Nick. ‘Is het bezoek alweer zo snel voorbij?’ Hij reikte naar haar. ‘Hierbinnen mogen we elkaar aanraken.’

Laura staarde naar zijn handen. Net als zijn gezicht leken ze in de tijd bevroren te zijn.

‘Jane?’

Zonder nadenken stak ze haar hand over de tafel naar hem uit en verstrengelde haar vingers met de zijne. Meteen was die band er weer, alsof er een stekker in een stopcontact was gestoken. Haar hart opende zich. Ze kon wel huilen toen ze de vertrouwde magnetische energie weer door haar lijf voelde stromen.

Dat Nick haar zo moeiteloos kon ontwrichten, was verbijsterend.

‘Vertel eens.’ Hij boog zich over de tafel heen. Zijn gezicht was nu vlak bij het hare. De bezoekersruimte vervaagde. Ze zat weer in de keuken een tijdschrift te lezen. Hij kwam binnen, kuste haar zonder iets te zeggen en ging weer weg.

‘Als je zachtjes praat, kunnen ze het niet horen,’ zei hij.

‘Kunnen ze wat niet horen?’

‘Hoe kwam je aan die revolver, Jane? Waarmee Laura Juneau je vader heeft vermoord. Die was niet van mij. Ik wist er niets van tot ik haar dat ding uit haar tas zag pakken.’

Laura’s blik verplaatste zich naar de piano achter hem. Ze had nog niet voor Andy gespeeld. Eerst had haar gewonde hand haar ervan weerhouden, later haar angst.

‘Lieveling,’ fluisterde Nick. ‘Vertel eens over die revolver.’

Laura maakte haar blik los van de piano. Ze keek naar hun verstrengelde vingers. Haar handen leken oud, de vouwen werden dieper. Ze had artritis in haar vingers. Het litteken van Jonah Helsingers jachtmes was nog rood en opgezet. Nicks huid was even zacht als altijd. Ze wist nog hoe zijn handen hadden gevoeld op haar lichaam. Hoe hij haar zachtjes had gestreeld. Het intieme, talmende aaien over de welving van haar rug. Hij was de eerste geweest die ooit met haar had gevreeën. Zoals hij haar had aangeraakt, had niemand haar ooit aangeraakt.

‘Vertel eens,’ zei hij.

Er zat niets anders op dan hem zijn zin te geven. Heel zachtjes zei ze: 'Ik heb dat wapen voor tachtig mark in Berlijn gekocht.'

Hij glimlachte.

'Ik...' Laura's keel spande zich om haar hese fluisterstem. Ze kon de sigarettenwalm in de kelderbar waar Nick haar naartoe had gestuurd bijna weer ruiken. De bikers die hun lippen aflikten. Die smalende opmerkingen maakten. Haar aanraakten. 'Ik heb toen een vlucht vanuit Oost-Berlijn geboekt, omdat de beveiliging daar niet streng was. Ik heb de revolver mee naar Oslo genomen. Daar heb ik hem in een papieren zak gestopt en die heb ik aan de achterkant van de spoelbak geplakt, waar Laura Juneau hem kon vinden.'

Nick glimlachte. 'En dat mens aarzelde geen moment, hè? Het was schitterend.'

'Heb je Penny eropuit gestuurd om Jaspers papieren te zoeken?' Nick probeerde zich los te trekken, maar ze bleef zijn handen vasthouden. 'Je wilde de documenten in die metalen kist. Je dacht dat je die kon inzetten voor je voorwaardelijke vrijlating. En Penny moest ze halen.'

Aan Nicks grijns zag ze dat het spelletje hem ging vervelen. Hij trok zijn hand uit de hare en sloeg zijn armen over elkaar.

Toch gaf Laura het niet op. 'Wist je wat Penny aan het doen was? Wist je dat ze mijn dochter wilde ontvoeren? Dat ze mij wilde doden?' Ze zweeg, maar Nick antwoordde niet. 'Penny heeft Edwin gedood. Ze heeft Clara zo hard geslagen dat haar jukbeen brak. Vind je dat allemaal prima, Nick? Moest ze dat van je doen?'

Hij wendde zijn hoofd af en veegde denkbeeldig pluis van zijn broek.

De moed zonk Laura in de schoenen. Ze kende de blik in Nicks ogen als hij klaar was met iemand. Haar plan was mislukt. De marshals. De oordopjes. Andy, die aan de andere kant van de gang zat te wachten. Alles was misgelopen omdat zij hem te dicht op zijn huid had gezeten.

Had ze dat met opzet gedaan?

Had ze alles gesaboteerd omdat Nick haar nog steeds in zijn macht had?

Vol verlangen keek ze naar de piano, hunkerend, smachtend naar een manier om dit tot een goed einde te brengen.

'Speel je nog weleens?' vroeg Nick.

Laura's hart maakte een salto in haar borst, maar ze hield haar blik op de piano gericht.

'Je kijkt er de hele tijd naar.' Hij draaide zich om en keek nu zelf ook. 'Speel je nog?'

'Dat mocht ik niet.' Een zenuw trilde in haar ooglid toen ze zich probeerde in te houden. 'Mijn klank zou herkend kunnen worden, en dan...'

'Einde van de show... letterlijk.' Hij moest er zelf om lachen. 'Wist je, liefste, dat ik pianoles heb?'

'O echt?' Laura legde al haar sarcasme in haar reactie, maar ondertussen kreeg ze nauwelijks adem.

'Het ding stond al jaren stof te verzamelen in de recreatiezaal, maar toen begon een of andere gek een petitie om hem hiernaartoe te verplaatsen voor de kinderen, en natuurlijk tekende iedereen, want het was "voor de kinderen".' Hij rolde met zijn ogen. 'Je hebt geen idee hoe pijnlijk het is om driejarigen "Chopsticks" te horen pingelen.'

Ze ademde snel in en zei: 'Speel eens iets voor me.'

'O nee, Jinxie, dat gaat niet gebeuren.' Hij stond op, wenkte de bewaker en wees naar de piano. 'Mijn vriendin wil even spelen als het mag.'

De bewaker haalde zijn schouders op, maar Laura schudde haar hoofd. 'Nee, dat doe ik niet. Dat wil ik niet.'

'O, lieveling. Je weet hoe erg ik het vind als je me iets weigert.'

Zijn toon was plagerig, maar tegelijkertijd dodelijk serieus. Laura voelde de oude angst weer de kop opsteken. Ergens was ze nog altijd dat doodsbange meisje dat in de badkamer buiten bewustzijn was geraakt.

'Ik wil je weer horen spelen, Jinx,' zei hij. 'Ooit heb ik je ermee laten stoppen. Kan ik je er weer mee laten beginnen?'

Haar handen trilden op haar schoot. 'Ik heb niet meer gespeeld sinds... sinds Oslo.'

'Alsjeblieft.' Nog steeds kon hij het woord zó uitspreken dat het niet als een verzoek klonk.

'Ik wil niet...'

Nick liep om de tafel heen naar haar toe. Deze keer kromp Laura niet in elkaar. Hij sloeg zijn vingers licht om haar arm en trok er zachtjes aan. 'Het is het minste wat je voor me kunt doen. Ik beloof je dat ik nergens anders om zal vragen.'

Laura liet zich overeind trekken. Aarzelend stapte ze op de piano af. Haar zenuwen tintelden van de adrenaline. Opeens was ze doodsbang.

Haar dochter luisterde.

'Kom, niet zo verlegen.' Nick had zich tussen haar en de bewaker opgesteld. Hij duwde haar zo hard op de kruk dat er een pijnscheut door haar stuitje trok. 'Speel iets voor me, Jinx.'

Laura's ogen waren als vanzelf dichtgegaan. Ze voelde haar maag samentrekken. De kluwen van angst die zo lang had gesluimerd, begon zich te roeren.

'Jane.' Hij drukte zijn vingers in haar schouders. 'Speel iets voor me, zei ik.'

Met moeite opende ze haar ogen. Ze keek naar de toetsen. Nick stond vlak bij haar, maar zonder zich tegen haar aan te drukken. Het waren zijn bijtende vingers in haar schouders die haar oude angst weer deden oplaaien.

'Nu,' zei hij.

Laura hief haar handen. Zachtjes legde ze haar vingers op de toetsen zonder ze in te drukken. Het kunststof fineer was versleten. Eronder kwam het hout als een verzameling splinters tevoorschijn.

'Iets vrolijks,' zei Nick. 'Vlug, voor ik me ga vervelen.'

Ze ging niet inspelen voor hem. Ze wist niet eens of het de moeite loonde. Ze overwoog iets te spelen wat speciaal voor Andy was bedoeld, iets van zo'n afgrijselijk bubblegumbandje waar ze gek op was. Haar dochter had urenlang naar oude Jinx Quellerfilmpjes op YouTube gekeken en naar illegale kopieën geluisterd. Laura had niets klassieks meer in haar vingers. Opeens dacht ze aan die rokerige bar in

Oslo, aan haar gesprek met Laura Juneau, en ze besloot dat het moest eindigen waar het was begonnen.

Ze ademde diep in.

Met haar linkerhand speelde ze de baslijn, die in haar geheugen stond gegrift. Ze speelde de vamp in e-mineur, toen in A, weer terug naar E, omlaag naar D, de triolen op C, waarna ze naar majeur overschakelde voor het refrein: G7, D7, C7, B7 en weer terug naar de vamp in e-mineur.

In haar hoofd werd het lied een geheel: Ray Manzarek die de schizofrene bas- en keyboardpartij voor zijn rekening nam. Robert Krieger op gitaar. De inzet van John Densmore op drums en ten slotte de stem van Jim Morrison:

Love me two times, baby...

'Fantastisch,' zei Nick luid, boven de muziek uit.

Love me two times, girl...

Laura sloot haar ogen weer. Ze stortte zich op de beukende triolen. Het tempo was te snel. Ze gaf er niet om. Haar hart zwol op. Dit was haar eerste ware liefde geweest, niet Nick. Dat ze weer speelde, alleen dat al was een geschenk. Het boeide haar niet dat haar vingers oud en stram waren, dat ze de chorus te lang maakte. Ze was weer in Oslo. Ze trommelde het ritme op de bar. Laura Juneau had de kameleonkant van Jane Queller gezien; ze was de eerste geweest die echt had gezien hoe ze zich voortdurend wist aan te passen.

Als je niet de muziek kunt spelen die mensen waarderen, dan speel je de muziek waar ze van houden.

'Lieveling.'

Nick had zijn mond naar Laura's oor gebracht.

Ze onderdrukte een huivering. Ze had geweten dat dit zou gebeuren. Ze had hem zo vaak vlak bij haar oor gevoeld, eerst tijdens hun zes jaar samen, toen in haar dromen, toen in haar nachtmerries. Ze had vurig gehoopt hem naar de piano te kunnen lokken, omdat ze wist dat hij dan geen weerstand zou kunnen bieden.

'Jane.' Met zijn duim streelde hij de zijkant van haar hals. Hij dacht dat de piano hem overstemde. 'Ben je nog steeds bang om te stikken?'

Laura kneep haar ogen dicht. Ze tikte de maat met haar voet, dreef haar vingers voort. Eigenlijk was het heel simpel. Dat was het mooie van dit nummer. Het leek op een pingpongwedstrijd, telkens dezelfde noten die heen en weer werden geslagen.

'Ik weet nog wat je zei over Andrew, dat stikken voelde alsof er een zak om je hoofd was gebonden. Twintig seconden, toch?'

Hij eiste de eer op voor het sturen van Hoody. Laura neuriede mee met het lied in de hoop dat de trillingen in haar kaak Mikes opname zouden verpesten.

Yeah, my knees got weak...

'Was je bang?' vroeg Nick.

Ze schudde haar hoofd en drukte het demperpedaal in om de snaren te laten vibreren.

Last me all through the week...

'Het is allemaal jouw schuld, liefste,' zei Nick. 'Zie je dat niet?'

Laura staakte haar geneurie. Het ritme van Nicks dreigementen was haar even vertrouwd als de noten van het nummer.

'Het is jouw schuld dat ik Penny naar de boerderij moest sturen.'

Zijn mond tegen haar oor voelde als schuurpapier, maar ze trok haar hoofd niet weg.

'Als je me had gegeven wat ik wilde hebben, zou Edwin nog leven, zou Clara niet gewond zijn geraakt en zou Andrea geen gevaar hebben gelopen. Het komt allemaal door jou, liefste, want jij wilde niet naar me luisteren.'

Samenspanning.

Laura speelde door, ook al voelde ze de ballon in haar hart leeglopen. Hij had bekend dat hij Paula had gestuurd. Verderop in dat donkere kamertje hadden ze zijn woorden opgenomen. Nicks dagen in de luxegevangenis waren geteld.

Maar hij was nog niet klaar.

Weer raakten zijn lippen het topje van haar oor. 'Ik laat je nog één keer kiezen, lieveling. Ik wil dat onze dochter namens mij het woord voert. Ze moet tijdens de zitting van de reclasseringscommissie zeggen dat ze wil dat haar pappie thuiskomt. Kun je haar daartoe overhalen?'

Hij drukte zijn duim tegen haar halsslagader, net als toen hij haar bijna gewurgd had en ze buiten bewustzijn was geraakt.

'Of moet ik je dwingen een andere keuze te maken? Deze keer gaat het niet om Andrew, maar om je dierbare Andrea. Het zou vreselijk zijn als je haar na dit alles moet verliezen. Ik wil ons kind niets aandoen, maar ik kan niet anders.'

Terroristische dreigementen. Intimidatie. Afpersing.

Laura speelde door, want Nick wist nooit van ophouden.

'Ik heb tegen je gezegd dat ik de aarde zou verschroeien om je terug te krijgen, lieveling. Het interesseert me niet hoeveel mensen ik op je af moet sturen of hoeveel mensen er zullen sterven. Je bent nog altijd van mij, Jinx Queller. Alles aan jou is van mij.'

Hij wachtte op haar reactie en drukte zijn duim op haar hals om aan haar hartslag haar paniek af te lezen.

Laura was niet in paniek. Ze was opgetogen. Ze speelde weer. Haar dochter luisterde. Nu had ze kunnen stoppen – Nick had hun genoeg gegeven – maar ze gunde zichzelf het genot om af te maken wat ze was begonnen. Omhoog naar A, terug naar e-mineur, verder omlaag naar D, toen weer de triolen op C, en opeens was ze in de Hollywood Bowl. Ze was in Carnegie Hall. Tivoli. Musikverein. Hansa Tonstudio. Ze hield haar kind in haar armen. Ze beminde Gordon. Ze duwde hem van zich af. Ze vocht tegen kanker. Ze stuurde Andrea weg. Ten slotte zag ze haar dochter uitgroeien tot een stralende, boeiende jonge vrouw. En ze liet haar niet meer los, want ze zou nooit meer iets wat haar dierbaar was opgeven voor deze weerzinwekkende man.

One for tomorrow… one just for today…

In haar cel had ze de woorden geneuried. Ze had het nummer op haar denkbeeldige beddenklavier gepingeld, zoals ze dat ooit op de bar voor Laura Juneau had gedaan. Ook al molesteerde Nick nog steeds haar schouder, ze gaf zich vol vreugde over aan het nummer, speelde het tot het laatste, scherpe staccato haar naar het abrupte einde bracht…

I'm goin' away.

Laura's handen dwarrelden naar haar schoot. Ze bleef met gebogen hoofd zitten.

Even was er de gebruikelijke geladen stilte en toen...

Geklap. Gejuich. Gestamp van voeten.

'Fantastisch!' riep Nick. Hij baadde in de gloed van het applaus, alsof het alleen voor hem was bedoeld. 'Mijn meisje, dames en heren.'

Laura stond op en wierp zijn hand af. Ze liep langs hem, langs de picknicktafels en langs de speelhoek voor de kinderen, maar toen besefte ze dat dit echt de allerlaatste keer was dat ze de man zag die zichzelf weer Nicholas Harp noemde.

Ze draaide zich om en keek hem recht in zijn ogen. 'Ik ben niet langer beschadigd,' zei ze.

Er klonk nog een laatste klap voor het stil werd.

'Lieveling?' Achter Nicks glimlach ging een scherpe waarschuwing schuil.

'Ik ben niet gewond,' zei ze. 'Ik heb mezelf genezen. Mijn dochter heeft me genezen... míjn dochter. Mijn man heeft me genezen. Mijn leven zonder jou heeft me genezen.'

Hij grinnikte. 'Oké, Jinxie. Ga nu maar gauw. Je moet nog een besluit nemen.'

'Nee.' Ze sprak het woord even vastberaden uit als ze dertig jaar eerder op de boerderij had gedaan. 'Ik zal nooit voor jou kiezen. Wat het alternatief ook is. Ik kies nooit voor jou.'

Hij klemde zijn kaken op elkaar. Ze voelde zijn woede aanzwellen.

'Ik ben fantastisch,' zei ze.

Weer grinnikte hij, maar zonder echt te lachen.

'Ik ben fantastisch,' herhaalde ze, met haar vuisten gebald langs haar zij. 'Ik ben fantastisch omdat ik zo helemaal mezelf ben.' Laura legde haar hand op haar hart. 'Ik ben begaafd. Ik ben mooi. Ik ben verbazingwekkend. En ik heb mijn weg gevonden, Nick. Het is de juiste weg, want het is de weg die ik zelf heb gekozen.'

Nick sloeg zijn armen over elkaar. Nu had ze hem in verlegenheid gebracht. 'We praten hier later wel over.'

'In de hel, zul je bedoelen.'

Laura draaide zich om. Ze liep de hoek om en bleef voor het gesloten hek staan. Haar handen beefden toen ze wachtte tot de bewaker zijn sleutel had gevonden. De rillingen trokken via haar armen omhoog naar haar romp en tot in haar borst. Tegen de tijd dat het hek openzwaaide, klapperden haar tanden.

Ze liep het hek door. Naar een deur. Weer was er een sleutel.

Haar tanden klikten als knikkers tegen elkaar. Ze keek door het raam. Mike stond tussen de twee gesloten deuren. Hij maakte een bezorgde indruk.

Daar had hij alle reden toe.

Laura voelde zich misselijk worden toen ze besefte wat er zojuist was gebeurd. Nick had Andy bedreigd. Ze had moeten kiezen. Ze had haar keuze gemaakt. Alles gebeurde weer helemaal opnieuw.

Ik wil ons kind niets aandoen, maar ik kan niet anders.

De deur ging open.

'Hij heeft mijn dochter bedreigd,' zei ze tegen Mike. 'Als hij ons opzoekt...'

'Laat dat maar aan ons over.'

'Nee,' zei ze. 'Laat dat maar aan mij over. Snap je?'

'Hola.' Mike stak zijn handen op. 'Doe me een lol en bel mij eerst. Je had mij ook beter kunnen bellen voor je naar die hotelkamer ging. Of toen met die schietpartij in het winkelcentrum. Of...'

'Zorg dat hij uit de buurt van mijn gezin blijft.' De tinteling langs haar ruggengraat was een waarschuwing. Mike was van de politie. Ze was niet schuldig bevonden aan Paula's dood, maar Laura wist als geen ander dat de overheid altijd wel een manier vond om je te naaien als het zo uitkwam.

'Hij gaat naar een extra beveiligde inrichting,' zei Mike. 'Hij mag geen brieven schrijven en geen bezoek ontvangen. Hij mag één keer per week douchen en met een beetje geluk krijgt hij hooguit een uur daglicht.'

Laura deed de oordopjes uit. Ze liet ze in Mikes hand vallen. De adrenalinegolf trok weg. Haar vingers waren weer stabiel. Haar hart trilde niet meer als een espenblad. Ze had gedaan waarvoor ze gekomen was. Het was voorbij. Ze hoefde Nick nooit meer te zien.

Tenzij ze dat zelf wilde.

Mike zei: 'Ik moet bekennen dat ik dacht dat er een steekje bij je loszat toen je vroeg of ik ervoor wilde zorgen dat die piano verplaatst werd.'

Omdat ze bij hem in een goed blaadje moest blijven staan, zei ze: 'Die petitie was een slimme truc.'

'Marshalopleiding 101: voor een zak chips kun je een gevangene overal toe aanzetten.' Vol eigendunk had hij zijn borst naar voren gestoken. Hij genoot zichtbaar van het spel. 'Zoals je naar die piano keek, als een kind naar een zak snoep. Je had hem echt goed te pakken.'

Door het raampje in de deur zag Laura Andy staan. Ze zag er ouder uit, meer vrouw dan meisje. Haar voorhoofd was gerimpeld. Ze was bezorgd.

'Voor de veiligheid van mijn dochter heb ik alles over,' zei ze tegen Mike.

'Ik ken een paar dooien die dat aan den lijve hebben ondervonden.'

Ze keerde zich naar hem toe. 'Denk daar maar aan als je het ooit waagt haar mee uit te vragen.'

De deur ging open.

'Mam...' Andy stortte zich in Laura's armen.

'Ik ben oké.' Ze kon niet anders dan er zelf in geloven. 'Hooguit wat aangeslagen.'

'Ze deed het fantastisch.' Mike knipoogde naar Laura, alsof ze in een complot zaten. 'Ze heeft hem alle hoeken laten zien, net Tyson. De bokser, niet die van de kipnuggets.'

Andy grijnsde.

Laura wendde haar blik af. Ze verdroeg het niet iets van Nick terug te zien in haar kind.

'Ik moet hier weg,' zei ze tegen Mike.

Hij wenkte de bewaker. Laura struikelde bijna over de voeten van de man toen ze langs de beveiliging naar buiten liepen. Ze wachtte tot Andy haar tas, haar telefoon en sleutels uit het kluisje had gepakt.

'Ik heb eens nagedacht,' zei Mike, die geen moment zijn mond kon houden. 'Onze Nick wist niet dat je al bekend had het wapen naar Oslo te hebben gesmokkeld, hè? Daarvoor heb je twee jaar in de bak gezeten. Dat aspect heeft de rechter buiten je onschendbaarheidsovereenkomst gelaten. Hij wilde de internationale spanningen niet opvoeren. Als de Duitsers ontdekten dat een Amerikaanse een wapen van het Westen naar het Oosten had gesmokkeld om er een moord mee te laten plegen, zouden de rapen gaar zijn geweest.'

Laura nam haar tas van Andy over. Ze keek of haar portefeuille er nog in zat.

'Dus toen je Nick over dat wapen vertelde, dacht hij dat je jezelf erbij lapte. Maar dat was niet zo.'

'Dank je, Michael, dat je me nog eens vertelt wat er zojuist is gebeurd.' Ze schudde zijn hand. 'Verder redden we ons wel. Je hebt vast nog heel veel werk.'

'Zeker. Ik was van plan bepaalde gevoelens nog eens te overpeinzen, misschien met een lekkere pinot erbij.' Met een knipoog naar Laura stak hij Andy zijn hand toe. 'Het was me een waar genoegen, schoonheid.'

Laura was niet van plan toe te kijken hoe haar dochter met een smeris flirtte. Ze volgde de bewaker naar het laatste stel deuren. Heerlijk, eindelijk was ze buiten, zonder sloten en tralies.

Ze ademde de frisse lucht diep in en hield die net zo lang in haar longen tot ze dreigden te barsten. Door het felle zonlicht sprongen de tranen in haar ogen. Ze wilde op het strand zitten met een kop thee en een boek en haar dochter in de golven zien spelen.

Andy haakte haar hand door Laura's arm. 'Ben je zover?'

'Rijd jij?'

'Je vindt het altijd vreselijk als ik rijd. Daar word je zenuwachtig van.'

'Alles went.' Laura stapte in de auto. Haar been deed nog pijn van de kogelresten uit het restaurant. Ze keek op naar de gevangenis. Aan deze kant van het gebouw waren geen ramen, maar ze kon het gevoel niet van zich afzetten dat Nick naar hen keek.

Eigenlijk had ze dat gevoel al dertig jaar.

Andy reed achteruit de parkeerplaats af. Ze stuurde de auto door de poort. Laura kon pas ontspannen toen ze op de snelweg waren. Tijdens Andy's eindeloze reis door het land was haar rijvaardigheid erop vooruitgegaan. Nu hield Laura nog maar elke twintig in plaats van elke tien minuten haar adem in.

'Toen ik zei dat ik van Gordon hield, meende ik het,' zei ze. 'Hij is het beste wat me ooit is overkomen. Op jou na dan. En ik realiseerde me niet wat ik had.'

Andy knikte, maar het kleine meisje dat vurig had gehoopt dat haar ouders weer bij elkaar zouden komen, was verdwenen.

'Gaat het wel, lieveling?' vroeg Laura. 'Kon je het wel aan zijn stem te horen, of –'

'Mam.' Andy keek in de spiegel voor ze een trage vrachtwagen inhaalde. Ze leunde met haar elleboog tegen het portier en drukte haar vingers tegen de zijkant van haar hoofd.

Laura zag de bomen in een waas aan zich voorbijtrekken. Flarden van haar gesprek met Nick spookten door haar hoofd, maar ze wilde er niet bij stilstaan. Eén ding had ze geleerd, namelijk dat ze door moest gaan. Als ze ooit stil bleef staan, zou Nick haar te pakken krijgen.

'Jij praat net als hij,' zei Andy. Toen haar moeder niet reageerde, zei ze: 'Hij noemt je lieveling en liefste, net zoals je dat soms tegen mij zegt.'

'Ik praat niet net als hij. Hij praat net als mijn moeder.' Ze streek Andy's haar naar achteren zodat ze haar gezicht kon zien. 'Dat zei ze vroeger tegen mij. Dan voelde ik haar liefde. Ik weigerde om vanwege Nick niet hetzelfde tegen jou te zeggen.'

' "Ze wist altijd waar de deksels van haar tupperwarebakjes waren",' citeerde Andy haar moeder, een van de weinige dingen die Laura kon bedenken om de essentie van haar moeder mee weer te geven.

Nu zei Laura: 'Het was eerder dat ze wist welk servies van de Quellers kwam, waar het bestek van de Logans was gegoten en al die andere onbenullige zaken waarmee ze greep op haar leven dacht te hebben.' Toen zei Laura iets wat ze pas kortgeleden als de waarheid was gaan inzien: 'Mijn moeder was al evenzeer slachtoffer van mijn vader als de rest van het gezin.'

'Ze was volwassen.'

'Ze was niet grootgebracht voor een volwassen leven. Haar hele opvoeding was gericht op een huwelijk met een rijke man.'

Andy leek over het onderscheid na te denken. Net toen Laura dacht dat ze geen vragen meer had, vroeg ze: 'Wat heb je tegen Paula gezegd toen ze doodging?'

Laura had zo lang tegen vragen over Paula opgezien dat ze tijd nodig had om zich voor te bereiden. 'Waarom vraag je dat nu? Het is meer dan een maand geleden.'

Andy maakte een schoudergebaar. In plaats van zich weer in een langdurig zwijgen te hullen zei ze: 'Ik wist niet of je me de waarheid zou vertellen.'

In plaats van daarop in te gaan zei Laura: 'Het was een variant op wat ik tegen Nick heb gezegd. Dat ik haar in de hel terug zou zien.'

'Echt?'

'Ja.' Laura wist niet goed waarom haar laatste woorden aan Paula beland waren op de lange lijst van stukjes van haarzelf die ze nog steeds voor Andy verborgen hield. Misschien wilde ze de grenzen niet opzoeken van haar dochters pas ontdekte morele dubbelzinnigheid. 'Nu zal Nick je nooit meer neuken,' had ze tegen een gestoorde vrouw met een scheermes in haar keel gezegd, wat eigenlijk van jaloezie en kleingeestigheid getuigde.

Wat waarschijnlijk de reden was waarom ze het had gezegd.

'Zit het je dwars wat ik met Paula heb gedaan?' vroeg ze.

Weer haalde Andy haar schouder op. 'Het was een slecht iemand. Ik bedoel... je kunt het analyseren en zeggen dat ze ondanks alles een mens was en dat het misschien op een andere manier had gekund, maar dat is makkelijk praten als je eigen leven geen gevaar loopt.'

Jouw leven, wilde Laura zeggen, want toen ze het scheermes in haar verbonden hand had verstopt, had ze geweten dat ze Paula Evans ging doden om wat ze haar dochter had aangedaan.

'Waarom heb je hem daarnet in de gevangenis, toen je wegliep, niet over de oordopjes verteld?' vroeg Andy. 'Dat alles wat hij je had ingefluisterd was opgenomen? Als een laatste "fuck you"?'

'Ik heb gezegd wat ik moest zeggen,' zei Laura, hoewel ze met Nick nooit zeker van haar zaak was. Het was zo lekker geweest om hem die dingen recht in zijn gezicht te zeggen. Nu ze niet meer bij hem was, sloeg de twijfel toe.

De jojo die weer terugfloepte.

Wat Andy betrof was het gesprek voorbij. Ze zette de radio aan en liep de zenders langs.

'Vond je het mooi, het nummer dat ik speelde?' vroeg Laura.

'Best wel. Beetje oud.'

Gekwetst legde Laura haar hand op haar hart. 'Ik zal iets anders instuderen. Zeg jij het maar.'

'Wat dacht je van "Filthy"?'

'Wat dacht je van echte muziek?'

Andy rolde met haar ogen. Ze drukte de knoppen van de tuner in, waarschijnlijk op zoek naar een geluid met de diepgang van gesponnen suiker. 'Wat erg trouwens van je broer.'

Laura sloot haar ogen, want opeens kwamen de tranen.

'Het was goed wat je gedaan hebt,' zei Andy. 'Je bent voor hem opgekomen. Daar was veel lef voor nodig.'

Laura pakte een tissue en bette haar ogen. Ze had nog steeds geen vrede met wat er was gebeurd. 'Ik ben niet van zijn zijde geweken. Zelfs niet toen we met de FBI over die deal onderhandelden.'

Andy staakte haar gerommel met de radio.

'Andrew is ongeveer tien minuten na het ondertekenen van de strafverminderingsovereenkomst gestorven. Het was heel vredig. Ik hield zijn hand vast. Ik kon afscheid van hem nemen.'

Andy haalde haar neus op. Ze was altijd gevoelig geweest voor Laura's stemmingen. 'Hij is lang genoeg blijven leven om zeker te weten dat het voor jou goed zou aflopen.'

Ze streek Andy's haar weer achter haar oor. 'Dat vind ik een prettige gedachte.'

Andy haalde haar hand langs haar ogen. Ze liet de radio verder met rust, terwijl ze over de vrijwel verlaten snelweg reed. Het was duidelijk dat ze ergens aan dacht, zoals het ook duidelijk was dat ze haar gedachten voor zich wilde houden.

Laura legde haar hoofd tegen de rugleuning. Ze keek naar de wazige bomen. Ze probeerde van de behaaglijke stilte te genieten. Na Andy's thuiskomst was er geen nacht geweest waarin Laura niet badend in het zweet wakker was geworden. Het kwam niet door posttraumatische stress of de zorg om Andy's veiligheid. Ze was doodsbang geweest om Nick weer te zien. Dat de truc met de piano en de oordopjes niet zou werken. Dat hij niet in de open val zou lopen. Dat ze blindelings in zíjn val zou lopen.

Ze haatte hem te erg.

Dat was het probleem.

Je haatte iemand pas als je ergens ook nog van hem hield. Vanaf het begin waren die twee uitersten altijd met hun DNA vervlochten geweest.

In de zes jaar dat ze van hem had gehouden, had ze hem ergens ook gehaat, op die kinderlijke manier waarop je iets haat waarop je geen grip hebt. Hij was koppig en dom, maar ook knap, wat hem een dekmantel bood voor de fouten die hij voortdurend maakte, telkens dezelfde fouten in eindeloze herhaling, want waarom zou hij aan nieuwe beginnen als de oude zo fantastisch in zijn voordeel werkten?

Ook was hij charmant. Dat was het probleem. Hij won haar voor zich met zijn charme. Hij bracht haar tot razernij en zette vervolgens zijn charme weer in, zodat ze niet wist of hij nu de slang was of dat zij die was en hij de bezweerder.

De jojo die weer terugfloepte in zijn hand.

Hij liet zich meevoeren op zijn charme en op zijn woede; hij kwetste mensen, ontdekte dingen die hij boeiender vond en liet de oude als wrakhout in zijn kielzog achter.

Jane was een van die afgedankte dingen geweest. Nick had haar naar Berlijn gestuurd omdat hij genoeg van haar had gehad. Eerst had ze van haar vrijheid genoten, maar toen was ze in paniek geraakt, want stel dat hij haar niet terug wilde? Ze had gesmeekt en gesoebat en alles gedaan wat ze kon bedenken om zijn aandacht te trekken.

Toen kwam Oslo.

En toen was haar vader dood, en Laura Juneau was dood en opeens was Nicks charme uitgewerkt geweest. Als een ontspoorde tram. Als een trein zonder machinist. De fouten konden niet meer vergeven worden, en uiteindelijk was dezelfde fout een tweede keer niet over het hoofd gezien en had de derde keer afgrijselijke gevolgen gehad: de moord op Alexandra Maplecroft, een doodvonnis voor Andrew, en daarna had het – bijna – een tweede leven gekost: dat van haar, in de badkamer van de boerderij.

Vreemd genoeg had Laura nog steeds van hem gehouden. Misschien nog meer dan eerst.

Nick had haar laten leven... Dat had ze zichzelf steeds voorgehouden toen ze gek werd in haar cel. Hij had Paula op de boerderij achtergelaten om haar te bewaken. Hij was van plan geweest terug te komen om haar te halen. Om haar naar hun droomflatje in Zwitserland te brengen, een land dat geen uitleveringsverdrag met de Verenigde Staten had.

Dat had haar met een extatisch soort hoop vervuld.

Andrew was dood, Jasper was weg en Laura had naar het plafond van haar cel gestaard. Tranen waren over haar wangen gestroomd, haar hals had nog pijnlijk geklopt, haar blauwe plekken moesten nog genezen, zijn kind groeide in haar buik, en ze had wanhopig van hem gehouden.

Clayton Morrow. Nicholas Harp. In haar ellende gaf ze er niet om.

Waarom was ze zo dom?

Hoe kon ze van iemand blijven houden die haar kapot had willen maken?

Toen Laura nog bij Nick was geweest – en ze was onmiskenbaar bij hem geweest tijdens zijn lange zondeval – hadden ze zich woedend tegen het systeem gekeerd dat zo onherstelbaar misbruik had gemaakt van Andrew, van Robert Juneau, van Paula Evans, van William Johnson, van Clara Bellamy en van al die anderen waaruit hun legertje uiteindelijk had bestaan. Tegen de groepshuizen. De noodafdelingen. Het gekkenhuis. De psychiatrische inrichting. De ellende. Het personeel dat de patiënten verwaarloosde. De verzorgers die de dwangbuizen strak aansnoerden. De verpleegkundigen die de andere kant op keken. De artsen die de pillen uitdeelden. De urine op de vloer. De ontlasting op de muren. De patiënten, de medegevangenen, het gehoon, het verlangen, het slaan, het bijten.

Wat Nick het spannendst had gevonden, was niet het onrecht, maar die vonk van woede. De uitdaging van een nieuwe zaak om voor te vechten. De kans om te kunnen vernietigen. Het gevaarlijke spel. Het dreigende geweld. Het vooruitzicht op roem. Hun namen op de voorpagina's. Hun gerechtvaardigde daden op de lippen van schoolkinderen die over verandering leerden.

Een penny, een nickel, een dime, een quarter, een dollar bill...

Uiteindelijk werden hun daden deel van het publieke domein, maar anders dan Nick had beloofd. Jane Quellers getuigenis onder ede legde het hele plan bloot, van het begin tot de ondergang. De trainingen. De repetities. Het drillen. Jane was vergeten wie op het idee was gekomen, maar net als met al het andere had het plan zich van Nick naar de rest verspreid, een om zich heen grijpende natuurbrand die uiteindelijk al hun levens zou verslinden.

Wat Jane altijd had verzwegen, die ene zonde die ze nooit kon opbiechten, was dat zij de eerste vonk had doen ontstaan.

Verfzakjes.

Ze waren het er allemaal over eens geweest dat die in de papieren zak moesten zitten. Het plan voor Oslo zag er als volgt uit: Martin Queller zou op het wereldtoneel besmeurd worden met het spreekwoordelijke bloed van zijn slachtoffers. Paula's cel had geïnfiltreerd bij de fabriek net buiten Chicago. Nick had de zakjes aan Jane gegeven toen ze in Oslo was aangekomen.

Zodra hij weg was, had Jane ze in de vuilnisbak gegooid.

Het was met een grapje begonnen – geen grapje van Jane, maar van Laura Juneau. Andrew had het haar verteld in een van zijn gecodeerde brieven naar Berlijn:

Die arme Laura zei dat ze net zo lief een wapen in de zak aantrof als een verfpakje. Ze heeft een terugkerend visioen waarin ze pa vermoordt met net zo'n revolver als waarmee haar man hun kinderen heeft vermoord, en daarna het wapen op zichzelf richt.

Niemand, zelfs Andrew niet, had kunnen vermoeden dat Jane het grapje serieus had genomen. Ze had de revolver gekocht van een Duitse biker in de ongure kroeg, dezelfde kroeg waar Nick haar naartoe had gestuurd toen ze pas in Berlijn was aangekomen. Waar Jane bang was geweest ten prooi te zullen vallen aan groepsverkrachting. Waar ze precies een uur was gebleven, want Nick had gezegd dat hij het zou weten als ze ook maar een minuut te vroeg vertrok.

Ruim een week had Jane het wapen op het keukenblad van haar studioflat laten liggen, in de hoop dat het gestolen zou worden. Ze had besloten het niet mee te nemen naar Oslo, maar toen had ze het toch meegenomen. Ze had besloten het op haar hotelkamer te laten liggen, maar toen had ze het toch mee de kamer uit genomen. En toen bracht ze het in een bruine papieren zak naar het damestoilet. En toen plakte ze de zak achter de spoelbak, als in een scène uit *The Godfather*. En toen zat ze op de voorste rij, zag haar vader zijn verhaal afsteken op het podium en hoopte vurig dat Laura Juneau haar visioen niet ten uitvoer zou brengen.

En tegelijkertijd dat ze het wel zou doen.

Nick had zich altijd tot nieuwe, opwindende dingen aangetrokken gevoeld. Niets vond hij saaier dan het voorspelbare. Jane had een hekel aan haar vader gehad, maar ze had zich door veel meer dan wraak laten leiden. Ze smachtte naar Nicks aandacht. Ze wilde bewijzen dat ze aan zijn zijde hoorde. Ze had vurig gehoopt dat haar medeplichtigheid aan de moord die Laura Juneau ging plegen, zo'n schok teweeg zou brengen dat Nick weer van haar zou gaan houden.

En het had gewerkt. Maar toen niet meer.

En Jane werd vermorzeld door schuldgevoel – dat Nick weer uit haar hoofd had gepraat. Waarop ze zichzelf had wijsgemaakt dat het zonder het wapen ook zo zou zijn gegaan.

Maar toen was ze weer gaan twijfelen…

Dat was typisch het patroon geweest van hun zes jaar samen. Het duwen en trekken. De maalstroom. De jojo. De achtbaan. Ze aanbad hem. Ze verachtte hem. Hij was haar zwakte. Hij was haar ondergang. Haar ultieme alles of niets. Er waren talloze manieren om dat kleine stukje van zichzelf te beschrijven dat Nick altijd tot waanzin wist te drijven.

Alleen in het belang van anderen was het Laura gelukt om zichzelf los te maken.

Eerst in het belang van Andrew, toen in dat van Andrea.

Dat was de ware reden waarom ze vandaag naar de gevangenis was gegaan: niet om Nick te straffen, maar om hem van zich af te duwen. Om ervoor te zorgen dat hij opgesloten bleef zodat zij vrij kon zijn.

Laura had altijd fel en vol overtuiging geloofd dat je de wereld alleen kon veranderen door haar te vernietigen.

DANKWOORD

Allereerst wil ik mijn redacteur, Kate Elton, bedanken en mijn team bij Victoria Sanders and Associates, onder wie Victoria Sanders, Diane Dickensheid, Bernadette Baker-Baughman en Jessica Spivey. Er zijn zoveel mensen bij HarperCollins International en Morrow die ik dankbaar ben: Liate Stehlik, Heidi Richter-Ginger, Kaitlin Harri, Chantal Restivo-Alessi, Samantha Hagerbaumer en Julianna Wojcik. En petje af voor alle geweldige afdelingen die ik vorig jaar heb bezocht en de mensen met wie ik in Miami ben opgetrokken. En laat ik niet vergeten Eric Rayman aan het team toe te voegen. Bedankt, allemaal, voor alles wat jullie doen.

Tijdens het onderzoek voor het schrijven van dit verhaal ben ik allerlei verschillende paden in geslagen waarvan sommige niet in het boek terecht zijn gekomen, maar ik heb een lijst met mensen die van groot belang zijn geweest bij het beschrijven van bepaalde stemmingen en gevoelens. Mijn goede vriendin en collega-schrijver Sara Blaedel heeft me in contact gebracht met Anne Mette Goddokken en Elisabeth Alminde voor Noorse achtergrondinformatie. Een tweede fantastische schrijver en vriendin, Regula Venske, heeft me bijgepraat over Duitsland, en daarom vind ik het zo jammer dat slechts één procent van ons boeiende gesprek in Düsseldorf in het verhaal is beland. Elise Diffie heeft me geholpen met culturele toetsstenen. Ik ben Brandon Bush en Martin Kearns heel dankbaar voor het inzicht dat ze me hebben geboden in het leven van een beroepspianist.

Uit de grond van mijn hart wil ik Sal Towse en Burt Kendall bedanken, mijn lieve vrienden en experts waar het San Francisco, hun woonplaats, betreft.

Sarah Ives en Lisa Palazzolo hebben de wedstrijd 'je naam in het volgende boek' gewonnen. Adam Humphrey, alweer gewonnen, ik hoop dat je ervan geniet.

Mijn vader: bedankt omdat je zo goed voor me zorgt als ik helemaal opga in het schrijven en omdat je richting aan het leven probeert te geven. *Last but not least*: DA, mijn hart, omdat jij ook niemand bent.

Sterke personages, bloedst...
met verve en vakmanschap gesch...
verbluft opnie...

Andrea Cooper kent haar moeder door ... restaurant waar Andrea en Laura luncher... en een doodgewone middag in een bloe... verandert, ziet Andrea een heel andere kant van haar. De koelbloedigheid waarmee Laura de schutter overmeestert en doodt, verbijstert Andrea.

Dan blijkt dat Laura zich al dertig jaar schuilhoudt onder een andere naam en dat alles wat ze over haar verleden heeft verteld gelogen is. Wat heeft Laura op haar geweten? Waarom zien anderen haar liever dood dan levend? En hoe kun je iemand nog vertrouwen die een leugenaar, of erger, blijkt te zijn?

'Gruwelijk knap opgeschreven.'
★★★★ de Volkskrant

'Vakwerk.'
De Standaard

'Waanzinnig goed.'
Twan Huys

KARIN SLAUGHTER
QUEENOFCRIME.NL

9 789402 701562

HarperCollins

www.harpercollins.nl
www.karinslaughter.com